春日的清新空气，

蓝天无云，倾洒暖意，

似乎都是上帝对她精神洗礼的馈赠。

这种精神，

在懒洋洋晒太阳的鹿群中，

在河流中静静躺着的鱼儿身上，

都寻摸到几丝痕迹，

因为大家都在静默不语中受洗，

无需任何语言解释。

Night and Day

夜与日 [上]

[英]弗吉尼亚·伍尔夫————著

刘晓婷　陈如————译

华中科技大学出版社
http://www.hustp.com
中国·武汉

图书在版编目(CIP)数据

夜与日：上下 /（英）弗吉尼亚·伍尔夫著；刘晓婷，陈如译. — 武汉：华中科技大学出版社，2020.10
（伍尔夫作品集）
ISBN 978-7-5680-6545-0

Ⅰ.①夜… Ⅱ.①弗… ②刘… ③陈… Ⅲ.①长篇小说—英国—现代 Ⅳ.① I561.45

中国版本图书馆CIP数据核字(2020)第151134号

夜与日：上下　　　　　　　　　　　　　　　　[英]弗吉尼亚·伍尔夫 著
Ye yu Ri：Shangxia　　　　　　　　　　　　　　刘晓婷　陈如 译

策划编辑：刘晚成
责任编辑：田金麟
责任校对：李　琴
责任监印：朱　玢
装帧设计：璞茜设计

出版发行：华中科技大学出版社（中国·武汉）　　　电话：（027）81321913
　　　　　武汉市东湖新技术开发区华工科技园　　　邮编：430223
印　　刷：武汉精一佳印刷有限公司
开　　本：880mm × 1230mm　 1/32
印　　张：23.25
字　　数：340千字
版　　次：2020年10月第1版第1次印刷
定　　价：79.80元（全2册）

本书若有印装质量问题，请向出版社营销中心调换
全国免费服务热线：400-6679-118　竭诚为您服务
版权所有　侵权必究

目录 CONTENTS

- 001 第一章
- 023 第二章
- 041 第三章
- 057 第四章
- 081 第五章
- 099 第六章
- 127 第七章
- 139 第八章
- 149 第九章
- 167 第十章
- 181 第十一章
- 193 第十二章

217	第十三章
225	第十四章
243	第十五章
263	第十六章
281	第十七章
297	第十八章
335	第十九章
345	第二十章
363	第二十一章
381	第二十二章
401	第二十三章

第一章

这是十月里一个星期天傍晚,同许多同一阶层的年轻女士一样,凯瑟琳·希尔伯里正在沏茶。她的脑子大概只有五分之一的空间被眼前场景占据,其余部分则在星期一早晨与此时的沉闷压抑之间来回跳跃,随意想想日常白天必做的一些琐事。尽管她默不作声,但显然胸有成竹,她对此再熟悉不过了,机械地重复着已做过六百遍的动作,而无须动用任何空闲的官能。仅需一眼便能明白,希尔伯里夫人在举行中老年显贵的茶会方面得天独厚、游刃有余,只要与茶杯、面包和黄油相关的烦人杂事不劳她操心,便几乎不需要女儿协助。

大家在茶桌上坐了还不到二十分钟,人人脸上皆表情生动,欢声笑语此起彼伏,这全是女主人的功劳。凯瑟琳想象一幅场景:这时候要是有人走进来,定会觉得大家正玩得开心,他会想,"这户人家可真快活!"她忍不住笑了起来，说了句话让气氛更热闹——她自己却并不兴奋雀跃。就在此时，居然如她所愿，真有一位年轻人推门而入。凯瑟琳和他握手，心里暗忖："先生，您认为我们过得快乐吗？""妈妈，德纳姆先生来了。"她大声招呼，知道母亲定然忘了来客的姓名。

当陌生人走进一个房间，里面的宾客已相互熟稔，正极为放松地谈天说地，场面不免有些许尴尬，而德纳姆先生也觉察到希尔伯里夫人本已忘记自己的姓名，一时更感窘迫。与此同时，他感到此处与外面街道中间似乎隔着一千道装上软垫的房门，全都无声无息地关上了。客厅宽敞空旷，似有缕缕迷雾萦绕其中，茶几上的蜡烛散发出一片银光，在火光中又透出暖红。他脑海里还浮现方才路上公共汽车和出租车的身影，身体由于在街道交通与熙攘行人间快步穿梭，依然隐隐发麻。此时此刻，客厅显得遥远静谧；老人们面容柔和，彼此间有点距离，客厅里淡蓝色薄雾缭绕，映衬得他们容光焕发。德纳姆先生进来时，著名小说家福特斯克先生的话正说到一半，他稍稍停顿一下，等新来的客人坐下，希尔伯里夫人巧

妙地接上话,靠近他问:

"德纳姆先生,如果您嫁给了一位工程师,不得不住到曼彻斯特,您会怎么办?"

"她总可以学学波斯语吧。"一位年老的绅士插话,"难不成曼彻斯特就没有退休的校长或文人可以教教她波斯语吗?"

凯瑟琳解释,"我们的一位表亲婚后搬到曼彻斯特了。"德纳姆先生咕哝了几个字,满足了大家的期待,小说家便接着方才的话题发言。德纳姆暗暗诅咒自己竟然抛弃自由的街道来到这个世故的茶会。周遭事物让他不大自在,他的表现想必也不甚得体。他环顾四周,发现除了凯瑟琳,其余宾客都已年过四十。唯一值得宽慰的是,福特斯克先生是位大名人,到了明天他也许会窃喜有缘相识。

"您去过曼彻斯特吗?"他问凯瑟琳。

"从未去过。"她回答。

"那您为何反对呢?"

凯瑟琳默默搅动茶水。德纳姆心想,也许她在考虑是否要为别人添茶。其实,她是在疑惑该如何让这位性情古怪的年轻人与其他人和谐相处。她见他把茶杯抓得很紧，似乎都要把纤薄的陶瓷捏凹了，看出他相当紧张。德纳姆体型瘦削，脸颊因风吹而微微泛红，头发不大整齐，在这样的聚会中紧张无措也情有可原。此外，他可能并不喜欢这种茶会，过来纯粹出于好奇或是应她父亲的邀约——无论如何，他与在场宾客格格不入。

她随意答道："我猜，在曼彻斯特大概找不到人聊天吧。"福特斯克先生在旁观察她好一会儿了，小说家都爱仔细观察研究别人，听见这话笑了起来，将她的话作为下一段对话的主题。

"凯瑟琳略有夸张，但无疑准确无误。"福特斯克先生接话，他倚在椅子上，若有所思地凝视着天花板，十个指尖轻碰，依次描绘起曼彻斯特街头的惨状，城郊无边无际、了无生机的沼泽，而后是凯瑟琳的表亲可能要住的低矮楼房。那可怜的女孩的访客呀，尽是些教授和境况悲惨的青年学生，平时投身到本国年轻剧作家呕心沥血的作品之中。她的外表会日渐憔悴。当她飞往伦敦，凯瑟琳带着她到处闲逛时，会如同拉着一条热切的小狗经过一排排吵闹的肉铺。可怜的小家伙啊!

他话音刚落,希尔伯里夫人便抗议:"噢,福特斯克先生,我才刚刚给她写信说我有多嫉妒呢!脑里还想着那些大大的花园和戴着手套的可爱老妇人,她们除了《旁观者》①报什么都不读,还呼出鼻息吹灭蜡烛。那样可爱的老太太和大花园都不复存在了吗?我告诉她,伦敦的好东西在曼彻斯特全都找得到,那些让人沮丧的可怕街道一条也没有。"

"那不还有所大学嘛。"那位身材纤瘦,坚持曼彻斯特肯定有人懂波斯语的绅士接话。

凯瑟琳说:"我知道那儿有沼泽,前几天才刚读到过呢。"

"我对我家人的无知感到无奈又惊奇。"希尔伯里先生评论说。他上了年纪,一双椭圆形的淡褐色眼睛以他的

---

① 《旁观者》(*The Spectator*):由十八世纪英国散文家约瑟夫·艾迪生(Joseph Addison,1672—1719)与理查德·斯梯尔(Richard Steele,1672—1729)共同创办的报纸。《旁观者》中呈现人们熟悉的小故事与随笔,嘲讽社会生活中的错误行径与愚蠢行为,赞扬讴歌一些好人好事。这份报刊中虚构了一些非常古怪的人物,例如乡绅罗杰·德·柯沃雷、威尔·温布尔、威尔·霍尼等,然后根据这些人物杜撰一些趣事。

年龄而言相当明亮，使沉重的脸色生色不少。修长纤细的手指不停玩弄挂在表链上的绿色宝石，头总是迅速左右摆动，高大肥胖的身体纹丝不动，似乎在尽可能节约能量的情况下为自己源源不断地提供娱乐与思索的素材。或许人们会猜想，他已过了满足个人野心的年岁，或是业已尽其所能达成诸多愿望，如今他敏锐的眼光仅用以观察和思量，而不期盼任何结果。

福特斯克先生酝酿着下一番逻辑严谨的谈话，在此空当，德纳姆判定，凯瑟琳兼备双亲的特点，各种特征以奇特的形式相互融合。她像母亲一样，动作快速冲动，常常张嘴说着说着话，话音戛然而止；那像极了父亲的深褐色椭圆眼睛熠熠生辉，又流露哀伤。眼看她年纪尚轻，估摸对人生尚未悲观，人们猜测她的眼神并非出于哀愁，而是沉思与自控。她的头发、脸色和五官即便算不上端丽冠绝，仍十分动人。她坚决果断、镇定冷静，两者的结合使得她相当可敬，无需多花力气便令一位几乎素不相识的年轻人舒适自在。此外，她身材高挑，裙子颜色素净，蕾丝花边业已染黄，上面系着的一件古董首饰熠熠耀着红光。德纳

第一章

姆注意到，虽然她保持沉默，却依然掌控全局，母亲向她求助时总能立即回答。可显然，她的心思并不在此。他察觉她在这茶局当中，在所有这些老年人之间的地位相当微妙，便尽量不去批判她这个人以及她的态度。曼彻斯特这一话题经过好一番讨论后，终于被大家略过去了。

"那是特拉法尔加海战[①]还是大败西班牙无敌舰队[②]那场战役，凯瑟琳？"希尔伯里夫人问。

"特拉法尔加，妈妈。"

"当然是特拉法尔加！我可真蠢！再来一杯茶，加一片薄薄的柠檬。好吧，我亲爱的福特斯克先生，请您解答我的疑难，为何即使是在公共汽车上素昧平生的陌生人，只要长着个鹰钩鼻，也令人倍感信任呢？"

这时，希尔伯里先生插话，跟德纳姆谈起律师这一职

[①] 特拉法尔加战役(the Battle of Trafalgar)：又称"特拉法尔加海战"，是十九世纪初英国舰队与法国西班牙联合舰队之间的一场大规模海战，因海战地点在西班牙的特拉法尔加角附近而得名，该场战役是风帆战舰时代规模最大的海战之一。
[②] 西班牙无敌舰队（Spanish Armada）：西班牙十六世纪后期著名的海上舰队。1588年夏天，英国舰队大败西班牙无敌舰队之海战，被史学家称为世界历史上著名的四大海战之一。

业以及他在其中目睹的种种变化,见解颇为独到。的确,德纳姆恰好是希尔伯里先生喜欢的类型,他俩相识正是因为德纳姆写的一篇关于法律事宜的文章刊登在希尔伯里先生的《时事评论》上了。但萨顿·贝利夫人到来后,希尔伯里先生立马转身与她寒暄,德纳姆发现自己坐在凯瑟琳身旁,沉默不语、无话可说,凯瑟琳亦如此。他俩年龄相仿,都还没到三十岁,因此有顾忌,许多能轻易令对话畅通无阻的玩笑话还不大方便使用,两人愈发默然。凯瑟琳故意不帮助这年轻人,她出于本能察觉到尽管他果断正直,却对她的生活环境怀有敌意。两人一言不发,德纳姆也极力控制自己不要鲁莽出言,免得顶撞她。可是,希尔伯里夫人对客厅里的任何冷场就像是对音阶里的哑音一般敏感,她探过身来,以那种让人想起阳光下的蝴蝶,犹豫而超然的语气搭话,"您知道吗,德纳姆先生,您总让我想起亲爱的罗斯金①先生……是他的领带,凯瑟琳,还是他的头发,

---

① 约翰·罗斯金(John Ruskin, 1819—1900):十九世纪闻名的英国作家、艺术家、艺术评论家,同时也是哲学家、教师和业余的地质学家。他的主要代表作有《建筑的七盏明灯》《威尼斯之石》等。

抑或他坐在椅子上的模样呢？德纳姆先生，您喜欢罗斯金吗？""哦，不，希尔伯里夫人，我不读罗斯金。""那请问您平常读些什么呢？总不能将所有时间都花在上天下地，大展神通上吧。"

希尔伯里夫人一脸慈爱地看着德纳姆，他嘀咕了几个字，于是她又看看凯瑟琳，但凯瑟琳不接话。希尔伯里夫人忽然想起了什么好主意：

"凯瑟琳，我猜德纳姆先生也许会对我们家的小玩意感兴趣。我敢说他可不像那可怕的年轻人——那位庞廷先生，他告诉我，我们的责任只有活在当下。当下是什么？其中一半都是过去，照我看，过去的一半还更好呢。"她边说边转向福特斯克先生。

德纳姆起身，寻思应该没什么好看的，欲就此离去。可凯瑟琳也站了起来，建议道："也许您有兴致看看我们家的画像吧。"说罢便领他从客厅进入隔壁一个面积稍小的房间。

那房间有点像教堂里的礼拜室；远处传来车马的隆隆声，让人想起柔柔海水翻腾起伏，几面椭圆形的银色镜子如同星光下的深潭，使得房间又似洞穴里的岩洞。房里放满了各式文物,在两个比喻之间,还是把它比作宗教密室更为贴切。

凯瑟琳四处触碰,光线便照亮各处,呈现出一大堆红皮镶金的书籍,一块玻璃后是一条长长的流光溢彩的蓝白色挡板,接着出现一张红木书桌,上面的文具井井有条,最后是桌子上方的一幅肖像,照耀其上的光线尤其充足。凯瑟琳打开最后几盏灯后,往后退了一步,仿佛在说:"看那儿!"德纳姆发现伟大的诗人理查德·阿勒代斯正低头注视着他,内心颇受震撼,倘若他戴着帽子,定会脱帽致敬。诗人的双眸在淡粉、浅黄的画漆间注视着他,神圣、友好的眼神包围着他,而后及至世界。画漆已然褪色脱落,唯独那双漂亮的大眼睛在黯淡的环境中显得格外深邃。

凯瑟琳似乎等着他反应过来后才继续介绍:

"这是外祖父的写字台。这是他用过的笔。"她拿起一支鹅毛笔,随即又放下。写字台上洒有陈年墨水,笔上的鹅毛亦已凌乱。一副巨大的金边眼镜放在桌上,桌子下面有一双大大的旧拖鞋,凯瑟琳捡起其中一只,说道:

"我猜外祖父的体型起码有现在人的两倍那么高大。"

第一章

她对要讲的话已然倒背如流,接着往下介绍,"您瞧,这是《冬天颂》的原稿。他早期的诗歌可不像后来的都校过稿。您想读读看吗?"

德纳姆先生读着原稿,凯瑟琳抬头望望外祖父的画像,第一千次陷入愉悦的梦幻之境,仿佛成了伟人们的伙伴,最起码与他们是同族嫡亲。此时此景顿时黯然失色。画布上那高贵朦胧的头像当然从不在意周日下午的琐事,她与这个年轻人的对话也并不重要,他俩都只是无关紧要的小人物,聊着些无足挂齿的小话题。

"这是一本初版诗集。"她继续讲解,未留意德纳姆先生还在阅读原稿,"里面有几首诗后来停印了,上面还有校错呢。"她稍稍停歇后话音又起,仿佛这些停顿皆经过精心计算。

"穿蓝裙的女士是我的曾祖母,画是米林顿所作。这是我叔公——理查德·沃伯顿爵士的拐杖,他曾与哈夫洛克①

---

① 亨利·哈夫洛克爵士(Sir Henry Havelock, 1795—1857):英国将军,是1857年印度起义中解放勒克瑙的主要将领。

一同解放勒克瑙①。这儿还有，让我想想——哦，这是阿勒代斯一世——我们家族财富的创始人与他的妻子的画像，画于1697年。先前有人把这个刻有他俩纹章和姓名缩写的碗送给我们，想必是他们银婚纪念日时别人送的礼物。"

说到这儿她停了下来，心想为何德纳姆先生一声不吭。她之前感到他对她怀有敌意，后来顾着思索家族藏品便一时忘记了，此时这感觉又倍加敏锐，于是她在讲解途中停下看他。她母亲希望给他戴戴高帽，将他与伟大的逝者联系相比，把他比作罗斯金先生；这比较出现在凯瑟琳脑海里，使她对这年轻人不同寻常的苛刻。这位穿着燕尾服登门造访的年轻人，与即使文思涌泉，镜片后的眼神依然镇定自若的罗斯金先生——这是她记忆中罗斯金先生的形象——截然不同。他的面容独特，神情迅速果断，却无深刻思考之气质；前额宽阔，鼻子长而威武，嘴唇刮得很干净，看着既顽固又敏感；脸颊瘦瘦的，肤色微微发红。

---

① 1857—1859年间，印度北部和中部爆发反对英国统治的民族起义，中心是德里、坎普尔、勒克瑙。英国将重新占领勒克瑙称为"解放"，而印度起义军将其视为起义失败。

他的双眸展现出男性的个性与权威,眼睛大大的,呈清澈的棕色,在愉快的环境下可能会显露出更为微妙的情绪;它们似乎会出乎意料地犹豫不定,胡思乱想。可凯瑟琳看着他,只想知道如果他留着络腮胡子,是否会接近那些逝去的英雄在她心目中的标准。从他瘦削但精神的脸颊上,她看到一个有棱有角、辛辣尖刻的灵魂。他放下稿子说话,她注意到他声音轻颤,带有丝许"咝咝"的颤音:

"您一定很以您的家族为豪,希尔伯里小姐。"

"的确是的。"凯瑟琳回答,话毕加上一句,"您觉得这样不妥吗?"

"不妥?有何不妥?可是,向访客展示藏品想必很无聊吧?"他想了想也添上一句。

"如果访客享受,倒不会无聊。"

"要与您的祖先比肩,那可不容易。"他继续试探。

凯瑟琳回答:"我是肯定不会尝试写诗的。"

"不,要我也不会。我可不能忍受外祖父比我厉害。"凯瑟琳尚在思索,德纳姆面带讽刺地环顾四周,往下说,"说到底,不仅仅是您外祖父,您的亲族在各方面都成就斐然。

我想您来自英国最显贵的家族之一。您的亲戚有沃伯顿家族、曼宁家族，跟奥特韦家族也有血缘关系，不是吗？"他补充一句，"我在杂志上读到的。"

凯瑟琳答道："奥特韦家族是我们家表亲。"

"就是嘛。"德纳姆以一种尘埃落定、观点已然证实的得意口吻接话。

"好吧。"凯瑟琳说，"那也不能证明什么。"

德纳姆笑了笑，表情尤其令人生气。眼看即便不能给她留下深刻印象，他还是有能力让这漫不经心、目中无人的女主人心生厌烦，他心中一阵窃喜。不过，他倒宁愿让她印象深刻。

他静静坐着，双手捧着那本珍贵的小诗集。凯瑟琳望着他，不那么恼怒了，眼神变得忧郁深沉，她似乎沉浸在众多思绪当中，一时忘却了自己的职责。

"好啦。"德纳姆突然翻开小诗集，仿佛他已经说尽在合乎礼仪的情形下所想说、所能说的话，果断地翻着书页，似要从印刷、纸张、封皮到诗歌的质量以整体鉴定此书。看饱了个中优劣后，德纳姆将它放在写字台上，转而查看理查德·沃伯顿爵士那柄带着金把、由马六甲白藤茎制成的拐杖。

"难道您不为自己的家族而自豪吗?"凯瑟琳追问。

"还真不。"德纳姆应答,"我们家族从没做过什么值得骄傲的事情——除非您觉得有债必偿也值得骄傲吧。"

凯瑟琳评论:"那听上去相当无趣。"

德纳姆表示同意:"您一定觉得我们无趣得可怕。"

"是的,我也许会觉得您无趣,但我肯定不会认为您荒谬。"凯瑟琳加了一句,好像德纳姆确实以此指控她的家族一样。

"那是,因为我们丝毫不荒谬。我们是一家体面的海格特中产家庭。"

"我家不住在海格特,但我想我们也是中产家庭吧。"

德纳姆微笑不语,他把马六甲白藤茎拐杖放在架子上,从饰鞘处拔出一把剑。

"家里人说那柄剑是克莱夫[①]的。"凯瑟琳说,不知

[①] 罗伯特·克莱夫(Robert Clive, 1st Baron Clive, 1725—1774):陆军少将,又被称作印度的克莱夫(Clive of India),英国军人,政治家,为不列颠东印度公司在孟加拉建立了军事、政治霸权。

不觉又重拾女主人的角色。

"真的吗?"德纳姆询问。

"家族里一直这么流传。我不晓得是否有证据。"

"您看,我家里可没有什么可流传的。"德纳姆说。

"您听上去可真是沉闷。"凯瑟琳再次评论。

"就是普普通通的中产阶级。"德纳姆回答。

"你们有债必偿,你们有话直说,我不明白你们为何要鄙视我们。"

德纳姆先生小心翼翼地把希尔伯里家族传说中属于克莱夫的宝剑插回饰鞘。

"我只是不乐意成为您而已。"他字斟句酌,尽可能使话语准确无误。

"您当然不乐意。没有人想成为他人吧。"

"我想呀。我想成为许多其他人。"

"那为什么不能是我们?"凯瑟琳逼问。

德纳姆看着她,她坐在外祖父的扶手椅上,指间玩弄着叔公的马六甲白藤茎拐杖,背景是富有光泽的蓝白色挡板与颜色猩红、镀金镶边的书籍。她鲜活又镇定,如同羽

第一章

毛明艳的鸟儿在起飞之前蓄势待发,使他意欲向她展示了她及其同类的种种局限。反正片刻之后,他就会被抛诸脑后。

"您永远无法亲身体验任何事物,"他几近蛮横无理地开始攻击,"所有事情都为您做好了。您永远不懂得攒钱买东西的乐趣、第一次读书的愉悦,也无法感知发现新事物时的兴奋满足。"

他稍稍停顿了一下,凯瑟琳催促,"接着说。"听着自己大声说出这些事实,他突然怀疑这些话是否言之有理。

"当然,我不知道您如何打发时间,"他略带生硬地继续,"不过我猜您得带人到处参观。您在撰写外祖父的生平,不是吗?而这样的事情,"——他朝另一个房间点点头,阵阵富有教养的笑声从中飘出——"一定费时良久。"

她满怀期待地看着他,仿佛两人正在装饰一个小小的她,她想象他正犹豫着该把蝴蝶结和饰带放在哪儿才好。

"您说的几乎全对,"她说,"可我只是协助母亲,并非亲自执笔写作。"

"有什么事情是您亲自做的?"他追问。

"您的意思是?"她问,"我的确没有朝十晚六的固定工作。"

"我不是那样的意思。"

德纳姆先生恢复自制,语气逐渐平和,这让凯瑟琳相当焦虑,恐防他要为之前的失态辩解,可同时也想惹恼他,想稍稍嘲笑他、讽刺他,好使他离开。她经常如此对待父亲不时带回来的年轻人。

于是她评论:"如今人们做的事都没什么价值。"她翻开外祖父的诗集,"您瞧,我们甚至连印刷都不如前人做得好,至于诗人、画家或小说家,那是一个也没有。无论如何,我可不是唯一一个无所事事的人。"

"是的,我们的年代没有任何伟人。"德纳姆回答,"我很高兴这样。我讨厌伟人。在我看来,十九世纪对'伟大'无比崇拜,正解释了为何那一时代毫无价值。"

凯瑟琳张嘴吸了一口气,似乎要以同等力量的话语来回应他。此时,隔壁房间传来关门的声音,吸引了她的注意力,他俩都意识到茶桌上升升落落的话语声此刻尽皆消失,连光线也黯淡下来。片刻之后,希尔伯里夫人出现在前厅门口。她站在那里,脸上带着期许的微笑,仿佛年轻一代的剧目正为她上演。她长相非凡,已经六十多岁了,仍体态轻盈、眼神明亮,岁月没在她身上留下多少痕迹。她长着鹰钩鼻,脸蛋有些干瘪,可任何棱角都被那双大大的、睿智又纯真的蓝色眼睛中和,它们似乎热切期盼世界应高尚行事,又衷心相信倘其愿意,定可表现得崇敬高贵。

她宽阔的前额上有几条皱纹,嘴唇两旁也有些许,表明她人生中可能经历过一定难题和困惑,但仍保留对他人的信任,依旧愿意予人以机会,依旧乐意相信别人。她与父亲容貌相像,且跟他一样,面容使人想起年轻鲜活的世界里那新鲜清爽的空气、那广阔无垠的土地。

"哎,德纳姆先生,"她问,"您觉得我们的藏品怎么样?"

德纳姆先生站起身,放下诗集,嘴巴张开了,却说不出话来。凯瑟琳看在眼里,觉得有些好笑。

希尔伯里夫人拿起他放下的书。

"有一些书,它们富有生命力,"她沉吟,"伴我们度过青春,与我们一同老去。您喜欢诗歌吗,德纳姆先生?这问题多荒唐!事实是,亲爱的福特斯克先生几乎把我累坏了。他口才了得,机敏深刻又洞察尖锐,才谈了大约半小时,我就想把所有灯都关上。可也许他在黑暗里会更出色呢?你说呢,凯瑟琳?我们要在黑暗中来个小聚会吗?明亮的房间只适合无聊的人……"

这时候德纳姆先生伸出手示意告别。

"可我们还有很多东西要给您看呢!"希尔伯里夫人惊呼,完全不理会他。"书籍、图片、瓷器、手稿,还有苏格兰玛丽女王听到达恩利①被谋杀时所坐的椅子。我必须躺一小会儿,凯瑟琳要去换一身衣服(虽然她现在穿着的裙子也很漂亮)。要是您不介意独自待上一阵,我们八点钟就上晚饭。我敢说您在等待的时候便能写出一首诗。啊,我多爱这火光! 我们的房间看起来可真迷人。"

她退后一步,凝视空荡荡的客厅,客厅里灯光熠熠,火焰闪烁摇曳。

"亲爱的家具啊!"她感叹,"亲爱的椅子和桌子!

---

① 达恩利勋爵:亨利·斯图亚特(Henry Stuart,1545—1567),苏格兰的玛丽女王(Mary Stuart,1542—1587)的堂弟及第二任丈夫。

它们就像是老朋友,忠实沉默的老朋友。这倒提醒了我,凯瑟琳,年轻的安宁先生今晚要来,还要去泰特街和卡多根广场……记得要给你叔公的画像上釉,米利森特姑姑上次过来还说起呢。要是我看见自己父亲的画像连玻璃都碎了可得多难过。"

要道别逃跑,仿佛要穿过由钻石般闪亮的坚韧细丝织成的蛛网迷宫一样困难,每次德纳姆想离开,希尔伯里夫人要么忆起镶框工匠的坏处,要么谈起诗歌的诸多趣味来,年轻人一度以为自己大概会被催眠去完成她假意要他帮忙的事了——他实在想不出来他的存在于她而言有何价值。好在凯瑟琳终于给他找了个机会告别,他为她的理解相助而心怀感激。

第二章

德纳姆猛地关门离开,比那天下午任何一位访客都使劲儿。他在街上走得飞快,手杖呼呼地划开空气,很高兴自己已经离开那客厅,可以呼吸阴冷的雾气,与不那么矫揉造作的人们一同走在逼仄的人行道上。他想,要是能把希尔伯里先生、夫人和小姐带来这里,他便有办法使他们察觉他多么优秀。他正为方才口齿不清而苦恼,甚至没能令那位眼神忧郁但喜欢讽刺别人的年轻女子感受他的一丝魄力。他试图忆起两人争辩时的确切用词,无意识地以表达力远胜的话语来取代,如此一来,刚才词不达意的苦恼方得到些许缓解。他天性不爱以过分乐观的态度对待自身行为,毫无粉饰的真相仍不时烦扰着他,但他在人行道上快步行进,眼见街上半掩的窗帘后各个厨房、餐厅和客厅默默展示着不同生活中的纷杂场景,自身的经历便不那么尖锐难受了。

他的心情渐生变化。他放慢速度，头微微沉到胸前，灯光不时照在他变得特别宁静的脸上。他沉浸在思绪当中，要辨认街道的名字时，呆呆望了良久才认出来；走到十字路口，他等上两三个拍子才过马路，仿佛盲人行至路边时会稍有迟疑一般；去到地铁站，他在明亮的灯光下眨了眨眼，看了一眼手表，决定继续沉溺于黑暗中，便一直往前走。

然而，德纳姆脑海里充塞的依然是之前的场景，思绪里还是他刚离开的房子里的人物，可无论他如何努力回忆他们的相貌与言语，却总是记不真切。不知是因着街道的转角、火光通明的房间、队形奇特的灯柱队列，抑或何般奇思妙想，他的思想陡然生变，嘴里喃喃低语：

"凯瑟琳·希尔伯里就够了……嗯，有凯瑟琳·希尔伯里就够了……我愿意与凯瑟琳·希尔伯里在一起。"

话音刚落，他放慢脚步，脑袋低垂，眼神直勾勾地定在一点。原本他急于为自己辩护，此时已无关紧要，他全身的官能仿佛已然摆脱束缚，变得无拘无束，飞跃固定在凯瑟琳·希尔伯里的样子上。德纳姆在她面前所作的评论必然引致厌恶，思绪却不屈不挠纠缠于她，着实令人惊奇。

他曾试图否认她的魅力,在如此魔力的魅惑下,她的美貌、性格与超然已完全占据了他的心。记忆逐渐耗尽,他由着自己继续想象。他清晰知晓自己的索求,有条不紊地回想希尔伯里小姐的特征,仿佛需要她的形象以满足特定目标。在他的思绪中,她身量颀长,发色稍深,但外表其实没有多大变动。他最大胆的行动在于改变她的思想,祈望她崇高公正又独立自主,在高空中迅捷翱翔,只为了拉尔夫·德纳姆才会俯身冲下。她开始时挑剔苛求,但最终还是会纡尊降贵认可他。不过,这些令人迷醉的细节还有待闲暇之时仔细斟酌,重点是有凯瑟琳·希尔伯里就足够了。有了她,他好几星期,甚至好几个月都能心满意足;接受了她,他得到了自己长久以来一贯缺失、早已忘怀的事物。他满意地叹了一口气,意识到自己在骑士桥街区,很快便坐上了开往海格特的地铁。

新近的觉悟令他心情怡悦,可他终究无法逃避种种熟悉景象——诸如郊区街道、长在花园前的潮湿灌木、花园门上以白漆写上的荒唐名字——的意味。他走着上坡路,想着逐步靠近的那幢房子,心情低沉颓丧。屋子里住着他那六七个兄弟姐妹和守寡的母亲,也许还有某位阿姨或叔叔一同坐在亮得晃眼的灯光下吃着味同嚼蜡的饭菜。他应该践行两周前面对如此聚会时的威胁吗?当时他胁迫说,如果星期天再有访客前来,他就单独在自己的卧室用餐。他往凯瑟琳·希尔伯里小姐住所的方向看了一眼,下定决心今晚必须表明姿态。他开门进屋,看见约瑟夫叔叔的礼帽与一把大伞,立马向女佣下达指令,然后径直上楼回房。

他爬着长长的楼梯,注意到一些平日极少留意的细节。越往上走地毯越是破旧不堪,走着走着便连地毯都没铺了;墙壁已然褪色,部分由于潮湿,部分是移动相框后留下的痕迹,墙纸的角落已经松脱,天花板缺失了一大块石膏。饭点已过,在这尴尬的时辰回到破落残旧的房间真真令人低落。一张扁平的沙发到了夜间便是他的床;其中一张桌子藏着洗漱器具;衣服、靴子与盖着镀金书院纹章的书随意混在一起。至于装饰,墙上挂有照片,内容无非是桥梁、大教堂,还有一大群不讨人喜欢的衣不蔽体的年轻男子,一个个从下到上依次坐在石头台阶上。家具和窗帘一看就简陋寒酸,丝毫称不上豪华,除却书架上的廉价经典读物还能沾上点儿边,否则连优雅品位都谈不上。唯一能体现房间主人个性的是一条粗大的栖木,放在窗边好捕捉新鲜空气与阳光,上面有一只温顺的年老秃鼻乌鸦在来回踱步。拉尔夫挠了挠它耳后,秃鼻乌鸦落在他肩膀上。他点上煤气取暖器,沮丧地坐下来等着晚餐。几分钟后,一个小女孩突然探头问道:

"拉尔夫,妈妈问你要不要下去?约瑟夫叔叔……"

"他们会把晚餐带上来。"拉尔夫断然回答,小女孩听完立马跑开了,留下半掩着的门。他和秃鼻乌鸦盯着炉火等了几分钟,晚餐毫无动静,他喃喃咒骂着跑下楼去,拦住客厅女仆,自己动手切了面包和冷肉。他正忙着,餐厅门突然打开,一个声音喊着:"拉尔夫!"拉尔夫没有回应便端着盘子上楼去了。他把盘子放在跟前的椅子上,半出于愤怒半出于饥饿,狼吞虎咽起来。看来母亲下定决心不尊重他的意愿,他在家里无足轻重,像个孩子似的被呼之则来挥之则去。他愈想愈伤心,自从他打开房门以来,几乎一举一动都得奋力挣脱家庭制约,不然按他家人看来,他该坐到楼下客厅描述今天下午的经历,聆听其他人讲述他们下午的经历。这房间本身,连同煤气取暖器和扶手椅,全是他争取得来;那可怜的鸟掉了一半的毛,一条腿被猫咬跛了,是在他的抗议下才救回来的。最令他家人反感的,他想,当数他竭力要求个人隐私。无论是单独吃饭还是吃饭后独自坐坐,于他们而言都是反叛,他要么得偷摸抵抗,要么得公开抗争,否则就别想了。欺骗和眼泪,他更讨厌哪一样?不过,至少他们不能剥夺他的思想,不能让他说出他去过哪里或者看见了谁。那是他自己的事情,他往正确的方向迈出了一步。他点燃烟斗,把剩下的饭菜切了喂给秃鼻乌鸦,从有些许过度的怒火中平息下来,思虑起自己的前景来。

这天下午正是朝正确方向踏出的一步。认识家庭圈子以外的人是他计划的一部分,就如学习德语、给希尔伯里先生的《时事评论》杂志审查法律书籍,是这个秋天计划的一部分。德纳姆家境贫困,他作为大家庭的长子,早习惯策划筹谋,把春、夏、秋、冬看作是连绵不断的苦工的不同阶段。他还没满三十岁,但因这爱谋划的习惯,眉毛上方已刻上两条半圆皱褶,此刻愈发明显。他没有静坐

第二章

思考,而是站起身来,拿出一块写着"在外"的小纸板挂在门把上,然后削了一支铅笔,点亮台灯,翻开书,可还是犹豫不决,不愿坐下。他挠了挠秃鼻乌鸦,走到窗边拉开窗帘,望着下面朦胧而明亮的城市。透过氤氲雾气,他朝着切尔西①的方向望去,看了好一会儿方坐回椅子上。可惜那些博学的律师所撰写的关于侵权行为的论述不得他意。穿过书页他目达一间空旷宽敞的客厅,耳闻呢喃细语,眼见女性形态,甚至可以闻到雪松在火炉中燃烧的气味。他的头脑稍为放松,似乎将当时不知不觉吸收的影像一一释放。他记起福特斯克先生的原话和他那强调的口吻,开始以福特斯克先生的态度重复他关于曼彻斯特的话语。他想象着自己在那幢房子里徘徊,想知道是否有其他像客厅一样的房间,他寻思:尽管那并不重要,屋子里的浴室一定很漂亮。那些保养得当的人呀,他们的生活何等悠闲安逸,毫无疑问,此时他们仍然端坐在同一个房间,仅仅是

---

① 切尔西(Chelsea):伦敦西部的一个区域,属于肯辛顿-切尔西区(Royal Borough of Kensington and Chelsea),坐落在泰晤士河南岸。切尔西区属于伦敦的繁华区域,也是伦敦最安全的区域之一。

换了衣裳,小安宁先生在那儿,介意她父亲画像的玻璃是否打破了的姑姑也在那儿。希尔伯里小姐换上了一条新裙子("虽然她原本穿的就很漂亮。"他听见她母亲的声音),她正和安宁先生聊着书,他四十好几了,发际线高高的。客厅是多么平静开阔啊;这平和静谧的场景使他渐渐放松,他低垂的手上拿着书,全然忘记了时间正一分一秒流逝。

楼梯上的咯吱声忽地将他惊醒。他内疚地一激灵,冷静下来,皱了皱眉头,直直盯着第五十六页。脚步在他门外停了下来,他知道无论那人是谁,都在斟酌是否要遵守纸牌上的指令。理智建议他不管不顾、一言不发。在他家里,任何习俗要植根,头六个月左右,每一次违反行为都得受到严厉惩罚。但拉尔夫清晰意识到自己希望被打断,当听到吱吱作响的脚步声走下楼梯,仿佛访客已经决定离开,他感到相当失望。他站起来猛然推开门,站在门槛等待。那人走到一半停了下来。

"拉尔夫?"那声音试探道。

"琼?"

"我刚才正上楼,我看见你的牌子了。"

"好啦,进来吧。"他隐藏欲望,尽可能装作不乐意。

琼走进房间,她站得笔直,一只手放在壁炉台上,小心翼翼的态度表现出她目标明确,等满足了便会离去。

她比拉尔夫大三四岁,脸圆圆的,可一脸憔悴,表现出大家庭中大姐姐特有的宽容但焦虑的好脾气。令人愉快的棕色眼睛和拉尔夫的很相似,神情却大不相同。他总是直接而敏锐地盯着一个物体,而她貌似习惯从许多不同角度去考虑每件事。这使他俩的年龄差异看上去比实际要大。她凝视秃鼻乌鸦片刻,毫无开场白地便说:

"我想谈谈查尔斯,还有约翰叔叔的建议……妈妈最近一直跟我聊。她说这学期后就供不起他了,说要申请透支。"

"那不可能。"拉尔夫说。

"我也认为不可能。我这么跟她说,她却不相信。"

拉尔夫似乎预见这讨论费时许久,给姐姐搬来一张椅子,自己也坐了下来。

"我没妨碍你吧?"她问。

拉尔夫摇摇头,一时两人无语,眉头紧蹙。

"她不明白,不试试怎么能成事。"他总算憋出一句。

"要是妈妈确定查尔斯会学有所成,还是愿意试一试的。"

"他挺聪明的,不是吗?"拉尔夫说。他语气尖刻好斗,让姐姐感觉他心生委屈。琼不知这牢骚缘由何在,虽一时颇为疑惑,但仍立即整理思绪往下聊:

"比起你在他这个年龄的表现,在某些方面,他还是差一些。他在家脾气也不好,老差使莫莉做这做那。"

拉尔夫咕哝一声,以示不以为然。琼清楚她碰上弟弟任性执拗的时候了,他打算反对母亲所说的一切,他把母亲称作"她"就是个证明。她不由自主地叹了口气,这惹恼了拉尔夫,他恼怒地大声说:

"把一个十七岁的男孩关在办公室里,这太糟心了!"

"没有人想把他关在办公室里。"琼回应。

她也开始生气了。她花了一下午跟妈妈讨论教育费用等令人厌烦的细节,现在来寻求弟弟的帮助,看他一整个下午都外出了——她不晓得他去哪儿了,也不想问——不知怎的以为他会好说话一点。

拉尔夫很喜欢姐姐,眼见她气恼难平,他感到把所有担子都压在她肩上是多么不公平。

"事实是,"他阴沉地说,"我应该接受约翰叔叔的提议。这时候我本应赚六百镑一年才对。"

"我完全没往那方面想。"琼立即回答,懊悔不该发脾气。"我在考虑咱们能否削减开支。"

"换一幢小一点的房子?"

"也许少雇些仆人吧。"

两姐弟的语气都不大确定。拉尔夫思索片刻,仔细酌量这些改变对一个已然非常节约的家庭会有什么影响,而后果断宣布:

"这不可能。"

她不可能再多做家务活了。不,苦难必须落在他身上。他坚信他家应该跟其他家庭一般,有各种各样扬名立万的机会,例如,跟希尔伯里一家一样。他偷偷地、心有不甘地坚信——即使这无法证实——他的家庭在某些方面非常出色。

"倘若母亲不愿尝试……"

"你真的不能指望她再次变卖房产了。"

"她应该把它看作是一种投资；可如果她不愿意，我们必须找找别的办法，仅此而已。"

这话语带威胁，琼无须发问就知道他指什么。在六七年的职业生涯中，拉尔夫省下了三四百英镑。想到他为了这笔钱所做的牺牲，琼很惊讶他居然将其用于赌博，他买入股票再卖出，存款时而增加，时而减少，但这始终是冒险，说不定哪天便输得精光。不过，虽然她对此心生疑惑，眼看他那斯巴达式的自制力配上浪漫幼稚的愚蠢行为，情不自禁地愈发爱着他。比起世界上任何人，弟弟更让她着迷，讨论经济问题时，即便面前难题极其严峻，她仍禁不住停下来想想在他性格方面的一些新发现。

"你要为了查尔斯冒险，那可太愚蠢了。"她说。"我也很疼他，但我看他并不十分出色……况且，为什么要牺牲你呢？"

"我亲爱的姐姐，"拉尔夫喊，边做出不耐烦的手势，"难道你不懂我们每个人都要牺牲吗？否认有什么用？抗争有什么用？你想一想，我们过去一向是这样，以后也是这样。我们没有钱,永远也不会有钱。我们每天都为了工作忙来忙去,直到像大多数人那样筋疲力尽,一命归西。"

琼看着他,她欲言又止,终于忍不住试探:

"你快乐吗,拉尔夫?"

"不,你呢?我跟其他人大概没什么两样。天知道我是否快乐。什么是快乐?"

他心中懊恼与愤懑交织,可还是半笑着朝姐姐瞥了一眼。她跟往常一样,似在权衡比较几件事,在下定决心之前还得平衡它们之间的关系。

"快乐……"终于,她意味深长地开口,细细品尝这词,接着停了下来,仿佛在思虑各种各样的快乐。待她开口说话,却换了一个话题,就像从没提到过快乐的话题似的,"希尔达今天来了。她把波比带过来了,他长大了一点了。"拉尔夫半好玩半讽刺地观察,琼要迅速撤离这危险的亲密话题,转到普普通通、与家庭有关的主题了。不过嘛,他想,她是家里唯一可以与他讨论快乐的人了。他跟希尔伯里小姐初次会面便谈到快乐,那倒没什么,可是在家中,除了琼,他无法和其他人谈心。他挑剔地看了琼一眼,她身穿花边已然褪色的绿色高领长裙,看着乏味土气,逆来顺受。他心里痒痒的,想跟她聊聊希尔伯里一家,好讲讲他们的坏话。他脑海里接连出现两幅截然不同的生活愿景,希尔伯里家的生活比起德纳姆家的占了上风,于是拉尔夫急着确认,琼在好些方面远胜于希尔伯里小姐。他本应认为姐姐比起希尔伯里小姐更特立独行,也更斗志昂扬,但如今凯瑟琳在他心中烙下了深刻印象,他清晰记着她的活力充沛、冷静自制。反倒是琼,全然看不出是一名店主的孙女,有能力自给自足。无穷无尽凄凉肮脏的生活压迫着他,即使他依然深信,他们一家人确有不同凡响之处。

"你会和妈妈谈谈吗?"琼问,"你知道的,事情无论如何都得解决。查尔斯要去约翰叔叔那儿,就得先写封信。"

拉尔夫不耐烦地叹了口气。

"怎么干都无所谓吧。"他大声说,"从长远来看,他注定没有好日子过。"

琼的面颊上微泛红晕。

"你知道你在胡说八道。"她说,"自己养活自己对谁都好。我很高兴能自己挣钱。"

姐姐这么想,拉尔夫很是安慰。他希望她继续讲下去,可还是倔强地接话:

"难道这不是因为你已经忘记了该如何享受吗?你从来没时间做做体面的事情……"

"比如说?"

"嗯,去散步、听音乐、读读书,见见有趣的人。你跟我一样,值得做的事情一件没做。"

她说:"要是你乐意,我看你能把房间收拾得更干净舒适。"

"我一生中最美好的时光都被迫浪费在办公室里起草协议,房间怎么样又有什么关系?"

"你前两天才刚说过觉得法律很有趣。"

"倘若我能真正了解法律,那它的确很有趣。"

(楼梯平台上一扇门砰的一声关上了。"赫伯特现在才睡觉,"琼插了一句,"他早上又不愿意起床了。")

拉尔夫望着天花板,双唇紧闭。为何姐姐一刻也不能把心思从家庭琐事中解放出来呢?他觉得她越来越沉浸其中,与外界的接触愈来愈少、愈来愈短。她只有三十三岁啊。

"你现在还走访朋友吗?"他突然发问。

"我不常有时间。怎么了?"

"结识新朋友是件好事,仅此而已。"

"可怜的拉尔夫!"琼突然笑了,"你认为姐姐变得又老又迟钝了,是吧?"

"我可没这么说。"他坚决否认,脸却红了,"你过得太累了,琼。你要么在办公室工作,要么为我们其他人担心。恐怕我没帮上什么忙。"

琼起身,站了一会儿好烘暖双手,显然,她在考虑是否该继续对话。姐弟间的亲密使他俩团结起来,两人眉毛上方的半圆皱纹消失了。不,他俩没什么要说的了。琼从弟弟身边走过,用手拂过他的头,喃喃道晚安便离开房间。过了几分钟,拉尔夫头枕着手臂静静地躺着,渐渐地,他的双眸注满了顾虑,眉间的皱纹复现。陪伴同情曾带来愉悦,可惜已杳然消逝,空留他独自苦思。

过了一会儿,拉尔夫翻开书往下读,他看了一两眼手表,似给自己定下一项任务,须在一定时间内完成。屋子里不时传来人声,各扇门整晚都开开关关,表明他占据顶楼的这幢楼房里,每一个房间都有人居住。午夜时分,拉尔夫合上了书。他拿着蜡烛到楼下,确定所有灯火俱已熄灭,所有门窗都已锁上。此时此刻,破烂陈旧的屋子就像是褪去衣裳,几近衣不蔽体的犯人;深夜里,它了无生气,无法掩饰的破旧、日积月累的瑕疵,尽皆无所遁形。他猜,凯瑟琳·希尔伯里瞧见了肯定会毫不客气地讥讽几句。

第三章

德纳姆"控诉"凯瑟琳·希尔伯里出身于英国最杰出的家庭之一,倘有人不厌其烦地查阅高尔顿先生①的《遗传的天才》,他会发现这一说法离真相不远。阿勒代斯家族、希尔伯里家族、米林顿家族和奥特韦家族证实智力也是财产的一种,大可绵延不断地一个一个、一代一代往下传。这几个家族里的成员十之八九天赋异禀、才华横溢,这片丰沃富饶的土地本已培养出众多位高权重的法官、将军、律师和公仆,后来更栽培了任何家庭都无法企及的奇葩——一位伟大的作家,英国诗人中的瑰宝——理查德·阿勒代斯;他们漫不经心便得此珍宝,再次验

---

① 弗朗西斯·高尔顿(Francis Galton, 1822—1911):英国科学家和探险家。英国皇家地理学会及英国皇家学会会员,晚年受封为爵士。他是查尔斯·达尔文的表弟,深受其进化论思想的影响,把该思想引入人类研究。他着重研究个别差异,从遗传的角度研究个别差异形成的原因,开创了优生学。主要作品有《遗传的天才》及《人类的官能及其发展的研究》等。

证家族遗传的神奇美德。他们曾跟随约翰·富兰克林爵士远征北极①，与哈夫洛克先生一同解救勒克瑙。他们并非是牢牢立足海礁、引领时代前进的灯塔，却是稳定耐用的蜡烛，照亮日常生活的寻常居室。无论是哪种职业，总有一个沃伯顿、阿勒代斯、米林顿或希尔伯里身居高位，担当权威。

可以说，在英国社会，一旦拥有众所周知的姓氏，就算本身资质平平，也大可名誉等身，要变得杰出著名远比默默无闻容易。这对子嗣而言如此，连家族中的女儿——即使是在十九世纪——也可成为重要人士。老处女往往是慈善家和教育家，成了家的便是卓越男士的夫人。阿勒代斯家族确实有过几个可悲的例外，似乎表明名门的幼子比起双亲普通的孩子更易学坏，像是种解脱似的。但总体而言，二十世纪初期以来，阿勒代斯家族及其亲族都过得不

---

① 1845年，英国海军、北极探险家约翰·富兰克林爵士（Sir John Franklin, 1786—1847）带领129名船员和两艘当时最先进的探险船幽冥号和恐怖号从英国出发，探索北极连接大西洋和太平洋的"西北航道"。幽冥号与恐怖号于1846年被困在威廉国王岛附近的冰面上，再也无法航行。富兰克林爵士于1847年死于该岛，但其坟墓的确切位置一直未被发现。

赖。他们是所在行业的头领，姓名后面带有表示"绅士"的 esq.①，个个安坐豪华的公职办公室，配有私人秘书；他们撰写内容详实、黑皮加封的著作，由牛津大学或剑桥大学出版社发行，当其中一名家庭成员逝世，很可能由其亲属编写传记。

家族的显贵之源当数诗人，因此，他的直系后裔比起分支亲属分外光彩夺目。希尔伯里夫人作为诗人唯一的孩子，理所当然是家族的精神领袖，她女儿凯瑟琳在所有远近亲戚间也就更为优越，况且她还是个独生女，便尤为如此。阿勒代斯家族通过联姻，后代数目颇多，他们定期在对方的房子里进餐，也会举行庆祝活动，这些聚餐地位崇高，已半是神圣，如同教会节日或斋戒一般，每隔一段时间便举行一次。

过去，希尔伯里夫人认识她那一代的每一位诗人、每一位小说家、每一位柔美动人的女性、每一位杰出卓越的

---

① esq.全称 esquire，一种尊称，放在姓氏后面，在英国可用于任何被视为绅士的人或用于领事官员姓名之后。

男士。这些人如今要么溘然长逝,要么隐蔽在业已衰败的荣耀当中,她的房子便成了亲戚聚会见面的场所,她向他们哀叹十九世纪的伟大岁月已然逝去,英国文学和艺术各界的代表人物仅余寥寥。他们的继任者何在?她问。她伤春悲秋,缅怀过去,总是慨叹现代缺乏富有表现力的诗人、画家或作家。她怀古思旧,旁人有意打断也难以成功。但她远非纠结于年轻一代的不足。她诚心欢迎他们到家里做客,跟他们分享往事,给他们几枚金镑①,奉上冰激凌和合理的建议,还为他们编织恋情,尽管她想象中的恋情总与实际相差甚远。

  自凯瑟琳懂事以来,她显赫的出身浸润着生活的方方面面。育儿房壁炉上方挂着一张外祖父在诗人角②的墓碑的照片。有一回大人跟她说悄悄话——这些时刻对于孩童总无比深刻,她得知外祖父被埋葬在那里,因为他是"一个好人、一位伟人"。后来一次纪念日,她随着

---

① 旧时英国金币,面值一英镑。
② 诗人角(Poets' Corner):位于伦敦泰晤士河畔古老的威斯敏斯特教堂中,它是英国文豪们的长眠之所。

母亲坐着双轮双座马车穿过伦敦的浓雾,把一大束明艳芬芳的鲜花放到他的墓前。她想着,教堂里摇曳闪烁的蜡烛、低吟浅唱的风琴,都是为了纪念他。一次又一次,她被带到客厅,接受一些地位尊崇的老先生的祝福,他们与她保持距离——以她孩子气的眼光来看坐得太远了,个个神态庄严,紧握手杖,跟通常坐在父亲扶手椅的普通访客不甚相同。她父亲也在场,表现不大正常,有些许激动兴奋,全程毕恭毕敬。这些令人畏惧的老绅士会抱抱她,用锐利的目光注视她,然后祝福她,告诉她必须要做一个好孩子;有时,他们在她脸上发现同理查德小时候一模一样的表情,引得她母亲一阵热切的拥抱。随后她满怀骄傲地被带回育儿室,感到一切富有意义,但不明就里,各种当时难以明了之事物,随着时光消逝方逐渐得到解答。

家里访客络绎不绝。有"来自印度"的叔叔、阿姨和表亲,因为彼此的亲缘备受尊敬;其余来客则属于孤高强大的阶层,父母亲嘱咐她要"一辈子记住他们"。通过此番教导,又时常听人聊起众多伟人及其作品,她对于世界的初始概念包括莎士比亚、弥尔顿、华兹华斯、雪莱①,在内的一众文豪。出于某些原因,这些大师对于希尔伯里一家来说尤为亲近。他们缔造她的人生观,在她处理各种琐事时助她辨明正误。对于自己是其中一名文豪的后裔,她丝毫不觉为奇,反深感满足。随着年月推移,她把家族享受的许多特权视作当然。不过,其中缺点也日益明显。她所继承的并非土地,而是知识与美德,或许这多少令人沮丧;家族里有一位伟大的祖先,其毋庸置疑的成就令想与之媲美的后代难以望其项背,这也多少让人气馁。她的家族曾繁花绽放,如今除却长出健康嫩绿的茎叶,似乎已别无可能。由于林林总总的原因,凯瑟琳有过失望颓败的时刻。过去光辉岁月的男男女女俱成长为无可比拟的人物,令当今相形之下卑微不堪,使得在伟大时代业已消亡之时仍尝试抖擞生活的她,得不到丝毫鼓励。

她时常过分关注类似事情。首先,她母亲对这类问题

---

① 珀西·比希·雪莱(Percy Bysshe Shelley,1792—1822):英国著名作家、浪漫主义诗人,被认为是历史上最出色的英语诗人之一。代表作有《解放了的普罗米修斯》《西风颂》《致云雀》。

非常着迷。其次,她正帮助母亲创作伟大诗人的一生,大部分时间都花在对死者的想象上。凯瑟琳十七八岁时,也就是大约十年前,希尔伯里夫人热忱地宣布,在女儿的帮助下,传记很快就会出版。不久,这番决心便登上各大文学报刊。在很长一段时间里,凯瑟琳满心自豪,天天勤勉工作。

然而最近,她感到一切毫无进展。任何人,只要对文学稍有了解,都不会质疑她们手上的材料足以撰写一部巨作,写成有史以来最佳传记之一亦是绰绰有余。宝贵的资料放满了箱子,摆满了书架。最活色生香的那些至为私密隐蔽的生活细节尽在一卷卷密密麻麻的黄皮原稿中。此外,希尔伯里夫人的脑海里有着对过往最为璀璨的念想,可给古旧的文字以光芒,以兴奋,使其有血有肉、形神俱备。她在写作方面毫无困难,每日宛若画眉吟唱,凭直觉天赋写满一页。母女俩有着所有这一切敦促鼓舞,也抱有完成著作至为虔诚的意图,传记依然纹丝未动。文章愈积愈多,对推进任务却无甚作用。无聊沉闷时,凯瑟琳怀疑她们是否能创作出任何作品供公众阅读。困难到底在哪里?唉,绝对不是她们的材料！也并非她们缺乏野心，而在于一些更为深刻的缘由——在于她自身毫无天赋，最重要的是，在于她母亲的气质性情。凯瑟琳估摸她从未见过母亲写作超过十分钟。她的主意大多在四处活动时涌上心头。她喜欢手拿掸子巡视房间，一边给已经铮亮的书背拂尘，一边想入非非。一个贴切的短语或是富有洞察力的观点蓦然涌现，她放下掸子心醉神迷地写上片刻，而后待情绪平复，她又找起了掸子，继续给老书抛光。此番文思喷涌从不稳定，仿若磷火般反复无常，在各种各样的主题间闪烁，这儿点亮一个观点，那儿又生变幻。凯瑟琳只能尽力将母亲的手稿按顺序排好，可是呀，要把理查德·阿勒代斯十六岁的生平放在十五岁之后，她真真无能为力。不过这些段落如此精彩绝伦，措辞如此华丽漂亮，如闪电般光明四射，读罢仿佛逝者也现身房中。倘不停歇阅读，这些书稿让她头昏目眩，质疑到底要将它们如何是好。希尔伯里夫人无意定夺什么该着墨细写，什么该置之书外，也无法决定公众对诗人与妻子分居的真相该了解几分。她为两种情况各起草了段落，两者皆欢喜，实在难以抉择。

但书必须得写,这是她们对社会的责任。对于凯瑟琳而言还不止如此。她们的地位日益提升,却年复一年愈加名不副实。她相信倘若她俩不能完成此书,便没有资格享受特权。除此之外,这本书必须毫无争议地证实外祖父确为一代伟人。

待她二十七岁,这种想法已根深蒂固。这天早上,她坐在母亲对面,桌上堆满一捆捆的旧信笺,数量充足的铅笔、剪刀、糨糊、橡皮筋、大信封及写书需要的其他工具亦悉数备好,这些想法又沉沉踏过脑海。

就在拉尔夫·德纳姆拜访前不久,凯瑟琳决意要给妈妈的文学创作定下严格的规矩。每天早上十点,两人就得坐到书桌前,迎接神清气爽、幽静隐居的早晨时光。她们必须牢牢盯着纸张,任何事情都不能诱惑她们交谈,除非到了整点钟响,她们方可以休息十分钟。她在纸上计算,假使能坚持一年,肯定能完成传记。她将计划呈现在母亲面前,感觉任务已然完成。希尔伯里夫人细读后兴奋地拍起了手:

"厉害,凯瑟琳!你的商业头脑可真了不得!我要把计划带在身上,每天在笔记本上做个小记号,等到最后一天——让我想想,我们要干点什么纪念最后一天?如果到时不是冬天,我们可以去意大利短途旅游。他们说瑞士的雪景可美了,可就是冷。不过,如你所言,最重要的还是把书写完。来,让我瞧瞧……"

两人检查凯瑟琳整理好的手稿,发现若非方才下定决心,眼前的状况对士气极为不利。首先,有许多颇有气势的段落可作为传记的开头;其中许多尚未完成,像是仅有一条门柱的凯旋门,但是希尔伯里夫人坚持,只要她肯用心,十分钟就能把它们改好。其次,有一段关于阿勒代斯家祖屋,更确切来说关于萨福克郡①的春天的记述,文笔非常优美,对于故事却并非要素。不论如何,凯瑟琳整理了一长串姓名与日期,将诗人引进世界,无风无浪便到达他人生的第九个年头。希尔伯里夫人出于感情原因,希望导入一位成长在同一座村庄、口若悬河的年老女士的回忆,凯瑟琳决定这部分必须舍弃。在此处引入希尔伯里先生撰

---

① 萨福克郡(Suffolk):位处英格兰东部。

写的现代诗歌概略看似相当明智，这部分写得简洁又有学问，跟其余部分不大一致，希尔伯里夫人便坚持这些段落文风过于简约，给人感觉像是坐在教室的乖小孩，与她父亲的气质不相一致，于是这几段被抛诸一边。终于来到他的青年时期，好几段风流韵事要么得掩盖要么该揭晓；希尔伯里夫人再次举棋不定，一沓好好的原稿便束之高阁，留待日后再议。

有好几年被直接忽略了，希尔伯里夫人觉得那段时间不对她口味，宁愿沉迷于儿时记忆。在那之后，整本书在凯瑟琳看来就是鬼火乱窜，既缺乏形式，亦毫无关联；既谈不上连贯，亦放弃尝试任何叙事。这儿有二十页内容描写外祖父对帽子的喜好，一篇关于现代陶瓷的小散文，一段长长的关于夏日郊外历险的描述（其间他们误了火车），还有对形形色色著名人物的零碎观察，读着部分真切、部分虚构。此外尚有几千封信件以及老朋友们的如实回忆，如今已于信封中发黄，但还是要置于传记某处，免得伤及感情。自诗人去世，关于他生平的作品已有不少，她也得处理当中诸多误述，这要求仔细研究，亦需大量书信往来。

有时,凯瑟琳在那无尽的资料中沉思,已半是崩溃;有时,她感觉为了自身的存在,必须逃离过去;其余时候,过往完全取代了现在,当花上一整个早上沉迷于逝者的世界当中,此时此刻显得虚无缥缈,无关紧要。

最糟心的是她并无半点文学天赋。她不喜欢咬文嚼字,甚至天生有些反感自省——那不停歇地尝试了解自我,将其以漂亮恰当、活灵活现的语言表达出来的过程——而那正占据了她母亲生命中非常重要的一部分。相反地,她倾向于沉默,即使在谈话当中也回避展露自我,在写作中更是这样。由于这种性格在一个过分沉溺于语言表达而急需行动力的家庭中非常合宜,从小她就负责家中各项事务。她的名声与举止相符,为人最为实际,天赋在于打理三餐、指挥仆人、交付账单。她爽利能干,家里钟表总是准点报时,花瓶一直鲜花满满。这种种才能,希尔伯里夫人经常评论,正是另一种形式的诗歌。从年幼起,她亦发挥另一种功用——她向母亲提供建议,予以帮助,为母亲照料起居事宜。倘若希尔伯里夫人生于外星,彼处世道与现实截然不同,她定可活得有滋有味,过得风生水起;可惜她在那儿处事所需的天赋在这里毫无实际用途。她总是误了钟点,手表形同虚设。她已经六十五岁了,眼见他人接受规则、服从理性,依然满心惊奇。她从不吸取教训,经常因无知而被惩罚。但是,她的无知常结合天然敏锐的洞察力,倘用心观察便能看透一切。所以呀,将希尔伯里夫人看作是傻瓜可大不恰当;相反地,她总有办法表现得比谁都聪明。不过总的说来,女儿的支持还是必不可少。

因此,凯瑟琳当属伟大职业的一员,这职业至今没有头衔,也得不到承认——磨坊和工厂的劳动比起她的工作不见得更难,对世界的益处也不及她。她住在家里,照料家居是把好手。凡来过切恩道的宅子的访客均感叹此处一丝不苟,大方美观,井井有条。这儿的生活井然有序、尽善尽美,尽管元素纷杂,却和谐优美、彰显特性。也许这是凯瑟琳在艺术上的主要成就,而这方面希尔伯里夫人的遗传特质得占优势。她和希尔伯里先生仿若她母亲引人注目的种种品质的广阔背景。由此,沉默于她而言既是天生所得,也是后天强加。母亲的朋友们另一惯常评价便是,这寡言既非愚蠢,亦非冷漠,但到底源于何种品质——因其的确具备某种性质,却无人追寻。大家知道她正帮助母亲创作一部伟大的作品,她管理家务的能力也为人称道,面容亦是端丽迷人,这几点已足显其优。但在日常任务之外,凯瑟琳有着与之截然不同的消遣。倘有一只魔术手表能算算她花在上面的时间,结果不仅令旁人震惊,连凯瑟琳自己也会吓一大跳。安坐在褪色的文件前,她脑海里翻腾着众多其他情形,例如在美国大草原上驯服野马,又如一艘巨轮于黑岩岬角附近深陷飓风,抑或其他更为平和安全的场景。所有这些想象都将她从眼前的环境彻底解放,这不消说得益于在新"工作"中培养的超越能力。当她摆脱了纸张笔墨、遣词造句的幌子,便将注意力集中于更为合理的方向。奇怪的是,她宁愿承认所有关于飓风和草原的幻想,也不愿意坦诚她早早起床又深夜不眠,独自一人在楼上房间研究数学。世上绝无力量能使她承认此事。她如同夜行动物般偷偷摸摸、遮遮掩掩,楼梯上有些许声响,她就把纸页塞进特意从父亲书房偷来的厚厚的希腊字典中。事实上,只有在夜里她才感到安全,得以不受惊吓,全神贯注地钻研数学。

第三章

或许科学与女性的天性相悖,使她出于本能隐瞒对科学的热爱。可是,更深层的原因在于,在她心目中,数学与文学截然对立。她不愿承认,在她看来,即便最优秀的散文仍是惶惑模糊、百思不解;相形之下,数字精确无误,如星体般冷淡客观,深得她欢心。她的爱好与家庭传统完全相反,这多少不大妥当;她自知执迷不悟,比以往任何时候都更希望让内心远离众人视野,以非凡热爱默默珍惜。一次又一次,当她本应想着外祖父,心思却在思考数学问题。她从出神中醒来,看到母亲也陷入相似的恍惚幻象,而使母亲入梦之人,大多早已入土。眼见自己的状态映于母亲脸上,凯瑟琳会懊恼地提醒自己该清醒清醒。她钦佩母亲,却最不愿意与之相像。她的理智冷静断然回归,这时希尔伯里夫人便会表情怪异,半是顽皮半是温柔地侧视着她,将她比作"你那邪恶的叔公彼得法官,总是在浴室里判决死刑。谢天谢地,凯瑟琳,我可一丁点儿都不像他!"

第四章

每隔一周的星期三晚上九时左右,玛丽·达切特小姐都下定同样的决心——她再也不会出于任何理由把房间借出去。玛丽的套间面积颇大,且刚好坐落于斯特兰德街①附近街道上,街上大多是各式办公室。人们要想会面,无论是为着作乐享受、讨论艺术,还是改革国家,都会问问玛丽是否同意借出房间。每一次被问及此事,她总是假装恼怒,眉头紧皱,随后又逐渐软化,半满不在乎半阴沉生气地耸耸肩,如同一只被孩子折磨的大狗,只能无奈地摇摇耳朵就范。她愿意借出房间,前提是所有安排皆由她负责。聚会每两周举行一次,会上大可畅所欲言,会前则需要大规模地搬动家具,她得推推拉拉,将家具放在靠墙的位置,把易碎与贵重物品置于安全处。

---

① 斯特兰德街(Strand):英国伦敦中西部街,以其旅馆和剧院著称。

倘需要，达切特小姐能轻易抬起厨桌；她身材匀称，穿着得体，样貌彰显非凡的力量与决心。

她大约二十五岁，看起来比实际年龄要大一些，她得自己挣钱，或者说打算靠自己谋生，已然失去了无需劳作的旁观者的外表，呈现出工人大军一员的容貌。她姿态挺拔，眼睛和嘴唇四周的肌肉相当紧致，仿佛她的感官已受过某种训练，随时等待召唤。她的眉间有两条细线，成因并非焦虑而是思索。她具有取悦他人、安慰人心的迷人的女性本能，又明显夹杂了另一性别的特点与魅力。她眼眸呈棕色，身体动作有些许迟缓；她出生于乡村，源于受人尊敬、勤勉劳作的祖先，他们信仰虔诚、正直忠诚，绝非怀疑论者或思想狂热之人。

在一天的艰辛工作后还要整理房间——将床垫从床上拉出放在地板上，给水罐注入冷咖啡，擦干净长桌摆好碟子、杯子与酱油，放上一堆堆的粉色小饼干——这着实需要一番努力；但做着这些准备，玛丽感到精神一阵轻松，好像已经把工作的重负卸下，穿上了轻薄明亮的丝绸。她跪在火炉前环顾房间，光线柔和落下，在黄色、蓝色的墙纸映衬下相当明亮。房间里有一两张沙发，形状不大规整，看着像是草堆，显得异常巨大而安静。玛丽不禁想起萨塞克斯的山丘和古代武士一圈圈的绿色营地。月光平和静谧，一泻而下，她遐想银色的光芒洒落在粼粼海面上。

"我们齐聚一堂，"她扬起声，半是讽刺半是自豪地宣告，"探讨艺术。"

她将一个篮子拉到身旁，篮里有不同颜色的羊毛和一对需要织补的袜子。她随即动手编织；她的脑袋与身体一般疲乏困倦，却仍倔强地召唤出孤清、安静的遐思，想象自己放下织物，走到山丘边缘，除却羊群将青草连根啃食的声响外，四处寂静无声；小树的影子在月光下随着微风吹拂来回轻摆。可是，她对自身所处的环境清楚明了，因着既能享受孤寂，也能面对各色人群——这些人正从伦敦各处循不同路径赶来——而心生一丝愉悦。

她边织着毛线，边忆起生活中的各个阶段，她当下的处境似是由一连串奇迹凝聚而成。她想起当乡村牧师的父亲，忆起去世的母亲，回想接受教育的决心以及她的大学时光。在不久前,她的学校生涯还与伦敦奇妙复杂的生活息息相关。虽然她天性头脑冷静,伦敦对她来说仍然像一片光芒四射的电光,给围绕着它的男男女女投下光芒。此时此刻,她正处于这一切的中心——当加拿大偏远森林或印度平原上的人们想起英国时,伦敦就是中心。想着想着,威斯敏斯特寺的大钟给她报时,传来九下柔和的钟声。最后一声钟声消逝时,房外传来有力的敲门声。她站起来开了门,旋即回到房内,眼里满是喜悦,跟身后的拉尔夫·德纳姆说着话。

"只有你一个人?"他问,似乎对此相当惊喜。

她回答:"有时候我的确独自一人。"

"但一群人正赶着过来是吧。"他四处张望,加了一句,"这看上去像是舞台上的房间。今晚谁要来?"

"威廉·罗德尼,他要讨论伊丽莎白女王时期的隐喻。我期待着一篇引经据典的出色文章。"

拉尔夫对着火炉暖手,炉火在壁炉中烧得正旺,玛丽又拿起了毛袜。

"我猜你是全伦敦唯一一个自己织袜子的女人。"

他评论。

"我只是数千个自己织袜子的人之一。"她回答,"我必须承认刚刚你进门时我还挺自豪的。现在你坐下来了,我又觉得这没什么了不起的。你可真可怕!不过,你比我非凡得多,干的事情比我多多了。"

"如果你的标准就那样,可没什么值得自豪的。"拉尔夫阴郁地答道。

"嗯,我得引用爱默生①,存在比行动要重要。"她回话。

"爱默生?"拉尔夫揶揄玛丽,"可别告诉我你会读爱默生?"

"也许不是爱默生说的。但为何我不能读爱默生呢?"她问,语气略带烦躁。

"据我所知没有任何原因。而是书和毛袜这样的组合,真够奇怪的。"他嘴里这么说着,心里却认为相当好玩。

---

① 拉尔夫·沃尔多·爱默生(Ralph Waldo Emerson,1803—1882):美国哲学家、文学家、诗人,是确立美国文化精神的代表人物,1836年出版处女作《论自然》。

玛丽高兴地笑了笑，自觉此时正织着的针脚特别优雅得体。她拿起袜子，赞许地看着它。

"你总是这么说。"她说，"我向你保证，在神职人员的房子里，这是一个普通的——用你的话来说——'组合'。我唯一的奇怪之处在于，爱默生和长袜，我两者都喜欢。"

一声敲门声响起，拉尔夫抱怨：

"那些人真讨厌！他们要是不来该多好！"

"这是楼下的特纳先生而已。"玛丽说，她感谢特纳先生吓了拉尔夫一跳，又庆幸只是虚惊一场。

"今晚很多人要过来吗？"拉尔夫问。

"莫里斯一家、克拉肖一家、迪克·奥斯本、赛普蒂莫斯都要过来。还有些其他人。噢，凯瑟琳·希尔伯里也会来，威廉·罗德尼是这么说的。"

"凯瑟琳·希尔伯里！"拉尔夫吓了一跳。

"你认识她吗？"玛丽问，感到些许惊喜。

"我在她家参加过茶会而已。"

玛丽逼着他说出一切，拉尔夫相当乐意一吐为快。

他绘形绘色,稍有些夸张,玛丽听得饶有兴致。

"不管你怎么说,我还是很钦佩她。"她说。"我只见过她一两次,不过在我看来,她就是所谓的'有个性的人'。"

"我并非故意讲她坏话,只是觉得她待我不大友好而已。"

"他们说她要嫁给那个古怪的罗德尼。"

"嫁给罗德尼?那她的头脑一定比我想象的还不清醒。"

"哦,好吧,这下子是在敲我的门了。"玛丽说着,小心地将毛线推开。一连串的敲门声撞击回荡,人们在门外跺着脚嬉笑。才过了一会儿,房里便挤满了年轻男女,人人脸上带着满怀期待的奇特神情,当看见德纳姆,便轻喊:"哦!"然后怔在原地,目瞪口呆。

没过多久,房间聚集了二三十人,大部分席地而坐,要么坐在床垫上,抱腿蜷缩成一团。他们都很年轻,其中一些人发型衣着特立独行,脸上一副忧郁而好斗的表情,似乎以此向那种在公交或地铁上让人视而不见的普通造型提出抗议。他们三五成群地聊着天,刚开始时聊一会儿停一会儿,声音压得很低,像是对其他客人有防备似的。

凯瑟琳·希尔伯里来得相当晚,她在地板找了个位置,背对着墙坐下。她迅速环顾四周,认出了大约六七个人,点点头打招呼,可她没有看到拉尔夫,又或者是看见了,却已忘记他的名字。但不久,所有这些混杂的声音都随着罗德尼先生开始朗读而消散,他突然大步走到桌子前,开始以紧张的语调飞快地发言:

"我今晚要讨论的主题是,隐喻在伊丽莎白时代①诗歌中的应用。"

大家轻轻转过脸来,固定一个位置,好看清发言者的脸庞,每个人的面容都相当严肃。但同时,即使是最容易被看见、表情控制得最好的面孔,也呈现突然震颤的冲动,除非认真抑制,否则定会迸发笑声。乍一看,罗德尼先生确实非常可笑。不知道是十一月夜晚的凉风还是焦灼慌张的心情,惹得他脸蛋通红。他扭动双手,

---

① 伊丽莎白时代(the Elizabethan era):英国伊丽莎白一世女王统治英国的时期(1558—1603),历史学家常常将其描绘为英国历史的黄金时代。在伊丽莎白时代,英国文艺复兴达至高潮。

摇头晃脑,每一个动作都仿若有幻象指使,令他眼神游移,时而看门,时而看窗。一切迹象表明他在众人凝视下尴尬不已、极度不适。他打扮精致,穿戴漂亮,领带中心的珍珠为他带来一丝贵族的奢华。他双眼凸出,亢奋得结结巴巴,观点意欲喷涌而出,却总因紧张而忽地中止。若是他仪表堂堂,估计能引起同情,现在则引人发笑——尽管并无恶意。罗德尼显然意识到自己外表古怪。他脸色绯红,身体不时抽搐,说明身心甚是不适。他那荒谬的敏感能招致些许怜爱同情,不过多数人大概会赞同德纳姆的感叹,"居然要嫁这么一个家伙!"

　　罗德尼的论文写得极为严谨认真,但即便如此,他翻页时两页当作一页翻,有时候句子选错了,两句话连在了一起,读着读着突然发现自己的字迹无从辨认。一找到表达连贯的段落,他几乎是咄咄逼人地砸向听众,然后手忙脚乱地寻觅起下一段;经过好一番痛苦探索寻得新的发现,他以同样的方式读出,直到通过反复攻击使得听众达至这种集会中相当难得的兴奋状态。难以判断观众的激动到底源于他对诗歌的热情,抑或眼见他由于自己慌张得浑身扭曲而心生感动。最后，罗德尼先生正读着一句话，话到一半猛地坐了下来，听众们一阵困惑，为着终于可以放声大笑而松了口气，坚决热烈地鼓起掌来。

罗德尼先生茫然四顾，算是承认了大家的赏识，他没等着回答问题，而是一跃而起，挤过人群去到凯瑟琳坐着的角落，大声惊呼：

"好吧，凯瑟琳，我希望我已经出尽了洋相，即使是为了你这也太可怕了！太可怕了！太可怕了！"

"嘘！你必须回答他们的问题。"凯瑟琳低声说，不惜一切代价想让他安静下来。奇怪的是，当演讲者已然离开，他刚才说过的话顿时富有深意。不管如何，一个脸色苍白、眼神忧郁的年轻人站了起来，措辞严谨、沉着自若地发表了一通讲话。威廉·罗德尼好奇地聆听，他上唇微张，脸庞仍在微微颤动。

"白痴！"他喃喃咒骂，"他误解了我说的每一句话！"

"那你回应他呀。"凯瑟琳压低音量回答。

"不，我不要！他们只会嘲笑我。为什么我会让你说服我,认为这些人喜欢文学?"他继续抱怨。

　　罗德尼先生的论文自有其优劣,里面充斥着从各种英语、法语和意大利语文章中——都是些文学的瑰宝明珠——自由引用过来的段落。此外,他喜欢使用隐喻,可惜论文中的隐喻用得零零碎碎,容易显得过于局促、不得其所。

　　他说,文学像一个花团锦簇的花环,其中红豆杉浆果、紫茄与海葵各种流光溢彩相互交织,遍布大理石山崖。他选读了一些漂亮的引文,却读得很糟糕。但在他拘束可笑的诵读与词不达意的表达间涌现丝丝激情,在听众脑海中形成了一幅幅图像、一个个想法,如今每个人都渴望畅所欲言。在座多数人意欲以写作、绘画为生,稍事观察便可知晓,他们听完了珀维斯先生的讲座又听格林哈尔希先生的演讲,便认为这些先生的成就也有他们一份功劳。方才的听众接连起立,似乎要举起斧头砍掉刚刚那些带有偏见的发言,一个个试图清楚明晰地凿出自身的艺术概念,分享后感觉不知为何尚未抓住精髓,下斧的角度、力度皆差强人意,坐下后几乎无一例外地转向身旁,喋喋不休地纠正方才的发言。才过了一会儿,床垫上的人、椅子上的人纷纷交头接耳。玛丽·达切特织起了袜子,她弯下腰对拉尔夫说:

"这就是我所说的一流文章。"

他俩的目光自然而然转向论文的作者。他背靠墙壁躺着,眼睛紧闭,下巴埋在衣领里。凯瑟琳翻了翻他的手稿,像在寻觅一段特别打动她的话,却求而不得。

"来,我们去告诉他我们多么喜欢这文章。"玛丽说。这建议刚好符合拉尔夫的心意,可他怀疑他对凯瑟琳的兴趣比起她对他的要大得多,若非玛丽刚好要求,他就会出于骄傲而不敢行动了。

"您的论文非常有见地。"玛丽坐到罗德尼和凯瑟琳对面,毫不害羞地直抒己见。"您愿意把手稿借给我,让我静心读读吗?"

罗德尼睁开眼睛看看他们,沉默着以怀疑的目光看了她一会儿。

"您这是为了掩饰我可笑的失败吗?"他问。

凯瑟琳微笑着,从正在阅读的文章中抬起头来。

"他说他不在乎我们怎么看他,"她搭话,"说我们根本不关心艺术,任何形式的艺术都不在乎。"

"我让她可怜可怜我,她却要戏弄我!"罗德尼抗议。

"我可不是要可怜您,罗德尼先生。"玛丽和蔼而坚定地回答。"要是一篇文章没写好,大家都无话可说,可现在,您听听讨论多么热烈!"

房间里充斥人声,话语音节短促,倏地停止又骤然开始,人人如痴如狂、口齿不清,可与动物群聚时的嘈杂相比。

"您认为这都是关于我的论文的?"罗德尼留神听了一会儿问道,表情明显一亮。

"当然,"玛丽答,"您的文章极富启发性。"

她向德纳姆求证,他表示同意。

他说:"一篇论文读完,过十分钟就知道成不成功。如果我是你,罗德尼,我会对自己相当满意。"

拉尔夫的表扬令罗德尼放下心头大石,他开始想起论文中值得被称为"意味深长"的内容。

"你同意我的说法吗,德纳姆,关于我所说的莎士比亚后期使用的意象？恐怕我没把意思说明白。"

他冷静下来，像青蛙似的扭动了好几下，成功接近德纳姆。

德纳姆心里想对另一个人讲话，便以简短的话语回答。他想问问凯瑟琳："您记得在您姑姑过来聚餐前给那幅画上釉吗？"但除了不得不敷衍罗德尼，他担心这句话显得太亲密，可能会惹凯瑟琳不高兴。她在听另一组人说话，罗德尼仍谈论着伊丽莎白时期的剧作家。

他给人的第一印象是长相古怪，表情生动地抒发意见时尤显荒谬可笑，可待他镇静下来，他的脸庞与大而挺拔的鼻子配上瘦削的颊骨，显得极为感性，如同以半透明泛红岩石雕凿的头戴月桂的罗马人头像般得体端庄、独具个性。他是政府办公室的一名职员，文学于他而言既是神圣喜乐的来源，亦是几乎无法承受的刺激。这类人不满足于文学爱好，须得动笔写作，可通常天赋不高，无论写成什么都不满意。他们感情极为强烈，加之培养出不俗的品位，对他人的看法十分敏感，感到自身及所崇拜之物饱受怠慢，心有不甘。罗德尼总忍不住要获得任何对他抱有好感的人的同情,德纳姆的赞许恰巧激发了他脆弱纤细的虚荣心。

"你还记得描述公爵夫人去世的那段话之前的一段吗?"他的手肘和膝盖以难以置信的角度外凸,边问边向德纳姆靠近。凯瑟琳由于罗德尼调整位置而无法与外界沟通,便站起身来坐到窗台上,玛丽·达切特走过去与她一起,在那儿,两位年轻女士得以研究在场所有人。德纳姆看着她们,心乱得仿佛要从玛丽的地毯连根拔出一把又一把的草。但他深知人的欲望总不免受挫,便把注意力集中在文学上,颇为豁达地下定决心,尽可能从中学习一二。

凯瑟琳相当兴奋,她大可参与到好几段交谈当中,有几个人算是点头之交,随时会从地板上站起来与她聊天。另外,她也可以为自己选择谈话对象,或者加入罗德尼的对话当中——她时不时留意他的谈话。她意识到玛丽正在身旁,但同时觉得她俩都是女人,一切尽在不言中。可是玛丽呢,就像她所说的那样,认为凯瑟琳是一个"有个性的人",很想和她说说话,过了一会儿便付诸行动。

"他们就像是一群羊,不是吗?"她指的是地板上散落的人们发出来的声音。

凯瑟琳转身微笑。

"不知道他们为什么吵吵闹闹呢?"她问。

"我猜大概在讨论伊丽莎白时代的诗人吧。"

"不,我认为这与伊丽莎白时代无关。你听!你听不到他们说起'保险条例草案'吗?"

"为什么男人总是在谈论政治?"玛丽提问,"我想,如果我们有权投票,也应该多谈谈。"

"完全同意。你平时的工作就是帮我们争取投票权,不是吗?"

"是的,"玛丽坚定地回答。"每天从十点到六点都在干这事儿。"

凯瑟琳看了看拉尔夫·德纳姆,他正和罗德尼就隐喻的哲学侃侃而谈,凯瑟琳记起星期日下午他说过的话。模模糊糊地,她将他与玛丽联系在一起。

"我猜你认为我们都该有一份职业。"她有些许出神地说,像是迷失于未知世界中的幽灵。

"噢,不是那样的。"玛丽马上否认。

"好吧,我是这么认为的。"凯瑟琳叹了口气,"你总可以说说做了些什么,而我呢,在这样的人群当中感到挺忧郁的。"

"在人群中?为什么在人群中会感到忧郁?"玛丽问,双眼间的两条纹路加深,她在窗台上坐得过来了一点,更靠近凯瑟琳。

"你知不知道这些人关心多少不同的事情?我想打败他们。我是说,"她纠正自己,"我想要坚持主见,可如果没有一份职业,这很难办到。"

玛丽笑笑,想着凯瑟琳·希尔伯里小姐要打倒别人应该毫无困难。她们对彼此所知不深,凯瑟琳先开了头谈及自己的感受,亲密关系开始萌芽,多少有些庄严。两人沉默俄顷,似在琢磨是否继续,然后决定不妨一试。

"啊,我想践踏他们匍匐着的身体!"过了一会儿,凯瑟琳笑着宣称,似乎还沉浸在使她达至这结论的绵延思路当中。

玛丽答:"办公室主管不一定要践踏人们的身体。"

"是啊,想必不需要。"凯瑟琳回答。谈话蓦然停止,玛丽看到凯瑟琳嘴唇紧闭,阴郁地望向房间,想谈论自己或是开始一段友谊的意愿显然不复存在。玛丽被她随时克制不语、自顾自地沉浸思绪的能力打动,这习惯说明她时常孤独,爱独自思考。凯瑟琳仍然一言不发,玛丽感到有些尴尬。

"是的,他们就像一群羊。"她愚蠢地重复了一遍。

"不过他们至少非常聪明。"凯瑟琳评论,"我猜他们都读过韦伯斯特。"

"你该不会认为那能证明一个人的智慧吧?我也读过韦伯斯特,我还读过本·琼森①,但我知道自己并不聪明,起码不是真正聪明。"

"你一定很聪明。"凯瑟琳说。

"为什么?因为我管理办公室事务?"

"我没有往那儿想。我的想法是你在这套间里独立

---

① 本·琼森(Ben Jonson,1572—1637):英格兰文艺复兴剧作家、诗人和演员。他的作品以讽刺剧见长。

生活，还能主办聚会。"

玛丽稍加思索后回答："我想这主要意味着与自己家庭交恶的能力。我很可能也是那样。我不想住在家里，便如实告诉父亲。他不喜欢我的决定……不过我还有一个姐姐在家。你没有姐妹，对吧？"

"不，我没有姐妹。"

"你正在撰写你外祖父的生平？"玛丽继续问道。

凯瑟琳好不容易才躲过跟家族、外祖父、写作相关的想法，此时又不得不面对，回答的语气相当冷淡，"是的，我在辅助母亲写书。"她讲话的方式令玛丽很是困惑，两人的关系同谈话伊始时无甚进展。在玛丽看来，凯瑟琳拥有一种奇特的力量，可随时接近，又随时退却，她的情绪由此比平时更易波动，对凯瑟琳时刻保持好奇心。玛丽觉得将她归类为"自我主义者"很是适合。

"她是一个自我主义者。"她寻思，打算等以后和拉尔夫讨论希尔伯里小姐时，跟他分享这想法。

"天哪，到了明早这儿一定很混乱！"凯瑟琳惊呼，"你该不会睡在这个房间里吧，达切特小姐？"

玛丽笑了起来。

"你笑什么?"凯瑟琳询问。

"我不会告诉你的。"

"让我猜猜。你笑是因为你以为我改变了谈话主题?"

"不。"

"因为你认为……"她停顿了一下。

"好吧,如果你想知道,我是在笑你说达切特小姐的方式。"

"那我叫你玛丽吧。玛丽,玛丽,玛丽。"

这么说着,凯瑟琳将窗帘拉开一点,也许是为了隐藏与他人亲密起来那一瞬间的欢愉。

"玛丽·达切特,"玛丽说,"恐怕不是像凯瑟琳·希尔伯里那么了不起的名字。"

她俩望着窗外,展现在眼前的首先是灰蓝色浮云间的银色月亮,而后是伦敦城里屋顶上直立的烟囱。在月光照耀下,空荡荡的街道路面上,每一块铺路石的接合处都清晰可见。玛丽看到凯瑟琳再次抬起头来,若有所思地望着月亮,似在对比此时的月光与记忆中其他夜里的月色。在她们身后,房里有人开了一个关于观星的玩笑,破坏了两人的兴致,于是她俩回头看了看房间。

拉尔夫一直等着这一刻,立刻说出心中所想:

"希尔伯里小姐,您是否记得给那幅画像上釉呢?"他的声音表明这问题酝酿已久。

玛丽觉得拉尔夫尽说些愚蠢的话,怪响亮地喊了一句:"噢,你这个白痴!"要知道,上过三节拉丁语语法课便可以纠正不懂得"圆桌"夺格①的同学,而她刚与凯瑟琳谈过心,能轻易看出拉尔夫话语不大恰当。

"画像——什么画像?"凯瑟琳问,"哦,您指的是那天周日下午在我家里提到的画像?就是福特斯克先生来的那一天?是的,我想我还记得。"

他们三人站了一会儿,空气间弥漫着尴尬的沉默,然后玛丽离开去照料大咖啡壶。尽管她受过良好的教育,拥有瓷器的人仍不免焦虑,生怕瓷器被人摔破。

---

① 夺格(ablative case; casus ablative):又称从格、离格,在语法功能上为表示某些意义的状语。出现在拉丁语、梵语等原始印欧语系语言中。

拉尔夫一时静默无语；但若然有人剥去他的外皮，便会看到他的意志力直直固定于一个目标——希尔伯里小姐应当服从他。他希望她留在那里，直到他想到办法成功引起她的兴趣。

这种思想通常无需言语便能传递，凯瑟琳明显意识到这位年轻人的注意力集中在她身上。她立即想起对他的第一印象，脑里回想起向他介绍家庭文物的情形。她忆起了那个星期日下午的心情，认为他对她怪严厉的。

她想，既然如此，谈话的负担就该由他来承担。她一动不动地站着，眼睛盯着对面的墙壁，嘴唇几乎紧闭，大笑的欲望使得双唇微微颤动。

"我猜，您应该知道星星的名字吧？"德纳姆问，从声调判断，他似乎不愿意将知识传授给凯瑟琳。

她稍事努力，保持声音稳定。

"要是我迷路了，我知道如何找到北极星。"

"我想这种事不会经常发生在您身上。"

"那是。我从没遇上过有趣的事。"她答。

"我认为您故意说些让人不愉悦的话，希尔伯里小姐。"拉尔夫爆发了,再次无法自控,"我想这是你们阶层的特点之一。你们从来不会对身份不如自己的人好好讲话。"

不管是因为他俩今晚在中立地点会面,还是德纳姆漫不经心地穿上一件旧旧的灰色外套,使他比起平日穿传统服装时更风度翩翩,凯瑟琳完全不认为他俩属于不同阶层。

"您从什么意义上判断您不如我呢?"她严肃地看着他,像在诚恳地寻求解答。那表情给予他极大快乐。他极其渴望得到她的好感,这是他首次觉得自己与她不相上下。他无法解释为何凯瑟琳的想法如此重要,也许说到底,他只想带着关于她的星点记忆回家回味。可惜这回他注定未能赢得优势。

"我不大明白您的意思。"凯瑟琳重复道,话毕她不得不停下来,应付一个询问她是否乐意低价购买歌剧票的人。事实上,本次聚会的气氛已不宜分别谈话;现场一片喧嚣吵闹,互不熟悉的人唤着对方教名假装情意绵绵,达到一般英国人需同坐三小时方能达至的愉悦快乐、宽容友好,直至街上迎面而来的第一道寒风逼迫他们分离。

大家将斗篷甩在肩上,迅速戴上帽子;德纳姆得忍受可笑的罗德尼帮助凯瑟琳整理衣物,准备离开。根据聚会惯例,谈话者无须互道"再见",甚至不需点头道别,可不论如何,德纳姆眼看凯瑟琳无意完成对话便截然离去,难免心感失望。她与罗德尼一同走了。

第五章

德纳姆无意追随凯瑟琳,但眼见她离去,他拿起帽子冲下楼梯,若非凯瑟琳走在跟前,想必他不会如此匆忙。他追上一位名叫哈里·桑迪斯的朋友,两人刚好同路,一起走在凯瑟琳和罗德尼身后几步。

夜色如水。如此夜里,路上车辆渐稀,行人方意识到街上朗月当空,仿若天幕已然拉开,天堂一览无遗,同乡村景致般开阔。空气清柔凉爽,刚刚还围坐讨论着的人们发觉,无论是乘坐公交车抑或灯火通明的地铁,在此之前先漫步片刻也极为惬意。桑迪斯是个颇有哲学气质的律师,他拿出烟斗点燃,呢喃几句"哼""哈"后便沉默下来。走在前方的凯瑟琳与罗德尼保持相当距离,稍稍转身面对对方,德纳姆由此判断,他俩正在交谈。他发现,当迎面而来的行人使两人分开,他们随后又站回一起。他并非特意观察,可目光一直拂过凯瑟琳颈上缠着的黄色围巾,还有那件使罗德尼在人群中显得特别时髦的浅色大衣。行至斯特兰德街，他以为他俩会分道扬镳，他们却一同过了马路，沿着一条狭窄的通道穿过古老的短街通向河堤。在熙熙攘攘的大道上，罗德尼似乎仅仅充当凯瑟琳的护花使者，如今行人愈疏，静谧中清晰响起两对脚步声，德纳姆禁不住想象两人的谈话内容渐生变化。光影交杂，令凯瑟琳与罗德尼身长有增，变得神秘非凡，德纳姆对凯瑟琳不感丝毫恼怒，而是半梦半幻，融于世事当中。是的，她是他的幻梦之源——可突然，桑迪斯说起话来。他生性孤僻，朋友都是上大学时交的，到现在还总把他们看作是当年在宿舍唇枪舌剑的毛头小孩，尽管在此时与彼时的会话之间，已横亘数月甚至数年。他聊天的方式不拘一格，令人心情平静，似是完全无视人生中一切遭遇，以寥寥数语便跨越岁月的深渊。

  他们在斯特兰德街的交界处驻足，桑迪斯开始讨论：

  "我听说班尼特已经放弃了他那关于真理的理论。"

  德纳姆得体地予以回复，桑迪斯接着解释这决定从何而来，其中涉及哪些他俩都接受的哲学思维上的变化。与此同时，凯瑟琳和罗德尼走得更远了，德纳姆保留着——

倘若这是对无意识行为的正确表达——一丝注意力在他们身上,剩余的智识则用于试图理解桑迪斯所说的话。

他们边走边聊经过数条短街,桑迪斯用拐杖尖拄在一座破旧拱门的石基上,就人类理解事实这一过程的复杂性质侃侃而谈,有两三次说到晦涩难懂处,便用拐杖轻敲石基。在这停顿中,凯瑟琳和罗德尼转过街角消失无踪。有一瞬间,德纳姆不由自主地讲着讲着便停了下来,重拾句子时已怅然若失。

凯瑟琳和罗德尼走到堤岸,没有意识到身后有人观察。两人过到马路对面,罗德尼用手拍着河上的石栏杆,大声喊道:

"我保证不再多说一句,凯瑟琳!但你一定得停步看看水面上的月亮。"

凯瑟琳止住脚步,仔细打量河水,轻轻吸了一口气。

"风往这边吹的时候,一定能闻到大海的味道。"她说。

两人沉默有顷。河水缓缓流动,映衬在波纹之上那银色、红色的灯光随水流晃荡,分离又聚合。河流远处传来汽船轰鸣,空洞的声音荡着说不出的忧郁,仿佛悠悠缘起薄雾笼罩的旅程深处。

"啊!"罗德尼喊着,再次用手拍打栏杆,"为何我无法形容眼前的美景?凯瑟琳,为什么我永远词不达意?所言所语又毫无价值。相信我,凯瑟琳,"他急忙加了一句,"我不会再说了。可在美景之下——看看月亮的光晕!我感到——我感到——如果你嫁给我——我算半个诗人,你看,我不能假装对自己的感情无动于衷。假若我能将感受写下来……啊,那将是另一回事。我不该烦着你嫁给我呀,凯瑟琳。"

他时而眺望月亮,时而低望河流,断断续续的句子喷涌而出。

"不过我猜,你还是建议我结婚吧?"凯瑟琳盯着月亮,问道。

"那当然。不只是你,所有女性都该结婚。倘若没有婚姻,你什么都不是;你的生命还没完全绽放,你的官能尚未全部开发。你必须自己意识如此,这就是为什么……"讲到这里,他停了下来,两人沿着河堤,迎着月光慢慢走着。

> 她迈着多么悲伤的步子爬上天空,
>
> 多么沉默,多么苍白的一张脸。

罗德尼念出一句诗。

"就在今晚,我被人说了一顿,听了好些难听的话。"凯瑟琳说着,并没有留意他。"德纳姆先生似乎认为他的使命就是教训我,虽然我跟他根本不熟。对了,威廉,你认识他吧,他是个怎么样的人?"

威廉深深地叹了口气。

"我们可以不停教训你,说得筋疲力尽……"

"是的,但他是怎么样的人?"

"我们写着十四行诗颂扬你的眉毛,你这残忍又实际的女人。"凯瑟琳沉默不语。罗德尼只好回答,"德纳姆?我想他是个好人。当然,他的心思都在正道,但肯定当不了个好丈夫。他骂你了,对吧,他说什么了?"

"是这样的,德纳姆先生来我家喝茶了。我尽我所能让他放轻松,可他就坐在那儿,对我冷眼相待。后来我领他参观我们家的手稿,他便非常生气,指责我没有资格自称为中产阶级妇女,于是我们不欢而散。下一次见面就是今晚,他径直走到我面前喊:'你滚开!'这正是我妈妈抱怨的粗鲁行为。我想知道,他这是什么意思?"

话毕她放慢脚步,望着亮着灯的火车徐徐驶过亨格福德桥①。

"我认为,这意味着他觉得你冷淡无情。"

凯瑟琳大笑起来,圆润的哈哈笑声透露她真心被逗乐了。

"那我该赶紧找一辆出租车回家躲起来了。"她大声回答。

"你母亲介意我和你在一起吗?别人大概认不出我俩,对吧?"罗德尼关切地问。

凯瑟琳看着他,明白他的关心情真意切,便又笑了起来,笑声中带上讽刺的意味。

---

① 亨格福德桥(Hungerford Bridge):建于1864年,是一座位于英国伦敦中心区泰晤士河上的铁路桥,位于滑铁卢桥和西敏桥之间。桥北端就是查令十字车站,因而有时又被称为查令十字桥(Charing Cross Bridge)。

第五章

"你尽管笑吧,凯瑟琳。我告诉你,此时此刻要是你任何一个朋友看到我俩在一起,肯定要讲闲话。我不喜欢那样。你笑什么呢?"

"我不知道。大概是笑你性格复杂矛盾吧。我看呀,你半是诗人半是老处女。"

"我知道你觉得我荒唐可笑。但我生来就相当老派,立志保持传统。"

"胡说,威廉。就算你来自德文郡①最古老的家族,也无需介意被看到与我单独在堤岸上吧。"

"凯瑟琳,我比你大十岁,也比你更了解这个世界。"

"好好好。那你赶紧回家。"

罗德尼转头望望身后,看到不远处有辆出租汽车,明显地等待他召唤。凯瑟琳也看见了,她喊:

"不要给我叫出租车,威廉。我要走路回家。"

"凯瑟琳,你别任性。快十二点了,我们走得太远了。"

---

① 德文郡(Devonshire):英国英格兰西南部的大郡,西部毗邻康沃尔郡(Cornwall),而东部和多塞特郡(Dorset)及萨默塞特郡(Somerset)相邻。

凯瑟琳大笑着快步走开，罗德尼和出租车不得不加速跟上。

"好了，威廉，"她戏谑，"要是被人看到我像这样在堤岸上奔跑，他们肯定要说闲话。你不想让人乱说话，还是马上道晚安吧。"

听见这话，威廉专横地截停出租车，一手拦住凯瑟琳。

"看在上帝的分上，别让人家看到我们在拉拉扯扯！"他压低音量说。凯瑟琳一动不动地站了一会儿。

"比起诗人，你还是更像一个老处女。"她简短地评论。

威廉用力关上车门，把地址告知司机后转过身去，一丝不苟地举起帽子与在视线背后的凯瑟琳道别。

出于多疑，他两次转头望向出租车，半希望她会让司机停车，走下车来；可车子载着她迅速离去，很快便消失在视线之外。威廉感觉凯瑟琳千方百计要激怒他，愤慨之情喷涌而出：

"在我见过的所有蛮不讲理、轻率妄为的人里，她是最糟糕的！"他一边沿着河堤大步走，一边激动地自言自语，"但愿我再也不要跟她一起自欺欺人了。我宁愿跟女房东的女儿结婚都不要跟凯瑟琳·希尔伯里一起!她只会让我不得安宁,她永远不会明白我,永远,永远,永远!"

身边空无一人,他将愤懑告知天上星辰,每词每句俱情真意切。罗德尼逐渐平静下来,他默默走着,直至看见有人靠近。从走路的姿势与身上的衣着判断,来者与威廉相熟,但他暂时还认不清是谁。走过来的是德纳姆,他在桑迪斯公寓楼底与桑迪斯告别,正前往查令十字街地铁站。他深陷方才与桑迪斯的对话当中,已然忘记在玛丽·达切特房间的聚会,忘记罗德尼以及隐喻与伊丽莎白女王时期的戏剧,且可以起誓忘记了凯瑟琳·希尔伯里,尽管这尚且存疑。他的思绪正徜徉于阿尔卑斯山的巅峰,眼前仅余璀璨星光与无人践踏的皑皑白雪。他与罗德尼在灯柱下相遇,他几乎认不出对方。

"哈!"罗德尼呼唤。

若非德纳姆正迷迷糊糊,否则他估计会跟罗德尼打声招呼便径直告别。但他思绪蓦然中断,一时震撼停下了脚步,意识蒙混间已转身与罗德尼离去,依从罗德尼的邀请到他家里小酌。德纳姆本无意愿与罗德尼喝酒,可还是顺从跟随，罗德尼相当满意，他想和这个寡言少语的人聊聊，因为德纳姆显然拥有卓越的男性魅力，这偏偏是凯瑟琳认为他缺少的。

"德纳姆，"他冲动地开始，"你从不与年轻女子纠缠，这十分明智。依我的经验，要是你信任她们，最后定会后悔。倒不是此时此刻我有特别缘由要抱怨，"他匆忙补充，"这只是我不时咀嚼的问题。我敢说，达切特小姐是个例外。你喜欢达切特小姐吗？"这些话清楚表明，罗德尼正处于恼怒激动的状态，德纳姆随即回想起一小时前的场景，当时罗德尼正与凯瑟琳一同散步。他不禁忆起诸等事端，琐屑零碎的细节令他再次懊悔不已。看来罗德尼想要长篇大论探讨男女间的情感哲学，而后还要一诉衷肠，德纳姆细加思索，理智劝告他尽快离去，他沿路眺望，望见几百码远处的一个灯柱，决心待走到那儿，便跟罗德尼告别。

"是的，我喜欢玛丽，我想大家都会喜欢她吧。"他小心翼翼地回答，眼睛盯着远方的灯柱。

"啊，德纳姆，你我真是截然不同。今晚我看着你和凯瑟琳·希尔伯里聊天。你从不吐露心声，我呢，无论与谁对话都推心置腹，大概这就是我老上当受骗的原因吧。"

德纳姆看似在思考这番宣言，事实上，他几乎没有留意罗德尼透露的心里话，只想在到达灯柱前，让罗德尼再提提凯瑟琳。

"谁欺骗你了？"他问，"凯瑟琳·希尔伯里吗？"

罗德尼停下脚步，再次颇有节奏地击打河堤光滑的石栏，仿若以交响乐表达所思所想。

"凯瑟琳·希尔伯里，"他重复凯瑟琳的名字，边发出奇怪的咯咯笑声，"不，德纳姆，我对那位年轻女士不抱任何幻想。今晚我已跟她说得清楚明白。你千万不要误会。"他兴致勃勃地往下说，手臂绕紧德纳姆臂弯，似要防止他逃脱，使得德纳姆经过灯柱仍无法借机离开。罗德尼的手牢牢挂在他手臂上，他该如何逃脱？"你可别以为我对她心怀芥蒂，绝对没有。这不全是她的错。你知道，她生活在那种可恨可恶、以自我为中心的世界里——至少，我认为那种生活对女人而言非常可憎——让她自觉比谁都聪明，以为自己能操控一切。她在家里要什么有什么，在某种意义上算是被宠坏了，感觉所有人都匍匐在她脚下，便没有意识到她伤害了别人——她对待不如她的人是多么粗鲁啊。不过咱们得实事求是,她可不笨,"他加了一句,似在警告德纳姆不要擅自判断。"她品位不错,也理智清醒。你跟她对话,她都能听懂。但她毕竟是个女人,所以也就那样了。"他轻笑一声总结,放下了德纳姆的胳膊。

"你今晚有告知她这一切吗?"德纳姆问。

"噢,天哪,我可不敢跟凯瑟琳道明真相。那根本不起作用。要与凯瑟琳相处,就必须心存崇敬。"

"好了,既然我知道她拒绝了他的求婚了,为什么还不回家去呢?"德纳姆暗忖。可他依然走在罗德尼身旁,两人好一段时间没有说话,罗德尼哼着莫扎特一部歌剧的曲调。德纳姆心中蔑视与好感交织,而罗德尼刚刚无意坦白了个人想法。两人忖量起对方的为人。

"我猜,你跟我一样被人奴役?"罗德尼问道。

"是的,我是名律师。"

"我有时候想,咱们为什么不干脆辞职。你为什么不移民,德纳姆?那挺适合你的。"

"我家在这里。"

第五章

"我经常想着要一走了之。不过我知道我离不开这里……"说着他向伦敦市挥挥手。此时此景,伦敦像是用灰蓝色纸板剪成的剪影,映衬于深蓝色的夜幕当中。

"知己一二,乐音萦绕,偶尔还有几幅好画,我为此方停留在伦敦。啊,但是我不能忍受粗野之徒!你喜欢书吗?音乐呢?绘画呢?你对初版书籍感兴趣不?我家里有些好东西,都是低价买回来的,正常的价格我可付不起。"

他们走到一条短巷,两边高耸着数幢十八世纪建筑,罗德尼的套间在其中一幢楼里。他俩爬上陡峭的楼梯,月光透过窗帘挽起的窗户,照亮柱子已有些许变形的扶栏、窗台上的一堆碟子,还有半满的牛奶罐。罗德尼的房间不大,可起居室的窗户能望见院子的石板地及院里唯一的一棵树,还可以一直望到街道对面大楼门面的扁平红砖。如果约翰逊博士[①]从坟墓爬出来,在月光下转一转,定然觉得眼前景色相当熟悉。罗德尼点了灯,拉上窗帘,请德纳

[①] 指塞缪尔·约翰逊(Samuel Johnson, 1709—1784):英国作家、文学评论家和诗人。此处的描写说明罗德尼居住的大楼布局及周遭景色具有典型的十八世纪特色。

姆就座，将他那关于伊丽莎白时期的隐喻的论文手稿丢在桌子上，大声感叹："哦，天哪，多浪费时间啊！好在一切都结束了，我们再也不需要想它了。"

说完，他利索地点燃火炉，拿出杯子、威士忌、蛋糕和茶碟。他身穿一件褪色的绯红色长袍，脚踏一双红色拖鞋，一手递给德纳姆一只平底无脚酒杯，另一只手拿着一本擦得铮亮的书。

"《巴斯克维尔皇室》。"罗德尼介绍，边将书递给客人，"我可没法看廉价的版本。"

罗德尼身处藏书藏品之间，变得和颜悦色，带着波斯猫般的敏捷，优雅地四处移动，致力让客人舒适顺心。德纳姆不再急于批判，感觉与罗德尼相处比起跟许多交情更深的人一起要畅快自然。罗德尼的房间展示他兴趣广泛，他小心翼翼地保护藏品不被外界粗暴对待。论文和书籍成堆地放满了桌子和地板，他经过时需踮着脚，以免晨衣打乱它们。一张椅子上放着厚厚的一叠照片，内容是些雕像与绘画，他习惯每隔一两天就逐张逐张查看。书架上的书籍似军团般井然有序，书脊如同青铜甲虫的翅膀般闪亮；

第五章

倘若你拿出一本，便会发现后面还有较为陈旧的一卷，空间到底有限，必须合理使用。一面椭圆形的威尼斯镜子[①]立在壁炉上方，斑驳黯淡的镜面映衬出摆放在壁炉架上那书信、烟斗与香烟间的一大罐淡黄色与深红色混杂的郁金香。一架小钢琴占据了房间一角，托架上摆放着《唐·乔瓦尼》[②]的乐谱。

"喂，罗德尼，"德纳姆一边往烟斗装烟叶，一边环顾四周赞叹，"你家非常舒适。"

罗德尼转过头来，带着房主的骄傲笑笑，故意克制着表情含糊应了一句，"也还可以吧。"

"但我敢说幸好你还是得上班谋生。"

"假如你的意思是就算我身处闲暇也无法尽情享用，那确实没错。不过那样我会比现在快乐十倍。"

[①] 威尼斯镜子原本指十八世纪时产于威尼斯穆拉诺岛的镜子，以外形美观、玻璃表面光滑闪亮、映照清晰著称。威尼斯镜子原本工艺复杂、造价高昂，直至十九世纪技术进步后，才普及至寻常百姓家。
[②] 《唐·乔瓦尼》(*Don Giovanni*)：奥地利著名作曲家莫扎特（Wolfgang Amadeus Mozart，1756—1791）创作的歌剧，讲述一位西班牙贵族唐·乔瓦尼四处惹是生非，游戏人间，荒淫无道的故事。

"我不相信。"德纳姆答道。

两人静坐不语,淡蓝的烟雾从烟斗萦绕升腾至头顶上相互交融。

"要是那样,我就能每天读上三小时莎士比亚,"罗德尼说,"还能听听音乐,看看照片,更别说可以和有趣的人聚聚会。"

"不出一年你就得闷死。"

"噢,我承认要什么都不干,的确非常乏味。可是,我可以写写剧本呀。"

"嗯哼!"

"我可以写写剧本,"罗德尼重复,"我已经写好了3/4个剧本,待下次放假便可完成。我写得还不错,不,其中一部分写得真好。"

德纳姆思索是否应该要求读读这剧本?毫无疑问,罗德尼期待如此。德纳姆偷偷瞥了他一眼,他正紧张地用拨火棍轻敲煤炭,身体微微颤动。德纳姆猜,他想必是怀着迫切而无望回应的虚荣,热切地盼望谈谈这部剧。他似乎很在乎德纳姆的想法,德纳姆禁不住喜欢他,多少是出于这缘故。

"嗯……我能拜读你的作品吗?"德纳姆问,罗德尼一听立即平静下来,尽管如此,他还是沉默片刻,手里的拨火棍直直立着,大大的眼睛直盯着它,欲言又止。

"你真的喜欢诗歌、戏剧这些玩意儿吗?"他终于问道,口吻与先前大不相同。还没有等到回答,便又抱怨,"几乎没有人在乎诗歌。你肯定也觉得无聊。"

"也许吧。"德纳姆说。

"好吧,我把剧本借给你。"罗德尼放下手里的拨火棍宣布。

他起身去拿剧本。德纳姆伸手到身旁的书柜上,拿下摸到的第一卷书。那碰巧是一本小巧精致的托马斯·布朗爵士[①]诗集,收有《瓮葬》与《居鲁士的花园》。德纳姆翻到一篇他熟背于心的诗歌读了起来,好一段时间里一直读着诗集。

[①] 托马斯·布朗爵士(Sir Thomas Browne, 1625—1682):英国医师和作家。他的代表作有《医生的宗教》《瓮葬》等。

罗德尼回来坐下，手稿放在膝盖上，他不时瞥瞥德纳姆，两手指尖轻碰，瘦弱的双腿交叉放在挡泥板上，仿佛非常快乐。德纳姆终于把书合上，站起身来，背对着壁炉，不时喃喃几句，似在颂念托马斯·布朗爵士的诗句。他戴上帽子，站到罗德尼身边，罗德尼依然坐着，脚趾塞进挡泥板的缝隙。

"我有空就读。"德纳姆说。罗德尼举起手稿，简单回答了一句，"随你喜欢。"

德纳姆拿起手稿离去。两天后，他惊喜地发现早餐盘里有一份薄薄的包裹，打开后竟是他在罗德尼房里全神贯注研读的托马斯·布朗爵士诗集。纯粹出于懒惰，他没写感谢信，可他不时会想起罗德尼，想他的时候故意不想凯瑟琳。他打算找个晚上过去找罗德尼，同他一起抽抽烟。罗德尼很喜欢将朋友们真心欣赏的东西送出去，藏书由此日渐减少。

第六章

在普通工作日的细碎时光里,哪些最令人期待,回顾时也最让人怡悦呢?倘要挑选一个例子,或许早上9点25分到9点30分之间的五分钟,对于玛丽·达切特而言别具魅力。在这五分钟里,她心情好得令人艳羡,沉浸于几近纯粹的满足当中。她的公寓楼层颇高,即便到了十一月,晨光仍能照射其中,直接映在窗帘、椅子和地毯上,绘就三个明亮真实的绿、蓝、紫色光块,垂目便得惬意愉悦,身体也由此温暖。

几乎每天早晨,玛丽弯腰绑靴子时,总抬头看看明媚的阳光从窗帘移步早餐桌上,她通常会低声感恩生活馈赠此番纯真享受。她并未掠夺他人资源,但能从简单的事物中得到如许乐趣——得以在房间里独自吃着早餐,房里如此多彩漂亮,从壁脚板到天花板的角落俱干净清爽,周遭环境与她如此契合——她禁不住想找人道道歉,给眼前情况挑挑刺。她在伦敦待了六个月，暂时还没发现什么缺陷。待她系好鞋带，结论油然而生——这完全得益于她的工作。每一天，她手拿公文袋站在公寓门前，回头望望是否一切安排妥当，都会暗自高兴要暂别舒适，要是在房里坐上一整天悠然休闲，实在无福消受啊。

走在街上，她爱把自己看作是清晨时分快速行走于全城各条宽阔人行道上的一名工人。他们微微低着头，仿佛全力跟紧前方的人。看着大家坚定不移地往前走，玛丽想象这是一场人行道上的赛兔集会。她喜欢假装与其他人别无二致，下雨天时，她乘坐地铁或公共汽车上班，同办事员、打字员和商业从业员一样淋得浑身湿漉漉，与他们一同努力维持社会运转。

那天早晨，她满怀思绪地经过林肯客栈广场，走到京士威道，穿过南安普顿路，到达罗素广场的办公室。她不时停下来看看几家书商或花店的橱窗，早上这时候，店家正在整理货品，橱窗后的货架上空荡荡的，货物尚未上架。玛丽对这些店主满怀友善，希望他们能招揽中午外出的人群购物。每逢这钟点，她把自己当作店员和银行职员的同行,将那些睡着懒觉又有闲钱可花的人当作敌人——也是待宰的猎物。她快步穿过霍尔伯恩路,自然而然想起了工作,忘了严格而言她只是名业余工人。她的服务是无偿的,对世界的日常运作也没起多大作用——迄今为止,世界对于玛丽参加的妇女参政权协会毫无感激之情。

她走在南安普敦路上,一路想着纸条和大页书写纸,琢磨如何能节省纸张(当然不能伤害斯尔太太的感受),她确信伟大的组织者会首先解决此般琐事,在坚固稳定的基础上改革,进而节节胜利;玛丽·达切特决心成为一名伟大的组织者,在她的引领下,协会注定要进行最为激进的重组。的确,最近有一两次还没走到罗素广场,她突然清醒过来,谴责自己已然形成定势思维,每天早晨同一时间总想着同样的事情,以至于一看见罗素广场上各幢大宅的板栗色墙砖,便想起了办公室节流。这时候她也得准备好与克拉克顿先生、斯尔太太以及办公室里的其他人物会面了。她没有宗教信仰,对现世生活也就更上心,时常用心审视自我,实在没有什么比发现这些死板的思维正悄然无声地蚕食她的珍贵本性更恼人了。假如她不能保持新鲜感,尝试各种各样的观点,进行各式各样的实验,那身为女性又有什么好处呢?于是,转过街角时,她便这么提醒自己。待到达办公室,多半哼起了一节萨默塞特郡①歌谣。

选举权办公室在罗素广场一座大房子顶楼,宅子曾是伦敦一位巨贾及其家人的住所,现在分租给将名称缩写印在毛玻璃门上的各个协会。每个协会都有自己的打字机,一整天咔嗒咔嗒忙个不停。老房子气派的石梯从早上十点到下午六点都回荡着打字机的声响和跑腿的人的脚步声。此时,各台机器已然开工,传播着"保护原住民"或是"谷物作为食物的价值"等等观点。听着这些声音,玛丽加快了脚步。无论她几点到达,总是一路跑上顶层,让她的打字机与同行一争高下。

她坐在满桌子信件前面,纷繁的想法一去而空,信

---

① 萨默塞特郡(Somerset):位于英格兰西南部,北临布里斯托尔湾,最大的城市为旅游胜地巴斯。

第六章

件的内容、办公室的家具、隔壁房间里的动静使她愈加入迷，眉间的两道纹路越拧越紧。到了十一点，她已全神贯注，任何其他想法甫一出现便消失无踪。手头的任务是组织一系列娱乐活动，所得利润将造福社会，可惜活动缺少资金。这是她首次尝试组织大规模活动，迫切想取得非凡的成绩。她意图在打字机前敲敲打打间从芸芸众生中挑选思想独特的候选人，让他们在一周内抓住内阁大臣们的注意力。一旦大臣们留意，便可以新瓶装旧酒地向其推销协会一向秉承的观点。这便是她的整体计划，思考时她满脸通红、激动不已，得时常提醒自己留神出现在计划与成功之间的诸般细节。

克拉克顿先生推门进来，从一沓沓传单当中搜索某张传单。他身材单薄，一头沙金色发丝，年龄约三十五岁，说话带有地道的伦敦腔，看上去勤俭节约，貌似命运从未慷慨对他，他与别人相处时也绝无慷慨。他找到传单，就如何保持文件整洁提了几条诙谐的建议后，打字机的响声戛然而止，斯尔太太匆忙闯了进来，手里拿着一封信急需解释。这个中断比起克拉克顿先生的出现更难应付，因为玛丽从来不知道斯尔太太到底想要什么，她会忽然冒出六个请求，却没有一个讲得清楚明白。她身穿紫红色天鹅绒衣裳，留着一头短短的灰发，满脸通红，表情慈祥又热心。她总是急急忙忙，总是手忙脚乱，戴着的沉甸甸的金链子上有两个十字架，在她胸前打了结。在玛丽看来她向来迷迷糊糊，若非她满怀热情，对协会先驱之一的马卡姆小姐忠心耿耿，可没有足够资格保留职位。

晨光渐逝，桌上的信件有增无减，玛丽逐渐感到她是一个遍及英格兰的精细绝伦的神经网络的中枢，而总有一天，当她触动系统的心脏，它便有所感受，情感汹涌而出，喷射革命烟火的璀璨火焰——如此比喻大概代表着大脑专心致志运转三小时后，她对工作的观感。

快到一点时，克拉克顿先生和斯尔太太停止工作，每天这时候循例得讲讲关于午餐的笑话，这天又重复了一遍，词句几无变化。克拉克顿先生光顾一家素食餐厅；斯尔太太带了三明治，坐在罗素广场的梧桐树下享用；玛丽则一般去附近一家装潢华丽，椅子上铺着红色毛绒坐垫的餐厅,在那儿可以吃到令素食主义者侧目的两英寸厚牛排,或是浸在满锡盘肉汁里的烤鸡段。

"天幕映衬下光秃秃的树枝真让人心旷神怡。"斯尔太太望着广场感叹。

"但是树上没有午餐呀,莎莉。"玛丽答。

"我得说我真佩服您,达切特小姐,"克拉克顿先生搭话,"要是我中午饱餐一顿,一整个下午都会昏昏欲睡。"

"最新的文学潮流是什么呀?"玛丽问,好心情地指着克拉克顿先生胳膊下那黄色封面的书,他总在午休时读读新近冒出的法国作家的作品,要么挤点时间参观画廊。玛丽猜测,他是以暗自得意的文化生活平衡社会工作。

三人互相道别。玛丽疑惑两人是否猜到她真心想逃离他们,转念又想他俩应该没那么心细。她买了一份晚报[①]evening paper 边吃边读,不时从报纸探出头来,瞧瞧人们买着蛋糕或交头接耳,直到看见一位认识的年轻

[①] 应该是伦敦晚报。

女士走近，她大声招呼，"埃利诺，过来跟我坐一起。"两人一同吃完午饭，在人行道上愉快告别，再次朝永恒变动的人类生活中的不同方向走去。

但玛丽没有直接回办公室，她走进大英博物馆，漫步在陈列着各形各式石像的画廊里，直到在埃尔金大理石雕①下找到一个空座位。她看着它们，像往常一样心情激动，生活立即变得庄严而美丽——这感受也许来自画廊的孤清寒冷、沉寂静谧，也由于雕像的曼妙身姿。可事实上，她的感情并非出于纯粹的审美，她盯着尤利西斯②一两分钟，渐渐想起了拉尔夫·德纳姆。面对这些无声的形体，她倍感安全，几乎屈服于大声说出"我爱你"的冲动。眼前威严持久的美使她的欲望愈加清晰，为着这份情感心生自豪，尽管它还无法与她对日常工作的热情相媲美。

---

① 埃尔金大理石雕：是巴特农神庙雕塑中最精华的部分，得名于英国大使埃尔金勋爵，因其从土耳其奥斯曼皇帝手中买得了这一部分的巴特农神庙石雕，肢解后运回英国，最后卖给大英博物馆，成为该馆最珍贵的馆藏。
② 尤利西斯（Ulysses）：又译俄底修斯，是古罗马神话中的英雄，对应古希腊神话中的奥德修斯。尤利西斯是古希腊西部伊塔卡岛国王，曾参加特洛伊战争，是古希腊一方的重要成员。

她抑制住想大声说话的冲动,漫无目的地游荡在雕像之间,直至走到另一条长廊——里面陈列着刻字方尖碑与带翼的亚述公牛石像,情绪方有改变。她开始想象与拉尔夫在旅途当中,眼前这些怪物皆蹲在沙里。"我爱你,因为,"她暗自思忖,目不转睛地盯着一块玻璃后面的文字,"你最棒的地方在于能接受一切,跟大多数聪明人一样,从不拘泥于传统。"

她脑海里浮现另一个场景,她坐在骆驼背上在沙漠里行走,拉尔夫则指挥着一整帮当地人。

"那是你的能干之处,"她想着,继续往下一座雕像走去,"你总能让别人服从你的想法。"

她的脑中彩光漫溢,眼神变得澄清透亮。然而即便要离开博物馆了,她离说出——就算仅仅在心中默念"我爱上了你"还非常遥远,话语甚至从未成形。她对自己特别恼火,她真不该任由不恰当的思想违反内心的克制,倘若这种冲动卷土重来,恐怕势不可挡。她沿着街道走回办公室,再次屈从于惯常反对爱情的理智。她根本不想结婚。将情爱带入一段完全坦诚的友情——像她与拉尔夫的感情，实在非常幼稚。两年以来，他俩的友谊一直立足于对非个人话题的共同兴趣，例如穷人的住房或土地价值税。

到了下午，精神状态大大不如早晨。玛丽发现自己在观察鸟儿飞行，在吸水纸上画出树枝的图样。人们前来拜访克拉克顿先生，从办公室里飘出诱人的香烟气味。斯尔太太游离于剪报当中，有的她觉得"很好"，有的"真是太糟糕了"。以前，她会将剪报糊在书册上，有时会寄给友人，寄送之前先用蓝色铅笔在下缘画上粗线，这可能意味着她对这个新闻极其反对，也可能是甚为赞赏，两者的标记毫无区别。

下午四点左右，凯瑟琳·希尔伯里走在京士威道。到茶点了。街灯已逐渐点亮，她在其中一盏灯下停留片刻，试着想想附近有什么茶室，那儿的火光和谈话正符合她的心情。周遭车水马龙，如梦似幻，她还不想回家。也许总体来说，随意逛逛商店最适合存留此刻的心境，可同时她希望有人聊聊天。记起玛丽·达切特的再三邀请，她穿过马路拐进罗素广场，带着冒险将至的兴奋四处张

第六章

望找着门牌,虽然这行为本身再平常不过了。

凯瑟琳走进大堂,那儿光线昏暗,也没有门卫。她推开看见的第一扇门,里面的勤杂工从没听说过达切特小姐。她属于 S.R.F.R. 协会吗?凯瑟琳不明就里,摇了摇头。里头一个声音大喊:"你该去顶楼的 S.G.S. 办公室。"

她走过无数扇印着首字母的玻璃门,对探险的决定愈生怀疑。上到顶楼,她在办公室门前停下,稍稍理顺呼吸、整理仪容。室内传来打字机的响声、聊着专业话题的说话声,但她认不出任何人的声音。她按了按门铃,玛丽几乎立刻开了门。她看到凯瑟琳,表情焕然一新。

"是你呀!"她喊,"我们以为是印刷工呢。"门还开着,她回头叫唤,"不,克拉克顿先生,不是彭宁顿他们。我应该打个电话,3388,中央区。好吧,这可真惊喜。快进来,"然后又补充道,"你刚好赶上喝茶的点。"

玛丽的眼神显示她舒了一口气。午后的无聊消失无踪,她很高兴凯瑟琳看见他们忙忙碌碌,印刷工还没送回校样呢。

办公室的灯泡没装灯罩,亮光洒在堆满文件的桌上,凯瑟琳看着好一阵茫然。傍晚散步时她思绪纷繁，此时这小房间里的一切却异常集中、异常明亮。她本能地转过脸去看窗外——窗帘拉开了，可玛丽马上呼唤她。

"你真聪明，能找着这儿，"她说。凯瑟琳站着，感觉心不在焉，一时想不起为什么过来。在玛丽眼中，她确实跟办公室格格不入，她的长斗篷垂坠华美，她的脸敏感忧惧，令玛丽一时错觉凯瑟琳本在世外之境，陡然降临尘世惹得天翻地覆。玛丽随即焦虑不安，期盼凯瑟琳明白她的工作至关重要，希望在这印象传达之前，斯尔太太与克拉克顿先生暂且不要出现。可惜她要失望了。斯尔太太提着水壶冲进房间，把水壶放在炉子上，急急忙忙点燃煤气，火苗呼地蹿高，转瞬又熄灭了。

"总是这样，总是这样，"她咕哝着，"除了凯特·马卡姆，没人晓得该怎么对付这东西。"

玛丽不得不出手相助，她俩一起摆好桌子，为着东拼西凑的杯具与平淡普通的食物道歉。

"要是知道希尔伯里小姐过来，我们就事先买好蛋糕了。"玛丽说，斯尔太太听了终于认真瞧瞧凯瑟琳，她可是需要特意为之买蛋糕的人呐。

这时克拉克顿先生推门进来,手里拿着一份打印的信件大声宣告:

"索尔福德[①]加入了。"他说。

"干得好,索尔福德!"斯尔太太激动惊呼,将茶壶砰地放在桌上,好腾出手来鼓掌。

"是的,这些省中心终于跟我们一条战线了。"克拉克顿先生回答。玛丽把他介绍给希尔伯里小姐,他非常正式地询问她对"我们的事业"是否感兴趣。

"校样还不来吗?"斯尔太太问,她两只胳膊肘搁在桌子上,双手托着下巴。玛丽开始倒茶。她继续说,"太糟糕了,太糟糕了。以这样的速度,我们要错过国家邮政了。我想起来了,克拉克顿先生,我们该向各省通报帕特里奇的上一次演讲吧?什么?您还没读过?噢,那可是这一期下议院最好的讲话。连首相阁下……"

但是玛丽打断了她的话。

---

① 索尔福德(Salford):英国城市,位于大曼彻斯特都会区。

"我们喝茶时不聊公事,莎莉,"她坚定阻止,"每次她忘记,我们就罚她一便士,罚款用来买李子蛋糕。"她向凯瑟琳解释,试图吸引她融入群体,对打动她已经不抱希望了。

"对不起,对不起。"斯尔太太道歉。"我是名狂热的信徒,"她边说边转向凯瑟琳,"有其父必有其女,我注定如此。我以前跟别人一样参与过各种各样的委员会,有流浪儿救助、救援工作、教会工作、C.O.S.——那是地方分支,还得履行主妇的日常职责呢。可为了咱们的使命,其他那些委员会我全放弃了,我一秒都不后悔。"她补充,"这可是根本的问题,直到妇女享有投票权……"

"这至少得六便士,莎莉,"玛丽说,拳头敲敲桌面,"我们都听腻妇女选举了。"

斯尔太太一怔,几乎不敢相信自己的耳朵,喉咙发出不同意的"啧啧"声,她轮流望望凯瑟琳和玛丽,边看边摇头,最后朝玛丽的方向点点头,偷偷对凯瑟琳说:

"比起我们,她做得更多。她贡献了青春,唉!我年轻时,国内的情况可不好……"她叹了口气,突然不

第六章

说了。

克拉克顿先生立马讲起了关于午餐的笑话,聊起斯尔太太无论天气如何,总在树下吃饼干。凯瑟琳觉得她像只讨人喜爱的宠物狗。

"是的,我带着我的小袋子到广场吃午餐。"斯尔太太说,像孩子面对长辈时自觉有错一般。"那儿可真舒服,天幕映衬下,光秃秃的树枝让人看着就快乐。可惜我不能再去广场了。"她接着说,额头现出几条抬头纹。"多么不公正呀!凭什么我得以享用美丽舒适的广场,贫穷的妇女需要休息却无处可坐?"她认真盯着凯瑟琳,摇了摇一头短短的卷发,"这太可怕了,我已经倾尽努力,还是活得像个暴君。我试图过上体面的生活,却求之不得。想想就明白,所有广场都应该向每一个人开放。克拉克顿先生,有没有协会以此为目标?要没有的话,那绝对、肯定、必须得有一个才对。"

克拉克顿先生以专业的态度回答:"这可是极佳的目标。同时,斯尔太太,人们务必追究组织泛滥的恶果。多少优秀的努力付之一炬,更别说浪费金钱。希尔伯里小姐，您猜猜现在伦敦市有多少慈善性质的组织？"他问，嘴唇挤出一个奇怪的笑容，好像这问题有其无聊可笑的一面。

凯瑟琳也笑了。克拉克顿善于观察，已经注意到她与他们几个不大一样，对她的身份相当好奇；同样的，这微妙的不同刺激着斯尔太太，意欲将凯瑟琳变为协会的支持者。玛丽也看着她，仿佛恳求她赶紧屈服。凯瑟琳丝毫不为所动。她没说上几句话，纵然她的沉默出于严肃认真，甚至是深思熟虑，在玛丽看来却有挑剔指责的嫌疑。

"嗯，这栋楼里的协会比我想象中的要多，"她说，"在一楼你们保护土著居民，另一层帮助妇女移民，还告诉人们要多吃吃坚果……"

"你为什么说'我们'在做这些事情？"玛丽插话，语气相当尖锐，"我们可不为同一栋楼里办公的怪人负责。"

克拉克顿先生清了清嗓子，看了看两位年轻女士。他对希尔伯里小姐的外表与举止甚是惊奇，猜测她大概属于他曾梦想的那种富有教养、生活奢华的阶层。而玛

第六章

丽跟他出身相似,不时差遣他干这干那。他边思索边飞快地拿起饼干碎块往嘴里送。

"那你不属于我们协会咯?"斯尔太太质问。

"不,恐怕我不属于你们协会。"凯瑟琳回答。她的坦率令斯尔太太不知所措,只能满脸困惑地盯着她,貌似不晓得该如何归类凯瑟琳。

"可你当然……"她仍不肯放弃。

"斯尔太太在这些问题上格外执拗狂热,"克拉克顿先生几乎带着歉意地解释,"我们得不时提醒她,即使别人与我们意见相异,也有权发表见解……《笨拙》杂志[①]这周刊登了一幅有趣的图片,是关于一名妇女参政论者和一位农业劳动者的。您看了本周的《笨拙》没,达切特小姐?"

玛丽笑着回答:"还没呢。"

克拉克顿先生便描述起笑话的内容,可惜始终无法传达艺术家赋予人物的面部表情,幽默便减了几分。斯

---

① 原文为"*Punch*",意为"猛击",但国内习惯译为《笨拙》。

尔太太全程庄重地坐着,克拉克顿先生话声刚落,她迫不及待追问:

"如果你关心自己性别的福利,想必希望她们有选举权吧?"

"我从来没说过不希望她们有投票权。"凯瑟琳抗议。

"那你为什么不是我们协会的一员呢?"斯尔太太质疑。

凯瑟琳的勺子转了一圈又一圈,眼睛盯着茶杯里的小漩涡,一言不发。这时,克拉克顿先生也构思了一个问题,在片刻犹豫后向凯瑟琳发问:

"请问您是否诗人阿勒代斯的亲族?他的女儿,我记得,嫁给了一位希尔伯里先生。"

"是的,我是他的外孙女。"凯瑟琳回答,接着停顿了一会儿,叹了叹气。几人一时无语。

"诗人的外孙女!"斯尔太太兀自重复。她摇了摇头,仿佛之前的不解都有了解释。

克拉克顿先生眼睛一亮。

"真的呀。"他说,"我十分感谢您的外祖父,希尔伯里小姐。我曾经能背诵他大部分的诗歌。不幸的是，逐渐地我就不读诗了。我猜您不大记得他了吧？"

一阵响亮的敲门声响起，淹没了凯瑟琳的回答。斯尔太太抬起头，眼中满是希望，叫道："校样终于来了！"便跑着去开门。"噢，只是德纳姆先生呀！"她嚷着，丝毫没有掩盖失望。凯瑟琳猜想拉尔夫一定经常来访，因为他只需要与她一人打招呼。玛丽立刻解释凯瑟琳在那里的因由：

"凯瑟琳过来看看办公室的运作。"

拉尔夫顿感生硬不安，不大自在，只说出一句：

"我希望玛丽没让您以为她懂得办公室的运作吧？"

"她懂的呀，不是吗？"凯瑟琳看看拉尔夫，又看看玛丽。

听着这些对话，斯尔太太坐立不安，头不住地摇动。拉尔夫从口袋里掏出一封信，指着某句话。他还没来得及往下讲，斯尔太太便激动不安地大喊：

"好啦，我知道你要说什么，德纳姆先生！可那一天凯特·马卡姆过来了，她旺盛的生命力让我沮丧得很，我们该做却没有做的新任务,她全都想得到。我当时就意识到我记不清日子了。我向你保证那跟玛丽无关。"

"我亲爱的莎莉,不要道歉。"玛丽笑着劝慰,"男人就是这样,个个轻重不分。"

"好了,德纳姆,快为我们的性别说句话呀,"克拉克顿先生语带戏谑,但与大多数男人一样,他讨厌被女性指责,与她们争辩时喜欢自称"鄙人"。不过,他希望与希尔伯里小姐聊聊文学,也就乐于让步了。

"您不觉得奇怪吗,希尔伯里小姐,"他说,"法国诸多著名诗人里,没有一个能与您外祖父相媲美?我想一下,法国有谢尼埃[①]、雨果和阿尔弗莱·德·缪塞[②]——他们都非常出色,可是阿勒代斯的诗歌丰富多彩、清新可人……"

这时电话铃响了,他只好微笑着鞠躬离开。文学令人沉醉,可它终究不是工作。斯尔太太也站了起来,她

[①] 安德烈·舍尼埃(André Chénier,1762—1794):十八世纪法国诗人。
[②] 阿尔弗莱·德·缪塞(Alfred de Musset,1810—1857):法国诗人,剧作家,代表作有《罗拉》《四夜》《西班牙和意大利的故事》。

在桌旁徘徊，发表对政府的批评。

"假如我告诉你我对暗箱操作的了解，告诉你凭金钱能做成什么，你不会相信我的，德纳姆先生，你真不会。这就是为什么我觉得作为我父亲的女儿——他可是开拓者之———我唯一的工作是，德纳姆先生，在他的墓碑上我给他刻上了《诗篇》①，那关于播种者和种子的诗句……倘若他还在生，就能看到我们即将目睹……"但她随即想起辉煌的未来依赖于打字机的辛勤劳动，便匆匆回到安静的小房间，热情澎湃、心急意切地一阵敲打。

玛丽立马聊起一个新话题，表明她知道莎莉迷迷糊糊，却不打算嘲笑她。

"在我看来，如今的道德标准低得可怕，"她倒上第二杯茶，沉吟道，"在没有受过良好教育的妇女当中尤其如此。她们不明白'勿以恶小而为之'的道理，那也正是问题的缘起，我们由此深陷困境。我昨天几乎发

---

① 《诗篇》是《旧约圣经》中的一卷书，是整本《圣经》中第19本书，全卷共150篇，是耶和华的敬拜者大卫记录的一辑受感示的诗歌集。

起了脾气，"她看着拉尔夫笑了笑，好像他知道她发脾气时的模样，接着说，"别人对我撒谎，我可要大发雷霆。你呢？"她问凯瑟琳。

"但人人都会撒谎吧。"凯瑟琳边答边环顾房间寻找雨伞和包裹。玛丽和拉尔夫交谈的方式很是亲密，使得她急欲离开。玛丽则想让凯瑟琳留下来——至少表面如此，好坚定自己不要爱上拉尔夫的决心。

拉尔夫喝了一口茶，将茶杯放回桌面，暗自决定若然希尔伯里小姐离开，他会随她一同离去。

"我可不撒谎，我看拉尔夫也不会。你撒谎吗，拉尔夫？"

凯瑟琳笑了起来，玛丽认为自己没说什么引她发笑。那她在笑什么？大概是在笑他们吧。凯瑟琳站起来四处走动，翻看各种报纸，又看看橱柜和各种办公机械，似乎纯粹出于顽皮作乐，玛丽直直盯着她，仿佛她是只身披霓裳羽衣、调皮任性的小鸟，毫无预警便忽地叼走枝丫上最红润的樱桃。拉尔夫的目光游移在玛丽与凯瑟琳身上，暗忖再没有比她俩更不相像的女子了，随即也站起身来，

第六章

向玛丽点头致意。凯瑟琳道过再见,拉尔夫为她开门,跟着她走了。

玛丽一动不动,无意阻止他俩离开。他们关上门后一会儿,她仍凝视着大门,看似相当迷惑;可短暂犹豫过后,她还是放下杯子,开始清洁茶具。

其实,拉尔夫经历好一番思索方采取行动,并非如表面般心血来潮。他思虑,假若错过与凯瑟琳谈话的机会,独自一人时将不免面对自身暴怒的灵魂,要求他解释因何总是胆小懦弱、优柔寡断。总体来说,一时的尴尬比浪费一整晚寻找借口,为着不愿放弃的执念反复构建无法实现的情景,要好得多。自从他拜访希尔伯里一家,他便对凯瑟琳魂牵梦萦。孤独安坐时,她的幻象盈盈前来,按照他心之所愿与他对话。每天夜里他从办公室步行回家,踏过路灯点缀的大街时脑海里涌现各种扬眉吐气的场景,其中俱有凯瑟琳陪伴在旁。与活生生的凯瑟琳相处片刻,要么会给予想象以新鲜力量——所有曾任意做梦的人都知道此需要须不时满足——要么会使想象化于真实,不复存在,对于做梦者而言,也不失为可喜的改变。

一直以来，拉尔夫都清楚明了凯瑟琳的实体与他幻梦中的凯瑟琳不尽相同，相遇时却仍为她与幻想中的形象毫不相干而困惑不解。

走到街上，凯瑟琳发现德纳姆先生也在身旁，感到甚是惊讶，也许还有些许气恼。她何尝不会遐想联翩，而今晚各种朦胧梦幻的想象极需独处时光。如若她任性而为，大可飞快走过托特纳姆法院路，跳上出租车赶紧回家。她在办事处里看见的场景就像是一个梦。在那办公室里，她将斯尔太太、玛丽·达切特和克拉克顿先生比作是魔法塔上被施了魔咒的人，蜘蛛网环绕房间每一角落，四处都有巫师的法宝。比起正常世界，办公室多么冷漠虚幻！满屋子都是数不清的打字机，那三人喃喃念着咒语炮制着药剂，将纤细的蜘蛛网扔向生活的洪流，散落到窗外的街道上。

或许她也意识到这幻想过于夸张，自然不愿与拉尔夫分享。她猜，对他来说，玛丽·达切特在打字机上敲着写给内阁部长们的传单，代表了一切真实有趣的事物。走在拥挤的街道上，看着街上一排排的路灯、亮堂堂的窗户、穿梭的人群，她将他俩从脑海中逐出。眼前的场景让她心情愉快,她几乎忘了身边还有同伴。她走得飞快,迎面而来的人群使她和拉尔夫头晕目眩。两人的身体相距甚远,但她几乎不自觉地履行起同伴的责任。

"玛丽·达切特可真能干……她是负责人吧,我猜?"

"是的。其他人帮不上忙……她是否改变了您的信念?"

"哦,不,我本来就支持她们的事业。"

"她没有说服您为他们工作吧?"

"噢,天哪,不,我可帮不上忙。"

两人沿着托特纳姆法院路一路走着,拉尔夫感到像是在呼呼寒风中与高耸的白杨树对话一般。

"要不我们坐公共汽车吧?"他建议。

凯瑟琳默许了,他们上了车,发现只有他俩在车上。

"您是去哪个方向呢?"凯瑟琳问,汽车开始移动,她从恍惚中惊醒过来。

"我要去圣殿教堂①。"拉尔夫回答,一时冲动随便

---

① 圣殿教堂(Temple Church):伦敦著名景点之一,坐落在泰晤士河和舰队街之间。教堂在1185年举行了献祭仪式,是十二世纪圣殿骑士团在英格兰的总部。

讲了个目的地。两人坐下，公车行进，他察觉她有变化。她悲伤的眼睛凝视着面前的林荫道，丝毫没有留意他。微风拂在他们脸上，差点儿刮走了她的帽子，她拿出一个别针固定好帽子——这小动作使得她更平易近人。啊，要是她的帽子真吹走了，使得她披头散发，从他手上接过刚捡起的帽子，那该多好！

"这就像威尼斯。"她抬起手指指窗外解释，"我指那些机动车辆，它们车灯闪烁，开得飞快。"

"我从没见过威尼斯，"他答，"我将威尼斯还有其他一些东西留待晚年。"

"还有些什么呢？"她问。

"威尼斯、印度，大概还有但丁。"

她笑了。

"现在就考虑晚年！如果您有机会，会执意不去威尼斯吗？"

他没有回答，怀疑是否该一诉衷肠。他尚未想好，话语已流淌而出：

"我从小就计划生活，以延长其期限。您瞧，我总担心自己错过了什么……"

"我也是!"凯瑟琳惊叫,"但是,"她问,"为什么您定会错过些什么呢?"

"为什么?一方面因为我穷。"拉尔夫答。"而您,我猜您每天都可以有威尼斯、印度和但丁。"

一时间她没有作答,可没戴手套的手握着前方的扶手,脑海里思绪纷飞,其中一个想法是,这陌生的年轻人读"但丁"时,发音与她通常听到的一样,此外,她出乎意料地发现,他对生活的观感与她的极为相似。倘若她对他有更深了解,说不定会对他颇感兴趣。之前她一直把他归类为永远不想了解的人,这么一想她便沉默不语,匆匆忆起在文物室里第一次见面的情景,给半数印象锁上门闩,如同找到适合的句子后,便将原本表达不佳的文字抛诸脑后。

"但要知道,我有'求之而得的能力',这并不能改变我'求之不得的事实'。"她理不清头绪,略带迷惑地问,"例如我怎么能去印度?而且……"她的自白缘起冲动,又戛然停止。这时售票员过来,打断了两人的对话。拉尔夫等着她往下说,可她一言不发。

"我有话劳烦您向令尊传达。"他说,"也许您可以代为转告,或者我前来拜访。"

"好的,敬请光临。"凯瑟琳应答。

"不过,我还是不明白您为何不能去印度。"拉尔夫眼看她要起身离去,便欲继续方才的话题。

可她还是赶紧起身,用一贯的决断说了再见便迅速离去。拉尔夫低头一看,她站在人行道边上,宛然一个警觉威严的身影,她等着过马路,果敢迅速地走到路的另一边。这姿势、这动作自然会成为幻梦想象的一部分,但此时此刻,活生生的凯瑟琳彻底击溃了她的魅影。

第七章

"小奥古斯都·佩勒姆对我说,'这是年轻一代在敲门。'我回答,'噢,年轻一代门都没敲就悄然而至了,佩勒姆先生。'这笑话不怎么好笑,是吧?他还是记在笔记本上了。"

希尔伯里先生说:"来,祝愿我们在他的作品出版之前已经撒手归天。"

这对老年夫妇在等候餐铃响起,等着女儿走进房来。炉火两旁各有一张扶手椅,两人微微蜷缩坐着注视着煤块,带着历练之人的表情,被动地静待某事发生。希尔伯里先生所有的注意力都集中在一块掉落炉排的煤炭上,想为它在已经烧起的炉块中选择一个有利位置。希尔伯里夫人默默注视着他,嘴唇泛起的笑容似在暗示她还想着下午发生的事情。

希尔伯里先生完成脑海里的任务,恢复蜷曲的姿态,玩弄起表链上的绿色小石头。他深邃的椭圆形眼睛凝视着火焰，表面的呆钝之下暗含乐于观察、异想天开的精神，使得他的棕色眼睛依然异常生动。可或是出于怀疑的天性，或是过于挑剔的品位令他无法满足唾手可得的奖赏，那怠懒的外表看上去几近忧郁。坐了一会儿，他似乎得出结论，这一切皆是徒劳，便叹了口气，伸出手拿起身边桌子上的一本书。门一打开他就合上书。凯瑟琳走近时，夫妻俩的目光都落在她身上，精神立即为之一振。她穿着轻盈纤薄的晚礼服款款前来，显得非常年轻，看着她两人神清气爽，在她青春无知的映衬下，他俩的世故与经验变得别有价值。

"凯瑟琳，你唯一的借口就是晚餐还没备好。"希尔伯里先生说着，边放下眼镜。

"我不介意她迟到，她多么迷人呀。"希尔伯里夫人赞叹，骄傲地看着女儿。"但我不喜欢你那么晚还上街，凯瑟琳，"她问，"你坐出租车了吧？"

这时用人宣布晚餐准备好了，希尔伯里先生让妻子把手搭在他臂弯上，领着她下楼。一家三口身穿晚餐礼服，与装饰漂亮的餐桌相得益彰。桌子上没铺桌布，瓷碟在闪亮的褐色木桌上映出深蓝色光芒。中间有一碗菊花，红褐色和黄色相间,其中一支洁净纯白,花朵如此新鲜,细细的花瓣向后弯曲成一个结实的白球。周围的墙壁上,三位维多利亚时期著名作家的头像伴着他们的晚宴,画像下粘贴了一堆小纸条,伟大作家的笔迹以此为证,他是"您的真诚的亲切的永远的谁谁谁"。父女两人本来挺高兴能静静进餐,不时发表短短几句仆人理解不了的隐晦评论。可沉寂会令希尔伯里夫人郁闷,她完全不在意女佣的存在,经常跟她们聊上几句,还会询问她们是否同意她的意见。这会儿,她正喊着她们瞧瞧房间是否比平常昏暗,让她们把所有灯都开了。

"这可好多了。"她感叹,"你知道吗,凯瑟琳,那可笑的笨蛋过来和我喝茶了?噢,我多么需要你啊!他一直想说些警句,我当时可紧张了,真是屏息以待,结果我把茶给洒了——他就此说了句警句!"

"哪个可笑的笨蛋?"凯瑟琳问父亲。

"我认识的傻蛋里只有一个喜欢生造警句,当然是奥占斯都·佩勒姆。"希尔伯里夫人答。

"幸亏我出去了。"

"可怜的奥古斯都!"希尔伯里夫人感慨,"我们待他太过分了。要知道,他对他烦人的老母亲可真是忠诚。"

"那仅仅因为她是他母亲。任何与他相关的人……"

"不,不,凯瑟琳,太糟糕了。那太——我要用的词是,特雷佛,那种长长的与拉丁语有关的词——你和凯瑟琳懂得的那种……"

希尔伯里先生建议她用"愤世嫉俗"。

"好吧,这词挺好的。女孩子吧,不需要上大学,可是得知书识礼。能引用这些小典故让人觉得很气派,还能优雅地衔接到下一个话题。我不知道自己是怎么一回事——你当时不在,凯瑟琳,我居然要问奥古斯都,哈姆雷特爱上的那位女士叫什么名字,天知道他要在日记里怎么写我。"

"我希望……"凯瑟琳突然说,语气浮躁激烈,可旋即停了下来。母亲总鼓励她快速感受、快速思考,但她想起父亲也在场,正认真聆听。

"你希望什么?"他看她停顿了一下,便追问。

他时常令她惊讶,让她不经意敞露心声;两人继续讨论，希尔伯里夫人则自顾自沉思。

"我希望妈妈不是位名人。今天我出去喝茶，人们要跟我谈论诗歌。"

"他们一定以为你也满怀诗意，对吧？"

希尔伯里夫人立即问："凯瑟琳，谁要和你讨论诗歌？"凯瑟琳决心跟父母谈谈她在妇女参政权办公室的见闻。

"他们在罗素广场一幢老房子的顶部有间办事处，我从没见过那么奇怪的人。那位先生发现我和外祖父的关系，便要和我聊聊诗歌。连玛丽·达切特在那气氛中也与平时不同。"

"是的，办公室的氛围对人的精神很不好。"希尔伯里先生点评。

"我可不记得以前妈妈住在罗素广场的时候，那儿有什么办事处。"希尔伯里夫人沉思，"我无法想象把那些高贵宽敞的大房间改造成促狭气闷的选举权办公室。不过，要是办事员也读诗，想必人还是不错。"

"不，他们读诗的方式跟我们不一样。"凯瑟琳坚持。

"但想想他们读着你外祖父的诗歌,而不是从早到晚填着些可怕的小表格,那还是挺好的。"希尔伯里夫人固执己见。她对办公室的概念源于偶尔到银行办事,在将钞票放进钱包的瞬间从柜台瞥到的景象。

"无论如何,好在他们没把凯瑟琳变成信众,那样可不成。"希尔伯里先生表示。

"哦,当然不。"凯瑟琳明确答应,"我不会跟他们一起工作的。"

"很奇怪,"希尔伯里先生顺着女儿的观点发表意见,"有的人志趣相投,却让人无所适从。比起对手,他们让人更清楚意识到自己事业的错误,原本正对学习满腔热情,一旦接触到意向相同的人,所有魅力便一去不返。这可真奇怪。"他边削着苹果边告诉她俩,年轻时有一次他本应在一个政治会议上发言,去的时候满腔理想、激昂澎湃,可听着领袖讲话,他逐步以另一种思维——如果那可以称之为思维——思考,最后只好装病离场,免得自曝其短。自此之后他便厌恶起公众会议。

凯瑟琳认真听着,一如往常,当她的父亲,甚至在某种程度上,当她的母亲描述自己的感受时,她十分理解赞同,但同时,她看到一些他们看不到的东西,察觉他们总是缺乏她所具备的远见,感到有些失望。碟子迅速无声地一个接一个撤下去,甜点呈上餐桌,谈话以熟悉的节奏持续,她就像一个法官端坐在场,聆听父母发言,每当他们引她发笑,两人便乐不可支。

有老有少的家庭里充满奇特的仪式与孝行,每天都按时进行,其意义很是模糊,带着神秘甚至是迷信的魅力。例如夜间享用的雪茄与葡萄酒分别放好在希尔伯里先生左右两旁,希尔伯里夫人与凯瑟琳便识趣离去。同住多年,她们从没见过希尔伯里先生抽雪茄或喝葡萄酒,倘若碰巧遇见他一人静坐,总会觉得不大体面。此般时间短暂但明显男女有别的活动被用作晚餐会话的亲密后记,身为女性的意识,当男女隔绝时——如同身处宗教仪式当中——方至为强烈。凯瑟琳挽着母亲的手臂上楼,对到达客厅时的心情了然于心,已然知悉灯火亮起,她俩环顾客厅时的愉悦;客厅这会儿刚清扫完毕,好迎接一天里最后的时光,棉布窗帘上的红色鹦鹉图案随风摆动,扶手椅被炉火烘得温暖。希尔伯里夫人站在炉火旁，一只脚踏着挡泥板，裙子拉高些许。

"噢，凯瑟琳，"她喊，"你让我想起了妈妈在罗素广场的旧时光！我能看到水晶吊灯、铺在钢琴上的绿色丝绸，妈妈坐在窗边，披着羊绒披肩唱着歌，小乞丐停在窗外聆听。爸爸派我送去一束紫罗兰，自己在拐角处等候。那一定是一个夏夜里，在一切都变得了无希望之前……"

接着她说了一句话表示遗憾，这句话定然出现得相当频繁，使她嘴唇和眼睛周围徒生皱纹。诗人的婚姻并不美满。他早早离开了妻子；夫人随心所欲过了几年，年纪轻轻就去世了。家庭蒙遭不幸，希尔伯里夫人接受的教育几无规律，事实上，她算是没怎么受过教育。但当他写下最为优秀的诗篇时，她一直陪伴在旁。在小酒馆或是其他醉酒诗人的流连之处，她坐在他膝盖上伴着他。人们说，都是为着她，他才从浑浑噩噩中振作起来，在了无灵感之时，还能成为世上无可非议的文学巨匠。随着年岁增长，希尔伯里夫人愈加频繁地回想过去，往事的不幸几乎让她透不过气来，仿佛倘若无法令父母的悲伤平息，她便过不好自

第七章

己的人生。

凯瑟琳何尝不想安慰母亲,可当事实本身如此传奇,她的慰藉只会差强人意。例如,罗素广场的房子里堂皇高贵的房间、花园里的玉兰树、音色甜美的钢琴、走廊上的脚步声,还有其他华贵美丽、浪漫不凡的物件,它们是否真的存在?为何阿勒代斯夫人独自生活在巨大的宅子里?如果她并非独居,那她与谁同住?凯瑟琳相当喜欢这悲惨的故事本身,乐意听到更多细节,好开诚布公地讨论讨论。可惜这也愈益困难。希尔伯里夫人常常回顾往事,却总以这种一惊一乍的方式,仿佛东思西想便能将过去六十年拨乱反正。也许事实上,她早已分不清真实与幻想了。

"假如他们还活着,"她总结,"大概就不至于那样了。现在的人可不像以前,不会老活在悲剧里。要是父亲能周游列国,或者母亲能调养一下,一切都会好起来的。但是我能做什么呢?他俩当时各自交了些坏朋友。唉,凯瑟琳,你结婚时,一定要非常肯定你爱着你的丈夫!"

希尔伯里夫人双眼泛着泪光。

凯瑟琳安慰着母亲,暗自思量,"这是玛丽·达切特和德纳姆先生所不理解的。这是我一直所处的环境。要像他们一样，生活该多么容易！"一整晚上，她都在比较父母与选举权办公室里头的人。

"可是，凯瑟琳，"希尔伯里夫人呼唤她，情绪骤生变化，"天知道，我不想看到你结婚，不过那威廉的确是爱你的。凯瑟琳·罗德尼听着悦耳又富贵，不幸的是，这并不意味着他有钱，他一个子儿都没有。"

凯瑟琳不乐意改名字，相当尖锐地回答她不想嫁给任何人。

"你只能嫁给一个丈夫，那可真枯燥，"希尔伯里夫人思索，"我希望你能嫁给所有想娶你的人。也许总有一天会实现。但同时我也承认，亲爱的威廉……"

这时，希尔伯里先生走进客厅，夜间更充实的时光开启。凯瑟琳会朗读一些散文作品或其他文章，她母亲在一个小巧的圆形毛线框上断断续续地织织围巾，父亲则读读报纸，他听得不那么专心，但能不时幽默地评论一下男女主人公的命运。希尔伯里一家从图书馆订阅了服务，每逢周二和周五都有书送来，凯瑟琳尽力使双亲对尚且在生、受人尊敬的作家提起兴趣；可希尔伯里夫人看着那些光亮金闪的书卷就极为不安，边听凯瑟琳朗读边像吃到什么苦涩的食物似的做鬼脸；而希尔伯里先生对待现代作品怀着好奇，偶尔开上几句玩笑，如同对待前途光明的孩子古怪滑稽的行径一般。这天晚上，凯瑟琳才刚读了五页左右，希尔伯里夫人便抗议这部作品太自作聪明，用词过于廉价下流。

"拜托你了，凯瑟琳，给我们读读真正的佳作吧。"

凯瑟琳只好从书柜选择一本大大的、包着黄色牛皮封皮的书，好使父母镇定下来。不久，夜间邮件送来，中断了亨利·菲尔丁[①]的文本。凯瑟琳发现眼前的信件需要她十二分的注意力。

[①] 亨利·菲尔丁（Henry Fielding, 1707—1754）：被认为是十八世纪最杰出的英国小说家与戏剧家之一，英国启蒙运动的代表人物之一，与丹尼尔·笛福、塞缪尔·理查森并称为英国现代小说的三大奠基人。

第八章

希尔伯里先生一走,凯瑟琳赶紧劝母亲直接上床歇息,不然两人同处一室,她随时会询问信件的内容。凯瑟琳把信悉数带到卧室,随意翻看间,发现要为诸多事宜焦虑。首先,罗德尼一丝不苟地叙述了他的精神状态,还配上一首十四行诗,他要求凯瑟琳重新考虑两人的关系,使得凯瑟琳很是烦躁。接着她将另外两封信并排放着,试图辨别谁是谁非。她已知晓事实,却不知如何是好。最后,她思索起一位表亲写来的长信,由于财政困难,他只好在邦吉教授年轻女士拉奏小提琴。

不过,那两封关于同一事件,内容却截然不同的信件才是她的困惑源泉。她相当震惊地发现,她的远房表亲西里尔·阿勒代斯在过去四年间一直与一名女子非婚同居,共同生养了两个孩子,还有一个即将出生。这种情况被米尔文夫人,也就是她的西莉亚姑妈发现了,便热心调查起来。

姑妈的信也得细细思量。她表示，西里尔必须马上娶那女人，而西里尔——先不论他是对是错，对这种干涉非常愤慨，坚信自己无需羞愧。凯瑟琳想知道他有否有理由感到羞耻，于是转向姑妈的信。

"要记住，"她义愤填膺地写道，"他继承了你外祖父的姓氏，那个将要出生的孩子也是。可怜的西里尔罪不重，那欺骗他的女人才坏，她看他是个绅士——他的确系出名门；估摸他家财万贯——不料他一文不名。"

"拉尔夫·德纳姆对此会有什么看法呢？"凯瑟琳忖量，她在卧室里踱步，将窗帘拉开。面前一片黑暗，她只能辨别出法国梧桐的树枝与邻居窗户的灯光。

"玛丽·达切特和拉尔夫·德纳姆会怎么说？"她停在窗边沉思。夜风柔暖，她站起来感受微风拂脸，任自己迷失在夜色当中。遥远拥挤的街道的嗡嗡声与空气一起涌入房间。她伫立良久，远处交通的轰鸣声持续不断、混乱不堪，在她听来仿若代表了她人生那混浊窒息的质感。她的生活被他人的人生束缚捆绑，一同前行，她反倒听不真切自己生命的进程。她猜吧，像拉尔夫和玛丽那样的人，他们前路一片广阔

第八章

无垠,大可自由自主地过活,她多么羡慕!她尽力想象一片空地,在那儿,这一切繁琐细碎的人际交往,亲故熟人交织纠葛的烦恼人生,一切俱不复存在。即便是现在,当独自一人在夜色中遥望乱成一团的伦敦,她都被迫记住在某时某刻与甲乙丙丁有关联。此时此刻,威廉·罗德尼正坐在她东边某处一点灯光里,脑海里想着的不是他的书,而是她。她希望全世界的人都不要想起她,却没有办法从形形色色的人群中逃脱,她叹了口气,关上窗户,读起了威廉的来信。

她可以肯定,这封信比起他以往所有来信都要真诚。他得出结论,没有她,他活不下去。他相信他了解她,可以给她幸福,他俩的婚姻将与其他婚姻不同。那首十四行诗字句优美又不失激情,凯瑟琳把信和诗又读了一遍,尽管对威廉仍算不上心怀柔情,但已胸有成竹,知晓该如何处理。她会待威廉温柔纵容,对他的敏感多愁心生关怀,毕竟,她想起了她的父母,到底什么是爱呢?

自然地,以她的美貌、地位和背景,不止一次有年轻人向她示爱,期盼与她缔结婚姻,可也许因为她从没回应这些感情,爱情于她也就毫无实感。她从没有爱上任何人,多年来，她暗暗遐想爱情的模样，幻想着启发爱情的伴侣，想象作为爱情结晶的婚姻，这自然而然使得生活中任何实例皆相形见绌。她的遐思在作为前景的现实上映出色彩丰富的幻影，诸多幻象从未经理性纠正。澎湃瀑布从悬崖飞流而下，直直坠入茫茫夜色深处，这便是她梦想中的爱情，这份幻梦吸尽她生命的每一滴力量，使其余一切化为灰烬，无从逃避，亦无可追寻。那位先生得是位了不起的英雄，他骑着骏马伫立海边，两人结伴穿越森林，奔跑在海岸线上。从梦境醒来后，她亦能够回归现实，酌量一宗完美而无爱的婚姻，也许人吧，越是爱造梦幻想，越是能甘于平淡。

这一瞬，她多想彻夜呆坐，任由虚无缥缈的想法盘旋，直至厌倦了这番徒劳无功，便去研习数学；可惜她清楚得很，睡觉前她得先见见父亲，与他讨论西里尔·阿勒代斯的情况，也得谈谈母亲的胡思乱想，聊聊如何保护家族荣誉。她自己理不出个头绪，不得不向父亲咨询，便执信来到楼下。已经过十一点了，家里的时钟掌起权来，大厅里外祖父的座钟与楼梯平台的小挂钟交相竞争。希尔伯里先生的书房在地下，位于房子的后半部，环境相当清幽。房间地处地面以下，白

第八章

天时,太阳只能透过天窗往书籍与书桌投射点点光芒,白花花的墙纸此刻被绿色的台灯照亮。希尔伯里先生在那里编辑他的评论,间或细读文件,以证明雪莱写的是"的"而不是"与",拜伦曾留宿的客栈叫"老马头"而非"土耳其骑士",济慈的叔叔的教名是约翰而不是理查德。他对这些诗人的生平细节知道得比谁都多。此时,他正准备一辑关于雪莱的文章,细究诗人使用的标点符号。他知道这种研究看似幽默可笑,但那并没有阻止他为此尽力研读。

他躺在扶手椅上舒舒服服地吸着雪茄烟,思考着颇有嚼头的问题:柯勒律治是否曾考虑与多萝西·华兹华斯结婚,倘若他采取行动,对他本身以及对文学总体而言,会有何般后果。凯瑟琳走进书房,他猜测他知道她来意为何,先用铅笔写好了笔记,方与她对话。记好笔记后,他看到她在看书,便一言不发看了她一会儿。她在读《伊莎贝拉,或罗勒盆栽》①,满脑子都是意大利的小山和蓝色的日光,

---

① 约翰·济慈的叙事长诗《伊莎贝拉,或罗勒盆栽》(*Isabella, or the Pot of Basil*)作于1818年,讲述了一个悲伤的爱情故事。

还有种满红色、白色小玫瑰的篱笆。她察觉父亲在等她，叹了口气，合上书道：

"我收到一封西莉亚姑妈的来信，是关于西里尔的，父亲……关于他的婚姻的流言似乎是真的。我们该怎么办？"

希尔伯里先生以愉快从容的语调回答："西里尔的行为向来很愚蠢。"

他十指轻触，语气明智审慎，似乎对眼前话题有所保留。凯瑟琳感觉对话难以进行。

"他呀，就是任意妄为。"他接着说，一言不发地从凯瑟琳手里接过信，调整好眼镜读了一遍。

读完后他"哼！"了一声，把信还给她。

"妈妈什么也不知道。"凯瑟琳说，"您能跟她聊聊吗？"

"我会告诉你母亲的。我要跟她说，我们可帮不上忙。"

"那他俩的婚姻呢？"凯瑟琳问。

希尔伯里先生盯着火炉，一声不吭。

"他有什么理由要结婚？"他终于发问，他在自言自语，而非与她对话。

第八章

凯瑟琳读起了姑妈的信,从中引用了一句话。"易卜生和巴特勒①……他给我写了一封引经据典的信,写得倒是漂亮,但尽是些胡言乱语,通篇疯话。"

希尔伯里先生回应:"如果年轻一代要按照自己的意愿生活,我们可管不了。"

"难道我们不该劝说他们结婚吗?"凯瑟琳已身心俱疲。

"他们为什么要来烦我呢?"父亲突然恼怒地质问。

"因为您是家族的头……"

"但我不是这个家族的头。艾尔弗雷德才是一家之主。让他们找艾尔弗雷德去。"希尔伯里先生说完,坐回扶手椅上。凯瑟琳意识到她提起了阿勒代斯家族,触动了父亲的敏感之处。

"也许我最好还是去看看他们。"她说。

"我不想让你接近他们。"希尔伯里先生以异乎寻常的决断和权威阻挠,"真的,我不懂为什么他们把你扯进

---

① 塞缪尔·巴特勒(Samuel Butler, 1835—1902):英国作家,著有反达尔文主义作品《乌有之乡》(*Erewhon*)。

来——我看不出这与你有什么关系。"

"我和西里尔是朋友。"凯瑟琳回答。

"他有跟你提过这事吗?"希尔伯里先生尖刻地问。

凯瑟琳摇摇头,她确实因为西里尔什么都没跟她说而很伤心。他是否与拉尔夫·德纳姆或玛丽·达切特一样,认为她冷漠无情,甚至不怀好意呢?

希尔伯里先生停顿了好一会儿,似在思索火焰的色泽,而后回过神来:"至于你母亲,你最好据实相告。她得在人人嚼起舌头前就知悉所有事实。我不大明白为何西莉亚必须过来一趟。这事谈得越少越好。"

希尔伯里先生已年逾六十,他富有教养又经验丰富。通常而言,像他这样的绅士会对心中所思避而不谈。凯瑟琳走回房间,因着父亲的态度困惑不已,他多么高高在上,三言两语就将事情推脱到他那"体面"的人生观上!他毫不关心西里尔的所思所感,对事态未明的方面也视而不见,随随便便就断定,既然西里尔的选择与常人不同,必定是愚蠢至极。凯瑟琳思忖,爸爸就像是躲在望远镜后瞭望几英里外的人物般超然。

第八章

她自己也不乐意将这事告知希尔伯里夫人,次日刚吃过早饭,她跟随父亲到大厅,好问问他进展。

"您跟妈妈说了没?"她问。她对父亲的态度几近严厉,幽深的眼眸思虑重重。

希尔伯里先生叹了口气。

"我亲爱的孩子,我忘记了。"他使劲捋了捋帽子,立马显得很匆忙。"我会从办公室发一张便条……今天早上我要迟到了,还有很多稿子要审呢。"

"那可不行。"凯瑟琳断然拒绝,"她必须得知道,要么是您,要么是我,我俩其中一人必须要告诉她。我们得让她有准备。"

希尔伯里先生已戴上帽子,手放在门把上。眼中闪现一种顽皮、幽默与不负责任混为一体的神情。凯瑟琳从小就懂这表情,每当他由于未尽职责而需要她保护,就是这副模样。他用力点点头,熟练地打开门,以与年纪不符的轻快步态迈出大街,向女儿挥挥手便跑了。凯瑟琳被留在身后,不禁为再次在家务杂事中被父亲欺骗而好笑,这不愉快的任务本应由他昨晚完成,结果还是得由她来做。

第九章

跟父亲一样,凯瑟琳不愿意与母亲谈起西里尔的过失,原因也基本相同。正如舞台上的演员惧怕看到枪火,深知后果如何,凯瑟琳与希尔伯里先生也畏畏缩缩,逃避向希尔伯里夫人汇报西里尔的事件。况且,凯瑟琳还不确定自己对西里尔"行为不端"的看法。一如既往,她看到一些父母亲忽略的事实,她在脑海里反复思索西里尔的行为,但不加任何批判。他们会探究他的所作所为是好是坏,对她而言只是实际发生了的事情而已。

凯瑟琳去到书房,希尔伯里夫人已经蘸好了墨水,提笔说起:

"凯瑟琳,我刚想起一件关于你外祖父的怪事儿。我现在比他去世时大了三年零六个月。虽然还做不了他母亲,但可以当他姐姐呢,依我看也真是神奇。 我今早要抖擞一点,多干点活儿。"

语毕她开始写作,凯瑟琳坐在自己的桌子上,解开一捆正研究着的旧信件,心不在焉地抚平纸张,开始破译褪色的文字。过了一会儿,她望了望母亲,揣摩她情绪如何。希尔伯里夫人脸上一片宁静幸福,每一块肌肉俱相当放松。她嘴唇微启,呼吸平缓而有节奏,就像孩子专心致志砌着积木房子,每添上一块砖,欢喜便加一分。希尔伯里夫人的每一笔一画,构建起过往的蓝天绿树,唤起逝者的话语。房间里静悄悄的,此刻的声音不复存在,凯瑟琳想象房中涌起一个深幽的水池,漫溢着过去的回忆,而她与母亲沐浴在六十年前的阳光当中。她好奇比起过去富裕丰盛的馈赠,此时此刻能给人们带来什么?这是一个星期四的早晨,时光一分一秒流逝,每一秒都经壁炉架上的时钟新鲜铸造。她竖起耳朵,可以听到远处一辆汽车鸣笛驶近,车轮滚动的声响由远及近又由近及远;她还能听见房子后面一条环境稍逊的街上,商贩热闹地叫卖着老铁和蔬菜。每一个房间都累积着各自的联想,一旦被用于某项特定用途,定然会散发记忆,记述它曾目睹的情绪、思想与姿态,要在其中尝试不同类型的工作,几近全无可能。

第九章

凯瑟琳每次踏进妈妈的房间，不知不觉便受到这些因素影响，它们在她年幼时已经存在，带有些许甜蜜和庄严，与她记忆里外祖父埋葬其中的威斯敏斯特寺那连绵幽暗与铿锵回响密切相连。所有书籍、所有图片，连每张椅子、每张桌子，都要么属于他，要么与他相关；甚至是壁炉上的陶瓷小狗和赶着羊群的小牧羊女，凯瑟琳经常听母亲说起，都是外祖父以一便士一件的价钱从肯辛顿大街上一个捧着一盘玩具兜售的小贩那儿买来的。她常坐在这房间里，痴痴想着已然消失的人物。他们眼睛和嘴唇周围的肌肉近在眼前，每人带一种口音，穿着不同的外套，系上各色的领带。她经常游移其中，像是活人中一个无形的幽灵，比起跟自己的朋友，她与这些逝去的灵魂更熟悉。她知道他们的秘密，还拥有神圣的预知能力，对他们的命运一清二楚。在她看来，他们多么不幸啊，过得混乱糊涂，一错再错。她能告诉他们什么该做，什么不该做。令人沮丧的是，他们根本不理睬她，注定要固执己见，自作自受。他们的行径通常荒唐可笑；他们的习惯极不合理；然而，每每想起他们，她深感彼此紧密关联，尝试批判其行为也无济于事。

她几乎忘记自己是一个独立的个体,有着独立于他们的未来。在像今天般低沉失意的早晨,她会设法给旧信件中的疑难找找线索,探求使他们的行为合情合理的缘由,寻觅他们持之以恒的奋斗目标。可她不得不中断。

希尔伯里夫人站了起来,眺望窗外河上一连串驳船。

凯瑟琳注视着她。希尔伯里夫人猛地转过身来感叹:

"我可真是迷了魂!你瞧,我只想要三个句子,三个直截了当的句子,却怎么也写不出来。"

她开始在房里踱步,忽地拿起了掸子;但是她太懊恼了,就算是给书背掸灰尘也无法舒缓。

"而且呀,"她说,将刚写完的一页纸递给凯瑟琳,"这段貌似写得不大好。凯瑟琳,你外祖父去过赫布里底①群岛吗?"她以恳求的眼神向女儿求助,"我不知怎的就想起了赫布里底群岛,忍不住描写一番。也许这可以用在某一章的开端呢,你懂的,章节起始时总与后面的发展大有不

---

① 赫布里底(Hebrides):位于苏格兰沿海,呈弧形,分为内、外赫布里底两个群岛,中间相隔北明奇和小明奇海峡。

同。"凯瑟琳细读母亲写下的文字,像老师评价孩子的文章般认真。她的脸色使焦急等待的希尔伯里夫人了无希望。

"写得可真漂亮。"她终于开始点评,"可是,你看,妈妈,我们应该从一点写到另一点……"

"哎哟,我知道。"希尔伯里夫人慨叹,"可我做不到呀!我想起了一件又一件事。我了解他的方方面面,(如果我不了解他,还有谁了解他?)但我就是没法写下来。这儿,"她摸摸额头,"这儿有一个盲点。晚上我辗转反侧,怕至死都写不完这书。"

想着人终有一死,她一下子从欣喜若狂变得郁郁寡欢,那抑郁也传染了凯瑟琳。她们多么无能,一整天鼓捣文字!时钟正敲响十一点,可她们什么都没做成!她看着母亲翻着桌上一个巨大的黄铜盒子,却没有过去帮她。凯瑟琳猜测,妈妈肯定是找不到某份资料,她俩要浪费整个上午来找了。她恼怒地垂下目光,重读母亲撰写的美妙语句,细品其中的银鸥、清澈的溪流洗涤的纤巧粉花与漫山遍野的蓝色风信子,直到察觉母亲沉默不语,方抬起眼睛。希尔伯里夫人从桌面上一本相册中取出老照片,正一张一张查看。

"你瞧瞧，凯瑟琳，"她说，"就算留着讨厌的胡须，以前的男人还是比现在的英俊得多吧？看看老约翰·格拉汉姆穿着他那白背心，噢，还有哈雷叔叔。这大概是仆人彼得，约翰叔叔从印度把他带回来。"

凯瑟琳盯着母亲，闭嘴不答，一股怒火呼地升起，碍于两人的关系却无处宣泄，在心里越烧越旺。母亲要求她献出时间，给予同情，这要求多么不公平。凯瑟琳痛苦地沉思，希尔伯里夫人要走了她的时间和同情，又将其全然浪费。不过，她一下子想起还得跟母亲聊西里尔的事儿，怒气立刻消散无踪，如同滔天巨浪翻滚激扬，撞击散落后回流海洋。凯瑟琳重感平和关切，盼望母亲免受任何伤害。这么想着，她本能地穿过房间，坐在母亲的扶手椅臂上。希尔伯里夫人把头倚在女儿身上。

她翻着照片，若有所思："有什么人能比一位急人所需，解人所难的女士更高尚可敬？凯瑟琳，你们这一代年轻女性在这方面有何进步？我能看到她们，身穿带荷叶边装饰的衣裳，打扫着麦尔布礼大宅的草坪，人人平和庄严、优雅贵气（后面还跟着家养的小猴子和深色肌肤的侏儒），好像除却美丽和善良,世上什么都不重要。有时候我觉得,她们确实比我们做得多。她们本身就比我们优秀,这比起'比我们做得好'还要优胜。依我看呀,她们就像是雄伟的大船沉稳行进,从不推不攘;不像我们总为小事烦恼,她们不紧不慢,如白帆轮船一样平缓滑行。"

凯瑟琳试图让母亲停下来,苦于找不着机会,忍不住也翻看起相册中的老照片。这些红男绿女的面庞在喧嚣嘈杂的尘世间闪耀光芒,如母亲所言,带着非凡的尊严与平静,仿佛他们是公正公平的君王,理应得到尊崇敬爱一般。有些脸孔美丽得难以置信,有些则丑陋得不堪入目,但没有一张脸无聊沉闷,也没有一张脸显得微不足道。高挺僵硬的褶皱衬裙正适合女士,绅士的斗篷礼帽彰显个性。凯瑟琳又一次感受到四周宁静的空气,仿佛远远传来海浪拍岸的声响。可是,她知道她必须回归现实。

希尔伯里夫人继续东拉西扯,从一个故事扯到另一个故事。

"这是珍妮·曼纳林。"她说,手指着一位气质高雅、满头白发的夫人,她的缎子长袍上串满了珍珠,"我一定跟你讲过,有一回女王陛下到她家做客,她发现厨师醉倒在餐桌下,于是她撩起天鹅绒长袍(她总是穿得像个女王似的),自己做了全餐,待出现会客时,还犹如在玫瑰堤岸边睡了一整天那样神清气爽。她什么都能办成——她们所有人都那样——能建成一座小屋,也能刺绣衬裙。"

"这是奎尼·科洪。"她翻着页往下说,"她把棺材一道带去牙买加,里头装满了漂亮的披肩和帽子。在牙买加可没法买棺材,她又害怕会死在那儿(她还真在那边去世了),被白蚁吃个精光。还有赛宾,她最最可爱了。啊!她走进房间时,如同一颗冉冉升起的新星。这是米里亚姆,她披着马车夫的斗篷,把小披肩都穿在身上,底下还套上大大的靴子。你们年轻人以为自己够离经叛道了,哼,那可没法跟她比。"

她又翻了一页,照片上是一位英姿飒爽的女士,摄影师给她戴上一顶王冠。

"啊,你这混蛋!"希尔伯里夫人喊道,"你以前真是个可恶的老暴君,我们在你面前都得卑躬屈膝!'玛姬,'那家伙常说,'要不是有我,你现在在哪里?'这倒是真的,

第九章

是她撮合他俩的。她对父亲说：'跟她结婚吧。'他就照做了。她对可怜的小克拉拉说：'跪下吧，对他毕恭毕敬。'她也做到了，但当然，后来她不乐意了。不然还能怎样？她不过是个十八岁的孩子，被那家伙吓得半死。那老暴君从来没有悔过，说她给了他们三个月神仙眷侣般的时光，不能企求更多了；我有时想呀，那也是真话，的确比我们大多数人有过的快乐日子都长了。我们只不过在假装欢乐，而他俩不愿虚饰。"希尔伯里夫人沉吟："那时候，男女之间非常真诚，尽管你们年轻人直言不讳，却缺乏那样的诚挚。"

凯瑟琳再次试图打断母亲。可希尔伯里夫人从回忆中汲取了活力，正在兴头上呢。

"他们当时肯定是知己。"她追忆，"她常常唱他的歌。唉，是怎么样唱的来着？"希尔伯里夫人的嗓音非常甜美，她咏起了父亲其中一段闻名的诗词，诗词被一名维多利亚时代早期[①]的作曲家谱上了荒诞迷人的抒情乐谱。

---

① 维多利亚时代（the Victorian Era）：英国维多利亚女王（Alexandrina Victoria）在位六十三年间（1837—1901）的统治时期，被认为是英国工业革命和大英帝国的顶峰。维多利亚时代早期通常指十九世纪三十至四十年代。

"那是因为他们活力充沛！"她总结，一拳敲在桌子上，"我们可比不上！我们善良认真，我们参加会议，我们支付穷人的工资，可惜生活方式不比他们。父亲经常一周只睡三晚，到了清晨总是精神饱满。我听到他的歌声了，他边唱着歌边走入育儿室，将面包扔向剑杖，带着我出门游玩——里士满、汉普顿宫①、萨里山②。咱们怎么不出去走走呢，凯瑟琳？今天天气肯定不错。"

正当希尔伯里夫人透过窗户查看天气，响起了敲门声，一位身材苗条的年老女士走了进来。凯瑟琳带着难以掩饰的沮丧招呼："西莉亚姑妈！"她甚是懊恼，猜到西莉亚姑妈必定是来讨论西里尔非婚同居的事情，而她一再拖延，希尔伯里夫人至今一无所知。看看她，还建议她们仨应该出一趟远门，到黑衣修士桥③瞧瞧莎士比亚剧院，天气不够稳定，不适合到郊外去呢。

---

① 汉普顿宫(Hampton Court Palace)：前英国皇室官邸，位于伦敦西南部泰晤士河边的里士满。
② 萨里山：位于萨里郡（Surrey），位处伦敦西南。
③ 黑衣修士桥(Blackfriars Bridge)：是伦敦泰晤士河上的一座意大利风格的桥。

第九章

听着这个建议，米尔文夫人面带微笑忍耐，表明多年以来，她一贯以温和耐心接受弟媳的古怪行为。凯瑟琳与她俩保持着一定距离，一只脚放在护栏上，好像这样一来头脑会更加清晰。可即使姑妈也在，西里尔和他的不当行径仍是毫无实感！现在看来，困难不在于将消息告知希尔伯里夫人，而是让她明白情况。要如何套牢她的想法，使她留神这繁杂细碎的家族事务？直接陈述事实似乎是最佳方案。

"妈妈，我猜西莉亚姑妈过来是想谈谈西里尔。"她坦白相告，"西莉亚姑妈发现西里尔已经结婚了。他有妻有儿了。"

"不，他还没有结婚。"米尔文夫人低声插话，向希尔伯里夫人解释情况，"他有两个孩子，还有一个快要出生了。"

希尔伯里夫人看看凯瑟琳，又看看西莉亚，一脸茫然。

凯瑟琳立马补充："我们认为最好确认了事实再告诉您。"

"但我两周前在国家美术馆①见过西里尔呀！"希尔伯里夫人喊。"我一个字都不相信。"她面露微笑地望向米

---

① 英国国家美术馆（The National Gallery）．又称伦敦国家美术馆，成立于1824年，位于英国伦敦市中心特拉法加广场的正北方向，是以绘画收藏为主的国家级美术馆。

尔文夫人，仿佛她能明白，这错误对于一个无儿无女，丈夫在贸易部庸庸碌碌的老妇人来说非常自然。

"我也不愿意相信，玛姬。"米尔文夫人劝说，"很长一段时间里，我都不敢相信。如今我亲眼看见了，才不得不信。"

"凯瑟琳，"希尔伯里夫人问，"你爸爸知道吗？"

凯瑟琳点点头。

"西里尔结婚了！"希尔伯里夫人嘀咕，"他居然不通知我们，他还是孩子时我们就经常招待他——他可是可敬可爱的威廉的儿子呀！我简直不敢相信！"

米尔文夫人感觉举证的责任落在她的肩上，便继续往下讲。她年迈脆弱，也没有孩子，这些痛苦的职责总落在她身上，为了家族荣誉，为了使家人平平安安，这已经成为她人生的主要目标。她以低沉的声音，颤抖着断断续续地讲述着。

"我怀疑好些时候了。他脸上添了新皱纹，我看他不大快乐。后来我得知他在贫民学院讲授罗马法——也可能是希腊法，我便登门造访。房东太太告诉我，阿勒代斯先生过去两周里只在那儿过了一夜,还说他看上去病得厉害。她看见他和一个年轻人一起。我立马起了疑心。我去到他的房间,壁炉上有一个信封,地址是肯宁顿路过去的塞顿街。"

希尔伯里夫人相当不安,不时哼着小曲,似要打断她的话。

"我去了趟塞顿街,"西莉亚姑妈下定决心往下叙述。"你晓得,那儿都是些低级的公寓,尽养些'金丝雀'。7号楼也一样。我按了门铃又敲了门,但就是没人应门。我在门外徘徊,确定看到里面有人——有两个孩子,还有一个摇篮。可没人搭理我,也没人开门。"她叹了口气,直视前方,蓝眼睛半睁着,表情呆滞。

"我站在街上等着,"她接着讲,"看能不能碰上屋里出来的人。我等了很久。拐角处的酒馆里有许多粗人在唱歌。最后门开了,一个人——一定是那女人——从我身边走过。我跟她只隔着一个邮筒呢。"

"那她长什么样?"希尔伯里夫人急忙问。

"这么说吧,你会明白那可怜的孩子为何会上当。"米尔文夫人如此描述。

"可怜的孩子!"希尔伯里夫人喊道。

"可怜的西里尔!"米尔文太太纠正,稍稍强调他们讨论的是西里尔。

"他们可怎么活呀!"希尔伯里夫人感叹,"要是他堂堂正正到这里来,承认'我是一个傻瓜',那兴许还有人可怜可怜他,试图帮帮忙。这没有什么不光彩的,但他这些年来一直在假装,让大家想当然地认为他是个单身汉。他那可怜的、没人帮的妻子……"

"她可不是他妻子。"西莉亚姑妈提醒。

"我从没听过这般可憎的事!"希尔伯里夫人坐直身体,拳头捶在椅子扶手上。她弄懂情况后满心厌恶,即使令她伤心的也许并非罪恶本身,而是西里尔意图掩盖罪恶的行为。她看上去激动又愤怒,凯瑟琳为母亲无比宽慰、无比自豪。显然,她的愤慨真心诚意,心思完全放在事实上,甚至比西莉亚姑妈还要专注。相反地,姑妈带着病态的快感,沉浸于讨人厌的捕风捉影中。她将和妈妈一起处理这事,她们会拜访西里尔,了解整件事的经过。

"我们得先知道西里尔的观点。"凯瑟琳直接与母亲对话，如同跟平辈说话一般。她话音未落，便又生混乱，卡洛琳堂姨——希尔伯里夫人的未婚堂妹走进房间。虽然她生于阿勒代斯家族，而西莉亚姑妈属于希尔伯里一家，但两家渊源复杂，她俩既是表亲，也是远房表亲，因此便是罪魁祸首西里尔的姑姑与堂姨，他的行为也由此与卡洛琳堂姨和西莉亚姑妈同样密切相关。卡洛琳堂姨身材高大、膀大腰粗，看着高挑健壮、样貌俊俏，外表却历经风霜，仿佛她那纤薄泛红的肌肤、鹰钩鼻子和形似鹦鹉轮廓的双下巴都曾经受多年的日晒雨淋。她一直单身，按照习惯说法，"活得多姿多彩"，她说的话理应受到尊重。

"今天真倒霉！"她气喘吁吁地解释，"我去到车站，火车已经开出，要不然我早和你们一起了。西莉亚一定把来龙去脉告诉你了吧。你也会同意的，玛姬。为了孩子，他必须马上娶她……"

"他拒绝娶她吗？"希尔伯里夫人非常困惑。

"他写了一封荒谬至极的信，到处引用些荒唐话。"卡洛琳堂姨气急败坏，"我们说他愚蠢至极，他却认为自己行事端正……那女孩像他一般沉浸在爱河当中——罪魁祸首就是他。"

"是她纠缠他。"西莉亚姑妈以平淡的语调插嘴，语气如同千丝万缕条白丝在交织纠缠，将受害者裹得严严实实的。

"这时候去争论孰是孰非有什么意义呢，西莉亚？"卡洛琳堂姨酸酸地反驳。她坚信家族里只有她理智清醒，由于厨房时钟慢了几拍才来晚一步，米尔文夫人却以有所偏颇的版本迷惑了亲爱的玛姬，这可真晦气。"过去的不幸已无法挽回。难不成我们要让第三个孩子也成为非婚生的野孩子吗？（很抱歉在你面前说这些话，凯瑟琳。）记住，他会跟你拥有同样的姓氏，玛姬，你父亲的姓氏。"

"让我们祈祷这胎是个女孩吧。"希尔伯里夫人回答。

两位女士摇头晃脑地喋喋不休，凯瑟琳看着母亲好一会儿了，发现她脸上的愤懑已然消失，显然在考虑该如何逃避，或是想出个好主意让每个人都承认，所发生的一切自当水到渠成，无需担忧。

"这太可憎了，相当可憎！"她一再重复，语气却不大肯定；话毕她脸色一亮微笑起来，起始略带犹豫，神情

第九章

逐渐明朗。"如今,人们对这些事不像以前那样反感了,"她意图说服她俩,"他们难免会受点苦,可如果孩子们勇敢又聪明——一定会的,我敢说最终他们会成就卓越。罗伯特·布朗宁①曾说过,所有伟人都有犹太血统,咱们得乐观一点呀。毕竟,西里尔是秉承原则,人们可能不赞同,可至少可以尊重,就像对待法国大革命或是克伦威尔砍掉国王的头颅一样。历史上一些最可怕的事情就是以原则为由做成的。"她总结。

卡洛琳堂姨语带讽刺地回应:"恐怕我对于原则有着不同观点。"

"原则!"西莉亚姑妈重复,对于"原则"一词用于这种联系不屑一顾。"我明天会去看望他。"她添了一句。

"你为什么要管这些不愉快的事情,西莉亚?"希尔伯里夫人插话,卡洛琳堂姨则表示抗议,建议下一步该轮到她出场了。

---

① 罗伯特·布朗宁(Robert Browning, 1812—1889):维多利亚时代的代表诗人之一,著有诗集《男男女女》《剧中人物》等。

凯瑟琳厌倦了这一切。她转向窗户,站在窗帘的褶皱中,脸贴近窗玻璃,惆怅地凝视着河流,像是孩子面对长辈毫无意义的唠叨,情绪低沉又沮丧。她对母亲很失望,对自己亦如此。她轻拉百叶窗,由着它呼地蹦到顶端。她气恼不已,却无力表达,也不知道该生谁的气。她们呱唧聒噪,不断自说自话,句句都是大道理,个个扭曲事实以满足自我,还暗暗称赞自己乐于奉献、机智圆滑!不,她们活在几百英里以外的迷雾当中,她想,可那是离哪里几百英里以外呢?"要是我嫁给威廉,也许还好些。"她蓦然想到,这念头仿似穿越层层浓雾后终于到达坚硬敦实的土地。她立在窗前思索命运,几位夫人继续争辩不休,直至最后决定邀请年轻的小姐一同进午餐,还友好地向她汇报,西里尔的行为对于她们这样深谙世道的女士而言,会带来何般观感。希尔伯里夫人突然灵光一现,有了个好主意。

第十章

拉尔夫·德纳姆在格雷特里—胡柏律师事务所任职，办公室位于林肯客栈广场，拉尔夫每天早上十点准时到办公室。他准点守时、才能出众，在职员中脱颖而出，若非一个怪癖使他前程未卜，大可打赌不出十年，他必是行业领军人物。他的姐姐琼早已为他拿存款赌博而心神不宁。她满怀仁爱，对他细细观察，意识到拉尔夫脾性中有任性妄为的一面，不禁心生忧虑，若非在自己身上也察觉到同样的根源，她定然更加焦急。她臆想拉尔夫为着一些奇思妙想，心血来潮便抛弃整个职业生涯；那可能是某项使命、某个想法，甚至是（她这般想象）从火车上看到的正在后院晾晒衣服的某个女子。她明白，当他寻得如此美人或事业，没有任何力量能阻止他决然追求。她还怀疑他会出走东方，每逢看到他手里捧着一本印度游记，便坐立不安，仿佛他从书里感染了什么顽疾。另一方面，她从不担心拉尔夫缠身于普普通通的恋情——倘有普普通通的恋情这么一回事。她想象,他要么大展宏图,要么一败涂地,在这过程中必然寻得精彩绝伦的经历,可他的前程仍难以预测。

事实上,拉尔夫在人生各个阶段都比同龄人更加努力上进,表现也更为卓越出色,琼的恐惧皆源自弟弟行为中一些琐事,都是些他人眼中无法觉察之处。她的着急合情合理。德纳姆一家自生活伊始便困难重重,她禁不住害怕他会突然松手,放弃拥有的一切。她从自身生活经验明白,这种突如其来想要自暴自弃、不求进取的冲动,有时候几乎不可抗拒。但就拉尔夫而言,她知道倘若他挣脱原本的羁绊,只会奔向更加苛刻的约束;她想象他在炎炎烈日下穿过沙漠寻觅河流源头或渺无人烟之地;她想象他由于当下过分执着正误对错的观念,在贫民窟里干着粗活;她想象他出于对一位身世悲惨的妇女的同情,沦为她永恒的囚徒。当他俩坐在拉尔夫卧室的煤气炉旁促膝谈心至深夜,她偷偷咀嚼着这些念头,心里想着弟弟,内心既骄傲,又极其焦虑。

拉尔夫对将来的畅想,与让姐姐心神不宁的种种遐想

第十章

相去甚远。假如琼想象的任何一种情形摆在面前,他定会一笑置之,将之视作毫无吸引力的境遇。他无法得知这些荒唐的想法从何而来。他自认努力工作、吃苦耐劳,对生活不抱任何幻想。他对未来的愿景与姐姐的预测大不相同,可随时脸不红耳不赤地公开;他自诩头脑聪明,希望五十岁时在下议院有一席位,生活体面优渥;倘运气喜人,也许能在自由党政府谋得一官半职。如此预想并不奢侈,当然也无可耻之处。然而,诚如姐姐猜想,唯拉尔夫全身心投入,加上周遭环境所迫,方使他朝着目标孜孜往前。他得日复一日不断重复愿景,直至与之同诉求、共命运,相信那便是最佳归宿,除此以外别无所求;如此反复间,他得以习得守时、勤奋之习性,仿佛在律师办公室就职便是人生夙愿,其他野心皆是徒劳。

不过,凡虚情假意之信仰俱倚赖他人的目光。当独自一人,身边舆论全然消失,拉尔夫放任自我,脱离实际,任由思想踏上奇妙旅程,其中幻想却令他羞于启齿。梦想中,他自然扮演高贵浪漫的角色,但自我荣耀并非唯一动机。它们为他提供渠道释放现实中无处发泄的精神。拉尔夫命运多舛,认定他称之为梦想的东西,在实际生活中毫无用途。有时候,他将此精神视作最为宝贵的财富;有了它,他得以使荒地生花,治愈疾病,予世界以崭新美态;这精神亦激烈有力,倘不加约束,它舌头一伸便尝尽尘封书籍,将办公室墙上的羊皮文书逐一品尝,空留他被吮尽嚼透,无所遁形。多年以来,他一直努力控制幻想,如今二十九岁,他自认可以严格区分工作与梦想,两者比邻存在而互不伤害,为此相当自豪。事实上,他之所以能够维持自律,还得助于劳神费力的职业。拉尔夫的结论自大学毕业便不曾改变,那忧郁的信念使他相信大多数人终身迫于生计,仅能滥用无甚重要的才能,而将宝贵的天赋白白浪费,直到颓然认同,过往曾看作最为崇高的馈赠,本身既无价值,也无好处。

无论在办公室还是在家里,德纳姆都不受待见。工作这么些年,他依然执着于黑白对错,对自控能力又太自傲;他郁郁寡欢,与周遭格格不入,每逢有人承认易于满足,他便判断他人愚蠢至极。在办公室里,他的效率明显高于别人,惹得对工作不那么上心的同僚颇为生气,当预言他

第十章

前程光明，嘲讽总比祝愿多。的确，他个性强硬、自给自足，为人脾气古怪、行为突兀。他野心勃勃，渴望在社会上有一席之地，批评者认为鉴于拉尔夫一穷二白，这种想法合乎常情，却不大讨喜。

办公室的年轻人这么想毫不奇怪。德纳姆从无渴望与他们交往，他待同事尚算友好，但仅将他们划分到与工作相关的圈子里，工作以外不相往来。迄今为止，他清晰明了地安排开支，有条不紊地部署人生，两者皆毫无困难。可就在这时，他遇上不易归类的经历。玛丽·达切特可算是混乱的起源，两年前，几乎甫一相识，她与他聊着聊着便捧腹大笑。她无法解释缘由，纯粹觉得他怪得独树一帜。两人熟稔后，他告诉她每逢周一、周三和周六的安排，她就愈发觉得好笑了，笑得他不知怎的也跟着笑了起来。她很好奇，他居然熟悉斗牛犬的饲养常识，还收集伦敦附近的野生花卉；每周他都前往拜访住在伊令①的纹章学权威老托拉奥特小姐，这事总让她兴奋大笑。她想知道一切，连

---

① 伊令（Ealing）：英格兰东南部城市。

老太太待客时的蛋糕,她都问个一清二楚;夏天时,他俩游览伦敦附近教堂以寻找黄铜拓片,她对此兴致勃勃,将之视为两人间最重要的节目。短短六个月内,对于他那些稀奇古怪的朋友和爱好,她比他的兄弟姐妹知道得还要多,而他们跟他生活了一辈子;拉尔夫发现尽管这不大正常,却相当愉快,他对自身的观感过于严肃,得幸有玛丽稍稍调节。

他与玛丽·达切特相处分外开心,跟她一起他变得脾性奇怪但讨人欢喜,与大多数人认识的他几无相似之处,他不那么正经古板了,在家里也不那么专横,不然肯定会听到玛丽嘲笑他,告诉他——她很喜欢这样做——他什么都不懂。她对公共问题热忱满满,使得他也对这些论题兴致勃勃;她带着他参加了数次公开集会,他便从保守党成了激进派,会议开始时他焦躁不安,最后却比玛丽还激动。

不过,他还是有所保留,不自觉地把所思所想分类为"可以与玛丽讨论的问题",以及"只能自己思考的问题"。她知道这一点,对此饶有兴致,她习惯了巴不得自吹自擂的年轻人,像倾听孩子般忘我地聆听。可面对拉尔夫,她

第十章

却极少萌生母性,相反,一种更为强烈的自我意识油然而生。

  一天傍晚,拉尔夫到斯特兰德大街与一名律师商谈公事。暮光将尽,一排排绿的、黄色的人造灯光已然亮起,而此时乡村小路上,阵阵飘烟萦绕山间;街道两旁的橱窗里,厚玻璃板展示架上放满了熠熠闪烁的项链和擦得铮亮的皮箱。这些纷繁的事物在德纳姆眼中连成整体,眼前的一切令他兴高采烈。忽然,他看见凯瑟琳·希尔伯里朝他走来,他直直望着她,仿佛她只是脑海中不断前行的幻象。他注意到她眼神呆滞,双唇轻启,正下意识地张张合合。她恍惚的状态,连同挺拔的身姿、与众不同的穿着打扮,与周遭对比鲜明,仿佛身边经过的人群与她的方向截然相反,阻挠她快步前行。他原本心情平静,可当两人擦身而过,双手和膝盖却不住颤抖,心也痛苦地跃动。她没有看见他,继续重复说着记忆中挥之不去的话语:"重要的是人生——那不断发现的过程——永恒不息的进程,而非发现本身。"她如此专注,完全没留意德纳姆,而他也没有勇气截停她。倏然间,斯特兰德大街变得井然有序,如同音乐响起时,所有混杂不纯、互不相干的东西也各归其位。眼前的印象太过美好,他很高兴没有喊停她。愉悦的感觉愈见微弱,但也维持到律师办公室门外,方消逝无踪。

与律师的会谈结束后,要回办公室太晚了,可与凯瑟琳的相遇让他暂且不愿回家。那应该去哪里呢?在伦敦的街道上浪荡,一路走到凯瑟琳的家门外,望着窗户想象她在里头,似乎也不坏;他旋即拒绝这想法,脸都几乎红了,就像是不经意间一时冲动摘下一朵花,却因羞愧立马把花扔掉。 不,他会去看望玛丽·达切特。这时候她该下班回家了。

拉尔夫不期而至,令玛丽措手不及。她本来正在洗涤室洗刀,让他进屋后,她走回洗涤室,打开水龙头开到最大再关掉。"好了,"她把水龙头拧得紧紧的,心里想道,"我不会纠结于那些愚蠢的想法……""阿斯奎斯先生[①]真该被绞死,你不觉得吗?"她往客厅问了一句,走出去跟他一起,边擦手边诉说政府如何回避妇女选举权问题。拉尔夫无心

[①] 赫伯特·亨利·阿斯奎斯(Herbert Henry Asquith, 1852—1928):英国政治家,1908年至1916年出任英国首相。他一直反对妇女获得选举权。

谈论政治，但不得不尊重玛丽对公共事务的兴趣。她倾身向前捅了捅火，以清楚明晰的言语，像是在讲台讲课似的表明观点。他边看着她边寻思，"要是玛丽知道我几乎下定决心走到切尔西，只为了看看凯瑟琳的窗户，该觉得我多么荒唐。她不会理解的，可我非常喜欢她这种个性。"

两人就女性该采取什么行动讨论了一阵；拉尔夫对论题兴致渐浓，玛丽却无意识地任由注意力涣散，心里祈求与拉尔夫谈谈自己的感情，起码聊一些个人话题，好知道他对她的看法；但她竭力抑制这愿望。可惜，她无法阻止他发现她对他的发言缺乏兴趣，渐渐地两人默然不语。拉尔夫脑海里思绪连绵，每一个想法或多或少与凯瑟琳相关，要么与她所激发的浪漫冒险的幻想相连。所有这些胡思乱想，他都无法与玛丽分享；他同情她，她对他的感觉一无所知。他沉思："这就是男女不同之处，她们毫不罗曼蒂克啊。"

"好吧，玛丽，"他终于作声，"要不你谈谈好玩的事情吧？"

他讲话的语气令人恼火。通常而言，玛丽没那么容易

被激怒。可这天晚上,她语气严厉地回击:

"我想,你大概认为我这人毫无乐趣吧。"

拉尔夫思索片刻方回答:

"你工作太累了。并不是你体力跟不上了。"看见她不屑地大笑,他加了一句,"我的意思是,你太沉迷于工作了。"

"那样不好吗?"她问,手捂住了眼睛。

"我觉得不好。"他猛地回答。

"但就在一周前,你刚说过相反的话。"她语带愤懑,情绪却变得异常低落。拉尔夫没有觉察,还想利用机会给她说道说道,谈谈何为适当的生活方式。她听着听着,心里清楚得很,他肯定是受别人影响了。他告诉她,她该多读些书,便会发现还有别的观点值得斟酌。最后一次见他时,他正与凯瑟琳离开妇女参政权办公室,于是玛丽把这一变化归因于凯瑟琳。估摸凯瑟琳告别她所鄙视的场所后,发表了一通批评,又或许她的态度已然说明一切,无需冗述观点。不过,她清楚拉尔夫绝不会承认自己受到任何人影响。

"玛丽,你的书读得不够多,"他评论,"你该多读点诗歌。"

的确,玛丽读的书大多与工作、考试相关,自从来到伦敦,看书的时间更大幅减少。通常人被训诫自己读诗不够多,总不免恼火,但玛丽听了只是把手从眼睛上移开,双眼注视前方。她自顾自想着:"我之前说好不会这样的。"于是她放松肌肉,冷静理智地请教拉尔夫:

"告诉我,我该读些什么。"

拉尔夫不由自主地被玛丽激怒,他提起几位伟大的诗人,以此批评玛丽那不尽如人意的个性和生活方式。

"你与不如你的人交往,"他为下面不合情理的批评热身,"你按照老一套规矩行事,因为那样简单舒服。你缺乏明确的目标。你有着女性常有的吹毛求疵的习惯,无法辨别轻重,而那是所有机构崩坏的原因,也是女性参政权这些年来停滞不前的缘故。客厅聚会、集市集会,这有什么作用?玛丽,你要的是主意;你要抓住重点,无惧犯错,不拘小节。为什么你不把事情放下一年,先到处游历去看看世界?不要一辈子当井底之蛙。你不会满足的。"他总结。

"我也这么想过,我指,我对自己的看法与你的一致。"

玛丽回应。她认同他的想法，吓了他一跳，"我想到处走走，抛下这些烦心事。"

两人一时无语。拉尔夫说：

"可是，玛丽，你没有把这当真，是吧？"他已经不再懊恼，她语气中那无法掩饰的沮丧，让他后悔先前不该故意伤害她。

"你不会一走了之吧？"他问。看她不说话，便继续请求，"噢，你千万别走啊。"

"我也不确定自己想怎样。"她回答。她几乎忍不住讨论起某些计划，拉尔夫却没有鼓励她往下讲。他陷入执拗的沉默当中，玛丽心想她千小心万小心，还是止不住思虑彼此的感觉，思索他俩将何去何从，才引得隔阂渐生，两人缄默无言。她感到，他们的思想如同两列长长的、平行的轨道，总是紧密相依，却从不重合。

离去时，他除却出于礼貌祝她晚安后便一言不发。她坐了一会儿，回忆他说过的话。如果爱情如烈火，将人融为山中奔流，玛丽爱德纳姆的程度只不过与她爱扑克牌或是钳子的水平差不多。也许极致的激情极其罕见，而她脑

第十章

海里的已是爱情最后阶段的形象，彼时，激烈碰撞的力量已于年久月深中逐渐消磨。像大多数聪明人一样，玛丽是个自我主义者，在某种程度上非常重视自身的感受。本质上她也是一名道德主义者，得时不时检视自己的感觉是否越界。拉尔夫离开后，她细细思量，觉得学习一门语言挺不错的——意大利语或德语都行。然后她打开一个抽屉，从中抽出厚厚的手稿。她通读全文，不时从页面中抬头，好几秒钟想念着拉尔夫。她尝试核实他身上引起她感情的每一样素质，她说服自己，他的种种优点多少因着她才存在。想罢她重新读起了手稿，感慨要写语法正确的英语散文真是世界至难。不过，她想自己的时间比起思考语法正确的英语散文或是拉尔夫·德纳姆的时间要长许多，也许这又徒增争议，到底她是否坠入爱河，假如答案肯定，该如何归类她的热情呢？

第十一章

凯瑟琳喃喃自语："重要的是人生——那不断发现的过程——永恒不息的进程，"她经过拱门走到宽阔的国王步行街，看着罗德尼的窗户，吐出最后几个字，"而非发现本身。"窗户透着淡淡的红光，她知道，那是为了她点上的灯火。他邀请她过来喝茶，但此刻她正沉浸于思考当中，不愿被打断，于是在树下徘徊再三，方走近大楼楼梯。她喜欢读一些父母亲都没读过的书，留着自己品味，独自一人思索内里含义，而无须与任何人分享想法，甚至不必决定书是好是坏。今天晚上，她扭曲了陀思妥耶夫斯基的话以适应自身心境——她正处于一种宿命论的心情——宣称发现的过程即人生，如此一来，目标的性质如何根本无关紧要。她在一张椅子上坐了一会儿，感觉身陷诸多烦心事当中；想着想着，忽然决定是时候将所有杂事抛诸脑后，便站起身来离去，却把一个渔网篮子忘在了座位上。两分钟后，她那威严的敲门声在罗德尼门前响起。

"好吧，威廉，"她说，"恐怕我迟到了。"

她确实迟到了，但他很高兴看到她，也就不生气了。他花了一个多小时准备，现在眼看她脱下斗篷，四处张望，纵然一言不发，可满脸愉悦满足，总算得到些许安慰。他保证炉火烧得正好，果酱罐在桌子上，护栏的锡漆泛着光。房间破旧，却极为舒适。他身穿绯红色旧睡袍，袍子已然褪色，着色不均，又添了颜色明亮的新补丁，就像是抬起石头时发现被压得黯淡的草地一般。他沏了茶，凯瑟琳脱掉手套，相当豪迈地翘起了腿。他们都不说话，直到用火炉点着了烟，把茶杯放在两人之间的地板上，方开始交谈。

自从就彼此关系通信以来，他们就没有见过面。凯瑟琳回应了他的抗议，回信简短而明智，仅半页纸便道明一切，说清楚她并不爱他，不能和他结婚，可希望他俩的友谊不变。她加上一句附言："我非常喜欢你的十四行诗。"

威廉只是假装镇定。那天下午，他的燕尾服可是三穿三脱，最后才换上旧睡袍；他三次别上珍珠领夹，又三次取下；这些心神不定的举动，房间里的小镜子悉数目睹。问题是，

第十一章

在这十二月的下午,凯瑟琳会喜欢哪一种打扮呢?他重读她的信笺,那句关于十四行诗的附言使他安心。显然,她最钦佩他的诗人气质,这总体与他的意见相符,他便决定冒险展示褴褛不羁的一面。他的举止也经深思预谋。他话不多,只谈论与自己无关的事情,希望令她明白,虽然这是她首次单独到访,却无特别含义,尽管事实上他也不大确定。

凯瑟琳似乎正心平气和,倘他完全冷静自若,极可能会抱怨她心不在焉。她与罗德尼独处喝茶,氛围轻松自在、亲密熟悉,对她的影响比表面展示为甚。她查看书柜上的藏书,翻看他的照片,拿起一张希腊的照片,猛然想起:

"我的牡蛎!我本来拿着一篮子牡蛎,"她解释,"可不知道放哪儿了。达德利叔叔今晚要过来一起吃饭。我到底将牡蛎放哪儿了呀?"

她站起身来,在房里来回踱步。威廉也站了起来,在炉火前咕哝:"牡蛎,牡蛎,你的一篮子牡蛎!"他东张西望,仿佛牡蛎可能放在书架顶端,但不一会眼神又回到凯瑟琳身上。她拉开窗帘,从法国梧桐稀疏的树叶间隙向外张望。

"我在斯特兰德大街上时,"她回想,"手里还拿着牡蛎,后来我坐了一会儿。好吧,不管了,"她突然转身走回房间,"牡蛎肯定被人吃得一干二净了。"

"我以为你什么都记得清清楚楚。"威廉说着,两人又安顿下来。

"大家都那么以为。"凯瑟琳回答。

威廉谨慎发问:"那真实的你是怎样的?不过,我知道这种事你不感兴趣。"他急忙补充,有些闹别扭似的。

"我的确不感兴趣。"她坦率承认。

"那我们该谈些什么好?"他问。

她古灵精怪地环顾房间。

"无论我们从何开始,最后总会谈到同一样东西——我指的是诗歌。你知道吗,威廉,我连莎士比亚都没读过?这些年来我一直假装懂诗。"

他说:"依我看,过去十年来你可装得天衣无缝。"

"十年?已经那么久了?"

他补充:"我认为诗歌并不总让你厌烦。"

她默默注视着炉火。无从否认,威廉的个性让她毫无波澜；面对他，她确信可以应对任何情况。他使她心情平静，她的思想由此延伸至与谈论话题相去甚远之处。即便是现在，她与他距离仅一码，思绪还是能轻松抽离，飘移无踪！她脑海里蓦地浮现了一幅画面，她就在这套间里，刚刚听完课回来，手里拿着一摞书，都是些科学书籍，也有她精通的数学和天文学书籍，她把书放在那边的桌子上。这是两三年后的一幅景象，彼时她已嫁给了威廉。她猛地停了下来。

她不能完全忘记威廉的存在，他已努力自控，可依然非常紧张。如此一来，他的眼睛比以往更加凸出，皮肤更为纤薄但粗糙，纹理清晰可见，透过薄薄的肌肤，脸色变化无所遁形。此时，他心中早已有千言万语，仍然闭嘴不言，脑中有万千思绪，却一再压制，便生生把自己逼得满脸通红。

"也许你不读书，"他说，"但你还是懂书。况且谁要求你博学多才了？把这留给没事可干的可怜鬼吧。你呀，不需要！"

"好吧，那要不我走之前，你给我读点什么吧。"凯瑟琳看了看手表建议。

"凯瑟琳，你才刚刚到呢！让我瞧瞧，该给你读些什么?"他站起身来,在桌子上翻来翻去,拿起一本手稿平放在膝盖上。他突然起了疑心,抬头看看凯瑟琳,见她面露微笑,他脱口而出:

"我知道你是出于好心才让我读书。我们聊聊别的事吧。最近你见过谁?"

凯瑟琳回应:"我可不会出于好心向别人提要求。你不想读就别读了。"

威廉叹了口气,不悦地抽抽鼻子,再次翻开手稿,视线始终盯着凯瑟琳,脸色至为严肃慎重。

"你啊,总是能说出让人难受的话来。"边说边抚平页面,清清喉咙,念起了自己诗作的其中半节。"咳咳!公主迷失在丛林当中,耳边响起喇叭的声响。(这在舞台上一定美奂绝伦,可惜我无法呈现。)无论如何,席尔瓦诺与葛雷贤宫廷的其他绅士一同进场。我从他的独白处开始念。"他头一扭,读起了诗。

凯瑟琳声称对文学一无所知,却听得非常入神。至少,她细听了前二十五行,而后皱眉沉思,唯当罗德尼手指一抬,她才回过神来,知道那是格律变化的迹象。

第十一章

他的理论是,每一种心情都有其对应的格律。他对格律造诣极高;假如戏剧的美感取决于角色言语的风格变化,罗德尼的戏剧肯定能与莎士比亚的作品比肩。凯瑟琳对莎士比亚懂得不多,但她晓得莎翁的剧本必然不会令观众冰凉麻木,她听着罗德尼的诗句则是此般感受。他的诗行时长时短,总以相同腔调表达,似乎要将每一句诗牢牢凿在听众大脑中的同一方位。

不过,她想,这些技能几为男性特有;女性既不使用也不懂得如何珍惜;倘丈夫在这方面才华横溢,想必妻子会益生崇拜之情。难以理解的才能是尊重的良好基础,而毋庸置疑,威廉确是一位饱学之士。他读完一幕,凯瑟琳准备好短短一段话以示欣赏。

"写得可真好,威廉。当然,我懂得不多,还不足以详细评价。"

"可打动你的是技巧,而非情感?"

"在这样一个片段里,自然是技巧更为有力。"

"也许你有时间再听短短一节,一节恋人间的场景?我想那一段更有真情实感。德纳姆认为那是我的最佳作品。"

"你读给拉尔夫·德纳姆听了?"凯瑟琳很是惊讶,"他的鉴赏力比我好。他怎么说的?"

"我亲爱的凯瑟琳,"罗德尼惊呼,"我不要求你评论,我大可以请教学者去。我敢说在英国只有五个人,我会在乎他们对我作品的看法。但我相信你的真情实感,我写下那些场景时,满脑子都是你。我反复问自己:'凯瑟琳会喜欢这样的描写吗?'当我执笔写作,凯瑟琳,你就在我心扉。当然了,这些事你不可能知道。比起别人,我宁愿——我真心宁愿——你会喜欢我的作品。"

他对她如此信任,这份真心诚意让她好生感动。

"你把我想得太好了,威廉。"她说,忘了不该以这种口吻说话。

"不,凯瑟琳,不是的。"他将手稿放回抽屉,"想着你,对我大有好处。"

他的回答平缓镇定,也没有进一步表白,仅仅声明如果她必须要走,他会陪她去到斯特兰德街。不过她得等上一会儿,他好换下睡袍,换上大衣。她对他产生前所未有的暖意。威廉在隔壁房间里换着衣服,凯瑟琳站在书架旁,

第十一章

翻开一本本书,却什么也读不进去。

她确信她会嫁给罗德尼。这如何能避免?还有谁能反对呢?她叹了口气,把结婚的想法抛在一边,陷入如梦似幻的状态。她变成了另一个人,整个世界焕然一新。她在幻境是个常客,能来去自如。倘试着分析内里印象,她会承认幻象之境与我们的世界外表相近。但比起现实生活的感受,她在那里的感觉更直接有力、无拘无束。要寻根究底,幻境中人们感受真切,他们享有完美无瑕——而在实际生活仅能品尝细碎片段——的幸福,还得见现实中转瞬即逝的美丽。毫无疑问,虚幻梦境里的许多点缀来自过去,甚至源于伊丽莎白一世时期。然而,无论这虚构世界如何改变,其中有两种品质永恒不变。首先,此处的感觉不受现实世界约束,所有情感全然释放;再者,觉醒的过程极为果断,人们在此坚忍断然地接受事实。不像德纳姆,凯瑟琳在幻境遇见的熟人,形体精神几无变化;她在此也无甚英雄气概。不过她确实心仪威武宽宏的英雄,他们在婆娑绿树间拂身而过,仿若波浪拍岸,留下清新酣畅的质感。可惜啊,那代表了自由的流沙飞快流逝,透过繁茂绿叶传来了罗德尼在梳妆台旁移动的声响，凯瑟琳合上手中的书，把自己从幻想中唤醒，将书放好在书架上。

"威廉，"她呼唤，起初语气有些微弱，像是从睡梦中传来的呢喃，意图与生者对话。"威廉，"她坚定地重复，"如果你还想让我嫁给你，我会答应的。"

也许没人料到人生中至为重大的问题，居然以如此平淡单调的声音说出——既不带喜悦，也毫无生气。无论如何，威廉没有作答。凯瑟琳耐心等着。片刻之后，他快步从更衣室走出，说道，假如她想多买些牡蛎，他知道哪里有一家水产店还在营业。她深深叹了一口气。

几天后，希尔伯里夫人给大姑子米尔文夫人寄了一封信，摘录如下：

……电报里我忘记说他的名字，真笨死了。他有一个出类拔萃、含义丰富的英国姓氏，为人举止优雅、富有才智，真真博览群书。我跟凯瑟琳说，吃饭时我要让他坐在我右边，等人们谈起莎士比亚的角色，便有他做伴。他们生活不富裕，但会非常、非常幸福。那天深夜，我坐在房里，觉得再没有什么好事发生了，我听到凯瑟琳在走廊，心里

第十一章

想:"我要把她唤进来吗?"转念又迟疑(在那生日刚过、烛火已灭时,那无望、沉闷的思绪中),"我为什么要把自身的烦恼传给她呢?"可我的自控力得到了回报,下一刻她便敲门进来,坐在地毯上。我们没说什么,我心里很高兴,忍不住哭了起来,"唉,凯瑟琳,当你到了我这年龄,我多希望你也有一个女儿!"你知道凯瑟琳总是默不作声。她沉默了那么久,而我情绪激动,害怕有事发生,却不知其所以然。接着她告诉我,她已下定了决心。她给他写了信,希望他明天过来。起初我一点也不开心。我不想她嫁给任何人,可她说:"这没什么区别。我总是最关心您和父亲。"我便发现自己多么自私,我告诉她,她必须给他一切、一切、一切!我跟她讲,就算我在她心中只是第二位,也会感激不尽。可是,当一切尽如人意,为什么我只知道哭呢?我自觉是个孤单寂寞的老妇人,生命将尽,岁月无情。但凯瑟琳一再保证:"我很快乐。我很高兴。"于是我想,眼前一切表面惨淡凄凉,可凯瑟琳很幸福呀。我本该生个儿子,那就不需要跟闺女分别,那小叫快乐呢。虽然布道没有明说,我相信天意想让我们快乐幸福。她答应会住得很近,每天与我们见面，一切如常，我们会按照计划把书写完。毕竟，倘若她不结婚，或者嫁给一个我们无法忍受的人，那岂不是更可怕？设想她爱上了一名有妇之夫，那可多骇人。

人人都认为谁都配不上自己的心头肉，可我坚信，威廉本性至为亲切，至为真诚。他看起来紧张兮兮，也并不威严，要不是凯瑟琳，我都懒得在意。我写着写着不禁想到，凯瑟琳一向有着他所不具备的特质。她镇定自若，从不紧张，天生便有统治才能。她是时候将这样的能力贡献给别人了，尤其当我们都离开人世，仅剩灵魂游荡——不论人们怎么说，我一定要回到这妙不可言的世间，我在此曾有喜有悲啊。在这世界里，即便是现在，我都能看到自己伸出双手，等待仙女之树的馈赠，树枝上挂着好些迷人罕见的小玩意儿。也许彼时，在仙树的枝丫叶片间，我们不再抬头远望蓝天，而俯瞰繁星与峰顶。

这实在不得而知，对吧？我们无法给孩子留下任何建议，只能期盼他们怀着同样的远见，同样的力量去相信。缺乏远见与力量，生命就了无意义。这便是我对凯瑟琳和她丈夫的冀望。

第十二章

一周后,德纳姆前往位于切尔西的希尔伯里大宅。他向女仆询问:"请问先生在家吗?夫人呢?"

"先生外出了,不过小姐在家。"女仆回答。

拉尔夫早已做好各种心理准备,但这意料之外的答案表明,他来到切尔西,以见凯瑟琳父亲为由,其实是为着有可能见见她。

他假装考虑片刻,然后跟随女仆到楼上的客厅。就像几周前那次拜访一般,客厅大门紧闭,仿若有一千道门轻轻地将世界隔开;拉尔夫的印象也如前次一样,房间里满是深幽阴影,炉火在边上烧得正旺,银色烛台上的火焰几不晃动,要走好一会儿才到达中央的圆桌,桌上摆放精致的白银托盘与陶瓷茶杯。可这次凯瑟琳独自一人,她手里拿着书,没料到有客人来访。

拉尔夫解释,他前来探访希尔伯里先生。

"爸爸出去了。"她答,"如果您愿意等等,我猜他很快就回来。"

可能她只是出于礼貌,但拉尔夫感到她待他几乎算得上友好。也许她厌倦了独自喝茶读书;无论如何,她把书扔到沙发上,一副松了口气的样子。

"那是您所鄙视的现代作品吗?"他问,看着她漫不经心的姿势微笑。

"是的。"她回应,"我猜连您都会看不起这作家。"

"连我都看不起他?"他重复了一遍,"为什么这么说呢?"

"您说过您喜欢现代的东西,我说我憎恶它们。"

这不能准确反映他们在文物室的谈话,但拉尔夫很高兴她还放在心上。

"还是说,我承认我讨厌所有的书?"她抬头看见他满脸好奇,便尝试追忆,"我怎么说的来着……"

"您讨厌所有书吗?"他问。

"我没读过几本书,就此宣告讨厌所有书,或许太荒谬了,不过……"她思索片刻。

第十二章

"嗯?"

"是的,我讨厌书。"她接着说,"为什么有人想不断不断地谈论自己的感受?我真无法理解。每一首诗歌都讨论感情,每一本小说也一样。"

她把一个蛋糕切片,为希尔伯里夫人准备了一盘,放上面包和黄油。夫人因感冒卧床,凯瑟琳起身上楼给她送蛋糕。

拉尔夫为她开门,而后紧扣双手立在房中央。他双眼清澈明亮,可几乎分不清眼前是幻梦抑或现实。在大街上,在门阶上,当走上楼梯时,他沉醉于凯瑟琳的幻梦中,走到房门方将它打发,以免幻想与现实差距太大,两者碰撞而萌生痛苦。如今才过五分钟,她为旧梦的躯壳注满了血肉,呈现在他朦胧迷幻又热情炽烈的双眼前。发现周遭都是她用过的桌椅,他茫然无措,他抓住凯瑟琳刚刚坐过的椅背,质感坚固稳健,可同时,它们又虚幻缥缈,四周气氛亦如梦似幻。他试图集中精神品味方才短短数分钟,内心深处升起快乐愉悦的意识,感叹人性至善至美,远超最为狂野的梦想。

片刻之后，凯瑟琳回到房间。拉尔夫看着她盈盈而至，寻思她比他梦中所见更美丽、更陌生；活生生的凯瑟琳能说出脑中所思、眼中所见，最平凡的句子因此鲜活动人，幻梦的边缘亦由此模糊。他感觉她柔软得像是一只巨大的雪鸮。忽地，他留意到她手指上戴着一枚红宝石戒指。

"妈妈要我告诉您，她希望您已经开始写诗了。她说，每个人都应该写诗歌。我所有亲戚都写诗，"她往下说，"我有时都不忍想，他们写得可不咋样。但当然，我们大可不读……"

"您不鼓励我写诗吧？"拉尔夫问。

"可您也不是诗人，对吧？"她转身对他一笑。

"如果我是，应该告诉您吗？"

"应该，因为您为人坦率。"她说，显然意图从他身上寻找证据，眼神干脆直接，几乎不带感情。拉尔夫思忖，要崇拜一个客观冷静、天性直接的人着实不难，轻易便会不顾一切拜倒在她脚下，罔顾将来的痛苦。

"那您是诗人吗？"她问。他觉得她的问题别有深意，像在为尚未问出的问题索求答案。

"不,我好些年没写了。"他答,"无论如何,我不同意您的看法。我认为写诗是唯一值得做的事。"

"为什么呢?"她问,调羹在杯子边沿轻敲了两三下,语气透着不耐烦。

"为什么?"拉尔夫将想法和盘托出,"诗歌让理想存活,否则理想便会消亡。"

她的脸上浮现微妙的变化,仿若心中火焰已然浇熄;她用讽刺的眼神注视着他,那表情他先前不懂得如何形容,只暂且称之为忧伤。

她坦承:"我不确定理想有多大意义。"

"但人人都有理想。"他据理力争,"为什么我们称之为理想呢?这词可真愚蠢。我指的是梦想……"

她双唇微张,似待他话音止住,便要应答。正当他说着"我指的是梦想",客厅门忽地打开,一时保持那般状态。两人止住话语,她仍是双唇微启。

裙子沙沙作响声由远及近。随后,裙子的主人出现门前,饱满的身体将裙子撑得满满当当,几乎遮盖了身形远为娇小的同伴。

"我的姑妈和姑姑!"凯瑟琳屏住呼吸低声说。她的声调略带忧伤,在拉尔夫看来非常切合眼前的情况。她称呼体型较大的女士为米利森特姑姑,体型较小的女士为西莉亚姑妈,即米尔文夫人,她最近的任务是让西里尔娶妻。两位女士,尤其是科舍姆夫人(米利森特姑姑),看上去高贵柔和、脸色红润,非常切合傍晚五点到访伦敦的老太太形象。镶着玻璃的罗姆尼①画像有着她俩粉红醇厚的外表,那容光焕发的温柔仿如下午暖阳中悬挂于红墙上的杏花。科舍姆夫人满身都是暖手筒、项链及摆动飘荡的披肩,要在填满了扶手椅的棕色、黑色服饰中辨认出她的轮廓,着实不容易。米尔文太太身形要窈窕许多,可拉尔夫亦无法辨认其精确轮廓,他观察着两位夫人,心中升腾起不祥的预感。

他要说些什么才能打动这些美妙出色的人物?科舍姆夫人不住摇摆,不住点头,仿佛她是一具大型器械,动作

---

① 指乔治·罗姆尼(George Romney,1734—1802):他与庚斯博罗、雷诺兹并称英国肖像画三大师。

皆由钢丝弹簧完成。她高亢的声音像是鸽子的咕咕叫,她将词语拉长,又忽地终止,英语语言已无法满足她的日常需求。凯瑟琳开了一盏又一盏电灯,拉尔夫猜测那大概是出于紧张。这时科舍姆夫人攒够了精力(或许她不断摇晃的目的就在于此),开始长篇大论;她的听众是拉尔夫,她花尽心思与他交谈。

"我从沃金①来,波帕姆先生②。您也许会问,为什么我住在沃金?对此我的回答是——这是我第一百遍回答这问题了——为着看日落。我们为了看日落搬去那儿的,不过那是二十五年前的事情了。现在哪里有日落?唉!现在看日落最起码得去南海岸。"她修长白皙的手伴随着丰富浪漫的声调晃动,手一挥便散发钻石、红宝石和绿宝石的光芒。拉尔夫疑惑她更像一头头戴宝石头饰的大象还是一只非凡绝美的鹦鹉,战战兢兢地站在栖木上,不时啄着一块方糖。

---

① 沃金(Woking):英国英格兰萨里郡西北部的一座城镇和民政教区,位于沃金非都市区内,是大伦敦都会区的一部分,距离伦敦市中心37公里。
② 科舍姆夫人记错了拉尔夫的姓氏,而拉尔夫没有纠正过来。

"现在哪里才可以看见日落?"她又问,"您家能看到日落吗,波帕姆先生?"

"我住在海格特。"他答。

"在海格特?是的,海格特有其魅力。你的约翰叔叔住在海格特。"她朝凯瑟琳的方向呼唤。科舍姆夫人的头垂落至胸部,似乎沉吟片刻,过后抬头说,"我敢说海格特有些非常漂亮的小径。凯瑟琳,我还记得和你母亲一起走过野山楂盛开的小路。可现在哪里有山楂?波帕姆先生,德·昆西①那细腻的描写,您可有印象?我都忘了,你们这一代人,个个都精力充沛、学识渊博,我只能惊叹呐。"她挥舞起美丽白净的双手说道,"千万别读德·昆西。你们有贝洛克②、切斯特顿③,还有萧伯纳,何须读德·昆西?"

---

① 托马斯·德·昆西(Thomas De Quincey, 1785—1859):英国散文家、文学批评家,代表作有《一个英国瘾君子的自白》(Confessions of an English Opium-Eater)。
② 西莱尔·贝洛克(Hilaire Belloc, 1870—1953):英国作家,代表作有《顽童与野兽》(The Bad Child's Book of Beasts)和《儿童警戒故事》(Cautionary Tales for Children)。他还撰写小说、随笔、历史、评论、游记和传记。贝洛克与切斯特顿(G. K. Chesterton)是好友。
③ G.K.切斯特顿(Gilbert Keith Chesterton, 1874—1936):英国作家、文学评论家,被誉为"悖论王子"。

第十二章

"我会读德·昆西,"拉尔夫申明,"比读贝洛克和切斯特顿还要多。"

"真真如此!"科舍姆夫人感叹,作出既惊讶又宽慰的手势,"那您是这一代人的'珍品'喏。我很高兴能遇上德·昆西的读者。"

话毕,她双手摊平,靠近凯瑟琳,以清晰可闻的低语询问:"你的朋友写作吗?"

"德纳姆先生,"凯瑟琳以比平时更清楚坚定的语气回答,"给爸爸的《时事评论》投稿。他是一名律师。"

"胡须刮得干干净净,嘴巴轮廓清晰可见!我立刻认出了这些特征。我与律师特别投契,德纳姆先生……"

"那些律师过去老来。"米尔文夫人插嘴,虚弱而清脆的声音如同旧钟的甜美声调。

"您说您住在海格特,"科舍姆夫人询问,"那是否碰巧知道一幢叫'暴风雨小屋'的老房子呢?一幢四周是花园的白色房子?"

拉尔夫摇摇头,她叹了口气。

"哎呀,估计它已经和其他老宅子一起被摧毁了。那时候,山径可美啦。你叔叔就在那儿遇见了艾米莉婶婶,"她跟凯瑟琳说,"他俩沿着小径走回家。"

科舍姆夫人缅怀过去,突然冒出一句,"她帽子上插着一枝五月花。"

"到了下个周日,他衣服扣眼里插着一束紫罗兰,我们便猜到是怎么回事了。"

凯瑟琳笑了起来。她看着拉尔夫,他的眼神若有所思。她想知道那陈年轶事中有何值得细加思量。不知为何,她总对他心怀同情。

"约翰叔叔,嗯,您总叫他'可怜的约翰'。那是为什么呢?"凯瑟琳发问,好让姑姑们继续交谈,实际上,她们自顾自地便聊了下去。

"那是他爸爸老理查德爵士对他的称呼。'可怜的约翰'或'家里的傻瓜'。"米尔文夫人赶紧应答,"其他几个男孩子都那么聪明机智,就他老通不过考试,他们只好把他送到印度——可怜的家伙,在那时算得上是远航了。他有自己的房间,也收拾得干干净净。我相信他最终会被封爵,还能有一笔退休金,"她转向拉尔夫评价一句,"不过那始终不是英国。"

"确实不是,"科舍姆夫人同意,"可差远了。那时候我们以为印度法官约等于英国一个县法院的法官。法官阁下——这是一个漂亮的头衔,但始终不是人中龙凤。"她叹了口气,"要是您家中有妻子,带上七个小孩,人们快要忘记您父亲的名号了,那必须满足现状,能得什么是什么。"她总结。

"我想,"米尔文夫人接着说,故意降低了音量,显得神神秘秘,"要不是他的妻子,你那艾米莉婶婶,约翰成就会更大。当然,她心地善良,对他痴心一片,可惜毫无大志。倘若一个律师的夫人没有雄心,尤其是在法律这样的行业,客户很快便会察觉。德纳姆先生,我们年轻时常说,只需要看看一个人的夫人,便可判断他能否当上法官。过去是这样,我想将来也是。我认为,"她补充一句,好概括这些散乱的话语,"一个男人要是事业不成功,可无法真正幸福快乐。"

科舍姆夫人坐在茶几另一头,以远见卓识表示赞同,她先是摇头晃脑,再是发表意见:"的确,男人和女人不一样。我想阿尔弗雷德·丁尼生①说的是实话,他评论其他事情时也是句句真言。我多么希望他能活着写出《王子》,作为《公主》的续集!我承认我几乎看腻了《公主》,真希望有人告诉我们好男人的模样。妇女的楷模有劳拉、比阿特丽丝②、安提戈涅③与科迪莉亚④,堂堂男子汉的榜样却没几个。作为一名诗人,德纳姆先生,您如何解释这一现象?"

"我不是诗人,"拉尔夫幽默地应答,"我只是名律师。"

"可您也写作吧?"科舍姆夫人问。她好不容易找到一个热爱文学的年轻人,生怕无价的发现就此停歇。

"业余时间写写。"德纳姆安慰她。

"业余时间写写!"科舍姆夫人重复。"那证明您多

---

① 阿尔弗雷德·丁尼生(Lord Alfred Tennyson, 1809—1892):英国维多利亚时代最受欢迎及最具特色的诗人之一,代表作品为组诗《悼念》(In Memoriam)。《公主》(The Princess)是丁尼生所作的长诗,描述了女性受高等教育程度和其人生幸福关联的社会问题。
② 比阿特丽丝:莎士比亚(William Shakespeare,1564—1616)的剧作《无事生非》(Much Ado about Nothing)的女主角。
③ 安提戈涅:古希腊悲剧作家索福克勒斯(Sophocles, B.C. 496-B.C. 406)的剧作《安提戈涅》(Antigone)的女主角,她是俄狄浦斯的女儿,因不顾国王克瑞翁的禁令,将自己的兄长——反叛城邦的波吕尼刻斯安葬而被处死。
④ 科迪莉亚:莎士比亚的悲剧《李尔王》(King Lear)中的角色,她是李尔王的小女儿,因维护被两位姐姐放逐的父王而起兵,被击败后死于狱中。

么虔诚。"她半闭上眼睛,开始沉迷于想象,画面中生意冷清的律师住在阁楼上,就着一点点烛光写下不朽的小说。烛光散落在伟大作家的轮廓上,照耀着页页作品的浪漫情怀,在她看来真真切切。她口袋里揣着莎士比亚,总以诗人的词句为典范面对人生风雨。文学使她魂牵梦绕。德纳姆在她心目中是何般模样,他与小说中的主角如何重合,这不得而知。终于,大概她将他与小说中的人物匹配起来了,停顿一下说道:

"嗯,嗯,彭登尼斯……沃灵顿[1]……无论如何,我永远也不能原谅劳拉,"她激动地宣称,"她不肯与乔治[2]结婚。乔治·艾略特[3]的情况不也一样嘛;刘易斯[4]长着一张青蛙脸,举止仪态却跟舞蹈大师一般优雅得体。沃灵顿可是天

---

[1] 彭登尼斯与沃灵顿:两人都是威廉·梅克比斯·萨克雷(William Makepeace Thackeray,1811—1863)的小说《彭登尼斯》(Pendennis)里的角色。
[2] 乔治是沃灵顿的教名,而劳拉是彭登尼斯的养妹。故事中,沃灵顿爱上了劳拉,可由于已经成家而无法追求劳拉。劳拉最终与彭登尼斯结婚。
[3] 乔治·艾略特(George Eliot,1819—1880):英国作家,原名玛丽·安·伊万斯(Mary Ann Evans),十九世纪英语文学最有影响力的小说家之一。
[4] 指艾略特的一生挚爱乔治·刘易斯(George Henry Lewes)。

之骄子呀，他机智聪明，激情浪漫，与众不同，他的婚姻不过是学生时期过家家的后果。我承认，我向来觉得亚瑟是个花花公子①，真不懂劳拉怎么嫁给了他。但您说您是一名律师，德纳姆先生。关于莎士比亚，我有一两件事想问您……"她好不容易抽出破旧的小书卷，翻开书晃了一晃，"如今人们说啊，莎士比亚是一名律师，这让他透彻了解人性。这可是个好例子，德纳姆先生。我毫不怀疑，年轻人，只要您好好研究一下您的客户，必然大有收获。告诉我，您认为世道如何，比您预期的是更好还是更坏了？"

科舍姆夫人要求他以寥寥数语总结人性价值，拉尔夫毫不犹豫地回答：

"比我预想的更糟糕，科舍姆夫人，大大的糟糕。恐怕普通男子都是些流氓……"

"那普通女子呢？"

"普通女子也一样。"

"啊，我的天，我相信您，真心相信您呀。"科舍姆

---

① 即彭登尼斯。

夫人叹了口气,"不管怎样,斯威夫特[1]肯定同意您的观点。"她望着他,看他气宇轩昂,暗忖此人想必是讽刺讥诮的能手。

"查尔斯·拉文顿,你记得吧,也是名律师。"米尔文夫人插话——本应用以谈论活人的时间被浪费于讨论虚构人物,她为此相当恼恨——"你应该记不起他了,凯瑟琳。"

"拉文顿先生?哦,是的,我记得。"凯瑟琳回应,她稍稍一颤,从失神中醒来。"那年夏天,我们在滕比[2]附近租了一栋房子。我记得那儿的田地,池塘里有小蝌蚪,我还和拉文顿先生一起堆干草堆呢。"

"她说得对。那池塘里的确有不少蝌蚪。"科舍姆夫人证实,"米莱斯[3]画《奥菲利亚》前特意研究过那儿,有的人认为那是他最美的作品了。"

---

[1] 乔纳森·斯威夫特(Jonathan Swift,1667—1745):十八世纪英国著名文学家、讽刺作家、政治家,其代表作品有寓言小说《格列佛游记》(*Gullivers' Travels*)、《一只桶的故事》(*A Tale of a Tub*)、《一个温和的建议》(*A Modest Proposal*)。
[2] 滕比(Tenby):一座位于威尔士南部的海滨小镇,号称有英国最美的沙滩。
[3] 约翰·埃弗里特·米莱斯(John Everett Millais,1829—1896):十九世纪英国画家,被认为拉斐尔前派的三个创始人中年龄最小、才华最高的一位。《奥菲利亚》(*Ophelia*)是其作品,题材来自莎士比亚戏剧《哈姆雷特》。

"我记得拴在院子里的那条狗,还有挂在工具房里的死蛇。"

"你在滕比还被公牛追赶来着。"米尔文夫人接话,"估计你想不起来了,不过你小时候可真讨人喜欢。她的眼睛多美啊,德纳姆先生!我常对她父亲说:'她在注视着我们,在她小小的脑袋里打量我们。'那时他们有一个保姆,"她一本正经地给拉尔夫讲故事,"她为人正派,可惜和一个水手订婚了。她本该照顾小宝宝,却只顾着看海。希尔伯里夫人由得这女孩儿——苏珊——让他留在村里。很遗憾,他俩滥用了她的善良,他们在小径上散步,将婴儿车留在田里,田里刚好有一头公牛,那野兽被童车的红毯子激怒了。天知道要不是关键时刻刚好有一位绅士路过及时抱出了凯瑟琳,会发生什么事!"

凯瑟琳说:"西莉亚姑妈,那不是公牛吧,只是一头奶牛。"

"我亲爱的,那可是一头身形庞大的德文郡公牛,不久之后,它撞死了一个人,不得不被宰掉。你的母亲居然原谅了苏珊,要是我,我可办不到。"

第十二章

"玛姬一定非常同情苏珊和那水手。"科舍姆夫人相当平静地搭话。"我的嫂嫂,"她往下说,"每每遇上危机,总是信由天命。我必须承认,至今为止天命没有辜负她……"

"是啊,"凯瑟琳笑着说,展现让家里人气恼的轻率莽撞,"母亲总有法子在关键时刻将公牛变成奶牛。"

"好吧,"米尔文太太说,"我很高兴,现在有人能保护你不受公牛伤害了。"

凯瑟琳应答:"真难以想象威廉保护得了谁不受公牛伤害。"

碰巧,科舍姆夫人再次从口袋里掏出莎士比亚,正跟拉尔夫探讨《一报还一报》中一段意义晦涩的段落,他没有立刻明白凯瑟琳和姑妈的对话。他想着,大概威廉是凯瑟琳的一位小表亲吧,他眼中的凯瑟琳成了穿着围裙的小女孩。尽管如此,他还是分了心,几乎看不清书页上的文字。片刻之后,他清楚听到她们正讨论着订婚戒指。

"我喜欢红宝石。"凯瑟琳说。

被禁锢在无形的飓风中,

> 被无尽的狂风裹挟，
>
> 在这个下坠的世界……①

科舍姆夫人吟诵着诗句。与此同时，"罗德尼"与"威廉"在拉尔夫的脑海里结合，他确信凯瑟琳和罗德尼订婚了，暴怒涌上心头。整场来访从头到尾，她都没说实话，她用老太太的小故事迷惑他，使他将她看作在草地上玩耍的孩子，与他分享她的青春，而她始终是一个彻彻底底的陌生人，还与罗德尼订了婚。

可这是真的吗？当然这不可能。在他眼里，她还是孩童的形象。他停顿好一段时间，科舍姆夫人面向着他，问他身后的凯瑟琳：

"凯瑟琳，你选好房子了吗？"

那可怕的想法尘埃落定。他立即抬起头说：

"是的，这一段非常难懂。"

他连声线都变了，语气如此草率，甚至带着轻蔑，科

---

① 出自莎士比亚作品《一报还一报》（*Measure for Measure*）。

舍姆夫人相当困惑。幸运的是，她那一代人习惯了男人的粗野无礼，便想到德纳姆先生必然是非常聪明。眼看德纳姆无话可说了，她收回了莎士比亚，再次以老人无可奈何的态度隐藏自身的想法。

"凯瑟琳与威廉·罗德尼订婚了。"为了找话聊，她向他解释，"他是我们家的老朋友，文学知识可渊博了。"她轻轻点头，"你们该见见面。"

德纳姆只愿能尽快离开这宅子，可老太太们站起身来，提出要去卧室看望希尔伯里夫人，使得他无法如愿。他也想单独与凯瑟琳谈谈，但不知道该从何说起。她带姑妈与姑姑上楼，回来后朝他走来，一脸天真友好的神情，使他心驰神往。

"父亲快回来了。"她问，"您不坐下吗？"她随即笑了起来，仿佛两人已相互熟稔，能在茶会上闲聊笑闹一般。

拉尔夫并不想坐下来。

"我必须祝贺您。"他说，"我先前没听说。"他看着她脸色变化，变得比往常更沉重。

"您指我的订婚吗？"她问，"是的，我要与威廉·罗德尼结婚了。"

拉尔夫一直站着,他一声不吭,手放在椅背上。两人之间似相隔着漆黑的深渊。他看着她,但她的表情表明她想的另有他人。她并不后悔,也不自觉做错了什么。

"好吧,我该走了。"他终于告别。

她似有话要说,又临时改变主意,只说:

"我希望您会再过来。我们似乎总是,"她犹豫了一下,"谈着谈着就被打断了。"

他鞠了鞠躬,离开了房间。

拉尔夫大步流星走在堤岸上。身上每一块肌肉都绷得紧紧的,似要抵抗突如其来的攻击。他的肉体仿佛将要蒙受重击,大脑处于警觉状态,却对形势一无所知。几分钟后,他发现无人观望,也未遭受打击,便放慢脚步,任由疼痛传遍全身,占据身体每一角落。他已筋疲力尽,无力抵抗。他懒洋洋地沿着河堤往家的反方向走去。他听天由命,辨不清眼前景色,感觉正随波逐流,失去掌控,正如他常常幻想其他人的模样。在小酒馆虚度光阴、饱受生活摧残的老年男子像是他的同伴;他寻思,他们眼望满怀目标、快步走过的行人,必定嫉妒又恼恨。他们眼前也尽是些虚无阴暗的景象,一阵微风吹过,便四散无痕。自从知道凯瑟琳订婚以来,这个实实在在的世界,连同通往未知世界的条条大道,全都与他无关。他的人生已明白可见,那一路到头、贫瘠无趣的道路即将结束。凯瑟琳订婚了,她愚弄了他。他搜寻还未被此灾难困扰的角落,可是洪水泛滥,无边无际,所有一切尽皆淹没。凯瑟琳欺骗了他,她漫溢他的每一个想法,没有了她,所有思绪俱荒谬无理,他羞于再想。他的生活已然枯竭贫乏。

他坐在河边,冷雾遮蔽了远处的河岸,灯光似悬于水面上一般。他任由幻灭的潮水席卷。此时此刻,他生命中的所有亮点全然熄灭,一切成就俱不复存在。起初,他说服自己凯瑟琳待他不公,想象当她独自一人就会想起此事,想起他,默默向他道歉,以此获得些许安慰。但如此慰藉一两秒后便告失效,他不得不承认,凯瑟琳并不欠他什么。她什么也没答应,什么也没夺走,她对他的梦想毫无知觉,这正是最让他绝望之处。倘若一个人至为诚挚的感情于息息相关的人了无意义,那还剩下什么?旧日的浪漫温暖了时光，其中每一帧画面都有凯瑟琳，如今，这些想法尽显愚蠢无用。他站起身来，朝河中望去。湍急的褐色河水正代表了无用的爱情、被遗忘的过往。

"那么，我还能相信什么？"拉尔夫靠向河岸沉思，几乎感受不到自我的存在，唯有大声重复脑中话语。

"我还能相信什么？不能信任世间男女，不能对他们心怀梦想。什么都没有，什么都没留下。"

他大可选择心生愤恨，一直愤懑不平。罗德尼就是极佳的目标。然而此刻，罗德尼和凯瑟琳似是无形的幽灵，他几乎记不清他俩的模样。他的思绪逐渐沉没，他们的婚姻像是不再重要。眼前一切皆化为飘烟，世界是虚幻的水汽，是环绕他脑海的孤寂火花，而火花将尽，仅剩璀璨燃点烙印心中。他曾怀有信念，凯瑟琳是那信念的体现，那都是过去了。他不怪她；他不怪任何人、任何事；他已认清事实。眼前是暗褐色的河流，空无一物的堤岸。但生命仍未止息；鲜活的肉体支配着大脑，此时敦促他行动，即便他的思想彻底抽离肉身，仍旧保留与其不可分割的激情。现在，他的热情在地平线燃烧，

第十二章

冬日的夕阳透过稀薄的云层在西面打上一个青蓝窗格。他注视着遥不可及之处,在那光芒之下,他感到可以一路前行,将来也必然会找到自己的道路。这是熙攘喧嚣的世界留给他的唯一念想了。

第十三章

德纳姆的午休时间只有一小部分用于进餐。不管是晴是雨,他都把大部分时间花在漫步林肯客栈广场的砾石小径上。孩子认得他的身影,麻雀期待着他每天撒下的面包屑。他经常给孩子们几个铜板,也记得给麻雀撒上一把面包,毫无疑问,他并不像自以为的那样,对周遭环境视而不见。

在他看来,冬日大部分时间都是在电灯照耀下的亮白纸张中,在雾中昏暗的街道上度过的。午餐过后重新投入工作,他脑海里存留一幅画面,画面里是斯特兰德街的公共汽车,还有砂砾上叶子投下的紫色阴影,仿佛他一直瞅着地面似的。他的脑子转个不停,几无一丝快乐的联想,尽是些不愿忆起的阴郁思绪;他漫无目的地游荡,回家时,手里拿着从图书馆借来的尘封书籍。

一天午饭时分,玛丽·达切特从斯特兰德街走来,看见他正裹着大衣散着步,完全沉浸在自己的思绪当中,仿若还坐在自己的房间里。

看到他,她感受到类似崇敬的情感,接着又很想大笑,而脉搏跳动渐快。她从他身边经过,他完全没留神,于是她折回来,拍了拍他肩膀。

"我的天啊,玛丽!"他惊叫,"你真吓了我一跳!"

"是啊。你看着像是在梦游。"她说,"你正在安排什么不得了的爱情故事吗?难不成要调和一对满怀绝望的夫妇?"

"我没有在想工作。"拉尔夫匆忙回答,"而且,而且,那种事也与我不相干。"他怪冷酷地补充。

天色明媚,他们还有几分钟空闲。他俩有两三个星期没见面了,玛丽有许多话要对拉尔夫说,但不确定他有多想她做伴。然而,过了一小会,聊了几句后,他建议两人坐下来,她便与他并排坐下。麻雀在周围飞来飞去,拉尔夫从口袋掏出午餐剩下的一半面包,朝它们扔了一些面包屑。

"我从没见过这么温顺的麻雀。"玛丽故意找话说。

"的确,"拉尔夫答,"海德公园的麻雀不如这儿的温顺。要是我们保持不动,我能让其中一只站到我手臂上。"

第十三章

玛丽对展示动物好脾气的表演缺乏兴趣,可眼看拉尔夫出于奇怪的缘由,相当以这群麻雀为豪,便跟他打赌六便士,赌他不会成功。

"好呀!"他答应。他的眼睛本已暗淡,此时又闪现一丝火花。他集中精力诱惑一只秃头公麻雀,它看起来比其他麻雀要大胆;玛丽趁此机会观察拉尔夫,发现他面容憔悴、表情严峻。一个小孩朝鸟群扔铁环,拉尔夫把最后一点面包屑投向灌木丛,鼻子发出烦躁的声响。

"每次我快搞定的时候,总会出现这种情况。"他没好气地说,"来,玛丽,这是你的六便士。不过你该感谢那没教养的男孩。就不该允许他们在这里投铁环。"

"不该允许他们投铁环!亲爱的拉尔夫,你胡说些什么呀!"

"你老这么说,"他抱怨,"我明明有理。要是有花园却不能静心赏鸟,那花园有何用?大可以在街上扔铁环呀。要觉得孩子们在街上不安全,干脆将他们留在家里算了。"

玛丽没有搭话,但皱了皱眉头。

她往后靠在座位上环顾四周,附近高楼的烟囱映衬在灰蓝的天幕中。

"啊,"她说,"伦敦是个好地方。我可以整天坐着看着行人。我喜欢看看其他人……"

拉尔夫不耐烦地叹了口气。

"我是这么认为的,你认识他们就知道了。"她添了一句,仿佛已然听见他的异议。

"这正是我不喜欢他们的原因。"他回答,"可要是你高兴,就应该珍惜这幻想。"他没有明确表态,似乎很是冷静。

"醒醒,拉尔夫!你都快睡着了!"玛丽喊道,捏捏他的袖子,"你最近在干什么?闷闷不乐?埋头工作?还是像平常一样傲视世界?"

他摇摇头,装满烟斗。

她继续追问:"这有点装腔作势,不是吗?"

"有什么区别。"他没好气地回应。

"好吧。"玛丽只好应答,"我有很多话要对你说,但我必须先走了,下午要开委员会呢。"她站了起来,可犹豫了一下,严肃地俯视着他。"你看起来不大高兴,拉尔夫,"她问,"发生了什么事,还是说一切正常?"

他没有立即答话,只是站起身,跟她一起往大门走去。他在跟她说话之前,照例要酌量要说的话是否恰当。

"我一直在忙,"他终于发言,"部分是工作,部分是家里的事儿。查尔斯表现得像个傻瓜,他竟然想去加拿大当农民。"

"唉,那可真是得讨论一番。"玛丽答。他们走过大门,在广场慢慢散着步,谈论那些在德纳姆家里长期存在的问题。他现在提出来,不过是为了安抚玛丽的同情,不过,聊起这些话题,比想象中更能抚慰心情。至少,她让他集中精神于可以找到解决方案的切实难题;他真正的忧郁来源则无法以同样方式处理,它沉没于他的脑海深处,越陷越深。

玛丽殷勤体贴,乐于帮忙,拉尔夫不禁满心感激;他没有全盘托出真相,玛丽依然关心备至,他的感激之情愈深。两人再次到达大门,他意图表达即将离别的不舍,心里的柔情却化成对她工作的笨拙规劝。

"玛丽,你为何要参加委员会?"他问,"这完全是浪费时间。"

"我同意你的看法,在乡郊散散步也许对世界更有好处呢,"她说。"听着,"她忽然提议,"要不圣诞节你过来我家待待?那差不多是一年中最好的时节了。"

"去迪斯罕看你?"拉尔夫重复她的建议。

"是的。我们不会打扰你的。你可以迟些答复。"她急忙说完便朝罗素广场走去。方才她眼前闪现乡郊的景象,一时冲动就邀请了他;现在她为此懊恼,又为心感懊恼而恼火。

"如果我连独自与拉尔夫在田里散步都办不到,"她试图说服自己,"我最好买一只猫,随便在伊令找个住处,像莎莉·斯尔一样——反正他不会来的。可万一他过来呢?"

她摇了摇头,真不知道他是什么意思。她从不确定他的想法,可今天比平常更困惑。他向她隐瞒了什么?他的态度相当奇怪;他的怅然若失宛然在目;他身上的某些特质使她甚为迷茫,那神秘的本性深深吸引着她,使她难以挣脱。此外,她经常指责其他女性,此刻却情不自禁做着同样的事情——她给予拉尔夫神圣的生命之火,由得他主

第十三章

宰她的人生。

在这过程中,委员会的重要性愈来愈小,妇女参政权也不大重要。她发誓会更努力学习意大利语,也大可研习鸟类的习性,这完美生活的设想愈益不着边际,她立马定住神,待走到罗素广场,已在排练委员会上的演讲,完全没留神板栗色的砖墙。她像往常一样跑上顶楼,看见斯尔太太在办公室外的阳台,哄着一只体型庞大的狗从她手里的玻璃杯喝水。

"马卡姆小姐已经到了,"斯尔太太一本正经地汇报,"这是她的狗。"

"真漂亮呀。"玛丽说,边拍了拍它的头。

"是的,真是个漂亮的小家伙。"斯尔太太同意,"她说这是条圣伯纳德犬……凯特养着一条圣伯纳德,这可真恰当。你会好好保护你家主人的,对不,好家伙?她出外工作时,你要好好看家,不让坏人偷吃的,还要救助迷路的可怜人……哎呀,我们迟到了,必须立马开始!"说着,她把剩下的水胡乱洒在地上,急忙把玛丽推进了委员会办公室。

第十四章

克拉克顿先生正扬扬得意。在他的领导下,这家机构发展日渐完善,即将推出其每月两次的成品——委员会会议。他对完美的会议架构无比自豪。他喜欢会议室术语;他喜欢每当钟声准点敲响,门便会打开,一切遵照他在纸上洋洋几笔写下的安排来进行;门开开关关数次后,他喜欢从办公室里走出来,手里拿着文件——显然都是些重要文件,看上去全神贯注、心事重重,跟首相迎向内阁成员时一般神情凝重。按照他的吩咐,桌面上事先放好了六张印迹纸、六支钢笔、六个墨水罐、一个玻璃杯和一壶水、一个铃铛,为了迎合女士们的品位,还摆上一瓶耐寒的菊花。他已经偷偷用墨水瓶压平了印迹纸,现在正站在炉火前与马卡姆小姐交谈。他的眼睛盯着门,眼看玛丽和斯尔太太进门,便笑笑向房间里四散的人宣告:

"好吧,女士们,先生们,我们要准备开始了。"

这么说着，他坐在桌子的一头，一摞纸放在右手边，另一摞纸在左手边，请达切特小姐读读上次的会议记录。玛丽照做了。敏锐的观察者可能疑惑，这位秘书小姐面对眼前实事求是的报告，因何眉头紧锁。难不成她对于决定将第三号小册子流传乡间，或是对即将发布一个显示新西兰已婚妇女与未婚妇女比例的统计图有疑问，抑或是对希普斯利夫人的义卖净利润达五镑八先令两分疑惑不解？

难不成，她对这些完美适当的陈述抱有怀疑？从她的外表来看，没人能看出她心神不宁。在任何委员会办公室，可没有人比玛丽·达切特更讨人喜欢、冷静自若。她像是秋季落叶与冬天阳光的结合；实际点说，她既温柔又有力量，有一种无法形容的和风细雨的母性光辉，与勤劳工作的卓越本领相得益彰。尽管如此，此时她思绪未平，她的朗读缺乏说服力，仿佛在如此情况下，失去了将阅读内容具体化的能力。会议记录一读完，她便神游到林肯客栈广场，脑海里有无数麻雀扇动着翅膀。拉尔夫还在引诱秃头的公麻雀飞到他手上吗？他成功了没？他会成功吗？她本想问问他，为什么林肯客栈广场的麻雀比海德公园的更温驯——

第十四章

也许那是因为前者游客更少,麻雀便认得恩人了。委员会会议刚开始那半小时里,玛丽得与幻象中的拉尔夫·德纳姆斗争,否则便会完全沉迷其中。她尝试了好些方法将他驱除。她提高音量,她咬字清晰,她坚定地看着克拉克顿先生的秃头,她开始记录笔记。可真烦心呐!她执起铅笔在吸墨纸上画了一个圆,却无法否认,那其实是一只谢顶的公麻雀。她抬头瞧瞧克拉克顿先生,是的,他秃头,公麻雀也秃头。从来没有一位秘书像她那样,被排山倒海的奇怪意象折磨,而且,哎呀!尽是些奇怪可笑的想法,随时会让她轻浮大笑,吓得同事永不忘怀。以免失言,她紧闭双唇,仿佛嘴唇能保护她一般。

然而,所有这些零散的意象皆源于更内在的干扰,她暂时无法细究深层的想法,它们便以怪诞奇异的方式烦扰她。待委员会结束,她必须细细思索。但此刻她表现得不甚得体;她本应引领同事将手头上的事务敲定下来,却只顾着展望窗外,想着天空的颜色和帝国酒店的装饰。两者使她左右为难,她无法决定哪一样更为重要。拉尔夫曾表示,她可不能费神考虑他所说的话,但他依然使她对眼前的工作分了神。另外,她下意识开始计划一场报纸选战——得写上几篇文章,联系好些编辑。该如何进行呢?她强烈反对克拉克顿先生的发言。她认为,是时候大刀阔斧了。一说完这句话,她又想起了拉尔夫;她变得愈加迫切认真,急于让别人接受她的观点。

再一次,她无可争议地明辨正误。公共利益的老对手——资本家、报业主、反女性投票权者,以及在某种程度上最有害的——对这些事毫无兴趣的大众,穿过薄雾纷纷出现在眼前。此时此刻,在这些人当中,她分明看见了拉尔夫·德纳姆的身影。当马卡姆小姐请她说说朋友里是否有人持这种事不关己的态度,她语气比往常更重:

"我的朋友认为这一切毫无意义。"她感觉自己正在与拉尔夫对话。

"哦,他们是那种人啊?"马卡姆小姐笑笑说道。他们重整旗鼓,再次冲向敌人。

玛丽走进委员会办公室时情绪低落,现已大有改善。她在此如鱼得水,办公室里一切亦整齐有序。她确信自己能辨别对错正误,能对敌人施以重击,这使她满心暖意,双眼燃起亮光。在平常鲜有出现，今天下午频繁涌现的胡思乱想中，她设想自己站在一个平台上，人群往她扔着臭鸡蛋，拉尔夫徒劳地恳求她赶紧下来。可是——

"与我们奋斗的事业相比，我有何要紧呢？"她说。即使烦心于愚蠢的幻想，她依旧头脑清醒、警惕得当，当斯尔太太意图追随父亲的步伐，不断要求"行动！要在所有地方行动起来！立马行动！"她不止一次巧妙地使斯尔太太平静下来。

委员会的其他成员都是些中老年人，他们对玛丽印象深刻，因着她青春年少，倾向于跟她站在同一阵营，以互相抗衡。她有能力控制他们，这令她感觉大权在握，再没有其他事情能像让别人遵照自己的心愿行事那般令人兴奋了。事实上，每当她说服他人，总对屈服于她的一方感到轻微的蔑视。

委员会成员站起身，将文件收齐、整理，放在公文包里紧紧锁上，接着赶紧离开，大部分人要去赶火车，好参与其他委员会的安排，他们可都是些大忙人。玛丽、斯尔太太和克拉克顿先生被留下。房间很热，也不大整洁，粉红色的印迹纸满桌都是,水杯里的水剩下一半,有人倒好水后又忘了要喝。

斯尔太太开始备茶,克拉克顿先生退回办公室整理新鲜出炉的文件。玛丽太激动了,连帮助斯尔太太准备杯碟都不成。她推开窗户,倚在窗边眺望。路灯已然点亮;透过广场上的雾气,能看到人们匆匆穿过马路,沿着另一边的人行道行走。在她那荒唐傲慢的情绪中,玛丽望着小小的人影想着:"要是我乐意,我可以让你们进进出出,走走停停;我可以让你们单行走,并排走,大可任意处置你们。"斯尔太太走过来,站在她身旁。

"你不需要披点什么吗,莎莉?"玛丽以居高临下的语气问,对这热情但无能的小妇人生出一丝怜悯。斯尔太太对她的建议充耳不闻。

"嘿,你今天过得可好?"玛丽微笑问道。

斯尔太太深深地吸了一口气,试图克制住自己。她往外望向罗素广场和南安普顿街上的行人,猛地爆发:"啊,要是能把每一个人都带进这个房间,让他们头脑清醒五分钟,那该多好!不过,总有一天他们会认清真相……要是

第十四章

能让他们明白就好了……"

玛丽知道自己比斯尔太太聪明得多,每当斯尔太太发表意见,即使那与玛丽感受相同,她仍不由自主想着该如何反驳。可这一次,她那仿佛能指挥一切的自大心理颓然消逝。

"我们喝茶吧。"她说,拉下百叶窗转身走开。"这次会议很顺利,你不觉得吗,莎莉?"她随意坐在桌旁。斯尔太太必然意识到玛丽一贯卓有成效吧?

"我们进度太慢了。"莎莉摇着头不耐烦地回答。

听到这句话,玛丽哈哈大笑,她的傲慢消失无踪。

"你还笑得出来,"莎莉又摇了摇头,"可我不能,我五十五岁了,我敢说,等我们得到选举权——如果我们真能成功,我都该进坟墓了。"

"噢,不,你肯定还在世的。"玛丽友善地回应。

"那将多了不得啊,"斯尔太太甩甩一头卷发,"那会是一个伟大的日子,对于女性而言如此,对于人类文明也一样。这就是我对这些会议的看法。每次会议都是人类前进路上重要的一步。我们冀望后代能有更好的生活——

可那么多人不明白。我不懂,他们怎么就不明白呢?"

她边从碗橱里拿出茶具边断断续续地说着。玛丽忍不住用钦佩的目光看着这位宣扬人性的古怪小神甫。她一直想着自己,而斯尔太太总是思索着愿景。

"莎莉,要是你想看到那美好的一天,可不能累着自己。"她边说边站起来,试图从斯尔太太手里拿过一碟饼干。

"我亲爱的孩子,我的老身板还能干什么?"她喊,把饼干碟抱得更紧,"难道我不像你那样能干,就不能为了这份事业倾尽所有吗?有朝一日,我想跟你聊聊国内的情况,虽然我不时说些蠢话,有时会失去理智,你不会,克拉克顿先生也不会。太过于激动可不好,可我都是出于好意。我很高兴凯特养了一条大狗,她看起来不大精神呢。"

她俩喝了茶,仔细研究方才在委员会上提到的一些观点,两人都感受到幕后行事的快感,仿若双手拉紧帷幕绳索,一旦用力,幕帘打开,便能改变历史,呈现崭新面貌。她们的观点截然不同,但这种感觉使两人团结起来,让彼此的态度近乎亲昵。

可玛丽希望能单独待一会儿,便早早离开了茶话会,

第十四章

到女王音乐厅听听音乐。她想利用独处的时间好好思考对拉尔夫的立场。她心里这么想着,待行至斯特兰德街,却发现脑海里漫溢着各种想法。她的思绪飘移不定,每经过一条街道,主意陡生变化。关于人类文明的愿景浮现于布卢姆斯伯里街,等穿过大路便倏然而逝。走到了霍尔本,一位傍晚才出现的手风琴演奏者使得她心思错乱纷繁;穿行于林肯客栈广场巨大迷蒙的广场,她感到阴冷又郁闷,人清醒得可怕。黑暗中,她不再在意身边的行人,一滴眼泪滑落面颊,内心突然确信,她爱上了拉尔夫,但他并不爱她。那天早晨两人走过的小路,如今已黯黑空虚,麻雀在光秃秃的树上静默不语。不过,她大楼上的灯光很快令她开心起来;刚才纷杂的心情淹没在欲望、思想、观念与矛盾的洪水当中,洪流不断冲刷着生命的基石,唯当遇上适合的氛围心境,此番心绪方会复现。她点燃火炉,寻思不大可能在伦敦想出个究竟,还是等圣诞节再弄清楚吧;拉尔夫肯定不会在圣诞节过来,到时她会在乡间散步,细细思索与他的关系,所有困惑迷茫的烦心事也要想个明白。她把脚放到护栏上,想道,人生复杂纷乱,但我们必须热爱生命的丝丝毫毫。

她坐下五分钟左右,思绪逐渐模糊,这时门铃响了。她的眼睛一亮,确信那是拉尔夫来看望她了。她等了一会儿才开门,知道一看见拉尔夫便徒生愁绪,但愿即便如此,仍能镇定自若。

不过这一切都是徒劳。门外的并非拉尔夫,而是凯瑟琳和威廉·罗德尼。她的第一印象是两人都穿着得体。在他们身边,她自觉破旧邋遢,不晓得该如何待客,也不懂两人因何前来。她还没听闻他俩订婚的消息。失望过后,她变得非常高兴,她想起凯瑟琳颇有个性,况且如此一来,她就无需自制了。

"我们刚好路过,看见窗户亮着灯,便冒昧上来了。"凯瑟琳解释。她看上去高挑尊贵,有些心不在焉。

"我们刚刚看完电影。"威廉接话。"噢,天呐,"他四处打量,"这房间让我想起了有生以来最糟糕的一小时——当时我正读着一篇文章,你们围坐一起,嘲笑着我。凯瑟琳最过分,我每次犯错,她都幸灾乐祸。达切特小姐则很善良,您设法让我顺利完成,我都记得的。"

第十四章

他坐下来,脱下淡黄色的手套,用手套拍打膝盖。玛丽想,他的活力挺讨喜的,他本人却惹她发笑。他的样子本身就能让她发笑。他大大的眼睛从一位年轻女士扫视到另一位,嘴巴微张,数次欲言又止。

凯瑟琳说:"我们在格拉夫顿美术馆①欣赏大师们的画作。"她接过玛丽递来的一根香烟,显然没留神威廉。她靠在椅子上,嘴里叼着的香烟似乎使她与其余两人相距更远了。

威廉继续叨叨:"您相信吗,达切特小姐,凯瑟琳不喜欢提香②。她不喜欢杏子,她不喜欢桃子,她不喜欢绿豆。她喜欢埃尔金大理石雕,喜欢灰蒙蒙没有太阳的天气。她是典型的冷飕飕的北方人,而我来自德文郡……"

他俩吵架了吗?玛丽疑惑,难道他们出于这个原因,

---

① 格拉夫顿美术馆(The Grafton Galleries):位于伦敦上流社区梅费尔区(Mayfair),是伦敦享负盛名的美术馆。1905年,印象派于英国的首展就是在格拉夫顿美术馆举行的。
② 提香·韦切利奥:又译提齐安诺·维伽略(Tiziano Vecelli 或 Tiziano Vecellio,约1488/1490—1576),意大利文艺复兴时期威尼斯画派的代表画家。

才来她这儿寻求庇护,还是说他俩订婚了,或是凯瑟琳拒绝了他?她完全被难住了。

凯瑟琳从烟雾缭绕中回过神来,将烟灰弹落在壁炉里,带着关切的神情看着那易怒的男子。

"玛丽,"她询问,"你能给我们上点茶吗?我们原本想喝茶,可惜店里太拥挤了,另一家店里又有乐队在演奏。大多数的电影,不管你怎么说,威廉,总体而言都很乏味。"她以一种谨慎温柔的语气说话。

于是,玛丽退到厨房备茶。

"他们究竟想干什么?"她问挂在墙上的小镜子里自己的影像。她的疑惑很快就得到解答,待她端着茶具回到客厅,凯瑟琳告诉她——显然是受到威廉指示——他俩已经订婚了。

"威廉认为也许你还不知道,我们就要结婚了。"

玛丽握着威廉的手,向他表示祝贺,好像凯瑟琳无法接近一般。她确实握着茶壶,腾不出另一只手。

"让我瞧瞧,"凯瑟琳说,"要先将热水倒入杯子,不是吗?关于沏茶,威廉,你有自己的想法,对吧?"

第十四章

玛丽半怀疑凯瑟琳是为了掩饰紧张,方说出这番话,倘若如此,她倒是表现得十分完美。关于两人婚约的谈话就此结束。凯瑟琳像是坐在自己的客厅里,训练有素地控制全局。令玛丽吃惊的是,她居然在和威廉谈论意大利老电影,凯瑟琳则在一旁倒茶、切蛋糕,保证威廉有东西可吃,全然没有参与对话。她似乎占有了玛丽的房间,把杯子归为己有。但她举止自然,玛丽并没有由此生怨,相反,有那么一刻,她亲昵地把手放在凯瑟琳的膝盖上。难道这种掌控带着母性的温柔?当想起凯瑟琳即将结婚,这些母性的姿态使玛丽对她充满了前所未有的柔情,甚至生起了敬畏之心。凯瑟琳似乎比她年长许多,也更有经验。

与此同时,罗德尼不停在讲话。他的外表并不讨喜,却衬托得他的优点更为喜人。他有记笔记的习惯,对电影也知之甚详。他可以比较不同画廊中的各幅画作,对智识问题总有权威答案,玛丽发现他能深入浅出,把问题说得浅显易懂,对此留下了深刻印象。

"你的茶,威廉。"凯瑟琳轻声说。

他停下来,乖乖地喝茶,方继续谈下去。

玛丽忽然察觉，凯瑟琳在她宽边帽子的阴影下，在轻烟萦绕之中，在沉静安详的性格里，也许正暗暗窃笑。她的话语非常简单，可她说的话，即使是"你的茶，威廉"，也温和审慎，如波斯猫行走于陶瓷装饰中时那般小心翼翼。这是一天之中第二次，玛丽为着心心念念的人那高深莫测的性格所困惑。她猜想，要是她与凯瑟琳订婚，很快便会像威廉一样，用各种让人烦躁的问题取笑他的新娘。

凯瑟琳的声音仍然很谦逊。"我真不知道你如何有时间读书品画的？"她问。

"我哪儿来的时间？"威廉高兴地回答，玛丽猜他一定因着这小小的恭维而得意。"我总带着笔记本到处走。我早上起来拾掇好了就去美术馆逛逛。平时我也常与人闲聊。办公室里有一个人对于佛兰芒派①无所不知。我正跟达切特小姐谈起佛兰芒派呢。我从同事那里——他的名字是吉本斯——学到了不少知识。改天你得见见他。我们请他

---

① 所谓佛兰芒画师，主要是以扬·凡·埃克（Jan Van Eyck, 1380/1390—1441）的艺术为榜样的画家的诨号。

吃午饭。达切特小姐,这种对艺术毫不关心的态度,"他转向玛丽解释,"是凯瑟琳的一种姿态。您知道她老这样吗?她假装没读过莎士比亚。为什么她要读莎士比亚呢,您瞧,她本人就是莎士比亚的罗莎琳德①啊。"他咯咯笑了起来。这恭维显得很老套,品位也低俗。玛丽脸都红了,仿佛他谈起了"性爱",也许是出于紧张,罗德尼说个没完。

"她懂的够多了,足够应付任何体面的场合。女士的生活如此充实,为什么还想要学习呢。给我们留点东西吧,凯瑟琳?"

"给你留点什么?"凯瑟琳问,显然刚从阴郁的想法中清醒过来,"我方才想着,是时候要走了……"

"今晚法力比小姐要与我们用餐,对吧?不,我们可不能迟到。"罗德尼站起身来。"您认识法力比家族吗,达切特小姐?特拉坦修道院是他们家的,"看到她满脸疑惑,他补充一句,"倘若凯瑟琳能施展魅力,也许他们会把修

---

① 罗莎琳德(Rosalind):莎士比亚作品《皆大欢喜》(As You Like It)中的人物。

道院借给我们度蜜月。"

"我承认这是我们与她吃饭的原因。要不然,她可够乏味的。"凯瑟琳接话。"至少,"她似乎要给自己的粗莽找找借口,便解释道:"我觉得跟她很难沟通。"

"那是因为你总指望其他人负责找话说。有时,我看着她静静坐上一整晚,"他边说边转向玛丽——他经常那样。"您不觉得吗?有时我俩独处,我会数着手表上的时间,"说着他拿出一块大金表,用指尖轻敲表面,"好计算一句话跟另一句话之间的间隔。有一趟整整过了十分二十秒,您知道吗,其间她只答了一句'嗯……!'"

"我很抱歉。"凯瑟琳道歉,"这习惯很不好,不过你看,在家里……"

凯瑟琳的话音戛然而逝,玛丽估计是门关上了的缘故。她依稀听到威廉在楼梯上挑凯瑟琳的毛病。没过几分钟,门铃响了,凯瑟琳站在门前。她的钱包落在椅子上,很快就找着了。她在门口停了一会,此时两人独处,便说了些不一样的话:

"订婚对人的性格影响很不好。"她摇了摇钱包,里头的硬币叮当作响，仿佛提到这个例子仅仅是为了解释自己的健忘。可这句话似乎意有别指，使得玛丽迷惑不解。威廉不在身边，凯瑟琳的态度大不相同，玛丽禁不住想听听她的说法。眼看凯瑟琳表情严肃，玛丽试图对她微笑，结果只能默默地盯着她。

门再次关上，玛丽倒在炉火前的地板上。如今他们的身影不在眼前，她便集中注意力，试图拼凑两人的印象。她常常以能精准判断个性而自豪，却无法判定凯瑟琳·希尔伯里的人生动力何在。是的，有某样东西使她平稳冷静、遥不可及，可那是什么呢？这让玛丽想起了拉尔夫。奇怪的是，他给她相同的感觉，同样令她心生困惑。真奇怪呀，她匆匆得出结论，再没有人比这两人更不相像了。然而，他们都有某种隐藏的冲动、某种无法估量的力量——某种他们深深关心却从不谈及的东西——唉，到底是什么呢？

第十五章

迪斯罕村坐落于林肯郡①附近一片连绵的耕地区,离海岸线还有些距离,可夏夜里仍可听到浪涛翻滚,冬天也能听见海风呼呼,携海浪冲击长滩。村里只有一条窄窄的小街,街上是些村舍,衬得教堂分外宏伟,尤其是那挺拔瞩目的塔楼,令游者不禁忆起中世纪——彼时人们虔诚供奉教会,今日已不多见。旅人由此猜想,村民们必然已臻化境,超然世外。他初来乍到,看到三两个农民锄着芜菁地,一个小孩背着个水壶,一位年轻女子在小屋门外甩着毛毯,感觉眼前的迪斯罕村与中世纪的光景并无二致。村民们看着年纪不大,但面容消瘦,饱经风霜,样子使人联想起中世纪教士的手抄本上绘于大

---

① 林肯郡(Lincoln Shire):英国英格兰东米德兰兹(East Midlands)的郡,东临北海,东南与诺福克郡(Norfolk)相邻,南与剑桥郡(Cambridgeshire)相邻。

写字母里的小人饰画①。他们的方言，他只听明白了一半，于是他说话响亮又清晰，仿佛话语得穿越百载时光方能到达他们耳里。比起巴黎、罗马、柏林或马德里的居民，他与这些在过去两千年间居住在离伦敦不到两百英里的乡下人更难沟通。

教区长居住的大宅在村外约半英里处，以面积偌大、铺着窄红瓷砖的厨房为中心，几个世纪以来面积稳步见长。每回有客人来访，吃过晚饭，达切特先生便手举黄铜烛台，请客人注意上下台阶，领着他们看看结实敦厚的墙壁、天花板古旧的横梁，还有那如梯子般陡峭的楼梯。高耸的阁楼形似帐篷，燕子常年在那繁衍生息，有一回还来了一只雪鸮。可惜，宅子经历任牧师扩建数回，趣味美态却未见增长。

宅子坐落在花园当中，教区牧师相当引以为豪。草坪面对客厅窗户，青草色泽丰满均匀，不掺任何杂草野花。

---

① 在中世纪，手稿中每段开头首字母以不同的字体大写，起到分行、分段的作用，方便读者阅读和理解。而且通常情况下，这些首字母会用漂亮的插画装饰，插画暗示段落大意。

第十五章

草坪另一边有两条漂亮笔直的小径通往一条青葱怡人的草道，小径旁是茂密繁盛的花床，每天早晨同一时刻，温德姆·达切特先生都漫步其间，手里拿着日晷计时。他通常会带上一本书，不时看上一眼再合上，在记忆中背诵剩余的诗行。他熟读贺拉斯①，养成习惯每日边散步边诵诗，一边看看花的长势，每每停驻，俯身摘下枯萎凋谢的花朵。雨天时，出于习惯，到了散步的钟点他便起身在书房里踱步，跟平常走上差不多的时间才安心。他偶尔停下脚步将书架上的书放直，经过壁炉时调整调整蛇纹石座上两座黄铜耶稣受难像的位置。他的儿女非常敬重他，相信他无所不知、无所不晓，尽可能不干扰他的日常习惯。像大多数做事井井有条的人，牧师本人意志坚定、乐于牺牲，智力创意则平平。

寒风簌簌的夜晚，他骑马探望病重的病人，心中毫无怨言。他总能准点完成枯燥的职责，任职于多个地方委员会与理事会。教区长已六十八岁高龄，温柔亲切的老太太

---

① 昆图斯 贺拉斯·弗拉库斯（Quintus Horatius Flaccus, B.C.65—B.C.8）：罗马帝国奥古斯都统治时期著名的诗人、批评家、翻译家，代表作有《诗艺》等。

们开始对他满怀同情,感慨他本应在火炉前乐享晚年,如今却舟车劳顿,日渐消瘦。长女伊丽莎白与他同住,负责操持家务,禀性与他一般真诚冷静,有条有理;他的两个儿子,理查德①是名房地产经纪人,克里斯托弗正为了律师资格考试而奋力苦读。到了圣诞时节,一家人自然重聚一堂。从圣诞周前一个月起,伊丽莎白和女佣们脑海里便只惦记着这件事,每一年都想着要比去年更上一层楼。母亲离世时,伊丽莎白才十九岁,她继承了母亲留下的一柜子上佳的亚麻织物,亦担起了照料家人的责任。她养着一群可爱的小鸡,偶尔画上几幅画,花园里的几棵玫瑰树也专门归她照料;她忙着照料家人、养育鸡群、照顾穷人,几乎从无空闲。她天资平平,因着纯良正直备受家人喜爱。玛丽写信告知伊丽莎白她邀请了拉尔夫·德纳姆一同过节,免得姐姐起疑心,她补上一句,拉尔夫性情古怪,但为人善良,在伦敦忙活着工作,累坏了身子,她便邀他过来休养休养。毫无疑问,伊丽

---

① 作者首次提及牧师的大儿子时,名字是"理查德"(Richard),后面提起时却变成了"爱德华"(Edward),猜测是作者笔误。

第十五章

莎白会断定拉尔夫与她相恋,不过无需担心,除非发生了什么大事避不开这话题,否则她俩肯定绝口不提。

玛丽回到迪斯罕时,尚不知道拉尔夫是否会来。圣诞节前两三天她收到他的电报,请她在村里给他留个房间。随后又来了一封信,解释他希望能和她一家进餐;可他需要安静的环境工作,实在不能住在宅子里。

信送到时,玛丽正与伊丽莎白在花园里散步,检查玫瑰的长势。

"这没道理。"妹妹刚读完信,伊丽莎白便坚决反对,"就算理查德和克里斯托弗都回来了,家里还有五间空客房。村里肯定没有空房了。况且,他平日已经劳累过度,假期就更不该工作了。"

"他大概不想老看到我们吧。"玛丽暗忖,但表面上还是同意伊丽莎白的观点。姐姐的想法与她的愿望一致,她心里暗暗感激。两人一边聊着一边修剪玫瑰,剪下来的花朵头并头地放在浅口篮里。

"拉尔夫来了一定会嫌闷。"玛丽感到些许恼怒,放玫瑰的方式便出了错。这时,姊妹俩已走到小径尽头,伊丽莎白将花篮里的花摆好,玛丽看见父亲正踱着步低头冥想,心生一股冲动要去打扰他有条不紊的步伐。她走上草坪,手轻轻挽上他的胳膊。

"父亲,这朵花给您别在扣眼上。"她递上一朵玫瑰。

"啊,亲爱的。"达切特先生边走边接过花来。他视力不佳,稍稍调整了一下执花的角度才看得清楚。

"花从哪里来的?这是伊丽莎白的玫瑰吧。你问过她了吗?伊丽莎白讨厌别人不问问就摘玫瑰,你知道吧?"

玛丽以前不怎么留意,父亲讲话总是呢呢喃喃的,声音越来越小,人也变得恍恍惚惚的。孩子们以为他是想要表达一些难以言传的深奥思想。

可这回,她生平首次打断父亲的思绪,忍不住问了一句"什么?"教区长一言不发。她清楚他希望独处,却还是要走在他身边,如同坚守梦游者身旁,等他逐渐回过神来。她不知如何才能引起父亲注意,只好便随意说了一句:

"花园真漂亮啊,爸爸。"

"是的,是的,是的。"达切特先生心不在焉地敷衍了两句,头愈加低垂。待两人转过头从原路折返,他方清

第十五章

醒过来，猛然说道：

"现在交通可真繁忙，每辆列车的车厢也更多了。就说昨天吧，12点15分的列车有四十节运货车厢呢——我可数过的。9点03分的火车取消了，提前到8点30分，那样更适合生意人的日程。昨天你乘的还是3点10分那趟列车吧？"

玛丽眼看父亲等着她答复，便答道，"是的，爸爸。"牧师听罢看看手表，沿着小径朝房子走去，手还是以奇怪的角度握着玫瑰。伊丽莎白已绕到屋旁的鸡舍照看鸡群，剩玛丽一人惴惴不安地攥着拉尔夫的来信。之前她故意回避，尽量不去考虑这件事，如今拉尔夫真要来了，第二天就要到了，她担心家人会给他留下什么印象。她猜父亲很可能会跟他讨论火车班次，伊丽莎白聪明又得体，可她常常走开给仆人下达各种命令，不常在房里陪伴客人。她的兄弟说过要带他打上一天猎。拉尔夫跟那两个小伙子就顺其自然吧，几个年轻人在一起，总能找着些共同话题。不过，他会怎么看她呢？他会看出她与家里其他人不大一样吗？她打算带他参观她的起居室，巧妙地将话题引向英国诗人——她把他们的诗作放好在小书柜显眼处了。她兴许还会偷偷跟他聊上几句,让他知道,她也同意她一家人相当古怪——古怪但不乏味。那就是她一心想引导的方向。她还设想了一下怎么才能让拉尔夫注意到爱德华①对乔罗克斯②系列故事的热情,克里斯托弗已经二十二岁了,仍然痴迷于抓飞蛾和蝴蝶。伊丽莎白的静物素描,假使去除里面的水果,或许能传达玛丽想要的效果——达切特一家性情乖僻、见识不广,但绝不单调无趣。这时,她看见爱德华正在草坪上打着滚锻炼身体,像极了一头长出灰褐色冬毛的笨拙小马,脸颊红扑扑的,棕色的眼睛虽小但明亮。玛丽不禁为她的"大计"羞耻难当。她爱弟弟本身的模样,家里每个人都可爱至极;她走过爱德华身旁,强烈的道德感升腾翻滚,痛击那为着拉尔夫生起的虚荣与浪漫。她确信,不论好坏,她与家人都是一个模子里出来的。

---

① 从此处开始,牧师的大儿子名字变成了"爱德华"。
② 应指十九世纪小说家罗伯特·史密斯·瑟蒂斯(Robert Smith Surtees,1805—1864)的代表作《乔罗克斯远足嬉游录》(*Jorrock's Jaunts and Jollities*)中主人公乔罗克斯。乔罗克斯是个滑稽喧闹的人物,小说描写他骑马远足中的赏心乐事和嬉闹故事。

第十五章

次日下午,拉尔夫坐在列车三等舱一个角落里,跟对面一位旅行推销员聊起天来。他问推销员是否知道一条名为兰普舍尔的村落,离林肯还不到三英里,村里一幢大宅子里住着奥特韦一家。

推销员不认识奥特韦,但还是念着"奥特韦、奥特韦"想了一番。拉尔夫听"奥特韦"这词暗暗欢喜,借此从口袋里掏出一封信确认信上的地址。

"地址是林肯郡兰普舍尔村斯托格登大宅。"他念道。

推销员便回应,"你到了会有人给你指路到林肯去的。"拉尔夫只好承认他今晚不去那儿。

"我得从迪斯罕走路过去。"他解释,没想到自己居然能骗过在火车上认识的推销员。信上签着凯瑟琳父亲的名字,希尔伯里先生在未来两周都会使用这个地址,但他并未邀请拉尔夫前往拜访。他也不确定凯瑟琳是否在那里,可当他望向窗外,脑子里都是她;她也曾眺望这片灰蒙蒙的旷野,也许此时此刻就在树木丛生的山坡上。一道金灿灿的光照在山脚后倏然而逝。拉尔夫想着,同一道光此时也洒在一幢灰色老宅子的窗户上。他倚在角落里,全然忘了对面那位推销员。他对凯瑟琳的念想到了灰色宅子便止住不敢往下了,如果自己继续胡思乱想,很快便不得不面对现实,面对脑海里威廉姆·罗德尼的形象。自从知道凯瑟琳订婚,他已不再任由自己想象与她的未来。可夕阳在笔直的绿树后透着绿光,恍然成了她的象征。暮光涤荡他心中愁绪。她曾在灰蒙的田野里沉思冥想,此时与他一同安坐在车厢里,若有所思,无限温柔。这番幻象多么逼真,可惜火车已逐渐减速,他必须将它驱散,待列车到站,他也彻底清醒过来了。火车放下台阶,他看到玛丽·达切特晒得红红的、健美精神的身影。陪同的青年身材高大,跟他握过手后便拿起行李一言不发地走在前头。

人的声音在冬夜里至为美妙,黄昏几乎淹没了身影,声音似从虚无中飘出,带着白天鲜有的亲昵音调。玛丽向他打招呼时便是如此,她身上似乎萦绕着冬日篱笆上的水汽,仿佛披上了荆棘的亮红枝叶。他踏上一个全然不同的世界,但他不允许自己立马屈从于它的乐趣。他们让他选,要么跟着爱德华一起架车,要么同玛丽穿越田地走回家去。姐弟俩解释路程可不短呢,可玛丽说一起走走更好,他便决定与她同行，看着她的身影他就安心。她因何如此高兴呢，他半是讽刺半是羡慕地猜想，暮光在两人眼中游移。爱德华高大的身影站了起来，一手握着缰绳，另一只手执着鞭子，小马轻快地离开了。村里的人从集市回来，有的跳上马车，有的成群结队步行回家。好些人向玛丽打招呼，玛丽喊着他们的名字回应。但很快她走上一道阶梯，两人沿着一条小径行进。小径色泽比周遭暗绿田地稍深。眼前的天空一片橘黄，仿佛点灯的半透明火石。沿途一排漆黑的树影，枝干在日暮中张牙舞爪，其中一边为拱起的山地遮盖，其他方向则地势平坦，枝丫仿若延伸至与天幕相连。一只冬夜里才出现的飞鸟姿态敏捷、无声无息地跟随他们穿过田野，在前面几英尺开外来回盘旋。

这条路玛丽已经走过无数遍，大多数时候都独自一人。有时候，她看到路上形态奇特的几棵树，听到沟渠里有野鸡咯咯叫，过去的绵延的思忆便涌入脑海。可今晚跟拉尔夫一起，其他场景都消散无踪，她不由自主地紧盯着田野和树木，仿佛它们从没激起她的任何联想。

"拉尔夫，这比林肯客栈广场要好点吧？看，那有一只鸟!哦,你带眼镜了吗?爱德华和克里斯托弗想带你去射击。你会开枪吧?我估计不会……"

拉尔夫打断她问道:"你得给我解释解释这些年轻人都是谁?我住在哪里?"

"你当然要跟我们住一起。"她大胆问道,"你不介意吧?"

"我要介意就不来了。"他语气坚决地回答。两人默默走着,玛丽不敢一次说太多,希望拉尔夫自然而然地发现此处土地与空气皆清新醉人。果不其然,他对这里喜爱有加。

他戴上帽子,环顾四周说道:"我一向觉得你会住在这样的乡村,真真正正接地气的好地方。"

他嗅一嗅空气,好几周来头一回感到如此清新畅快。

"好啦,我们要找路钻过这篱笆。"玛丽指示,她看着拉尔夫扯开偷猎者挂在篱笆洞孔上的钢丝网,便补了一句,"这大概是阿尔弗莱德·杜金斯或西德·兰金弄的。他们一周只赚十五先令,不偷猎才怪。才十五先令一周。"说着她从篱笆的另一边走出来,手指整理着头发,拨走发间的荆棘,"不过每周十五先令就足够我过活了。"

"真的吗?"拉尔夫质疑,还追加一句,"我不相信。"

"还真的够。他们有一座平房,有一个菜园,那样的生活不赖了。"玛丽头脑清醒又冷静,拉尔夫听了颇受触动,但还是争辩道:

"你迟早会厌倦的。"

玛丽回嘴:"有时候,我感觉过那样的生活才不会厌倦呢。"

一想到能住在小平房里,自己种种蔬菜,每周靠十五先令生活,拉尔夫顿时身心舒畅。

"可说不定你得住在大路上,隔壁的农妇带着六个吵闹不堪的孩子,还把洗好的衣服随便晾在你的花园里。"

"我的小屋坐落在一个安静的小果园里。"

"那妇女参政权呢?"他挖苦玛丽。

"噢,除了参政权,世界上的好东西多着呢。"她有些漠然地回答,也不把话说清楚。

拉尔夫不说话了,为着不知道玛丽的计划而恼火,可他自知无权逼问她,便继续考虑乡村小屋的主意。虽然暂时不容细想，这计划倒也可行，还能顺便解决不少问题。他用手杖戳了戳着地面，凝视着薄暮中乡间的模样。

"你能看懂指南针吗？"他问。

"当然能。"玛丽答。"你以为我是你吗？一个什么都不懂的伦敦人。"话毕便教他辨明南北。

"这是我的故乡，就算蒙住双眼，光靠气味我也认得路。"

为了证明所言非虚，她便加快步伐，差点儿把拉尔夫甩下了。他感到她比以往更迷人，这无疑是多少因为她比起在伦敦时更独立，似乎牢牢依附在一个没有他的世界。黄昏已然降临，他不得不紧跟着她，跳过一条小溪到对面小径时，甚至把手搭在她的肩膀上。两人再走了一会儿，玛丽停下脚步合拢双手，往附近田野里迷雾中一点晃动的火光大喊。拉尔夫有些许难为情，但不一会也跟着大喊起来。亮光静止不动了。

"那是克里斯托弗，他已经回来了，正在喂鸡呢。"

玛丽向拉尔夫介绍弟弟，他只看见一个绑着腿的高大身影从一群毛茸茸的小小身子当中直起身来。光线落在小鸡上，成了摇摇晃晃的光圈，有亮黄，有青黑，有深红。

第十五章

玛丽的手伸入克里斯托弗手中的篮子,一下子便成了鸡群的中心;她边投食边交替着跟小鸡和弟弟说话,声音尖利清脆。穿着黑大衣的拉尔夫站在鸡群几步之外看着绒毛飞舞,玛丽的话他听不大真切。

大家就着柔和的烛光围坐在椭圆形的餐桌旁,拉尔夫已脱去大衣,但外表与其他人依然格格不入。玛丽比较着各人的模样,她们一家人生长于乡村,容貌看着分外清纯无辜,或许也算得上青春蓬勃。牧师也不例外,尽管脸上已有皱纹,他的脸色透亮粉嫩,蓝眼睛饱含远大平和的神情,似在寻找道路转角,又似透过雨水穿越冬夜,寻觅着远方光明。玛丽观察着拉尔夫,觉得他从未如此专注坚定,仿佛他已汇聚了无限经验,需要呈现什么、隐藏什么,皆胸有成竹。对比起拉尔夫阴沉紧绷的面容,两兄弟低头喝汤的脸不过是粉红色的一坨肉。

"您是乘 3 点 10 分的火车过来的吗,德纳姆先生?"温德姆·达切特牧师问。他将餐巾塞进衣领,大大的白色菱形餐布几乎遮盖了整个身子,"列车的总体安排算是不错。最近交通比往常更繁忙,服务够好的了。我有时会数数每趟列车有多少节货车厢，每年这时候都有五十来节，都快六十节了。"

教区长相当欣赏面前这位彬彬有礼、见多识广的年轻人，他小心翼翼地遣词造句，又在列车车厢数量上略有夸张。事实上，两位年轻人面对德纳姆有些难为情，能不讲话就不讲，聊天的任务便落到教区长身上，他表现沉着得体，兄弟俩不时满怀敬慕地注视着他。达切特老先生对于林肯郡古今历史知之甚详，着实令儿女惊讶。他们早知道父亲学识不同一般，可正如他们记不清碗柜上的碗碟数量，直到数年一遇的庆典方想起来，他们也忘记了父亲的记忆多么广博深邃。

晚饭后，教区长回书房处理教区事务，玛丽提议大家在厨房坐坐聊天。

"这其实并不是厨房，"伊丽莎白急忙向客人解释，"但我们是这么叫的……"

"这是家里最好的房间了。"爱德华接话。

伊丽莎白手里举着一个高高的铜烛台，边走边介绍，"壁炉旁是些老旧的支架，我们用来挂枪。克里斯托弗，

第十五章

给德纳姆先生引路……两年前教会委员来访,说这是房子里最有趣的部分。从这些窄砖看,宅子已经五百年了——好像是五百年,说不定有六百年了。"就像父亲刚刚给列车加了几节货车厢,她也禁不住给砖头添了些年份。天花板中心吊着一盏大灯,与一个漂亮的火炉一同照亮着高大宽敞的房间,墙面间以椽子支撑,地面上铺着红色瓷砖,还有一个高大的、据说有五百年历史的窄红瓷砖砌成的壁炉。铺上几块地毯,放上一把扶手椅后,这座古老的厨房俨然成了一个起居室。伊丽莎白为客人指出放枪的架子、挂熏火腿的钩子,以及其他证实房间历史悠久的依据,解释道要不是玛丽建议,这里本来会用来晾晾衣服,用作打猎后的更衣室。一番介绍过后,她自认已尽了女主人的职责,便坐到大灯正下方一张长长窄窄的橡木桌子旁的直背椅上。她戴上一副牛角眼镜,拿来一篮子羊毛线,不一会儿便面露笑容地坐在那儿忙活了一整晚。

克里斯托弗对姐姐的朋友颇有好感,他问拉尔夫,"明天你会跟我们一起打猎吧?""打猎就算了,但我可以跟着去看看。"拉尔夫答。

"你不喜欢打猎吗?"爱德华不死心地问。

"我从来没有开过枪。"拉尔夫转身看着他的脸回答,不确定他会怎么看。

克里斯托弗接话,"我猜你在伦敦应该没什么机会打猎。可你只看着我们会闷吧?"

"我可以看鸟啊。"拉尔夫笑着回应。

"要是你喜欢,我可以带你去看鸟的好去处,"爱德华建议,"我认识一个家伙,他每年这时候都过来观鸟。这一带看雁和鸭尤其好,那人说这是全国数一数二的好地方了。"

拉尔夫表示赞同,"全英格兰没有哪儿比这儿更好了。"几姐弟听了心满意足。玛丽发现在几个年轻人一问一答间,两个弟弟已经放下戒心,几人聊起了鸟类的习性,又谈起律师的日常,已无需她参与助兴。她很高兴兄弟俩都喜欢拉尔夫,甚至希望赢得他的好感,至于他是否喜欢他俩,从他那友好但世故的说话方式还难以判断。她不时给火炉喂上一根木柴,房间烧得暖暖乎乎,除了伊丽莎白,所有人都围坐火炉附近,大家越来越放松,越来越困。这时候,

第十五章

门外响起一阵激烈的刮门声。

"风笛!哦,该死!我得起身给它开门。"克里斯托弗嘀咕。

"这不是风笛,是投手①。"爱德华咕哝。

"不都一样嘛,我还是要起来。"克里斯托弗抱怨着把狗放进屋。门外就是花园,夜空繁星点点,他站在门边呼吸夜晚清新的空气,头脑清醒了一点。

"进来吧,把门关上!"玛丽坐直了一点喊道。

"明天天气一定很好。"克里斯托弗得意地说,他背靠姐姐的膝盖坐在地板上,穿着袜子的长腿伸向炉火。种种迹象表明,他在拉尔夫面前再没有任何拘束。他年龄最小,玛丽也最疼他,这多少因为他性格与她相像,而爱德华酷似伊丽莎白。她让他倚着她的膝盖舒服地休息,手轻抚着他的发丝。

"要是玛丽也这样抚摸我的头该多好。"拉尔夫想道,几乎算得上深情地望着克里斯托弗索求姐姐的抚摩。他突

---

① "风笛"和"投手"都是达切特一家养的狗的名字。

然想起了凯瑟琳，脑海里浮现她站在黯黑夜里的情形。玛丽注视着他，看着他额头的皱纹陡然变深。他伸手给炉火加了块木头，小心翼翼将木柴从烧得红红的壁炉挡板孔中塞进去，努力集中精神在眼前的景象。

玛丽已不再摩挲弟弟发端，他像小孩子般不耐烦地倚着她膝盖动来动去，于是她换着法子将他厚厚的红色发卷理顺。她脑里思绪翻滚，心头炽热，不怎么顾得上弟弟。拉尔夫的表情变化她看在眼里，手几乎无意识地理着弟弟的卷发，而她的心揪着，仿佛想拼命攥紧些什么。

第十六章

恰在这时,凯瑟琳·希尔伯里几乎凝视着同一片星光灿烂的夜空,尽管她无需期盼次日天气晴朗好去打鸭子。她在斯托格登大宅的花园徘徊,天幕被附近一座荫廊的篷布挡住了一角,一丛铁线莲完全掩盖了仙后座,另一丛遮蔽了数万光年以外的银河系。荫廊的一端有一墩石座,从那里方可不受尘世干扰仰视苍穹。石座右边一列漂亮的榆树映衬在星空之下,一座低矮的建筑里,一缕青烟从烟囱袅袅升起。今晚青空无月,但星辉足以勾勒年轻女子的形体轮廓,她表情沉郁地凝视夜幕,脸色几近严肃。凯瑟琳出现在这温和的冬夜里,并非期待以科学的目光观察星象,而是为着逃避世俗的烦心事。如同饱学之士心烦意乱时心不在焉地拿起一卷又一卷书,她走进花园与星星亲近,却无意欣赏。当理应更为幸福之时,她并不幸福。在她看来,这正是两天前甫到达时便心生不满的源泉,这种不满愈渐难以忍受,于是她离开家庭聚会,来到花园独自思索。她自觉心情愉快,表亲们却认定她不开心。房子里满是表兄弟姐妹,大部分跟她年龄相仿,有几个比她更年轻,其中不乏犀利睿智的眼光。他们似乎总在寻觅她和罗德尼之间你侬我侬的迹象,却遍寻不获;而眼见他们着力寻找,凯瑟琳意识到她对一些在伦敦——当她与威廉和她父母一起时——浑然不觉的东西心心念念。或者说,即便她不期盼那种情愫,仍禁不住怀念它。这种精神状态使她沮丧,她习惯于完全满足,如今自爱之心备受挫折。她想一改常态,向他们证明她与尊敬之人订婚合情合理。没有人明说一句批评,可他们留下她与威廉独处;若非他们彬彬有礼,在她面前出奇沉默,几乎毕恭毕敬,本来也没什么大不了,但她感到,他们的行为和默然本身已传达批判。

仰望长空,她将表兄弟姐妹的名字逐一列出:埃莉诺、汉弗莱、马默杜克、西尔维娅、亨利、卡桑德拉、吉尔伯特和莫斯廷——其中亨利在邦吉教年轻小姐拉小提琴,她只愿意与他倾诉心声。她在荫廊下来回踱步,假想着与他聊天:

第十六章

"首先,我非常喜欢威廉。你不能否认这一点。我是最了解他的人了。为什么我要嫁给他?部分原因,我承认——我对你坦诚相对,你不能告诉任何人——部分是因为我想结婚。我想要一座自己的房子。在家里这是不可能的。你倒是没什么所谓呀,亨利,你大可随心所欲。可我一直都得在那里。你知道我们家的样子。如果不想想法子,你也不会开心的。并不是说我在家里就没有自己的时间……而是那氛围。"这时,她想象亨利像平常般明智同情地倾听,他眉毛轻扬,插话道:

"那你想怎样?"

即便在虚构的对话里,凯瑟琳也难以向同伴倾吐志向。

"我想,"她说,而后犹豫良久方强迫自己作答,语调稍有变化,"我想学习数学,了解星宿。"

亨利很是惊讶,但出于善良,他对疑虑有所保留,仅仅评论几句数学多么困难,关于星星人类知之甚少。

于是凯瑟琳往下解释状况。

"我不在乎能否学有所成,我就是想与数字为伍,研究与人类无关的事物。我不爱与人相处。在某些方面,亨利,我是个骗子——我的意思是,我并非你所了解的那种人。我不喜欢操持家务,我并不实际理智。要是我能计算数字,能用用望远镜,能解决数学问题,百分百了解自己的错处,那才幸福呢。再者,我相信我能满足威廉一切需求。"

话已至此,凭直觉,她知晓已经超越亨利可以给予建议的限度;她将浅显的烦恼抛诸脑后,坐在石座上,不自觉抬起眼睛,思虑更为深入的问题。她明了要自己来决断。她真的能满足威廉的所欲所求吗?为了找到答案,她在脑海里飞快回放过去一两天里两人沟通时的重要话语、表情、赞美和手势。一个装着他特意为她挑选的衣服的箱子,由于她疏忽没有贴上标签,被送到另一个车站,他为此很是恼怒。不过盒子来得正是时候,到达的头天晚上,她身穿新衣款款下楼,他感慨从未见她如此漂亮,比所有亲戚都光彩照人。他说,他从未曾见她形容丑陋,还说由于她头部的轮廓,大可把头发挽得很低,而大多数女人都不适合。他曾两次责备她进餐时沉默不语,一次责怪她不留神他说的话。他向来感叹她纯正的法国口音,可为着她不肯与她母亲一同看望米德尔顿一家,控诉她自私自利("他们可

第十六章

是世交，为人也极好"）。总的来说，一切似乎平衡和谐，她细细总结现况，尔后转移注意力，全心全意观星。

今夜，它们似在夜幕中固定不动，往她眼里照进一轮涟漪，她寻思，今晚繁星兴致可真高。跟大多数同龄人一样，她不了解也不关心教会习俗，但每逢圣诞节仰望穹宇，凯瑟琳感觉唯独在这一季节，天堂荣光俯下身来照耀世俗之境，以其永恒光辉告知，星辰也参与她的节日当中。凝神注目间，她似看见此时此刻，星斗正眺望地球另一端的偏僻远路，遥望行走其上的国王与智者。转瞬之间，繁星将短暂的人类历史冻结成灰，使人体重回猿猴般毛茸茸的形体，蹲在野外泥沼的灌木丛中。这阶段瞬间又起变化，彼时宇宙中只有星宿寒光；当她仰望星空，瞳孔因着璀璨光芒扩张，整个人似融为白银，洒在无尽扩张、无边无垠的行星光环上。她脑里又生起另一番景象，她与伟岸宽宏的英雄策马海岸之上，奔跑在林木当中。她的幻象本可绵延不断，可惜身体强烈抗议，表示满足于现世生活，不愿跟随人脑改变。她愈来愈冷，打了个寒战，只好站起身来朝宅子走去。

星辉映衬下的斯托格登大宅苍白而浪漫，看上去比平时大了一倍。大宅建于十九世纪初，由一名退休的海军上将修建。屋子前方外围呈椭圆形的窗户此时亮着橘黄色灯光，宅子看着像是开阔的三层甲板船，航行于古地图描绘中海豚和独角鲸玩耍嬉戏的边缘海域。一列半圆形矮梯通往大门，凯瑟琳出来时门没有关上。她在门外观察片刻，发现楼上一扇小窗户亮着灯，方推门进屋。方形大厅里摆放着许多有角的颅骨、褐色的圆球、干裂的油画和猫头鹰标本。她站立有顷，犹豫着是否要推开右边的房门，欢声笑语正从里头飘然而至。不一会儿，她听到一个声音，决定还是别进去了；她的姑父弗朗西斯爵士正玩着每晚必玩的惠斯特牌戏[①]，听起来他形势不利。

她走上弧形楼梯，这是破败大宅里唯一华美堂皇的装潢。沿着狭窄的通道，她走到从花园观望时还亮着灯的房门前。她敲敲门，有人唤她进来。一个年轻人在房里——

[①] 惠斯特牌戏（whist）：包括惠斯特桥牌、竞叫桥牌和定约桥牌在内的纸牌游戏的统称。

第十六章

亨利·奥特韦正读着书,脚放在火炉护栏上。他相貌端正,长着伊丽莎白时代那种弯弯的眉毛,柔和诚实的眼睛却相当多疑,不似那年代的人般活力飞扬。他给人一种印象——他尚未找到适合的事业。

亨利转过身,放下书来望着凯瑟琳,留意到她面色苍白,身上沾着露水,仿佛心神不宁。他常与她商量烦心事,猜想着——从某种程度上也希望——也许此时她需要他帮忙。可同时,她总是非常独立,他不大指望她以语言诉衷肠。

"你也逃走了吗?"他看着她的斗篷问。凯瑟琳忘记脱下方才观星时披上的衣裳。

"逃跑?"她一时迷惑了,"从哪儿逃跑?哦,家庭聚会。是的,下面太热了,我逛了逛花园。"

"你不冷吗?"亨利问,给炉火加煤,把椅子拉到壁炉架旁,将斗篷放在一边。她不大留神这种细节,一贯由亨利担当普遍由女士负责的角色。这是他俩的纽带之一。

"谢谢你,亨利。"她说,"我没有打扰你吧?"

"我不在这里,我在邦吉。"他答道,"我正给哈罗德和朱丽亚上音乐课。这就是为什么我不能跟女士们讲餐——我得在那边过夜,到圣诞夜才回家。"

"我多么希望……"凯瑟琳欲言又止,"这些聚会太没意思了。"她简短地补充,叹了口气。

"噢,糟透了!"他表示同意,然后两人陷入沉默。

眼看凯瑟琳烦恼叹息,亨利不知应否问问缘由。她对私事缄默不言,大概不愿被一个自以为是的年轻人打扰?自从她与罗德尼订婚,亨利对她的感情复杂了好些,既想伤害她,又想待她温柔,他至今仍愤懑气恼,感觉她正离他而去,漂至未知的海洋。

而她呢,凯瑟琳甫进入房门,便放弃谈论对天文星宿的爱好,她知晓人与人之间的交流极为有限,在纷繁复杂的感情中,只能挑选一二供亨利检阅,不禁嗟叹。她看着他,两人目光相接,比预料中更心意相通。毕竟他们有着共同的祖父,毕竟他们相互忠诚。有时,血脉相连但彼此毫无好感的亲戚也彼此忠诚,可他俩确实喜欢对方。

"好吧,婚礼定在什么时候?"亨利提问,恶意一时占了上风。

"大概在三月。"她回答。

"之后呢?"他问。

"我们会买一幢房子,估计就在切尔西。"

"挺好的。"他说着,偷偷瞥了她一眼。

她倚在扶手椅里,脚高高搁在壁炉架上,手里拿着一张报纸举在面前,估计是为了遮住眼睛,不时才读上一两句话。亨利注视着她,说了一句:

"也许婚姻会让你更接地气。"

听到这话,凯瑟琳将报纸放下一两寸,仍一言不发。事实上,她已超过一分钟没说话。

"对比起天上星宿,人世间的事情似乎无关紧要,不是吗?"她突然说。

"我从不曾探究星宿之类的事物。"亨利答,"不过你的解释也有道理。"他边说边仔细观察她。

"我怀疑是否真有解释。"她急忙回答,不大明白他的意思。

"什么?万物不总有其解释吗?"他微笑询问。

"唉,该发生的总会发生,仅此而已。"她以那随意但坚决的方式应对。

"这倒说明了你的行为。"亨利心想。

"反正样样都差不多,总得做点什么是吧。"他大声说,仿照她的说话方式来表达她的态度。或许她发现了他在模仿她,便温和地望着他,讽刺又镇静地回应:

"好吧,亨利,如果你那么认为,你的生活必然很单纯。"

"可我不那么认为。"他说。

"我也不那么认为。"她答。

"那星星呢?"稍后他问,"你由得星星主宰人生吗?"

她没有应答,要么是没留神,要么是他的语气不合她意。她沉吟少顷,方问道:

"你对所行所为的因由都一清二楚吗?每个人都该那样?我妈妈就是那样,"她自问自答,突然说了一句,"我得下去看看了。"

"还能有什么事?"亨利抗议。

"嗯,说不定他们需要我帮忙呢。"她含糊应道,脚放回地面上,下巴搁在手里,大大的黑眼睛盯着火焰,若有所思。

"威廉也在下面。"她补充,好像现在才想起他。

亨利差点儿没忍住笑,可还是克制住自己。

"他们知道煤石由什么构成吗,亨利?"过了一会儿她问。

"马尾吧,我猜。"他说。

"你去过煤矿吗?"她又问。

"能不能别谈论煤矿了,凯瑟琳。"他说,"说不定以后我们就见不着了。你结婚后……"

他惊讶地发现凯瑟琳双眸含泪。

"你为什么要取笑我?"她抱怨,"太过分了。"

亨利无法假装无辜,可也猜不到她对玩笑话如此介意。他还没想好该说些什么,她的眼睛便恢复清澈,方才一时的脆弱几近消失无踪。

"不管怎样,情况没你想得那么简单。"她说。

亨利真情流露:

"答应我,凯瑟琳,要是我能帮上忙,你一定要让我帮忙。"

她陷入沉思,看了一眼红红的火焰,决定不解释。

"好,我保证。"她终于回应,亨利因着她的真诚暖心,服从她对事实的爱好,与她聊起了煤矿。

矿工们真的是在一个小笼子里从竖井垂直往下,在脚底可以听到他们的铁镐声,就像是老鼠啃咬的声响。话音未落,有人推门而进,连门都没敲。

"好啊,你在这里!"罗德尼喊。凯瑟琳和亨利立马面带内疚转过身来。罗德尼身穿晚礼服,明显气急败坏。

"原来你一直在这儿。"他看着凯瑟琳,重复了一遍。

"我才待了大约十分钟。"她回答。

"我亲爱的凯瑟琳,你一小时前就离开了客厅。"

她没有接话。

"这有什么要紧呢?"亨利问。

罗德尼发现有人在场不好发脾气,便没有理他。

"他们不高兴了,"他说,"老年人不喜欢被留下。不过坐在这儿和亨利谈天肯定更有趣咯。"

"我们正讨论煤矿。"亨利礼貌地解释。

"是的。但之前我们在谈论更好玩的事情。"凯瑟琳说。

亨利眼看凯瑟琳句句戳心,估计罗德尼要爆发了。

"我明白。"罗德尼轻声笑道。他坐了下来,背靠在椅子上,手指轻敲木扶手。三人默然不语,至少对亨利来说,如此静默让人心神不宁。

"威廉,下面很沉闷吗?"凯瑟琳突然问,她的手轻轻摆动,语气与方才迥然相异。

"当然啦。"威廉没好气地说。

"好吧,你留下来和亨利聊天,我下去瞧瞧。"

话毕她站起来,转身离开房间,经过罗德尼时在他肩膀上轻轻爱抚,罗德尼马上紧握她的手。亨利一时甚是恼火,猛地翻开一本书。

"我跟你一起下去吧。"威廉提议。凯瑟琳抽出手来,准备离开。

"噢,不要了,"她匆忙拒绝,"你留在这里和亨利说说话。"

"是呀,我们聊聊天吧。"亨利合上书。他的邀请客套有余,亲切不足。罗德尼显然十分犹豫,不知如何是好。看到凯瑟琳站在门口,他喊:

"不,我想和你一起下去。"

她回头一脸威严地望着他,用命令的语调回话:

"你来也没有用。我过十分钟便去睡觉。晚安。"

她朝他俩点点头,亨利不禁注意到她最后一次点头是朝着他的方向。罗德尼重重地坐下来。

他分明窘迫难当,眼见如此,亨利几乎不愿开口与他讨论文学。另一方面,罗德尼极可能控制不住要直抒己见,这么一来,场面势必非常难看。亨利采取折中之道,在书页间的书签写上"情况甚是尴尬,"在旁绘上繁复华丽的边饰;他边画边想,无论出于什么原因,凯瑟琳出言冷酷,表现糟糕。真不知是天生如此还是故意为之,为何女人对待男人的真心总视而不见?

亨利在书签上写写画画,这给了罗德尼足够时间恢复冷静。他极其虚荣,比起被凯瑟琳拒绝,被亨利目睹拒绝的过程令他备受创伤。他深爱凯瑟琳,而爱使虚荣有增无减,倘有同性在旁目睹,难堪难免又添几分。可罗德尼从那可笑又可爱的虚荣中汲得勇气,他控制住想要出丑的冲动,因着身上那完美合身的晚礼服恢复自信。他挑了支香烟,在手背上拍了拍,将精美的烟斗架在护栏边缘,鼓起勇气问亨利:

第十六章

"你们这儿有几处大房产,其中有打猎的好地方吗?都有些什么动物?谁是大老板?"

"黄糖大王威廉·布德爵士,他家庄园最大。可怜的斯坦姆破产后,布德爵士买下了他的庄园。"

"哪一位斯坦姆?韦尔尼还是阿尔弗雷德?"

"阿尔弗雷德。我自己不狩猎。你是个颇厉害的猎人,对吧?话说别人都赞你马术了得。"他添了一句,希望帮助罗德尼恢复自满。

"哦,我喜欢骑马。"罗德尼答,"在这里可以骑马吗?我真蠢!我忘了带骑马服过来。谁告诉你我是个骑手的?"

说实话,亨利十分为难,他不想提及凯瑟琳的名字,便蒙混答道他一直听说罗德尼是位了不得的骑手。实际上,他很少听说他的事,一向把他当作出现在舅妈家的背景人物,这人自然而然——莫名其妙地——与他的表妹订了婚。

"我不喜欢打猎,"罗德尼接着说,"但要跟上潮流就必须参加。我敢说这附近有些漂亮的村落。我在鲍尔汉庄园住过一次。你认识兑兰索普那小伙吧?他与老鲍尔汉爵爷的女儿结婚了。以富人来说他们人不错。"

"我跟他们没有交集。"亨利简短应答。罗德尼沉醉于快活的回忆当中,忍不住要多聊几句。他自诩在上流社会如鱼得水,又深谙人生之深意,不至于过分羡慕嫉妒。

"噢,你应该多跟他们交往,"他坚持,"无论如何,每年去一趟可好了。他们让人宾至如归,女士们也非常迷人。"

"女士?"亨利厌恶地自言自语,"什么女人能看上你?"他宽容不再,却禁不住对罗德尼怀有好感,自己也难以理解。亨利为人挑剔,倘若从别人嘴里说出这番话来,根本翻身无望。简而言之,他对将与表妹结婚的男子心生好奇。若非性格怪异,谁能虚荣至此?

"我估计与他们看不对眼,"亨利回答,"要遇到罗斯夫人,真不晓得该说些什么。"

"我看不难。"罗德尼笑了,"要是他们有孩子,你就谈谈孩子,或者聊聊他们的成就……绘画、园艺、诗歌,什么都行。他们真招人喜爱。真的,我认为女性对诗歌的看法值得一听。别指望她理性分析,直接问她们感受如何。例如凯瑟琳……"

"凯瑟琳,"亨利重重说着她的名字,仿佛不满罗德尼提起她,"凯瑟琳与其他女性不同。"

"是的。"罗德尼同意。"她……"他似要描述她,却犹豫良久。"她看着精神很好。"他说,但语气几乎像在询问,跟刚才说话的神气截然不同。亨利低下头来。

"不过,你们一家情绪不大稳定,呢?"

"凯瑟琳不会。"亨利否认。

"凯瑟琳不会。"罗德尼重复着,似在掂量词语的含义。"也许你说得对。可订婚使她不一样了。当然,"他补充,"有变化也自然。"他等待亨利认同这想法,但亨利一声不吭。

"凯瑟琳并不总称心如意。"他接着说,"我希望婚姻对她有大有好处。她精力无穷。"

"太好了。"亨利只好回答。

"是的。你说,她的精力往哪儿去了?"

罗德尼完全放下了世故绅士的姿态,恳求亨利帮他一把。

"我不知道。"亨利犹豫谨慎地回应。

"你认为孩子……家庭……之类的东西……你认为这些会满足她吗?我可整天在外面。"

"她肯定很能干。"亨利敷衍道。

"嗯,她很能干。"罗德尼同意,"可我得专心作诗。凯瑟琳没有写诗的爱好。她钦佩我的诗歌,那样对她还不足够吧?"

"不够。"亨利稍稍停顿方接话,"我想你是对的,"他加上一句,似在总结想法,"凯瑟琳还没有找到自我。有时候我想,生活对她毫无实感……"

"是吗?"罗德尼追问,渴望亨利继续指点迷津。眼见亨利沉默不语,他往下表达,"这就是我……"可惜话还没说完门就开了,他们被亨利的弟弟吉尔伯特打断。亨利舒了一口气,他已经说得太多了。

第十七章

圣诞周来临,阳光格外明媚,将斯托格登大宅及其园地那些早已褪色、破落不堪的边边角角展露无遗。弗朗西斯爵士的事业没有到达他的期望,现已退隐归田,在他看来,印度政府给予的退休金不足以匹配他多年的服务,肯定也配不上他的雄心壮志。他是位仪表堂堂、白须红颜的老绅士,收藏了许多好书好故事,无奈脾气颇为暴烈,使得诸多优点略略失色。他有苦情,也有牢骚。这种抱怨可追溯到上世纪中叶,由于官方谋策,本应属于他的好差事鬼使神差地给了一个年资不及他的家伙。

故事的对错正误——假设有这么一回事,他的妻子儿女已不大明了;但这失望对他们影响至深,也毒害了弗朗西斯爵士的一生,其打击等同于爱情不顺贻害女子终身。他对失败久久未能忘怀,工作上屡受挫折打击,逐渐便成了个自我主义者,退休后脾气越来越大,愈加难以取悦。

妻子对他的脾气已千依百顺，于他毫无用处。他便把女儿埃莉诺培养成首席心腹，快要吸干她的生命力了。埃莉诺帮父亲记述回忆录以平复他的心头之恨，还得不断向他保证，他们待他的方式可耻可恨。她才三十五岁，脸色已然发白，与母亲当年状况相同。但她的记忆里没有印度的烈日与河流，也没有孩子们在苗圃里喧嚷打闹，当日后如同奥特韦夫人此刻般安坐打着白毛线，呆呆盯着同一块火隔上的同一只绣花小鸟，可没什么供她回望咀嚼。奥特韦夫人倒是在虚情假意的英国社交生活中如鱼得水，她大部分时间用于自欺欺人，在邻居面前装成是高贵显要、日理万机的阔太太。鉴于目前的情况，玩这游戏得有纯熟技巧。如今她年过六旬，自欺比欺人更紧要，况且，她的伪装已日渐脱落，经常忘记要保持门面。

地毯上有不少旧补丁，灰白的客厅已有好些年没有更换椅子或盖布，这不仅因为爵士的退休金少得可怜，也由于家里有十二个孩子，其中八个是男孩。这种大家庭里教育资金短缺，在孩子中大约以一半为界，可以看见明显的分界线，于是在成长过程中，六个年幼的孩子比六个年长

第十七章

的孩子要节俭得多。要是男孩们聪明伶俐,能获得奖学金,他们就去上学;如果天资平平,就靠家庭关系找点差事。女孩们偶尔接点工作,但总有一两个留在家里,看护生病的动物、照料桑蚕,或留在卧室里吹吹笛子。年长和年幼的孩子间泾渭分明,几近高低阶层间的隔阂。年幼的孩子只受过随意杂乱的教育,津贴常年不足,他们所达至的成就、所交往的朋友、所持有的观点,都无法与在公学上学,任职政府机构的兄长媲美。两个年龄段的孩子间怀有相当敌意,年长的自诩高人一等,而年轻人拒绝尊重兄姐;不过,有一种感觉使得他们团结一致,能立即消除任何分歧——他们一致认为,奥特韦家族比其他所有家族更优秀。亨利是年幼孩子里的老大,也是他们的领袖;他尽买些怪书,加入一些奇怪的社团;整整一年他都没有打领带,反倒囤了六件黑法兰绒衬衫。他早早便拒绝到船运公司或茶叶仓库上班,不顾叔叔婶婶的反对,坚持同时练习小提琴和钢琴,结果两种乐器都没能达到专业水准。事实上,在三十二年的人生里,除却一本谱有半部歌剧乐谱的手稿,他没有其他成就可炫耀。他的反抗旷日持久,凯瑟琳一直在旁支持,由于她通常被认为冷静明智、穿着得体、毫不怪异,他觉得她的支持颇有用处。事实上,每逢圣诞时节前来聚会,她大部分时间都跟亨利和卡桑德拉一起——卡桑德拉是家里老幺,负责照顾桑蚕。年幼的孩子相信凯瑟琳常识丰富,掌握他们表面鄙视但内心尊重的世故知识。可尊可敬的长者去俱乐部社交或是与部长们用餐时的所思所行,凯瑟琳皆了然于心。她曾多次调停奥特韦夫人和孩子们的矛盾。比如有一次,可怜的夫人走进卡桑德拉的卧室,发现天花板上挂着桑叶,窗户被笼子挡住,桌子上堆满制造绸衣的家用机器,便跑来征求意见。

"凯瑟琳,你可得帮帮她,让她也喜欢点什么大家都感兴趣的事儿吧。"她怪可怜地哀求,细细诉说她有多委屈,"这都是亨利干的好事,她都不交朋友了,净知道照顾那些讨厌的虫子。男人能做的事情不代表女人也可以呀。"

此时天色明朗,奥特韦夫人起居室里的椅子和沙发比平时更显破旧。太阳打在她那些英勇捍卫帝国,牺牲在各片疆域的兄弟、表兄弟的照片上,他们隔着黄澄澄的晨光凝望尘世。奥特韦夫人叹了叹气——也许是朝着褪色的文物，而后回头继续打毛线。不出意料，她的羊毛球并非象牙白，而是褪色的黄白色。她邀请侄女过来聊天。她向来信任凯瑟琳，现在更是如此，她与罗德尼的订婚在奥特韦夫人看来至为合适，正符合每位母亲对女儿的期盼。凯瑟琳问她要两根毛衣针，无意间更添睿智。

"边编织边聊天，这可真愉快。"奥特韦夫人说，"好了，我亲爱的凯瑟琳，跟我谈谈你的计划吧。"

前一天晚上，凯瑟琳竭力克制情感，彻夜辗转反侧，此时有些许疲倦，比平日更实事求是。她很乐意讨论各项安排，例如住房、租金、仆人和支出，但不觉得这些事情与她密切相关。她边说边有条不紊地编织，奥特韦夫人高兴地发现，侄女面对婚姻变得更加庄重，这对于新娘而言正合适，在这年头却弥足珍贵。是的，凯瑟琳订婚后有所改变。

"好一个完美的女儿，好一个完美的媳妇！"她沉思，不禁将凯瑟琳与在卧室里养着无数蚕虫的卡桑德拉对比。

"是的，"她接着想，犹如潮湿的大理石般毫无生机的绿色圆眼睛瞥了瞥凯瑟琳，"凯瑟琳像极了我年轻时代的女孩。我们认真对待生活中的每一件重要事情。"她刚在兴头上,准备发表一通囤积已久,而她四个女儿都不需要的智慧箴言,希尔伯里夫人突然推门而进。准确来说,她还没进来,只站在门口微笑,显然是走错了房间。

"我在这宅子总认不得路!"她喊,"我在找书房呢,并非故意打扰。你和凯瑟琳在闲聊?"

弟媳的到来使奥特韦夫人心神不宁。她如何能在玛姬面前延续刚才的话题?这么些年来,她从未对玛姬说过同样的话。

"我正跟凯瑟琳聊着婚姻的小常识。"她笑笑应答,"我的孩子们没有好好照顾你吗,玛姬?"

"婚姻,"希尔伯里夫人点点头走进房间,"我总说婚姻就像一所学校。你要不上学,就什么奖品都得不到。夏洛特在这方面可是个大赢家。"她想拍拍大姑子马屁,奥特韦夫人听了愈加不安,她笑着呢喃了几个字,叹了口气。

"夏洛特姑妈说,除非你愿意服从丈夫,否则结婚没有好处。"凯瑟琳把姑妈的话以更确切的方式归纳起来;她说着这话,完全不显过时。奥特韦夫人看看她,稍稍停顿后接话。

"嗯,我真心不建议独立自主的女人结婚。"她小心翼翼地展开一个新话题。

希尔伯里夫人猜想肯定是发生了什么事才引起这论题,立即满脸同情,不知该怎样表达。

"真是太可惜了!"她感叹,忘了她的思想并不为听众所知。"可夏洛特啊,假如弗兰克使自己名誉扫地,那不更糟嘛。这无关我们的丈夫成就高低,而在于他们本性如何。我也曾梦想白马和轿子,可我最喜欢的还是墨水瓶。谁知道呢?"她看着凯瑟琳总结,"说不定你父亲明天就被册封男爵呢。"

奥特韦夫人是希尔伯里先生的姐姐,她非常清楚希尔伯里一家私下里称弗朗西斯爵士为"那老暴君",虽然她跟不上希尔伯里夫人的思路,可她知晓其起源何在。

"但倘若你能让步,事事交给丈夫决定,"她对凯瑟琳说,仿若她俩之间有着特别的默契,"那婚姻将是世界上最幸福的事情。"

"是的,"凯瑟琳回应,"可是……"她并不打算把话讲完,她正需要别人出手相助、提供意见,便想诱使母亲和姑妈继续谈论婚姻。她打着毛线,果断的指法不同于奥特韦夫人圆润的手指所展现的温和沉思。她不时偷看母亲一眼,又瞧瞧姑妈。希尔伯里夫人手里拿着一本书,凯瑟琳猜想她正在去书房的途中,为理查德·阿勒代斯的精彩生平增补段落。通常情况下,凯瑟琳会敦促母亲下楼,却苦于找不到借口。但近来周遭情况生变,她对诗人传记的态度也随之变化,乐于将原本的安排抛诸脑后。希尔伯里夫人由此得以偷偷懒,不禁暗自高兴,不时狡黠地朝女儿的方向瞟上几眼。如此放纵使她心情大好。她真可以放松坐着聊聊天吗?坐在一个一年没来,摆满杂七杂八有趣、漂亮的饰品的房间,比起在字典里搜寻两个相互矛盾的日期哪一个才正确,要舒心快乐得多。

"我们的丈夫都非常完美。"希尔伯里夫人总结,慷慨地将弗朗西斯爵士的诸般过错抛诸脑后。"坏脾气对男人来说算不上缺点。哦,不是坏脾气,"她朝弗朗西斯爵士房间的方向瞄了一眼,立马纠正表达,"只是性情急躁、缺乏耐心而已。事实上,凯瑟琳,除了你外祖父,所有伟人都脾气一般。"她叹了口气,说也许她该去找书房了。

"在普通婚姻里,也必须让步于丈夫吗?"凯瑟琳问。她对母亲的建议毫不在意,甚至连她那由于人终有一死而生起的忧郁也视而不见。

"我认为必要。"奥特韦夫人以不同寻常的坚决语气回应。

"那在结婚前,还真得做好心理准备。"凯瑟琳若有所思。

这样的言论过于压抑,希尔伯里夫人兴致缺缺。为了恢复好心情,她求助于一向可靠的法子——远眺窗外。

"看看那可爱的蓝色小鸟!"她大叫,心情愉悦地展望柔和的蓝天绿树,瞭望树木后面的绿色田野,再回过来看看蓝色小山雀周围掉光了树叶的枝丫。她对大自然的关心细腻又敏锐。

"大多数女性凭本能便知道能否退让。"奥特韦夫人倏地低声说道,仿佛想趁弟媳不留神赶紧把话说完,"如果不能让步,那我的建议是不要结婚。"

"噢,婚姻是女人至为幸福的归宿。"希尔伯里夫人搭话,她听见"婚姻"一词,注意力再次回到房里,专心解释起来。

"婚姻可真是最最乐趣无穷呢。"她稍稍纠正,略带警惕地看着女儿。这是一种母性的审查,观察女儿的同时也审视自我。她并不完全满意女儿的含蓄克制,但不会尝试改变这一特质——事实上,那正是她特别钦佩和依赖女儿的一点。而当母亲说着婚姻是最最有趣的生活,凯瑟琳感觉——她经常无端感到,尽管母女两人在所有方面俱截然不同,仍然心心相印。可惜老年人的智慧更适用于人之共性,不大适合处理个人感情,凯瑟琳知晓只有年龄相仿的人方能理解她的心意。两位老妇人仿佛满足于微不足道的幸福,此刻她没有足够力量确信她们的婚姻模式定然错误。在伦敦时,这种温和的态度正符合她对婚姻的期盼。她的想法因何改变?为何原本的观点如今使她心灰意冷?她从没想过自己的行为对母亲而言是个谜题,也没想过老年人受年轻人的影响与年轻人受老人的影响不相伯仲。希尔伯里夫人热情洋溢、热爱幻想,但其实爱情——激情——随便怎么称呼,在她生活中的重要性远比想象中要低。她

第十七章

总是对别的东西更感兴趣。奇怪的是,奥特韦夫人似乎比希尔伯里夫人更能准确地猜中凯瑟琳的心思。

"我们为什么不都住到乡下呢?"希尔伯里夫人再次眺望窗外感慨,"要是住在乡下,脑里该有多少美丽的事物。没有可怕的贫民窟,没有电车或机动车,人人看上去饱满愉快。夏洛特,你家附近有没有小平房,也许还有间小客房,我们可以不时邀请朋友过来?我们应该多节省钱,那就可以去旅游了……"

"是的。毫无疑问,在这儿待上一两个星期一定很快活。"奥特韦夫人同意。"今早你想让马车几点过来?"她按了按铃。

"由凯瑟琳决定吧。"希尔伯里夫人回答,她无法决定哪个钟点比较恰当,"我正要告诉你,凯瑟琳,早上我醒来,脑里一切清楚明白,若是手头有铅笔,我可以写完长长的一章。待会我们外出,我要顺便找一栋房子。要有几棵树、一个小花园、一个养鸭子的池塘,你父亲要有间书房,我也得有一间,凯瑟琳需要一个起居室,她要成为已婚女士了。"

听到这话,凯瑟琳身体微颤,她往火炉走去,把双手放在煤顶上取暖。她想再聊聊婚姻,好听听夏洛特姑妈的意见,却不知如何开口。

看到自己的订婚戒指,她便请求,"让我看看您的订婚戒指吧,夏洛特姑妈。"

姑妈递过来的戒指上镶满了绿宝石,她放在手心转动,一时不知道该说些什么。

"我第一次看见这戒指,心里可失望了。"奥特韦夫人沉吟,"我一直想要只钻石戒指,当然我从来不告诉弗兰克。这戒指他在西姆拉①买的。"

凯瑟琳把戒指再转了一圈,一言不发还给了姑妈。她转动戒指时双唇紧闭,仿佛可以像眼前两位女士满足她们的丈夫般满足威廉;明明喜欢钻石,却假装更爱宝石。奥特韦夫人戴上戒指,表示天气真冷,虽然以这时节来说也正常,能看到太阳就该心怀感激了,她建议她俩要穿得暖暖和和的。

---

① 西姆拉(Simla):印度最北部的喜马偕尔邦首府,是著名的避暑胜地和旅游城市。

第十七章

有时候,凯瑟琳怀疑姑妈的家常话纯粹为了填补沉默,与她的真实想法无甚关系。但此刻她不得不同意姑妈的观点。她重新织起了毛线,边织边倾听姑妈与妈妈谈天,主要是为着确认与并不相爱的人订婚,只不过是生存世上必然要走的一步,而激情仅仅是远游丛林深处归来的旅者讲述的故事,由于罕有听闻,连睿智之士都怀疑其真伪正误。她尽力聆听母亲询问约翰的消息,姑妈回答希尔达与一名印度陆军军官订婚的个中细节,可她的脑海交替延伸至森林小径与满天繁星,还有整整齐齐写满数学符号的书页。想到这些事物,她的婚姻不外是一座拱门,她为了所喜所欲不得不穿行通过。彼时,她的天性得以在狭窄的海峡肆意奔腾,对他人的感情不管不顾。两位年长女士刚完成对家庭前景的讨论,奥特韦夫人正紧张期待着弟媳发表对生死的看法,卡桑德拉忽然推门进来,宣布马车已在门口等待。

"为什么安德鲁斯不自己上来?"奥特韦夫人质问,责怪仆人不尽如人意。

希尔伯里夫人和凯瑟琳来到大厅,两人穿戴整齐准备出门,像往常一样谈论起家里其他成员的日程。以示响应,屋子里许多扇门开开关关，两三人站在楼梯上踌躇不定，在楼梯走上走下；弗朗西斯爵士走出书房，手臂夹着一份《泰晤士报》，投诉开门的噪音与气流，如此一来，不情愿出门的母女立马踏上马车，而不想留下的人立即回到房里。希尔伯里夫人、凯瑟琳、罗德尼和亨利要乘马车到林肯，其他人想要跟去的话，就自个儿骑自行车或者坐小马车过去。斯托格登大宅的每一个访客都不得不服从奥特韦夫人的命令前往林肯，这是她心目中的待客之道，她读了时尚报纸，得知这是人家公爵大宅里的圣诞派对活动。拉车的马又老又胖，但依然成对；马车颠簸不稳，嵌板上刻着奥特韦家族的纹章。奥特韦夫人站在台阶最高处，裹着一条白色围巾，颇敷衍地挥舞着手臂，直到他们在月桂树丛下转过拐角，便退回室内，自觉已然尽了女主人的职责。想起众多儿女没有一个承担主人家的责任，不禁叹息一声。

马车在坡度平缓的路上轻快行驶。希尔伯里夫人心情愉快放松，留神观察一路上连绵的树篱、肥沃的耕地、温和的蓝天。可才过五分钟，周遭风景于她而言便成了人生戏剧的田园背景，她开始想象一座农舍花园，湛蓝的池塘映衬着金黄的水仙;各种各样的幻象浮现脑海,三两个漂亮短语在脑中逐渐成形,她没有留神车厢里的几个年轻人几乎一言不发。亨利被迫参与出行,赌着气冷眼观察凯瑟琳和罗德尼;凯瑟琳处于自我压制的阴郁心情,对一切漠不关心;罗德尼跟她说话,她要么回答"哼!",要么无精打采地表示同意,他便只好跟她母亲讲话。他的顺从使她满意,他的举止也堪称典范;当教堂的塔楼和工厂的烟囱呈现眼前,她精神一振,忆起1853年的美丽夏日,那思忆与她对未来的畅想相称和谐。

第十八章

凯瑟琳一行人乘马车前往林肯,其他旅客正走在别的路上。每周有一两次,这个县镇将方圆至少十英里范围内所有教区宅子、农场、村屋、路边小屋的住客吸引过来,这一次刚好有拉尔夫·德纳姆和玛丽·达切特。他们瞧不起大路,选择穿越田野而行;两人看似并不在乎走了多少路,只要不在路上绊倒就行。他们一离开牧师大宅便开始争论,两人有节奏地大步流星,一小时就走了四英里路,完全没在意路上的灌木丛、风景极美的耕地和柔和的蓝天。他们看到的是白厅①的国会大厦和政府机构。他俩属于同一阶级,意识到自己在宏大的政府机构中失去了与生俱来的权利,正为心目中的法律和政府寻求另一种架构。也许,玛丽是

---

① 白厅(White Hall):英国伦敦市内的一条街,连接议会大厦和唐宁街。在这条街及其附近有一众英国政府机关,因此人们用白厅作为英国行政部门的代称。

故意跟拉尔夫唱反调；她喜欢与他意见相左，确信他没有看着她是女性便放弃自身的男性立场。他与她激烈讨论，好像她是自己的弟弟一般。不过两人都相信，修复和重建英格兰的责任落在他们身上，一致认为现有的议员天赋有限。他们也不知不觉共同爱上脚下的泥泞田地，精神极为集中，眼睛几乎眯成了一条线。最后，两人长舒一口气，将争辩抛诸脑后，忘于埋葬以往所有争论的虚无之境。他们靠在一扇栅栏门上，擦亮眼睛观察周遭景色。两人的脚暖呼呼的，口中呼出的热气化成白雾，运动了好一阵子后，浑身感受比平时更直接、自然。事实上，玛丽已头晕目眩，不大在乎往下发生什么，甚至想对拉尔夫表白心声：

"我爱你，我不会再爱别人。要么跟我结婚，要么离开我；随便你怎样，我不在乎。"然而此时此刻，言语或沉默似乎无关紧要，她双手紧握，一边喘气一边望着遥远的树林那一片褐黄的枝叶，眺望着蓝绿斑驳的景致，仿佛她说的到底是"我爱你"或"我喜欢山毛榉树"或"我爱，我爱"，仅仅由掷钱币随意决定似的。

"你知道吗，玛丽，"拉尔夫说起了话，打断了她的遐想，

第十八章

"我已经下定决心了。"

她的冷漠浮于表面,此刻消失无踪。事实上,她不再遥望远方的树木,她收回视线,放在铁栅栏顶层栏杆上的手极其清晰。拉尔夫接着说:

"我决心把工作和生活转移到这里。你多跟我说说之前提起的小屋,在这儿租一间应该不难吧?"他漫不经心地问,似乎期待她会加以劝阻。

她等待他往下讲,相信他正迂回地提及两人的婚姻。

"我无法忍受办公室的工作了。我不知道我的家人会说什么,但我确信这是正确的选择。你觉得呢?"

"你一个人住在这里?"她问。

"随便找个老太太照料我就行。"他回答,"怎么样都好,无所谓了。"他说着,猛地拉开栅栏,两人并肩走向另一片田地。

"你知道吗,玛丽,我日复一日做着谁都不在乎的破事,已经忍受八年了,我忍无可忍了。你一定觉得我疯了吧?"

此时,玛丽终于恢复自控。

"不,我一直觉得你不开心。"她说。

"为什么呢?"他颇为惊讶。

"你忘记那天早晨在林肯客栈广场说过的话了?"她问。

"噢,是的。"拉尔夫忆起来了,他放慢脚步,回想起凯瑟琳还有她的订婚,回想起脚下的紫色树叶、电灯照射的白色书页,回想起围绕这些事物的幽深绝望。

"你说中了,玛丽,"他挣扎着回应,"虽然我不知道你是怎么猜到的。"

她沉默不语,期望他会倾诉情绪低落的真正缘由,那些关于工作的借口可骗不过她。

"我一直不开心,很不开心。"他重复。离那个下午已经过去六周,彼时他坐在堤岸上,看着梦想消失于薄雾中,河水从身边淌过,那荒凉的感觉依然使他颤抖。他还没从忧郁中恢复过来。这是面对事实的时机,他应当好好把握;事到如今,那忧郁不过是多愁善感的幽灵,比起由得它主宰他所思所行,如同自打第一次看见凯瑟琳·希尔伯里沏茶起便任由思想围绕她晃荡,还不如干干脆脆将它暴露于玛丽眼前,任它灰飞烟灭。但如此一来,他必须提及凯瑟琳的名字,他实在办不到。他说服自己,就算不说起她的

第十八章

名字也可以交代一切；他说服自己,他的感情与她无甚关系。

"忧愁是一种精神状态,"他说,"不一定由特定原因引起。"

他对这生硬的开场不甚满意,愈加明显地感觉,无论他说什么,他的不幸都与凯瑟琳脱不了干系。

"生活不尽如人意,"他重新尝试,"似乎毫无意义。"他又稍稍停顿,不管怎样,这都是些实话。

"每天努力赚钱,一天在办公室劳碌十小时,又有什么用呢?年轻时,你觉得满脑子梦想,做什么并不重要,有上进心便有前行的理由。现在,那些理由已提不起我的精神了,也许我从未有过满意的理由吧。现在回想,估计是那样。(这世上真有理由这回事吗?)无论如何,到了一定年龄后便不大可能满足了。我知道我为什么撑下去……"他想起一个极好的理由,"我想成为我家的救世主,大致是那样。我希望他们过得好好的。当然,那尽是些幻象,是我自命不凡。我猜,我和大多数人一样,一直活在妄想错觉当中,如今才学着面对现实,却心有不甘想要另一个幻想好继续过下去。玛丽,这便是我忧愁的缘由。"

有两个原因使得玛丽保持沉默，脸上拧出了深深的皱纹。首先，拉尔夫没有提及婚姻；其次，他没有说实话。

"要找个小房子倒不难。"她的答复冷淡实际，完全不理会拉尔夫的内心剖析，"你存了一点钱是吧？这计划应该可行。"

他们一声不响地穿过田野。拉尔夫对她的话感到些许吃惊，些许难过，但总体而言还算满意。他深信不可能在玛丽面前如实陈述情况，暗地里为着没有将梦想告知她而宽慰。他一直认为她明智忠诚，是他能信任的朋友，在一定限度内大可倚赖她的同情。他暗喜自己将界限定得明确清楚。两人穿过一道篱笆，玛丽说：

"是的，拉尔夫，你该开始改变了。我也得出了同样的结论。不过我想要的并不是乡村小屋。而是美国。美国！"她喊，"那才是适合我的地方！他们会教我如何组织运动，等我回来会告诉你我的所见所闻。"

她有意无意地贬低乡村小屋的孤寂悠然，却没有成功，拉尔夫决心已定。但她的一番话迫使他认清她真正的性格。她走在犁过的田野上，他在后面注视着她；一早上他只顾

第十八章

着自怨自艾,沉浸于对凯瑟琳的迷恋中,如今方细细思量玛丽本身。他似乎看到她向前行进,踉踉跄跄却强大独立,他对她的勇气极为尊敬。

"别走,玛丽!"他叫道,停下了脚步。

"你之前就这么说,拉尔夫。"她没有看他,"你想自己走,却不想让我走。这不大理智,对吧?"

他想起自己的苛刻专横,不禁喊道:"玛丽,我待你太残忍了!"

她用尽力气不让自己流泪,不容许自己认为只要拉尔夫愿意,她便会一直一直原谅他。她的所作所为皆为着执拗的自尊。她本性如此,即便面对汹涌澎湃的激情,也决不允许自己投降。如今她脑里正翻云覆雨,一片混乱。她知道总有那么一片地方,太阳照射在用意大利语语法写成的、贴好标签的文件上,然而,那片土地荒凉萧瑟、怪石嶙峋,她的生活必将苛刻孤独,几乎无法忍受。她走在他前面一点,稳步踏过犁过的田地。两人行至陡峭山边一个长满纤细树木的小林子边缘。树干之间,拉尔夫望见山底平坦蓊郁的草地中有一座灰色小庄园,前面有池塘、梯田和修剪整齐的树篱,旁边是类似农场的建筑,后方是一片杉木,好一派平安舒适、自给自足的状态。房子后面伫立着小山,远处山顶上的树木笔直伸向天幕,天色在绿树映衬下愈加蔚蓝。他的脑海里立即溢满了凯瑟琳的形象,灰色的房屋与湛蓝的天幕使他感觉她近在咫尺。他倚着一棵树呼唤:"凯瑟琳,凯瑟琳……"然后环顾四周,看见玛丽慢慢走开,边走边从树上撕下一长串常春藤。两人的所思所想相去甚远,他便不大耐烦地继续幻想。

"凯瑟琳,凯瑟琳。"他轻呼她的名字,仿若正与她相伴。他失去对周遭一切的感知;所有实质事物——一天中的分分秒秒、所要做的事、即将要做的事、其他人的存在、我们从他们对生活的坚实信念中获取的支持,一切俱逐渐远离,仿佛大地从脚下陷落,空荡荡的蓝天悬挂四周,空气中浸漫着凯瑟琳一人的气息。一只知更鸟在他头上的树枝啁啾鸣啭,他叹息一声清醒过来。这才是他生活其中的世界——这片耕过的田地,远处那边的大路,还有把常春藤从树上剥下来的玛丽。他走到她身旁,挽起她的手臂招呼:

"好了,玛丽,美国到底有什么好?"

第十八章

他的声音带着一股自家哥哥般的亲切感,听着宽宏慷慨,她不禁想起方才打断了他的说明,对他的计划也兴致缺缺。她耐心解释,她可以从这么一趟旅程获益良多,唯独对最为重要的理由始终避而不谈。他专心聆听,没有试图阻止她。事实上,他异常渴望确信她理智清醒,每每找到新的证据便开心满足,仿佛这有助于他下定决心。她也忘却了他给她带来的痛苦,一种稳定平和的幸福感油然而生,与他走在干燥道路上的步伐、他手臂给予的支撑皆协调和洽。幸福感愈加炽热,似是回馈她决心展露本性,绝不伪装自我。她没有装作对诗人饶有兴趣,反倒本能地回避那话题,坚持表现脚踏实地的一面。

她实事求是地询问小屋的细节,拉尔夫还没认真琢磨,她便纠正了一些含糊不清的想法。

"你必须确保那儿有供水。"她表现得特别关心,但避免追问他打算在小屋里做什么,最后,当所有细节研究完毕,他回赠她更为亲密的信任。

"其中一个房间,"他说,"一定得是书房,你瞧,玛丽,我要写一本书。"说罢将手臂从她臂弯抽出,点燃烟斗。

他俩步伐轻快，宛如一对睿智聪慧的好伙伴，两人的友谊从未如此般亲密。

"你的书是关于什么的？"她大胆提问，仿佛从不因跟拉尔夫谈论书籍而不快。他毫不犹豫地回答，他想写写从撒克逊时代到现代的英国村庄史。这计划老早就萌芽了；如今他突然决定放弃职业，那种子在二十分钟内已枝蔓强壮。他很惊讶自己如此积极，他说起小屋时也是一样。这想法存在已久，他想要一座普普通通的白色小屋，屋子就在大路旁，隔壁邻居养了一头猪和一大群哭哭闹闹的小孩；这些想法不带一丝浪漫，倘思索时过于兴奋,他便加以克制。他生性明智，尽管没有可观的遗产，也大可踏出住所的狭小范围，靠着小小领土自给自足，不过他得种上大萝卜和大白菜，而非西瓜和石榴就是了。拉尔夫对自己的头脑颇为骄傲，在玛丽的帮助下又改正了一些想法。她把常春藤绕在白蜡木手杖上，许多天来，这是首次当她与拉尔夫独处时，没有留神自己的动机、言论或感受，任由自我沉浸在快乐当中。

他们一路走走聊聊，不时无言，但不觉尴尬，两人时

第十八章

而停顿眺望篱笆远处的景色,讨论潜行树枝间一只灰棕色小鸟的种类。他们走到林肯,在主街上漫步,看见一家饰有圆窗的酒馆,想必饭菜不错,便推门进去。他俩判断正确。一百五十年来,热腾腾的猪肘、土豆、蔬菜和苹果布丁供养着一代又一代乡绅,如今拉尔夫和玛丽坐在窗边的空桌子上,也得以享受这流传多年的盛宴。吃到一半,隔着猪肘,玛丽想着拉尔夫会否变得像房里其他人一样,圆圆的脸盘粉粉嫩嫩,短硬的头发直竖,脚蹬铮亮的棕色牛皮靴子,身穿黑白格子外套,一进门就甩下衣服。她暗暗希望如此;只有在他自己心目中,他才与别人不同,而她不想他太异于常人。步行使他脸色红润,眼睛闪着实诚的光芒,最淳朴的农民见着他也不会局促不安,最虔诚的神父也看不出他毫无信仰。她爱他额头的轮廓,将之比拟年轻希腊骑士的前额——威武的骑士猛力鞭打马背,使马前腿高高翘起,屁股几乎蹲坐在地上。在她看来,拉尔夫就像是骑着烈马的骑士,时常与他人步伐不符,于是同他一起便格外兴奋。与他面对面坐在窗边的小桌子前,她再次感受到之前两人停在栅栏时那不顾一切地怡悦振奋,但此刻她头脑清醒,心情安稳，深信彼此感觉相同，无需语言表明。他多么沉默啊！不时以手撑着额头，有时一脸严肃地凝望着旁边桌上两名男子的背部。他心神恍惚，她几乎能窥见他脑海里思想的浪潮；她透过指缝便能感知他的思绪，亦能预料他何时停止，稍稍移动身体，呼唤"玛丽？"邀请她拾起线索与他交流。

在那一刻，他果然动了一动，唤她："玛丽？"那种漫不经心正是她喜欢他的地方。

她不禁大笑，一时冲动解释她是为着街上行人的模样方笑了起来。一辆马车里坐着一位裹着蓝色面纱的老太太，对面是她的侍女，怀里抱着一只查尔斯国王猎犬；乡村女子推着一辆放满树枝的手推车走在路中间；系着绑腿的法警与牧师讨论着牛肉市场的状况，而牧师有异议——她如此描绘。

她一一讲述细节，毫不担心同伴以为她琐碎平凡。也许是房间的暖意，也许是美味的烤牛肉，抑或是拉尔夫已下定决心，他已然放弃从她的话语中测试她是否冷静理智、独立聪慧。

他脑里头绪万千,如同中国宝塔般荒诞虚幻、摇摇欲坠,半是因为系着绑腿的先生的话语,半是由于脑海里的纷繁思路。在猎鸭与法律史、罗马人占领林肯,乡绅的夫妻关系等诸如此类毫不相连的胡思乱想间,突然蹦出向玛丽求婚的主意。这想法瞬间产生,在他眼前自成形体。他转过身来,像往常一样唤她:

"哎,玛丽?"

一开始,这想法新颖有趣,他几乎毫不犹豫便向玛丽提出。可是,他把思想分类比对后,向她表达的本能占了上风。看着她眼望窗外,听着她描述戴着面纱的老太太、推着手推车的女子、法警和持异议的牧师,他的双眼不由自主满溢泪水。他多想把头靠在她的肩膀上啜泣,由着她拨开他的头发,安慰他说:

"好啦,好啦。别哭!告诉我是怎么回事……"然后他俩紧紧抱在一起,她像母亲一样环抱着他。他非常孤独,对房间里的其他人心怀恐惧。

"这该死的一切!"他猛地喊道。

"怎么了?"她轻声询问,依旧望向窗外。

他对玛丽的心不在焉愈加不满,想着她很快就要去美国了。

"玛丽,"他说,"我想跟你谈谈。我们还没吃完吗?他们为什么不把盘子收走?"

玛丽无需看他便知道他心情激动,确信知晓他想说些什么。

"他们待会就会过来,"她答,觉得必须表现得极度平静,于是便拿开盐罐,扫开一堆面包屑。

"我要向你道歉。"拉尔夫不清楚自己要说些什么,但凭直觉想要郑重承诺,不愿让这亲密的时光流逝无踪。

"我待你很不好。我对你撒谎了。你能猜到吗?一次是在林肯客栈广场,另一次是今天散步时。我是个骗子,玛丽。你知道不?你以为你了解我吗?"

"我想我了解你。"她说。

这时,服务员过来给他们换碟。

"我确实不想你去美国。"他狠狠盯着桌布,"事实上,我对你似乎坏得不成样子。"虽然被迫降低音量,他依然非常激动。

第十八章

"若非我自私自利,真该告诉你别跟我有任何联系。可尽管这是实话,玛丽,你瞧瞧世道如此,我还是很庆幸我俩彼此熟识。你看,"他往房间里其他客人的方向点点头,"在理想的情况下,在这样一个像样的社区里,毫无疑问你不该跟我有什么关系。"

"你忘了,我也不是什么理想人物。"玛丽以同样低沉诚挚的音调回应,话声几乎听不清楚,但两人的餐桌弥漫着异常专注的气氛,连周围的食客都注意到了,他们不时瞥瞥他俩,眼神里有善意,有消遣,也有好奇。

"我比表现的要自私得多,我也比你想象的要世俗。我喜欢操纵事物,也许那是我最大的缺点。我不像你那样**热情满满**……"她稍稍犹豫,瞥了他一眼,似在确定他激情何在,而后补充,"对真相热情满满。"仿佛找着了无可争议的答案。

"我跟你说了,我是个骗子。"拉尔夫固执地重复。

"噢,我敢说,那都是在小事情上,"她不耐烦地反驳,"但在重要的事情上,你才不是个骗子,那才是重要的。在小事情方面,我比你真诚。可我从来不喜欢……"她惊讶地发现自己说出了"喜欢",不得不把话说完,"不喜欢在大事上说谎的人。我也热爱真相,相当热爱,但不像你那样。"她的声音愈加轻柔,已快听不见了,声调轻轻颤抖,眼泪似要喷涌而出。

"天啊!"拉尔夫恍然大悟,"她爱我!为什么我没发现呢?她要哭了,不,她说不出话来了。"

他确信玛丽爱上了自己,一时不知所措;他满脸通红,本已下定决心向她求婚,她对他的爱却似乎改变了一切,使他无法继续。他不敢看她。要是她真哭了,他不知道如何是好。在他看来,这事极为可怕,至为惊人。侍者再次过来更换餐碟。

拉尔夫激动不安,站起来转身背对玛丽。他望向窗外,街上的行人不过是些黑色粒子,轮番分解、结合,此时此刻正好体现他翻腾汹涌、转瞬消融的所思所感。一会儿他因玛丽爱他而欢欣雀跃;不一会儿,他对她毫无感情,因着她的爱而心生排斥。

上一刻他觉得要马上跟她结婚;下一刻意欲就此离开,与她再不相见。为了压制无序混乱的思想,他强迫

第十八章

自己读读对面药店的店名,查看商店橱窗里的物品,将注意力完全集中在一群往一家窗帘店的大玻璃窗里看的女人上。这么一来,起码表面上他能控制住自己。他正要转身问服务员拿账单,忽然看见一个高挑的身影快步走在对面人行道上。这人高大挺拔、肤色健康、极有威严,与身边环境格格不入。她左手没戴手套,将手套拿在手里。拉尔夫——注意、列举、确认这一切,方念出她的名字——凯瑟琳·希尔伯里。她像是在找人。实际上,她扫视街道两边,有那么一刻直勾勾地瞪着拉尔夫站立的拱形窗户,但她旋即移开视线,没有任何迹象表明她看见了拉尔夫。这骤然出现的幻影使他异常激动,仿佛他的思念如此强烈,脑海里便生成了她的形体,而非真正在街上看到她的肉身。可是,刚才他分明没有想她。她的影像如许鲜活,他无法忽视,也无法确定是否真的见着了她,抑或一切尽皆想象。他立刻坐下身来,简单别扭地说——比起向玛丽汇报更像是自言自语:

"那是凯瑟琳·希尔伯里。"

"凯瑟琳·希尔伯里?什么意思?"她问,从他的表现很难判断他是否真看到凯瑟琳了。

"凯瑟琳·希尔伯里。"他重复,"她已经走了。"

"凯瑟琳·希尔伯里!"玛丽幡然醒悟,"我心里面一直知道他爱的是凯瑟琳·希尔伯里!"她终于懂了。

一阵灰心丧气后,她抬眼注视拉尔夫,发现他眼神游离,凝视着他俩周遭环境以外的远处。她认识他许久以来,从未见他如此。她注意到他双唇微张,手指轻握,正全神贯注思考,两人之间似有薄纱分隔。她留神关于他的一切;倘若他的疏离还有其他迹象,她也必能发现。若非将真相逐个查明,她实在无法挺直腰身,继续坐在他面前。真理似乎支撑着她,当她看着他的脸,也得见真理之光在他身后远远映照。她站起身来准备离去,脑里想着一句话:真理之光照耀世间,不为个人不幸所动摇。

拉尔夫把大衣和手杖递给她。她接过来穿好外套,握紧手杖。常春藤仍缠在扶手处;她寻思,可借此献祭感伤,祭奠个性,便摘下两片叶子放在口袋,将全条扯掉。她抓住手杖中间,戴紧毛皮帽,似要准备在风雨中走上长长一段路。出门后她站在路中央,从钱包掏出一张纸,大声读

第十八章

出受家人委托的清单——水果、黄油、绳子等等,其间没有跟拉尔夫说话,眼睛也不看他。

拉尔夫听着她跟系着白围裙,面色红润,耐心细致的店家交谈。他心事重重,但还是暗自点评她清晰表达自我的决心。他再次自动留意她的个性,站在边上失神观察,边用靴子头若有所思地搅动地面的灰尘。突然,他被身后清脆熟悉的声音唤醒,有人在他的肩膀上轻轻一拍。

"我没认错人吧?当真是德纳姆先生?我透过窗户瞥见您的大衣,我一看就确信是您。您看见凯瑟琳或威廉了吗?我正在林肯瞎逛,寻找那出名的废墟。"

那是希尔伯里夫人;她进入商店,引起一阵小小的骚动,许多人看着她。

她捕捉到细心的店员的视线,便向他求助,"首先,请告诉我现在在哪里,"而后继续向拉尔夫询问,"废墟——我的同伴在废墟等待着我。是罗马废墟,还是希腊废墟来着,德纳姆先生?这镇上有许多美丽的事物,不过废墟真的太多了。我从没见过这么可爱的小罐蜂蜜——是自家酿造的吗?请给我一小罐,请问我该怎样找到那废墟?"

"好了。"希尔伯里夫人得到所需信息,买了一罐蜂蜜,又认识了玛丽,坚持要他俩陪她到废墟遗址。镇上七岔八弯,有那么多半裸的孩童在池塘里玩耍,有数不清的小河水道,古玩店里堆满了古色古香的青花瓷,一个人实在无法独自找到废墟。"好吧,"她大声问,"德纳姆先生,请告诉我您在这里做什么,您是德纳姆先生,对吧?"她凝视着他问道,忽地怀疑起自己的记忆力来,"那位才华横溢,给《时事评论》写稿子的年轻人,是吧?昨天我丈夫跟我说,他认为您是他认识的年轻人当中最聪明能干的之一。当然,您对我而言一直像是先知使者,要不是遇见您,我可找不着那废墟。"

三人走到罗马拱门,希尔伯里夫人见到了同伴,他们像是哨兵一样在路上四处张望,料到她肯定是在某家商店流连忘返。

"我找着了比废墟更好的东西!"她大声喊,"我找到了两位朋友,他们领着我找到你们,没有他们,我可办不到。他们一定得过来一起喝茶。我们才刚刚吃过午餐,多可惜啊。"难道他们就不能当作没吃过吗?

第十八章

凯瑟琳在前头几步,正往一家五金店的窗户里张望,仿佛妈妈可能藏身割草机和园林剪当中,她听到母亲的声音,便向他们走来,惊讶地发现德纳姆和玛丽·达切特也在,热情地打起了招呼。不晓得是在乡间意外遇见熟人时的惯例,还是看见他俩心生欢喜,她握手时心情非同寻常地好:

"我都不知道你们住这里。你为什么不说呢,那我们就可以见见面了。你住玛丽家里吗?"她转向拉尔夫问道,"真可惜我们以前没在这儿碰过面。"

他在梦中见过千百遍的女子,此刻距离他不过一臂之遥,拉尔夫一时无法言语。他竭力自控,不知此时自己是满脸通红抑或脸色苍白,但他决心面对她,在寒冷的日光中追踪幻境的丝丝真相。他说不出话来,玛丽便代表他俩讲话。他发现凯瑟琳与他记忆中完全不同,不得不驳斥往日观点,以接受崭新看法。风将她的深红色围巾吹向她的脸,吹散了她的头发,发丝落在黑色大眼睛的眼角,他曾认为她眼神忧伤,如今它们明亮透彻,如同照射海上的清澈日光。关于她的一切都显得来去匆匆,零散破碎,转瞬即逝。他倏忽意识到他从没在白天见过她。

天色已晚，大伙儿一致认为无法按照原本的意图寻找废墟，于是一行人往马厩方向走去。

"您知道吗？"凯瑟琳说，与拉尔夫两人同其他人保持一点距离，"今天早上，我以为看到您站在一扇窗前。当时我想那不可能是您，现在想来必然是了。"

"是的，我也以为看见您了——可那不是您。"他回答。

他的答复连同粗糙沙哑的声音，让她想起那些尴尬难堪的对话、猝然而止的会面，她仿若回到了伦敦，眼前浮现起居室、家族文物与茶桌，忆起两人欲言又止，被人打断的对话，可她一时想不起具体的内容了。

"我想那就是我，"她说，"当时我正在找妈妈。每次来林肯都这样，真真没有比我们一家更不懂得照顾自己的人了。不过那不要紧，总有人在关键时刻施以援手，帮我们摆脱困境。我还是婴儿的时候被留在田野上，田里有一头公牛——咦，我们的马车在哪儿？沿着那条街走还是下一条街？我想应该是下一条。"她回头望了一眼，其他人都顺从地跟在身后，听着希尔伯里夫人谈起林肯的往事。

"可您在这儿干什么呢？"她问。

第十八章

"我准备买一座农舍,我打算搬过来住……找到农舍就过来。玛丽说那应该不难。"

"但是,"她问,由于惊讶几乎走不动了,"这样一来您就得放弃当律师了?"一个想法一闪而过,他必然是跟玛丽订婚了。

"律师事务所?对,我决定不干了。"

"为什么呢?"她问道,随即又自己作答,原本极快的语速染上了忧郁的基调,"不当律师也好,您会幸福得多。"

她的话语似为他指明了未来。她话音刚落,两人走进一家客栈院子,看见奥特韦家的马车,其中一匹皮毛顺滑的马已然绑好在马车上,另外一匹正由马夫带出马厩。

"我不懂什么是幸福。"他简短回答,为了避开拿着水桶走过的马夫不得不靠边站。"您为什么认为我会幸福?我对此无所期待。我倒希望不那么幸福。我应该写一本书,顺便诅咒我的女仆——如果那就是幸福的话。您怎么想?"

她还没来得及回答,就被同伴围住了——希尔伯里夫人、玛丽、亨利·奥特韦,还有威廉都赶了上来。

罗德尼走到凯瑟琳身旁,立马说道:

"亨利和你妈妈坐马车回家,我建议他们让我俩中途下车,我们步行回去。"

凯瑟琳点了点头,偷偷瞥了威廉一眼。

"可惜我们方向相反,不然就可以捎上你们了。"威廉对拉尔夫说。他的态度非常蛮横,似乎恨不得赶紧离开,德纳姆注意到凯瑟琳看着威廉时,表情半是疑惑半是厌烦。她帮母亲披上斗篷,对玛丽说:

"我想见见你呢。你要立刻回到伦敦吗?我会给你写信的。"她微笑看着拉尔夫,眼神因心有所思而有些许迷离。几分钟后,奥特韦家的马车从院子驶出,奔向通往兰普舍尔村的大路。

回程的路几乎与早上时一般寂静。希尔伯里夫人闭着眼在角落里一言不发,不知是睡是醒。方才她与众人兴奋交谈,此时在脑海里继续早晨开始构想的故事。

距离兰普舍尔大约还有两英里,道路通往圆形山顶,这孤独的景点以一座花岗岩方尖碑闻名。尖碑由一位十八世纪的贵族女士立起,她曾在此地遭遇强盗袭击,于希望尽失之时被营救。夏天时,此处相当愉悦舒适,两边繁茂

第十八章

寂静的森林沙沙作响,花岗岩台阶上厚厚的石楠花熏得凉风微甜;到了冬天,树木晃动叹气,石楠花与空中阴沉的乌云一般灰蒙,也几乎一般孤寂。

罗德尼在此停住马车,扶凯瑟琳下车。亨利也扶她一把,感觉她在分手时轻轻按了他的手一下,似是意有所指。马车立马继续前行,希尔伯里夫人毫无知觉,不知两人留在了尖碑处。罗德尼对凯瑟琳很是生气,想借机与她聊聊,而凯瑟琳对此一清二楚,心里既不高兴也不后悔,不知道该期待什么,因而不言不语。马车的身影在暮光轻垂的路上愈来愈小,罗德尼依然一言不发。也许,她想,他在等待马车全然消失在坡道那边,直至他俩被彻底留下,方开始发言。她读着方尖碑的文字以掩饰沉默,要这么干,她得绕着它走上一圈。她不时喃喃几句那位虔诚的女士的致辞,罗德尼走到她身边。两人默默沿着马车留下的痕迹,走在树林的边缘。

罗德尼想打破沉寂,却不知从何说起。有伴在旁时,与凯瑟琳交谈更为容易;两人独处时,她天性的冷漠超然使他心生迟疑,所有自然而然的交谈方式都会失败。他认为她待他恶劣,可每一次的不近人情单独看来都微不足道、不值一提。

"我们无需急着回去。"他终于抱怨;她立即放慢脚步,顺着他的心意慢步走。绝望中,他不假思索便直抒所想,结果言辞别扭,与心目中想象的庄重稳健的语气完全不符。

"我假期过得不愉快。"

"你过得不开心?"

"不开心,我很高兴可以回去工作了。"

"周六、周日、周一,还剩三天就可以回去了。"她数着。

"我可不喜欢在别人面前任人愚弄。"他脱口而出。听着她讲话,他愈加烦躁,一时不顾对她的敬畏,反倒因为敬畏平添恼怒。

"我想,你是指被我愚弄吧。"她冷静自若。

"自从我们来到这里,每天你都让我出糗。"他满腔怨言一泻而出,"当然,如果那能让你愉快,可不要客气;但是你要记着,我俩要终身相伴。就说今天早上,我请求你跟我到花园散步,我等了你十分钟你还没有来。所有人都看到我在等你。连马厩的小工都看见了。我脸都丢光了,只好回到屋子去。后来在马车上,你对我不瞅不睬。亨利注意到了,每一个人都注意到……你和亨利聊得倒欢。"

她听着威廉的诸般埋怨,明智地决定不给予任何回应——不过最后一点使她相当懊恼。她想知道他到底有多么不满。

"在我看来,那都不是什么大事情。"她说。

"好吧,那我不说了。"威廉赌气。

"我觉得它们不重要,可要是它们让你难受,那就当然很重要。"她小心翼翼地纠正。她体贴的态度触动了他,他安静地走了一段路。

"凯瑟琳,我们本可以多么幸福呀!"他拉起她的手臂冲动地感慨。她立马抽出手来。

"只要你放任自己这样想,我们永远都不会幸福。"她答。

之前亨利留意到的冷漠粗暴再次暴露无遗。威廉不禁退缩沉默。过去几天里,她一直待他严厉苛刻,还伴以难以形容的冷淡抽离,每次如此总有他人在场。他强撑着一副虚荣的架子聊以自慰,尽管知道这么一来,他愈加由她摆布。如今两人相伴,再没有外界刺激使他从所受伤害中分神。他相当自制,强迫自己分清哪一部分苦痛出于自身虚荣,哪一部分源于清晰意识,任何爱慕他的女子都不会这般残忍。

"我对凯瑟琳感觉如何?"他沉思。她明显非常理想,极为杰出,是她那小小世界的女主人;不仅如此,在他看来她可以仲裁生活,她的判断自然而然便正确无误;他饱读诗书,却不具备这般才能。每当想象她走进一个房间,他脑中总是涌现长袍飘动,繁花盛放,波浪拍岸的景象;所有表面上可爱无常,内里沉静而热情的事物,一一涌上心头。

"倘若她一直麻木冷酷,玩弄我、嘲笑我,我决不会对她满怀爱意。"他掂量,"我毕竟不是个傻瓜,不可能过了这么些年还浑然不觉。可是,她对我说话的方式啊!"他转念又想,"事实上,我的确有着卑劣的缺点,没有人能忍住不那样对我说话。凯瑟琳没做错什么。但那些都不是我真正的感觉,她都知道的。我该怎样改变自己?怎样才会让她在乎我?"他很想打破沉默,问问凯瑟琳他能如何改正；可他却从他的天赋与成就中寻求安慰，例如他对希腊语和拉丁语的知识，他在艺术和文学上的造诣，他对韵律的技巧，还有那古老的西部乡村的血脉。隐藏在所有这些感觉之下，让他深深困惑，使他保持静默的，是他对凯瑟琳毋庸置疑的真诚爱意。可是她对他说话的方式啊！困惑中，他失去了讲话的欲望，倘若凯瑟琳选择别的话题，他会立马接话，但她依然缄默无言。

他瞥了她一眼，试图窥探她的思想行为。一如往常，她不由自主便加快步伐，此时正走在他前头。他从她的眼神中一无所获，她只是直直盯着棕色的石楠花；从她前额深深的纹路也看不出究竟。他猜不出她的思路，与她断了联系，这感觉极其难受。他只好再次谈起他的不满，语气却不大肯定。

"要是你丝毫不在乎我,私下告知我不会更合适吗？"

"噢，威廉，"她终于爆发了，仿佛他打断了一系列引人入胜的联想，"你怎么不断不断地谈论感觉！不要老是说个不停，不要老是担忧一些无关紧要的小事情，那不更好吗？"

"这就是问题的关键!"他高喊,"我只想你告诉我,它们并不重要。有时候,你好像对一切都无动于衷。我很虚荣,我有无数缺点;可你知道那不重要;你知道我在乎你。"

"如果我说我也在乎你,你会相信我吗?"

"说啊,凯瑟琳!真心诚意地说出来!让我知道你也在乎我!"

她一个字也说不出来。石楠在两人周围愈加黯淡,白雾弥漫在地平线上。要求她表达激情,要求她让他安心,仿佛要让熊熊烈火熄灭,让六月蓝天黯淡。

他继续陈述着对她的爱恋,即使她吹毛求疵,也能感受他真挚诚恳;可这一切都没有打动她。来到一座生锈的栅栏门前,他用肩膀把它推开,嘴巴仍说个不停,完全没有留意自己的行为。这男子气概给她留下深刻印象;通常情况下,她对开门的能力丝毫不感兴趣,身强力壮与激情昂扬在表面上毫无关联。然而,她心中既为如此力量浪费在自己身上而心生担忧,又莫名地想继续拥有那颇具魅力的男性力量。如此矛盾交织碰撞,她终于从麻木中清醒过来。

第十八章

她为什么不直截了当告诉他真相,让他知晓她接受他时头脑模糊、混混沌沌?虽然这非常糟糕,可她已清楚明了婚姻根本不适合她?她不想与任何人结婚。她想独自离开,最好涉足渺无人烟的北部荒野,在那里学习数学,研习天文。只需寥寥数语便能阐明一切。他闭嘴不语;他已再次向她坦承爱意,向她告白缘由。她盯着被闪电劈开的灰树,似在读着树干上浮现的文字,鼓着勇气开始说:

"我不该和你订婚。我永远无法使你快乐。我从来没有爱过你。"

"凯瑟琳!"他抗议。

"不,不,我永远不会爱你,"她固执地重复,"起码不是以适当的方式。你难道看不出来,我不知道自己做了些什么吗?"

"你爱其他人吗?"他打断了她。

"绝对没有别人。"

"是亨利吗?"他问。

"亨利?我还以为,威廉,就算是你……"

"你一定是爱上别人了。"他坚持,"过去几周你完全变了。凯瑟琳,你得诚实交代。"

"要是我能讲清楚,定会说得明明白白。"她回答。

"那时候你为什么要告诉我你会嫁给我?"他追问。

的确啊,那是为什么呢?大概是出于一瞬间的悲观,对生活无奈的倏然感悟,而使青春悬在天地之间的幻觉破灭,她只好竭力使自己承认事实——她仅能记起幡然梦醒的时刻,现在看来成了一时的投降。可是怎么能以这些理由解释她的所作所为?她忧伤地摇了摇头。

"你不是个小孩子了,你是一个有血有肉的女人。"罗德尼不依不饶,"你不爱我就不会接受我了!"他激动地喊。

之前她总以罗德尼的短处掩饰自己的错误,此时感受却愈加分明,几乎将她淹没。他的缺点比起他对她的关爱,算得上什么?她自身的长处优点,比起待他的冷漠无情,又有何了不起?一时之间,她确信她内心深处之极恶在于对他人感受不管不顾;她已身负烙印,永难磨灭。

他一手抓起她的胳膊,一手紧紧握着她的手,她无力抵挡他那无比强大的力量。好吧,她会屈服的,如同她的

第十八章

母亲、她的姑姑,也许还有大多数女人那样,然而她知道,屈从于他的每一秒钟,都相当于再次背叛他。

"我确实答应了要嫁给你,可那是不对的。"她强迫自己往下说,她的胳膊变得僵硬,仿佛连那一部分假惺惺的屈服都要否定,"我不爱你,威廉,你已经注意到了,每个人都察觉到了,我们何必继续假装呢?我曾告诉你我爱你,那都不是真话。我明明知道那不是真话,却还那么讲了。"

她的话语不足以说明感受,她便重复了一遍,强调了一遍,没有意识到这些话对于爱护她的人所可能产生的影响。她的手臂突然被松开放下,她吓了一跳;接着她看到他的脸扭曲变形;难不成他在大笑吗?这念头一闪而过。下一刻,她发现他在流泪。她一时困惑无助,目瞪口呆,她迫切感到,无论如何,这种可怕的行为必须停止,便用双臂搂住威廉,将他的头靠向自己的肩膀,柔声安慰着他,直到他长叹一声。他们紧紧拥着对方,她的眼泪也顺着面颊流下,两人皆默默无言。意识到威廉走不动了,她自己也是同样疲倦,凯瑟琳建议在橡树下枯萎的棕色蕨丛旁休息一会儿。他同意了,叹了一口气,像孩童般随意擦了擦眼睛,开始说话,语气中没有一丝先前的恼怒。凯瑟琳想着,他俩就像童话里迷失在树林中的孩子。她留意到附近四散的枯叶让风吹成一堆一堆,足有一两英尺深,散布各处。

"你什么时候开始有这种感觉的,凯瑟琳?"威廉问,"要说你一直都这么想,那肯定是假的。我承认过来头天晚上你发现衣服没带,我的反应不合情理。那错误也不打紧吧?我保证再也不会那样了。我知道那晚在楼上找到你和亨利时,我脾气不大好。也许我表现得太明显了。但对于一个订了婚的人来说,那不算不合理,不信你可以问你母亲。现在还有这可怕的事情……"他停了下来,一时无法继续,"你说你已经决定了——你有没有与任何人讨论呢?例如你母亲或是亨利?"

"不,不,当然没有。"她的手拨弄叶子,"可你不了解我,威廉……"

"你帮帮我呀……"

"你不明白。我的意思是,你不明白我的真实感受;你怎能理解呢?我也才刚刚开始面对自我。我没有那种感觉,我的意思是我没有爱的感觉——我不清楚该如何称呼它。"她瞭望远处沉没在迷雾中的地平线,"毕竟,没有了爱,我们的婚姻就是一场闹剧……"

"怎么会是一场闹剧呢?"他质问。"这种分析太糟糕了!"他大声抗议。

"我应该早点跟你讨论的。"她沮丧地检讨。

"你任由自己胡思乱想。"他继续说,双手开始晃动,感情愈加激烈。"相信我,凯瑟琳,在我们来之前,我们非常幸福。你满脑子都是新家,想着要买什么椅子套……跟其他即将结婚的女人没两样。你忘了吗?而现在,不管什么原因,你开始担心你的感受,我的感受,这通常都没什么好结果。我向你保证,凯瑟琳,我也试过这样。有一段时间,我总问自己一些荒谬的问题,但那些问题没有任何答案。依我看,你需要的是领你走出这种病态情绪的消遣。要不是有诗歌,我向你保证,我也会跟你一样。我给你讲个秘密,"他轻笑着往下说,听着几乎算得上自信满满,"我每次与你见面回家,精神都紧张得很,必须写上一两页才能把你忘掉。问问德纳姆,他会告诉你有一天晚上遇见我的时候,我是什么状态。"

听到拉尔夫的名字,凯瑟琳吃了一惊。一想到她的行为成为威廉与拉尔夫讨论的话题,她就生起气来;可她立刻想到,相比起自己从始到终的错误,她几乎没有权利对威廉表示不满。可是,拉尔夫·德纳姆!她仿佛看见他正充当一个法官,坐在调查女性道德的男性法庭上,严厉地检查、权衡她的轻浮行径,以半讽刺、半容忍的言语粗暴地讨论她和她的家人。在他看来,她的命运已定,不容翻身。她刚刚才见过他,对他的个性感受极深。这想法对于一位骄傲的女士而言并不愉快,她仍需学习克制表达。她直直盯着地面,双眉紧蹙,威廉感知她正强迫自己控制心中怨恨。他对她的爱意中总掺杂着某种忧虑,偶尔甚至演变为恐惧,让他吃惊的是,这种忧心自他们订婚以来日益明显。在她镇定自若、堪称楷模的表面下,流淌着一股激流,因着凯瑟琳从未以这激情颂扬他或是他的行为,在他看来这感情便时而反常,时而完全脱离理性;的确,在他们的关系中,他宁愿选择平稳理智而非罗曼蒂克,前者才是他们联结的基调。但他无法否认,她确是心怀热忱,此前他一直试图

第十八章

想象凯瑟琳会以这番热情照料他俩的孩子。

"她会是一个完美的母亲……我们要生好些孩子呢。"他想。可眼看她坐在那儿,沉着脸不言语,他不禁心生怀疑。"一场闹剧,一场闹剧呀,"他自言自语,"她说我们的婚姻是一场闹剧。"他蓦然意识到两人的情况,四周尽是枯叶,他们坐在地上,离大路还不到五十码,极有可能会被路人撞见。他尽可能抹去脸上展示情绪的痕迹,再看看凯瑟琳正苦思冥想,更担心她的模样;她沉浸在自己的思绪当中,在他看来不大妥当。他对社会习俗天生敏感,对妇女的看法甚是传统,若然该女子与他有联系,就更是如此。他痛苦地注意到,有一缕长长的黑发垂落她的肩膀,两三片枯萎的山毛榉叶附在了她的裙子上;以目前的情况,要让她从深思中清醒过来留意此般细节,几近毫无可能。她就那样坐着,似乎全然没有意识到周遭环境。他怀疑她正在沉默中自责;他希望她留神自己的头发,留神裙上的山毛榉枯叶,在他看来这些细节比什么都重要。

事实上,这些琐事让他暂且从怀疑不安的心态中解脱:舒缓的心情与痛苦交织,使得他胸口起伏,几乎掩盖了起始时那沮丧不解,那压得人透不过气来的失望。为了缓解焦躁,结束让人心神不定的混乱场景,他忽然站起来,扶凯瑟琳站好。她看着他仔细为她整理仪容,笑了一笑。可眼见他拨走自己大衣上的枯叶,她从中窥得一个孤独男子的姿态,又不禁退缩。

"威廉,"她说,"我会嫁给你的。我会尽力让你幸福。"

第十九章

暮色将至,另外两个过路人——玛丽和拉尔夫·德纳姆,走上林肯外沿以远的大路,他俩都觉得大路比起空旷乡间更适合回程。起始一英里左右,两人几近默不作声。拉尔夫的思绪跟随奥特韦家的马车奔行在石楠花丛上;而后忆起与凯瑟琳度过的五分钟、十分钟,像是学者检查古代文献的不规则文法般认真细致。方才会面时内心一时涌起喜悦浪漫,他下定决心绝不用以粉饰日后必须接受的事实与真相。玛丽走在他身旁,亦是默然不语,她心不烦意不乱,脑里空虚一片,心中静如止水。她清楚此时的麻木皆因拉尔夫在场,已然预见日后孤独一人时必定痛苦缠绕。此时此刻,她回想情不自禁流露爱意的瞬间,企图保全仅存的自尊。按理说那不是什么大事,但她出于本能细心维护自我形象,在每人身边皆平衡冷静,如今却被一时真情吐露破坏。灰蒙的夜色降临乡郊,轻轻抚慰着她,她想,终有一天她会盘坐地上,绿荫遮阳,乐得自在。夜色中,她留心胀鼓鼓的地面,注视沿路的树木。拉尔夫突然开口,把她吓了一跳。

"午餐我们聊着聊着被打断了,当时我想说,如果你要去美国,我也会跟着去。在那边谋生想必不比这边难。不过那不重要,重要的是,玛丽,我想跟你结婚。你觉得如何?"他语气坚定,还没等到答复,便拉起她的手臂,"你对我非常了解,缺点优点都清楚。你知道我的脾气,我也尽量向你坦诚缺点。玛丽,你怎么看?"

她一言不发,可他不管不顾。

"在很多方面,至少在重要的方面,正如你所说的,我们彼此熟悉,我们想法一致。我相信在这世上我只有与你一起才会快乐。要是你对我想法也一样——你是吧,玛丽?我们应当让对方幸福。"话毕他停了下来,不急于得到回复,看似仍在思索。

"对的。但恐怕我不能这样做。"玛丽终于回答。她匆匆回应,语气漫不经心,所言所语与他期望的截然相反,他一时茫然无措,不禁松开了她的手臂,她静静地将手收回。

"你不能跟我结婚?"他问。

"对,不能。"她回答。

"你不在乎我吗?"

她没有回答。

"好吧,玛丽。"他说,尴尬地笑笑,"我是个彻头彻尾的傻瓜,我还以为你在乎我呢。"两人沉默无言走了一两分钟,他突然转身看着她说,"我不相信你,玛丽。你没有说实话。"

"我太累了,拉尔夫,我不想跟你争辩。"她别过头不看他,"请你相信我。我不能嫁给你。我不想嫁给你。"

她的声音饱含痛苦,拉尔夫只好服从。玛丽话音刚落,他的惊讶随之消失,他并不虚荣,相信她句句属实,不久她的拒绝便显得自然而然。他愈加绝望,坠落至阴郁颓丧之境。他的一生似乎只有失败;他对凯瑟琳的痴恋失败了,他与玛丽的感情也失败了。凯瑟琳的身影涌现,随之而来是欢跃的自由,可他立即停下。凯瑟琳从没给予他什么,他与她的关系不过是幻梦一场。他想起那虚无缥缈的梦想,将眼前的挫败归咎于它:

"每次我与玛丽一起,难道脑海里不都想着凯瑟琳吗?要不是我蠢得可怜,早就该爱上玛丽。她曾经在乎过我,我肯定她有,我却一直取笑她、折磨她,如今机会已然溜走,她不会和我结婚了。我的一生便是如此——一无所有,空无一物。"

两人的靴子踏在干燥的路面上,除却脚步声,四下一片沉寂,一片虚空。这种静默令玛丽舒心。拉尔夫情绪低沉,估摸是因为才刚刚见过凯瑟琳又分离,不得不将凯瑟琳留在威廉·罗德尼身边。她不能责怪他喜爱凯瑟琳,可当他爱着另一个人,却要求她嫁给他,在她看来就是最残忍的背叛。

他们的友谊原本坚不可摧,如今轰然崩塌。她过去愚蠢不堪、软弱轻信,而拉尔夫虚有其表,真诚流于表面。噢,她的过往有那么多关于拉尔夫的回忆;现在回望却如此陌生,一切尽皆虚饰。她尝试回想拉尔夫支付午餐时她想起的一句话,可拉尔夫付账单的情形却比话语更清晰。那句话谈及真理,貌似探讨该如何看待真理;她记不真切了。

"就算你不想嫁给我,"拉夫说起了话,语气并不唐突,反而有些许羞怯,"我们也无需绝交,是吧?还是说你宁愿暂时不见面?"

"暂时不见面?我不知道……我得再想想。"

"告诉我,玛丽,"他接着问,"我有没有做什么事,让你改变了对我的看法?"

她被他那深沉忧郁的声调唤醒,意欲因对他一贯的信任而让步,向他告白心声,倾诉感情因何起变。可是,他求婚时的每一句话都证实他不爱她。控制怒火容易,让她畅所欲言万万不能。两人近在咫尺,偏偏听而不能言,言而不能尽,她心如刀割,唯盼独处的时光。

倘若她顺从温驯,定会冒险与他解释;可玛丽坚毅果断,要放弃自我实在有失风度;无论感情何般汹涌,她都不肯对事实视而不见。眼见玛丽不发一言,拉尔夫困惑不解,在回忆搜寻着可能使她看不起他的话语与行为。众多例子涌现,其中最过分的便是他卑鄙无耻的铁证——他向她求婚,求婚的理由却自私自利,虚情假意。

"你无需回答,"他严肃请求,"我知道你自有理由。可我们的友谊必须就此结束吗,玛丽?至少让我继续与你做朋友吧。"

"天呐,"她暗自思忖,一阵苦闷倏然涌上心头,几乎令她抛弃自尊,"为什么会这样——为什么——我本可以给他一切!"

"是的,我们仍然可以做朋友。"她尽其所能坚定地回答。

"我需要你的友谊。"接着补充一句,"如果可以,让我尽可能多见见你。见得越多越好。我需要你的帮助。"

她暂且答应,而后他们若无其事地谈起各种话题,唯独不提自己的感受——两人都小心翼翼,内里无限悲伤。

晚些时候,他们再次谈及彼此关系。伊丽莎白已回房休息,两个年轻人在一天的射击后昏昏欲睡,脚步飘飘,早早便去睡觉。

玛丽将椅子往火炉拉近一点,柴火烧得很低,到了晚上这时候再去补木柴不大值得。拉尔夫正读着书,但她已留神一段时间,他只是盯着页面,什么也读不下去。他眼神阴沉,让她深感不安。她已然决心不会屈服,反思后愈加坚决。就算她要让步,也是出于她的意愿,而非满足拉尔夫的祈求。不过她决定，他无谓因着她无言缄默而痛苦难安。虽然不情不愿，她还是开口坦白：

"拉尔夫，你问我是否改变了对你的看法，那大概只有一件事。你向我求婚时言不由衷，这使我一时很生气。你一向对我实话实说。"

拉尔夫的书滑落至膝盖，掉落在地板上。他用手撑着前额，眼睛盯着炉火，试图忆起向玛丽求婚时的确切话语。

"我没有说我爱你。"他终于想起。

她不禁畏缩，可她尊重他实事求是，这毕竟是真理的一种，而她发誓坚持真理。

"对我来说，没有爱情的婚姻就没有意义了。"她解释。

"玛丽，我不会逼你的，"他说，"我明白你不想嫁给我。可是说起爱，这不都是胡扯吗？什么是爱？我相信十个男人里，九个对他们所爱的人，都不及我对你那般关心。爱只不过是人们在脑海里对另一个人的想象，人人都懂那不是真的。他们当然明白，于是诚惶诚恐，生怕破坏了幻象。人啊，总得留神不要频繁想象，也不要沉迷于幻想。爱如梦似幻，令人愉快，但你得考虑婚姻的风险，在我看来，与深爱的人结婚风险太大了。"

"我一点也不相信,我知道你也不相信。"她愤怒地回击,"好吧,我们互不同意。我只是希望你能理解我的决定。"她似要转身离开,拉尔夫凭直觉加以阻止,站起来在几近空荡荡的厨房踱来踱去,每次走到门口,便要抑制打开门踏进花园的冲动。道德家会说,这时候,他应该为着他造成的痛苦满心自责,但相反地,他分外生气。他被狠狠挫败了,心里愤愤不平、困惑无力。他囿于人生的不合情理,明明心有所欲,却求之不得,在他看来都是人为造成,他无计可施。玛丽的话语、玛丽的语调都使他恼怒不已。她不肯帮他。她是疯狂混乱的世界的一分子,妨碍他合情合理的人生诉求。他本想把门砰的一声关上,抡起椅子把椅腿敲断,在他脑里,所有阻碍已然化成实物形态。

"我怀疑人与人之间是否真能相互理解。"他赌气说着,停下来站在离玛丽几英尺处与她对峙。

"个个说一套做一套,还怎么相互理解?可我们还是可以试试看。你不想和我结婚,那就不要答应;但你关于爱情的立场啊,都不去想想对方是否适合……那不是太感情用事了吗？你认为我表现糟糕，"见她不回话，他便往下说，"我承认我表现不好，可你不能光看行为就判断我的为人。你不能一辈子用一把量尺测量正误。你一直都那样，玛丽，你现在也是那样。"

她想起自己在选举办公室主持公道，甄别是非，貌似拉尔夫的指控有其道理。不过，她的立场不变。

"我没有生你的气。"她缓缓答道，"我会与你见面，我答应过的。"

她已许下承诺，他无法要求更多——他需要亲密的关系，需要玛丽跟他一起对抗凯瑟琳的幻象，他知道他无权要求。他坐在椅子上，再次望向即将熄灭的火苗，感到饱受打击——并非被玛丽击倒，而是被生活重击。他仿佛回到生命起始，一切尚待获取；可是人年幼时总满怀纯真，一片希望。如今，他再也不确定自己终能获胜。

第二十章

玛丽满心欢喜地回到办公室,发现因为议会的从中作梗,选举权暂时无法实现女性的要求。斯尔太太已经近乎癫狂,议会大臣的表里不一,男性的背信弃义,对女性的侮辱,人类文明的退化,还有她一生追求事业的毁灭,为人儿女的五味杂陈——办公室里大家在轮流讨论这些话题,地上散落着一堆剪报,上面画满了蓝线,提醒着所有人:斯尔太太现在心情不畅。她承认,自己对人性的预估错了。

斯尔太太手指向窗外的行人和公交车,又指向罗素广场的远方说:"那些简单的基本的正义行为,远超出了这些人自身的能力。玛丽啊,现在我们就是荒野里的先驱,只能耐着性子,把事实摆在他们面前。""不是说那些大众群体,"玛丽看着窗外来往的人流车辆,鼓起勇气道,"而是他们的领导者。这些人,天天坐在议会里,还要纳税人供着,年薪四百英镑。如果我们必须要向人民群众表明观点,但求正义保佑。我一向信任人民,现在也是。但——"斯尔太太摇摇头,表示愿意再给人民一次机会,如果他们未能好好利用,她对后果概不负责。

克拉克顿先生有数据调查支持,更理智些。斯尔太太在办公室大发雷霆好一阵后,克拉克顿先生才走进来,拿着过往案例称,任何一场具有重要意义的政治运动,都曾失败过。要说有何不同,他的情绪反倒因此有所好转。对手已经开始采取攻势,如今只有依靠人民才能反败为胜。依照玛丽的理解,克拉克顿先生早已看穿对手的狡猾,定会全力以赴解决这件事。当他请她来办公室开私人会议时,玛丽就开始思索着,这场运动想要成功,需要大量工作做后盾。办公室里,要把所有的卡片索引进行系统化分类,要发行柠檬黄的新传单(必须重新整理事实引人注意),还要在大比例尺的英国地图上,根据不同的地理位置,用彩色的羽毛大头针进行区域划分。同时制定新政策,每一片区域都有其标志性旗帜、墨水瓶,相关文件要制成表存档、放在抽屉里以便参考。所以,工作人员只需动动手指翻翻标签,就能通过"M"或"S"判断,文件是否为选举权组

第二十章

织的内容相关。当然,这项工作需耗费大量精力。

"我们更应该把自己当成电话台——不断获取信息,达切特小姐,"他沉醉于自我想象中,接着说道,"我们要把自己看成是一个巨大的电路系统,连接着全国各地。我们要直击各个社区的心脏,了解所有英国人民的想法,引导他们学会正确地思考。"关于线路系统的这个粗略想法,实际上只是在圣诞节那会儿草草记了几笔。

"您该好好休息一下了,克拉克顿先生。"玛丽尽职尽责地提道,但她的声音听起来平淡疲乏。

"我们要学会适应没有假期,达切特小姐。"克拉克顿先生回应,眼睛里透露出满意的光芒。

他尤其想知道玛丽对柠檬黄的新传单怎么看。按照计划,很快就要印制大量传单发行出去了。"我们想在议会召开大会之前,"他再三说道,"吸引人们注意,让大家形成正确的思想。"

"我们要乘其不备,打对手一个措手不及,"克拉克顿先生称,"他们做事可从不拖拖拉拉。你看到宾汉姆对选民的演讲了吗?达切特小姐,此类事情也需我们去应对。"

他递给玛丽一堆剪报,请她在午餐之前谈谈对新传单的想法。随后爽快地转过身,回到自己的座位上(摆满了另一堆文件和墨水瓶)。

玛丽关上门,把文件往桌子上一撂,接着把头埋进了双手。奇怪的是,她的脑子里没有任何想法。她只是侧耳倾听着,仿佛听着听着,自己就又能融入办公室的氛围中去了。这时从隔壁房间传来了斯尔太太间歇性的快速打字声;毫无疑问,她正在努力帮助英国人民,正如克拉克顿先生所说的那样,要学会正确地思考;要学会如何"发展和促进"新思想,这是他的原话。不用说,她这是在打击敌人,谁让他们闲待着浪费时间。克拉克顿先生的话在她的脑子里准确无误地重复了一遍。玛丽很不耐烦地把文件推到桌子另一旁。不过这是白费力气罢了;她现在头脑不大清醒——这番注意力的转移导致周围的事物又变得模糊起来。她记得那回在林肯客栈广场遇到拉尔夫后,也是这般情况;之前委员会议时,她一直在思考麻雀的颜色,差不多等会议结束时,她信奉的那些古旧信念又回来了。但仅仅只是回归她脑子里罢了,她嘲笑自己的软弱无能,因

第二十章

为她竟想用它们来对付拉尔夫。准确说来,那些观念,她自己也不是坚定不移地相信的。她不能一分为二地看世界,只有单纯的好人和坏人之分,正如她无法坚信自己的想法正确无误,必须得让所有人同意。她看了一眼柠檬黄的传单,几乎要羡慕能在这种文件里找到安慰的那些人了;在她看来,如果要她分享个人幸福,她宁愿满足于永远保持沉默。她满怀好奇心读了克拉克顿先生的声明,指出这是一篇软弱又自负的长篇大论,同时又感觉这种信仰——对幻觉的信仰,也许至少是对某种事物的信仰——都是最值得羡慕的天赋才能。当然了,那的确是幻觉。她好奇地打量着办公室里的家具,那让她引以为傲的机构,诧异地以为,曾经那复印机、卡片索引机和文件夹都被笼罩在迷雾中,这便赋予了它们一个统一的、普遍的尊严和目的,以及独立于彼此的意义。现在,那些又笨重又丑陋的家具让她印象深刻。当隔壁的打字声停下时,她突然变得非常松懈和沮丧。玛丽立刻坐到桌边,双手放在一个未打开的信封上,然后换了一副表情来掩饰她对斯尔太太的看法。出于某种礼貌的本能,她不愿让斯尔太太看到她的脸。于是玛丽用手指遮住眼睛，看着斯尔太太拉出一个又一个抽屉，翻找着信封或传单。她差点儿移开手指，大声说：

"坐下吧莎莉，告诉我你如何做到——天天信心十足地为你那点事忙得东奔西跑，像个慢半拍的绿头苍蝇似的，嗡嗡嗡瞎折腾个不停。"不过玛丽什么也没说，坚持了这么久的事业，只要斯尔太太在办公室，就能让自己不断去思考，所以同往常一样迅速完成了工作。到下午1点钟，玛丽讶然发现，原来自己工作效率很高。她戴上帽子，打算去斯特兰德用午餐，好让自己出去走走，活动下筋骨。只有大脑和身体同时动起来，才能跟上大家的步伐，不被人发觉自己竟是没有生命的机器。

玛丽边走边想，来到了查令十字街。脑子里想了一堆问题，想着自己会不会介意，假如刚才经过的那辆公共汽车把自己活活碾死了呢？不，绝不会的；要不和地铁站入口处那个看上去一脸不爽的男人一起去冒险？还是不要了；恐惧或刺激她都不感兴趣。任何形式的痛苦都会使她吓得魂不附体吗？不，痛苦既非坏事，也非好事。那最重要的事儿呢？在每个单身人士的眼里，她看到了火；好像大脑

第二十章

中的火花在他们人生的每一次相遇,都会自然而然地迸发出燃烧的火花,促使他们不断向前。那位盯着帽子店的窗户看的女人,眼睛里有闪闪火花;那位在二手书店里翻着书、迫切想知道那本书价格——最低价——多少的老人,也是如此。但玛丽一点儿也不在乎衣服和钱。因为拉尔夫爱读书,她便离书远远的。玛丽继续走着自己的路,感觉在这芸芸众生中,自己好似外星人,人群不自觉地从她前面分开,给她让出一条道。

穿过拥挤的街道,玛丽不禁生出些奇怪的想法,要是行人没有明确的目的地,行走在拥挤的街道间,脑海想必会升起各种奇思妙想吧,就如漫不经心地听着音乐时,各种形态、方案、形象油然而生。玛丽突然意识到自己是一个人类个体,产生了一种思想格局:必须要有为人的担当。走在查令十字街上,玛丽多么希望自己有支铅笔和一张纸,好把刚才的想法具体记下来。但如果她开口跟人讲话,想法可能会消失。它好像描绘了玛丽的一生,赋予了一种令人满意的和谐感。正因为玛丽在嘈杂的人群中坚持思考,这种格局才会被激发出来,带着她攀爬到生命的顶峰,眼前一切清晰明了,看得一清二楚。玛丽的痛苦早已被甩在身后。在这一过程中,玛丽全力以赴,用敏捷的思维和完整的思想,摆脱了痛苦,从一个顶峰到达另一个,逐渐形成了自己的世界观。只有两个清晰的词儿逃掉了,在玛丽的一呼一吸中,呢喃——"不是幸福——不是幸福。"

玛丽在路边坐了下来,对面是一位伦敦英雄的雕像,她大声念着雕像下的文字。对玛丽而言,那些英雄雕像不过代表了攀山者带回的罕见花朵或岩石碎块,证明他曾抵达过人生巅峰。玛丽也曾站在顶峰,眺望全世界。不过玛丽有了新想法,现在是时候改变人生的前进路线了。如今,境况云泥殊途,她理应去到那种没有顶棚,破落偏远,人生幸福之人避之则吉的公车站里。玛丽在脑海里勾勒了新构想,感到颇为满意。

"啊哈,"玛丽从椅子上站起来说道,"来想想拉尔夫吧。"

如今她的人生规划有变,他的位置何在呢?此时玛丽心情兴奋,大可回答这个问题。但很快她又发现,自己刚动了这个心思,那种热情瞬间就消失了。现在玛丽决定放下身段自我屈从，认同并重新考虑了拉尔夫的想法。此时，玛丽好似分裂成了两个她，另一个她转向了拉尔夫，谴责他的残忍。

"但我不要——我不要憎恨谁，"玛丽过马路时，谨慎地大声说道。十分钟玛丽来到了斯特兰德街吃午餐，用力把盘子里的肉切成小块，除此之外行为倒是正常，不至于令旁边用餐的客人对她指指点点。此时玛丽的脑子里翻江倒海，她内心的独白全都化作断断续续的话喷涌而出，尤其当玛丽想努力克制自己，不管是站起来走动、数数钱、选择接下来从哪儿拐弯也好，这种表现便愈发强烈。"要了解真相——愉快接受真相"——可能，玛丽嘟囔的话中，这两句最让人听得真切，毕竟没人能听明白玛丽站在弗朗西斯·贝德福德公爵的雕像前，一直在低声胡言乱语些什么。只是时不时能听到让人毫无头绪的拉尔夫的名字，好像讲出他的名字后，玛丽就魔障了一样，想通过加点别的词进去好让那些句子变得毫无意义。

还在办公室里为女性权利而抗争的克拉克顿先生和斯尔太太，丝毫没有察觉到玛丽的不对劲，只是觉得平时这个点她早该回来了。恰好他们忙着手头上的工作,没时间管玛丽。要是他们突然找她,就会发现玛丽心神不定,正在欣赏广场对面一家大旅馆,还没写上几个字,玛丽把笔放在纸上,望向了阳光照射的酒店玻璃窗,酒店烟囱飘出一缕缕紫烟。的确,这幅景象和玛丽的想法一点也不违和。玛丽的视线穿过眼前的近景,她望向远方,静静凝视着。既然已放弃自身需求,便能有幸看到更多的风景,分享人类强大的欲望和痛苦。最近,她一直为事实所掣肘,即便放弃需求也无法放松心情。她明白到当放弃生活中一切令人轻松快乐、灿烂独特的东西后,仍有不以她个人经历为转移的现实,遥如星辰,永不熄灭。由此一想,她方感到些许宽慰。

正当玛丽经历着自身思想从微观到宏观的转变,斯尔太太想起来该用煤气电暖炉烧点水。她看到玛丽把椅子拉到窗户边,不禁有些许惊奇。她点燃了煤气,便直起身子看着玛丽。作为一个秘书,这样的行为只能用身体不适来解释了。但是玛丽,努力让自己从幻想中清醒过来,说自己并没有什么不适感。

第二十章

"今天下午我着实怠惰了工作,"玛丽看了一眼自己的办公桌,补充说道,"莎莉,你该找个新秘书了。"

这些话本可以直接忽视,但玛丽讲话的语气唤出了斯尔太太心里藏匿许久的疑虑。一起共事的日子里,她能感觉到玛丽是个多愁善感又充满热情的姑娘,此刻,看着手里的那捆白色百合,斯尔太太好害怕玛丽会突然欢欣雀跃地告诉她自己要结婚了。

斯尔太太问:"你不会是想离开我们吧?"

"我还没想好。"玛丽含糊其辞。

斯尔太太从橱柜里拿出茶杯,放在了桌子上。

"你不会是要结婚了吧?"斯尔太太略紧张,加快了语速问道。

"莎莉,你今天怎么竟问些荒谬的问题?"玛丽声音有点颤抖,"难道我们一定都要结婚吗?"

斯尔太太暗自窃笑起来,让人有些摸不着头脑。有那么一会儿,斯尔太太似乎承认了生活的阴暗面和人们的情感、私生活、性别有关,接着又很快想摆脱这种念头……谈话的内容让斯尔太太感到不适,于是她把头伸进橱柜里,努力想把注意力转移到那些图案普通的瓷器上。

"我们有自己的事业,"斯尔太太伸出脑袋满脸通红地说着,重重把果酱瓶往桌子上一放。但是目前她没办法继续乐于慷慨激昂地发表那些自相矛盾的长篇大论——关于自由、民主、人权、政府的不公。过去的回忆,或者是说过去女性、过去境遇的回忆,涌上心头,使她局促不安。她偷偷瞥了一眼玛丽,只见她胳膊撑在窗台上,静静地坐在窗户边。斯尔太太注意到,玛丽可真年轻啊,充满了女性未来的希望。眼前的场景让她感到不安,于是她便玩弄起了手边盛茶杯的茶碟。

"是啊——这可是一生的事业。"玛丽说道,好像在总结某段思绪一般。

斯尔太太突然振奋起来。虽然遗憾自己从未受过系统训练,也不曾有逻辑地思考问题,但她很快下决心要做好自己的工作,努力让这份事业看起来有发展愿景,有重大意义。她对自己慷慨陈词了一番,带着许多反问句,用两个小拳头轻碰做了回答。

"一生的事业?傻孩子,这是我们生生世世的事业啊。

第二十章

一个倒下,还会有千万个冲上来。我父亲在他那一代是这项事业的先驱——在他之后,我也尽力把它做到最好。唉,我们还能做什么呢?现在轮到你们年轻人了——我们都指望你——未来就在你的手上。亲爱的,若我能活千万次,我将全部奉献给我爱的这项事业。这是一项为女性权益而抗争的事业,是全人类发展的事业,你说呢?而且还有一些——"斯尔太太猛地看了一眼窗外——"还有一些人不明白这项事业的意义。他们满足于现实,继续浑浑噩噩地生活着,不愿意承认现实。我们是有远见的——哎,水壶烧开了吗?不,不,让我来,让我来——,"她继续道,拿水壶和茶杯不断比划着。也许是因为这些小动作打乱了她的思绪,她愁闷地总结,"总之这一切都很简单。"随后斯尔太太提到一件让她困惑已久的事——这世上明明黑白分明,怎么人类却总是辨不清正误,也不懂得只需通过几条行之有效的议院法案,便能迅速有效、彻彻底底地改变人类的命运。

"定会有人认为,"斯尔太太说着,"像阿斯奎斯先生这样接受过大学教育的人——做这项事业,面对理性诉求,大众定然不会充耳不闻。但是理性,"她反问,"没有了现实的理性又是什么呢?"

为了表示对刚才那句话的尊敬,斯尔太太又重复了一遍,然后就听到了克拉克顿先生从他办公室里走过来的声音。因为他习惯了引用斯尔太太的话,只听他用一种冷幽默的语调又重复了一次那句话。不过,克拉克顿先生对所处的世界十分满意,他接着用谄媚的语气评论说,希望能把刚才那句话用大号字体印在新传单上。

"但是,斯尔太太,我们要合理地把现实和理性结合起来,"他用一种毋庸置疑的口吻补充道,想要抑制女性的热情失衡。"现实若想被大众知晓,必须先通过理性发声。有史以来所有的女性运动,都有一个缺点,达切特小姐,"他在桌子跟前坐下,面向玛丽。准备继续发表一番深刻言论,"缺点就在于,没有足够的知识打好基础。在我看来,这就是一个错误。英国人民喜欢装在雄辩口才罐子里的一小团理性——就像是混在布丁般甜蜜情感里的一片理性药丸。"克拉克顿先生用精准的文学比喻尖锐地刻画出了现状。

克拉克顿先生的视线落在了玛丽手里柠檬黄的新传单

上，眼神里流露出身为作者的骄傲。玛丽站起来，坐在了桌子的另一头，给克拉克顿先生和斯尔太太添了茶水，说了自己对新传单的看法。之前她已多次说过新传单的不好，但现在玛丽的立场大不一样。她已经正式加入了抗争的大军，不再是志愿兵了。她已经放弃了一些东西，现在——她该如何表达呢？——并非铆足干劲，势要达成目标。她也清楚克拉克顿先生和斯尔太太也早已退出这场战斗，隔着鸿沟，她看见他俩融于黑沉沉的人影当中，在众多行为乖张、裹足不前的活人间穿梭，这些人浑浑噩噩，已然失去为人的精髓。当玛丽认为自己的命运早已和两位绑在了一起，这些想法从未像今天下午这样清晰明了击中她的内心。一想到整个世界会陷入黑暗，玛丽就会冒出反复无常的想法，以为过了这段绝望的时期，世界会重新变好，甚至可能呈现出更美好的一面。不，玛丽思考着，坚定不移地坚持自己认为是对的观念；既然失去了最好的，我无法假装其他的观念不存在。不论发生什么，对我的人生都毫无意义。她的话坚定有力，好像用尽了全身的力气痛苦地喊出来似的。此刻斯尔太太暗自庆幸没人注意到下午茶时间不允许讨论购物的规定。克拉克顿先生和玛丽此时都咄咄逼人地尽力说服对方。斯尔太太想到一件重要的事,她似乎不清楚——不清楚事情发生到了什么地步。她开始兴奋起来,胸前的十字架相互纠缠;只见她用铅笔头在桌子上钻出一个洞,想要理清重点。那些内阁成员如何能抵制这样的言论呢?她自己也不知道。

斯尔太太差点忘了自己最重要的伸张正义的私人工具——那台打字机。电话铃响了,斯尔太太赶忙接起电话,似乎电话那头的声音有什么重要的大事要说。斯尔太太认为,正是在地球上的这间办公室里,来自世界各地的人们打来电话分享自己的思想,才使得人类不断进步。当她接完电话回来,手里拿着刚打印好的文件,她看到玛丽已经在戴帽子了,似乎要迫切离开。

"是这样的,莎莉,"玛丽说道,"这些信需要复印了,这些是我还没来得及看的。新的调查必须认真进行。但现在我得回家了。晚安,克拉克顿先生;晚安,斯尔太太。"

"有玛丽这个秘书还真是幸运啊,克拉克顿先生。"斯尔太太手里捧着文件,看到玛丽走出办公室关上了门,对克拉克顿先生说道。克拉克顿先生似乎被玛丽的言行举止打动了,他甚至想象自己必须要告诉她,一间办公室里容不得有两位领导的存在——但玛丽人很聪明,能力又强,身边有一群非常聪明的年轻人。毫无疑问,她的一些新建议来自他们的主意。

克拉克顿先生对斯尔太太的话表示认同,随后他看了一眼钟表,才五点半。

"要是玛丽能认真对待这份工作就好了,斯尔太太——但玛丽似乎并没有啊。"说完便走回了自己的办公室;斯尔太太犹豫了一会,也继续回去工作了。

第二十一章

玛丽走到最近的车站，不一会儿就到家了，这点时间刚好够用来看完《威斯敏斯特公报》上的世界新闻。才进门几分钟，玛丽已经做好了晚上辛苦加班的准备。她打开抽屉拿出几页手稿，上面标着几个有力的大字，"关于民主国家的几点看法"。那几点看法的内容在句子的中间部分逐渐减小变得模糊不清，说明作者中间肯定被打断，无法继续写下去了，拿着钢笔悬在半空中停顿。哦，对了，是拉尔夫那会进来了。她狠狠地一笔划到了纸上，于是拿了张新的，飞快地写着人类社会的基本框架概述，这可比她平时的习作习惯大胆多了。拉尔夫之前就说过玛丽，她不会写作，刚好纸上频繁出现的墨水渍和新插入的内容很好地证明了这一点。但玛丽把这些话都抛在了脑后，一股脑地写下来不断在她脑海里蹦出来的文字，直到写完了大半页纸，才停下来喘口气。停下笔，玛丽也停止了思考，她开始倾听。她听到了一个卖报童在大街上叫嚷；她听到了一辆公共汽车停了下来，载满乘客后又突然继续开走了；这些沉闷的声音意味着玛丽回到家后，大雾已经升起。大雾真的能减弱声音吗？玛丽现在并不确定，但拉尔夫·德纳姆肯定懂。不过，这不关她的事。玛丽正准备用钢笔蘸点墨水时，听到了石头楼梯上传来的脚步声。她听着这脚步声经过奇彭先生的屋子；路过吉布森先生的门口，然后走过特纳先生的屋门口，最后在自己的房门口停了下来。是邮递员吗？洗衣工吗？是有传单还是账单吗？玛丽脑子里略过这几种自然的可能性；但令人惊讶的是，她又不耐烦地否决了那些想法，有些不安。脚步声逐渐放慢，好像走到了陡峭的山坡尽头；玛丽听着有节奏的脚步声，内心紧张难耐。她靠在桌子上，感觉到心脏突突地跳动着，使她的身体前后微微晃动——对于一个精神状态稳定的女人来说，这样的紧张感令人诧异，应该受到斥责。玛丽想象着，怪物要现形了。她现在只身一人，头顶陌生的脚步声愈来愈近，愈来愈近——怎么逃？根本无路可逃。她甚至不知道天花板上那个长方形的标识是不是通往屋顶的一扇门。

第二十一章

而且就算她逃到了屋顶——从屋顶到人行道可有60多英尺的高度。但玛丽很坦然地坐着一动不动,当敲门声响起,她径直跑过去打开了门。开门,玛丽看到一个门外站着一个高大的身影,她眼里闪过一丝不妙。

"你想怎么样?"玛丽问道,楼道里的光线断断续续,所以看不清来客的脸。

"玛丽?我是凯瑟琳·希尔伯里呀!"

玛丽一下子有点冷静过度了,她冷冷地说了声"请进",好像要弥补之前自己荒谬的感情浪费。她把绿荫灯拿到了另一张桌子上,用一张吸墨纸盖住了自己刚才写了一半的手稿。

"他们就不能让我自己一个人待会儿吗?"玛丽痛苦地想着,定是凯瑟琳和拉尔夫联合起来搞什么阴谋,连区区一点单独学习的时间都不给她,还跑到家里来——这是玛丽防御世界的藏身之地啊。当玛丽把手稿的吸墨纸弄平整,她已经做好了对抗凯瑟琳的准备。凯瑟琳的存在,不仅仅像往常一样影响了她,还对她产生了某种威胁。

"你在工作吗?"凯瑟琳犹豫不决地问道,意识到自己并不受玛丽欢迎。

"没什么。"玛丽回答说,搬出最好的椅子,开始通火。

"我不知道你下班后还要工作。"凯瑟琳继续道,语气听起来好像在思考别的什么事,不过确实是心不在焉。

凯瑟琳一直跟着母亲到处走访。拜访期间希尔伯里夫人匆忙跑进商店里,买了枕套和记账本,想给凯瑟琳的新房装饰一下,却又毫无章法。凯瑟琳感觉四周障碍重重,快要透不过气来。最后好不容易告别了母亲,按照约定,她要去罗德尼家里一起吃晚餐。但凯瑟琳并不想在7点之前就过去,要是她乐意,她有充裕的时间从邦德大街走到坦普尔大街。走在街道上,两侧的人流来来往往,再加上一想到晚上要单独和罗德尼共进晚餐,凯瑟琳陷入一种极度沮丧的情绪中。她和罗德尼都说,他们现在还是朋友,甚至是比之前关系更要好的朋友。对凯瑟琳而言,她倒真是这么想的。毅力、感情和怜悯心,都是之前凯瑟琳没能在罗德尼身上看到的品质,直到罗德尼对自己动了情才发现。凯瑟琳思索着,看着身边川流不息的人群,想着他们是多么相似啊,却又距离彼此多么遥远。没人能理解凯瑟琳在想什么，人与人之间再亲密，都不可避免地会产生距离感，这是多糟糕的亲密关系啊。凯瑟琳看着烟草公司的橱窗，想道，"哦，亲爱的，我谁也不关心，我不关心威廉，但大家都说这是最重要的，我不明白他们的意思。"

她绝望地看着橱窗里光滑的烟斗，不知自己是该走斯特兰德街还是沿着河堤走？这不是一个容易的问题，因为它不仅仅指的是不同的街道，还和不同的思想有关。如果走斯特兰德街，她便会强迫自己思考关于未来的问题，或者想一些数学题；如果走河堤，她定会想到那些不存在的东西——森林、海滩、枝叶茂盛的孤独植物，还有坦坦荡荡的英雄。不，不，不要！绝对绝对不要！——绝对不要想这些。此刻她不愿沉浸其中；她必须想点别的了，不然现在的情绪着实很糟糕，然后她便想到了玛丽。是玛丽给了她自信，甚至给了她一种悲伤的快乐，仿佛拉尔夫和玛丽的胜利证明了，她的失败在于自己，而不能怪生活。凯瑟琳隐约以为，玛丽肯定能帮到她，再加上对玛丽的信任，自己应该要去拜访她的。当然了，她很喜欢玛丽，她猜玛丽必然也喜欢她。凯瑟琳虽然很少冲动行事，但她犹豫了一会儿，决定就冲动这一次，于是便拐到旁边的小道上去找玛丽了。但玛丽并没有很热情地接待她，显然玛丽不想看到自己，也不想帮她，很快凯瑟琳想要吐露心声的想法就破灭了。凯瑟琳对自己的错觉感到有点好笑，显得心不在焉，来回摆弄着手套，似乎要在说再见之前打发掉这最后几分钟。

这几分钟最好还是问问普选法案的进展情况，或者谈谈自己对目前情况的看法。不知是自己讲话的语气，或者说了什么不该说的，还是因为自己不停地摆弄手套惹恼了玛丽，显得她讲话很直接，不顾及玛丽的感受，甚至带有些敌意。她淡定地跟凯瑟琳讨论自己的工作，好像凯瑟琳也像玛丽一样为工作牺牲了个人，想让凯瑟琳意识到自己现在的工作的重要性。大概过了十分钟，凯瑟琳放下手套，准备离开。玛丽看到这一幕，她意识到今晚似乎有些反常——突然自己产生了另外一个特别强烈的愿望：凯瑟琳现在不能离开，不能回到那个充满不负责任个体的自由快乐的世界。必须有人帮助她——觉醒。

"我非常不理解，"她说道，好像凯瑟琳直接要挑衅她似的,"现实本如此,人人至少都可以贡献绵薄之力来改变世界啊。"

"没错。但现实又是什么呢?"

玛丽紧闭双唇,露出一丝嘲讽的笑容;她同情凯瑟琳,只要她愿意,她完全可以向凯瑟琳呈现一堆令人反感的现实依据——被那些随意活着的人、门外汉、冷漠旁观者和愤世嫉俗的生活观察者忽视的现实。然而,玛丽犹豫了。照例,每次她和凯瑟琳交谈时都会改变自己对她的看法,包含个性的信封保护我们不受他人窥探,但感官的利剑将它轻易刺穿。她真是自我又冷漠的人啊!也许并不是从她的话语中感觉到的,但是她的声音、她的表情和态度里处处透露出一种沉思中的温和性情,那种直接而深刻的感知力,影响了她的思想和行为,所以她的言行举止都那么温柔亲切。面对如此柔情,克拉克顿先生都会自动败下阵来。

"你将来定是要结婚的,还有其他事情要考虑。"玛丽没来由地冒出这些话,语气颇傲慢。她不指望凯瑟琳能马上理解这些话的意思,那种痛苦的代价她自己早已经历。不,凯瑟琳应该是无知快乐的,这种没有人情味的生活自己来承受罢了。一想到早晨时的自暴自弃，玛丽的良心隐隐作痛，而且她想进一步探索那不受感情影响，超脱众人，毫无痛苦的状态。她得抑制此般想独立于他人的欲望，因为如此愿望与他人对她的期待大相径庭。玛丽为自己内心的痛苦而深感忏悔。

凯瑟琳又有了要离开的意思；她戴上一只手套，看着玛丽，好像还有些琐碎的话要说。是不是应该找些相片、钟表或者抽屉柜之类的话题来说呢？找些平和友好的话题来结束这次不愉快的拜访呢？绿荫灯在一角静静燃烧着，照亮了屋子里的书、钢笔和吸墨纸。这个房间给予了凯瑟琳新的想法，让她觉得很自由。在这样的房间里，你才能专注工作——才能拥有属于自己的生活。

"你真的好幸运，"凯瑟琳观察着说道，"我好羡慕你，可以独自一人居住，拥有属于自己的东西。"——还有一份崇高的工作，虽然不被认同，也没有订婚戒指，但我打心眼里羡慕啊，凯瑟琳在心里默默补充道。

玛丽微微张了张嘴，没说什么。她想不到自己哪些地方能让凯瑟琳如此真诚地说羡慕。

第二十一章

"我觉得你没必要羡慕我。"玛丽说道。

"也许人们总喜欢对他人心生羡慕吧。"凯瑟琳有些茫然地说着。

"好吧,但你已经得到了所有人梦寐以求的啊。"

凯瑟琳沉默不语。她静静地盯着火炉,脸上没有一丝不自然的表情。她察觉到玛丽的话语中已经没有了敌意,也忘了自己刚才已经准备要走了。

"也许是吧,"凯瑟琳还是开口了。"但我经常会想——"她顿了顿,不知道该如何表达自己的意思。

"我是那天在地铁里突然想到的,"她笑了笑,重新理了理思路说道,"为什么有些人会选择与旁人不同的人生道路?不是因为爱,也不是出于理智,我想一定是出于某种理念吧。玛丽,也许是我们自身的情感蒙蔽了思想的双眼,也许并没有所谓的感情……"她半自嘲式地提出疑问,没有特指玛丽或是其他某个特定的人。

但这些话在玛丽听来,是如此肤浅傲慢、不近人情、愤世嫉俗。内心所有反抗的本能在此刻又被唤醒。

"我可不是理性之人。"玛丽说。

"我明白,我知道你不是。"凯瑟琳回答说。她看着玛丽,好像她似乎有重要的事情要解释。

玛丽不禁感觉到凯瑟琳这番话背后的天真和善意。

"我认为感情才是唯一的真理。"玛丽解释说。

"是啊,"凯瑟琳几乎有点悲伤地说着。她明白玛丽心里在想拉尔夫,但是她没办法强迫玛丽透露更多他俩现在的情况;只能选择尊重事实——毕竟有时候,人生自有其满意的安排,我们还是要继续生活。凯瑟琳刚站起身来,玛丽认真说她还不能走;本来两人就很少见面,好不容易见一次,她还有好多话要说……玛丽认真的语气,让凯瑟琳感到惊讶。她觉得提到拉尔夫的名字也不是什么有失检点的事。

想着"再坐十分钟",凯瑟琳提起,"对了,德纳姆先生告诉我,他打算离开法律界,回乡下去住了。那他已经走了吗?之前他刚准备讲这个事就被打断了。"

"他是这么想的。"玛丽简短地说完,脸唰地一下就红了。

"这个想法不错。"凯瑟琳果断说道。

第二十一章

"你这么认为吗?"

"是啊,这样他便能做做一些有价值的事,比如写本书什么的。我父亲之前还说,德纳姆是给他写评论的年轻人里面最杰出能干的呢。"

玛丽弯下腰,拿起拨火棍搅动着火炉里的煤块。凯瑟琳一提到拉尔夫,激起她心中一种无法抗拒的欲望,想要告诉凯瑟琳她和拉尔夫现在真正的情况。从凯瑟琳提到拉尔夫的语气中,玛丽听得出来,她并不想刺探自己的秘密,或是含沙射影些别的什么。而且,她喜欢凯瑟琳,信任她,尊敬她。建立信任的第一步相对简单,但进一步的信任,正如凯瑟琳说的那样,就没那么容易了,但她必须信任凯瑟琳。她必须告诉凯瑟琳被蒙在鼓里的事——告诉她,拉尔夫爱的人其实是凯瑟琳。

"我不知道他有什么计划,"玛丽迅速回复说,在想要吐露真言的压力下寻找合适的坦白时机,"圣诞节后我们就再没见过了。"

凯瑟琳心想这有点奇怪,大概是自己误解了玛丽和拉尔夫吧。不过,凯瑟琳并不是一个善于察言观色的人,但她留意到自己现在的失败又一次证明了她不过是一个务实、思想抽象的人，比起解决男女之间的感情问题，她更适合和数字打交道。无论如何，威廉·罗德尼肯定会这样说。

"那——"她说。

"噢，请不要走！"玛丽大呼一声，伸手拦住她。凯瑟琳刚挪一步，玛丽便有种难以言喻的强烈感觉——她无法忍受凯瑟琳现在就离开。如果凯瑟琳走掉，那她将失去最后一次讲出真相——讲出极为重要的真相的机会啊。这几个字足以吸引凯瑟琳的注意力，然后玛丽沉默了。虽然话到嘴边，但她又生生把想说的话咽了回去。虽然这样，玛丽思索着，为什么要讲出来呢？因为直觉告诉她，向他人毫无保留地吐露心声是正确的。然而想了想，玛丽又退缩了。这对一个早已赤裸裸暴露在他人面前的人来说，着实要求太多。有些事只能埋藏在心底。但如果她真的对凯瑟琳保密呢？玛丽立即预想到在未来很长一段时间里，她都会过着这种监狱般被囚禁的生活，被四周厚厚的围墙围起来，不会改变。一想到这种生活的孤独感，玛丽吓坏了，却没有勇气说出真相——一旦说了，便会失去孤独，而孤

第二十一章

独对她而言,已是弥足珍贵。

她的手抚摸着凯瑟琳裙边的皮毛,低下头好像要检查一番似的。

"我喜欢这皮毛,"玛丽说着,"我喜欢你的裙子。你可千万别以为我要嫁给拉尔夫,"她语气不变地继续道,"因为他一点也不在乎我。他心里装着别人。"玛丽依然低着头,双手抚弄着裙边。

"只是一条破旧的裙子,"凯瑟琳说道,语气有些不愉快,表示自己听到了玛丽的问话。

"你不介意我告诉你这些吗?"玛丽站起来问。

"不,不会啊,"凯瑟琳回答,"你误会了吧?"但其实凯瑟琳感到十分不自在和沮丧,甚至感到,自己的幻想破灭了。现在谈话的氛围突然紧张起来,凯瑟琳内心充满抵触,因为玛丽的无礼让她备受折磨,同时玛丽讲话语气中的痛苦让她感到震惊。她悄悄看着玛丽,眼里满是焦虑。但如果凯瑟琳发觉自己并未理解玛丽的话里有话,她定会大失所望。玛丽倚靠在椅子上,皱着眉看向凯瑟琳,一副若有所思的样子,好像在过去几分钟之内她已经活了十五年之久。

"你不觉得,有些事是不能被误解的吗?"玛丽静静冒出这句话,语气有些冷冰冰的。"这是我对爱情的困惑。虽然我总因自己是个理性的人而骄傲,"玛丽接着说,"但我似乎无法感知爱——我的意思是说,如果其他人没有明说。我真傻啊,自己还要假装。"然后她顿了顿。"凯瑟琳,你看,"她调整了下自己的情绪,提高声音说道,"我恋爱了,你无需怀疑……我疯狂地爱上了……拉尔夫。"玛丽微微摇了摇头,掉下一绺色泽光鲜亮丽的头发,衬托出一副傲慢和挑衅的样子。

凯瑟琳暗自思忖,"那就是爱的感觉啊。"她犹豫片刻,觉得自己不该讲这样的话,于是低声说道,"你已经有了。"

"是啊,"玛丽说着,"我已经明白了爱一个人的感觉。每个人都会坠入爱河啊……但我不是有意要说这些的,我只是想让你知道。还有件事我要告诉你……"玛丽停顿片刻。"我无法代表拉尔夫说这些话,但我确定——他爱的人是你。"

凯瑟琳再次看向玛丽,好像她如痴人妄想一般在说话,一定能看出来玛丽讲话时那种激动、困惑而又异想天开的

第二十一章

样子。但没有,她依然皱着眉,好像在脑海里的争论中艰难地寻找出路一样,看上去更像一个理性而非感性之人。

"你误会了——真的误会了。"凯瑟琳理智地说道。她根本无需回忆过去的点滴便知道这一切都是误会,事实真切地摆在眼前,无需三思,拉尔夫对自己只有深深的敌意;而玛丽,说出了自己以为的事实,没有急于求证,反而想要向自己,而非凯瑟琳,解释清楚自己这样做的目的。

刚才出于强烈的本能玛丽鼓起勇气说了,现在被卷入了一场超出自己预判的浪潮中。

"我告诉你,"她说,"因为我需要你的帮助。我不想再嫉妒你了,我真的——真的非常嫉妒你。唯一的办法,只有告诉你了。"

她犹豫着,努力保持情绪清醒。

"倘若我告诉你,那我们便能好好交流;当我心生嫉妒,也可对你直言不讳。而且如果我想做些可怕的事儿,那我可以说,你也能迫使我告诉你。人和人之间的交流实属困难,而我又害怕孤独。我应该把所有心思都锁在脑子里,真的,那正是我所怕的。想着这一生都将是一成不变了,改变太难。当我认定某件事是错的,我会一直认为它是错的,拉尔夫说得很对,他说世界上没有绝对的对与错,我懂了,当你审判别人时,也没有绝对的好与坏——"

"拉尔夫·德纳姆说的吗?"凯瑟琳愤愤不平地问道。为了让玛丽痛苦,凯瑟琳以为拉尔夫一定对玛丽表现得冷酷无情。她觉得拉尔夫为了一己之私,还借着什么虚伪的哲学理论,使得他做出这些糟糕的事来,使得他已经放弃了他们之间的友情。要不是玛丽突然打断了她,她正准备把这些心里的想法说出来。

"不,不是的,"她说道,"你不明白,这都是我的错,毕竟,如果有人选择冒险——"

在这场感情的冒险中,如果说玛丽对拉尔夫的了解胜过一切她掌握的知识,那么玛丽丢掉了她最宝贵的东西,导致现在她失去了和拉尔夫说话的权利。她的爱不再完整,因为拉尔夫投入的那份爱飘忽不定;现在,为了给生活再添一份苦涩,她原本清晰的生活现在已变得令人颤抖而难以预料,因为有人已见证了这一切的发生。玛丽感觉自己对那份过往专属的亲密关系的渴望过于热烈,所以她无法

第二十一章

承受眼泪的重量,只得站起来走到屋子另一角,拉开窗帘,静静站在那里。隐忍痛苦并不可耻,最痛的地方在于这一切都是她咎由自取。先是因为拉尔夫,后又拜凯瑟琳所赐,自己曾陷入困境,被人欺骗、被人抢劫,现在置自己于如此备受羞辱的份上,完全找不回当初的自己。玛丽轻声啜泣,眼泪顺着脸颊流了下来,自己也有软弱的一面啊;为了让事情变得苦上加苦,她原本清晰的生活现在已变得令人颤抖、难以预料。但至少,她可以控制自己的眼泪,然后转身,继续面对凯瑟琳,找回勇气。

于是玛丽转过身来,看到凯瑟琳一动不动地斜靠在椅子上,盯着炉火。这让她想到了拉尔夫。他也会像这样坐着,身体微微向前倾,然后看着眼前的东西,思绪却早已飘向远方去探索去观察,直到回过神来,"呃,玛丽?"——然后又是沉默,这比她知晓的所有对话都要浪漫。

凯瑟琳静静坐在椅子上的身影,让玛丽觉得有些陌生,那身影如此平静、庄重又意味深长,让玛丽不自觉屏住了呼吸。她停顿了,那一刻的思想已不再痛苦。她被自己的安静和自信惊讶到了,于是默默走回来,坐到了凯瑟琳的身边。玛丽没有心思讲话,但是在这沉默中,她似乎变得不再孤独;她突然变成了可怜的受害者,又是痛苦的旁观者;她比以前更快乐了;同时她失去了更多,摒弃了更多,但有了挚爱。玛丽试图表达自己的内心,但只是徒劳。而且,令人难以置信的是,虽然她一句话也没有说,但好像凯瑟琳已经懂了。于是两个人沉默地坐在一起,玛丽一直抚弄着凯瑟琳裙边的毛皮。

第二十二章

　　此时，凯瑟琳沿着斯特兰德街一路往威廉家的方向狂奔，倒不完全是因为她跟威廉的约会要迟到了，毕竟打出租车去肯定来得及，但玛丽的一番话燃起了凯瑟琳心中的熊熊火焰。今晚的夜谈，玛丽展现了自己最真实的一面，说出了心底埋藏已久的真相，比起这件事，其他任何事都不足挂齿。玛丽轻轻一瞥，于是朱唇轻启，道出了心中的爱意。

　　"她直直坐在那里看着我，然后开口说'我坠入了爱河'。"凯瑟琳沉思着，试图想让这一幕在眼前活络起来。这一幕对玛丽而言一点也不遗憾，简直太神奇，好像黑夜里突然燃起的一团火焰。在这团火焰的映照下，凯瑟琳看得一清二楚，她自身的感受如此平淡无奇，甚至毫无实感，完全无法与玛丽的感情相比。知道了事情的原委后，凯瑟琳立即决定行动起来，不禁想起了当时在石楠花丛时的情形，当时她到底是出于什么原因才屈服的呀，如今已不得而知。在迷雾中曾摸索探秘，迷失方向之地，在光天化日下方可重游。

"一切都很简单"，凯瑟琳自言自语道。"容不得我半分犹豫。我只要说出事实，说出来就好了。"她边走边说，完全忘了玛丽。

威廉·罗德尼刚从办公室回到家，时间比自己预期的要早，正坐在钢琴旁挑选《魔笛》里的曲子。凯瑟琳迟到了，这倒不是什么新鲜事儿，毕竟她对音乐没什么特别的喜好，倒是自己现在来了兴致，听听也许不错。凯瑟琳对音乐不感兴趣这点颇有些奇怪，威廉暗自思索，毕竟按常理说，他们家族世世代代都是音乐迷。比如说她表妹，卡桑德拉·奥特韦，对音乐有极高的鉴赏力。威廉还记得她在斯托格登大宅的会客厅里吹长笛的画面，让人感到轻松自在，真是美妙的回忆啊。他不禁愉快地回忆起当时卡桑德拉·奥特韦的鼻子（像所有奥特韦家族的长鼻子一样），伸到了长笛上，看起来像一只独特优雅的音乐鼹鼠。那画面，分明体现了她优雅迷人而又古灵精怪的性格。卡桑德拉是一位有教养的年轻女孩,她的热情洋溢吸引了他,他认为以自己对音乐的造诣和研究,肯定有各种方法来帮助她提高音乐品位。要知道,真正的天籁都是那些有着良好音乐细胞的音乐家演奏的,她应该好好欣赏一番。而且,在两人的聊天中,卡桑德拉时不时冒出来的几句话让威廉认为,也许她具备未经开化的文学热忱,而凯瑟琳承认自己并不具备如此热情。威廉还把自己写的剧本寄给了她。与此同时,凯瑟琳今晚定要迟到,如果不能同她一起二重唱,《魔笛》便没了灵魂,于是威廉决定给卡桑德拉写信来打发时间,想建议她先读读蒲柏的诗,等到对诗歌的形式有了更好的领悟,然后再读陀思妥耶夫斯基①。写信时,威廉陷入一种轻松愉快的状态,然而当他听到凯瑟琳上楼的脚步声时,对写信的目的仍了然于心。过一会儿,他发现很明显自己

---

① 陀思妥耶夫斯基(Fyodor Dostoevsky,1821—1881):俄国作家。1846年发表第一部长篇小说《穷人》(*Poor Folk*),受到高度好评。1848年发表中篇小说《白夜》(*White Night*)。1849年因参加反农奴制活动而被流放到西伯利亚,此后发表了长篇小说《罪与罚》(*Crime and Punishment*)《白痴》(*The Idiot*)《群魔》《卡拉马佐夫兄弟》(*The Brothers Karamazov*)等作品。

弄错了，那不是凯瑟琳；但他没办法静下心来继续写信了。威廉发现，自己的心情从刚开始那种从容不迫的满足感——带着愉悦的心情一点点膨胀起来——变成了现在紧张又期待的心情。晚餐已经送到，必须燃火保温。根据两人约定时间，凯瑟琳已经晚了一刻钟。威廉突然想到一件事——让他今早沮丧不已。由于一位同事生病，他很可能在今年晚些时候才能休假，那就意味着自己和凯瑟琳的婚期要推迟了。但这终究没那么糟糕，有可能凯瑟琳已经忘记了两人订婚的事——这个概率每秒钟都在时刻提醒着自己。自从圣诞节后，这种事情已经很少发生，但如果又发生了怎么办？如果真像凯瑟琳说的那样，他们的婚姻会变成一场闹剧，那又该如何是好？他原谅她任何故意伤害他的举动，但她的个性使她自然而然、无法抑制地便去伤害别人。她冷血吗？她自私吗？他试着去想凯瑟琳到底是什么类型的人，但最终还是困惑不已。

"她不懂的事还有许多，"威廉想到，他瞟了一眼已经动笔的给卡桑德拉的信，然后搁置一旁。是什么让威廉无法继续那封他一开始饶有兴趣写的信呢？因为凯瑟琳随时可能走进来。这一想法,意味着威廉受到了凯瑟琳的束缚,这让他颇为恼怒。想到自己会把信摊开放在桌子上让凯瑟琳看到,还要告诉她自己已经把剧本寄给了卡桑德拉以批评指正。很有可能,但不百分百确定,这样会激怒凯瑟琳——正当威廉想着可能发生的事来慰藉自己时,传来一阵敲门声,凯瑟琳走了进来。他们面无表情地亲吻了对方,凯瑟琳也没有为自己的迟到而道歉。然而奇怪的是,凯瑟琳的到来让威廉有些感动;但他决定他不应放弃与她对抗,他必须要了解真实的凯瑟琳。他让凯瑟琳去把外套挂起来,自己忙着端盘子。

"凯瑟琳,我有件事要告诉你,"两人在桌边坐下后,威廉直言道,"我四月份可能没办法休假,婚礼大概要推迟了。"

威廉尽量语气轻快地讲出这些话。凯瑟琳有点被惊动的样子,好像这话打断了她的思绪。

"那倒没什么影响,是吧?我是说契约还没有签,"她回答说。"但为什么要推迟呢?发生什么事了?"

威廉漫不经心地告诉她,自己有位同事生病,可能要离开数月,甚至可能六个月的时间都没办法回来工作,这样一来,公司的人不得不重新考虑职位分配的问题。威廉讲话的方式让凯瑟琳觉得他是在刻意表现出随意的样子。但也没有迹象表明威廉对自己很生气啊。凯瑟琳觉得自己还算衣着整洁吧?难道是因为自己迟到了?她不禁看了看钟表。

"真庆幸我们当时没买下那栋房子,"凯瑟琳若有所思道。

"我担心,这同时也意味着在未来一段时间里,我无法像之前那样自由了。"威廉继续说着。凯瑟琳有时间去思考自己从这一切里得到了些什么,但具体是什么现在还无法确定。从凯瑟琳进门的那一刻起,她的身上就燃烧着思绪的焰火,现在却突然被威廉讲话的语气笼罩而熄灭了。凯瑟琳已经做好准备,随时应对威廉对自己的反对,比起眼前的未知,那要容易多了。于是两个人安静地吃着饭,聊了一些无关紧要的事情。凯瑟琳对音乐一无所知,但她喜欢听威廉讲音乐;一边听威廉讲话,凯瑟琳一边幻想着婚后的夜晚在这炉火旁度过;也许她会有时间看看书,抓

第二十二章

紧一切机会，好好用脑子学点东西，弥补之前的遗憾。晚餐的气氛很是自由。突然威廉停了下来，凯瑟琳担心地抬起头，烦恼地把这些想法丢到一旁。

"我给卡桑德拉写了封信，地址应该写哪儿呢？"他问凯瑟琳。显然今晚威廉别有用意，要不就是有情绪。"我们已经成为朋友。"威廉继续说。

"我猜她应该在家。"凯瑟琳回答说。

"他们总是让卡桑德拉待在家里，"威廉说，"你可以问问她愿不愿意来跟你住啊，还能听听好的曲子？你若不介意，我得把这封信写完，因为我希望信明天就能送到。"

凯瑟琳在椅子上坐下来，罗德尼把信纸放在膝盖上，继续写道："卡桑德拉，你应该明白，我们常常忽视了——"但是他更在意凯瑟琳落在自己身上的目光，而不是写什么内容给卡桑德拉。威廉知道凯瑟琳在注视着自己，但不知那目光是冷漠还是恼怒。

实际上，凯瑟琳已经完全陷入了威廉的圈套，一种莫名的不适感和不安袭来，让她没办法按照自己的思路进行。威廉的态度即便称不上是敌意，也算得上是冷漠，使得两人的关系只能彻彻底底地不欢而散。凯瑟琳认为玛丽的情形比自己好得多,她只有一件简单的事要做,而且她已经做到了。事实上,凯瑟琳不禁想到,行为举止再彬彬有礼的人,内心也有一丝卑鄙,这一点微妙之处从她身份尊贵的家人和朋友中就能感觉出。比如说,虽然凯瑟琳很喜欢卡桑德拉,她精彩的生活却在凯瑟琳眼里倍显无趣;之前热衷于什么社会主义和桑蚕,现在又是音乐——凯瑟琳认为这才是威廉对她产生兴趣的原因所在。在凯瑟琳来之后,威廉从来没在她面前浪费过一分一秒写信。她一下子恍然大悟,之前不甚明了的情况一下子变得明白。是的,威廉待她的深情她一直不以为然,如今这深情也许,不,肯定已有所减退,甚至不复存在了。凯瑟琳仔细盯着威廉的脸,仿佛要在他脸上找到证据才罢休。看着威廉,凯瑟琳感觉自己从未尊重过他,突然被他的敏感和聪慧吸引了,但她注意到威廉的这些品质,又好像是面对一个陌生人时产生的反应。威廉低下头看着信纸,像往常一样沉思着,一副镇定自若的样子像远远把自己与世界隔开,就像对着镜子后的人讲话一样。

第二十二章

威廉继续写着信,连眼皮子都没有抬。凯瑟琳本来想聊聊,却没有勇气要求他展露爱意,毕竟自己没有权利这样做。感觉到威廉对自己来说如此陌生,凯瑟琳沮丧不已,同时这也说明了人类无尽的孤独。她以前从未强烈地感受到过这一点。凯瑟琳的视线落在炉火上,在她看来,就算按照身体距离来算,他们俩也几乎不在交谈范围内;精神层面来讲,她未曾有过可称之为朋友的人;也未曾有过让她满意的梦想,因为她早已习惯学会满足;凯瑟琳没有什么可以相信的事情,除了那些抽象的观念——数字、法律、星星和事实,她因为缺乏知识和耻辱感而很难坚持去相信。

罗德尼承认自己一直沉默不语是多么愚蠢的举动,当着凯瑟琳的面写信又是多么低劣的行为,于是他抬起头,想找个理由大笑几声缓解尴尬,不然趁合适的时机向凯瑟琳坦白,却被眼前的一幕困扰。凯瑟琳似乎对威廉的好和坏都视而不见,从她的表情可以看出来,凯瑟琳的注意力好像已经脱离了周围的事物。如此漫不经心的态度,让威廉觉得她颇有男子气概,少了些女人味儿。他内心想要打破尴尬场面的冲动已经渐渐冷却,而之前让人恼怒的无力感又一次出现。威廉忍不住拿凯瑟琳与印象中迷人又古灵精怪的卡桑德拉相比；凯瑟琳为人含蓄、轻率而文静，却常常引人注意，所以威廉需要凯瑟琳的好建议为他指点一二。

片刻之后，凯瑟琳转过身，仿佛她思考完了，才注意到威廉的存在。

"你的信写完了吗？"凯瑟琳询问。威廉想着自己从她的语气里听到了微微的开心，而没有一丝嫉妒。

"还没，今晚先写到这儿吧，"他说着，"现在没什么心情写了，想说的话都表达不出来。"

"写的好坏与否，卡桑德拉看不出来的。"凯瑟琳接茬。

"不一定。我想她的文学素养应该也不错。"

"也许吧，"凯瑟琳满不在乎地说道，"不过你最近总忽视对我的教育，你给我念念书吧。来吧，我给你选本书。"于是，她走到威廉的书架旁，漫无目的地开始找书。她心里默默想着，任何事都比起争吵和眼前这奇怪的沉默要好。当她放回一本书又抽出另一本时，凯瑟琳觉得讽刺的是，自己刚刚下定的决心，一瞬间又消失得无影无踪；她想到自己只顾着打发时间,却不知她与威廉此刻关系如何,感受如何,威廉是否仍爱慕着她。凯瑟琳愈发觉得玛丽真实的内心于她而言是多么美妙而令人羡慕啊——如果真像自己想的那样——如果真的对女人来说都这样简单。

"啊,斯威夫特。"凯瑟琳最终说道,至少先随便拿出一卷书应付眼前的情况吧。

罗德尼接过书,放在面前随意翻开一页,一言不发。他一脸谨慎的奇怪神情,好像在权衡些什么,一副做了决定才会开口讲话的样子。

凯瑟琳把椅子挪到威廉身边坐下,注意到了他的沉默,突然满脸忧虑地看着他。凯瑟琳断不会说出自己希望或害怕发生的事;她内心有一股渴望——渴望知道威廉是否依然爱慕自己,虽然以自己的立场来说,这种要求很无理,大概却是她最渴望知道的。之前习惯了威廉脾气暴躁、爱抱怨、讲话一副严肃的样子,现在他这副安静沉稳的模样——似乎是内心深处的权力意识觉醒了——让凯瑟琳疑惑不已。她不知道接下来会发生什么。

终于,威廉开口了。

"这事有点奇怪,你说呢?"威廉用冷静客观的语气分析说,"你看,如果婚期推迟半年或者更久,这事大部分人都会感到非常沮丧。但是你我都没有,你说该做何解释?"

凯瑟琳看着威廉,他一脸法官审讯的态度,面无表情。

"我觉得,"还未等凯瑟琳回话,他继续道,"是因为我们俩对彼此都不曾有过浪漫的爱意。当然了,这可能是部分原因,毕竟我们认识这么久了。但我认为肯定还有其他的原因,跟性格有关。你一向冷漠,我偏偏颇有些固执自私,如果真是这样,倒也能解释我们因何不对对方抱有幻想。我是说,一段理想的婚姻当然要建立在两个人彼此爱慕的基础上。所以今早当威尔逊告诉我同事生病的消息,我居然不怎么沮丧,这种反应很奇怪。对了,你确定我们没有把钱都投到那栋房子里吧?"

"信都留着呢,明天我再仔细检查一遍,不过我们应该是安全的。"

"谢谢。至于刚才提到的心理问题,"威廉好像事不关己似的接着问道,"毫无疑问,我俩都有能力对另一个人抱有——为了简单起见,姑且称之为爱意的感情。至少我自己是这样。"

以凯瑟琳对他的了解,这也许是威廉第一次有意提起这个话题,也是他第一次不带情绪地讲出自己的真实感受。他习惯通过笑一笑或者转移话题来结束一场亲密讨论,不过深谙世道之人都认为这种话题有点傻,格调不高。显然他想要把事情说得清楚明白,这使她甚是迷惑,又充满好奇,多多少少慰藉了她的虚荣。出于某种原因,凯瑟琳觉得自己比平常跟自在些了,或者说,她感到了一种平等的轻松自在——但此刻她依然无法停止思考。威廉的话让凯瑟琳兴趣大增,因为她自己也有些问题想问个明白。

"爱情是什么?"她沉思道。

"啊,问题来了。虽然人们对爱情有一些不错的解释,但我还没找到满意的答案。"威廉看向自己的书架说道。

"爱情并不是指完全了解彼此,也许是——是一种无知吧。"凯瑟琳冒险说。

"有权威人士说爱情是距离之美——文学里的爱情,也就是——"

"就艺术而言,这也许是爱情。但在人们眼里——"

凯瑟琳犹豫了。

"你自己没有经历过爱情吗?"威廉迅速看了一眼凯瑟琳问道。

"爱情对我的影响很大,"凯瑟琳带着仿佛如梦初醒、恍然大悟的语气回答,"但是我的生活中几乎没有爱情。"她接着说。她想到了自己的日常,家里人要求她要有理智、有自控力,更何况家里还有一个浪漫的母亲。啊,但是母亲的浪漫不同于爱情的那种浪漫。那是一种欲望、一种回声、一种声音;可以用色彩装点,用形式表现,借音乐倾听,却无法用言语描述,不,这不是字眼可以描述出来的。她深叹一口气,心中千思万想、纷繁复杂,无法表达出自己的意思。

"难道你不好奇吗,"威廉接过话茬说道,"你对我并无爱意,我对你也如此?"

凯瑟琳表示认同,确实奇怪;但更让人感到怪异的是,她竟然在和威廉讨论这件事。这样是不是代表,她和威廉的关系可能会有新的发展呢?

不知为何,似乎在凯瑟琳看来,威廉在帮她理解之前

第二十二章

自己从未了解的东西;出于感激之情,她意识到自己也产生了想要帮威廉的欲望——除了尚未减轻痛苦,因为对他,凯瑟琳从未有过爱意。

"我觉得能对一个人产生爱情,你肯定很幸福。"她说道。

"那你觉得,对你爱的人了解愈深,爱情还会依然存在吗?"

威廉正式提出这个问题,免受自己另一面可怕性格的伤害。现在这种情况,必须要小心面对,不然场面会变得像当时在遍地枯叶的石楠花丛中时一般令人羞耻和不安,这样的画面没有羞耻心可无法面对。然而交谈的每句话都让他感到释然。威廉终于开始理解自己之前不明确的欲望,以及他难以面对凯瑟琳的原因。之前想要伤害凯瑟琳的欲望,现在已经完全消失了,威廉感觉只有她才能帮到自己。他必须得耐心。有那么多事情他羞于启齿,例如,卡桑德拉的名字,他每每想起那番场景仍是一脸羞愧。再比如,他的眼睛总喜欢盯着一处看——火炉中高高焰火包围的一点。他迟疑着,等凯瑟琳说下去。她刚说过,他可能会因为爱着某个人而感到幸福。

"我不明白为什么你不会一直幸福,"凯瑟琳说道,"我可以想象到,有一个人——"她停顿下来,想象得到此刻,威廉正专心致志地听自己讲话,那副一本正经的样子不过是用来掩饰焦虑罢了。嗯,有一些人——一些女人——是谁呢?卡桑德拉吗?啊,有可能——

"一个人,"她继续用最客观的语气说道,"比如是卡桑德拉·奥特韦。她是奥特韦家族里最有趣的一个——除了亨利。即便如此,我还是更喜欢卡桑德拉。她不仅仅人聪明,还有个性——完全做自己。"

"那些烦人的昆虫啊!"威廉突然冒出一句话,神经质地笑笑,凯瑟琳注意到他的身体还在微微颤抖。那他爱上的肯定是卡桑德拉了。凯瑟琳自动接过话茬,呆呆地说:"你可以坚持说她的兴趣点都——都放在——别的事物上……但她是喜欢音乐的;我敢说她还会写诗,当然有着非凡的魅力——"

凯瑟琳顿了顿,好像在思考什么才是魅力非凡。一阵沉默后,威廉结结巴巴地说:

第二十二章

"她是一个激情洋溢的人吧？"

"她可是人见人爱呢，而且特别崇拜亨利。你想想，那是个什么样的家啊——弗朗西斯叔叔总是脾气阴晴不定的——"

"好啦好啦，亲爱的。"威廉嘟囔着。

"而且你们俩还有那么多共同点。"

"我亲爱的凯瑟琳啊！"威廉大喝一声，猛地坐回椅子上，努力把视线从火炉上移开，"我真不懂你在讲什么……我保证……"

威廉陷入了极度困惑中。

威廉把手从《格列佛游记》的书页中抽出来，翻开书，看着目录，好像在挑选最适合大声朗读的章节。凯瑟琳目不转睛地看着他，内心也被威廉的恐慌感染。此时，凯瑟琳确信，若威廉找到了合适朗读的章节，拿出眼镜戴上，再清清嗓子开口的话，那么像这样坦诚相待的机会，在两人以后的生命中都不会再出现了。

"我们聊的都是彼此感兴趣的东西，"凯瑟琳说道。"那我们要不要继续聊聊，先不读斯威夫特了呢？现在我没什么心情,这样的状态再去读书的话效果甚是不佳——尤其是读斯威夫特的书。"

正如凯瑟琳预料,她机智地与威廉聊起文学,让他重建信心。于是他把书重新放回书架,像之前那样背对着凯瑟琳,趁机好好整理一下自己的思路。

但是刚刚自省了一秒,当他再次审视自己的内心时,威廉惊觉自己的内心世界突然变得好陌生。也就是说,他产生了一种之前从未有过的感觉;他看到了一个不同于平常的自己——看到自己漂浮在一个充满未知和动荡的海面上。威廉在房间里来回踱步,然后在凯瑟琳身边坐下。他以前从未有过这样的感觉:将自己全然交付予凯瑟琳,卸下了所有责任。几乎要大声喊出来:

"是你,激起了所有这些讨厌的强烈情感,你必须尽全力想办法解决。"

然而,随着凯瑟琳的靠近,他激动的情绪反而慢慢镇定下来,感到了安心;他内心隐隐感到自己对凯瑟琳有种信任,知道自己跟她在一起是安全的,凯瑟琳懂他,知道他想要什么,还帮他完成心愿。

第二十二章

"你说什么我都愿意去做，只要是你的吩咐，"威廉说，"我都听你的，凯瑟琳。"

"你必须告诉我你的感受。"凯瑟琳询问。

"亲爱的，我感觉每秒钟都有千万件事从我脑海里闪过。我不知道，但这就是我的感觉。在那天下午在石楠花丛里——那是——是"他停下来，没告诉凯瑟琳后来发生的事，"你的判断力还真可怕，又一次说服了我——暂时的——但事实到底是什么，只有上帝知道！"威廉大喊大叫。

"难道事实不是你已经，或你可能，爱上了卡桑德拉吗？"凯瑟琳轻声问道。

威廉低下头，沉默了片刻后，他低声说：

"凯瑟琳，也许你说的是对的吧。"

凯瑟琳不自觉地长叹一口气。从进来威廉家门的那一刻起到现在，凯瑟琳就暗暗期盼，而这种期盼随着两人的交谈一点一点越来越强烈，那就是她不希望事情最终会发展到这种地步。凯瑟琳有些惊讶，又生出怒气，过了一会儿，她鼓起勇气想告诉威廉，自己很希望能帮到他，但刚说了个开头，突然响起了敲门声；两人都处在过度紧张的状态，突然听到敲门声,吓了一跳。

"凯瑟琳,我是尊敬你的。"威廉拉低声音说道。

"我知道,"她回答,身体微微往后挪了挪,有些颤抖,"但你得先去开门。"

第二十三章

当拉尔夫·德纳姆走进房间,看到凯瑟琳背对着他,他感到气氛有变,就像是旅行者,尤其在日落后,原本浑身潮寒,突然遇上了稻草与豆田,其中仍有尚未消散的暖意,尽管月亮已经升起,仿佛仍能感受太阳的照射。拉尔夫踌躇不前,浑身颤抖着,一步一步走到窗边,放下外套,然后小心翼翼地将手杖靠着窗帘放好。顿时整个人被自己的思绪和要做好准备的心态占满,没时间估计其他两位的想法。在拉尔夫看来,自己这样激动的情绪状态,就像是凯瑟琳的日常生活一样——让演员们参与到精彩的演出中。美丽和激情是她存在的每一秒呼吸,他思索道。

凯瑟琳几乎没注意到拉尔夫的存在,或者也许是她不自觉地故作镇定而不自知罢了。然而,拉尔夫比她更激动,之前她答应帮助自己的承诺,如今展现为谈起这座大楼的历史以及建筑家的名字,好让拉尔夫有借口在抽屉里寻找一番设计图,然后摆放在三人之间的桌子上。

很难说三人之中哪位在最认真地查看设计图,但可以肯定,此时没一个人说得出话来。多年来母亲在客厅里的调教,此时派上了用场。凯瑟琳说了些得体的话,同时把手从桌子上拿开,因为她感觉到自己的手在颤抖。威廉热情洋溢地表示赞同,德纳姆也跟着高声迎合,他们把设计图纸推到一边,往火炉边靠了靠。

"整个伦敦我最想住的地儿就是这里。"德纳姆说道。

"我却无处可去。"凯瑟琳一边表示同意,一边暗自思忖。

"只要你想,你肯定能住在这儿。"罗德尼接过话说。

"但我就要永远地离开伦敦了——之前跟你提过的那栋乡下小屋,我已经买了。"不过这话似乎对两位听众没什么影响。

"当真?——那真是太遗憾了……你得告诉我你的新地址。不许跟我们大家断了联系,你保证——"

"我猜,你也会搬家吧。"德纳姆回答说。

明显看得出来,威廉情绪低落,于是凯瑟琳使自己镇

第二十三章

定下来问道:

"你买的房子在哪里啊?"

德纳姆转过身看着她,刚要回话,两人的视线交汇,凯瑟琳才突然意识到自己是在和拉尔夫·德纳姆说话;虽然没想起细节方面的东西,但她想到最近好像一直在讨论他,而且自己完全有理由轻视他。玛丽说了些什么,她已经不记得了,但脑子里有一大堆信息没时间细细思索——那些信息现在静静飘在遥远海湾的那一头。但是她激动的情绪突然在脑海里闪现出关于过去的奇怪火花。她必须先搞定手头这件事,然后再安静地想想清楚。于是凯瑟琳下定决心聆听拉尔夫说的话。他告诉凯瑟琳自己买下了在诺福克郡的一栋房子,凯瑟琳说她记不清楚是否了解那个地方。但刚专注了没一会儿,凯瑟琳的思绪就飞向了罗德尼,她产生了一种不同寻常又前所未有的感觉,感觉到她和罗德尼在交流、在分享彼此的想法。要是拉尔夫不在这里多好,她会马上握住威廉的手,然后让他的头靠在她肩膀上,此刻她只想这么做,除非,她真正想要的是一个人独处——没错,那就是她想要的。凯瑟琳已经厌倦了眼前的讨论,她为表达出自己的感情而颤抖着,已经忘了回话。只听威廉开口说道。

"但是在乡下,你能做什么呢?"凯瑟琳只听进去了一半的话便插嘴随意问道,罗德尼和拉尔夫有些惊讶地看着她。但凯瑟琳一开始讲话,威廉又陷入了沉默。他很快便忘了听他们在说什么,尽管他不时地插嘴说:"是的,是的,是的。"时间一分一秒地过去,威廉越来越无法忍受拉尔夫坐在这里,滔滔不绝地跟凯瑟琳交谈。一旦威廉无法和凯瑟琳讲话,他便产生了严重的自我怀疑,越来越多没有答案的问题从他脑子里涌出,所以他必须向凯瑟琳一一呈现,现在只有她能帮助自己。除非让他和凯瑟琳单独见面,否则自己将无法入睡,或者知晓自己在抓狂时说了些什么,不知是真的半疯癫还是真的疯了?他点点头,神经兮兮地说:"是的,是的。"然后看着凯瑟琳,心想她看上去真漂亮啊,凯瑟琳是他在这世界上最崇拜的人了。凯瑟琳的脸上出现了一种自己之前从未见过的表情。然后,当他正在考虑如何才能单独和凯瑟琳讲话,她站了起来,威廉有点被吓到了,他以为凯瑟琳会比德纳姆在这里待的时间更久

第二十三章

一点。现在,自己唯一和她私下交谈的机会,只有陪着她下楼走到街道上去了。然而,威廉现在满脑子都是混乱的想法,正当他犹豫不决的时候,他决定克服困难要把自己的想法简单说出来,却发生了让他更为震惊的事,于是他又一次陷入沉默。德纳姆从椅子上站起来,看着凯瑟琳说:

"我也要走了,我们一起吧?"

威廉还没来得及想办法挽留拉尔夫——或者让凯瑟琳留下更好?——拉尔夫已经拿起帽子、手杖,拉开门等凯瑟琳一起走了。威廉只得站在楼梯上跟他们说晚安。他没办法跟他们一起走,也没能坚持让凯瑟琳留下。他注视着凯瑟琳走下楼梯,大概是因为楼道里灯光昏暗所以她走得比较慢,最后看到德纳姆和凯瑟琳的头靠得很近。突然一阵强烈的嫉妒向威廉袭来,若不是想起自己还穿着拖鞋,他多想追着他们冲出去大喊大叫,他却站在原地一动不动。在楼梯拐角处,凯瑟琳回过头来看了一眼,相信自己临走前看他一眼便能锁住和威廉之间的友谊。但威廉并没有默默地回应她,露出一丝冷笑,带着些许嘲讽或愤怒的意味。

凯瑟琳噔地停下脚步,慢吞吞地走到院子里。她左看看右看看,然后望向了天空。此时在凯瑟琳眼中,德纳姆就像一个障碍物,挡住了她的视线。然后想了想自己还要和德纳姆一起走多少路才能独自一人回去。但是当两人走到斯特兰德街上,发现一辆出租车也没有,这时德纳姆打破沉默说道:

"好像是没车了。不如我们走一走吧?"

"好啊。"凯瑟琳应和,未留意他。

注意到凯瑟琳一直心不在焉,他也沉浸在自己的思绪中,拉尔夫便什么也没再说了。两个人于是默默地沿着斯特兰德街往前走。拉尔夫在努力整理自己的想法,最后决定只说有意义的话,所以他必须要想好恰当的词语甚至合适的地点才能开口。斯特兰德街太过于吵闹,极有可能找到空车。于是他一声不吭地拐到左边,朝着去往河边的小巷子走去。除非发生重要的大事,否则他们俩绝不分开。拉尔夫已经知道了自己想说什么,不仅理好了要说的内容,还想好了讲话的顺序。然而,自己现在和凯瑟琳走在一起,发现自己不但难以开口,还对凯瑟琳充满了怒气,因为她让自己感到十分不安,还给他的生活留下许多不切实际的

第二十三章

幻想和诱惑,这对凯瑟琳来说简直易如反掌。于是,拉尔夫下定决心要严厉质问凯瑟琳一番,在他们两人之间,要么确认她的感情,要么全然放弃。但是他和凯瑟琳单独走在一起的时间越长,自己就越被她真实的存在困扰。她的裙边被风轻轻吹起,帽子上的羽毛悠悠随风摆动,偶尔凯瑟琳走得快了一两步,有时自己又停下来等凯瑟琳一同走。

两人沉默了许久,终于,凯瑟琳的注意力回到了拉尔夫身上。起先凯瑟琳因为找不到出租车而恼怒,毕竟没车就等于要一直陪着拉尔夫走路;接着她又想起了玛丽的话,顿时又对拉尔夫生出几分厌恶之意;虽然记不清了,但凯瑟琳记忆中拉尔夫熟悉的举止——为何他在这条街上走得这么快?——让她愈发意识到身边的这位虽令人生厌,却颇有魄力。她停下来找出租车,好不容易看到远处来了一辆。至此拉尔夫终于开口了。

"你介意我们再往前走走吗?"他问道,"我有些话想告诉你。"

"可以。"想着他的话也许跟玛丽有关。

"河边更安静些,"拉尔夫接着说,很快话锋一转。

"我就是想问问你,"拉尔夫开始说道。但他又停顿了好久,凯瑟琳甚至看到他的脑袋在天空的映衬下,那瘦削的脸颊和坚挺的鼻子。当他沉默的时候,脑海里之前想好的话都不见了,反而冒出些别的词儿。

"从我见你第一眼便知,你是我的梦中情人。我时常梦到你,心里念着你,你就是我的全世界。"

拉尔夫的话,还有那奇怪的语气,让凯瑟琳觉得他好像不是在对身边的女人讲话,而是对着远方的某人说一样。

"现在事已至此,我必须对你表明我的心意,不然我会疯掉的。你是这个世界上最美丽、最真实的可人儿啊。"拉尔夫语气兴奋地继续说着,也顾不上什么恰当措辞了,都直接用大白话讲了出来。

"无论走到哪儿我都能看到你,在黑夜的星星里,在河边;你就是世间的一切,是万物的本质。让我告诉你,如果没有了你,生命将失去意义。现在我只想——"

听着拉尔夫的话,凯瑟琳感觉自己好像忘记了什么重要的话没说。她再也听不下去拉尔夫这些不着边际的瞎话了,必须得问问他到底是怎么一回事。凯瑟琳感觉自己听到的好像都是对另外一个人的告白。

"我不懂,"凯瑟琳回应说,"你要说的不是那个意思吧。"

"这就是我要说的,"他断然说道,然后面向凯瑟琳。他一开口,凯瑟琳便知道自己使劲回想的话是什么了。"拉尔夫·德纳姆真正爱的人是你。"凯瑟琳的脑海里想起玛丽的声音,她的怒火在凯瑟琳身体里燃烧起来。

"我今天下午见了玛丽·达切特。"凯瑟琳大叫着说。

拉尔夫好像很吃惊似的抖动了一下,过了会儿才说:

"我猜她肯定跟你说了我向她求婚的事吧?"

"没有!"凯瑟琳大吃一惊。

"不过我确实跟她求婚了。就是我在林肯见到你的那天,"他接着说,"我本来是想让她嫁给我的,但我望向窗外时,突然看到了你,之后我便再也不想跟别人论及婚嫁。但我还是求婚了,玛丽知道我在说谎,于是拒绝了我。我后来想了想,她应该还是喜欢我的。是我做得不好,我断不会为自己辩解。"

"你就是错了,"凯瑟琳说道,"你没资格那样做,我想不出理由为你开脱。若说有什么行为是错的,那便是你。"凯瑟琳说话的样子,好像更多的是在针对自己而不是拉尔夫。"在我看来,"她用同样的语调继续说道,"人必然是诚实的。做出此等错事,当然无可辩解。"她似乎在眼前看到了玛丽·达切特的表情。

拉尔夫沉默了一会,说道:

"我不是说我爱上你了。我并不爱你。"

"我没那样想。"凯瑟琳有些困惑地回答说。

"我从来没说过我没那个意思,"拉尔夫接着说。

"那请你告诉我,你是什么意思?"凯瑟琳最后问道。

两个人心有灵犀,同时停下了脚步,微微俯在河边的栏杆上,看着流动的河水。

"你说,我们要诚实,"拉尔夫开口道。"好啊,我来告诉你实话,但我先把丑话摆在前面,因为你听了可能会觉得我疯了。事实就是,自从我在四五个月之前见到了你,似乎有些荒谬,我当时便把你当作我的梦中情人。这个念头在我心里已经很久了,但我一直羞于启齿。你已经成了我生活中最重要的事。"拉尔夫想了想接着说,"我

第二十三章

只知道你是这个世界上最美丽的人儿,其他我对你一无所知,但我相信,我们是命中注定的一对,我们有共同的追求,我们看事情的观点也一致……我已经习惯了在心中虚构一个你,想象着你在说什么做什么;想象着自己穿过街道去见你,和你说话,还时常会梦到你。这不是什么坏习惯,什么小学生的行为,或什么白日做梦;大家都会这样,我一半的朋友也有过这种经历,呐,这就是我的真心话。"

说话的同时,两人都走得很慢。

"如果你了解我,你便不会有这种感觉了,"凯瑟琳说道。"我们彼此都不了解——我们总是被——被打扰……我姑妈来的那天,你就打算跟我说这些吗?"凯瑟琳边说边回想当天的场景。

拉尔夫点了点头。

"那天你告诉我你订婚了。"他说道。

凯瑟琳默默回想,然后突然想起来,自己的订婚已经取消了。

"你说如果我了解你便不会这样想,我不同意,"拉尔夫继续道。"我应该会有更合乎情理的感受——就是这样。今晚我本不该讲这些蠢话……但那都不是蠢话,那是我的真心话,"拉尔夫固执己见地说。"这是很重要的话。你可以强迫我说我的感觉都是幻觉,我们最真实的感受也不过是半醉半醒,半是假象,"他接着道,好像同自己辩论似的,"如果这些都不是我的真情实感,那我又怎会为了你改变我的生活。"

"你这话是什么意思?"凯瑟琳不禁问道。

"我告诉过你,我打算在乡下买一栋小别墅,放弃我现在的工作。"

"是为了我吗?"凯瑟琳惊诧道。

"没错,为了你。"拉尔夫简短说道,便没有进一步说了。

"但我对你和你的情况都不了解啊。"凯瑟琳最终开口,拉尔夫一直沉默不语。

"你对我没有一点看法吗?"

"不是,我还是有的——"凯瑟琳犹豫了。

拉尔夫忍住了想要让凯瑟琳解释的欲望,但开心的是,凯瑟琳好像不断在脑子里搜索对他的印象。

"我以为你总批评我——或许是因为不喜欢我。我觉

第二十三章

得你是一个爱评判——"

"不,我是一个有感情的人。"拉尔夫低声说道。

"那你告诉我,你为什么要这样做?"凯瑟琳顿了顿,问道。

拉尔夫一条一条向凯瑟琳讲了自己早已准备好的心里话,讲了自己与兄弟姐妹关系如何,他的母亲又是如何回应,他的姐姐琼如何对此闭口不谈;以及他名下存在银行里的钱有多少,他兄弟在美国谋生的前景如何,一家人赚的钱有多少花在了房租上,还详细讲了自己知道的其他各种事情。凯瑟琳认真听着,以便自己在看到滑铁卢大桥时能答得上来拉尔夫的问话;然而自己在数着脚下铺路石板的时候,却再也听不进去那些话了。这是凯瑟琳一生中最开心的时刻。沿着路堤走过时,要是德纳姆能清楚看到那些代数书里遍布的莫尔斯符号在凯瑟琳的眼里闪现,他暗地里的欢喜也许会消散无踪。凯瑟琳继续往前走着,说道,"嗯,我知道……但那对你有什么帮助呢?……你弟弟已经通过考试了?"很明显,拉尔夫一直努力让大脑保持清醒;而凯瑟琳一直在幻想,自己用望远镜,透过裂成两半的白色光盘,看到了在她面前幻化成的另一个世界;凯瑟琳感觉有两个自己,一个和德纳姆一起走在河边,另一个则注视着在蔚蓝空间里的一个银色球体,漂浮在一片泡沫之上,覆盖了原本可见的整个世界。她抬头看了看天空,雨云在空中奔驰,想躲开即将来临的西风,没有一颗星星能够穿透其中。于是凯瑟琳很快又低下了头。她向自己保证,眼前的这种幸福感来得毫无由头;她并非自由身,也并非孤身一人,仍有上千个理由把她绑在这地球上,每前进一步都让她离家更近一些。尽管如此,她依然狂喜,因为从未有过如此开心的感觉。空气愈发清新,灯光愈发明晰,每次不小心碰到栏杆上的石头,都感觉它们愈发冰冷和坚硬了。德纳姆不再恼怒,他当然不会阻止凯瑟琳的选择,不论她是要飞向天空还是要回家;但凯瑟琳一点都未意识到,自己的现状都是德纳姆的所作所为导致的。

现在已经能看到萨里河旁来来往往的出租车和公共汽车,有车辆行驶的声音,汽车鸣笛的喇叭声,大钟的钟鸣声一下比一下更响;随着噪音愈来愈大,两人都陷入了沉默。出于共同的本能,凯瑟琳和拉尔夫同时放慢了脚步,好像这样便能延长两人单独在一起的时间。对拉尔夫来说,和凯瑟琳一起散步的时光着实让他感到幸福,他无法想象凯瑟琳离开的时光。有凯瑟琳的陪伴,拉尔夫不愿再多说什么浪费这美好时光,毕竟该说的话都说了。自从两个人都沉默了下来,凯瑟琳变得不再真实,仿佛拉尔夫无数次梦到的那个她;但是在那些孤独的梦中,拉尔夫从未像现在这般,感觉到有凯瑟琳在身边的真切感受。奇怪的是,拉尔夫感觉到自己掌握了所有才能,不断在升华自我,这是第一次他感到拥有全部的力量。眼前的景色看上去似乎没有尽头,但此时并未有丝毫不安或狂热的情绪想要让身边的凯瑟琳也倍感欢喜,因为她已经是拉尔夫心中最让他痴迷的人儿了。虽然清楚考虑到了人类生活的现状,拉尔夫的心情至少没有被出现在眼前的一辆出租车打扰;拉尔夫心情平静,注意到凯瑟琳也看见了出租车,转头看向那个方向。两人的步伐都慢腾腾的,是时候该打个车了。于是他们停了下来,决定等车。

"那你做好决定后会立刻告诉我的吧?"拉尔夫手扶着车门,问道。

凯瑟琳犹豫了一下,突然没想起来拉尔夫让自己做的决定是什么。

"我会给你写信的,"凯瑟琳回答得模棱两可,顿了一下又说,"不行,"想到要回答一个自己根本没留心听是什么的问题,"我不知道该如何处理这件事。"

她站在那儿看着德纳姆,一脚踏在车门的台阶上,一边思考着犹豫不决。看到凯瑟琳的犹豫不决,他立即猜到凯瑟琳没认真听自己的讲话,也知道了她全部的感受。

"我知道有个地方很适合聊天,"拉尔夫很快说道,"裘园。"

"裘园?"

"没错,"拉尔夫重复说着,好像做了一个重大决定。他帮凯瑟琳关上车门,告诉了司机她的地址。于是凯瑟琳便立即离开了,出租车载着她穿梭在车流里,每辆车都亮着车灯,却难以分辨它们中的任何一个。拉尔夫站在原地望了会儿,然后好像被某种强烈的冲动驱使,他突然转过身,快步走过马路,不见了踪影。

拉尔夫向前走着,心情极为欢喜,走到了一条窄小的

第二十三章

街道上,这个时间的这条街,没有车辆和人流。这里,商店的门窗紧闭,木质的人行通道上闪着一道道光滑的镀银曲线,拉尔夫高涨的情绪渐渐沉了下来,那股子欢欣劲儿也慢慢消退了。他现在意识到,真相被揭露后自己的损失。同凯瑟琳交谈,虽然他失去了些东西,但他深爱着的那个凯瑟琳和真实的凯瑟琳是同一个人吗?真实的她完全超越了梦中的她;她的裙摆轻轻飘起,帽子的羽毛微微荡漾,讲话的声音也如此真实,没错,但有时一会听到真人的声音,一会儿听到梦里的声音,这中间来回切换多可怕啊。每当人们砍去自己的一半,试图实现另一半想象中拥有的力量,拉尔夫会便感到反感和同情。当他和凯瑟琳从包裹着他们的思想云雾中挣脱出来时,感到自己是多么的渺小啊!他回想起自己和凯瑟琳交谈时说到的那些小词,无意义的词和普通词,开始自己对自己重复说着。通过重复凯瑟琳的话,他仿佛感觉到凯瑟琳就在身边,对她的崇拜更胜往常。但他开始想起来的是,凯瑟琳已经订婚了。于是拉尔夫立刻感知到了自己内心的感受,一股不可抗拒的愤怒和挫败感向他袭来。罗德尼那张愚蠢的脸带着轻蔑的表情出现在他眼前。那个小红脸的舞蹈大师要和凯瑟琳结婚了吗？那个口齿不清、长了一张猴子脸的家伙要娶凯瑟琳了吗？那个自负荒唐的花花公子也想娶凯瑟琳？就凭他那副傲慢自大、一看就满是坏心眼的样子？我的天啊，凯瑟琳要嫁给罗德尼那种人！她是不是傻啊，像自己之前也那样犯傻过。坐下地铁车厢的角落里，拉尔夫心里痛苦不已，整个人明显看起来让人难以靠近。到家后，拉尔夫赶忙坐下来，想要给凯瑟琳写一封疯狂的长长的信，乞求她和罗德尼分手，恳求她不要毁掉自己这样一个美丽、真实、充满希望的存在；如果凯瑟琳给自己回复，他希望凯瑟琳不要做一个叛徒和逃兵——他最后的结论都是，无论凯瑟琳做了什么，在他眼里她都是最好的，他会怀抱一颗感激的心接纳凯瑟琳。拉尔夫的信写了一张又一张，睡觉前还听到了伦敦清晨时分，手推车经过的声音。

Night and Day

夜与日(下)

[英]弗吉尼亚·伍尔夫———著

刘晓婷 陈如———译

目录

CONTENTS

419　第二十四章
457　第二十五章
475　第二十六章
511　第二十七章
543　第二十八章
567　第二十九章
593　第 三十 章
611　第三十一章
651　第三十二章
689　第三十三章
723　第三十四章

第二十四章

春天的第一缕气息,让人感觉来到了2月中旬,紫白色相间的花朵开满了森林和公园的角落,比起那些淡雅芬芳的花朵,人们脑海里的思想和欲望也变得鲜活起来。所有被岁月冻结、不屈服于寒冬的生命,在这个季节开始变得柔软灵动起来,展现出这个季节的样貌和色彩,同时也反映出过去的形象和色彩。至于希尔伯里夫人,在她眼里,早春的日子令人颇为沮丧,因为在这种季节,希尔伯里夫人特别容易产生巨大的情绪起伏,而在别的季节,她很少有过这样的情绪波动。但是到了春天,她内心想要表达的欲望总是在膨胀,被词语之灵环绕,任由自己沉浸于文字组合的愉悦感官当中。于是,她从自己喜欢的作家的作品里找寻恰当的词汇,在碎纸上写下所思所想,眼见无处表达,便自言自语读出文字。有了这些经验,她确信,没有任何语言比得上父亲的传记,虽然自己的努力仍不足以完成传记,此时她比往常更深刻感受到自己生活在父亲的庇荫之下。没人能够逃脱语言的力量,更别提那些从小生活在英语语言环境里的人了,就像希尔伯里夫人那样,自小在这里长大,完全继承了撒克逊人的正直和质朴,现在又讲一口地道的拉丁语,满脑子都是有关于老诗人诗歌里无穷无尽的音节。就连凯瑟琳也受到了母亲对诗歌狂热的影响,但这并不代表说,她认为在读祖父自传的第五章之前,必须得先读莎士比亚的十四行诗。希尔伯里夫人一开始讲了一个很无聊的笑话,她有一套理论,称安妮·海瑟薇在她的众多才能中,有自己的一套撰写莎士比亚十四行诗的方法;提出这样的设想是为了给一群教授活跃气氛,于是在接下来的几天里,他们提交了几份私人印刷的手册请求她指导,和她一起沉浸在伊丽莎白时代的文学中。她对自己的笑话半信半疑,像她自己说的那样,至少和别人的真相一样好,她目前的幻想都集中在埃文河畔的斯特拉特福区①。那天早晨凯瑟琳到河边散步,比

---

① 埃文河畔斯特拉特福区(Stratford-on-Avon):位于英国沃里克郡南部的一个地方行政区,周围环绕着埃文河畔的田园风光,取此区名是为了和其主要城镇埃文河畔斯特拉特福(Stratford-upon-Avon)区别开来,这里是大文豪莎士比亚的故乡。

第二十四章

往常晚了些回来,希尔伯里夫人告诉她,她要去参观莎士比亚的坟墓。关于莎士比亚的一切此刻都比眼前的任何东西更吸引她,毫无疑问,在英国,肯定有莎士比亚当年曾经驻足过的地方,他的尸骨定埋在某人的脚下,在今天这样一个特殊的场合,希尔伯里夫人深深为此吸引,于是她对女儿呼喊道:

"你觉得他会不会也曾从咱们家门口路过啊?"

目前看来,这个问题似乎和拉尔夫·德纳姆有关。

"我说的是在他去黑衣修士站①的路上,"希尔伯里夫人继续说道,"你要知道,最新发现莎士比亚曾经在那里有过一栋房子。"

凯瑟琳还是一脸茫然地看着她,希尔伯里夫人又说:

"这不正好说明,他也不像人们说的那样穷呀。虽然我不希望他是个有钱人,但他肯定也不缺钱。"

然后,看到女儿满脸困惑的表情,希尔伯里夫人不禁

---

① 黑衣修士站(Blackfriars):在伦敦众多火车站中可以算是最特别的一个,因为它的站台是横跨在泰晤士河上的,出口在泰晤士河的两岸。

大笑起来。

"我的宝贝女儿啊,我可没在讨论你的威廉啊,不过那倒也是个喜欢他的原因。我谈论的、思考的、梦想的当然是我的威廉——威廉·莎士比亚。不过,"希尔伯里夫人站在窗前,轻轻敲打着窗户,沉思道,"你看那个戴蓝色帽子的老妇人,胳膊上挎着篮子准备过马路,会不会从来没听过莎士比亚这个人呢?难道不奇怪吗?然而,生活还在继续:律师们忙于工作,出租车司机们为了票价吵个不停,小男孩们在玩篮球,小女孩们在给海鸥喂食面包屑,好像世界上从来没有过莎士比亚的存在一样。我真应该整日站在路口呼喊:无知的人类啊,读读莎士比亚吧!"

凯瑟琳在桌子边坐下,打开一个布满灰尘的信封。就像信中提到的如果雪莱还活着,那当然有相当大的价值了。她的当务之急是决定是否要打印这封信,还是只打印提到了雪莱名字的部分段落,于是她伸手拿起笔,准备决定。然而,凯瑟琳拿着笔的手停在了半空中。随后她偷偷拿出一张信纸,开始在纸上画正方形和圆形,又画了好多直线把这些图形分成二等份、四等份。

第二十四章

"凯瑟琳！我想到了一个绝妙的主意！"希尔伯里夫人大喊道——"我要拿出一百英镑左右，把莎士比亚的作品印刷出来，送给工人们。你那些参加聚会的朋友可以来帮我们啊，凯瑟琳。这样的话，我们需要一个剧场，大家就都可以参演了。你可以演罗莎琳德——不过你也颇有些老保姆的气质。你父亲呢，为人谨慎，当然演哈姆雷特[①]；那么我呢——啊，跟每个人都有点像哇；我还真像个大傻瓜呢，不过莎士比亚剧本里的傻瓜总是妙语连珠。好了，那威廉该演谁呢？演一个英雄？演霍茨波[②]？亨利五世[③]？不行，威廉也有点哈姆雷特的感觉。我能想象到威廉自言自语的样子。啊，凯瑟琳，你和威廉在一起的时候，一定要多说些好听的话！"希尔伯里夫人看了一眼凯瑟琳，若有所思地继续说道，凯瑟琳还没提前头天晚餐的事情。

"噢，我们聊了好多废话。"凯瑟琳开口道，当母亲

[①] 莎士比亚作品《哈姆雷特》(Hamlet)中的人物哈姆雷特——丹麦王子，丹麦前任国王之子，现任国王的侄子。
[②] 莎士比亚作品《亨利四世》(Henry IV)中的人物。
[③] 莎士比亚的戏剧《亨利五世》(Henry V)的人物亨利五世。

来到身边时她把信纸藏了起来，然后把关于雪莱的旧信拿到了面前。

"十年后你就不会觉得这些是废话了，"希尔伯里夫人说道。"相信我，凯瑟琳，往后当你回想起这些日子，你会想起自己曾说过的傻话，你会发现那些都是你生活的一部分。最好的生活往往是两个相爱的人在一起说些傻傻的话、做傻傻的事罢了。并不是废话啊，凯瑟琳，"她劝道，"这可都是实话，是唯一的真话。"

凯瑟琳之前刚准备打断母亲的话，现在又对母亲产生了信赖。有时这两种感觉总混到一起，也是奇怪。但是，正当她犹豫着想找些不那么直接的话回应母亲时，希尔伯里夫人已经拿出莎士比亚的书一页页翻开，想找到他书里写的关于爱的句子，那比希尔伯里夫人自己说的要好多了。只见凯瑟琳拿起铅笔打算把信纸上的一个圆圈描黑，正画着，电话铃响了，她便走出房间去接电话。

凯瑟琳回来后，希尔伯里夫人还没找到自己想要的内容，却找到另一段优美的文字，她抬头看了好一会儿才问凯瑟琳那是谁？

"玛丽·达切特。"凯瑟琳简单回答说。

"哎——我有点希望当初给你取名叫玛丽,但那跟希尔伯里不配,跟罗德尼也不配。这也不是我要找的句子。(哎,我总是找不到自己想要的部分。)但现在是春天了,水仙花儿开,原野长绿,鸟儿脆鸣。"

随后她被一阵紧急的电话铃响打断了。于是凯瑟琳又离开了房间。

"我亲爱的女儿哟,科学的成功可真让人讨厌啊!"凯瑟琳一回来,希尔伯里夫人立刻说道,"下一步我们就得上月亮了——刚才是谁的电话啊?"

"威廉。"凯瑟琳回答得更简洁了。

"威廉无论做什么我都会原谅他,毕竟月亮上肯定没有威廉的吧。希望他能来参加我们的午宴。"

"他会来喝茶的。"

"好吧,那真是太好了,我保证到时候会给你们独处空间的。"

"这就没必要了。"凯瑟琳说。

她的手扫过那张褪色的信纸,然后直接在桌子旁坐下,好像不愿再浪费时间了。希尔伯里夫人留意到女儿的举动，只是说明她女儿的性格有些严肃且令人难以接近，这让希尔伯里夫人感到一阵寒意，就像看到了贫穷、酗酒，就像有时希尔伯里先生用逻辑推翻了她长期以来建立的信仰一样，让她感到一阵寒意。她坐回自己的书桌边，脸上挂着一种奇怪的谦逊的表情，默默戴上了眼镜，那天早晨第一次开始处理自己的活计。看到这个太平盛世，希尔伯里夫人感到令人深省。这是首次她比凯瑟琳还要勤奋。凯瑟琳无法通过某个特定的视角来看世界，比如把哈里特·马蒂诺①成一个举足轻重的角色，还和某个人物或者日期有着实质性关系。真是够了，那突如其来的电话铃声现在还在她耳边回响，此时她的身体和大脑都处于高度紧张的状态，好像随时会听到其他更让她感兴趣的召唤，而不仅仅是整

---

① 哈里特·马蒂诺(Harriet Martineau, 1802—1876): 女作家。著有《政治经济学的解释》(IUustrations of Political Economy)和《释济贫法和贫民》(Poor Laws and Paupers IUustrated)。1834—1836年她曾到美国访问，以后出版了《美国社会》(Society in America)和两部小说。1853年她节译了孔德的《奥古斯特·孔德的实证哲学》(The Positive Philosophy of Auguste Comte)。她还为日报、周报和评论杂志写文章。

第二十四章

个十九世纪发生的事。她并不十分清楚是什么样的召唤;但是当耳朵养成了倾听的习惯,它们便会不由自主地去听,因此几乎整个上午,凯瑟琳都在倾听着身后切尔西大街上传来的各种声音。凯瑟琳长这么大,第一次希望母亲不要那么专注于工作,莎士比亚的语录也不要出现任何差错。时不时,她听到母亲的桌子那儿传来叹息声,除此以外几乎感受不到她的存在,或许她会放下笔,告诉母亲自己如此烦躁不安的原因。一早上她唯一做完的事就是写信给表妹卡桑德拉·奥特韦——这是一封杂乱无章的信,又长又深情,颇有些幽默,有一些指导的意味在里面。她吩咐卡桑德拉,把马都交给马夫照顾,过来住上一周,这样她们就能一起去听音乐会了。她还提道,卡桑德拉对理性社会的厌恶,是一种矫情迅速变成偏见的现象,这样长期以来,会把她和所有有趣的人和事都隔绝开来。当自己一直期待的声音突然响起时,凯瑟琳正写到结尾。她迅速从椅子上跳起来,砰的一声关上门,吓了希尔伯里夫人一跳。凯瑟琳去哪儿了呢?希尔伯里夫人一直全神贯注地在忙,根本就没听到铃响。

电话放在楼梯的壁龛上,用紫色的天鹅绒布挡着,保护讲电话人的隐私。那块布之前专门用来装多余物件,就像是专门腾出一间屋子放置三代人的骨灰一样。家族里赫赫有名的叔伯祖父的画像记录着他们在东部的事迹,悬在中国茶壶之上,画像的四边都是用金色丝线拿铆钉钉牢的;至于那茶壶,就摆放在书架上——书架里有威廉·柯珀[①]和沃尔特·司各特爵士[②]的作品全集。电话发出的声音总是被周围的环境影响,凯瑟琳也是如此。谁的声音能够融入周围的环境?还是说要保持格格不入呢?

"请问这是哪位呢?"电话里传来一个男人的声音,带着极大的决心问她的号码,凯瑟琳不禁问自己到底是谁。电话那头的陌生人现在又要求希尔伯里小姐接电话。电话

---

① 威廉·柯珀(William Cowper, 1731—1800):英国诗人,通过描绘日常生活和英国乡村场景,改变了十八世纪自然诗的方向。在许多方面,他是浪漫主义诗歌的先行者之一。塞缪尔·泰勒·柯勒律治称他是"最好的现代诗人",而威廉·华兹华斯特别欣赏他的诗作《庭院的橡树》(Yardley-Oak)。
② 沃尔特·司各特爵士(Sir Walter Scott, 1771—1832):英国著名的历史小说家和诗人。他以苏格兰为背景的诗歌十分有名。代表作为《古董商》(The Antiquary)《惊婚记》(Quentin Durward)《艾凡赫》(Ivanhoe)等。

第二十四章

那头传来嘈杂的声音,出于各种可能性,这个说话的人,到底是谁呢?凯瑟琳顿了顿,给自己时间思考。不过很快疑惑就解开了。

"我查了一下火车时刻表……周六下午有一班早点的火车比较合适……我是拉尔夫·德纳姆……不过我会记下时间的……"身体仿佛受到了撞击一般,比被刺刀刺到还要猛烈,凯瑟琳回答说:

"我应该有时间去。我得看看我的日程表……稍等。"

凯瑟琳放下电话,怔怔地看着墙上的人像画,那些伟大的叔伯祖父们,看起来有种和蔼亲切的权威感,他们似乎一直在凝视着这个世界,眼前的世界迄今为止还未出现印度兵变的迹象。然而,黑色的电话线不断轻轻在墙壁上摆动,电话里的那个声音,和詹姆士叔叔无关,和茶壶瓷器无关,更和红色的天鹅绒窗帘没有关系。凯瑟琳注视着电话线的摆动,同时意识到了家里这栋房子的独特性;她听到头顶的楼梯和地板上,有日常生活中家人柔和的交谈声,还听到墙壁那边隔壁屋子里的走动声。当她重新拿起电话放到嘴边,回答说自己周六应该可以过去的时候,脑海里德纳姆的形象并不十分清晰。虽然她并没有特别认真在听他讲话,甚至在他说话时,她一直在想自己在楼上的卧室、卧室里的书、夹在字典里的纸张,还有尚未清理的书桌,但她好希望德纳姆不要马上就挂掉电话。凯瑟琳放下电话,若有所思;内心的不安稍稍减轻;她很快写完了给卡桑德拉的信,把信塞进信封,快速贴好了邮票。

午宴结束后,一簇银莲花吸引了希尔伯里夫人的视线。客厅里有一块擦得光亮的小方桌,在斑驳的日光照耀下,摆放着插满蓝白紫相间花束的瓶子,让希尔伯里夫人驻足,发出喜悦的惊叹。

"凯瑟琳,有谁生病了躺在床上呢?"她询问道。"有哪位朋友们想振奋一下心情呢?有谁觉得一直被人遗忘被忽略、无人追求?谁的水费过期了,厨师不等发工资又大发脾气了?我知道有个这样的人——"她最后说道,但就在这时,希尔伯里突然忘记了这个熟悉的名字。在凯瑟琳看来,仅仅靠银莲花就能把生活照亮的孤独小伙伴,最符合的人选就是住在克伦威尔路的一位将军的遗孀了。她实际上并不贫穷也从未挨饿,而希尔伯里夫人更倾向帮助穷

第二十四章

苦民众,但也不得不承认将军夫人也需要帮助。尽管生活优渥,这位夫人为人乏味、魅力缺失,私下又爱好文学,倘若哪天下午有人来访,她就会情不自禁地泣涕涟涟。

碰巧希尔伯里夫人还有别的约会,所以把花送去克伦威尔路的任务就落到了凯瑟琳头上。她拿上了写给卡桑德拉的信,打算一看到邮筒就寄出去。然而,当凯瑟琳走出家门,看到一个又一个邮筒和邮局等着她把信寄出去,她却迟疑了。她给自己找了好些理由,比如不想过马路啊,或者再走远点就能看到更靠马路中间的邮筒啊之类的荒唐借口。但是,拿着信的时间越久,越出现好多问题压在心里,好像空气中有无数个声音在质问她一样。这些隐形人,想要知道她与威廉的婚约是否依旧,还是已然分手?他们还问道,是否该邀请卡桑德拉来呢?威廉是否真的爱上了卡桑德拉呢,还是有可能会和她坠入爱河呢?接着,这些提问者停了会儿,好像又有别的问题吸引了他们的注意。拉尔夫·德纳姆昨晚和你说的那些话到底是什么意思?你觉得他爱上你了吗?答应同他单独散步真的对吗?而且,关于他未来的打算,你有什么建议?威廉·罗德尼是否有嫉妒的理由？你又打算如何向玛丽交代？为了名誉，你打算怎么做？这些人不停地问道。

"我的天哪！"凯瑟琳听到这些问话后忍不住大声喊叫起来，"看来我应该要做一个决定了。"

但无形的辩论是凯瑟琳内心一场庄重的小冲突，是为了让自己获得喘息之机的消遣。和其他人一样，凯瑟琳在传统的家庭中长大，不出 10 分钟左右，她就能减少道德困难的难度，用传统答案解决。那本解决问题的智慧之书，母亲和许多叔伯阿姨都曾放在膝盖上翻开来看过。她只要咨询他们的意见，他们会立刻翻到对应的那页，读出正好符合她问题的答案。关于未婚女性的教条都用红色墨水书写，刻在大理石板上，真稀奇啊，字体终归会从石板上脱落，然而未婚女性从不会用心牢记这些内容。凯瑟琳已经做好心理准备，相信有些人很幸运，他们能够拒绝、接受、放弃，或是迫于传统权威放下自己现有的生活；她本会羡慕这种人；但是针对她的情况，每当她想要认真找出答案，答案都会破灭成幻影，这恰恰证明传统答案于她而言毫无用处。不过，倒还是帮助了许多人，凯瑟琳想到，看着眼前路两

第二十四章

旁的一排排房子；那里住着的人，每年的收入应该约 1000 英镑到 1500 英镑，也许有三个仆人，家中总是挂着厚厚的窗帘，一般窗帘都会很脏；餐具柜里看到一面镜子闪着光，餐柜上摆放了一盘苹果，那他们的家里一定总是阴沉灰暗。但她转过了头，意识到这样对解决问题毫无帮助。

凯瑟琳唯一知道的真相就是自己的内心感受——比起周围那些一致同意看着凯瑟琳的人他们眼里反射的光亮，她感觉到有一束微光；但她拒绝了那些幻影的意见，只能依靠自己在黑暗中摸索前行，寻找出路。她努力想要跟随那光束，脸上的表情让人感觉她和周围的环境隔绝开来，近乎荒谬，又当受到指责。看她这副模样，让人生怕这个年轻又惹人注目的女人做出什么可怕的事儿来，震惊到路人。但因为她生得美貌，也免于对一个路人来说最糟糕的命运；过往的行人只是看着她，并未发笑。要从生活的冷漠平淡、虚情假意中寻得真情深感，觅得后能意识、辨认出如此感情，并接受此后的种种后果，能令最光滑的额头都平添皱纹，又令人眼神生辉、熠熠闪烁；这是一场令人眼花缭乱、倍感受辱同时又让人欢喜的追逐，而且正如凯瑟琳很快发现的结果一样，同时给了她惊喜、羞耻和强烈的焦虑感。同往常一样，这很大程度上取决于对于爱情的定义；无论她想到罗德尼、想到德纳姆、想到玛丽还是自己，爱情这个词都会一次次出现，似乎在每个人身上的定义都不同，却又分明代表了某些清楚明白、绝不可能被忽视的东西。她窥视到的生活混乱越多，它们并非相互平行，而是互相交织融合，凯瑟琳似乎越想要说服自己，除了眼前这束奇怪的光，再无其他光芒，除却散发光芒的那条道路，再无其他道路可供选择。她对罗德尼的感情视而不见，试图以虚情假意回应他的真情实感，实则是失败之举，再怎么被人谴责也不过分；事实上，她只能向它致以敬意，并作为时刻提醒自己的一个黑暗裸露的标志性事件，而不是找借口把事实遗忘或彻底埋葬。

此番举动固然令人羞耻，但亦有值得高兴之处。凯瑟琳想到了三种不同的场景；她想到玛丽挺直了身子坐着说道，"我坠入爱河了——我爱上了拉尔夫"；她又想到罗德尼站在一堆枯叶中失去了自我意识，像一个孩子似的喃喃自语；还想到了德纳姆靠在石墙上对着遥远的天空

第二十四章

讲话,自己以为他疯了。凯瑟琳的思绪,从玛丽跳到德纳姆,从威廉跳到卡桑德拉,又从德纳姆到自己——如果真像她怀疑的那样,德纳姆的精神状态如何和她有关——他似乎在探寻生活中对称图案的线条,找寻人生道路的安排。他这样把自我交给凯瑟琳,如果不是凯瑟琳,至少在他人看来,不仅是为了凯瑟琳对他有回应,而且是一种悲凉的美。凯瑟琳幻想着每个人弯曲的背上都有一座辉煌的宫殿,多奇妙的画面。他们是手持灯笼的人,各自的灯光分散在人群中,互相交织、分散开、又重新融合,然后再次结合在一起。凯瑟琳快速走在南肯辛顿的沉闷街道上,几乎在脑海里形成了这些画面,她决定,无论其他思绪如何模糊朦胧,她决心要将玛丽、德纳姆、威廉和卡桑德拉的问题想个清楚明白。要想完成此任务绝非易事,在她看来没有一种行动方案是完全正确的。凯瑟琳思虑一番决定,想要达到目的,再大的风险都必须承担;而且,她不会为自己或他人制定规则,她会选择让困难不断累积下去,直到无法解决的境况让他们难以忍受,而自己只需保持绝对独立和无所畏惧的姿态即可。只有这样,才能最好地帮助自己爱的人。

凯瑟琳得意洋洋，注意到母亲用铅笔写在银莲花卡片上的字另有其意。克伦威尔街道上那户人家的门开着，凯瑟琳感觉这栋房子的过道和楼梯处处散发着悲凉的气息，似乎都集中在门口银托盘的拜访名片上，那些访客们身着黑衣，说明他们和主人一样承受着丧亲之痛。凯瑟琳递上母亲写满爱意的花束，而女仆对凯瑟琳庄重的问候语表示难以理解；随后便关上了大门。

见到了女仆，门被砰的一声关上，从抽象意义上来说，都相当破坏原本高兴的情绪。当凯瑟琳走在回切尔西的路上，凯瑟琳怀疑自己能否解决问题。然而，人心飘忽不定，数字却可以被人牢牢把握，从某种程度上来讲，她不知不觉又思索起数学问题，而这般思绪与她想起几位朋友的际遇时的心情相当契合。凯瑟琳很晚才回到家喝茶。

在客厅古老的荷兰衣柜里，她看到了有一两顶帽子、外套和手杖，先前刚走到客厅门外，她便听到了屋里传来的声音。凯瑟琳走进门，母亲轻喊，向凯瑟琳说，她回来太晚，茶壶和牛奶壶似乎也不听自己指挥，她需要凯瑟琳

第二十四章

立马坐到桌子的那一头开始给客人倒茶喝。奥古斯都·佩勒姆,是一名日记作家,喜欢在安静的氛围中讲述自己的故事;他喜欢万众瞩目的感觉;喜欢从希尔伯里夫人那里听来一些关于过去已逝伟人的小故事来丰富自己的作品,为了获取写作素材,他总来凯瑟琳家串门喝茶,每年吃掉的黄油面包都数不胜数。因此,看到凯瑟琳回来,他松了口气表示欢迎,但在关于已逝人物故事的讨论——凯瑟琳对此非常熟悉了——开始前,凯瑟琳只和罗德尼握了握手,对前来参观的美国女士表示欢迎。

虽然和罗德尼之间隔着一层沉默的厚重面纱,但她一直忍不住偷摸看他,好像从他们相遇,凯瑟琳便能察觉到会发生些什么。不过一切都是枉费心力啊。罗德尼的衣服,即使是那白色的拉链,他领带上的珍珠,似乎都在阻止她对罗德尼的匆匆一瞥,告诉她这样的举动对一个为人谨慎、文质彬彬的绅士来说都是徒劳,只见他把自己的茶杯摆放好,还在茶碟边放了一片面包和黄油。罗德尼一直对凯瑟琳视而不见,也可能是因为他一直忙着服务客人,而且回答美国客人的问题时也是一副非常乐意有礼貌的样子。

对于任何一个满脑子都是关于爱情理论的人来说,这幅画面俨然让他们退缩。那些隐形提问者的声音都被桌前的这番场景强化了,听起来自信满满,仿佛他们有着整整二十代人的常识积累,还有奥古斯都·佩勒姆先生、佛蒙特·班克斯夫人、威廉·罗德尼以及希尔伯里夫人等所有人的批准支持似的。凯瑟琳下定决心要解决问题,她的手紧紧放在桌边,忍住了想要立刻行动的冲动,手里还攥着那封她自己几乎都要忘了的信。地址写在了信封最醒目的位置,过了会儿,当威廉站起身给盘子里添满食物时,她看到他的视线落在了信封上,他瞬间就变了脸色。给盘子装满后,他满脸困惑地看向凯瑟琳,凯瑟琳由此得见,威廉只是表面镇定,内里波涛翻滚。一两分钟后,当班克斯夫人和希尔伯里夫人注意到威廉的沉默和表情迅速变化,便提议也许是时候向班克斯夫人展示"我们的东西",威廉更是一头雾水。

凯瑟琳随即站起来,带着大家去看看那间挂满照片和书的小内室。班克斯夫人和罗德尼紧随其后。

她打开灯,很快用低沉愉悦的声音说道:"这便是我祖父当年的写作书桌。大部分后期的诗歌都是在这张桌子上完成的。这是他的钢笔——他用过的最后一支笔。"凯瑟琳拿起笔握在手里,停顿了几秒。"这个,"她继续道,"就是《冬颂》的原始手稿。你们看,早期的手稿并未像后来的版本那样被修正过……"当班克斯夫人肃然起敬地询问说不知可否摸摸,她回答道,"哦,大家请自便。"于是班克斯夫人开始解掉自己戴着的小白手套。

"你和你的祖父还真像呢,希尔伯里小姐,"那位美国客人观察着凯瑟琳祖父的画像说道,"尤其是眼睛。来,你们说,我敢说凯瑟琳现在自己也在写诗吧,是不是?"只见她转向威廉,开玩笑说着。"真是位理想的诗人啊,对吧,罗德尼?现在能和这位诗人的外孙女站在一起,你不知道我感到有多荣幸呢。要知道在美国,我们对你祖父的赞誉很高的,凯瑟琳。我们还有专门的团体,朗读他的诗作。天啊!这是他那双拖鞋!"她把手稿放在一边,迅速拿起那双旧鞋,沉思片刻后又发了会儿呆。

凯瑟琳继续有条不紊地为大家介绍祖父的作品,罗德尼则专心致志地看着那一排早已熟记于心的图画。他的内心杂乱无章，急需借此时机得以喘息，仿佛他奔跑在狂风中，必须在抵达的第一个庇护所里好好整理下自己的衣服。罗德尼心里很清楚，他此时表现出来的平静只是表象罢了。在那领带、背心和白色衬衣掩盖的内心里，可并非此番风平浪静的景象。

那天早晨起床，他便决定忽视前一晚说过的话；看到德纳姆，他相信自己依然打心眼里热烈地爱着凯瑟琳；而那天清晨威廉给凯瑟琳打电话时，他讲话的语调欢快又威严，他告诉凯瑟琳，经过那夜的疯言疯语后，他们两个的订婚约定仍是牢不可破的。但当威廉来到办公室后，他又经历了新一轮的折磨。他发现了一封卡桑德拉的来信。卡桑德拉看了他的剧本，于是立即给他写信，告诉威廉自己对剧本的看法。卡桑德拉深知，自己在信中的赞扬毫无意义；但她还是坐了一整晚，前思后想该如何措辞；她在写信时的热情漫溢，足以满足威廉的虚荣心。卡桑德拉聪明伶俐，知道在场合该说什么话，而且还懂得如何暗示别人。从其他方面来讲，这封信也是极具魅力的。她告诉威廉自己喜欢的音乐，还谈到亨利之前带她去参加的一次选

第二十四章

举权会议,她还半认真地说自己学会了希腊字母,发现真是"有趣"呢。"有趣"这个词儿被她加了下划线,不知道她在画线时笑了吗?她何时认真严肃过呢?这封信难道不是卡桑德拉全部的热情、鼓舞和异想天开的想法展示吗?信上的文字全部化为卡桑德拉少女般的想入非非,那思绪似小精灵,整个早上都在罗德尼的头脑里来回晃悠,让他忍不住当场就想给她回信。罗德尼尤其喜欢琢磨一种能表达千万男女关系里的鞠躬屈膝、你来我往、你进我退的交往模式的文字,凯瑟琳却从来不玩那种套路,他情不自禁地沉思;凯瑟琳——卡桑德拉,卡桑德拉——凯瑟琳,她们一整天都在罗德尼的头脑里反复出现。穿上得体的衣服,整理好面容,然后在下午4点30分准时出席切恩道的下午茶聚会,是多么美好的事啊,但天知道会发生什么;当凯瑟琳像往常一样静静坐在那里时,从口袋里拿出一封信放在桌子上,罗德尼看到那是写给卡桑德拉的信,立马就变得不淡定了。她这样做是为何?

于是他从那一小排图画中抬起头,凯瑟琳正在和那位美国客人交流,显得十分随意。想必从美国来的女士也知道自己的热情在这位诗人孙女的眼中有多可笑。罗德尼思考道，凯瑟琳从未迁就别人的感情；而自己对所有的舒适感和不适感都十分敏感，看到凯瑟琳表现得越来越心不在焉，于是他缩短欣赏拍卖目录的时长，在痛苦中感受到一种奇怪的情谊，把班克斯夫人也放在自己的保护之下。

但是没过几分钟，这位美国女士便结束了对诗人作品的瞻仰，低头向诗人和他的鞋子致敬，在罗德尼的陪同下下楼了。凯瑟琳独自一人继续待在小屋里，此番敬奉祖先的仪式比往常更让她压抑，而且，这间屋子早因参观人数过多变得拥挤不堪。只有那天早上，凯瑟琳一家收到了来自一位澳大利亚收藏家的投保校样，上面记录了祖父修改一个重要表达的心路历程，便做主将校样装裱。但家里还有多余的房间吗？是必须把它挂在楼梯上，还是取下其他遗物，腾出位置给它才得以表示纪念呢？凯瑟琳毫无头绪，不知如何是好，于是她瞥了一眼祖父的头像，好像在询问他的意见。曾经给祖父画像的画家早已过气，由于参观者数量多，这幅画凯瑟琳反复看了不知多少次，她眼里现在除了那一抹淡淡的粉色和棕色的油彩，周围包裹着一圈镀

第二十四章

金叶子,其他什么都看不到。凯瑟琳头顶那幅画像里的年轻男子——她的祖父——看起来有些模糊。那性感的嘴唇微张,露出一副看到了美好又神奇的景象正在消失或从遥远的地平面上缓缓升起的表情。当凯瑟琳抬头盯着画像看时,奇怪的是,她的脸上也是同一副表情。凯瑟琳和画像上当时的祖父处于同一年纪,或者年龄相仿吧。她不知祖父那副表情是在想什么;她在想,是否也有海浪为他拍打着海岸呢,还是有骑士穿越过枝叶繁茂的树林?也许这是凯瑟琳第一次把祖父当成一个男人来看——一个年轻、忧愁、暴躁、野心重重但也曾犯过错的男人;这是她第一次自己对祖父有了深刻的认知,而不是从母亲那里听来对祖父的印象。她想,他可能是她哥哥。在凯瑟琳看来,他们是相似的,正因为有着神秘的血缘关系,她才有可能解读出他那双看得专注的眼神里要表达些什么,她甚至相信,外祖父依然在见证着他们如今的欢乐与悲伤。突然之间,凯瑟琳想到也许他会理解;所以凯瑟琳没有把已凋谢的花放在外祖父的神龛上,而是开始向他倾诉自己的苦恼——如果逝者更注重的是礼物,而不是祭祀者带来的花、他们的上香和祭拜，或许这样的礼物才更有价值吧。当凯瑟琳抬头看向祖父，她内心的疑虑和沮丧，可能比起对祖父的敬意，会更让他乐意吧；如果凯瑟琳愿意和他分享一些自己遭受的苦难和得到的成就，他必然乐意帮忙分担。她心怀傲气与爱意，但同时清晰地感受到逝者索求的并非鲜花，也并非忏悔，而是她从他们身上所延续的生活中的点点滴滴，那是他们自己也曾切实活过的人生啊。

过了一会，罗德尼在凯瑟琳祖父的画像下找到了她。只见她把手默默放在一旁的座位上，说道：

"过来，坐会儿吧，威廉。今天有你在真好！我发现自己变得越来越没礼貌了。"

"你可不善于隐藏自己的情绪。"他冷冷地回答说。

"噢，请不要训斥我——这个下午已经过得够糟糕了。"她告诉罗德尼，自己如何带着花，去拜访住在南肯辛顿大街的麦考密克夫人——一位军官的遗孀，这件事让凯瑟琳感到很压抑。她描述她到了那位遗孀家中，大门是如何开着的，那破败的棕榈树、访客的黑伞，整条街道呈现出一片萧条的景象。凯瑟琳讲话的声音很轻，倒让罗德尼感觉轻松自在。事实上,罗德尼因为变得过于自在,所以无法保持一个乐观的中立态度,一点点变得不淡定起来。凯瑟琳使得自己向她求助变得如此轻松自然,还建议他直接说出内心的想法。罗德尼兜里那封卡桑德拉的来信沉甸甸的,隔壁屋的桌子上还放着凯瑟琳写给卡桑德拉的信。屋子里的气氛都因为她而紧张起来。但是,除非凯瑟琳自愿提起这茬,否则他甚至无法暗示——必须忘了整件事;作为一个绅士,他必须尽力保持一位坚定的情人的形象。罗德尼时不时叹口气,谈到今年夏天可能会上演莫扎特的一些歌剧,语速比以往要快。他还说道自己收到了一封信函,立即拿出一本塞满了纸的皮夹子,开始四处搜索信息。只见他的手指间夹着一个厚厚的信封,好像那封从歌剧公司寄来的信函和他的手指不可分割一样。

"这是卡桑德拉写给你的信吗?"凯瑟琳从他的肩膀看过去,用无比轻柔的语调问道。"我刚写好信给她让她来这里玩呢,只不过我忘了寄出去了。"

罗德尼默默把信掏出来递给她。凯瑟琳接过信,撕开信封,开始读信。

等待的时间似乎无比漫长,让人百爪挠心般地难受。

"真好,"凯瑟琳最终说道,"写得真吸引人。"

罗德尼的脸半转了过去,好像有些害羞。看着他的轮廓,凯瑟琳差点笑出声来。她又读了读卡桑德拉的来信。

"我觉得这没什么不好吧,"威廉脱口而出,"我在帮她——比如帮她学希腊语——如果她真心想要学好的话。"

"她当然没理由不想学啊,"凯瑟琳再次看了眼信上的内容,说道,"实际上——啊,这么说吧——希腊语的字母学起来十分令人着迷呢。她当然会重视了。"

"好吧,希腊语字母学起来毕竟是一项大工程,我主要想的还是英语。她对我剧本的评论,虽然说了很多,但终究过于稚嫩——她应该还不到二十二岁吧,我猜?——毕竟那些话肯定能表现出一个人真正的内心需求:对诗歌的真情实感,当然她的领悟力还没达到一定程度,但毕竟这是最基础的东西。把书借给她看总归是好事吧?"

"对,当然好了。"

"但如果——额——对她的帮助需要通信?我是说,凯瑟琳,我不会因此做出任何不耻的事,"他辩解说,"你,

第二十四章

从你的角度来说,应该觉得这件事没什么令人不愉快的吧?如果有,那你尽管说,我绝不会再做。"

凯瑟琳打心眼里非常不希望他继续这样做,对此她自己也倍感惊讶。有那么一瞬间,她似乎觉得要放弃这种亲密关系,虽然也许不是爱人间的那种亲密,但对世界上的任何女人来说这的确是真心朋友间的亲密关系。卡桑德拉肯定无法真正理解罗德尼——她还配不上他。在她看来,信里满篇都是恭维的话——揪着罗德尼的弱点来写,让凯瑟琳很是不满。毕竟罗德尼不是一个软弱的人,只要是自己承诺过的事,他就会全力以赴去做——只需凯瑟琳一句话,他便永远忘了卡桑德拉。

凯瑟琳犹豫了。罗德尼猜到了理由,很是惊讶。

"她爱的人竟然是我。"罗德尼心想。当他已经放弃希望,以为凯瑟琳永远不会爱上他,结果发现这个世界上他最钦佩的女性竟然爱的人是自己。现在,他第一次确定了凯瑟琳的爱,却有些愤愤不满。他觉得这是一种束缚、一种障碍,让他们两个,尤其是罗德尼自己,显得十分可笑。他已经完全在凯瑟琳的掌握之中了,但他依旧睁着双眼，却不再是她的奴隶或她戏弄的对象，以后他会变成凯瑟琳的主人。凯瑟琳开始思考，那一瞬间，时间似乎自动无限延长了，她意识到，自己想说出让威廉跟卡桑德拉断了联系的强烈欲望，想要威廉永远和自己在一起。卑劣的人性诱惑她向威廉表达爱意，以往他经常哀求她倾诉爱慕，如今她竟几近感受到自己对他的情意。她握着那封信，沉默地坐着。

此时，另一间屋里出现了一阵躁动；听到希尔伯里夫人在大谈特谈，奇迹般地从澳大利亚屠夫的分类账簿里拯救出来的校样；两个屋子本来用窗帘隔开，现在帘子被拉开，看到希尔伯里夫人和奥古斯特·佩勒姆站在门道里。希尔伯里夫人突然停了下来，看着凯瑟琳，和她即将嫁的男人罗德尼，露出她特有的希尔伯里夫人式微笑，看起来总是带着些讽刺的意味。

"这可是我最宝贝的女儿了，佩勒姆先生！"希尔伯里夫人高声说道，"凯瑟琳，别动。威廉，你继续坐着。佩勒姆先生改天还会登门拜访。"

希尔伯里夫人走在前头，佩勒姆先生看了看他俩，微微一笑鞠了一躬,什么也没说便走了。不知是他还是希尔伯里夫人又把窗帘放下了。

但她母亲不知怎的解决了这个问题,凯瑟琳不再有任何怀疑。

"我昨晚已经告诉你了。"凯瑟琳说着,"我觉得,如果给你一个关心卡桑德拉的机会,让你认识到自己对她的真正感情,那你应该把握住。这是你对她,也是对我的责任。但必须告诉我母亲,我们没办法继续假装下去了。"

"当然,全都听你的。"罗德尼立马带着一副正人君子的样子说道。

"那好吧。"凯瑟琳说。

等罗德尼一走,凯瑟琳便会去找母亲,说这段订婚已经结束了——还是说她和罗德尼一起去说比较好?

"但是,凯瑟琳,"罗德尼又说道,紧张不安地试图把卡桑德拉的信塞回信封里去,"如果卡桑德拉——要是她——但你已经邀请她过来这里了吧。"

"没错,但信我还没寄出去。"

罗德尼感到有些难堪,双腿交叉坐在那里沉默不语。

在他的人生准则里，绝不可能要一个刚跟他解除婚约的女人帮助自己去了解另外一个自己可能爱上的女人。如果宣布他们的婚约已经结束，他必将长久地完全和凯瑟琳分开；这种情况下，他们俩互赠的信件和礼物都会退还给对方；等到多年后，也许在一场晚宴上，已经断了联系的俩人再次相遇，会冷漠地说几句话，尴尬地握握手打招呼。他将会被凯瑟琳彻底抛弃，不得不依靠自己的资源优势。他也无法向凯瑟琳提起卡桑德拉；可能是几个月，甚至很多年，他也无法再见到凯瑟琳；等他离开，凯瑟琳的人生会发生各种可能性。

凯瑟琳和罗德尼一样，也基本知晓了他的困惑。她很清楚怎样可以帮到罗德尼，表现出一副落落大方的样子；但她的自尊啊——居然要假装继续与罗德尼订婚，还要为他与卡桑德拉的事情打掩护，这可远非仅仅虚荣受创——不禁要竭力反抗。

"接下来一段时间，我要放弃自由了，"凯瑟琳思索道，"以便威廉能自在地和卡桑德拉见面。若我不帮他，他便没有勇气去做——毕竟他太懦弱，不敢大方讲出来自己想

第二十四章

要什么,更不愿公开我们婚约解除的消息。我和卡桑德拉,他都想要。"

当她明白这点时,罗德尼已经收好了信,仔细看了下手表。尽管这一举止表明,他已经放下了卡桑德拉,因为他深知自己的无能,也无法完全相信自我,但面对凯瑟琳,他觉得虽然不尽如人意倒也感情深厚,更何况他也没什么其他的事可以做了。他不得不对凯瑟琳放手,还她自由,然后告诉希尔伯里夫人他们的婚约取消。但作为一个正直的人,要尽到应尽的责任,这背后努力的艰辛在一两天前罗德尼根本想也不敢想。他内心期待着,能和凯瑟琳保持这样的关系,若放在一两天前,他定会大怒着否决这种想法。但如今他的生活有了变化,看事情的态度也有改观;对凯瑟琳的感情变了;人生有了新的目标和可能性,充满了吸引力,让人无法抗拒。活了三十五年,他并非全然懵懂无助;他依然能够主宰自我;于是他站起身,下定决心要告别凯瑟琳。

"那,我走了。"罗德尼说罢,站起身,努力伸出手的样子虽然让他看起来苍白无力,却留给他一丝最后的尊严,"我去告诉你母亲,我尊重你的意见,决定取消婚约。"

凯瑟琳攥住他的手握了握。

"你不相信我吗?"她问。

"我当然相信你。"他回答。

"不,你不相信我能帮你……我能帮你的对吧?"

"你不帮我,我就没希望了!"罗德尼激动地叫起来,却抽回了手,转过身来。当他面向凯瑟琳,凯瑟琳觉得,这是第一次看到罗德尼不加任何掩饰地站在自己面前。

"凯瑟琳,我不会假装听不懂你在说什么,无用功罢了。你说的我都承认。坦白说吧,现在我相信我真的爱你堂妹;你若愿意帮我,我可能有机会——但是我不要,"他顿了顿,"这不可能,这样做是错的——如今发生这样的事,责任全部在我。"

"来,坐到我身边来。让我好好想想——"

"你的理智才是我们婚约取消的原因啊——"罗德尼叹了一口气说道。

"我承认,是我的责任。"

"哎,但我如何能同意?"他大声说道,"那就意味着——我们必须要面对,凯瑟琳——面对眼下我们的婚约只是名义上的。当然了,确切地说,你肯定会自由的。"

"你也一样。"

"是啊,我们都会变成自由身。那么,现如今事情发展到这种地步,假如说我跟卡桑德拉见了一两次面;然后,如果这一切都如我所想一般,只是一场梦,那我们就立刻告诉你母亲。其实,我们何不现在就告诉你母亲,让她对此保密?"

"你说呢?如果告诉她,不出 10 分钟,全伦敦都会知晓了,更何况,她永远都不会理解。"

"那你的父亲呢?毕竟这是个不堪的秘密——会有损清誉。"

"比起我母亲,我父亲更加不会理解的。"

"哎,那有谁可以理解我们呢?"罗德尼叹了口气,"但从你的角度来说,我们必须接受这件事。这不仅仅是要求太多的问题,这是将你——将你置于如此境况,如果你是我的妹妹,我可没法忍受这种状况。"

"我们才不是什么兄妹,"凯瑟琳不耐烦地说,"如果我们不做决定,谁来做?我可不是在说废话,"她继续道,"我全面考虑了现在的情况,也知道这要冒一定的风险,我也不否认,这样做会带来巨大的伤害。"

"凯瑟琳,你介意吗?你肯定会非常介意。"

"不,我不会的,"凯瑟琳坚定地说道,"我会好好考虑后果,但我已经做好了心理准备。有你的帮助,我肯定能渡过难关。你俩都会帮我的,其实,我们会互相帮助。这是基督教教义,对吧?"

"我听着倒觉得像异教信仰。"罗德尼想起就是这基督教教义才让他俩陷入如此境地,他抱怨似的说道。

但他无法否认,自己感到神清气爽,而且他不必再带着铅色面具过活,以后的生活一定充满了各种令人欢乐和兴奋的事情。其实用不了一周,他就能见到卡桑德拉了,罗德尼对此甚是焦虑,比起自己未来拥有的生活,他想知道她具体哪天来。看起来,他似乎急于品尝那甜果——建立在凯瑟琳无可比拟的慷慨帮助和自己可鄙的卑怯行为之上的甜果。然而,尽管他不自觉使用了这些词,却没有任何意义。他并不会因为自己做的事而自我贬低,至于对凯瑟琳的赞赏,如果他们不是伙伴、合谋者、志同道合的人,那么,把这种为了追求共同目标行为视为一种慷慨而加以赞扬,就毫无意义了。只见罗德尼拿起凯瑟琳的手,捏了捏,比起致谢,更像是表达对两人间情谊的狂喜。

"我们会彼此互相帮助的。"他重复了凯瑟琳的话,说着,带着一股友谊的热情劲儿,找寻凯瑟琳的目光。

凯瑟琳的视线落在罗德尼身上,虽然看起来很严肃,却充满忧伤。"他已经离开我了吧,"凯瑟琳暗自想着,"远远离开了——不会再想起我。"她又想到,虽然和罗德尼坐在一起,手拉手,她却能听到泥土从上空倾泻而下,在两人之间竖起一道屏障,所以,就算坐在一起,却有一道无法穿透的墙把自己和罗德尼生生隔开。凯瑟琳感到,自己正在与罗德尼——这个她在这世上最关心的人逐渐疏离,终于要面对这个结局了啊。两人一致默许,松开了彼此的手,罗德尼轻吻凯瑟琳的双手,这时窗帘被拉开,希尔伯里夫人一脸亲切又略带讥讽的样子看着他们,问凯瑟琳还记得今天是周二还是周三,还问她在威斯敏斯特有没有用餐?

"我最亲爱的威廉啊,"她停了一会儿说道,似是忍不住稍稍打扰这个爱意满满,相互信任的世界。"我最亲爱的孩子。"她又接着说,然后突然走开了,仿佛强迫自己为眼前的场景拉上窗帘,决不允许自己打断。

第二十五章

转眼到了星期六，下午 3 点 15 分，拉尔夫·德纳姆坐在裘园的河岸边，手指不停玩弄着手表的拨盘。脸上露出一副时间是公平不可抗的表情，仿佛在为这神圣的三月——那些无休止的不安和动荡作诗。看起来，似乎拉尔夫在静候时间一分一秒地流逝，对时间流逝不可挽回的严酷自然法则表示默许。他的表情如此严肃、安宁，定格在那里，显然在他即将离开时，虽然自己挥霍了大把时间，磨灭了希望，但至少自己没损失什么，起身时他感到了内心的庄严。

拉尔夫的心思跃然脸上。他正沉浸在自己的精神世界里，全然不顾周围日常生活的琐事。他没办法接受，自己和一位女士约好了见面，她却迟到了 15 分钟，丝毫没有注意到那件事给他整个人生带来的挫败感。看了看表，拉尔夫似乎深陷琢磨人类存在本源的问题中无法自拔；通过观察他发现，朝着北边和午夜的方向，自己人生航船的轨迹已经就此被改变……一个人的人生，必须在无人相伴的情况下，孤身一人行进在冰冷的黑色的海面上——要实现什么样的目标呢？拉尔夫把手指放在3点30分的表盘位置上，决定一旦到时间，他就立刻走人；与此同时，他的意识里传来无数个声音的问话，他回答说，当然人生是有目标的，只不过需要源源不断的能量保证你不断前行。不过，手表的指针持续转动着，好似在向他保证，要带着尊严，睁大眼睛看世界，要有决心不甘于平庸，远离不值当的诱惑，同时更要不屈服不妥协。再一看表，已经过去25分钟了。凯瑟琳已经迟到了半个小时，他跟自己强调说，这个世界根本毫无幸福可言，每天都要无止境地去奋力拼搏，却依然存在不确定性。一件计划好的事，如果一开始就没做好，还依然抱有希望，那简直愚蠢至极，让人无法谅解。只见拉尔夫把视线从手表上挪开，抬起头望向河对岸，带着某种渴望、一副若有所思的样子，仿佛凝视的目光严厉些，便能平缓自己的情绪一样。很快，他的眼里充满了深切的满足感，他坐在那儿好一会儿，一动不动。他看到一位女士，步伐很快，却带着一丝犹豫，沿着宽阔的草地向自己这个

第二十五章

方向走来。她没看到拉尔夫。因为隔得太远,她的身材很难描述,不过她戴了一条紫色的面纱,在肩膀上随风摆动着,让她整个人充满了一股浪漫的气息。

"她来了,像一艘满帆而行的航船。"他自言自语,隐约想起出自某个戏剧或是诗歌的句子,关于女主人公驾着羽毛飞行、周围万里晴空都在向她致敬的画面。她的周围环绕着绿植和高树,仿佛在等候她的到来。拉尔夫站起身,凯瑟琳看到了他;她微微有些震惊,看到拉尔夫又面露喜色,接着为自己的迟到表示自责。

"你为什么从来都没告诉我?我不知道这里竟是这样一番风景。"她开口道,暗指这里有湖水,有广阔的绿地,有成片的树林,还有远处泰晤士河在阳光下泛起的金色波澜和草地上矗立的皇家城堡。说着,她看着威严的石狮尾巴,难以置信地笑了。

"难道你从没来过裘园吗?"德纳姆问道。

但似乎凯瑟琳小时候来过这里,那会儿这里还不是现在这番模样,当时的动物可能还有火烈鸟和骆驼之类的。他们两人漫步在公园里,一起重温公园的奇景。正如拉尔夫感受到的那样,凯瑟琳此番前来,就是来散步和闲逛的,看到的任何景色都让她欢喜得不得了——小树丛、公园管理员、毛色上乘的大鹅,看到这些,凯瑟琳整个人都放轻松了。午后阳光暖暖地照着。呼吸着春天的第一缕气息,拉尔夫和凯瑟琳坐在一片林间的空地上,周围的树林自动开辟出一条绿荫小道。凯瑟琳深深叹了口气。

"这里真安静啊。"她解释似的说。眼前一个人也看不到,风穿过树林发出婆娑的声音,在伦敦倒是很少能听到呢,凯瑟琳觉得,这仿佛是从遥远的海洋飘来的阵阵清香。

正当她呼吸着新鲜空气,四处张望时,拉尔夫正用手杖戳着一丛几乎要被枯叶掩盖的绿色穗花。以植物学家的角度,他给绿植起了名。讲给凯瑟琳听的时候,他选择了用拉丁语起名,以区别开那些在切尔西人们都熟知的花,还能让凯瑟琳见识到他宽广的知识面,给她一个惊喜。凯瑟琳承认,自己的确很无知。假设要用英文来称呼对面那棵树的名字,应该是什么呢?是山毛榉、榆树,还是美国梧桐?要是根据它的枯叶来辨别,也有可能是一颗橡树;很快,德纳姆开始在信封上画起了图表,让凯瑟琳了解更

第二十五章

多关于英国树木的基本常识。随后,凯瑟琳拉着拉尔夫让他讲讲关于花的常识。对凯瑟琳而言,花不过是长在同样绿色根茎上的植物,有着不同形状和各色花瓣,一年四季都在变化罢了;但在拉尔夫看来,花首先是鳞茎或种子,后生长成有性别的生物,它们有气孔,生性脆弱,需要各种精密装置帮它们适应不同环境和繁殖,还可以塑造成蜷伏型或纤细型、颜色艳丽或浅色系、带斑点或纯色系的,养育花朵的过程还可能揭示人类存在的奥秘。德纳姆愈说愈激动,这项爱好,是他长久以来隐藏的秘密。这些话在凯瑟琳听来,真是讨得了她的欢心。几周以来,从未有任何声音像今天这样在她脑海里奏响美妙的音乐。这声音,在凯瑟琳脑海里产生了回声,唤醒了内心深处的另一个自己,她已经孤独太久了。

凯瑟琳希望继续听拉尔夫谈论关于植物的话题,跟她讲讲,自然界万物变化的法则并不是毫无科学依据的。虽然这些法则目前对她来说有些难以理解,却有着强烈的吸引力,毕竟在人类的世界里从没有过这样的法则。长期以来,凯瑟琳一直在自己生活的世界里备受压迫,她内心讨厌逢迎客人，宁愿投身到天文、数学研究中去，却不得不像其他女孩子一样，在花儿似的青春期，每分每秒都被迫思虑人生中毫无秩序可言的部分；她不得不察言观色，辨清喜恶，不得不顾虑种种情绪对她亲人朋友的影响；由此她从无法自主思考人生的另一部分——那独立于人类生活，由所思所想构建的部分。听着德纳姆滔滔不绝的讲话，凯瑟琳聆听着，倒也轻松自在，大概压抑很久没有释放自己了。眼前，成片的绿林和草地融入远方碧蓝的天空，真是这广阔世界的靓丽风景啊，无关幸福，无关婚姻，更无关个人生死。为了给凯瑟琳举例子说明，德纳姆先是带着她去了岩石公园，随后又去了兰花园。

德纳姆自认为聊天的走向还算保险，谈及的重点可能更多出自个人情感，而非周边事物涉及的科学知识，不过这都是伪装，当然他都能轻而易举地解释清楚。尽管如此，当他看到凯瑟琳站在兰花中，整个人被兰花映衬得出奇美丽，似乎花儿都从条纹花冠和丰满的花梗中窥视凯瑟琳，被她的美惊艳，德纳姆的植物学热情瞬然减退，心头涌上一种更复杂的情感。凯瑟琳陷入了沉默，似乎对兰花饶有

第二十五章

兴趣。顾不上什么规矩，只见她伸出手，没戴手套，轻轻抚摸了兰花。看到她手上戴着的红宝石戒指，德纳姆心情一沉，转身就走了。但下一秒他隐忍住，看到她细心观察各种奇花异草；看着眼前的她一副若有所思的凝视状，他读不懂眼前的凯瑟琳，又见她望向远方，想要寻找答案。那目光，毫无自我意识，德纳姆不知她是否还记得自己的存在。当然，他说句话或者走动几下就能让凯瑟琳注意到自己——但此举为何？此时的她幸福满满。不需要德纳姆给予她什么。而且对德纳姆来说，跟她保持距离也许才是上上策，只要知道她还在，只要好好珍藏已有的——一个完美、疏远而完整的凯瑟琳。凯瑟琳定定站在兰花丛中，温室的空气炽热，说来也怪，这场景好似德纳姆之前自己在家里幻想的一样。公园门关了后，他们继续往前走着，眼前的凯瑟琳，和回忆中的她，让德纳姆沉默不语。

尽管一直没开口，凯瑟琳却有些不安，感觉自己这样沉默太自私。她想继续和德纳姆讨论与人类毫无关联的话题，但这样着实不妥。她打起精神，想要理清自己的混乱感情，搞明白她和德纳姆现在到底是什么关系。哦,对了——

这事关德纳姆是否要搬去乡下开始写书；天色已晚，没有时间可以浪费了；卡桑德拉今晚就要过来吃晚餐；但她临阵退缩了，惊觉自己手里好像应该握着什么东西，但什么也没有。她伸出手，一脸惊讶。

"我把包放哪儿了呢——哪儿呢？"在她看来，公园里可没有罗盘上的方位指示。她只记得自己一直在草地上走，就连去往兰花园的路也有三条。但在兰花园里没看到有包，肯定是落在之前坐过的地方了。两个人全神贯注地沿路寻找着，连旁人也看得出来他们丢了东西。是什么样的包啊？里面装了什么？

"里面有钱包——车票——还有几封信和信纸，"凯瑟琳清算着包里的物件，情绪变得愈来愈激动。德纳姆越过凯瑟琳走得飞快，还没等她走到，就听到德纳姆大喊说找到了。为了确保安全，她把包里的东西都倒出来放在膝上。可真是些奇怪的东西啊，德纳姆暗自想着，止不住好奇心一个劲儿地往包里瞄。包里，松散的金币都用蕾丝带缠起来，几封写给熟稔的人的信件，两三把钥匙，一张任务单上打上了几个交叉。但凯瑟琳似乎并不满意，直到她找到一打信纸，折叠得好好的，德纳姆根本看不到里面写了什么。凯瑟琳一脸轻松，心怀感激跟德纳姆说，自己一直在反复考虑他之前提过的计划。

德纳姆打断了。"请不要再提那无聊的话题了。"

"但我想着——"

"这件事太枯燥了，我本不应打扰你——"

"那你决定好了吗？"

德纳姆不耐烦地哼唧一声，"这事不重要。"

她只得很干脆地说了声，"哦！"

"我是说，对我这是个要紧事，但对别人不是。总之，"他继续说着，语气温和许多，"我不懂，你何必为了他人的麻烦事困扰呢？"

凯瑟琳猜，他已清楚她有多么厌倦帮人操心的生活了。

"真抱歉，我刚才有点心不在焉。"她开口，想起来威廉常常指责自己爱走神。

"你一定也有要事考虑，才会开小差吧。"他回答说。

"是啊，"凯瑟琳说着，小脸一红。"不，"她又否定道，"我是说，没什么特别的事。我是在想那些植物，今天我很开心。

说实话,我很久没有过这样愉快的下午了。要是你不介意,我想知道你最终的决定是什么。"

"哦,已经定了,"德纳姆说。"我打算搬去那间地狱式的村舍,写本没什么价值的书。"

"真羡慕你啊。"凯瑟琳诚意满满地回答道。

"好吧,那村舍租一周要15先令。"

"村舍的租金要——嗯,"她念叨着,"问题是——"她顿了顿。"我想要的房子两间屋子足矣,"她继续说着,奇怪地叹了口气,"一间吃饭,一间睡觉。噢,但我想要另一种的,房子上面有一个大房间,外面有个小庭院可以种花。还要一条小道——那——往下走是河边,往上走是树林,房子要在大海附近,这样晚上睡觉便听得到海浪声。有来往的船只在海上渐行渐远,消失在地平线上——"她停了下来,"你住的地方会离海边近吗?"

"我眼中最完美的幸福,"他开口,倒没有直接回答她的问题,"就是住在你描绘的那种地方。"

"啊,你现在就可以实现了。我猜你会工作吧?"凯瑟琳问道,"肯定一整个上午都忙着工作,下午茶过后也是,

第二十五章

也许晚上还会继续吧。不过你肯定不喜欢经常有人上门拜访打扰你吧。"

"一个人独自生活,能活多久呢?"他问道,"你试过吗?"

"我之前一个人生活了三个星期,"她说。"当时爸妈都去了意大利,但事出有因,我没能同去。那三周,我独自一个人生活,唯一跟我说过话的人是我在附近一家店里吃午餐时碰到的——一个大髯男人。然后我回到家里又是我自己一个人了——嗯,我爱干什么就干什么。但恐怕,这些经历也没能让我变成一个亲切的人,"她接着说道,"但我无法忍受同别人一起生活。偶尔遇到的那个有胡子的男人还蛮有趣;他超然事外,对我不加干涉,我们都知道以后不会再碰面。因此,两人都极为真诚——面对朋友时反倒不大可能。"

"乱讲。"德纳姆突然打断她。

"为何是'乱讲'?"凯瑟琳疑惑。

"因为那不是你的真心话。"他辩驳道。

"你倒是很确定啊,"凯瑟琳笑了笑看着他说道。他真是武断、暴躁又蛮横啊!他让自己去裘园帮他出主意;然后又告诉自己问题已经解决了;接着开始对自己各种看不顺眼。真是跟威廉·罗德尼完全相反的人啊。凯瑟琳思索着:这个人低劣俗气,衣着简陋,完全不懂如何享受生活。他尴尬地缄默不言,但凯瑟琳就是喜欢他。

"我说的不是真心话,"凯瑟琳善意取笑他,"那是——?"

"我怀疑你的人生准则是否百分百真诚。"他意味深长地说道。

凯瑟琳双颊通红。他一下就点破了凯瑟琳的软肋——她的婚约,而且他的话不无道理。无论如何,凯瑟琳开心地想起来,他现在没有了正当理由;但她此时还不能道明真相,只好忍受他的暗讽,不过考虑到德纳姆先前的举动行为,他的讽刺在凯瑟琳看来也是毫无力度;其中部分原因是,在玛丽这件事上,他并未意识到自己的过错,这让凯瑟琳不禁对自己的洞察力有些拿捏不准;这部分因为他的话语总是颇为有力,尽管她不大确定因由何在。

"要保持绝对的诚实着实困难,你不觉得吗?"她讽

第二十五章

刺地问道。

"即便如此,也有真诚之人存在。"他含糊不清地说。他难以控制地想要伤害她,由此倍感羞愧,但此举并不是为了伤害她,而是为了抑制内心不计后果的冲动——他想要放弃,似乎下一秒,他就要被这个念头逼迫到地球最尽头了。凯瑟琳竟对自己有如此大的影响,远远超出拉尔夫最疯狂的想象。他似乎看透了隐匿在凯瑟琳平静的言行举止下——处理日常生活的种种琐碎时,她总是这么一副脸孔——她还有着另一个灵魂。她出于孤独——还是说也许是因为爱呢——而不得不隐忍克制,加以压抑。难道只有罗德尼能看到她毫无掩饰、不受约束、毫不在乎责任吗?看到一个激情四射、自由奔放的凯瑟琳吗?不,他不信。只有孤独一人时,凯瑟琳才会毫无保留。"我回到自己房间里,做了——我喜欢的事。"她之前这样说过,讲话时似乎还瞥了自己一眼,甚至带着几分信任,好像他会是凯瑟琳分享孤独的人,仅仅是如此暗示,便让他心跳加速,大脑飞速旋转起来,开始进行严苛的自我检查。他看到凯瑟琳脸红了,还在她的回答中听出了不满和讽刺。

只见他慢慢把光滑的银表塞回口袋，暗自祈祷自己能回归之前在湖边看着湖面时的那种平静而听天由命的心态，因为不论什么代价，他必须用那样的心态和凯瑟琳交往。那封尚未寄出的信中，他充分表达了自己的感激之情和默许态度，现在他必须用尽全身的气力，在凯瑟琳面前践行如此誓言。

观点被人质疑，凯瑟琳试着明确自己的一些看法，希望德纳姆能够理解。

"难道你没发现，如果你和某人关系不熟，你更容易对他诚实吗？"她问道，"这就是我要说的。你没必要骗他，也不必承担上述义务。当然了，你肯定也发觉，如果和家人在一起，根本不可能讨论什么对自己才是至关重要的，主要因为你们整天都待在一起，容易被同化；因为你另有所想，因为你的立场根本就是错的——"她的解释并不能完全让人信服，毕竟这是个复杂的话题，而且凯瑟琳意识到，自己并不了解德纳姆是否有一个家庭。关于对家庭制度无益的观点，德纳姆表示赞同，但他不希望在此刻讨论这些。

他提出一个自己感兴趣的问题。

第二十五章

"我相信,"他开口,"百分百的真诚是存在的——这种情况下,人与人之间毫无关系,虽然生活在一起,如果你愿意的话,但每个人都保持自由,对彼此不承担任何义务。"

"也许有吧,"她有些沮丧,但表示赞同。"不过,义务是不断产生的,我们要考虑到人与人之间的情感问题。人类并非单细胞动物,虽然他们想要保持理性,但总会——"凯瑟琳找到了真正的自我,她有点不太确定地补充说——"总会把自己搞得一塌糊涂。"

"那是因为,"德纳姆迅速打断说,"他们一开始就没搞清楚。不过,我可以,"他继续,听起来很通情达理似的,毕竟他自控力很强,"立刻制定出人与人之间的友谊条款,保证条款内容直截了当、绝对真诚。"

听到德纳姆此番话语,凯瑟琳略感好奇。但她深知,相比德纳姆,自己更了解这些言论暗藏的危险,德纳姆在河边这番抽象的奇怪言论倒是提醒了她。眼下,任何有关爱情的话语都让她心生忧虑;与她而言,这是一种残酷的刑罚,就像在没有了皮肤保护的伤口上来回摩擦一样痛。

但还未等凯瑟琳接过话茬,他继续说道:"首先,此类友谊关系必须不掺杂任何感情,"他强调,"至少,一段关系里的双方都要明白,如果任何一方坠入爱河,两人都要完全对自己负责,且对彼此不承担任何义务。双方的关系可以随时中断或改变。双方必须能够随心所欲地表达自我。双方要理解以上全部条款。"

"那么,他们就能得到值得为此付出的结果?"凯瑟琳问。

"有风险——当然有一定风险。"他回答。这个词凯瑟琳近来经常用在自己的言辞中。

"但这是唯一的办法——如果你认为友情值得如此。"他最后说道。

"在这种情况下,也许是吧。"她若有所思。

"好吧,"他说,"这就是我提出的几点关于建立友情的条件。"凯瑟琳早已知道这个时候早晚会到来,但她仍旧有些震惊,听到德纳姆最后的结语,喜悦之余她还有些不情愿。

"我倒是没问题,"她又开口,"不过——"

第二十五章

"不知罗德尼是否会介意?"

"噢,当然不会。"她迅速接过话茬。

"不,不,不是这个意思,"她继续道,却又一个字也说不出。德纳姆如此毫无保留地郑重提出所谓的友谊条款,凯瑟琳深受感动,但既然德纳姆表现得如此慷慨,那她当然要更加谨慎些才是。凯瑟琳推测,这事办起来可能比较困难;但到了现在这关头,一切还来得及,毕竟再小心谨慎,凯瑟琳也无法预测将来的事。她一直想制造点大麻烦——好让大家不可避免地都陷入困境,但她什么也想不出来。在她看来,这些困境都是虚构的,生活还在继续——和之前人们告诉她的大相径庭。凯瑟琳也该放下谨慎了,一切似乎突然之间变得多余起来。当然,如果说有谁能照顾好自己的话,拉尔夫·德纳姆肯定可以;他已经告诉凯瑟琳,他不爱她。但凯瑟琳还在继续幻想,幻想自己撑伞走在山毛榉树下,正如她想,她已经习惯了完全的自由,为何还要在现实中践行完全不同的准则呢?为什么?她思索道,为什么在思想和行动间,在孤独生活和社会生活间,要存在永恒的差距;这差距,就像一个惊心动魄的悬崖，一边是光天化日下的鲜活灵魂，一边是无尽黑夜下的沉思灵魂，为什么？难道想不加任何实质性改变，从悬崖的一边走向另一边，挺胸抬头地活着，就不可能吗？这难道不是他给自己的机会吗———一次难得的做朋友的好机会吗？无论如何，她叹了一口气，有些不耐烦又带着些宽慰的语气，告诉德纳姆说自己同意了，她会接受德纳姆提出的友谊条款。

"好了，"她说，"我们去走走，喝杯茶吧。"

事实上，两人将那友谊条款安排得清楚妥当，不禁心情轻松，似是放下心头大石。他们都相信，最重要的事情已经解决，现在该把注意力放在喝茶和赏园上了。他们漫步在玻璃屋中，观赏水池中生长的百合花，呼吸着上千朵康乃馨的花香，打趣彼此对树木和湖泊的品位。他们只谈论眼前的事物，任何行人都能听见，身边经过的人愈多，而无人怀疑他俩有暧昧，两人由此感到彼此的约定愈加坚定。他们也没有再提起拉尔夫未来在乡下小屋生活的事。

第二十六章

老旧的车厢里，镶嵌着色彩鲜艳的仪表盘，配有警戒的喇叭和蓄水箱，还有那历经沧桑的道路，都已尘归尘土归土。这一切仅仅流传于能捉住个中精髓的小说家的纸页当中，印刷成书——但乘坐特快列车去伦敦，真是一段有趣又浪漫的冒险经历呢。比起这样的旅程，二十二岁的卡桑德拉·奥特韦，倒是想不出什么更有趣的事了。过去几个月里她一直生活在绿色遍布的田野上，早已心生厌倦，甫到达伦敦郊区并映入眼帘的匠人别墅在她看来似乎也别具深意，显得火车上的每一位乘客尤为重要；甚至，对于敏感的卡桑德拉来说，火车好像加快了车速，发动机的尖鸣声里似乎多了一丝严厉的权威性。火车上的乘客都是前往伦敦的，他们肯定曾乘坐各式交通工具游历四方。一旦踏上利物浦车站的站台，就必须拿出另一副举止，表现得像这座城市里所有忙碌又专注的市民一样，有无数出租车、电动公共汽车和地铁在等待载着他们去往各地。卡桑德拉努力想让自己看起来高贵又匆忙,但是当出租车载着她离开车站时,她来之前下定的决心让她有些心慌。作为"伦敦市民",她还真是有些忘我了。只见她往两边车窗张望,迫不及待地想要把街道两旁的建筑物尽收眼底,满足自己的好奇心。然而,这一路上,她看到的路人,感觉很不真实,一切都如此特别。那人群,政府大楼,清洗着大楼底层玻璃窗的人,都变得泛而化之,仿佛只是舞台上的场景与任务一般。

这些感觉经久不散,多少是因为旅途的终点便是她最为心驰神往之地。过去在田园里生活,她想象过一千次踏上这条路,走进切尔西的房子,直接上楼去凯瑟琳的房间,关上门,和可爱神秘的凯瑟琳一起,分享彼此的小秘密。卡桑德拉很崇拜凯瑟琳;这种崇拜可能很傻,却并不多余,但由于她天性多变,而不致过分,反添几分迷人的魅力。过去二十二年里,她崇拜过很多人,喜欢过很多东西;时而是老师们的骄傲,时而又让他们感到绝望。她喜欢过建筑和音乐、自然历史和人文、文学和艺术,但总是在热情

第二十六章

高涨，也略有成就之际，便改辕易辙，偷偷买起了另一门知识技艺的入门书籍。卡桑德拉之前的家庭女教师就曾说过，她这样浪费精力，什么都学个半吊子，定不会有好成绩，果然，如今已经二十二岁的卡桑德拉，考试从没及格过，一天天过去，想通过考试真是难上加难。还有人预测说，像她这样，永远都无法养活自己，现在看来倒成真了。不过，从她学到的这些杂七杂八的知识中，卡桑德拉形成了自己的思想和态度，虽然毫无用处，但大家觉得，她是个活泼的姑娘，永远对世界充满了好奇心，算是不那么令人引以为耻的优点吧。比如说，凯瑟琳就觉得卡桑德拉魅力十足。表姐妹两个，似乎集合了各种各样的品质，个性之丰富别说一个人，好几人一起也占不全。这其中，凯瑟琳只占了其中一两种品质，而卡桑德拉则性格多样；凯瑟琳为人可靠，性格耿直，卡桑德拉性格迷糊，喜欢逃避。简单说，她们俩充分代表了女性角色里男性化和女性化的两面，但就两人本性来说，又有着亲密的血缘关系。卡桑德拉崇拜凯瑟琳，又忍不住时常批评她、打趣她，而凯瑟琳既乐得享受卡桑德拉的尊重，也喜欢听她爽朗大笑。

此时,卡桑德拉对凯瑟琳的崇敬无以复加。凯瑟琳订婚一事,极大地吸引了她,就像是第一次接触到同龄人圈子时感受到的那种莫大的吸引力;这是一件多么庄严、有魅力又神秘的事啊,使得两人仿若得以参与某种不为人知的神秘仪式,显得特别重要。看在凯瑟琳的份儿上,卡桑德拉认为威廉是一位杰出的青年,风趣幽默,他们俩先是聊了聊天,威廉接着给她看了剧本,说明两人正式成了朋友,威廉的鼓励让她受宠若惊,欣喜万分。

等卡桑德拉到了切恩道,凯瑟琳还在外面没回去。于是她跟舅舅舅妈打了招呼,收到了一份特雷弗舅舅送的礼物——2金镑(英国旧时面值1英镑的金币)——报销她的车旅费和物耗费,毕竟她是特雷弗叔叔最喜欢的侄女。她接着换了裙子,上楼进到凯瑟琳的房间里等着她回来。卡桑德拉心里暗自想着,凯瑟琳的穿衣镜真大啊,而且跟她家中卧室的布置习惯相比,凯瑟琳梳妆台上的摆置多么成熟啊。环顾四周,她看到那卡在绞签上的账单和壁炉台上的装饰品,惊叹,这还真是凯瑟琳的作风。不过一张威廉的照片都没看到。房间里摆满了奢侈的物件儿,但屋里没

第二十六章

什么装饰,有丝质晨衣和深红色拖鞋,地毯倒是破旧得很,墙壁也光秃秃的,果然是凯瑟琳的一贯作风;卡桑德拉站在屋子中间,享受着这种感觉;然后,为了搞清楚凯瑟琳平日里都习惯做些什么,她从床头的书架上抽出一本书。在大多数人家里,这书架就像是一个壁架,承载了每一个家庭最后的宗教信仰,夜深人静之时,独处幽居之中,白日间愤世嫉俗的人们,从黑暗中潜行而出的悲伤困惑里,汲取一抹旧日余晖。但屋子里并没有圣歌集。看到这书破旧的封面和神秘的内容,卡桑德拉判断这是特雷弗叔叔以前上学时的教科书,虽有些反常,倒是被他自己的女儿虔诚地保存了起来。凯瑟琳是一个永远让人惊喜的姑娘。卡桑德拉自己曾经迷上了几何学,此时,她蜷缩在凯瑟琳的被窝里,全神贯注地想要记起自己所遗忘的知识。不一会儿,凯瑟琳走了进来,发现她深陷其中。

"亲爱的,"卡桑德拉冲凯瑟琳晃晃手中的书,解释道,"我的人生从这一刻起改变了!我必须马上写下这个男人的名字,不然忘记了——"

谁的名字?什么书?什么生活就被改变了?凯瑟琳想

知道这到底是怎么一回事。毕竟自己迟到了,于是她匆忙把将要穿上的礼服放在一边。

"我能在你身边坐下看着你吗?"卡桑德拉合上书问道。"我已经准备好了。"

"哦,准备好了,是吗?"凯瑟琳开口,一半的身子面向卡桑德拉,看着她,只见卡桑德拉坐在床边,双手紧紧抱住膝盖。

"晚上有人过来用餐。"她说着,从新的角度考虑卡桑德拉对她的影响。两人都沉默了会儿,能看出来,她那高挺的长鼻子,那明亮的椭圆大眼睛,那小脸散发的突出魅力,和自己俨然不同。她的头发从前额冒出来,略微有些僵硬,要是有理发师和裁缝师的精心打理,她那模样还真和十八世纪那些地位尊崇的法国淑女有些相似。

"谁要过来吃晚餐啊?"卡桑德拉问道,期待更多让自己狂喜的可能性。

"威廉会来,嗯,还有埃莉诺阿姨和奥布里叔叔。"

"真高兴威廉能来。他有没有告诉你,他送了我他的剧本手稿看?写得真棒——凯瑟琳,他几乎能配得上你呢。"

第二十六章

"待会吃饭,你应该坐在他边上,说说你对他的看法。"

"我可没那个胆量。"卡桑德拉断言。

"为什么?你又不怕他,不是吗?"

"有点怕——毕竟他和你有关系。"

凯瑟琳笑了。

"不过,考虑到你对人的忠诚大家都看在眼里,你要在这里至少待两周呢,待你离开时决不会对我抱有任何幻想了。卡桑德拉,我给你一周的时间。我的魅力将与日递减,现在可是魅力巅峰的时候啊,但从明天起就要减少了。我瞧瞧,一会吃晚餐时穿什么呢?要不,你帮我找件蓝色的裙子吧,就在那边的长衣柜里。"

她说的话断断续续,手里握着梳子和化妆刷,打开了梳妆台上的小抽屉,却忘了关上。卡桑德拉坐在她身后的床上,看到了表姐映在梳妆镜里的面容。凯瑟琳一脸严肃决绝,明显心事重重,而无暇担心头发是否一丝不苟。不过她的黑色发丝间的分缝如同罗马道路一样笔直。又一次,卡桑德拉被凯瑟琳成熟的女人味儿打动;她全身被包裹进这条蓝裙子里,浑身散发出蓝色的光芒,照亮了面前的长衣镜，那镜子，好似画框，画里的凯瑟琳像一座轻微移动的美人雕像，身后的镜子里映出了美人的身姿和色调，好一幅浪漫的画面啊，卡桑德拉默默想着。这画面恰如其分地融入这间卧室、这栋房子、这座城里，远处车轮的辘辘声仍萦绕耳边呢。

尽管凯瑟琳梳妆打扮的速度已经很快了，她们下楼也稍微有些晚。在卡桑德拉听来，客厅里传来的嗡嗡声就像管弦乐队乐器的调音声。虽然来的客人大部分都是卡桑德拉这边的亲戚，但她似乎觉得房子里有许多陌生人，穿着风格各异的漂亮衣服；在她———一位公正的观察者看来，他们的服装差异仅限于罗德尼穿了白色背心而已。但所有人都同时站起身来，这足以给人深刻印象了，大家互相大声交谈着，握手问好，还有人介绍佩顿先生给她认识；客厅的门突然开了，有人宣布晚宴正式开始，于是大家鱼贯而出，正如卡桑德拉内心暗自期待的那样，身着黑色上衣的威廉·罗德尼，向她伸出自己微微弯曲的手臂，示意她挽着自己。简言之，若这幅场景只有卡桑德拉一人看到，一定会被她描述为充满了神奇光芒的画面吧。那汤盘上的

第二十六章

图案,折得整齐笔直的餐巾,在盘子边上摆成马蹄莲的形状,那用粉色丝带绑在一起的长条面包,还有那银盘子和海蓝色的香槟酒杯,杯茎上镶嵌的片片金箔——所有的细节,连同令人好奇的羊皮手套的气味儿,都让她兴奋不已;不过这情绪,她必须压抑住,毕竟她已长大成人,不可以再为这世界而感到惊奇。

她不会再为这世界感到惊奇,没错,但其他人会。在卡桑德拉的脑海里,每个人都有一些被她称之为"现实"的碎片印象。你若向他们询问,他们自然会赠予你,如此一来,晚宴也不会再了无生趣。坐在她右手边的小佩顿先生和左手边的威廉·罗德尼先生,同等程度上都具备了这种品质,这对她来说如此真切,如此珍贵,以至于人们对这种品质的忽视,时常让她倍感惊讶。实际上,她几乎不知道自己是在和佩顿先生还是和威廉讲话。但是渐渐地,好像是对着一个长了胡子的老头,她讲述了自己那天下午是怎样来到了伦敦,又如何坐上出租车穿过了条条街道来到这里。佩顿先生做编辑已有五十年之久,早已秃顶,他不断点点头,以示理解。至少他心里清楚,卡桑德拉年轻漂亮,也看得出来,她很兴奋,虽然从她的话语中或自己的人生经验中,他尚不知卡桑德拉为何如此兴奋。"树上可长出了新芽?"他问道。"她路过的是哪条街道呢?"

他的这些和蔼可亲的问话被打断,因为卡桑德拉想知道,他是个读书人,还是眼观天下之人?佩顿先生不确定自己属于哪类人。他更希望自己两者兼具。他被告知他已然泄露心声。卡桑德拉会根据他供认的事实推断出他整个人的过去。但他要求她继续,卡桑德拉还推断出他曾经是国会的自由党议员。

威廉表面上看似和埃莉诺姨妈时不时地在交谈,实际上偷听到了佩顿先生和卡桑德拉的所有对话,他利用中老年妇女聊天时总断断续续的特点,至少与青年男子谈天时尤其如此,他时不时发出紧张的笑声好引起卡桑德拉的注意。

卡桑德拉直接转向他。她被迷住了,发现自己轻松找到了这样一位令人着迷的男士,能为她提供数不清的财富。

"你在火车车厢里会做什么,你我都清楚,威廉,"她开口,称呼他的名字让卡桑德拉心生喜悦,"你从不曾

第二十六章

眼观天下,一直都在埋头读书。"

"那你借此又能推断出什么事实呢?"佩顿先生问道。

"噢,当然看得出来,他是个诗人,"卡桑德拉回答说。"但我不得不承认,这我早已知晓,所以这不公平。你之前给过我你的手稿,"她继续,对佩顿先生不管不顾,"关于我想问你的一切,我都已知晓。"

威廉低下头,试图掩饰卡桑德拉的话给他带来的欢乐。但这种乐趣不是纯粹的。无论威廉多么喜欢别人奉承,他无法容忍那些在文学上表现粗俗或情绪化的人,如果卡桑德拉在这方面出现了哪怕一点点错误,他就会手扶前额,皱起眉头,以示不满;之后,对卡桑德拉的恭维,他也无法感到开心。

"首先呢,"她继续道,"我想知道,你为何选择写戏剧?"

"啊!你是说这不够引人注目吗?"

"我指的是,如果这戏剧演出来,不知会有何好处?但是莎士比亚能得到什么呢?我和亨利总是在一起争论莎士比亚的戏剧。我肯定他是错的,但我无法证明,因为我只在林肯见到过一次莎士比亚的戏剧演出。但我很确定，莎士比亚的戏剧就是为了舞台而生。"

"你说得太对了，"罗德尼惊呼，"我就是希望你有如此想法。亨利错了——大错特错。当然，我失败了，所有的现代派都失败了。亲爱的，亲爱的，真希望我之前能向你请教啊。"

既然谈到了这点，两人凭记忆，从各个角度重温了罗德尼的剧本。卡桑德拉的话句句让他遂心如意，她缺少专业文学训练，却敢于直言，时时听得罗德尼失了神，不自觉地便手握叉子半悬在空中。希尔伯里夫人心想，她从未见过这样的罗德尼；是，某种程度上讲，他与往常不同；让她想起了某位已逝之人、杰出之人——她忘了名字。

卡桑德拉兴奋不已，抬高了嗓音。

"你竟然没有读过《白痴》[①]！"她高呼。

"我读过《战争与和平》[②]。"威廉有些恼火。

[①] 俄国作家陀思妥耶夫斯基的作品。
[②] 十九世俄国最伟大的作家之一列夫·托尔斯泰（Leo Tolstoy, 1828—1910）的作品。

第二十六章

"《战争与和平》!"她嘲笑似的回应道。

"我承认,我可看不懂那些俄罗斯作家想说什么。"

"来来来!握个手!"坐在餐桌对面的奥布里叔叔嚷嚷道,"我也不理解呀。我猜他们自己也糊里糊涂的。"

这位老先生曾经统治了印度帝国的大部分地区,但他老喜欢说自己宁愿像狄更斯①那样投身文学。现在,坐在这张餐桌上的人们开始了讨论一个大家都感兴趣的话题。埃莉诺姨妈表现出她又要开始发表意见了。虽然过去二十五年来,她忙于慈善,文学触觉早已不如往时,但要谈起文学,装装样子,她可有自然天赋,对文学应该是什么,不该是什么了然于心。她生于书香门第,却并不对此沾沾自喜。

"精神错乱可不是适合写小说的主题。"她肯定地说道。

"但《哈姆雷特》是一本享誉世界的名著啊。"希尔伯里先生略带幽默、慢悠悠地插了一句。

---

① 查尔斯·狄更斯(Charles Dickens,1812—1870):英国作家。主要作品有《大卫·科波菲尔》《艰难时世》《双城记》等。狄更斯特别注意描写生活在英国社会底层的"小人物"的生活遭遇,深刻地反映了当时英国复杂的社会现实。

"啊，但诗歌不同，特雷弗，"埃莉诺姨妈接茬，仿佛有莎士比亚授权了她这样说似的。"完全不同。就我而言，我从不觉得《哈姆雷特》有他们说的那般疯狂。佩顿先生，你怎么看呢？"毕竟在座的有一位担当著名文评刊物编辑的文学大师，她便把问题抛给了佩顿先生。

佩顿先生坐在椅子上，微微向后倾斜，脑袋歪向一旁，说这个问题，他自己也从没有过让人满意的答案。两边都有话要说，但真当他考虑应该站在哪方时，希尔伯里夫人打断了陷入审慎思考中的他。

"美丽的、可爱的奥菲莉娅！"她大声说道。"诗歌——拥有多么神奇的力量啊！我早晨醒来，一切都脏乱不堪。屋外弥漫着黄色的大雾。小艾米丽给我端来一杯茶水，开了灯，说道，'哦，夫人，水槽里的水冻住了，厨师不小心切断了手指头。'随后我翻开一本绿皮书，鸟儿吟唱，星星眨眼，花朵闪亮——"她环顾四周，仿佛故事里的人物突然都出现在了她的餐桌旁。

"厨师的手指伤得很严重吗？"埃莉诺姨妈很自然地向凯瑟琳问道。

第二十六章

"噢,厨师的手指只是一种表达方式而已,"希尔伯里夫人说道。"但如果她切掉了自己的胳膊,凯瑟琳会重新帮她缝上去,"她继续道,深情地望着女儿,但凯瑟琳看起来好像有些沮丧。"真是可怕、吓人的想法啊,"她有些激动,放下餐巾,把椅子往后推了推,"来吧,我们上楼,聊聊更让人愉快的话题吧。"

到了楼上的客厅,卡桑德拉先是看到了自己梦寐以求的雅致房间,二来她有机会和各种各样的人打交道,她找到了新的快乐源泉。但这些女人们低沉的嗓音,冥想的沉默,身着黑色缎面的衣裳,还有那琥珀色脖颈,一看就上了年纪的这种美丽,至少在她看来,改变了想要交谈的欲望,反而宁愿在一旁低语观察。卡桑德拉感受到了一种愉悦的氛围,看到这些中年妇女们可以自由地讨论自己的私事,对彼此间的问话几乎回答一两个字即可,且大家已然接纳了她。她的表情温和下来,颇有些惺惺相惜的意味,仿佛自己对这个由玛姬舅妈和埃莉诺姨妈照顾、打理又不大重视的小圈子心生关怀。没过一会儿,她意识到,某种程度上凯瑟琳并不在这个小圈子里,于是她突然把自己的智慧、温柔和关怀搁置一旁,放声大笑起来。

"你在笑什么?"凯瑟琳问道。

这不过是个愚蠢又不孝的笑话罢了,没什么好解释的。

"没什么——可笑的——很没品的,不过,如果你闭上眼睛看——"凯瑟琳半闭上眼睛看着,不过看错了方向。卡桑德拉笑得愈发放肆,笑着尽力去跟凯瑟琳解释说,如果半闭着眼睛看,埃莉诺姨妈特别像斯托格登房子里那笼子里的鹦鹉。当绅士们走进屋来,罗德尼径直走上前来,想知道她们在笑什么。

"我才不会告诉你呢!"卡桑德拉直起身来,双手紧握,面对着他回答说。卡桑德拉这一番嘲弄倒是让罗德尼心生欢喜,他甚至一点都不怕卡桑德拉的嘲笑。她笑是因为生活的美妙和迷人。

"啊,但你这样残忍不愿告诉我,让我觉得男性可真是愚钝无知。"他两只脚并拢,用指尖按了按想象中的折叠式大礼帽还是马六甲白藤制成的手杖。"我们一直在讨论无聊的事情,现在我永远无法知道这世上我最想知道的事情了。"

"你一下都骗不了我们的!"她嚷嚷着。"想都别想。你我都清楚,你可是一直都很享受。是吧,凯瑟琳?"

"也不是,"凯瑟琳接话,"我觉得他说的是实话。他可不怎么关心政治。"

她的话,虽简单,却产生了一种奇妙的变化,使原本轻松自在,火花四溅的气氛起了变化。威廉立刻从一脸兴奋到一脸严肃地说道:

"我讨厌政治。"

"我觉得,没人有权利能这样讲。"卡桑德拉几近严厉地说。

"嗯,没错。我是说我讨厌那些政客们。"他很快纠正了自己的措辞。

"你看,依我所见,卡桑德拉就是他们所谓的女权主义者吧。"凯瑟琳继续说着。"准确说来,6个月前她还是女权主义者,若现在还那样认为她,就不太好了。她让人捉摸不定,在我眼里这可是她最大的魅力之一。"凯瑟琳冲着她笑,那笑容好似她的长姐一般。

"凯瑟琳,你让我觉得自己真渺小啊!"卡桑德拉大声说着。

"不,不是的,她没这个意思,"罗德尼打断了她,"关于女性在这方面比我们有完全的优势,我十分赞同。要想对某些事物研究得清楚透彻,却容易忽略别的许多事情。"

"他对希腊了如指掌,"凯瑟琳说,"同时他懂一些绘画,对音乐也颇有见地。真是一位有教养的人——也许是我见过最有教养的人了。"

"他还懂诗歌。"卡桑德拉补充说。

"对啊,我都忘了他还写戏剧呢。"凯瑟琳说道,然后转过头去,仿佛在房间远处的角落里看到了什么需要她注意的,随后就离开了。

好一会儿,卡桑德拉与威廉沉默不语,仿佛互相介绍后又一时无话可说一般。卡桑德拉看着凯瑟琳走过房间,又开了话头:

"亨利,"下一刻就听到卡桑德拉开口,"亨利肯定会说一个舞台不会比这客厅大。他想要人们在这里唱歌、跳舞和表演——和瓦格纳完全不同——明白吗?"

大家坐了下来,凯瑟琳转过身走到窗户边,看到威廉

第二十六章

举起手比画着什么手势,嘴巴张开,似乎准备好了等卡桑德拉一说完他就开口。

不管是拉窗帘还是挪椅子,凯瑟琳要么忘了自己的职责,要么就是履行完了,她继续站在窗边,什么也不做。老人们聚在一起,围坐在火炉旁。他们看起来似乎是一个独立的中年小团体,忙着自己的事。他们故事讲得不错,大家也听得津津有味。但对凯瑟琳而言,明显无事可做。

"若有人指指点点,我便说自己在眺望河边的风景。"她不得不伺候家人聚会闲聊,此时擅离职守,也准备好了合理的谎言来掩饰。凯瑟琳推开百叶窗,看向河流。但当时是一个漆黑的夜晚,几乎看不到河水。路边有出租车经过,情侣们尽可能地靠近路边的栏杆,慢悠悠地走着,不过树上没什么叶子能挡住他们的拥抱。凯瑟琳的视线从窗边收了回来,感受到自己的孤独。那晚的每一分钟都如此煎熬,都在向她证明一切会如她预料般发生。面对着威廉讲话的语气,比画的手势和看她的眼神;她清楚,有了自己的支持,即使现在,和卡桑德拉日日相处,威廉会在那未知的喜悦中愈陷愈深。这几乎在告诉她,这样的结果,比他幻想过的还要更好。凯瑟琳望向窗外,下定决心要忘掉自己的不幸,忘掉自己,忘掉自己的生活。她瞭望夜空,屋子里传来了说话的声音。听到他们的声音,仿佛是来自另一个世界的人,来自自己的前世,是现实的一段序曲,是现实的候客室;就好像,自己最近刚过世,却听到了活生生的谈话声。于她而言,我们的梦想从未如此清晰明了过,这辈子都未如此确定,生活不过就发生在四面墙里,一切只存在于这屋内的火光之中,除此之外,都是虚无,只剩黑暗。那幻想中的光亮,仍让人想要去拥有、去爱、去挣扎,但她的躯体似乎已跨越这片光亮之地。然而,这愁思也未曾带给她一丝安宁。她仍听得到房间里的说话声。她仍被欲望驱使折磨。她希望自己能超脱这一切。她不时希望自己能疾驰于街道当中,甚至她焦急地希望着能与某人一起,那人的形象逐渐清晰起来——那是玛丽·达切特。她拉上了窗帘,在窗户中间,两片帘子相叠。

"啊,她在这儿呢,"希尔伯里先生喊道,他背对着火炉,在一旁摇摇晃晃地站着。"到这儿来,凯瑟琳。我都不知道你去哪儿了——我们家的孩子啊,"他观察凯瑟

第二十六章

琳顺便说道,"我们家的孩子都有自己的事儿做——凯瑟琳,你去,到我的书房,门右手边第三层的书架上,把那本《特劳尼回忆中的雪莱》拿给我。然后,佩顿,你得承认刚才发生的事都是你的错。"

"《特劳尼回忆中的雪莱》,门右手边第三层的书架。"凯瑟琳重复着。毕竟,没有人会阻止儿童玩耍,也没有人会无端唤醒睡得正甜的人。还没走到房门,她便碰到了威廉和卡桑德拉。

"凯瑟琳,等等,"威廉开口道,仿佛他不自觉地感到她的存在。"让我去吧。"犹豫片刻,威廉站起身,她明白此举需要他付出多大的努力。她半跪在卡桑德拉坐着的沙发上,低头看着卡桑德拉的脸,继续说着。

"你——快乐吗?"她问。

"噢,我亲爱的姐姐!"卡桑德拉喊道,仿佛无需多言。"当然快乐了,虽然我们对这世上的每件事都意见不同,"她继续嚷嚷说,"但他是我认识的最聪明的男人了——而你,是我此生见过最美的女人。"她抬头看着凯瑟琳,脸上生气渐失,仿佛眼见表姐忧愁哀伤,自己便也沾染上忧郁的情绪。凯瑟琳的忧郁,在卡桑德拉看来,使她的不凡性格尽臻完美。

"哎,现在才10点。"凯瑟琳愤愤道。

"都已经那么晚了啊!嗯——"她不懂。

"到了12点,我的马匹又变回老鼠、我要打回原形啦。幻觉消失,但我接受命运,尽管抓紧时机办事便是。"卡桑德拉看着凯瑟琳,满脸疑惑。

"凯瑟琳在说什么老鼠,干草之类的怪事,"威廉回来时,她解释道。他平常头脑敏捷,卡桑德拉便追问,"你懂得她在说什么吗?"

凯瑟琳眼看威廉眉毛轻蹙,犹豫不言,便猜出这问题此时此刻不对他的胃口,他无意思索。于是她立即站起身,用另一种腔调说着:

"不过,我真的得走了。威廉,要是大家有什么要说的,希望你能好好解释下。我必须去见一个人,不能迟到的。"

"晚上这个时间去见?"卡桑德拉惊呼。

"你要去见谁?"威廉询问。

"一个朋友。"她微微把头转向威廉,回答说。她知

第二十六章

道威廉想让自己留下,倒不是一定得在他与卡桑德拉身旁,而是留在附近,以备不时之需。

"凯瑟琳有许多朋友。"凯瑟琳走后,威廉又一次坐下,怯怯地说道。

如她所愿,出租车开得飞快,穿过一条条灯火通明的街道。路边的灯光,飞速的车,还有独自在外的感觉,都是凯瑟琳心之所向,因为她知道,在路的尽头,是玛丽的家——一个高高在上的孤寂房间。她飞快爬上了台阶,在路灯投射的闪烁光芒下,她注意到自己的蓝丝裙,还有踩在石阶上的蓝鞋子,由于奔波了一天而沾满了尘土。

玛丽很快开了门,看到是凯瑟琳造访,她颇为惊讶,更有些尴尬。凯瑟琳友好地打了招呼,因为没时间解释了,她径直走进客厅,发现客厅里有位男子坐在椅子上,手拿报纸,看起来像是等玛丽回来赶快继续刚才的话题。凯瑟琳,这位陌生的身穿晚礼服的女士,似乎打扰了他。他从嘴里拿出烟斗,僵硬地站起身,又猛地坐下了。

"你出去吃饭了吗?"玛丽开口。

"你在工作吗?"凯瑟琳同时问道。

那位年轻男子摇摇头,有些恼怒,好像否认自己和玛丽的工作有什么关系似的。

"啊,也不是啦,"玛丽回答说,"巴斯奈特先生帮我拿了些报纸来。我们打算一起看看,就快完事了……跟我们讲讲你聚会的事儿吧。"

玛丽看起来有些凌乱,好像刚才谈话时一直在用手抚弄头发,穿得更像个俄罗斯的农家姑娘。她拉了张椅子又坐下来,仿佛坐了好几个钟头似的,搁在手臂旁的茶托里已积了许多烟灰。巴斯奈特先生年纪尚轻,面色健康,高高的额头上头发齐齐向后梳着,正是克拉克顿先生怀疑影响了玛丽·达切特的那种"有才干的年轻人",当然,确是如此。他刚大学毕业不久,现在满腔热情要推动社会变革。和其他有才干的年轻人一起,他们制定了一个劳动教育计划,把中产阶级和工人阶级联合起来,两个阶级在民主教育学会的领导下共同抨击资产阶级。这项计划目前进展不错,已经可以租一间办公室雇一个秘书了,巴斯奈特先生受委托来向玛丽讲述此项计划,想雇她去当秘书,当然了,出于原则上考虑,肯定会支付一定的薪水。从晚上7点开始,

第二十六章

他就一直在给玛丽大声阐述新改革者的理念,但时不时因为要停下来讨论而被打断,又得经常提醒玛丽,关于某些人、某些协会的隐形潜行、不怀好意,都必须"严加保密",手稿至此才看了一半。两个人都没意识到这次谈话已经进行了三个小时。在两人忘我的讨论中,甚至都忘了给火炉里添点柴;不过在巴斯奈特先生的阐述和玛丽不断提出疑问的过程中,两人都小心翼翼保持距离,以抑制人类想要讨论无关紧要的事物的天性。玛丽的问题常以"我可以理解为——"开头,巴斯奈特先生的回答常代表了某种"我们"如何如何的观点。

凯瑟琳到来之时,玛丽几乎要确信自己也是"我们"中的一分子了,也同巴斯奈特先生一样相信"我们"的理念、"我们"的协会、"我们"的政策,以更广阔、更透彻的视野来看,启发完全脱离社会主体的这种改革理念。

在这种氛围下,凯瑟琳的出现显得极不协调,让玛丽回忆起了以前她很开心能够忘记的各种事情。

"你刚才是在外面吃饭吗?"玛丽又问道,露出一丝微笑,看着玛丽的蓝丝裙和镶了珍珠的鞋子。

"不是，在家吃的。你是在开创新事业吗？"凯瑟琳有些犹豫，冒着赌一把的心态看了看那些报纸。

"我们是在做新事业。"巴斯奈特先生冒出一句，就没再讲话了。

"我在考虑离开罗素广场的那些朋友。"玛丽解释道。

"我明白。然后你要做点别的事业了。"

"嗯，我恐怕还是更喜欢工作吧。"玛丽说。

"恐怕。"巴斯奈特先生接过话茬，语气中透露出一种但凡有理智的人都不会害怕去喜欢工作的意味。

"是啊。"凯瑟琳说，好像巴斯奈特先生刚才大声讲出了这种想法一样。"我也应该开始做点什么了——要凭自己独立完成——那才是我想做的事情。"

"嗯，那倒挺有趣。"巴斯奈特先生说着，第一次用敏锐的目光看向她，然后又装了满满一烟斗的烟丝。

"不过我想说明的一点是——你不能太限制自己的工作，"玛丽说，"世界上的工作有很多种。没有任何工作比抚养年幼的孩童更吃力了。"

"的确是这样啊，"巴斯奈特先生说，"我们想要招募的正是这些已为人母的职场女性。"他扫了一眼文件,卷成一个卷筒夹在手指间,凝视着炉火。凯瑟琳感觉在这两人面前必须言之有物,大家都明了适合思考讨论的话题有限,她只需简明扼要、直抒己见。而巴斯奈特先生只是表面上看起来为人呆板罢了,他脸上的智慧感吸引着凯瑟琳的聪慧大脑开始滴溜溜地转。

"人民什么时候会知道呢?"她问道。

"你是说——我们这个组织?"巴斯奈特先生面带一抹浅浅的微笑回答说。

"这取决于很多因素。"玛丽这位同谋者看起来面露喜色,好像凯瑟琳问出这样的问题,就表示她相信了组织的存在,真是振奋人心啊。

"如果想开创一个众望所归的协会(目前不方便透露太多),"巴斯奈特先生突然一扭头,开始说道,"要记住两件事——媒体和群众。许多其他协会——名字我们就不提了,因为仅仅诉诸幻想而走向了破产。要是你不想你的协会仅靠相互仰慕维持,一旦发现彼此的缺点便轰然坍塌,那你就要收买媒体,必须向公众呼吁。"

"这才是困难之处。"玛丽若有所思地说。

"刚刚我们讨论到此处,你便进来了。"巴斯奈特先生扭头看着玛丽说道。"她是我们中唯一的资本主义者。可以来我们这儿做全职。至于我嘛,天天都被束缚在办公室里,只能业余时间为组织做贡献了。你是否正好也在找工作呢?"他询问凯瑟琳,一脸的不信任却又敬意满满。

"她现在只想结婚啦。"玛丽替她回答说。

"噢,我懂了。"巴斯奈特先生说道,他也考虑到了这点;他和他的朋友们也曾考虑过性别和平权的问题,将此作为人生计划中的重要议题。在他粗鲁的态度之下,凯瑟琳感受到了这一点;在她看来,一个由玛丽·达切特和巴斯奈特先生守护的世界,尽管说不上有多么浪漫和美丽,又或者打个比方,在那儿不会有蔚蓝迷雾从地平线上升腾而起,将绿树萦绕——但会是一个美好的世界。有那么一瞬间,凯瑟琳看着他在火炉前弯下腰,恍惚以为自己从他的脸上看到了那个世界的初创人的脸庞,虽然我们只认识他那做文员、律师、政府官员,或者工人的分身。当然了,巴斯奈特先生白天从事商业工作,业余时间进行社会改革,

第二十六章

身上并无尽善尽美的痕迹；但是目前，他还年轻，充满热情，又是如此善于推测观察、善解人意，当然会有人认为他是天国公民。凯瑟琳细细思索，想知道他们协会的举措。然后她突然意识到自己好像耽误了他们谈正事，于是站起身，脑子里还在思考着这新兴协会，对巴斯奈特先生说：

"那么，等时机成熟，希望我能加入你们。"

巴斯奈特先生点点头，从嘴里拿出烟斗，但由于又想不出什么可说的，便把烟斗又塞回嘴里，不过如果凯瑟琳能留下一起谈谈，他当然很乐意。

不顾凯瑟琳反对，玛丽坚持送她下了楼，不过一直没有出租车，两个人就站在街边，环顾四周。

"你快回去吧。"凯瑟琳催促道，脑子里还在想着巴斯奈特先生手拿文件的样子。

"你穿成这样，可不能一个人在街边晃悠。"玛丽说着，但陪凯瑟琳一同等出租车不是她的真正意图。玛丽表面淡定自如，内里却思索着，比起此时此刻与凯瑟琳站立路边时忆起的一些难以忽略的事实，巴斯奈特先生和那一堆文件只不过是严肃生活中的偶然消遣。

"你和拉尔夫见面了吗?"她毫无来由地冒出一句。

"嗯,见了。"凯瑟琳径直回答道,却丝毫想不起来,自己是在何时何地见了他。花了好一会时间凯瑟琳才想起来为何玛丽会这样问。

"我想我是嫉妒了。"玛丽又说。

"别乱讲啊,玛丽,"凯瑟琳甚是心烦意乱地说道,然后挽起玛丽的胳膊,开始朝着主路方向沿着街边走。"我想想,我们一同去了裘园,说好了彼此做朋友。嗯,事情就是这样。"玛丽沉默不语,希望凯瑟琳能再跟她多说几句。但凯瑟琳没再说什么了。

"这不是你们做不做朋友的问题。"玛丽大声嚷道,内心的愤怒一下子飙升,她自己都被惊到了。"你知道,不是的。怎么会这样?我无权干涉——"她顿了顿。"我只是宁愿拉尔夫没有受伤。"最后她说道。

"我觉得他会照顾好自己的。"凯瑟琳回答。虽然两个人都不希望事情发展到如此地步,但敌意已经产生。

"你真的认为这样做值得吗?"玛丽停顿了会,又说道。

第二十六章

"我又从何而知呢?"凯瑟琳问。

"你可曾真正关心过一个人吗?"玛丽问了个蠢问题,有些鲁莽了。

"我没法在伦敦街头一边徘徊一边告诉你我的感受——啊,车来了——算了,里面载人了。"

"我们不要吵架啊。"玛丽说。

"难道我要告诉他我不会跟他做朋友吗?"凯瑟琳问。"我应该告诉他吗?如果是,我这样做的理由又是什么?"

"你当然不能那样说啊。"玛丽努力克制着自己的情绪说道。

"但我想我应该那样讲的。"凯瑟琳突然冒出来一句。

"凯瑟琳,我刚才发脾气了。我不该那样的。"

"整件事都是扯淡,"凯瑟琳不容分说地断言道,"我要说的就是这个意思。根本不值得。"她情绪激动,有些多余了,倒不是针对玛丽·达切特。但她们对彼此的敌意都消失了,眼前困难重重,晦暗幽森,而前路未明,两人都得奋力辨明方向。

"没错,就是不值得。"凯瑟琳重复。"就像你说的,假如这段友情不成立，他爱上了我。但这并不是我想要的，"她补充，"我觉得你有些夸大了，爱情不是全部，婚姻只是其中之一啊——"两个人已经走到了主路，停下来看着过往的车辆和行人，面前的场景似乎正好解释了凯瑟琳所说的人类利益的多样性。对她们二人来说，眼下已变成了超然于物外的时刻，似乎不再需要她们肩负起幸福和自信的重担。她们可以身心自由地选择。

"我不会设立什么规则。"正当两人沉浸在眼前的场景内心翻涌之时，玛丽率先平静下来开口说道。"我想说的只是，你应该清楚自己的立场——当然了，这个毫无疑问；但，"她补充，"我希望你明白。"

同时玛丽内心也有深深的困惑，不仅是因为对凯瑟琳婚姻的困惑，还有凯瑟琳留下的印象，那个挽着自己胳膊的她，让人捉摸不透。

于是两个人又往回走，一直走到了通往玛丽家的台阶下。这会儿她们停下来，沉默了好一会儿。

"你回去吧，"凯瑟琳的声音让玛丽回了神儿，"巴斯奈特先生还在等着你回去一起讨论呢。"她抬头看了看

第二十六章

房子顶部亮灯的那扇窗,随后两个人都望向那扇窗,等待了一会儿。半圆形的台阶连接着通往大厅的路,玛丽慢慢走上一两个台阶,停下来扭头看向凯瑟琳。

"我觉得你低估了那份情感的价值。"玛丽缓缓开口,略显尴尬。玛丽继续往上走了几步,回头望了望凯瑟琳,她站在街边,仰着一张毫无血色的小脸向上看着,街灯打在她身上。正当玛丽犹豫不决是否要继续上楼时,来了辆出租车,于是凯瑟琳转身拦下了车,一边开车门一边说:

"听好了,我想加入你们的组织。请你记住……"她的声音抬高了几分贝,后面的话都淹没在了关车门的声音里。

玛丽一步步走上台阶,好像要费力抬起身体才能爬上去一样。她不得不强迫自己告别凯瑟琳,每上一个台阶,她内心的欲望就减少一分。她告诉自己绝不妥协,坚持往上走着,鼓励自己这是在为了攀爬高峰要必须付出的巨大体力劳动。她内心清楚,巴斯奈特先生正手拿文件坐在楼梯终点处,如果她能攀登上去,他定会帮自己站稳脚步。这个念头让玛丽产生了一丝兴奋感。

终于,听到门开的声音,巴斯奈特先生抬眼看了看。

"那我就接着刚才的讲了,"他说,"要是有什么不懂的,就尽管打断我。"

刚才巴斯奈特先生又重读了那份文件,在等候玛丽时还用铅笔写了笔记,现在又仿佛从未被打断似的继续读了起来。玛丽在平垫上坐下,点了支烟,眉头微皱。

出租车往切尔西开去,凯瑟琳缩在车内一角,对她刚刚了解到的这个行业本质和劳累程度有了一个清晰满意的认知。她慢慢冷静了下来。到家后,她轻手轻脚,尽量不发出声音,希望家里人都已经睡了。但她外出的时间比预想的要短,只听得楼上传来一阵阵活跃的声音。她轻轻拉开一扇门,躲进了楼下的一间屋子里,害怕碰上佩顿先生正要离去。虽然别人看不到她,但从她站着的角度是看得到楼梯的。有人从楼梯上走了下来,凯瑟琳看到那人是威廉·罗德尼。他走路的样子有些奇怪,像梦游一般,嘴巴一张一合,好像在表演什么。只见他动作缓慢,一步一步地走,一只手还搭在楼梯扶手上引导着自己。凯瑟琳看着他好像处于极度兴奋中,于是自己也不愿再藏着。她走到大厅里,威廉一看到她便立刻停下了脚步。

第二十六章

"凯瑟琳!"他惊呼。"你这是,出去过了?"他又问。

"嗯……大家都还没睡吗?"

威廉一声没吭,穿过敞开的门走进了一楼房间里。

"我真是开心得无以言表啊,"他说道,"我好幸福啊——"

威廉更像是自言自语,凯瑟琳也一言不发。两个人就站在桌子两边,沉默了好一会儿。然后威廉很快又问及,"话说回来,你快跟我讲讲,这事你怎么看?凯瑟琳,你觉得如何?她会不会喜欢我?告诉我吧,凯瑟琳!"

凯瑟琳还没来得及回答,楼上的门开了,两人的对话被打断,尤其是威廉,他转过身很快走回了大厅,颇为招摇地大声说道:

"晚安了凯瑟琳。快去睡觉吧,很快我们还会再见的。希望我明天就能再次登门拜访。"

下一秒,威廉已离开。凯瑟琳上了楼,看到卡桑德拉站在楼梯口处。她手里拿了两三本书,弯着腰在小书架上翻弄着别的书。她之前说过,她从来都不知道自己睡前在床上到底想读些什么书,不论是诗歌、传记或者玄学之类的。

"凯瑟琳,你睡觉前一般都看什么书啊?"两人一起走上楼去,卡桑德拉这样问道。

"有时读读这,有时读读那。"凯瑟琳含糊不清地回答。卡桑德拉看着她。

"你可知,你可真是个怪人,"她说着,"不过我看每个人好像都有点怪,可能因为是在伦敦吧。"

"威廉也是个怪人吗?"

"啊,我觉得有点吧。"卡桑德拉回答说。此时卡桑德拉还把威廉看作凯瑟琳的未婚夫,用"神魂颠倒"形容她的感受可能不大适合。"今晚我就看弥尔顿的书吧。这是我一生中最快乐的一晚啦,凯瑟琳。"卡桑德拉羞赧地看着表姐的美丽脸庞。

第二十七章

初春,伦敦。新芽破苞而出,花儿绽放——纯白、姹紫、绯红——尽管这些城市之花在邦德大街上开了许多,在家家户户的门外摇曳生姿,但它们还要和花园里的各种植物竞相开放。邻居们纷纷相邀着去赏画,听交响乐,或者簇拥在热闹激动、穿着鲜艳衣裳的人群里。但此时,比起这些,花园——一个可以让植物们安静绽放的地方也毫不逊色。这个世界,无论植物如何生机勃勃,万物是否会彼此分享,无论这样的生机是否纯粹是一种无感的激情,只要人们继续因为春的到来而彰显生气,肯定会让年轻懵懂的人觉得世界如同一个喧闹的集市——集市上旗帜飘扬,每一个角落都堆满了来自世界各地的宝物,真让人感到高兴啊。

卡桑德拉·奥特韦在伦敦四处转悠,她身上资金充足,可以买票游览博物馆、足球场、展览馆之类的地方,更多时候她直接刷白色邀请函进去,于她而言,伦敦这座城市仿佛是最慷慨好客的主人。参观完英国伦敦国家美术馆和赫特福德博物馆,在贝希施泰因大厅听过了勃拉姆斯[①]和贝多芬的音乐,她感觉自己焕然一新。卡桑德拉身上有一些宝贵的特质,她称之为现实,仍然相信自己能寻到全新的自我。常言道,希尔伯里一家"无人不识",这表达看似傲慢,却千真万确。多户人家每月都会招待他们一趟,在夜晚点亮明灯,下午三点一过就打开门,邀请希尔伯里一家共进晚餐。这些住户中的大部分人都享有难以言传的自由和权力,似乎表明了无论事关艺术、音乐或者政府,他们都大权在握,大可对那些被迫等候和挣扎在自由和权力门外、需要用普通硬币支付入场费的人们报以宽容的微笑。这扇大门很快接纳了卡桑德拉。对于门内发生的一切,她冷眼观察,而且总爱引用亨利的话;每当亨利不在场,她常常成功驳倒他的观点;她还总哄得同她一起吃晚餐的同

[①] 约翰内斯·勃拉姆斯(Johannes Brahms, 1833—1897):出生于汉堡,逝于维也纳。代表作《D大调小提琴协奏曲》《匈牙利舞曲第五号》等。

第二十七章

伴,或是那位记得她祖母的好心婆婆满心欢喜,让他们相信自己所言确有道理。看着她对大都市充满了渴望的眼神,眼睛里溢出的光彩,大家就能谅解她粗鲁的言行和邋遢的生活。大家一致认为,只要她在伦敦生活一两年有了经验,再介绍一个手工不错的裁缝,保护她免遭不良影响,将来定是一位淑女,那么大家的付出也都值得了。年长的妇人们,坐在舞厅门口,拇指和食指间夹着烟,一点一点吸着;她们均匀地呼吸着,脖子上的项链垂落在胸前一起一伏的,好似某种大自然的神奇力量,就像人类海洋上翻涌的波浪,她们脸上挂着微笑,总结似的说,卡桑德拉以后肯定会是一位淑女。这话的意思是,将来和卡桑德拉结婚的青年,多半会是某位大家敬重的妇人的儿子。

威廉·罗德尼对卡桑德拉的日程提出各种建议。虽然他对小美术馆、音乐会和私人演出非常熟悉,却仍能挤出时间与凯瑟琳和卡桑德拉见面,然后邀请她们去自己家喝茶、吃晚餐。凯瑟琳之前承诺,这两周内的每一天都要读书,从书中获得启发。不过今天是周日,一般都要去大自然走走。天朗气清,很适合短途旅行。但是卡桑德拉否定了去汉普顿宫、格林尼治①、里士满②和裘园的提议,她说更想去动物园,她曾对遗传特征学有些了解,现在也还记得好些遗传特征。因此,到了周日下午,凯瑟琳,卡桑德拉和威廉·罗德尼驾车去了动物园。车开到了入口处,凯瑟琳弯腰向前,同前面那位快步前行的年轻人挥挥手打招呼。

"是拉尔夫·德纳姆!"她高喊道。"我跟他讲了咱们几个在这儿见。"她又说着。凯瑟琳甚至还帮拉尔夫准备了门票。威廉知道自己反对也没用,只好保持沉默。但是看到二位男青年互相问候的模样,就知道后面要发生什么了。欣赏完笼子里的小鸟,威廉和卡桑德拉就落在了后面,而拉尔夫和凯瑟琳早已走远。这次游玩可是威廉专门为自己量身打造的一次约会,但他全程都很恼火。他认为,凯瑟琳应该提早告诉自己,她邀请了德纳姆一同前来。

"不就是凯瑟琳的一个朋友而已。"威廉刻薄地说。很明显他在生气,卡桑德拉有些同情他。几个人一起站在

---

① 格林尼治(Greenwich):英国伦敦东南方的一个市镇,从前皇家天文台的所在地;通过该天文台的经线被定为本初子午线。
② 里士满(Richmond):位于伦敦西南方的一个镇。

第二十七章

东方猪的围栏边上,她用伞尖轻轻戳了一下那小畜生,千思万绪全都集中在一点之上。那些目光都带着强烈又好奇的情感。他们快乐吗?刚问出这个问题,她自己又不屑于回答了,这样一对不同凡响的情侣,他们的情感岂能如此衡量?她都忍不住讥诮自己了。尽管如此,卡桑德拉的言行举止立即变了,好像她第一次感觉自己有了女人味儿,好像威廉稍后就会向她倾吐秘密似的。她完全忘了要琢磨动物的心理这档子事,忘了蓝眼睛棕眼睛等等的遗传特征,一股脑地沉浸在自己是个女人,要倾听威廉的心事好好安慰他,同时还期盼着凯瑟琳和德纳姆先生继续在前面走着。她就像一个偷偷装作大人样的小孩,窃窃希望妈妈暂且不要回来。又或者是,她早已不在乎假装成大人的游戏,突然间意识到自己已然成熟,满怀心事?

凯瑟琳和德纳姆依旧一言不发,倒是笼子里的小动物们叫个不停。

"从我们上次见面到现在,你一直在干吗?"拉尔夫率先打破了沉默。

"干吗?"凯瑟琳沉思。"就跟着母亲到处探亲访友。

真想知道它们过得开不开心?"她猜测似的说,并在一头灰熊面前停下了脚步。这头熊正若有所思地玩弄着一缕流苏,可能是从哪位女士的阳伞上掉下来的。

"恐怕罗德尼不喜欢我过来吧。"拉尔夫说。

"是啊,不过他一会就没事了。"凯瑟琳回答说。她那种无所谓的语气让拉尔夫感到很困惑,要是她能进一步解释几句多好。但拉尔夫并没有强迫她这样。只要能够做到,他和凯瑟琳相处的每一刻都要完整无缺、无需任何解释,无需借用以后的幸福来弥补此刻的不幸。

"这些熊看起来很幸福,"他开口,"不过我们得买点吃的给它们。那儿有卖小圆面包的,走吧,我们过去买点。"于是两个人走到堆满了一包包纸袋子的柜台,同时掏出了一先令给那位年轻的服务员小姐,她不知该拿谁的钱,但考虑到传统以来都是由男人结账,她选择让拉尔夫付了钱。

"我想付的。"拉尔夫不容置辩地说,拒绝了凯瑟琳递过来的硬币。"我这样做是有原因的。"他又补了一句,看到凯瑟琳因为自己坚定的语气露出了微笑。

"我知道,你做什么都有理由,"凯瑟琳同意他的说法,

第二十七章

把面包掰成一小块一小块的,喂给熊吃,"但我觉得你这次要付钱,可没有什么好理由。说吧,因为什么?"

拉尔夫拒绝回答。他没办法解释,自己想要把所有的幸福都给她,甚至傻傻地希望,只要凯瑟琳开心,他愿意把所有的财产都放在熊熊火焰上烧掉,就连金币和银币也在所不惜。他想要和凯瑟琳保持一定的距离——他这个仰慕者和高高在上的凯瑟琳之间的距离。

要是两人一同坐在休息厅里,面前摆着茶盘餐具,情况也许会好一些。拉尔夫看到凯瑟琳背后是白色岩洞,上面挂着光滑的兽皮;骆驼都斜着大眼看她,长颈鹿的长脖子很是显眼,一脸忧郁地观察着她,大象伸出粉色的长鼻子,小心翼翼地从她伸出的手中卷过小圆面包。动物园里还有好多温室。他看到,凯瑟琳俯身去观察那盘在沙地上的蟒蛇,又去看打破了鳄鱼池死水般宁静的棕色岩石,还去热带森林里找寻金眼蜥蜴,看绿青蛙伸开双翼在温室里蹦来跳去。尤其是看到凯瑟琳望着成群结队的银鱼在深绿色的水里游来游去时,鱼儿们先是盯着她看了会,接着把嘴巴紧紧压在玻璃上都变了形,尾巴在身后摆来晃去。而且,这儿还有昆虫屋,只见她拉开小屋的百叶窗,惊奇地发现,有几只最近刚刚化茧成蝶和半清醒的蝴蝶,在它们绚丽的翅膀上有紫色光圈;有蠕动的毛毛虫在白色树干上的一个个树结上爬行;纤细的绿蛇一遍又一遍地用快速伸缩的唇舌刺向玻璃墙壁。湿热的空气,盛开在水中或挺立在大红色花瓶里的花朵,花色奇特、身影妖娆,让人在这种氛围里看起来面色苍白,很容易陷入沉默。

打开另一扇屋子的门,里面充满了猴子的嘲弄声和发着脾气的叽呱声,他们看到了威廉和卡桑德拉。威廉似乎在引诱几个不情愿的小猴子从树下下来,吃他拿着的半个苹果。卡桑德拉正高声讲述着猴子的隐居习性和夜间的活动习惯。她看到凯瑟琳后大声喊道:

"你在这儿啊!快点让威廉停下,别折磨这可怜的小狐猿了。"

"我们还以为你丢了呢。"威廉说。他的目光从凯瑟琳落到了拉尔夫身上,似乎在打量他那一身土里土气的打扮。他似乎想找个发泄怨气的发泄口,但没能找到,只好作罢,保持沉默。他那一瞥,上嘴唇的轻轻颤动,都被凯瑟琳瞧进了眼里。

"威廉对动物一点都不友善,"卡桑德拉说着,"他根本不懂动物喜欢什么讨厌什么。"

"我猜你对动物应该很精通吧,德纳姆。"罗德尼抽回了拿着苹果的手,开口问道。

"主要还是要懂得如何去抚摸它们。"德纳姆回答。

"去爬行动物馆怎么走啊?"卡桑德拉询问,她倒不是真的想去看爬行动物,只不过出于她刚滋生的女性柔情,催促着她去吸引和抚慰男人。德纳姆指了指方向,凯瑟琳和威廉一同向前走去。

"希望你今天下午玩得开心。"威廉说道。

"我喜欢拉尔夫·德纳姆。"她回答。

"看得出来。"威廉表面上温文尔雅地回应说。

凯瑟琳极想呛呛威廉,但为了大家能和平共处,她只是问道:

"你一会儿还回来喝茶吗?"

"卡桑德拉和我想着待会去波特兰广场的一家小店里去喝茶呢,"他回答说,"不知道你和德纳姆愿不愿意一起。"

"我问问他。"凯瑟琳说完,转过身去找德纳姆。但他和卡桑德拉在那儿全神贯注地观察狐猿呢。

威廉和凯瑟琳看着德纳姆与卡桑德拉,两人细细打量对方看中的人选。威廉的目光落在卡桑德拉身上,她的确请了个好裁缝,看起来衣着优雅,于是威廉急切地开口道:

"如果你们也一起来,希望你别让我太难堪。"

"你要是担心,我定不会一同去。"凯瑟琳说。

两个人认真观察着大笼子里的猴群时,因为被威廉惹恼了,凯瑟琳将他比作一只可怜又愤世嫉俗的小猿猴,蜷缩在树干下,裹着旧围巾,瞪着充满怀疑和不信任的眼神看着自己的同伴们。凯瑟琳的宽容心彻底消失了。过去一周发生的事情本已让她一忍再忍,现在终于忍无可忍了。她现在的心思是——可能这种心态在男女当中并不罕见——当另一方日渐有失体面、卑鄙无耻,那便没有必要继续维持两人的关系了,否则只会自降身份;而在这种情况下的关系,就如同套在脖子上的枷锁,勒得人喘不过气来。威廉的严苛要求和嫉妒心,拉扯着她掉进了本性的沼泽里——在那里,男人和女人间的原始激烈斗争持续进行着。

第二十七章

"你好像很喜欢伤害我。"威廉执意说道。"你刚才为何要那样说我和小动物的互动?"他一边问,一边拿着手杖在笼子的栏杆上戳来戳去发出咔哒声,这声音更是激怒了凯瑟琳。

"因为我说的都是实话。你从来都不在乎别人的感受,"她说,"你永远都只考虑自己。"

"不是那样的,"威廉说。他的喋喋不休已经吸引了六只猴子的注意力。他继续伸手出去,扬扬手里的苹果,要么就是在抚慰它们,要么就是故意表现出自己在意它们的感受。

不过这画面在凯瑟琳看来很是滑稽,威廉的那点小心思太刻意了,她一眼就看了出来,忍不住"扑哧"一声笑了出来。威廉的脸唰地红了。没有其他表达愤怒的方式更能伤害他感情了。不仅仅因为凯瑟琳的嘲笑,她那满不在乎的笑声更是令人不快。

"不知道这有什么好笑的,"他嘴里嘟囔着,转过身发现拉尔夫和卡桑德拉也走过来了。仿佛是私下达成了默契一般,四个人又分开了,凯瑟琳和德纳姆没怎么看他们,径直从馆里走了出来。在这样匆忙的情况下，离开似乎是凯瑟琳的愿望，于是德纳姆听从照做。凯瑟琳好像不大一样了，他觉得也许那与她刚刚的笑声、与她跟罗德尼的谈话有关，他感觉她好像对自己不大友好了。虽然她在讲话，但给人感觉很冷漠，而当他自己讲话时，凯瑟琳似乎又思绪神游在外。这种态度的转变一开始让他很不开心，但很快他发现这样还是有好处的。当天蒙蒙的细雨也影响着他。这雨有种阴郁的魔力，他方才沉迷其中，但这魔力此刻似乎已消散无踪；他对凯瑟琳的感觉已经变成了一种友好的尊敬，高兴的是，他想起了那晚独自一人在屋里时的轻松自在。面对陡然而生的变化，随之又忆起自由自在的时刻，他心生一个大胆的计划，比起勉强自己从此割断念想，能更为有效地驱散对凯瑟琳的幻想。他可以邀请她来家里喝茶，他会带着凯瑟琳克服像拉尔夫那样的大家庭所带来的压力，大大方方地带她到众人面前。他的家人会找不到任何可以赞美凯瑟琳的话，他认为凯瑟琳当然也会鄙视他全家，这样一来，他便大计达成。面对凯瑟琳，他感觉自己对她愈发冷酷无情了。他想，如此大胆的举措足以结束一切荒谬的激情——让人痛不欲生、虚耗情感的感情。他可以预见到在将来,自己作为过来人的前车之鉴——那些经历、发现以及胜利都可以供和自己处于同样困境的兄弟们借鉴。他看了眼手表,说这园子就要关门了。

"至少,"他接着说,"今天这一下午我们看得够多了。那两位去哪里了?"他回头向后望了望,连个人影都看不到,于是立即说道:

"我们还是跟他们分开吧。眼下最好的计划呢,就是你跟我一起去喝杯茶如何?"

"为什么不是你跟我去?"凯瑟琳问。

"因为这儿离海格特区很近啊。"他很快接茬说。

她几乎不知道海格特区在里根公园附近,于是同意了。想想可以晚一两个小时才回切尔西的家喝茶,心里很是喜悦。两人固执地要沿着里根公园里弯弯曲曲的小道和临近的街道,朝着地铁站的方向一道走着。由于不识路,凯瑟琳完全跟着德纳姆在走,还注意到他一直默默不吭声,这倒是很好的掩护,毕竟自己还在因为刚才的事一直跟罗德尼在生气。

当两个人从地铁出来,踏入一片灰蒙蒙、寂静昏暗的海格特区,凯瑟琳第一次有些踌躇,不知道德纳姆要带自己去哪里。他是和家人住,还是独自一人住啊?总的来说,她倾向于相信德纳姆是个独生子,父母年迈,很可能还是个身患疾病的母亲。刚刚路过的那片街区,一个人影都看不到,她默默在脑海里记下了这个场景;她想象着德纳姆的家是一座小白房子,里面有一位颤颤巍巍的老太太,坐着茶桌旁跟她打招呼说,"这就是我儿子的朋友啊。"当他猛地拉开一扇又一扇长得都一样的木门,领着她走过一条铺满了瓷砖的小路,来到一座阿尔卑斯风格建筑物的门廊前时,她差点想让拉尔夫介绍一下家中情况。他们听到地下室的铃声响起,凯瑟琳脑中空白一片,被铃声打断的思绪无以为继。

"我得事先跟你说声,周末一般会有家庭聚会,"拉尔夫开口,"一会我们可以去我的房间。"

"你有很多兄弟姐妹吗?"凯瑟琳问道,毫不掩饰自己的失望。

"六七个吧。"他冷冷地回答,正好门开了。

第二十七章

正当拉尔夫脱掉外套的时候,凯瑟琳注意到了家里养的蕨类植物、摆放的照片和装饰织物,还听到了嗡嗡声,或者说是含糊不清叨叨的声音,彼此交谈着。凯瑟琳整个人被一股极度羞涩感笼罩着,身体僵硬。她尽可能跟拉尔夫远远保持着距离,迈着僵硬的步子跟他进了屋里,里面闪耀的灯光打在一群人身上,他们什么年龄段的都有,围坐在一张大餐桌前,桌上的食物凌乱地散落着,炽热明亮的汽油灯照亮着这一切。拉尔夫直接走向了餐桌的那一头。

"妈妈,这是希尔伯里小姐。"他说。

这位上了年纪、身材肥胖的女人,俯身套弄着一个怎么都摆置不妥的酒精灯,微微皱着眉抬起头,说道:

"真是不好意思呐,我还以为你是我女儿呢。桃乐茜,"她继续保持着同样频率的呼吸节奏,在仆人离开屋子之前喊住仆人说,"给我们来点甲基化酒精——不然就是这灯本身有问题。要是你们中的哪位能发明出好质量的酒精灯——"她叹了口气,看了一圈餐桌旁围坐的大家伙,然后当着凯瑟琳的面儿,为这两位刚进家门的人在一堆瓷器里翻找两个干净的茶杯。

明晃晃的光线暴露着眼前的丑陋，凯瑟琳已许久未见过如此简陋的房间。那是皱成一团的褐色长毛绒窗帘，有打成圈的，也有拴成结的，下面垂着小球和流苏；这窗帘半遮住了书架——上面因为摆满教科书而拥挤不堪。凯瑟琳的视线被那面暗绿色墙上交叉悬挂的木质剑鞘吸引了过去，而且墙面上到处都挂着皱巴巴的瓷器罐子，里面种着蕨类植物，冒出了几条枝叶，又或是那挂起的青铜马，因为挂得太高所以不得不用树桩来支撑马体的前半部。关于家庭生活的种种思绪在她脑海中升升落落。凯瑟琳用力咀嚼着食物，一言不发。

德纳姆夫人终于从茶杯前抬起头，说道：

"希尔伯里小姐，你看，我这些孩子啊，每天回家的时间都不一样，回来还要这要那的。（约翰尼，吃饱了就把托盘拿上楼。）我儿子查尔斯感冒了，正在床上躺着呢。你还能指望什么？——都是因为他下雨天还去踢足球闹的。我们也想过在客厅里喝茶，可是没办法啊。"

其中有一位十六岁的男孩，看起来应该是约翰尼，听到母亲谈及客厅喝茶的事，还有让他把茶盘端去楼上给弟

第二十七章

弟，他都嘲弄了一番，嘴里不知在嘟囔些什么。德纳姆夫人让他注意点礼仪，他便摔门离去。

"这蛋糕可真美味。"凯瑟琳说，一心要把面前这块蛋糕切碎了似的，她这份确实切得大了。她心知德纳姆夫人定是猜测她不喜欢这蛋糕，也知道自己许久也没咽下几口。德纳姆夫人总是扭过头去看她，凯瑟琳清楚她想知道这位年轻的女士到底何许人也，为何拉尔夫会带她回来和大家饮茶。有一个很明显的原因，此刻德纳姆夫人可能已经明白了。但从表面上看，她正费力地尽着地主之谊，和大家讨论海格特区的便利设施、发展和现状。

"希尔伯里小姐，我刚结婚那会啊，"她说，"海格特区可是和伦敦完全不同的，说来你可能不信，但我这房子啊，能看得到苹果园呢。那会还是米德尔顿家在我们家前面造房子的事儿了。"

"住在山顶肯定有许多好处吧。"凯瑟琳说。德纳姆夫人甚是同意，仿佛她对凯瑟琳观点的看法已经大大提升了似的。

"是啊，没错，住在这儿有利于健康，"她继续说，正如居住在郊区的人们常用的那一套，德纳姆夫人极力证明它比伦敦周边的任何郊区都更健康、更方便，也更清幽安静。她这样明显的用意，显然说明她的观点不受欢迎，而且孩子们也不和她统一战线。

"储藏室的天花板又掉了。"海斯特，一位十八岁的女孩突然插嘴道。

"用不了多少时日这房子整个都要塌了。"詹姆斯嘟囔。

"乱说，"德纳姆夫人说，"这种小事一点泥灰就能解决——依我看，就没有一幢房子能受得住你们折腾的。"这时全家人都放声大笑，唯独凯瑟琳没理解是什么意思。就连德纳姆夫人都不由自主地笑了。

"希尔伯里小姐会觉得我们都太粗鲁啦。"她不以为然地继续说。只见凯瑟琳微微一笑，摇了摇头，意识到大家都在盯着她看了好一会儿，仿佛等她离开后，大家都会以讨论她为乐。也许就是因为这关键性的一瞥，凯瑟琳认为，拉尔夫·德纳姆一家就是寻常人家，不修边幅，缺乏魅力，而且家里那些丑陋的家具和装饰品也正好暴露了他们的品位。她看了一眼壁炉架，那儿摆着青铜战车、银花瓶和瓷

第二十七章

器饰品,要么看起来很滑稽,要么长得稀奇古怪的。

她并无故意以此番眼光判断拉尔夫,但当她看向他时,没一会儿,便发觉,他们认识了这么久,眼下这时刻她对拉尔夫的评价低到了极点。

他根本就没用心想去解决她的来访的不适感,反而现在一直在和弟弟争吵,完全忘记了她的存在。凯瑟琳一定比自己潜意识中更加依赖他的支持,因为他的这种态度,因为他周围微不足道的寻常事物的衬托反而更显冷漠,不仅让她意识到了这家人的丑陋,更让她看到了自己有多愚蠢。几秒钟后,她脑海里闪过了一个接一个的场景,不由得一颤,脸唰地红了。之前当拉尔夫谈及两人的友谊时,她是信以为真的。她曾相信,有一种精神上的光芒,在飘忽不定和断断续续的混乱生活背后,会长久地燃烧着。现在这团光火突然熄灭了,好像有人用海绵抹去了一般。桌上仍然放着那堆残羹冷炙,德纳姆夫人还在继续她乏味又严肃的话题:那些滔滔不绝的话就这样给了凯瑟琳毫无防御的心灵重重一击,让她清楚意识到这就是观念不合而起了冲突的后果——不论谁胜谁败,她为自己的孤独,为生命的徒劳，为贫瘠的现实，为威廉·罗德尼，为她和母亲正在撰写的尚未完成的传记而心生沮丧。

她对德纳姆夫人的回答相当敷衍，近乎无礼，而对凑近看着自己的拉尔夫，虽然两个人身体靠得很近，很是亲密，但她和拉尔夫早已隔了咫尺天涯。他瞥了一眼凯瑟琳，又接着自己刚才的话茬继续说，下定决心等他和凯瑟琳这段结束后，就绝不再犯傻了。下一刻，毫无来由地，整个屋子突然安静了。在凌乱餐桌的衬托下，这些人的沉默显得无比丑陋；似乎就要发生什么可怕的事情了，但大家都在极力忍耐着。不一会儿，门开了，大家都松了口气，喊着"嗨，琼！可没你的吃的啦。"打破了屋子里浓重的压迫感——大家刚才一直齐刷刷地盯着桌布看，整个家庭氛围又变得轻快起来。显然琼对整个家庭有种神秘又善意的力量。她走到凯瑟琳身边，好像之前就听拉尔夫谈起过凯瑟琳似的，说自己很高兴终于见到了本人。她还解释说自己刚才去探望了一位生病的叔叔，所以拖了这么久才回来。这不，刚到家，连口茶都没喝上，不过吃片面包也行。有人拿了块热蛋糕给她，因为一直放在围炉挡板上才热乎乎

第二十七章

的；她坐到母亲身边，德纳姆夫人的焦虑似乎也减轻了些，大家开始吃吃喝喝，好像茶点时光又重新开始了一样。海斯特主动跟凯瑟琳讲，最近她为了通过考试一直努力看书，因为剑桥大学的纽纳姆学院是她的毕生志愿呢。

"来来来，让我听听你读 amo 这个单词——意思是我爱。"约翰尼对海斯特发出请求。

"不行啊，约翰尼，吃饭的时候不谈希腊语，"琼一听到他的话便立即说道。"她整晚都是看书，希尔伯里小姐，我相信这样可不是通过考试的方法哦。"她笑眯眯地看着凯瑟琳继续说，一边担心一边调侃，仿佛这些弟弟妹妹是自己孩子似的。

"琼，你不会真的以为 amo 是希腊语吧？"拉尔夫问。

"我刚说的希腊语吗？好吧，无所谓。反正茶点时间不许讲这些死语言。来，我亲爱的弟弟，别嫌麻烦啊，去给我烤些面包——"

"待会去烤的时候，那长柄烤面包叉肯定就在哪儿搁着呢？"德纳姆夫人说着，不过还认为那切面包的刀是坏了的。"你们谁去打个电话，要个新面包刀，"她说道，不过心知没人会听她的。"不过,安会过去看看约瑟夫叔叔是吧?"她又问道。"要是这样的话,希望他们最好把艾米也送回来——"她欣喜万分地想着这些计划的未知细节,一边又滔滔不绝地说着自己的明智计划,从她讲话愤愤不平的那股子劲儿来看,她倒不指望有谁能采纳她的想法,而凯瑟琳——这位衣着得体优雅大气的客人,早已被德纳姆夫人抛到了九霄云外,还得被迫听她大讲特讲海格特区的便利设施。等到琼坐下后,坐在凯瑟琳两旁的人起了争论,关于救世军[①]是否有权在周日早晨在街角唱圣歌,这样一来,詹姆斯是无法好好睡一觉了,还干预了他个人的自由权利。

"你看吧,詹姆斯就喜欢躺在床上睡得像头猪一样。"约翰尼向凯瑟琳解释道,于是詹姆斯对她发起反击,也说道:

---

① 救世军(The Salvation Army):于1865年在英国伦敦成立,以军队形式作为其架构和行动方针,并以基督教作为信仰的基本的国际性宗教及慈善公益组织,以街头布道和慈善活动、社会服务著称。它的创办人希望能够把基督教传给穷困的人,并透过了解穷人们物质及心灵之需要来给予他们帮助。

第二十七章

"因为周日才是我每周唯一的睡觉时间呀。约翰尼不知道在储藏室里瞎鼓捣什么,搞来那些臭气熏天的化学物品——"

大家都开始抱怨她,她也忘了吃蛋糕,开始大笑着应对大伙儿这突如其来的集体声讨。这个大家庭对她而言如此温馨,她甚至都忘了谴责大家对储藏室的烂品位。但是显然詹姆斯和约翰尼之间的私人问题已升级成了一场争论,这个家里谁站哪个队也已有了分明,拉尔夫带头一半;凯瑟琳站在他的对立面,支持约翰尼,约翰尼总是容易在和拉尔夫争辩时昏了头,变得情绪激动。

"是,没错,我就是那意思。她说的没错。"听到凯瑟琳更加准确地重申了他的想法后,约翰尼叫嚷道。最后这场争论几乎只剩下凯瑟琳和拉尔夫两人。他们紧紧盯着对方的眼睛,就像摔跤手,想知道对方的下一步动作;当拉尔夫说话时,凯瑟琳就紧咬下唇,随时做好了迎战拉尔夫的准备。这两人各占一队,还真是实力相配的一对啊。

正当两人争辩到最热火朝天的时候,大家突然都拉开椅子,一个接一个站了起来,走出了大门,仿佛有魔铃在召唤他们似的,凯瑟琳一头雾水。她尚不习惯大家庭这种按钟点作息的规定。她犹豫了半天话也没说出口,于是也站了起来。只见德纳姆夫人和琼紧挨一起站在火炉旁,轻轻地把裙子撩过脚踝,开始讨论一些严肃私人的事情。大家似乎都忘记了凯瑟琳的存在。拉尔夫站在那儿为她开着门。

"你要来我房间坐一会儿吗?"他问。凯瑟琳回过头看看琼,只见琼一脸心不在焉地冲她笑笑,凯瑟琳便跟着拉尔夫上楼了。凯瑟琳正在回想刚才的争辩,等拉尔夫爬上了长长的楼梯,打开门后,她立即开口。

"那么,问题在于,什么情况下个人可以违背国家意愿而维护自我呢?"

两人继续争论了一会,然后论点交锋之间隔的时间愈发变长,观点愈加深思熟虑,却不那么针锋相对了。最终都安静了下来。凯瑟琳还在脑子里想着该如何去争辩,时不时想到,不知是约翰尼还是詹姆斯提出的观点,很是吸人眼球,说得也颇有几分道理。

"你的弟弟们很聪明呢,"她说,"我猜你们都习惯

第二十七章

了这样互相辩论吧?"

"詹姆斯和约翰尼常常那样辩几个小时,"拉尔夫回答说。"要是你提到伊丽莎白时代的剧作家,海斯特也能跟你大谈特谈。"

"那个扎辫子的小姑娘呢?"

"莫莉?她才十岁。不过他们一般都内部辩论。"

听到凯瑟琳对自己兄弟姐妹们的赞扬,拉尔夫心高兴万分。本来还想继续讲一些他们的故事给凯瑟琳听,但拉尔夫忍住了。

"看得出来,如果要你离开你的家人,一定很难。"凯瑟琳继续说。当时他对他的家人的自豪感比以往任何时候都来得深刻,要搬去乡里独居的事儿根本就是愚蠢的想法。手足情和他们共同度过的童年回忆,这稳定的生活和不求名利的同志情谊,和对家庭生活的最佳概念,都一股脑儿地涌入了拉尔夫脑子里,他把家人视作一个整体,他是带头人,带领大家踏上这趟艰难沉闷又光荣的航行。而且他认为,是凯瑟琳帮他看清了这一切。

这时从房间角落里传来那沙哑的唧唧声吸引了她的注

意力。

"那是我驯养的秃鼻乌鸦，"拉尔夫简单解释。"之前有只猫伤了它一条腿。"凯瑟琳看了看那只秃鼻乌鸦，然后转移了视线。

"你就坐在这儿看书吗？"她一边说，一边看着他的书。拉尔夫说他已经习惯了在夜晚坐在这儿工作。

"住在海格特区的好处呢，就是能欣赏到整个伦敦的风景。从我的窗户看过去，夜景尤其美丽。"拉尔夫急切地想要凯瑟琳赞同他的观点，于是凯瑟琳起身走到了窗边。夜色已晚，那雾霭在街灯的照耀下变成了黄色，凯瑟琳望着脚下的城，想要看清这一切。她站在窗口凝视的目光让拉尔夫收获了极大的满足感，等她转过身来，他仍然一动不动地坐在椅子上。

"太晚了，"凯瑟琳说，"我该回去了。"但她的胳膊紧紧倚着椅子扶手，心想可能自己并不想回去。威廉肯定在那儿，到时候又会借机和自己闹得不愉快，先前吵架的情景又涌现在了凯瑟琳的脑海里。同样的，她也注意到了拉尔夫的冷淡。她望着拉尔夫，看着他凝视的眼眸，觉

第二十七章

得他一定在琢磨写理论和论证。关于个人自由界限的问题,他可能有新的想法。于是凯瑟琳静静等待着,思考着自由的问题。

"你又赢了。"拉尔夫终于开口,还在坐在那儿纹丝不动。

"我赢了?"凯瑟琳想着刚才的论证,又重复了一遍他的话。

"天啊,我真希望我没邀请你过来。"拉尔夫突然嚷嚷了出来。

"你在说什么啊?"

"你在这儿的时候,一切都变了——就算你只对着窗户说话——你仅仅谈论自由,我也快乐。当我看着你在楼下,站在人群中——"他又突然不说了。

"你觉得我不过是个普通之辈。"

"我有试着去这样想你。但我觉得你比以往都更光彩夺目。"

真是巨大的解脱啊,但又犹豫着要不要享受这样的解脱,凯瑟琳心里十分矛盾。

她慢慢滑坐到椅子上。

"我以为你不喜欢我。"她说。

"上帝知道,我尽力了。"拉尔夫回答说。"我已尽我所能去看待最真实的你了,不会讲什么该死的浪漫情话。那也是为什么我邀请你来我家喝茶,让我看起来更加愚蠢了几分。等你离开后,我会在窗户那儿看着你离去的背影,心里念着你。我会整夜辗转反侧,思念你。我将耗尽一生,爱你。"

拉尔夫饱含激情的话,让凯瑟琳心情又紧张起来;她皱着眉,讲话的语气严厉起来。

"我之前就已预见,如果我们在一起,只会让彼此不开心。看着我,拉尔夫。"他望着她。"我跟你保证,我不过也是个平凡女子。漂亮毫无意义。事实上,最漂亮的女人往往最愚蠢。而我呢,只是一个平凡无奇,再普通不过的女人;我会点餐,我会付账单,我会做账,还会给钟上发条,而且我从来不读书。"

"你忘了——"拉尔夫刚开口,就被凯瑟琳制止了。

"你在花丛中和艺术画中望见我,觉得我神秘又浪漫。你呢,缺乏感情经验,又十分感情用事,于是你回到家中编造了一个想象中的我，而现在你无法将假想中的我与真实的我分开。我猜，你以为自己坠入了爱河；但实际上，这一切都是幻想。所有的浪漫主义者都一样。"凯瑟琳继续说。"我妈妈终其一生为她喜爱的红男绿女编造故事。如果我能出一份力，我决不允许你对我也这样。"

"你帮不了我的。"他说。

"我警告你，这是邪恶的根源啊。"

"也是一切美好的来源。"拉尔夫补充道。

"你会发现，我并非你所想之人。"

"也许吧。但我得到的会比失去的要多。"

"只要这样的收获你认为值得。"

两个人沉默片刻。

"这也许就是我们终究要面对的，"他又开口，"也许什么都不是。也许一切都是幻想。"

"也是我们之所以孤独的原因啊。"凯瑟琳若有所思地说，于是两个人又陷入不语。

"你什么时候结婚？"拉尔夫突然换了种语气问道。

"大概九月份以后吧。婚礼推迟举行了。"

"等你结婚后就不孤单了。"他说。"人们都说,婚姻是一件怪事。与其他事情都不同。可能是真的吧。我知道那么一两对夫妇,好像还真印证了这一说法。"他希望凯瑟琳能继续讨论这个话题,但她一言未发。他已经尽最大努力控制自己的情绪,声音也尽量保持着冷漠,但凯瑟琳的沉默生生折磨着他。她绝不会主动跟拉尔夫谈起罗德尼,如此克制使得她的灵魂湮没在黑暗当中,不为人所见。

"可能还会延后吧。"凯瑟琳好像突然又想起来了似的说着。"他办公室里有个人病了,所以威廉要接替他的位置。所以婚礼还得再往后推迟。"

"对他来说不容易啊,是吧?"拉尔夫问。

"他有自己的工作。"凯瑟琳回答说。"他生活中也有很多感兴趣的事情……我知道,我之前去过那儿,"她停了下来,指着一张照片说,"但我不记得是哪儿了——哦,当然是牛津啦。那,你的房子怎么样啦?"

"我不打算要了。"

"怎么改主意了!"凯瑟琳笑着说。

"倒也不是,"拉尔夫不耐烦道,"我只想去一个能

第二十七章

见到你的地方。"

"不管我说什么,我们的契约都要遵守吧?"她问。

"当然了,我肯定会一直履行下去。"他回答说。

"当你走过街边,还是会继续幻想我,编造有关我的故事,假装我们在森林里骑马,或者在海岛上——"

"不。我会想象着你在点餐、付账、算账,给老太太们展示古董——"

"那样还好点。"凯瑟琳说。"你可以想象我明天要在《英国名人辞典》里查找日期。"

"然后忘了拿你的钱包。"拉尔夫接荏。

凯瑟琳笑了,但很快她的笑容淡去,不是因为他的话就是因为他讲话的方式吧。她忘事倒是很有一套。他是看到了。但他还看到什么了呢?难道他不是看到了凯瑟琳从未展示在人前的一面吗?被他得见如此秘密,几乎令她大惊失色。她的笑容褪去,过了一会儿,似乎想要讲话的样子,却沉默地望着拉尔夫,那表情,好似在问些什么,却无法用言语表达出来,于是凯瑟琳转过身去跟拉尔夫说了晚安。

第二十八章

拉尔夫独自坐在屋里,方才凯瑟琳的到来像是一段音乐,奏响后又逐渐消逝。在旋律的狂喜中,音乐声戛然而止。他努力想要抓住微弱的余音;有那么一会儿,凯瑟琳存在的记忆让他平静;但很快这招就不奏效了,接着拉尔夫开始在屋里来回踱步,渴望着能再次听到那音乐声,他意识到,除此之外自己别无他求。凯瑟琳一声不吭就离开了;他的人生道路中突然出现了一个深坑,他不断地往下坠,精神已然错乱;他不断地撞到在石头块上,就这样让自己倒下去,直至毁灭。这样的痛苦给他带来了一种肉体上的摧毁和打击。他颤抖着,面色苍白;他感到精疲力竭,仿佛是在做一项繁重的体力劳动。最后他坐到椅子上,正对面就是凯瑟琳刚刚坐过的那把椅子,目光呆滞地盯着时钟,想着她是如何离自己愈来愈远的,现在她定已到家,毫无疑问地和罗德尼在一起。但是,早在他意识到这些事实之前,他希望凯瑟琳就在自己身旁的这种巨大欲望粉碎了他的理智,使之变成了泡沫,变成了一种情感的迷雾,把事实都从他的手中拿走,然后给了他一种奇怪的距离感,即使是包围在他身边的这些墙壁和窗户的实体也让他感觉如此。现在他充满激情的力量已经显现,他对未来的憧憬使他感到震惊。

她说过,婚礼在九月份举行;那就意味着,他还剩下整整六个月的时间消化自己的极端情绪。六个月的折磨,然后是坟墓般的死寂,发狂般的与世隔绝和该死的自我放逐接踵而至;如此,人生当中不会有一丝欢乐。倘有不偏不倚、超然世外的智者,定然会告诉拉尔夫,他从绝望中复苏的希望便在那翻腾莫测的情绪当中。他心目中凯瑟琳的鲜活形象,比任何恋人心头的形象都更为美好;她的幻象终将消逝,拉尔夫对她的思念亦如此,唯独她在他心目中的象征,那独立于凯瑟琳所存在的象征仍留存心间。如此想法,让拉尔夫得以有了喘息的空间,让他的大脑能够暂时做主,压制那些激动的情绪,他试图要克制自己这种恍惚不定的情绪。拉尔夫的自我保护意识很强,而奇怪的是,凯瑟琳也让他相信,他的家庭需要他坚强起来。凯瑟琳是

第二十八章

对的,就算不为了自己,但为了这个家,他对凯瑟琳这种不会有任何结果的激情,必须要切断,必须要连根拔起,因为如她所见,自己这份感情只是空想,不会开花结果的。若要做到这点,他必须面对她的方方面面,使自己清楚明白,正如她所说的那样,她的个性特征与他幻想中的大不相同。她天性冷静实在,能为一位天资欠佳的诗人料理家务,又恰巧有被自然赋予浪漫的美感。当然了,她的美貌本身经不起考验。至少拉尔夫有办法能解决这问题。他有一本希腊雕像的照片合集;若神像的下半部分被遮住,至少女神像的头看起来就仿佛是凯瑟琳在身边一样,带给他狂喜。他把书从架子上拿了下来,找到了那幅画。他还有一张她写的小纸条,邀请他同游动物园。他当时还在裘园摘了朵花,用来教她植物学的知识。这些都是有关两个人过往的物品。他将这些物件摆在眼前,认真地想象凯瑟琳的面容,她的形象栩栩如生,不掺杂丝毫假象、丝毫幻想。没过一会,他好像能够看到,太阳光斜斜地打在凯瑟琳的衣裙上,她款款迈步向他走来,两个人一起在绿意盎然的裘园里漫步。他和凯瑟琳并肩坐在一起。他听到凯瑟琳讲话的声音,如此低沉又坚决；她把许多无关紧要的事分析得条条在理。他能够看到凯瑟琳的不足，剖析她的美德。他逐渐平静下来，头脑也愈发清晰了。这一次，凯瑟琳再也无法从他身边逃开。凯瑟琳的幻象变得愈发完整。他们似乎开始在彼此的头脑中进进出出，问问答答，仿佛两人的交流融合从未如此完整。由此他感觉自己升华至前所未有的高度，浑身充满了力量，而之前独自一人时从未有此感受。于是他又一次认真地描述了凯瑟琳的缺点，包括她的脸蛋和性格；这一切他都了如指掌；他们二人又合为一体，沉浸在这种完美的结合中，一起检验了生命的极限。从这个高度看，真是深不可测啊！这是多么崇高的结合啊！这是多么平常的事情，竟让他感动涕零啊！因此，拉尔夫忘记了事情不可避免的局限性；忘记了凯瑟琳的离去，不管她是要嫁给自己还是另嫁他人；这一切都不重要了，只要她还在，只要他爱她。言语是思想的影子，拉尔夫就大声讲出了这样一句话，"我爱她"。这是他第一次用"爱"这个字眼来表达自己的感受，疯狂、浪漫、幻觉——他之前是用这样的字眼来描述的；偶然间，他发现了"爱"，于

第二十八章

是一遍又遍地重复着,仿佛受到了启发一般。

"但我爱你呀!"他有些沮丧地高喊道。他斜靠在床边,俯瞰着这座城,如凯瑟琳之前那样。不可思议地,一切都与以往大相径庭。没错,就是这种感觉,无须再多解释。但他必须要把这种感受告诉别人,这个突然的发现太重要了,关乎他人。于是他合上这本希腊雕像书,小心藏好这些旧物,跑下楼抓起外套就出了门。

路灯还亮着,但街道漆黑一片,空无一人,拉尔夫走得飞快,边走边大声讲话。他意志坚定地朝着目的地走去,他要去见玛丽·达切特。他内心想要找人倾诉——找一个能够理解他的人诉说的欲望十分迫切,根本无心质疑。很快他便来到了玛丽家所在的那条街。他一步并作两步朝楼上跑去,根本没想过玛丽也许不在家。他按着门铃,仿若正要宣布与他本人毫不相关的重要信息,由此使得他比起其他人都更有分量,更有权威。等了会儿,玛丽开了门。拉尔夫沉默不语,昏暗中他看起来面色苍白。然后他跟着玛丽进了屋。

"你们认识吧?"玛丽问,令他惊讶的是,他以为玛丽会一个人在家。一位年轻人站了起来,说他一眼就认出来了拉尔夫。

"我们就在一起看点文件。"玛丽说。"巴斯奈特先生过来帮我了解下我的工作内容。这是一个新的协会,"她继续解释说,"我是做秘书的。不过我没在罗素广场那儿干了。"

她讲话的声音很不自然,听起来有些刺耳。

"你们协会的目标是什么?"拉尔夫问。既没看玛丽,也没看巴斯奈特先生。巴斯奈特先生以为,他从未见过比玛丽这位朋友更难以取悦又强势有力的人,看他那一脸的尖刻样,小脸白白净净的,仿佛他有权力要求他俩解释协会的计划提案,还没听到便要批评一番。尽管如此,巴斯奈特先生还是尽可能详细解释了这个项目,希望德纳姆先生对这些计划有好感。

"我明白了。"拉尔夫说道。"玛丽,你知道吗?"他突然又说,"我好像感冒了,你这儿有奎宁吗?"那投向玛丽的目光使她感到害怕,也许拉尔夫自己无意识,但他的目光无声地表达着某种深沉、狂野又激情四溢的东西。

第二十八章

玛丽很快离开了房间。拉尔夫的存在让她的心"突突"地跳得很快，痛苦和恐惧的感觉占据了主导。她在隔壁房间里站着，偷听了会儿那屋里传来的说话声。

"当然了，我同意你的看法，"她听到拉尔夫用那种奇怪的声音跟巴斯奈特先生讲话。"但还有更多事要做。就比如说，你见过加德森先生吗？你可得尽可能拉拢他过来。"

玛丽拿着奎宁进了屋。

"加德森先生的住址是？"巴斯奈特先生一边问，一边打开笔记本准备记录。大约过了二十分钟，他记下了拉尔夫跟他口述的一个个姓名、住址和其他注意事项。接着拉尔夫又陷入了沉默，巴斯奈特先生感到自己在这儿不太合适，于是感谢了拉尔夫的帮助，深感自己年轻无知，随后就告辞了。

"玛丽。"等巴斯奈特先生刚关上门就剩他们俩的时候，拉尔夫又说道。"玛丽。"他重复喊着。但是，他这个难以对玛丽毫无保留、吐露心声的老毛病又犯了，所以吞吞吐吐的，半天继续不下去。他想要对凯瑟琳表白的欲望依然强烈，但这样直接面对着玛丽，拉尔夫深觉自己无法分享。

方才与巴斯奈特先生坐着聊天时，这种感觉愈发明显了。但他还一直记挂着凯瑟琳，惊叹于自己这份爱。他对玛丽讲话的声音也变得刺耳起来。

"什么事啊，拉尔夫？"被他的语气吓了一跳，玛丽问道。她满心焦急地望着他，眉头紧蹙，尽力想要理解他，但还是一头雾水。拉尔夫感受得到玛丽想要摸清他的想法，但他很烦，因为玛丽总是慢人一步，费尽心思又拿捏不准，还笨手笨脚的。当然了，拉尔夫对玛丽的行为举止也很粗鲁，所以显得他的不耐烦更加明显。还没等拉尔夫回答，玛丽就站起身，仿佛毫不关心他会回答什么似的，然后开始整理巴斯奈特先生留在桌子上的文件资料。她轻声哼着小曲儿，来回在房间里走动，好像忙着要整理干净，没什么别的要关心的事一样。

"你要留下来吃晚餐吗？"玛丽漫不经心地说着，又坐回椅子上。

"不了。"拉尔夫回答。玛丽便没有进一步追问了。两个人就这样并排坐着，谁也不吭声。玛丽伸手取了针线盒来，拿出一根针开始穿线。

第二十八章

"他是个很聪明的年轻人。"拉尔夫观察后这样说巴斯奈特先生。

"很高兴你能这样评价他。这份工作很有趣,暂时看来,我觉得我们做得很棒。但我倾向于同意你的观点:我们是应该更妥协一些。之前太严格了。有时候我们很难心平气和地理解,即便是对手,他们的话也有值得借鉴之处。贺拉斯·巴斯奈特确实不太容易妥协。我一定得提醒他给加德森写信。我想,你应该很忙吧,没办法来加入我们团体?"玛丽讲话的态度尤为客观。

"我可能会出城。"拉尔夫不失礼貌地回答说。

"当然了,我们的高管每周都会碰面,"她说,"但我们有的会员一个月才来露面一次。国会议员是出现次数最少的,我觉得邀请他们加入就是个错误。"

然后她继续默默地缝着东西。

"你还没吃药呢。"她说着话,抬起头看到了壁炉架子上的药片。

"我不想吃药。"拉尔夫简单说。

"好吧,你自己的身体自己知道就好。"玛丽平静地说。

"玛丽,我真是一个畜生!"拉尔夫高喊。"我来这儿浪费了你的时间,什么也做不成,只会令人感到不快。"

"感冒确实挺难受的。"玛丽接茬。

"我没感冒。我骗你的。我一点事都没有。我想我是疯了。我应该有尊严地离开。但我想见你——我想告诉你——我恋爱了,玛丽。"他说出来了,但话甫一出口,便又了无意义。

"恋爱了,是吗?"玛丽轻声说着。"拉尔夫,我真为你高兴。"

"我猜我是恋爱了。无论如何,我是疯了。我没办法思考,没办法工作,世界上的一切我都不在乎。天哪,玛丽!这太折磨人了!我一会儿开心,一会儿又痛苦。这半个钟我恨她;下一秒我又愿意为她放弃全世界,只要能和她待在一起十分钟;一直以来我都不知道自己的感受,不知道为什么会有这种感受;这太疯狂了,但又合情合理。你能明白吗?你明白到底发生了什么吗?我知道我自己很疯癫。别理我了,玛丽,你继续忙你的事吧。"

他站起身,像之前那样,开始在房间里来回踱步。他清楚自己刚才那番话和内心的感受几乎毫无干系，玛丽的存在就像是一块强磁铁，引得他的表达方式与自我思索时的大不相同，也无法代表他内心深处的感受。他为自己说出的话而感到羞愧，但当时又不得不坦白。

"你还是坐下吧。"玛丽突然开口。"你让我——"她有些怒气，不太像往常那样，拉尔夫注意到了后颇为惊讶，于是立即坐下了。

"你还没告诉我是谁——我猜你是不愿说？"

"名字啊？是凯瑟琳·希尔伯里。"

"但她订婚了啊——"

"跟罗德尼，他们要在九月份结婚。"

"我知道了。"玛丽说。现在既然又坐下了，实际上他态度很冷静，让玛丽感觉他如此坚强、神秘又难以捉摸，所以不敢讲任何话或问问题来打断他。她用满怀敬畏的目光看着他，双唇微张，眉毛轻扬。但拉尔夫显然没有注意到玛丽的目光。接着，玛丽仿佛再也无法直视的样子，向后依靠在椅背上，半闭着眼睛。这种距离感让玛丽感到很受伤；事情一件接一件出现在她脑海里，引诱着她去问拉尔夫问题，强迫他对自己吐露心声，这样又能享受到那种亲密感。但她抑制了种种冲动，倘若她硬要追问，势必会破坏两人间已逐渐形成的克制含蓄，使得他俩愈加疏远，直到拉尔夫变得像个点头之交，严肃气派又冷漠生疏。

"有什么我能帮你做的吗？"她语气温柔甚至是礼貌性地问道。

"你可以去见她——不，我不要这样；玛丽，你不必为我担心了。"拉尔夫同样温和地说。

"我觉得，这事外人恐怕帮不上忙。"她又说着。

"是啊，"拉尔夫摇摇头。"凯瑟琳今天也说了，每一个人都是孤独的。"她看到了拉尔夫多么努力找到勇气说出凯瑟琳的名字，也确信拉尔夫是在对他过去感情的隐瞒作出补偿。无论如何，玛丽都没有跟他生气；而是对他——一个跟她先前一样注定要遭受痛苦的人，感到深切的怜悯。但说到凯瑟琳就不一样了，她对凯瑟琳感到十分恼怒。

"工作是做不完的。"玛丽有些挑衅似的说。

拉尔夫直接问道。

第二十八章

"你现在想工作吗?"

"不啊,现在可是周末。"玛丽说。"我是在想凯瑟琳。她对工作一无所知。毕竟她从未工作过,不了解什么是工作。我也是最近才发现。但这的确是个能解救人的法子——我很确定。"

"难道没有其他的事了吗?"拉尔夫有些犹豫。

"没别的事能指望了。"玛丽继续。"毕竟,其他人——"她顿了顿,又逼迫自己继续说下去。"如果我每天都不去办公室,那我该何去何从?成千上万的人都会告诉你同一件事——我指的都是女人。我告诉你,拉尔夫,工作是唯一拯救了我人生的。"拉尔夫嘴巴紧闭,仿佛玛丽的话给了他重重一击似的,看起来他好像在默默忍受任何玛丽可能说出口的话。这是他自作自受,只有默默忍受才能得到解脱。但她突然站起身离开了,好像要去隔壁屋子拿什么东西。还没等玛丽走到门口,她又转过身来,自顾自地站在拉尔夫面前,透露出的那股子沉着冷静令人生畏。

"对我来说,一切都很美好。"她说。"你的生活也会变好的,相信我。毕竟,凯瑟琳是值得的。"

"玛丽——！"他大呼。但玛丽转过了头，拉尔夫无法说出心中所想。"玛丽，你是一个极好的女人。"他总结说。玛丽趁着拉尔夫说话时又转了回来，对着他伸出手去。她曾经饱受折磨，后遂放弃，她曾眼睁睁看着自己的未来从一片希望变成虚无贫瘠，然而即便如此，面对任何她几乎一无所知和难以预料结果的事情，她都一一攻克了。看到拉尔夫直视着自己的眼睛，她对着他微微笑了，带着满脸的平静和骄傲，明白她终于克服了先前种种困难。于是她让拉尔夫亲吻了自己的手。

周日的夜晚，街道上空无一人，若安息日的娱乐活动都无法让大家都待在家里，那这一场强风也许会做到。拉尔夫·德纳姆意识到，街上的喧哗和嘈杂声几乎和自己的感觉是一致的。一阵狂风扫过斯特兰德街，似乎又同时吹清了一片天，星星都出现了；不一会儿还看到银色月光飞快地穿过云层，仿佛是一波又一波水浪在她身边汹涌穿行。云层淹没了月光，但她又浮现出来；它们便又聚拢一团，将她遮得严严实实；她便不屈不挠地挣扎着露面。在田野里，冬天的痕迹已然消失无踪；那枯叶，那枯萎的蕨，那

第二十八章

干燥褐色的草地,都不见了,但花蕾都完好无损,野地上新长出来的茎秆也未被破坏,也许到了明日,绿草间会冒出一列蓝的黄的色彩。但是德纳姆的心情只如这大气层的旋转一般忽高忽低,闪烁的繁星、绽放的花朵,都似是风浪中一闪即逝的灯光。有那么一刻他快要相信玛丽能理解他的心思,但他最终仍是无法一诉衷肠。不过那种想要讲些什么重要事情的欲望占据了他的全部;他依然希望能与人倾诉,希望有人做伴。出于本能,而不是有意识的选择,他朝着罗德尼的家走去。他大声敲着门,但无人应答。他又按响了门铃。拉尔夫花了好些时候才接受了罗德尼不在家的事实。他无法再假装旧楼里呼呼的风声是有人从椅子上站起来的声音,他只好快步下了楼,仿佛目标变了,只有他自己一人知晓。只见拉尔夫朝着切尔西的方向走去。

由于还没吃晚餐,一路走得太快,拉尔夫有些体力不支,便在泰晤士河河岸堤坝上坐着休息。这些堤坝上的常客里,有位喝醉了的老头,可能没有工作,露宿街头;他站起身来,坐到了拉尔夫身旁,跟他讨一根火柴。他说,那是一个刮大风的夜晚,那段日子过得难啊;然后老头继续说一些自己的倒霉事和受到的不公平待遇，他常这样滔滔不绝地说话，好像自说自话似的，也许是因为路人长久以来对他的忽视，让他觉得已经没必要再去吸引别人的注意力了。当老头讲话时，拉尔夫内心有股疯狂的冲动想跟老头说话，想让他理解自己。拉尔夫的确在老头讲话时打断了他，但无济于事。老头那些久远的失败、不幸故事和不该承受的苦难，都随风而去，那些不连贯的单词音节，一会儿吵闹一会儿模糊似的交替着从拉尔夫的耳边划过，仿佛在某些时刻，老头那些关于失败挫折的回忆变得分外分明，随后杳无踪迹，最终化为不甘心的咕哝，陷入习以为常的绝望。老头不愉快的说话声折磨着拉尔夫，也激怒了他。正当老头拒绝听拉尔夫讲话，喃喃自语时，他脑海中浮现出一幅奇异的画面，那是一座被飞鸟包围的灯塔，狂风中，飞鸟丧失知觉，任由大风将其吹向玻璃。拉尔夫有种奇怪的感觉，他感觉自己既是那灯塔也是飞鸟；他坚定聪颖，此时却无力挣扎，与其他物件一同在狂风中围着灯塔毫无知觉地不断旋转。他站起身，给老头留下了几枚银币，然后继续顶着大风前行。当他路过英国国会大厦，沿着河边朝格罗夫

第二十八章

纳大道走去时,那座灯塔和一群飞鸟盘旋在狂风中的画面一直在他脑海里,取代了其他明确的想法。拖着疲惫的身躯,脑子里那副画面的细节都融入了面前更广阔的景色中——风中的夜色、忽明忽暗的街灯,还有寻常人家的住宅都是他此时心境的展现。但拉尔夫一直保持着去凯瑟琳家的方向。他理所应当地认为会发生点什么,于是随着他继续前行,他心情愈发愉快,满怀着期待。到了凯瑟琳家附近,他感到那条街都深受她的影响。对拉尔夫而言,这里的每栋房子都极具个性,尤其是凯瑟琳居住的那栋个性非凡。到了距离希尔伯里家几码处,他愉悦之余有些恍惚般地走了过去,但到了门口,推开了小花园的大门后,他又犹豫了,不知道下一步该做何举动。不过倒不用着急,因为他那股子快乐劲儿足以让他在门口再多待会儿。于是拉尔夫穿过马路,斜靠在堤坝旁的护栏上,注视着凯瑟琳家的房子。

明晃晃的灯光从客厅的那三扇长窗子透出来。在拉尔夫看来,长窗后的房间便是暗无天日、狂风大作的荒原的中心;是周遭的混沌混乱中唯一合理的存在;窗户中透出的光线平稳坚定,如同灯塔的光束,照射于无人所至的荒土之上；在这净土光明之中，数人聚集一堂，他们的身份已然消融于"文明"的光辉当中；无论如何，唯独在希尔伯里一家的客厅里方有可能衣不沾水、得保平安，立于汹涌浪潮上仍保存意识。这片净土仁爱慈悲，但与他相距甚远，显得肃穆克制，它照耀世人，却又保持距离。于是拉尔夫开始在脑海里自动区分所有不同的人，他下意识地避开凯瑟琳的形象。他的思绪投向希尔伯里夫人和卡桑德拉，然后又想到了罗德尼和希尔伯里先生。他眼里看得到他们沐浴在客厅那柔和的黄色灯光里，光线穿过长玻璃窗透了出来；那走动的身影看起来十分动人；从他们的话语中，他觉出了些许含蓄的意味，虽未说出口，但他理解。最后，在半清醒状态下做出了选择和安排后，拉尔夫决定去靠近凯瑟琳，从决定的那一刻起，周围的空气都兴奋了起来。他并不把凯瑟琳当成一个凡胎肉体去看待；凯瑟琳可是光环加身，是光之女神啊；虽然他心思简单，这一路奔波也十分疲惫，但他看起来就像是着迷于灯塔的迷路飞鸟，看着塔内的熊熊火焰，紧紧扒着玻璃窗不愿离去。

有了这心思，拉尔夫不禁在希尔伯里家门口的人行道

第二十八章

上一步步踩起了节奏。他并没有想过未来会怎样。决定下一秒和明年会如何的都是未知。在那漫长的守夜中,他时而在长玻璃窗上找寻光亮,时而瞥一眼小花园里被灯光折射到的几片树叶和草叶。那灯光就这样燃烧着,久久不变。正当拉尔夫刚踩完一段节奏,准备转身时,前门开了,这座房子完全变了模样。一个黑影从小道上走过来,停在了门口。德纳姆立即反应过来,那是罗德尼。潜意识里觉得要对所有从那亮堂房子里走出来的人持友好态度,于是他毫不犹豫径直走到了罗德尼面前拦住了他。在狂风中被人拦下,罗德尼吃了一惊,一时又想继续往前走,嘴里嘟囔着什么,好像怀疑有人在乞讨求他行善似的。

"天啊,德纳姆,你在这儿干吗?"认出那人是拉尔夫后,他叫嚷道。

拉尔夫咕哝着说什么自己是准备要回家的。于是他们一起往外走着,不过罗德尼健步如飞,一副明显自己不愿意有人陪同的样子。

罗德尼很不开心。下午卡桑德拉拒绝了他的爱意;他已经试着跟她解释了眼下这种情况的难处,也表明了自己的心意，而且毫无冒犯之意。但他还是一时冲动，凯瑟琳的刺激和嘲笑让他吐露了太多，而卡桑德拉不愿放下姿态和自尊，拒绝听他再多说一句，甚至威胁说要立刻回家去。在这两个女人中间来回周旋了一晚，他烦到极点。此外他不禁怀疑，拉尔夫这个点儿还在希尔伯里家附近徘徊，怕不是跟凯瑟琳有关吧。他们两人也许早有约定——并不是这种事对他来讲都很重要。罗德尼相信，除了卡桑德拉，他从未关心过任何人，至于凯瑟琳的未来，也与他无关。不一会儿他大声说想拦一辆出租车。但这是周日晚上，出租车几乎不过来堤坝这边，罗德尼发现无论如何自己都被迫要和德纳姆一起再走一截路。德纳姆一路沉默。罗德尼心里那股子火也下去了。他发现，这样的沉默很奇怪地让人想到他备受尊敬的男子气概，而且这会子也需要他这样的男性特质的存在。与女性打交道时，一切总是神秘难懂、困难重重、难以确定，此时能与同性交流，令他心情平静，颇为愉悦，他大可直言不讳，无需借助各种托辞。罗德尼此时也需要一个知己；虽然凯瑟琳承诺过会帮忙，但关键时候还是让人失望了；她和德纳姆一起离开了；也许，她

第二十八章

是在折磨德纳姆,和她待自己那样。与罗德尼自己的痛苦不堪和迟疑不决相比,他看起来很严肃,话不多,一直坚定地往前走着。他开始想法子讲述自己与凯瑟琳和卡桑德拉的关系,同时又不会使德纳姆对自己低看一等。接着他突然意识到,也许凯瑟琳跟德纳姆提过这些事,他们倒是有些共通之处,可能那天下午就已经聊过了。现在他只想知道凯瑟琳和德纳姆到底说了什么有关自己的事情。他回想起了凯瑟琳对他的嘲笑,想到她离开,笑着和德纳姆一起去散步。

"我们走了后,你还继续待了很久吗?"他突然问道。

"没有,后来一起去了我家。"

这似乎证实了罗德尼的猜测,凯瑟琳确实和他讨论过。于是他默默把这个想法反复思考了好一会。

"女人真是让人难以理解的生物啊,德纳姆!"接着他大声嚷嚷着。

"啊……"德纳姆开口,他好像完全理解这意思,而且不仅仅是女人,整个宇宙都无法理解。如同看懂一本书那样,他是懂罗德尼的。他知道罗德尼很沮丧,他满怀同情,又想帮他。

"你说点什么,她们就大发雷霆。或者没来由地就会呵呵笑。我觉得呀,像这样,受再多教育都——"后半句就这样消失在了大风中,他们还得继续挣扎着去对抗;但德纳姆明白,他指的是凯瑟琳先前的嘲笑,现在依然让他感到很受伤。和罗德尼相比,德纳姆很有安全感;他看到,罗德尼像迷失的飞鸟一样毫无知觉地一下又一下去冲撞那玻璃窗;天空中到处都是他乱飞乱撞的身影。但他又和凯瑟琳休戚相关,高高在上,光彩夺目,散发着炫目的光芒。他很同情身边这个情绪不稳定的家伙,他有了想要保护罗德尼的冲动,他直接就表现出了自己的想法。他们俩就像是冒险旅程中携手并进的伙伴一样团结一心,虽然一人已抵达目的地而另一人还在路上挣扎着前行。

"你不能嘲笑你在乎的人啊。"

身边空无一人,这句话显然就是讲给德纳姆听的。但大风好像吹散了这句话,随即就消逝在了空气中。刚才罗德尼真的说了这话吗?

"你爱她。"那是他的声音吗,听起来好像有人在他面前不远处讲的?

"我饱受折磨,德纳姆,折磨人啊!"

"是,是,我知道。"

"她嘲笑我。"

"我觉得,她不会的。"

讲话的间隙,风儿不断地在吹——吹散了的这些话,好像刚才没人说过一样。

"我怎么这么爱她!"

这话定是从德纳姆身旁的罗德尼口中说出来的。这时他声如其人,光听声音脑海里便清晰浮现他的形象。德纳姆看得到他倚靠在空白的建筑物上,靠在天际的塔尖上。他看到了罗德尼的尊严、高贵和悲伤,而寂静夜里,当他独自一人在房间里思念凯瑟琳时,也是这般模样。

"我深爱着凯瑟琳,所以我今晚才会出现在这里。"

拉尔夫的话直白又坚定,仿佛罗德尼的坦白使得他也必须坦诚相对。

罗德尼含糊不清地说了些什么。

"啊,我早就知道了,"他大叫道,"我一开始就知道。

你会娶她!"

那叫喊声中,有些绝望的意味。那狂风,又一次吹断了他们的谈话。两个人都不再言语。最后又同时在灯柱下停下了脚步。

"我的天啊,德纳姆,我们俩真是傻啊!"罗德尼叫嚷着。在路灯下,他们诡异地看了看彼此。真是傻瓜啊!这两人似乎都向彼此坦白了最愚蠢的自己。现在,在这路灯下,他们仿佛达成了共识,彼此的敌意都消失了,也让他们比世界上任何一个人都同情彼此。两个人同时点点头,好似确认这共识一般,然后又沉默着分道扬镳了。

第二十九章

周日晚,过了零点、还不到一点的时候,凯瑟琳躺在床上还未睡着。在月光的照耀下,人很容易会思考人生,产生一种超然、幽默的命运观;如果必须严肃看待的话,那这种严肃感很快就会被睡意和遗忘冲淡。她看到了拉尔夫、威廉、卡桑德拉和自己的影像,四人都是一般虚无,在虚空当中,又似同样气派尊贵。因此当她终于得以逃离各种令人不安的人际关系,放下了责任感,马上就进入睡梦中时,门外响起轻轻的敲门声。不一会儿,卡桑德拉就站到了她身边,手捧蜡烛,因为这是半夜,所以她讲话的声音很小。

"你睡了吗,凯瑟琳?"

"嗯,还没睡。怎么了?"

她坐起身来,想知道卡桑德拉这大半夜的到底想干吗?

"我睡不着,就想着过来跟你说说话——说一会儿就行。明天我就要回家了。"

"回家？为什么，怎么了？"

"今天的事儿，让我没办法继续在这儿待下去了。"

卡桑德拉讲话的语气很严肃正式；这段话显然她提前都准备好要怎么说了，预示着接下来会有很严重的事情发生。她还在继续说着，仿佛是在演讲一般。

"凯瑟琳，我决定告诉你全部事实。威廉今天的所作所为，让我感到很不舒服。"

凯瑟琳似乎完全清醒了过来，立即控制好了自己的情绪。

"在动物园里吗？"她问。

"不是，是在回家的路上。我们一起喝茶的时候。"

仿佛预见这场谈话会持续很久，而且夜里很冷，凯瑟琳要卡桑德拉去裹条毯子。卡桑德拉照做了，还是那副严肃的样子。

"上午十一点有趟火车。"她说。"我得和玛姬舅妈讲一下，很抱歉这么突然就要走……其实我应该拿维奥莱特的事儿当借口的。但我再三想了想，决定还是要告诉你实情。"

第二十九章

她小心翼翼地不去看凯瑟琳。两个人就这样微微停顿了一会都没说话。

"但我不觉得这是你应该走的理由啊。"凯瑟琳最后开口说。她的话听起来惊人的平静,卡桑德拉不禁瞥了她一眼。当然不能觉得凯瑟琳似乎既不愤慨也不吃惊;反而,她这会儿就坐在床上,胳膊抱着膝盖,微微皱着眉头,好像在思考着一个她自己漠不关心的问题。

"因为绝不能有任何男人那样对我,"卡桑德拉接着说,"尤其是我还知道他已经跟别人订了婚。"

"但你喜欢他啊,不是吗?"凯瑟琳问。

"这跟那事没关系。"卡桑德拉愤怒地叫道。"在那种情况下,他的行为就是不尊重我。"

这是卡桑德拉发表的事先准备好的长篇大论里的最后一句,完后便无以为继。这时凯瑟琳说:"我觉得是有关系的。"卡桑德拉听了立马不淡定了。

"我最搞不懂的人就是你啊,凯瑟琳。你怎么可以这样?自从我来到这儿,你的行为真是让我大跌眼镜!"

"你在这儿玩得挺开心的,是吧?"凯瑟琳问。

"没错。"卡桑德拉承认。

"再怎么说,我的所作所为并不影响你这次的造访啊。"

"没错。"卡桑德拉又承认了。她现在是丈二和尚摸不着头脑。她先前认为,凯瑟琳肯定会大发一通脾气表示难以置信,然后便同意让她赶紧回家。然而凯瑟琳立即接受了她的观点,看起来似乎一点也不震惊,反而陷入了沉思。一开始卡桑德拉像是个肩负重任的成熟女性,现在反倒成了个涉世未深的孩子。

"你觉得我做得很蠢吗?"她问。

凯瑟琳沉默不语,依旧静静地坐着,一股恐慌感涌上了卡桑德拉心头。也许她的话直击凯瑟琳心底,产生的影响远非她所能掌控,一如凯瑟琳的心思从非她所能揣摩。她突然醒悟她正引火烧身。

最后,凯瑟琳看向她,缓缓开口问道,仿佛这话很难问出来似的。

"你在乎威廉吗?"

凯瑟琳捕捉到了卡桑德拉激动和困惑的表情,以及她躲闪自己的目光。

"你是说,我爱他吗?"卡桑德拉呼吸急促地问着,一边紧张地搓着手。

"对,问你是否爱他。"凯瑟琳重复。

"你既已和他订婚,我又怎会爱上他?"卡桑德拉大叫大嚷着。

"但他爱的人可能是你。"

"凯瑟琳,你没权跟我讲这些。"卡桑德拉嚷嚷。"你为何要这样说?难道你一点都不介意威廉跟其他女人来往吗?如果换作是我,我无法忍受!"

"我们的婚约取消了。"凯瑟琳顿了顿说。

"凯瑟琳!"卡桑德拉喊叫。

"真的,我们没有订婚。"凯瑟琳继续说。"除了我和威廉,此事无人知晓。"

"但为什么——我不懂——你怎么会没有订婚!"卡桑德拉又喊叫道。"噢,你倒是解释啊!你不爱他吧!你根本不想嫁给他!"

"我们都不再爱彼此了。"凯瑟琳回答,仿佛如释重负。

"真是怪啊,真是怪,凯瑟琳,你真是同常人不同啊。"

卡桑德拉说，她整个身体和声音似乎都一起倒下了，没有一丝愤怒或兴奋的情绪，只有梦幻般的静默感。

"你不爱他吗？"

"我爱他。"凯瑟琳说。

好一会儿，卡桑德拉仿佛是霜打了的茄子，被揭露的真相压得直不起腰来。凯瑟琳也一言不发，只希望自己能隐匿于世人的眼光中。她深叹一口气，依旧沉默，脑海里有万千思绪。

"现在几点了啊？"她最终开口了，又捋了捋枕头，好像要准备睡了。

于是卡桑德拉乖乖站起身，举起了蜡烛。许是那白色晨衣，那松散的头发，或者眼里看不到的东西，让她看起来像是一个梦游中的女人。至少凯瑟琳是这样想的。

"那么，我就没有理由要回家了吧？"卡桑德拉犹豫了下，说，"除非你想让我回家，凯瑟琳？你想让我怎么做？"

两个人第一次视线有了交集。

"你想让我和威廉爱上彼此。"卡桑德拉喊叫，仿佛很确定一般。但她抬起视线看到了让人惊讶的一幕。凯瑟琳站在那里。眼里涌满了泪水——那泪珠仿佛饱含了千万情感,幸福的、悲伤的、放弃的;那是多么复杂的情感啊,言语根本无法表达;卡桑德拉低下头,默默帮她拭去了泪水,接受了凯瑟琳这份爱的奉献。

"小姐,"第二天早晨大约11点钟,女佣喊道,"米尔文夫人在厨房等您呢。"

从乡下送来了一大堆鲜花和枝条,用长长的柳条篮子盛着,凯瑟琳正跪在客厅的地板上仔细整理着;而卡桑德拉就坐在一旁的扶手椅上,心不在焉地说是不是要帮忙,可凯瑟琳说不需要。那位女佣带来的消息对凯瑟琳产生了奇怪的影响。

她站起身,走到窗边,等女佣离开后,颇为断然甚至悲愤地说:

"你知道那是什么意思。"

卡桑德拉一头雾水。

"西莉亚姑妈在厨房呢。"凯瑟琳又说了一遍。

"她为何会在厨房?"卡桑德拉并非故意这样问。

"可能是发现了些什么吧。"凯瑟琳说。卡桑德拉立马想到了她方才思虑的事。

"是因为我们吗?"她问。

"鬼知道呢。"凯瑟琳说。"不过不该让她去厨房。我应该把她带到客厅里来。"

这样严肃的语气让人以为,不知出于何种原因,带西莉亚姑妈上楼像是一种惩戒。

"凯瑟琳,看在老天爷的份儿上,"卡桑德拉从椅子上跳起来激动地大声说,"别这么鲁莽。别让她怀疑。记住,事情还未确定——"

凯瑟琳点了好几次头以示保证,但她走出房门的举止未做好万全准备,一副冒冒失失的样子,看来在跟西莉亚姑妈打交道这件事上,她着实信心不足。

米尔文夫人坐在,不,确切说是轻轻倚在女佣屋里的椅子上。不论她选择在这地下室是否有确切的理由,是否与她前来的目的相一致,每次有秘密的家庭内部事务要商讨时,她总是从后门进来,坐到女佣的屋子里。表面上她宣称是不愿打扰希尔伯里先生和夫人。但实际上,比起她这一代的多数中老年女性,米尔文夫人更依赖于那种亲密、痛苦又神秘的情感,令她倍感愉悦,而地下室带给她的刺激感更是不容小觑。所以当凯瑟琳提议上楼坐坐时,她的内心极度抗拒。

"我想跟你私底下谈点事。"她迟疑不决地站在门槛那儿说道。

"客厅里没人的——"

"但我们可能会在楼梯上撞到你妈妈,还可能会扰了你爸爸。"米尔文夫人拒绝了,压低了声音说着。

但由于会谈的成功必须得有凯瑟琳在场,而她头也不回便走上了厨房楼梯,米尔文夫人除了跟着她走,别无选择。上楼时,她偷偷瞥了一眼凯瑟琳,提起裙摆,不论开着还是关着,她都小心翼翼地穿过每一扇门。

"没人会听到我们讲话吧?"走到客厅——这个相对而言的圣地时,米尔文夫人小声嘟囔说。"我是不是叨扰你了?"她扫了一眼地板上散落的花朵,补充说。不一会儿,注意到卡桑德拉方才匆匆离开后掉下的手帕,她又询问道,"刚才是有谁跟你一起坐在这里吗?"

"卡桑德拉刚才在帮我把这些花儿放进水里",凯瑟琳语气清楚坚定地说道,米尔文夫人紧张地瞟了一眼大门,然后是隔开客厅与隔壁文物房的窗帘。

"啊,卡桑德拉还在这儿陪着你呢。"她说。"这些漂亮的花儿是威廉送你的吗?"

凯瑟琳坐在米尔文夫人——她姑妈的对面,既不承认也没否认。她透过米尔文夫人望过去,让人以为她是在琢磨窗帘的纹样。在米尔文夫人看来,在地下室聊天的好处是,因为空间的狭小,两个人须坐得很近,而且比起地下室黯淡的光线,阳光从客厅里的三扇窗户里透进来,洒在凯瑟琳身上,照在那篮子花儿上,给米尔文夫人消瘦的脸庞罩上了一层光晕。

"这花是斯托格登花房送来的。"凯瑟琳脑袋微微晃了一下,突然开口。

米尔文夫人以为,若两个人有肢体接触,会更容易对侄女讲出心里话,毕竟现在这样坐着,那种精神上的分离感让人生畏。不过,凯瑟琳没有这样提议,而鲁莽又勇气可嘉的米尔文夫人没有任何铺垫就杀了凯瑟琳一个始料不及:

"凯瑟琳,外面的人可都在谈论你啊。这也是我今早来这儿的原因。这些话我本不该讲,但你会体谅我的吧?孩子啊,我都是为了你好。"

"西莉亚姑妈,你还什么都没说呢,让我原谅什么。"凯瑟琳好脾气地说道。

"人们都在说,威廉去哪儿都与你和卡桑德拉一起,又总是对卡桑德拉大献殷勤。那晚在马卡姆家的舞会上,他同她跳了五首曲子。还有人看到他俩在动物园单独走在一起,后来还一起离开了,晚上七点才回来。这还不是全部呢。大家都说,他态度很明显的——每次卡桑德拉在场,他表现得都不同以往。"

米尔文夫人滔滔不绝地说着,高亢的声调几乎要表达抗议的意思,终于停顿了。她专注地看着凯瑟琳,好像要判断刚才那番话的效果似的。凯瑟琳脸上的表情有些僵硬。她双唇紧闭,眯着眼,视线仍聚焦在窗帘上。这些微表情的变化掩盖了她内心的极度厌恶,她还可能会做出一些可怕、不雅的举动。外面人讨论的那些不雅场面都是她一手造成的,姑妈这番话让她意识到,失去了灵魂的生命是多么令人厌恶啊。

"所以呢?"她最终开口道。

米尔文夫人作势要把她拉近点,但凯瑟琳不曾有任何回应。

"大家都清楚,你是个多好的姑娘啊——那么无私——愿意奉献自己。但你有时候太无私了,凯瑟琳。你想让卡桑德拉幸福,她却利用你的善心占尽便宜。"

"姑妈,我不懂你在讲什么。"凯瑟琳说。"卡桑德拉做了什么吗?"

"她吧,我做梦都想不到她会做出那种事。"米尔文夫人热情似火地说。"她这个人简直太自私——太无情无义。今天我走之前定要找她好好说道说道。"

"我不明白。"凯瑟琳执意说。

米尔文夫人看着她。凯瑟琳是否可能已开始怀疑了呢?难道有什么事是米尔文夫人不知情的吗?她鼓起勇气,直截了当地跟凯瑟琳讲:

"卡桑德拉偷走了威廉的爱呀。"

不过这话似乎并没起什么作用。

"你是说,"凯瑟琳问,"威廉爱上了卡桑德拉吗?"

"凯瑟琳啊,要让一个男人神魂颠倒,法子多的是。"

凯瑟琳沉默了。这番沉默让米尔文夫人感到诧异,于是她赶忙补充:

"要不是为了你好,我也不会跟你说这些。我没有要插手的意思,也不想让你痛苦。我不过是个无用的老女人罢了,自己不曾有过孩子,凯瑟琳,我只是想看到你能够幸福啊。"

接着她又伸出双手想去拉凯瑟琳,凯瑟琳仍旧毫无回应。

"你不能把这些话告诉卡桑德拉。"凯瑟琳猛地开口。"跟我说过,就够了。"

凯瑟琳的声音放得很低,很克制的感觉,米尔文夫人不得不绷紧了神经听着,听完了不由感到很茫然。

"你生我气了对吧!我就知道!"米尔文夫人高呼道,浑身颤抖着,发出呜咽声;但即便是惹了凯瑟琳生气也让她感到甚为宽慰,颇有些为他人舍身殉难的愉悦感。

"是,"凯瑟琳站起身来说,"我气得简直不知道该和你说些什么。西莉亚姑妈,我觉得你还是先走吧。我们不会理解彼此的。"

听到这话,米尔文夫人心生忧虑;她瞥了一眼侄女的脸,凯瑟琳面无表情,她只好把双手放在黑天鹅绒的袋子上,抱着一种近乎祈祷的态度坐在那里。无论她是在祈祷什么,米尔文夫人还是想法子找回了些许尊严,好面对侄女。

"婚姻的爱情,"她缓缓开口,一字一句地强调说,"是所有爱情中最神圣的一种。丈夫和妻子的爱情是人类爱情中之最。这都是我们从妈妈身上了解到的,也是我们要谨记一生的。我想学着她说话,就像她希望自己孩子去做的那样。你是她的孙女啊。"

凯瑟琳似乎要先判断这一观点的是非曲直,再证明其虚伪性。

"但这并非是你今天如此作为的借口啊。"她说。

米尔文夫人闻声站起身来,在凯瑟琳身旁站了会。她以前从未被人如此对待过,而且她不知该用何种武器来打破这堵凯瑟琳用来抵抗她的墙壁;凯瑟琳年轻、貌美、性感,此时她应该眼泪汪汪地祈祷才对啊。但米尔文夫人本身是个老顽固,面对如此情况,她绝不会承认自己输了或错了。怀有爱情是纯洁且至高无上的观念,她自认为是婚姻爱情的拥护者；她不确定侄女立场如何，但心中满是疑虑。于是这两个女人，一位年事已高，一位青春年少，就这样肩并肩站着，谁也不搭理谁。米尔文夫人的原则岌岌可危，而好奇心尚未得到满足，实在不愿离去。为了搞明白一些问题，她重新捋了捋自己的想法，想着这应该能让凯瑟琳来开导自己，但想法有限，选择又太困难，正当她犹豫不决之时门开了，威廉·罗德尼走了进来。他手里捧着一大束花，紫白色相间，甚是美丽。不知是没注意到米尔文夫人，还是故意忽视了她，威廉径直走向凯瑟琳，把花束送给了她，说道：

"这是送给你的，凯瑟琳。"

凯瑟琳接过花时，瞥了威廉一眼，而米尔文夫人尽看在眼中。她阅历丰富，却不知道该如何理解那眼神，只好焦虑地观望，等着事情有进一步发展。威廉转身跟米尔文夫人打了招呼，看起来没有丝毫的负罪感，他还解释说自己现在有了假期，他和凯瑟琳一致认为度假就应该带着鲜花在切恩道庆祝。接着，三个人一阵沉默。当然了，这是很自然的事情。于是米尔文夫人开始觉得，如果自己继续待下去，就要被人说自私了。面对这样一位年轻男子站在自己面前，煞是奇怪，竟也能改变了米尔文夫人的情绪，让她自觉应该报以宽恕之心来结束眼前的情形。她原想与侄女侄女婿相拥告别，不过她无法自欺欺人，认为此时几人情绪一如往常高涨。

"我得走了。"她说着，察觉自己已然能够坦然面对了。

威廉和凯瑟琳都一言不发，没有要她留下的意思。威廉陪同她走下了楼，不知为何，满心尴尬又极不情愿的米尔文夫人，竟忘了对凯瑟琳说再见。就这样，她出了门，嘴里还在嘟囔着说冬天摆些鲜花在客厅里会很好看。

威廉回来了，发现凯瑟琳还站在刚才的位置。

"我是来请求你的原谅的。"他说。"我一点都不喜欢和你吵架。昨夜我一宿没睡。凯瑟琳，你是不是生我气了？"

一直等西莉亚姑妈刚才那番话产生的影响散去后，凯瑟琳才能开口回答威廉的问题。在她看来，这束花已被玷污，连同卡桑德拉的手绢一起，因为米尔文夫人方才讲到她调查威廉和卡桑德拉时还拿那手绢夹证明。

"她一直在暗中调查咱俩，"她说，"在伦敦跟踪了咱们，还听到其他人的闲言碎语——"

"米尔文夫人吗?"罗德尼抬高了声音,"她跟你说什么了?"

威廉那推心置腹的态度瞬间消逝无踪。

"哎,大家都说你爱上了卡桑德拉,一点都不在乎我。"

"有人看到我和卡桑德拉在一起了?"他问。

"过去两周我们做的事都被人看到了。"

"我早就告诉你了吧!"威廉高声嚷嚷。

威廉十分不安地走到了窗户前。凯瑟琳怒不可遏,没法上前同他交流。这股怒气几乎伤透了她。紧紧捏着威廉送的花,她站在原地,一动不动。

此时罗德尼从窗户前转过身来。

"这一切都是个错误。"他说。"都是我的错。我早应该料到的。我定是疯了,才会被你说服;凯瑟琳,我求求你,忘了我这些疯狂的举动吧。"

"她都想去伤害卡桑德拉了!"凯瑟琳突然大叫,完全不理会他。"她还威胁要去跟卡桑德拉谈谈。这种事她做得出来的——她什么都做得出来!"

"我知道米尔文夫人不是个老滑头的,凯瑟琳,你有些夸张了。人们都是八卦咱们。米尔文夫人告诉我们是对的。这仅仅是证实了我的想法——我们仨现在所处的境况确实有违道德。"

凯瑟琳最后终于理解了威廉的意思。

"威廉,你是说这些外界的话影响到你了,对吗?"凯瑟琳惊讶地问。

"的确,"威廉满面通红地说,"这样让我很不开心,我没法忍受被人闲谈八卦。更何况第三者还是你的表妹——卡桑德拉——"他停了下来,言语间都是尴尬。

"凯瑟琳,我今早来这儿,"他调整了语调接着说,"我来这儿,是想让你忘了我的傻子做法、我的坏脾气,还有那些不可思议的疯狂行为。凯瑟琳,我来,是想问,我们真的回不到从前了吗——这段疯狂日子之前的生活。凯瑟琳,你愿意重新接纳我吗,重新、永远接纳我?"

毫无疑问,在罗德尼眼中,在此时愤怒情绪的铺垫下,在色彩缤纷花朵的映衬下,凯瑟琳显得愈发美丽,更赋予了她一份古典的浪漫感。不过他并非热情高涨,反而被嫉妒占满了全心。在他看来,之前一天卡桑德拉断然拒绝了他试探性的表白。德纳姆的坦白仍萦绕他脑间。而凯瑟琳对他的掌控,就算是彻夜的高烧亦不能驱除。

"我也有错的。"凯瑟琳忽视了他的问题,轻声说道。"我承认,威廉,你和卡桑德拉在一起让我很嫉妒,我无法控制自己。我也知道,我还嘲笑过你。"

"你嫉妒!"威廉大喊。"凯瑟琳,我跟你保证,你根本无需嫉妒。卡桑德拉不喜欢我,这就是目前她对我的感觉。我竟然傻到想要去解释清楚咱俩之间的关系。我忍不住向她表白我对她的感情。她不愿听,当然她完全有理由不听我说的。但她就这样轻蔑地离开了我。"

凯瑟琳迟疑了。她感到一阵困惑,又很激动,却很疲倦,而且方才西莉亚姑妈引起了她强烈的反感,此时这种感觉仍然挥之不去。她整个人陷进椅子里,那束花就放在膝盖上。

"她迷住了我,"罗德尼继续说着,"我以为我爱上她了。但那都已是过去。凯瑟琳,一切都结束了。那不过是场梦——一次幻想。我们纵使都有错,但你若能相信我是真心在乎你的,那大家就都不会受伤。快说啊,你相信我!"

威廉站在她身边,仿佛随时准备捕捉她答应自己的第一个信号。但也许正是那一刻,凯瑟琳心里沧海桑田般复杂,她所有的情感都消失不见了,好像那大雾突然从地面上消散一般。当这片迷雾离开了这个骷髅般可怕的世界,只剩下了一片空白——对活着的人来说,这是要面临多么恐怖的未知啊。威廉注意到了凯瑟琳的恐惧,但不知这恐惧从何而来,便握住了她的手。像是一个孩子的庇护所,凯瑟琳感受了一种陪伴、一种渴望,于是有了要接受威廉的意思——就在那一刻,威廉似乎给予了凯瑟琳让她继续勇敢活下去的东西。她接受了威廉亲吻自己的脸颊,还把头靠在他的臂弯。

"啊,天啊,"他喃喃道,"你接受我了,凯瑟琳,你是爱我的。"

凯瑟琳沉默着。不一会儿威廉听到她的低语:

"卡桑德拉比我更爱你啊。"

"卡桑德拉?"他悄声说。

"她是爱你的。"凯瑟琳重复说。她抬起头,又重复说了三次。"她爱你。"

第二十九章

威廉缓缓站了起来。他本能地相信凯瑟琳的话,但她用意何在,威廉毫无头绪。卡桑德拉会爱上他吗?难道她已经告诉凯瑟琳她爱的人是威廉吗?尽管后果未知,但威廉迫切想知道答案。想到卡桑德拉对自己的情意,威廉顿感兴奋。不再是那种充满了期待和未知的兴奋感;这是一种比可能期待到的后果更美好的事情,因为他了解卡桑德拉,他深谙自己和卡桑德拉之间的共鸣感。但谁能给他吃下这颗定心丸呢?噢,凯瑟琳,躺在他臂弯里的凯瑟琳,最可尊可敬的凯瑟琳吗?他凝视着她,满心疑虑,忧虑不堪,但一言未发。

"是啊,是这样的。"她说着,肯定了他的念想。"是真的,我知道她对你的感情。"

"她爱我?"

凯瑟琳点点头。

"啊,但谁又能知道我自己的感受?我又能如何得知?十分钟前我还请求你嫁给我。我仍这么想——我也不知道自己到底想要什么?"

他双手紧握,背过身去。接着突然转回来看着凯瑟琳询问道:"告诉我,你对德纳姆什么感觉?"

"拉尔夫·德纳姆?"她问。"没错!"她高声喊叫,仿佛找到了那个暂时令人困惑问题的答案。"威廉,你就是在嫉妒我,但你不爱我。我妒忌你。为了咱俩好,我的天哪,拜托你立即告诉卡桑德拉吧。"

威廉努力想要镇定下来。他在房间里来回踱步,接着停在了窗户前,开始琢磨地板上散落的花朵。同时他又迫不及待想要确认凯瑟琳方才的保证真假几分,无法再继续否认自己对卡桑德拉压倒性深沉的爱意。

"你说的没错。"他突然大声嚷嚷出一句话又顿住了,使劲用指关节敲击着小桌板——上面放了一个细长的花瓶。"我爱卡桑德拉。"

此话一出,小房间门口挂着的帘子突然被人拉开了,卡桑德拉走了出来。

"你们说的我都听到了!"她大叫道。

接着她又迟疑不语。罗德尼上前一步说:

"那你便明白,我要问你什么了。告诉我你的答案——"

卡桑德拉双手捂住了脸,背过身去,要躲开他们俩似的。

"凯瑟琳说的那些话。"她喃喃自语。"不过,"正说着,威廉在她脸上轻轻一啄,她猛地抬起头来面带恐惧,紧接着说,"这太难了!我们的感情,我是说——你的,我的,还有凯瑟琳的。告诉我啊,凯瑟琳,我们真的做对了吗?"

"对不对——当然是对的,"威廉回答说,"如果,你听完那些话,你还愿意嫁给一个这样不可理喻的男人,这样可悲的——"

"别说了威廉,"凯瑟琳插了一句,"卡桑德拉都听到了;对我们现在的处境,她有自己的判断;与其我们告诉她该如何去做,她心里有更明确的答案。"

但是卡桑德拉依旧握着威廉的手,心中涌现了一堆问题和想法。偷听他们俩的对话难道做错了吗?为何西莉亚姑妈要责备自己?凯瑟琳觉得自己做得对吗?最重要的是,威廉是否真心会永远爱着自己,胜过其他任何人吗?

"凯瑟琳,我必须要先和他在一起!"她嚷嚷着。"即便是你,我也不愿把他和你共享。"

"我绝不会有这种要求,"凯瑟琳说。她挪动位置,坐到了距离他俩比较远的地方,心不在焉地开始整理花朵。

"但你都和我分享了。"卡桑德拉说。"为什么我不能与你同享呢?我怎么会如此吝啬?我知道了,"她接着说,"威廉和我,我们相互理解。但你和威廉从未理解过彼此。你太与众不同了。"

"你是我最敬佩的人了。"威廉补了一句。

"不是这样的。",卡桑德拉试图开导他,"是能否理解一个人的问题。"

"凯瑟琳,难道我从未读懂过你吗?是我太自私了吗?"

"是。"卡桑德拉插言道。"你要她安慰你同情你,但她是个没有同情心之人;你要她面对现实,但她本就是不切实际之人。你确实很自私,你对她苛求——凯瑟琳也同样如此——但这并不是你们谁的错。"

凯瑟琳认真倾听着卡桑德拉的这一番分析。她的话似乎抹去了过去模糊老旧的一切,使生活焕然一新。于是她转向威廉。

"说得没错,"她说,"我们都没错。"

"以后他还会因为许多事来找你的,"卡桑德拉依旧若有所思地说道,"这点我能接受的,凯瑟琳。我定不会为此争论。你如此慷慨,我也要大方。但我是爱着他的呀,与我而言这样做确实很难。"

大家陷入了沉默。最终威廉开口打破了沉默。

"我要请求你们两个一件事。"他说,随后他瞥了凯瑟琳一眼,又开始紧张了。"我们以后不要再谈论此事了。凯瑟琳,这并非你想的那样,我如何胆小和传统。而是若再有讨论,定会破坏我们的感情,让人产生不安;而现在,我们都很幸福——"

就卡桑德拉自己而言,她同意威廉的说法,而威廉,由于卡桑德拉看向自己的那一瞥,心情很是愉悦,满怀信任和情意,不安地看着凯瑟琳。

"是啊,我很幸福,"她对他保证说。"而且我也同意。我们以后不再讨论此事。"

"太好了,凯瑟琳,真是太好了!"卡桑德拉激动地叫起来,伸出双臂拉着凯瑟琳的胳膊,留下了两行热泪。

第三十章

较于往日,对住在这座房子里的一家三口来说,今日十分不同;但家庭的日常生活照旧——女佣在准备餐桌,希尔伯里夫人在写信,钟表滴答滴答地走着,大门开着,连同其他有着长久家庭文明历史的标志性事件,都突然间仿佛失去了意义。这让希尔伯里夫妇相信,并没有发生什么不寻常的事。碰巧那天希尔伯里夫人十分沮丧,可能是她最喜爱的伊丽莎白时代作家那粗鲁冒犯的脾气让她情绪低落。不管怎么说,她合上了《马尔菲公爵夫人》[①]这本书,深叹一口气;怀揣着一颗好奇心,她在晚餐时询问罗德尼,为何现在没有那种精神伟大的——能让你相信生活是美好的年轻作家呢?她从罗德尼那里得到了些许答案,随后因

[①] 《马尔菲公爵夫人》(The Duchess of Malfi):英国约翰·韦伯斯特(John Webster,1580—1632)创作的悲剧。

为当代诗歌的难以崛起而满心哀伤地唱完了《安魂曲》后，她回忆起了莫扎特，又一次沉浸在了莫扎特的美好曲声中。她请求卡桑德拉弹奏曲子听，于是等她们上楼后，卡桑德拉直接弹奏起了钢琴，尽最大努力为希尔伯里夫人营造出一种纯粹的美感。乐声甫响起，凯瑟琳和罗德尼俱感到如释重负，行为举止也稍稍放松。两个人就这样陷入了沉思。不一会儿希尔伯里夫人心情大好，进入一种半睡半醒的状态，混合了愉悦的忧郁和纯粹的极乐。只有希尔伯里先生全神贯注地聆听。他极具音乐天赋，让卡桑德拉明白他认真欣赏了每一个音符。卡桑德拉弹奏出了最佳水平，获得了希尔伯里先生的赞赏。他坐着椅子上微微向前倾着身子，手里玩弄着小绿石，大加赞赏了卡桑德拉的弹奏，又突然让她停了下来，开始抱怨身后传来的一阵噪音。窗户是开着的。于是他示意罗德尼，罗德尼立刻走过去关上了窗。他站在窗户边儿停留了好一会，远超过了关窗户所需的时间，然后关好窗户，把椅子往凯瑟琳那边拉近了点。音乐声继续响起。在动听旋律的掩护下，他向凯瑟琳倚过去，低声说着些什么。凯瑟琳看了一眼爸爸妈妈，随后悄无声息地和罗德尼离开了房间。

"怎么了?"刚关上门,凯瑟琳赶忙问道。

罗德尼没有回答,带着她下楼走到了一层的客厅里。甚至到了楼下关上门后,他依然一言不发,径直走到窗前拉开了窗帘。接着向凯瑟琳招了招手。

"他又来了。"他说。"你看,就在那儿——灯柱下站着的。"

凯瑟琳望向窗外,完全不知罗德尼到底在说些什么。一种莫名的惊慌和未知感笼罩了她,让她感到很不安。她看到一个男人,站在马路对面的灯柱下,脸朝向她家的房子。正当她和罗德尼向外张望时,那个身影背过身去,走了几步,然后又回到了原先的位置。似乎那男人注视的人是凯瑟琳,也知道凯瑟琳注意到了他。她一下便知道了那个监视他们的男人到底为何人。于是她突然拉上了窗帘。

"是德纳姆,"罗德尼说,"他昨晚就在这儿。"他用严肃的口吻说道。整个人的行为举止都透出一种掌握大局的感觉。凯瑟琳感觉罗德尼好像在指责自己犯了什么错似的。眼看罗德尼言行古怪,德纳姆又近在眼前,凯瑟琳脸色苍白，十分焦虑不安。

"如果是他自己选择来这儿——"凯瑟琳倔强地说。

"你不能让他这样在外面等着的。我应该喊他进来。"罗德尼语气坚定，看他扬起手臂，凯瑟琳以为他要立即拉开窗帘，于是她有些震惊地抓住了罗德尼的手。

"等一下！"她喊出声来。"我不能让你这么做。"

"你不能一直等着啊，"罗德尼回答。"你做得着实过分了。"他的手仍放在窗帘上。"凯瑟琳，你为何不承认呢？"罗德尼突然情绪爆发，满脸轻蔑和愤怒地看着她说，"你为何不承认你爱他？难道你要像对我那样去对他吗？"

凯瑟琳看着他，尽管心里万般不解，却对此刻被怒气冲昏了头的罗德尼感到纳闷。

"我不许你拉开窗帘。"她说。

罗德尼默默想了想，把手放了下来。

"我没有资格干预你们俩的事。"他最后说道。"我会走的，或者你要是愿意，我们就回去客厅待着。"

"不，我不想回去。"她摇了摇头说。接着低下头默默沉思着。

第三十章

"你是爱他的,凯瑟琳。"罗德尼突然说道。他的语气有些严厉,好像在教育小孩子要认错一样。凯瑟琳抬头注视着他。

"我爱他吗?"她重复说。罗德尼点点头。她观察他的表情,似乎要证实他的话,然而正当罗德尼沉默不语、满脸期待的时候,凯瑟琳又转过身去继续整理思绪。罗德尼就这样仔细看着她,但没有一丝激动,仿佛要给足了她时间来下定决心再去行动。莫扎特的曲声从楼上传了下来。

"那现在就拉开吧。"她从椅子上站起来,好像要指示罗德尼完成什么使命一般,有些绝望地突然开口道。罗德尼立即拉开窗帘,凯瑟琳也没有丝毫要制止的意思。他们俩的目光同时望向那个灯柱。

"他不见了啊!"凯瑟琳大喊。

灯柱下一个人也没有。威廉把窗子向外推开,伸出头去看。风呼啦啦地吹进了房间,伴随着远处车轮碾过马路的声音,人们从人行道上匆匆而过,河边还传来了警报声。

"德纳姆!"威廉冲外面大喊。

"拉尔夫!"凯瑟琳也喊了一声,但她声音轻柔,就像在跟同一个房间里的人谈天似的。他俩都在张望着马路另一边,没注意到在靠近栏杆那儿——隔开了马路和花园的栏杆处有一个人影。于是两个人被那声音吓了一跳。

"罗德尼!"

"你在这儿啊!德纳姆,快进来。"罗德尼跑到前门那儿打开了大门。"他在这儿。"他把拉尔夫扯进了客厅里说道,只见凯瑟琳背对窗户站着。两人视线交汇了几秒。好像是强烈的光线照得他有些头晕,头发有些被风吹得纷乱,德纳姆扣住大衣,看起来好像是被海上的航船刚从海里救起来的一样。威廉见状立即关上窗,拉上窗帘。然后做了一个愉快的决定,好像他才是这事件的主人公,清楚知道下一步该怎么做似的。

"德纳姆,你可是第一个知道这消息的。"他说着。"总之呢,我和凯瑟琳不打算结婚了。"

"该怎么说呢——"拉尔夫把帽子拿在手上,盯着对方,含糊不清地说道。然后小心翼翼地把帽子放在餐具柜上的银碗上。然后,又在椭圆形的餐桌旁坐了下来。罗德尼站在一旁,凯瑟琳在另一旁。拉尔夫仿佛在主持一场会议，然而大多数会议成员都缺席了。与此同时，他等待着，目光落在了那张精美的桃花心木桌子上。

"威廉要和卡桑德拉订婚了。"凯瑟琳简短地说。

听到这话，德纳姆迅速抬起头望着罗德尼。罗德尼脸色唰地一下子变了，看起来不再那么泰然自若。只见他有点紧张地微微一笑，然后注意力似乎被楼上的一段旋律吸引。他似乎忘记了别人的存在，朝门口张望了一眼。

"恭喜你啊。"德纳姆说。

"哎，是啊。我们都疯了——绝对是疯了，德纳姆。"他说。"这既是凯瑟琳的主意，也有我的份。"此时房间里坐着的他看起来很奇怪，好像他想要确保他扮演的那个角色是真实存在似的。"简直是疯了，"他又说道，"就连凯瑟琳——"他的目光最后落在了她的身上，仿佛她也改变了他对她的旧看法。于是他微笑地看着她，颇有些鼓励的意味。"让凯瑟琳来解释吧。"他朝德纳姆微微点点头，说道，随后离开了房间。

凯瑟琳立即坐了下来，双手托腮。似乎只要罗德尼还在房间里，今晚的一切就都在他掌控中，仿佛一切如梦似幻。

现在凯瑟琳和拉尔夫单独在一起，她立刻感觉到两人都不受束缚。她感觉只有他们两人待在房子的底层，而这层楼一层、一层地往上升，升至他俩头顶。

"你怎么会在外面一直等着呢？"她问。

"我想着有机会能见到你。"他回答。

"要不是威廉，你可能要在外面等一晚上了。现在还刮着大风。你肯定冻坏了。但你在外面，除了窗户，什么都看不到啊。"

"但值得了。我听到你喊我了。"

"我喊你？"当时是凯瑟琳无意识喊出声的。

"他们今早订婚了。"凯瑟琳停顿了一会，告诉拉尔夫。

"你开心吗？"他问。

凯瑟琳低下了头。"当然啊，我很开心。"她叹了口气。"但你不知道他有多好——他为我做了那么多——"拉尔夫应和着表示理解。"你昨晚也是这样在外面等着吗？"她问。

"嗯，我没关系的。"德纳姆回答说。

这话似乎让整个房间都充满了温情，让凯瑟琳联想到了远方的车轮声、人行道上匆匆的脚步声、沿河鸣响的汽笛声、黑夜和风声。她看到了站在灯柱下那笔挺的身影。

"在黑夜里等待。"她注视着窗户,仿佛拉尔夫能看到她在看些什么似的,说道。"啊,不过还是不一样的——"她顿了顿。"我不是你想象中的那个人。除非你能意识到这一切都是不可能的——"

凯瑟琳把胳膊肘压在桌子上,若有所思地把红宝石戒指从手指上扯了下来。她对着对面那排皮革装订的书皱起眉头。拉尔夫满心炙热地看着她。凯瑟琳面色苍白,但一脸严肃地想要表达出自己的意思;她花容月貌,但丝毫没意识到自己似乎离拉尔夫很遥远;这种遥远的距离感和让人难以理解的置身事外感,让拉尔夫兴奋的同时又保持着冷静。

"是,你说的没错。"拉尔夫说。"我不了解你。我从未真正了解过你。"

"但也许比任何人都懂我。"她沉思着说。

突然有种超然的直觉,让凯瑟琳意识到她正盯着一本书,那书本应放在其他房间里才对。于是她起身走向书架,取下那本书,回到座位上,放在两人中间的桌子上。拉尔夫翻开书，看到扉页是一个穿着白色衬衣领子的男人自画像。

"我说，我是懂你的，凯瑟琳。"他肯定地说道，然后合上了书。"我只是偶尔才丧失理智。"

"你觉得两个晚上算偶尔吗？"

"我向你发誓，现在，此时，我恰恰看到的是真实的你。没人能像我这样懂你……若我不了解你，你刚才会把那本书拿下来吗？"

"那倒没错。"她说，"但你无法得知我的心智被扯成了两半——此时与你一起轻松自在，另一个我却晕头转向。虚幻的世界——无尽的黑暗——在狂风中的等候——是的，当你看着我，你看不见我，而我也看不见你……不过我看到了，"她换了坐姿，皱着眉头快语继续说道，"我看到了许多许多事物，唯独看不到你。"

"告诉我，你看到什么了？"他急切地问道。

但凯瑟琳无法将眼之所见转换成唇间细语，因为在黑暗中，任何有形状的东西都失去了颜色，更像是一种兴奋、一种氛围，当凯瑟琳试着想象时，它就像风一样，呼啸在北山坡的侧翼，在玉米地和池塘上闪烁着光芒。

"不可能的。"凯瑟琳叹息,默默嘲笑了自己这种竟想要把画面转换成文字的可笑念头。

"你试试吧,凯瑟琳。"拉尔夫催促她。

"但我没办法——都是些空洞的话——乱说给自己听的罢了。"随后她因为拉尔夫脸上那种期待又绝望的表情感到沮丧。"我只是在想英格兰北部的一座山。"凯瑟琳努力想要阐释。"这太傻了——我不要再说了。"

"我们一起在那里吗?"拉尔夫追问。

"不,只有我一个人。"她的回答似乎破灭了一个孩子的愿望。拉尔夫的脸拉了下来。

"你总是一个人在那儿吗?"

"我没办法解释的。"她无法解释,自己本来就是一个人在那山上。"它不是说英格兰北部的一座山。这是一种想象——一个自己讲给自己听的故事。你也自己幻想过的吧?"

"我的幻想里有你。你看,你就是我想象中的主角。"

"啊,我明白了。"她又叹气。"这就是为什么不可能。"她猛地转向拉尔夫。"你必须停止你的想象。"她说。

"我不要，"拉尔夫粗鲁地回应说，"因为我——"他停了下来。

拉尔夫突然意识到，就是现在了，现在就是表达自己最重要心声的时刻，之前他试着想要说给玛丽·达切特听，想要在河堤旁说给罗德尼听，想要在路边的座椅上说给喝醉了的流浪汉听。要如何讲给凯瑟琳听呢？他瞥了她一眼。凯瑟琳只有一半的心思在他身上，只将自己内心的一部分展现给了他。这样的一幕让拉尔夫感到了绝望，他努力控制自己想要起身离开这栋房子的冲动。凯瑟琳把手懒懒的放在桌子上。拉尔夫见状抓住了她的手，紧紧握着，仿佛要确定自己和她的存在是真实的一样。"因为我爱你啊，凯瑟琳。"他说。

他表白的语调生硬冷淡，眼看凯瑟琳轻轻摇了摇头，他便放下了她的手，满心羞愧地别过头去。拉尔夫以为凯瑟琳已经识破了自己想要离开的意图。她看出他决心动摇，看出他的愿景深处尽皆空白。比起此时此刻与她共处一室，之前站在街道上痴痴思念着她的时光，还更为快乐。他满脸内疚地看着她。但凯瑟琳的表情里既没有失望，也毫无责备之意。她就那样坐着,看着自己的红宝石戒指在磨光了的咖啡桌上旋转,静默冥思。拉尔夫一时忘记了自己的绝望,想知道凯瑟琳在思考些什么。

"你不相信我?"拉尔夫问。他语气谦逊得让凯瑟琳冲他笑了。

"据我对你的了解,我是相信你的——不过,你觉得我该拿这枚戒指如何是好呢?"她伸出戒指说道。

"我觉得,你应该交给我来保管。"他用略微幽默式的严肃语气回答说。

"但听你说了那番话,我现在很难相信你了——除非那些话你收回?"

"好吧。那我不爱你了。"

"但我觉得你爱我的呀……就像我爱你一样,"她很随意地说道。"至少,"她一边把戒指戴回手上一边说着,"还有什么其他词能表明我们现在的关系吗?"

她一脸严肃又好奇地看着他,好像在寻求帮助一样。

"只有我跟你在一起时我才这样怀疑,我独处时便不会这样。"他说。

"我也这么想。"她回答。

为了向凯瑟琳解释自己的想法,拉尔夫描述了他在裘园拍照、写信和摘花的心路历程。凯瑟琳认真地听着。

"然后你在大街上到处乱跑。"她默默说着。"好吧,这确实很糟糕了。但是我的状态比你还要差,因为与事实毫无关系。那是一种幻觉、一种纯粹简单的——自我陶醉……一个人可以单纯地陷入爱情吧?"她冒险说着。"因为如果你爱上了一种幻想,我相信那就是我所爱上的。"

这种说辞在拉尔夫听来简直不可思议,但是经过了刚才半个小时的相处,他的情绪起伏太大,所以无法再指责凯瑟琳夸大其词的说法。

"罗德尼好像很了解他自己的想法啊。"他有些愤恨地说。方才停下来了的音乐,现在又开始了,那传来的莫扎特的乐曲旋律似乎表达了楼上两个人轻松又细腻的爱。

"卡桑德拉不曾有过任何怀疑。但是我们——"她瞥了拉尔夫一眼仿佛要确定他的位置,"我们只是偶尔见到彼此——"

"就像是暴风雨中的灯光——"

第三十章

"像飓风中的灯光。"她说道,一旁的窗户在大风中被刮得呼呼作响。两个人都静静地听着那声音。

门开了,希尔伯里夫人在门外犹豫了一会,刚进门时她有些警惕,但是确定了自己进的是客厅而不是其他什么奇怪的地方后,她直接走了进来,对眼前的场景好像一点都不吃惊。像往常一样,她本来正要去什么地方忙自己的事情,却意外闯进别人沉浸其中、奇怪尴尬的场景,真是又惊又喜。

"千万别因为我打断了你们,这位——"她和平时一样,想不起来拉尔夫的名字,于是凯瑟琳以为希尔伯里夫人没认出他来。"希望你们找了些好书来读,"她指着桌上的书继续说道。"拜伦——啊,拜伦。我认识一些人,他们可是拜伦勋爵的熟人呢。"她说。

凯瑟琳有些摸不着头脑,站起身来,想到母亲竟会以为自己在深夜里和一位陌生男子坐在客厅里读拜伦的书,就不禁笑出声来。她不禁感激母亲随和的性情,对母亲还有她那各种小怪癖都满怀柔情。但拉尔夫注意到,虽然希尔伯里夫人把书拿到了自己身边,却一个字都没有在读。

"妈妈呀,你怎么不在床上躺着呢?"凯瑟琳大叫,立即又变回平常那冷静权威的模样。"怎么还出来到处走动呢?"

"我相信,比起拜伦的诗,我肯定会更喜欢你写的。"希尔伯里夫人对着拉尔夫·德纳姆说道。

"德纳姆先生不写诗的。他是为父亲写文章的,写些评论文章。"凯瑟琳说着,仿佛要让母亲回想起来似的。

"哦,我的天!我怎么这么傻!"希尔伯里夫人嚷嚷道,突然大笑起来,让凯瑟琳一头雾水。

拉尔夫发现希尔伯里夫人把视线转到了自己身上,目光看似迷离,但又直视人心。

"但我想你肯定在夜晚会写诗。我是根据你的眼神感觉的。"希尔伯里夫人继续说。("眼睛是心灵的窗户,"她顺便补充了一句。)"我不懂什么法律,"她接着说,"但我有很多亲戚都是律师。他们中许多人带着假发还是蛮英俊的。但我自以为还是懂一些诗歌的。"她补充。"还懂些没能写出来的东西,但是——但是吧——"她挥动着手,好像在指向这些未曾写下来的诗歌财富一般。"黑夜和星辰,

第三十章

黎明来临,驳船游过,太阳落山……啊,亲爱的,"她叹息,"好吧,落日也很美。但有时候我觉得吧,诗歌不仅仅是我们写下的文字,也是我们的所思所感呀,德纳姆先生。"

听到母亲这一番长篇大论,凯瑟琳已背过身去,而拉尔夫觉得希尔伯里夫人是在对他说话,想要确定他的一些什么事,巧妙地以含糊的话语掩饰意图。希尔伯里夫人眼中的光芒,而非她的话语,令拉尔夫心生触动,深感鼓舞。她与他年龄迥异,却似在向他招手示好,就像是一艘已远行至海平线以下的大船,向身后一艘正要启程的轮船摇旗招呼一般。他低头不语,但莫名确定她已然得到满意的答案。希尔伯里夫人随即谈起了法庭,而后开始谴责英国的司法制度,据她说,英国法律把无力偿还债务的穷人一概关进监狱。她质问:"你倒是跟我说说,我们什么时候才能摆脱这些不合理的制度?"但此时凯瑟琳细语轻声地坚持要母亲回到床上去睡觉。楼梯走到一半,凯瑟琳扭回头看了看,似乎看到了德纳姆的眼睛一直在专注地注视自己,凯瑟琳猜,他的眼神想必与之前站在马路边,凝视她家窗户时的一样。

第三十一章

第二天清晨,女佣给凯瑟琳端来一杯茶,同时还有她母亲写的一张便条,上面说明她打算在当天搭乘早班火车前往埃文河畔的斯特拉特福。

"麻烦选出去那里最便捷的方式,"便条写着,"再给亲爱的约翰·伯迪特爵士写封电报,让他等候我的到来。亲爱的凯瑟琳啊,我整晚都在梦到你和莎士比亚。"

这话并不是一时冲动。过去这六个月以来,希尔伯里夫人做梦都想见到莎士比亚,心里一直盘算着来一趟文明世界中心的旅行。她想要站在莎士比亚骸骨埋葬地的六英尺之上,看看她脚下的石头,思考着是否当地最年长的老人那年迈的老妈妈有可能见过莎士比亚的女儿——这种种想法唤起了她心中的激情,她在各种不合时宜的场合多有表达;然而这种激情,对于朝圣途中的朝圣者来说,确是合乎礼仪规范的。唯一让人不解的是,她想自己一个人去。

但是，当然了，在莎士比亚墓碑的附近地区，住了好些她的朋友们，大家都非常欢迎她的到来；于是晚些时候，希尔伯里夫人便兴高采烈地出门去赶火车了。街边有一个男人在卖紫罗兰花。天气不错。她要记着一看见水仙花就给希尔伯里先生寄上一束。随后当她跑回大厅去告诉凯瑟琳时，她感觉，始终感觉，莎士比亚要求自己死后可以不被人打扰，仅仅适用于那些可憎又充满好奇心的商贩——而不适用于自己和约翰爵士。她留下女儿，去思考安妮·海瑟薇十四行诗的理论，思索那些不为人所知、极可能威胁文明中心的手稿。她轻快地关上了出租马车的门，迅速开始了朝圣之旅的第一段路程。

偌大的房子里，没有了希尔伯里夫人的身影，让人觉得迥然不同，好不习惯。凯瑟琳发现女佣们都扎堆在希尔伯里夫人的房间里，她们是打算趁她不在家时好好打扫一番。对凯瑟琳而言，她们用抹布轻轻抹去的，仿佛是过去六十年的时光。在她看来，过去她在这个房间里所做的一切努力，都随着那一堆微不足道的灰尘被扫走了。那瓷器做的牧羊女塑像经过热水的洗礼重新变得闪闪发光。那书

第三十一章

桌仿佛是专属于某位生活有条理的专业人士。

凯瑟琳收集了几份工作中的文件,然后走到她自己的房间里,想着可能会在早晨仔细阅读一番。但她在楼梯上碰到了跟着自己一起上楼的卡桑德拉。但凯瑟琳一步一步走在楼梯上,感到决心愈加减弱。卡桑德拉斜靠在楼梯扶手上,俯瞰着大厅地板上的波斯地毯。

"难道你不觉得今天早晨一切都看起来很奇怪吗?"她询问。"难不成你真要一早上都看这些无趣的旧信件啊,因为如果这样——"

这些放在桌子上的无趣旧信件,能够引起最严肃收藏家的关注,接着卡桑德拉顿了片刻,突然神情严肃起来,问凯瑟琳麦考莱爵士[①]的《自詹姆斯二世即位以来的英国史》放在了哪里。这书就放在楼下希尔伯里先生的书房里。于是她俩一同下楼去找。因为门是开着的,所以她们径直走进了客厅。理查德·阿勒代斯的肖像画吸引了她们的注意力。

---

① 麦考莱爵士(Thomas Babington, 1st Baron Macaulay Macaulay, 1800—1859):英国历史学家,诗人,辉格党,政治家。曾任财政部主计长与印度最高理事会高级官员。

"我在想他会是个什么样的人啊?"这是近来凯瑟琳一直在问自己的问题。

"嗨,跟其他人一样装腔作势——至少亨利是这么说的,"卡桑德拉回答说,"不过我不认同亨利所有的话。"她有些自我保护地补充说。

接着两个人走进了希尔伯里先生的书房,开始找书。因为大家都散漫随意,所以过了十五分钟也没找到那本书。

"卡桑德拉,你一定要读麦考莱的这本历史书是吗?"凯瑟琳伸了伸胳膊问道。

"一定要的。"卡桑德拉简短回答说。

"那好吧,你自己继续找吧。"

"哦,不要啊,凯瑟琳。请你留下来帮我找嘛。你看——你看——我已经跟威廉保证了每天都会读一点书。到时候等他来了,我想告诉他我已经开始读了。"

"威廉什么时候来?"凯瑟琳转向书架问道。

"要是你方便的话,他来喝茶行吗?"

"我猜你的意思是,到时候不想让我在家吧。"

"啊,你真讨厌……你怎么就不能——"

第三十一章

"什么?"

"你为何不开心呢?"

"我很开心啊。"凯瑟琳说。

"我是说,像我一样的开心。凯瑟琳,"她冲动地说,"我们就在同一天结婚吧,好不好?"

"嫁给同一个男人吗?"

"噢,不,不是的。但你为何不能——嫁给别人呢?"

"喏,这是你要的书。"凯瑟琳手里拿着书转过身来说道。"要是想在喝下午茶的时候和威廉讨论,你最好现在就开始读吧。"

"啊,这该死的麦考莱爵士!"卡桑德拉把书放在桌子上大声嚷嚷着。"你不想聊聊吗?"

"我们已经说得够多的了。"凯瑟琳有些逃避似的回答。

"我就知道,我没法静下心来读麦考莱的书。"卡桑德拉说着,一边沮丧地看着这本书枯燥的红色封面,却因为威廉欣赏它,就变得像宝物似的。他还专门为卡桑德拉的晨读时光推荐了几本可供阅读的严肃性文学。

"你读过麦考莱爵士的书吗?"她问。

"没有呢。威廉从来都不试着教教我。"正说着话,凯瑟琳看到卡桑德拉脸上的光芒淡去,仿佛她是在暗示一种更神秘的关系。她因为内疚而感到心痛。她影响了卡桑德拉的生活,她为自己有这种对他人生活的影响倍感惊讶。

"我们的感情不是认真的。"她很快说道。

"但我是很认真的。"卡桑德拉打了个颤说道,她的表情证实了她说的是真话。她转过身,望了一眼凯瑟琳,好像之前从来没看过凯瑟琳似的。她的眼神里带着恐惧,目光一落到凯瑟琳身上又立即因为内疚挪开了。噢,凯瑟琳拥有了一切——美丽的外表、聪慧的头脑和讨喜的性格。只要凯瑟琳还为她解忧排难,对她施加影响,她的感情便算不上安全。她认为凯瑟琳铁石心肠,对周遭一切漠不关心,行为毫无顾忌,但此时凯瑟琳只伸出手去握住麦考莱的书。那时电话铃响了,凯瑟琳过去接电话。卡桑德拉从观察的负担中解脱出来,放下书,握紧了双手。方才那几分钟她遭受的折磨比这一生的都要多,感情前所未有的尖锐丰富。但当凯瑟琳接完电话回来后,卡桑德拉很镇定,一脸高贵端庄的表情,这可是以前没有过的。

第三十一章

"是他打来的吗?"卡桑德拉问。

"是拉尔夫·德纳姆。"凯瑟琳回答。

"我问的就是拉尔夫·德纳姆。"

"你为何会问是他?威廉都跟你讲什么关于拉尔夫的事儿了?"面对她此时激动的情绪,根本不可能说凯瑟琳是个冷静、冷酷又冷漠的人。她根本没给卡桑德拉时间来回答她的质问。"那,你和威廉要什么时候结婚?"她问。

卡桑德拉没有回答。这确实是一个很难回答的问题。在前天晚上的谈话中,威廉暗示过卡桑德拉,根据他的理解,凯瑟琳那会已经在客厅里与拉尔夫订婚了。处在玫瑰色灯光的环境下,当时卡桑德拉认为自己的前程一片美好。但那天早晨她收到了威廉的一封信,里面不仅写了他对卡桑德拉的爱意,还含糊地表示他希望等到凯瑟琳公布婚讯,他俩再一同宣布订婚。卡桑德拉现在拿着信大声朗读着,删节了许多内容,语气也犹豫不决。

"……我们也很不好意思——呃哼——感觉我们会造成很多烦恼。再说了,我觉得如果这事注定要发生——也应该在合适的时间来宣布,现在我们的处境对你无论如何都没有冒犯的意思；我觉得吧，现在时机不成熟，要给大家解释不太现实，定会让所有人都受到惊吓的，迟点再公布这个事对你我都好——"

"真不愧是威廉写的信。"凯瑟琳提高声音说道，她一下子便明白了威廉的意图，这点让卡桑德拉有些许仓皇失措。

"我很了解他的感受，"卡桑德拉回答，"也认同他的想法。若你真要嫁给德纳姆先生，那我们就应该像威廉说的那样去做，这样情况会好很多。"

"那，如果我未来数月都不会嫁给他呢——或者，可能永远都不嫁呢？"

卡桑德拉沉默了。她被凯瑟琳的话吓坏了。凯瑟琳一直在和拉尔夫·德纳姆打电话，她看起来也怪怪的；肯定是，或者马上要和拉尔夫订婚了。但如果能听到电话里的这段对话，她便不会这样确定了。对话是这样的：

"我是拉尔夫·德纳姆。我现在神志清醒了。"

"你在房子外等了多久？"

"我回家后还给你写了封信。然后又撕掉了。"

第三十一章

"我应该把所有都撕了。"

"我应该来找你。"

"嗯,那今天就来吧。"

"我得跟你解释下——"

"没错,我们要好好解释——"

两人沉默有顷。拉尔夫正打算开口,又说,"算了没什么。"接着两个人很突然地同一时间说了再见。然而,即使这电话不可思议地悬于高空,而空气中弥漫着百里香与盐巴的辛辣气味,凯瑟琳的感觉也不会比此时更加敏锐。乘着这股兴奋劲儿她走下楼梯,难以置信威廉和卡桑德拉已然将她嫁给了电话那边声音的主人,而她自身的想法却大不相同。她只需看看卡桑德拉,看看因为相爱而订婚、结婚的爱情到底为何物。她沉思了一会然后说道:"如果你不愿跟别人讲,那我来帮你说。我知道威廉对这样的事情有他的看法,他难以开口。"

"因为他对别人的感受很敏感,"卡桑德拉说,"尤其是 想到他会让玛姬舅妈或特雷弗舅舅失望,他就得难受上几星期。"

这番对威廉传统做派的解释在凯瑟琳听来倒是很新颖。然而她觉得这才是真实的威廉。

"嗯,你说的没错。"她说。

"而且呀,他喜欢完美,希望生活的各个方面都是完美的。你有没有注意到他每件事都完成得十分精细?看看这信封上的地址书写。每封信都毫无瑕疵。"

这番说辞是否符合心中表达的感情,凯瑟琳无法确定。原先威廉对她百般关怀,她却总是心烦气躁,如今威廉对卡桑德拉呵护备至,她丝毫不感生气,如卡桑德拉所言,如此细心关爱正是他追求完美的体现啊。

"是啊,"她说,"他喜欢一切美好。"

"希望我们以后能生好多孩子,"卡桑德拉开口,"他很喜欢小孩子的。"

这话让凯瑟琳意识到,卡桑德拉和威廉感情的亲密早已胜过了千言万语;她有过那么一瞬间的嫉妒,但下一秒她感到了羞辱。她和威廉已相识多年,却从未想过他会喜欢孩子。她看着卡桑德拉眼里闪烁着的奇怪光芒,那一刻的她一切都如此真实不做作,希望能这样一直谈论着威廉。

第三十一章

卡桑德拉乐意满足，于是她继续说啊说。早晨的时光就这样悄然逝去。凯瑟琳一直站在父亲的书桌旁，没怎么挪动过位置，而卡桑德拉也一直没打开那本《自詹姆斯二世即位以来的英国史》来看。

不过不得不承认，凯瑟琳大部分的心思不在表妹身上。那氛围正适合她自顾自想象。聊天时，卡桑德拉偶尔会停下来偷偷看看她，而凯瑟琳有时会在这样的沉思中迷失了自己。除了拉尔夫·德纳姆，凯瑟琳还能想些什么呢？要是凯瑟琳随便答复几句，聊起与威廉的完美主义不大相干的话题，卡桑德拉也无所谓。但是凯瑟琳每次停顿良久又突然极为自然地答上几句，让卡桑德拉不禁顺着她的答话给出些新例子。后来就到了午餐时分，凯瑟琳心不在焉的唯一表现就是忘记了把布丁摆上桌。凯瑟琳就坐在那儿，完全忘记了西米布丁，那模样像极了她母亲，卡桑德拉突然嚷嚷道：

"你可真是像极了玛姬舅妈啊！"

"乱讲。"凯瑟琳有些恼怒地说。

的确，母亲现在出了远门，凯瑟琳感觉自己变得不太理智了，倒正如她自己说的那样，不需要太过理智。私底下，凯瑟琳被那天早上她自己那些——人们一般会如何描述呢？——漫无边际，傻到让人无法开口的想法吓到了。比如说，她想象自己在8月份的黄昏沿着诺森伯兰郡的大道漫步；想象自己在小旅馆里，她撇下了同伴拉尔夫·德纳姆，莫名就出现在了山顶上——她并不是靠自己的双脚跑上来的，而是被某种隐形的力量推着走的。这里的气味，干草根的声音，手掌压在草叶上的声音，都能让人轻松感知到，让人一个个单独去体验。在这之后，她的思绪飘向了黑暗的天空，或是漂浮在海面上，让人能够找得到；或者由于同样的错乱，那思绪在午夜的星空下，回到了睡椅上，然后又飞去了月球的雪谷。这些幻想倒说不上有什么奇怪的，因为每个人都有属于自己的一面思绪墙，都被装饰得五花八门；但她发现自己突然对这些幻想的热情度高涨，以至于她想要改变现实生活来满足自己的幻想。于是她开始尝试改变，又突然清醒过来，发现卡桑德拉正一脸惊讶地看着自己。

卡桑德拉想知道，当凯瑟琳失神不语，答话不着边际

第三十一章

时,是否正下定决心立马结婚。但这么一来,又该如何解释她说的一些关于未来的话语?她多次提起夏天,仿佛打算独自一人渡过夏日时光。她脑海里似乎有着旅行的计划,谈起了火车的时刻表,还有好些小旅馆。

内心的不安最终迫使卡桑德拉穿上外套,出了门在切尔西大道上晃悠,假装自己要买点什么似的。但是由于对当地路线不熟悉,一想到自己会迟回去就惊慌不已,于是才刚找到想去的那家商店,她便飞也似的跑了回去,只想着在威廉上门拜访时自己会在家。事实上,在卡桑德拉刚到家在茶桌旁坐下五分钟后,威廉就来了,卡桑德拉很开心地迎他进了门。威廉的问候让她对他的感情不再怀疑,不过他问的第一句就是:

"凯瑟琳跟你谈过了?"

"嗯。但她说她没订婚。而且她好像这辈子都不会订婚了。"

威廉皱起眉头,看起来颇为恼怒。

"她和拉尔夫今早打过电话后,她就一直表现得很奇怪,还忘记了帮忙摆布丁上桌。"为了让威廉心情好点,卡桑德拉又补充了一句。

"啊！亲爱的呀，经过昨晚的所见所闻，现在不是猜测或怀疑的问题。要么她与拉尔夫订婚——不然就——"

话没说完，凯瑟琳就来了。一想到昨夜发生的事情，威廉就难为情地不敢看她，直到凯瑟琳说自己的母亲去了斯特拉特福后他才敢抬眼。显然是大大松了口气。现在他以一副轻松自在的样子环顾着四周，接着卡桑德拉说道：

"你没发现一切都不一样了吗？"

"你挪动了沙发吗？"他问。

"没有啊。什么都没动，"凯瑟琳说，"还是和以前一样。" 她话音刚落，为了表明不单单沙发的位置不变，其他一切亦如常，便向他递过一只杯子，却忘了先往里面倒茶。在卡桑德拉指出她的健忘后，她烦恼地皱起眉头，说卡桑德拉让她很挫败。她不时便瞥瞥他俩，还不一定让他俩多聊天，让威廉和卡桑德拉感觉自己像是被人窥探的孩子。于是两个人都顺着凯瑟琳在说话。此时任谁走进来，都会以为他们几人并不熟稔，估计才见上三面，还会以为饮茶之际，女主人突然想起有约会必须立马应约。凯瑟琳

第三十一章

先是看了看自己的手表,然后问威廉确切的时间。当威廉说还差十分钟就五点的时候,她立即站起身来说:

"请容我先行告退吧。"

凯瑟琳手里拿着吃了一半的面包和黄油,走了出去。威廉瞟了一眼卡桑德拉。

"你看吧,她真的好奇怪!"卡桑德拉嚷嚷着。

威廉看上去有些焦躁不安。他比卡桑德拉更了解凯瑟琳,但他没法说。不一会儿,凯瑟琳一身要外出的打扮走了进来,手里还握着面包和黄油。

"要是我晚回来,就别等我了。"她说。"我估计会在外面吃晚餐。"她边说边出了门。

"但她不能——"门刚关上,威廉叫嚷道,"但她不能不戴手套,拿着面包黄油就出去了呀!"他们两个跑到窗户那儿一看,凯瑟琳沿着街边快速往市中心走去。然后就看不到影儿了。

"她肯定去见德纳姆先生了。"卡桑德拉说。

"鬼知道呢!"威廉突然捅了一句。

凯瑟琳突然抽身离去,让威廉和卡桑德拉认为这事远比表面更为离奇古怪。

"她这样做很像玛姬舅妈呢。"卡桑德拉解释般地说。

威廉摇摇头,在房间里踱来踱去,看上去十分不安。

"这就是我之前一直在说的。"他突然叫道。"一旦把传统抛之脑后——真是谢天谢地希尔伯里夫人不在家。不过希尔伯里先生还在家。我们该怎么向他解释?我现在得走了。"

"可是特雷弗舅舅要几个小时后才回来呢,威廉!"卡桑德拉乞求着。

"这可说不准。也许他已经在回来的路上了。而且,如果米尔文夫人——你的西莉亚姑妈——科舍姆夫人或者你其他的叔叔阿姨突然上门,发现我们在一起了怎么办。你应该清楚他们背后是怎么说我们的。"

卡桑德拉因为威廉的发怒饱受折磨,又因他将要离去而战栗不已。

"我们可以躲起来呀。"她有些发狂似的大声说,看了一眼把房间和文物摆件隔开的窗帘。

"我绝不同意躲在桌子底下。"威廉讽刺道。

第三十一章

卡桑德拉看到威廉正因为眼前的困难状况发脾气，直觉告诉她此刻诉诸感情是极其不理智的。于是她控制着自己坐了下来，重新倒了一杯茶，静静地啜饮着。这种自然的举动，完全控制了自我的举动，向威廉展示了他喜爱的女性形象，比任何一种争论都来得有效，更能平息他的怒气。卡桑德拉此举正迎合了他的骑士风范，于是威廉也坐下来喝茶。接着卡桑德拉要了一块蛋糕。等到蛋糕快要吃完、茶也要喝完了的时候，之前的个人问题早已被忘得一干二净，两人正不亦乐乎地讨论诗歌呢。不知不觉两人就从戏剧诗歌的范畴谈到了威廉正在写的那种类型；当女佣进来收拾茶具时，威廉请求允许他大声朗读一小段话，"除非她觉得烦咯？"

卡桑德拉沉默着低下了头，不过仍借眼神传达了自己的情意，于是威廉信心十足——要想击溃他，米尔文夫人可能要大费周章了。接着就大声朗读了起来。

此时，凯瑟琳正沿着街道快步向前走着。如果硬要解释她在离开茶桌时的冲动行为，那么她就会发现，没有比威廉对卡桑德拉的那一瞥更能说明问题了；卡桑德拉也回瞄了一眼威廉。不过正因为他们彼此那深情一瞥，凯瑟琳便明白自己无法在家里待下去了。如果她忘了倒茶，他们就匆忙地得出结论说她和拉尔夫·德纳姆订婚了。她知道再过半个小时左右，拉尔夫便会到访。她无法坐在那儿，看着威廉和卡桑德拉注视自己的眼神，威廉和卡桑德拉会想象着她和拉尔夫的亲密程度，好确定他们自己的婚期。于是她立即决定要出门去见拉尔夫，时间还早，定能在拉尔夫下班前赶到林肯客栈广场。她叫了一辆出租车，吩咐把她送到大皇后街的一家卖地图的商店，因为她不想等到了拉尔夫办公室门口再下车。到商店后，她买了一张诺福克郡的大地图，拿到手后立马奔向林肯客栈广场，并确定了拉尔夫办公室——格雷特里—胡柏律师事务所的位置。办公室里那巨大的煤气吊灯已经亮了。凯瑟琳想象着拉尔夫坐在前面办公室里一张巨大的桌子前，桌上摆满了文件，屋里还有三个高高的窗户。于是凯瑟琳在办公室附近停下了脚步，在人行道上走来走去。没有一个像拉尔夫身影的人出现。每一个经过身边的男人她都仔细看了。然而，每一个路过的男性形象都有拉尔夫的样子，也许是由于他们

第三十一章

的职业装、快速的步伐,还有在工作结束后匆匆回家的时候对她那敏锐的一瞥。广场上遍布高楼大厦,大楼阴冷严肃,里头人满为患,弥漫着工业社会浓重的权力气息,仿佛在这儿,就算是麻雀和孩子都得挣钱过活,仿佛天空那灰蒙暗红的云朵,映衬出下面都市的严苛肃穆,映衬出他的身影。这儿就是适合他们见面的地点啊,凯瑟琳想着;这儿就是适合她一边漫步一边想念着他的地方啊。她一边琢磨着,一边往前走,转入了大路。两旁车水马龙,汽车和马车从京士威道上行驶而过;两列方向相反的行人走在人行道上。她失神地站在一个角落。四处人声鼎沸,车声轰鸣;到处喧嚣不断,构成了生活的方方面面,体现人生目的之所在。如此目的对个体漠不关心,只管将其吞没吐出,这番想象让凯瑟琳感到些许兴奋。日光与灯光打在她身上,她仿若成了一个隐形的看客,而身边的行人俱变得如梦似幻,半透半实,个个面庞苍白,脸上挂着漆黑的眼珠。他们一个个都趋向当前的巨大潮流——强大的水流、深深的溪流和奔流不息的潮汐。她全神贯注地站在那里,毫不关注周围的环境,满心沉浸在这深藏心里一整天的狂喜中。

接着她突然想起了今天来这儿的目的,极不情愿地回归了现实,想着自己必须要找到拉尔夫·德纳姆。于是凯瑟琳急忙转身走回林肯客栈广场,找寻着她的目标——有着三扇高大落地窗、开着灯的办公室,但看了好一会都没找到。大楼已经熄了灯,融入了这漆黑的夜色中,让凯瑟琳难以确定自己的目标方向。拉尔夫办公室的那三扇玻璃窗如鬼魅般折射出了灰绿色的天空。凯瑟琳果断前去按响了公司门牌下的门铃。过了会,看门人告诉她说这里已经下班,大家都走了。她还肯定地说,可能除了格拉特利先生,其他人十分钟前就都走了。

听到这消息,凯瑟琳完全清醒了,变得焦虑不安起来。接着她赶忙走回京士威道,张望着那些重获肉身的路人,又迅速跑到地铁站,一个接一个找遍了所有过路职员和律师。竟没有一个像拉尔夫·德纳姆的。拉尔夫的形象在凯瑟琳脑海里变得愈发清晰起来;而凯瑟琳开始意识到,拉尔夫于她而言不同于常人。来到车站门口,她停了下来,打算理清思绪。拉尔夫肯定已经在去她家的路上了。要是她立马打车,说不定能在拉尔夫到达之前赶回家去。但她

第三十一章

想象了自己推开客厅门,威廉和卡桑德拉抬头看她,接着拉尔夫也推门而进,那两人见状便对视起来,眼神意有所指。不,她没法面对这场面。她可以写封信给他然后寄到他家呀。于是凯瑟琳在书店买了信纸和笔,走进一家咖啡店,点了杯咖啡,找了张空桌,立即动笔写下:

"今日来见你,心中甚是思念。我无法面对威廉和卡桑德拉。他们想——"写到这儿,她停下笔。"他们希望咱俩订婚。"她补了句。"我们无言以对,甚至无言解释。我想——"凯瑟琳心里思绪万千,现在既已在给拉尔夫写信沟通,这支铅笔恐怕不够写下她全部的想法,仿佛整条京士威道的思想洪流都要跟随这支笔奔涌而去了。她全神贯注地凝视着挂在镶着金边墙壁上的一张布告,"……我想对你倾诉全部衷肠,"她接着写道,像个孩子小心翼翼写下每一个字。但是,当她再次抬起头冥想下一个句子时,突然注意到到一个女服务员,她的表情像是在暗示要闭店了,而环顾四周,凯瑟琳看到自己几乎是最后一个留在店里的人。如此,她只能拿起信,付了账,来到街卜。现在只能打车去海格特区了。然而她突然想到,自己连地址在哪儿都没记住。看来,她今天虽然有强烈的愿望想去见拉尔夫,却因为这点阻碍要被迫终止了。满心绝望的凯瑟琳想破了脑袋,努力回想着街道名、房子的样子,然后回忆她之前写信给拉尔夫时,在信封上写下的地址。但她越是迫使自己回想,就越是记不起来。他家是在什么果园里的还是山上一个什么街来着?凯瑟琳放弃回忆了。从她还是个孩子起,就从未有过这种空虚和孤寂的感觉。这种感觉突然冲到她身上,仿佛她正从梦中醒来,所有的后果都是她无法解释的懒惰造成的。她想象当拉尔夫去到她家,却发现她只字未留便爽约,该是多么失望。他会以为她对他不管不顾,以为她毫无情意,就此不愿意再见他。她跟着拉尔夫离开了房门,但看到他出了门快速往前走去,不论走去哪儿,走多长时间,都别想象着拉尔夫会转身走回海格特区。也许他愿意在切恩道再见自己一次呢?凯瑟琳觉得如此一来她很可能会见到拉尔夫,一想到这种可能性,她立即迈开了步,几乎要伸手招呼一辆出租车来了。不不,拉尔夫是多么骄傲的一个人啊。他定会忍住了想见自己的冲动就那样往前走着离开了——要是她能看清他走过的街道名称,那该多好啊!但那些街道俱陌生不已,淹没在遥远的黑暗当中,她的想象力实在无能为力。她无法确定该往哪儿走,只想着要在偌大的伦敦找到拉尔夫该是多么困难。他走哪条路呢?拐往了哪个方向?是否会走进孩子们玩耍的昏暗小巷?凯瑟琳不耐烦地站直了身子。只见她沿着霍尔本大街飞速地向前走去。很快又转过身,向另一个方向快速地走了过去。她这般犹豫不决不仅令人讨厌,而且还使她警觉了起来,因为那份优柔寡断已经给了她一两次预警;这思念的欲望啊,太沉重,凯瑟琳自觉难负其重。对于一个生活由习惯掌控的人来说,此刻突然释放出的这股力量——这股强大而不合理的力量——似乎饱含了某种羞辱和恐慌感。这时右手传来一阵隐隐的痛感,原来她手里紧紧捏着手套和诺福克的地图,这手劲儿估计连更坚硬的东西都能捏碎。凯瑟琳松开地图,焦急地观察周遭路人,看看他们有否留意到她,有否眼露好奇,有否认出她来。她抚平手套,恢复平静,便又顾不上旁人,再次沉浸于要找到拉尔夫·德纳姆的强烈渴望中。这欲望狂野、无理、无法解释,如同儿童时期不管不顾的情绪一般。她再次责怪自己的粗心大意。但眼见已经走到地铁站跟前，便打起精神，像往常一样动起脑筋来。接着她灵光一现，想到自己可以马上去找玛丽·达切特，去问她拉尔夫的地址。想到这儿，凯瑟琳松了一口气，这个决定不仅是给了她一个新计划，还给她的行为提供了一个合理的借口。这下子她有了明确的目标，更是心无旁骛地钻研起来。当她按下玛丽公寓的门铃时，完全没有考虑玛丽会如何看待此般要求。不过让凯瑟琳大失所望的是，玛丽并不在家，是一个女佣开的门。凯瑟琳能做的就是进屋等候。大概等了十五分钟，她一直在房间里走来走去。当听到玛丽开门的钥匙声时，她在壁炉前停下了脚步，刚进门的玛丽发现凯瑟琳站得笔直、满怀期待地看着自己，仿佛肩负重任，得立马开始商讨。

玛丽一脸惊讶地叫了出来。

"哎呀，是我。"凯瑟琳赶忙摆摆手，好像说这话碍事了一样。

"喝茶了没？"

"嗯啊，喝过了。"凯瑟琳想着自己可能几百年前在哪儿喝过茶吧。

第三十一章

玛丽顿了顿，摘下手套，拿了火柴走到壁炉前准备点火。

凯瑟琳一副不耐烦的样子注视着玛丽的一举一动，然后说道：

"不用为了我点火啦……我就想知道拉尔夫·德纳姆家的地址。"

凯瑟琳手里握着铅笔，一副准备随时要在信纸上写字的架势，满心焦灼地等着玛丽的回答。

"地址是：海格特区，亚拉拉特山路，苹果园。"玛丽缓缓地说着，语气很是奇怪。

"啊，我想起来了！"凯瑟琳大叫着，为自己的愚蠢大为恼怒。"我猜从你这儿开车过去要不了20分钟吧？"她拿起钱包和手套，一副整装待发的样子。

"但你找不到他的。"玛丽手里拿着根火柴，停顿了下说道。本来已经转身往门口走的凯瑟琳听到此话，顿时停下了脚步，扭头看着玛丽。

"为什么啊？他去哪了？"凯瑟琳问。

"他应该还在办公室。"

"但他已经不在办公室了啊。"凯瑟琳说。"唯一的问题就是,他会不会已经在家了?之前他还去切尔西找我来着,我本来想去找他,但错过了下班时间。他肯定找不到能解释的理由。所以我必须得赶紧找着他。"

玛丽从容不迫地看清了目前的形势。

"那你怎么不打电话呢?"她说。

凯瑟琳赶忙把手上的东西放了下来。绷紧的表情一下放松了,嚷嚷着说,"对啊!我怎么就没想到!"只见她一把抓起电话听筒,报出了号码。玛丽一脸淡定地看着她,随后离开了房间。终于,穿过伦敦层层叠叠的线路,她听见她家宅子里走往那小小房间的脚步声,她几乎能看见房里的肖像画与书籍;她全神贯注听着电话那边的震颤,而后表明身份。

"德纳姆先生来过电话了吗?"

"是的,小姐。"

"那他有问到我吗?"

"他问了的,小姐。我说您外出了。"

"那他有什么留言给我吗?"

第三十一章

"没有的,小姐。德纳姆先生大约20分钟前就走了。"

凯瑟琳挂断了电话。她失望地在房间了来回走动了好一段时间,一直都没注意到玛丽之前的离开。接着她厉声蛮横地叫唤:

"玛丽。"

玛丽正在卧室里脱下外出穿的衣服,忽然听到了凯瑟琳喊她。"我在呢,"她说,"马上啊。"这一会儿的时间却让人觉得愈发久了,不知为何,玛丽觉得把自己打扮得大方得体,很是舒心。过去几个月的时间是玛丽生命中的一个重要阶段,给她留下了永恒的记忆。那风华正茂的青春,已褪去了光彩;如今她脸颊稍凹,双唇透露坚定,双眼不再游移不定,而是紧盯目标,孜孜以求。眼前这位女性能力超卓,能主宰自己的人生;正因为有了新的思想,用银链子和闪闪发光的胸针来搭配,正配得上如今的她。随后她不慌不忙地进了屋,问道:"怎么样,有回复吗?"

"他已经离开切尔西了。"凯瑟琳回答。

"好吧,但他肯定也不在家。"玛丽说。

凯瑟再次在脑海里勾勒出伦敦的地图,无法自拔地沉浸其中，想象着那曲折的街道和拐角。

"我给他家里打个电话吧，问问他有没有回去。"玛丽走到电话前，打通后简单说了几句后，她宣布，"不在家。他姐姐说他还没回去。"

"啊！"她再次拿起电话放在耳旁。"他们还说，拉尔夫不回去吃晚餐了。"

"那他要去干吗啊？"

凯瑟琳脸色苍白，一双大眼睛似是直勾勾地盯着玛丽，其实却在直视毫无回应的街景。她似在与玛丽对话，但对话的对象是寻觅拉尔夫的执着，此时此刻，那份心意毫不留情地嘲笑着她。

等了一会儿，玛丽冷漠地说：

"我确实不知道。"她懒散地躺在扶手椅上，看着小火苗从煤堆中慢慢冒起来，好像那火苗也是一副漠然的态度。

凯瑟琳愤怒地望着她，站起身来。

"他也有可能会来我这儿。"玛丽还是用心不在焉的语气继续说道。"要是你今晚想见他，那在这儿等等倒也是值得的。"她弯下腰，动了动壁炉里的木头，使火焰燃得更充分些。

凯瑟琳思考了会儿。"那我就再等半个小时吧。"她说。

玛丽起身走到桌子旁的绿影台灯下铺开文件,习惯似的用手指挑一缕头发拧成一圈又一圈。她看了看凯瑟琳,凯瑟琳丝毫不动,眼神如此专注,仿佛她正看着什么,看着从未抬头看她的人。坐了会儿,玛丽发现没法静下心来写东西。她把目光挪向别处,却只看到了凯瑟琳正在注视着的东西。房间里有看不见的身影,奇怪的是,其中一个身影便是她自己。时间一分一秒地过去。

"现在几点了?"凯瑟琳最后终于开口,等待的时间还没到半个小时。

"我要准备吃晚餐了。"玛丽说着从桌前站了起来。

"那我就先走了。"凯瑟琳说。

"留下吧,不然你要去哪儿?"

凯瑟琳环视了一圈房间,满眼都是不确定。

"也许我能找到他呢。"她小声嘟囔着。

"有那么重要吗?改天就也能见到的呀。"

玛丽这话说得很无情。

"我根本就不该来这儿。"凯瑟琳说。

两个人的目光碰撞到了一起,充满了敌意,但两人都没有退缩着收回目光。

"你今晚在我这儿过得很愉快呀。"玛丽回答。

突然一阵响亮的敲门声打断了她们。玛丽走过去开了门,拿了些便条还是包裹什么的回来,凯瑟琳赶忙看向其他地方,以免被玛丽看出来自己的失落。

"当然了,你什么时候都可以过来。"玛丽一边把便条放在桌上,一边说。

"不,"凯瑟琳说。"估计只有在绝望时我才能过来吧。我现在很绝望啊。我要如何才能知道拉尔夫现在的情况呢?他可能什么都做得出来。他也许整晚都在街上游荡。很有可能会出事的啊。"

凯瑟琳讲话时的自暴自弃,是玛丽之前从未在她身上见过的。

"你知道你太夸张了吧,就是在说胡话。"玛丽简要说道。

"玛丽,我必须要——必须要告诉你——"

第三十一章

"你什么都不用告诉我。"玛丽打断了她。"难道我自己看不出来吗?"

"不,不是,"凯瑟琳惊呼,"不是那样的——"

凯瑟琳的眼神越过玛丽,穿过房间,穿透任何话语,那满怀的热情令玛丽确信,她无法达至目光之终点。她懵了,试图重新思考自己对拉尔夫的爱到底有多深。她把手指压在眼皮子上,喃喃地说:

"你难道忘了,我也爱拉尔夫啊。我觉得我懂他,我真的懂。"

不过,她自己又知道什么呢?她早把这些都抛之脑后了。她用手指按着眼球,直至眼前金光四射。她说服自己这是自找苦吃,便打消了争辩的念头。她不再爱拉尔夫了,这发现让她吓了一跳。她茫然看了看房间,视线落在了桌子上,上面还摆放着被灯光照亮着的文件。那光辉似乎也照亮了她的内心;她闭上眼睛,又睁开眼看看台灯。在旧爱熄灭之处燃起了新的友爱,在匆匆一瞥的惊奇当中,在真相尚未全然揭露之前,在周遭环境重现眼前之际,她心里有了答案。只见她默默地靠在壁炉台旁。

"爱,也分好多种啊。"最后她对自己低语道。

凯瑟琳没接话,似乎没理解玛丽的意思,完全沉浸在了自己的思绪中。

"也许他今晚还会在街边等呢。"她突然说着。"我得走了,说不定能找到他。"

"他很可能会来我这儿。"玛丽说着。凯瑟琳想了会说:"那我再等半个小时。"

于是凯瑟琳又窝回椅子上,在玛丽看来,那坐姿好像一个人在看着别处一个隐形人一样。的确,凯瑟琳注视着的,不是一个人,而且一列队伍;不是一群人,而是生命本身——生命的善与恶;生命的意义,生命的过去、现在和未来。这一切对她而言都清晰可见,而且她并不为自己放肆的言行感到羞愧,认为那是一种无上的存在,借此她向全世界表达了自己的敬意。只要她自己清楚,在这个特殊的夜晚,思念着拉尔夫对她而言意味着什么;生活中就算发生再大的危机也不可能引发这样可能性微乎其微的事情。她想念拉尔夫,也品尝了失败的苦楚;她想要得到拉尔夫,也体会了爱欲的折磨。不论是什么微乎其微的小事

第三十一章

导致了这般结局,都无关紧要。她也不在乎自己的举止有多么夸张,不在乎自己多么张牙舞爪地表露了感情。

晚餐准备好后,玛丽喊凯瑟琳吃饭;凯瑟琳很顺从地就来了,仿佛变成了牵线木偶,一举一动都要玛丽指挥似的。两个人一起坐下来,默默地吃饭喝酒;玛丽让她多吃点,她就多吃几口;玛丽让她喝点葡萄酒,她便饮上两口。然而透过凯瑟琳表面上的顺从,玛丽清楚凯瑟琳心里有自己的想法,不会受任何人阻碍。她并非心不在焉,而是神游世外;她对周遭事物毫无反应,全然专注于自己的幻想当中。玛丽看在眼里,不禁想要保护她,担心凯瑟琳这副迷糊的状态,到外面去恐怕会有危险。刚吃完晚餐,凯瑟琳就说自己要离开了。

"那你要上哪儿去啊?"玛丽有点想要阻止她。

"啊,我要回家——不,我可能去海格特区。"

玛丽见状,知道自己不太可能阻止得了她。唯一能做的就是坚持和她一起去,不过凯瑟琳倒没有反对,似乎对她的存在毫不在意。几分钟后,两个人一起走在了斯特兰德街上。她们走得飞快,让玛丽误以为凯瑟琳知道要走去哪里似的。玛丽自己却没太留意,她很开心能在室外灯火通明的街道上走动。她内心焦灼又惊惧,同时怀着莫名的希望,思索着刚刚无意间发现的事实。她终于又自由了,尽管付出了最为宝贵的代价,但谢天谢地,她不再沉溺于爱恋当中。面对这失而复得的自由,她多想放肆庆祝;此时她俩刚好经过了竞技场的大门,何不去观看一场比赛呢?为何不进去,为她摆脱爱的专制庆祝一番呢?又或者,跳上一辆开往远方的公共汽车——比如去坎伯威尔、锡德卡普,或者去威尔士哈普——更适合她。几周来,她第一次注意到那些涂写在小木板上的车站名。也许,她可以回家,在房间里整晚研究协会那启蒙人心,明智巧妙的大计,为其筹措细节。这所有想法中,最吸引她,最让她首先想到的,是火,是路灯,是有着稳定不变的光亮的地方——在那里似乎之前已经燃烧过更富激情的火光。

这时,凯瑟琳停下了脚步,玛丽也幡然醒悟——凯瑟琳根本不知道自己要去往何方。她停在了十字路口旁,左右看了看,最后朝着大概是哈弗斯托克山的方向走去。

"你看这儿——你往哪儿去啊?"玛丽拉住她的手喊

道。"我们得打车回家了。"玛丽招停了一辆出租车,坚持要求凯瑟琳上了车,喊司机去切恩道。

凯瑟琳屈服了。"那好吧。"她说。"去那儿也可以。"

她似乎被忧郁笼罩着,窝在车里一角,沉默不语,看样子已是筋疲力尽了。尽管玛丽自己也心事重重,却被她的沮丧和苍白的脸色吓到了。

"我保证,我们肯定能找到他。"玛丽用前所未有的温柔语气说道。

"那可能就太晚了。"凯瑟琳回答。虽不理解,不过玛丽已经开始同情这个饱受折磨的可怜姑娘了。

"乱讲。"玛丽说着,拿起凯瑟琳的手抚摸着。"要是他不在这儿,我们肯定能在别的地方找到他的。"

"那他如果一直在街上走来走去呢?"

她探起身向窗外望去。

"他也许不会再理我了。"凯瑟琳小声自言自语道。

凯瑟琳的情绪太过极端,所以玛丽没想正面应对,只是握着她的手腕。她还想着凯瑟琳可能会突然打开车门跳车。也许凯瑟琳自己也意识到了玛丽为何会握住她的手腕吧。

"别怕，"她笑了笑说，"我不会跳车的。对我没什么好处啊，是吧。"

听到这话，玛丽动作夸张地松开了手。

"我应该向你道歉的，"凯瑟琳咬咬牙继续把话说了出来，"很抱歉把你也牵扯了进来，我还没告诉你全部的事。我已经和威廉·罗德尼解除了婚约。他要娶的人是卡桑德拉·奥特韦。一切都已安排妥当——没有任何问题了……后来发现拉尔夫在街上等了我好久之后，威廉让我把他喊进来。那会儿他正站在我家门口路边的灯柱下，看着我家的窗户呢。他进屋后，脸色煞白。威廉走了，留下我们俩独处，于是我们就坐着聊了聊。这事现在想起来，感觉好像是多年前发生的了。是昨晚吗？我出去了很久吗？现在什么时候了？"她跳起来想要看看表，好像知道确切的时间对她的事情有多大影响似的。

"才八点半哎！"她惊叫。"那他可能还在那儿呢。"她从车窗里探出身子去，告诉出租车司机要开快点。

"那如果他不在那儿呢，我们怎么办？我去哪儿找他呀？街上到处都是人啊。"

第三十一章

"我们肯定找得到的。"玛丽又说道。

玛丽很确定,她们一定找得到拉尔夫。那如果找到了之后呢?她开始以与先前不同目光去看拉尔夫,尝试理解他如何能够满足凯瑟琳的希望。她再次回想以前对他的看法,尝试忆起笼罩他身影的迷雾,回忆每当靠近他时那迷茫困惑又兴奋无比的心情。大概有好几个月了吧,她既没有听过他的声音,也没有见过他的面庞。那种失去的痛苦刺痛了她的心。那是一种没有任何东西可以减轻的痛楚啊——不论是功成名就,不论是幸福生活,还是彻底的遗忘,都做不到的。但至少,现在她了解了事情的真相,即便痛苦之后也如同吃了定心丸一般:玛丽偷偷瞄了一眼凯瑟琳,想着她并不知道真相;没错,凯瑟琳确实值得同情。

她俩乘坐的出租车方才一直堵在路上,现在一路加速从斯隆大街上飞驰而过。玛丽留意到凯瑟琳全身都关注着出租车走到哪里,她的思绪早已飞到了前方;随着时间的推移,越是靠近目的地,她的紧张便多几分。玛丽看在眼里,一言未发,开始默默整理自己的想法,开始还想着同情凯瑟琳,后来完全忘了凯瑟琳的存在,注意力跑到了前方。

她想象着前方有一亮点,如同黑夜中坠落地平线的星星。那是她自己,那是她与凯瑟琳共同奋斗的目标,她俩相同的激情所在;但那热情到底身在何方,究竟身为何物,为何她坚信那是她与凯瑟琳两人一同寻求的目标?出租车飞速驶过伦敦的街道,她暂时没想出个究竟。

"终于到了。"当出租车开到家门口时,凯瑟琳喘了口气说。她连忙跳出车门扫视了一圈路两旁的马路。玛丽则直接去按了门铃。门开了,凯瑟琳立即往里面张望,却没看见拉尔夫的身影。一看到是她,开门的女佣立即说道:

"小姐,德纳姆先生又过来了,他已等您多时。"

话音未落,凯瑟琳唰地跑进了屋,消失在玛丽的视线里。砰的一声玛丽被关在了门外,于是她独自慢慢地在街上徘徊着、沉思着。

凯瑟琳立即跑向客厅。但她的手刚触碰到门把手就缩了回去。可能她清楚,这样的时机以后不会再出现了。也许有那么一瞬间的存在,让她意识到现实永远无法满足她的想象。也许她受制于未知的恐惧和期许,所以害怕去交流、害怕受到阻碍。恐惧、疑虑,与极乐让她一时迟疑,但下一秒,

第三十一章

凯瑟琳直接拧开了门把手,紧咬嘴唇,努力控制着情绪,打开了拉尔夫·德纳姆等候的那间房门。就这样,拉尔夫终于清清楚楚、明明白白地站在了她面前。他显得瘦瘦小小、孤孤单单,与周遭环境格格不入,凯瑟琳的一切烦扰和渴望竟皆因他而起。她走向拉尔夫,几乎要笑了出来。但眼前的他鲜活清晰,她心中既迷惑不已,又如释重负,既心生确定,又深感卑微,她不再反抗,不再挣扎,任由自己屈从于渴望,投向拉尔夫的怀抱,向他一诉衷情。

第三十二章

第二天大家对凯瑟琳的事儿无人问津。要是问问凯瑟琳,她可能会说是没人搭理她。她忙了会工作,写了点文字,点了晚餐,一直保持着用手扶着脑袋的姿势,静静琢磨眼前的那封信还是字典之类的东西,不知坐了多久,仿佛眼前正在播放一部甚有远见的电影,她看得津津有味,陷入沉思。她站起来一次,走去书架旁,取下了父亲的希腊词典,翻开了印着标志和人物的神圣一页,满怀希望、欢喜雀跃地抚平了书页。将来会有另一个人跟她一起阅读这本书吗?之前她一直难以忍受这种找到另一半一起读书的想法,现在已然能平心接受了。

凯瑟琳的一举一动、一颦一笑都被人监视,她却丝毫没有察觉。卡桑德拉满心忧虑地偷偷看着她,小心翼翼地不让自己被发现;她与凯瑟琳的对话平淡无奇,若非两人偶尔接不上话,仿若有些心不在焉,在一旁偷听的米尔文夫人可听不出什么端倪。

当天下午威廉上门拜访时,发现只有卡桑德拉一个人,声称有严重的事情要说。之前他在街上遇到了凯瑟琳,可她却完全没能认出来他。

"当然了,对我来说这没什么大不了的,但如果她碰到了别人呢?别人会怎么想?仅从她的表情就会让人们起疑心的。她看起来——看起来很——"威廉犹豫了一下,"好像在梦游似的。"

对卡桑德拉来说,这事就严重在凯瑟琳怎么会没告诉她就出门去了,她觉得凯瑟琳定是去见拉尔夫·德纳姆了。但她惊讶的是,威廉听到这种可能性的分析竟有些不悦。

"一旦把传统弃之脑后,"他说道,"一旦开始做常人不做之事。"但话说回来,出门去见个年轻男人证明不了任何事,只不过人们背后会说些闲言碎语罢了。

卡桑德拉见状,不禁有些嫉妒,因为威廉对人们背地里谈论凯瑟琳这件事十分关切,仿佛他依旧将凯瑟琳看作是未婚妻,而非仅仅是朋友。既然他俩都对拉尔夫前一天晚上的到访毫不知情,面对事情的逐步恶化,他们找不到理由来安慰自己。而且凯瑟琳的离去让他们备受干扰,如此一来二人独处的美好时光已不复存在。雨夜让人出门诸多不便;况且,如威廉所言,比起在外闲荡被人看见,留在屋内更为稳妥。可惜,一晚上总有人按门铃,许多人进进出出,使得他俩无法专注讨论麦考莱,威廉只好建议改日再讨论悲剧的第二幕。

面对眼前的情况,卡桑德拉表现出了自己最好的一面。面对威廉的焦虑,她表示理解和同情,极力帮他分担;但两个人能够单独相处,得以一起承担风险,在这场冒险计划中风雨同舟,使得她身心迷醉,常常忘记要谨慎行事,常常极尽赞美之词、表达钦佩之情,让威廉相信尽管眼前情况令人苦恼,却也有甜蜜之处。

有人推门而入,威廉吓了一跳,但鼓起勇气面对真相即将揭露的结果。然而,开门的并不是米尔文夫人,而是凯瑟琳,拉尔夫紧随其后。凯瑟琳表情紧绷,表明正努力控制感情。遇上那两人的视线后,她说:"我们并非有意叨扰。"她让德纳姆站在房间里挂着的窗帘后。她领着德纳姆走进帘子那边的文物室。这避难所实非她所愿,但外头人行道湿漉漉的,除却几间尚在营业的博物馆和地铁站便无处可去,为了拉尔夫,她只好硬着头皮面对家里带给她的各种不适。方才在街灯下站着,她觉得拉尔夫整个人看起来疲倦又紧张。

两对情侣在两个房间待着,好一阵子各忙各的。房间里从这个角落到焦炉偶尔传来轻轻低语声。最后女佣走了进来,告诉卡桑德拉和威廉,希尔伯里先生今晚不回家用晚餐了。本来他们无需特意通知凯瑟琳,女仆自会告知她,威廉却借此询问卡桑德拉的意见,看似无论如何,都想与凯瑟琳说上几句话。

卡桑德拉有自己的小心思,于是赶忙劝阻了他。

"你不觉得我们这样显得不够和气吗?"他大胆说道。"做点有意思的事多好啊——我们去看戏剧,如何?要不再问问凯瑟琳和拉尔夫去不去?" 听到他俩的名字放在一起,卡桑德拉一阵欢喜。

"你不觉得他们一定——?"她刚一开口,威廉急忙接过话茬。

"哦,这个我一点不知。我只想着既然你舅舅不在家,

第三十二章

我们何不做点开心的事。"

他兴奋又尴尬地去邀请拉尔夫和凯瑟琳,手放在窗帘上拉开些许。仔细观察了几分钟那位女士的肖像画——之前希尔伯里夫人曾乐观地说过这画是约书亚雷诺兹爵士[①]的早期作品。接着,他把窗帘拉到一旁,眼睛盯着地面,支支吾吾地建议要不今晚大家一起去看演出吧。凯瑟琳高兴地接受提议,却说不出想看什么戏。于是她把选择权完全交给了拉尔夫和威廉,那两人仿佛突然成了哥们似的,一致同意去报纸上推荐的那家,都认为那家音乐厅很不错。选好剧目后,其他事情便有条不紊地安排妥当。卡桑德拉之前从未去过音乐厅。凯瑟琳便向她讲述类似表演的有趣之处:北极熊紧跟着身穿晚礼服的女士们出场,舞台不断变换,有时是一派神秘奇园的光景,有时化作一位女帽设计师的收藏盒,有时又变成了街上的炸鱼店。不论那晚的节目性质到底为何,它的确达到了戏剧艺术的最高目的,

---

[①] 约书亚·雷诺兹爵士(Sir Joshua Reynolds, 1723—1792):十八世纪英国著名的画家。他是皇家学会及皇家文艺学会成员,皇家艺术学院创始人之一及第一任院长。以肖像画和"雄伟风格"艺术闻名。

无论如何，至少有四名观众认为它达到了戏剧艺术的最高水平。

毫无疑问，演员和作者若知晓他们的努力付出如何被观众听到看到，定会吃惊万分；但不可否认的是，整场戏剧的演出效果宏伟壮观。音乐大厅里回响着黄铜声和琴弦声，交替出现壮丽和庄严的乐曲，接着是甜蜜的哀歌。

音乐厅里那大红色和奶油色交织衬托的背景，那七弦琴和竖琴的乐声，那击打乐声，那墙壁上的石膏浮雕，那朱红色的云图条纹，那无数悬在空中、熠熠生辉的电灯，这一切装饰之精妙，可谓前无古人，后无来者。

还有观众们，有的穿着露肩长裙，有的头戴花环羽毛装饰，坐在前排的位置，有的坐在包厢里，打扮得高雅鲜活，着装跟画廊作品中大白天的街头风格正正契合。不过，分开来看，每个人又十分不同；在这个巨大的音乐厅里，她们尽显可爱本质，面对舞台上的舞蹈、杂耍和爱情故事演绎，她们一直在喃喃细语、摇摆着身体、微微颤抖着，时而慢慢展露笑颜，时而勉强中止笑容，慷慨大方地报以匆忙的掌声，有时甚至会全场爆发出雷鸣般的掌声。中间有一次

第三十二章

威廉看到凯瑟琳身体前倾使劲地在鼓掌,把他吓了一跳,接着便听到她的笑声随着观众的笑声响起。

威廉困惑了一秒,仿佛这笑声向他展示了凯瑟琳从未表露过的一面。接着他看见了卡桑德拉的脸蛋,她正满脸惊奇地盯着台上的丑角,她看得全神贯注,都忘了大笑,他看着她好一会儿,仿佛她还是个孩子一般。演出接近尾声,一些观众开始站起身穿上外套,一些观众站得笔直,向《主救吾王》致敬;音乐家们折起乐谱,装好乐器;大厅里的灯一盏一盏灭掉,观众们都离场了,整间屋子里空无一人,陷入黑暗的阴影中,幻想至此消失殆尽。当卡桑德拉跟着拉尔夫走出回转门时,她扭头向后看了看,惊讶地发现,此时的舞台上已浪漫不再。但她想知道,他们是否真的每晚都用亚麻布罩上所有座位呢?

这次计划的娱乐活动如此成功,于是这四人在分道扬镳之前便计划好了第二天的出行活动。第二天是周六,所以威廉和拉尔夫有一下午的自由时间去格林尼治游玩;卡桑德拉从未去过那里,而凯瑟琳一直把格林尼治和达利奇搞混。这次出行拉尔夫是向导,他安然无恙地把大家带到了格林尼治。

伦敦市周围怎会有如此多好玩的地方——是需要多少幻想和想象才建造的啊，当然了，这并不重要，反正只要它们能满足二三十岁的年轻人打发周六午后时光的需求就行。但话说回来，如果鬼魂对那些接替自己的人类感情生活有兴趣的话，当天气晴好，情人们、观光客和度假的人们蜂拥进火车和公共汽车，来到这些老游乐场地，那定会收获颇丰。说到这里，尽管威廉已经准备好要对这些已逝的建筑师和画家大献溢美之词，毕竟这一年来没什么人称赞他们；的确，这些逝去的建筑师和画家大多都默默无名，长年累月无人听闻，可威廉打算要为他们大献溢美之词呢。一行四人就这样沿着河边散步，凯瑟琳和拉尔夫走得慢了些，在后面听到了威廉的只言片语。凯瑟琳笑了笑，她假装对如此对话不甚熟悉，但其实对此般内容已了然于心。威廉的语调坚定和幸福，他必然非常快乐。时分流逝，她愈加清晰感到之前自己一直不晓得威廉的幸福所在。她从没有请求过他教自己点什么；也从没有同意要去读麦考莱；更是从没有表达过自己的想法——认为威廉写的剧作仅次

第三十二章

于莎士比亚。她做梦似的跟在大家后面,听到卡桑德拉的声音——那声音里带着兴奋、带着赞同,却不会卑微委屈,所以凯瑟琳开心地笑了。

然后她喃喃道,"卡桑德拉怎么——"又突然话锋一转,把本来想说的话吞了回去,"她之前怎么会一点都感受不到威廉对她的爱意呢?"不过既然拉尔夫的出现给了她更有趣的问题,就没必要再去纠结了;他不知怎么的就聊起了河上划过的小船,宏伟但沧桑的伦敦,有的汽船满载而归,有的正启程上路,她大可放松身心,从一个话题聊到另一个话题。说着说着,他停下了脚步,向一位老船夫询问潮汐和船只的情况。听到这样的谈话,在河对岸安歇塔楼衬托的背景下,凯瑟琳心想,他似乎是与众不同的,甚至看上去也不同于常人。他的奇怪作风、他的浪漫风情、他有着离开自己身边并参与到诸种要做的事的力量,想象他们一起租条船过河的可能性,那种速度和狂野,充斥着凯瑟琳的头脑,激发了她的灵感,这该有多刺激啊——爱情和冒险并进;威廉和卡桑德拉听到了他俩的对话,大为震惊,接着卡桑德拉大声说道,"看起来凯瑟琳是想要奉献自己了！"，"多美丽的壮举啊。"她很快补充道，但出于对威廉的尊重，她咽回了后面的话；而卡桑德拉内心的想法是，拉尔夫·德纳姆站在泰晤士河岸边跟渔夫交谈的场景，无论谁看到此景都会产生崇拜之情。

大家坐在一起喝茶聊天，对泰晤士河道充满好奇，对伦敦街道又不大熟悉。那日的下午时光很快就过去了，想要继续愉快地玩耍便只能在接下来那天再来一次外出活动。于是在汉普顿宫和汉普斯特德①的对决中，大家决定选择去汉普顿宫；尽管卡桑德拉儿时曾梦想着能见到汉普斯特德的大盗，她现在已经完全把那份心意转移到了威廉三世身上。于是，在晴朗的周日早晨，他们一同来到了汉普顿宫。四人都对这座红砖建筑极尽赞赏，仿佛此行不为别的，就是为了向彼此证明汉普顿宫是世界上最雄伟壮丽的宫殿。他们四人并排，在宫殿的平台上来回走动，幻想着自己是这座宫殿的主人，将会给世界带来数不尽的好处。

"那我们只能希望，"凯瑟琳说，"威廉去世后，卡

---

① 汉普斯特德（Hampstead）：处于伦敦北部的一个大型公园绿地。

第三十二章

桑德拉作为这样一位杰出诗人的遗孀,能得到几间房子作为补偿。"

"或者——"卡桑德拉接话,但抑制了自己把凯瑟琳想象成一名杰出律师的遗孀的冲动。这已是四人第三天一同出外游玩了,但即便是如此无伤大雅的玩笑,也得小心翼翼加以控制,着实累人。卡桑德拉不敢去问威廉,她看不懂他;他从不留神凯瑟琳与拉尔夫什么时候分开——他们时常分开走,自顾自地去观察植物,去研究壁画。卡桑德拉一直在研究他俩的背影。她注意到:凯瑟琳或拉尔夫会时不时向对方靠近;有时他俩会慢慢往前挪动着,仿佛在进行深度交流似的;有时又步伐很快,好像充满了激情。每次他俩待在一起,就自动屏蔽了一切,毫不关心周遭的世界。

"我们一直在想,他俩有没有钓到鱼……"或者,"我们得留出点时间去逛逛汉普顿宫的迷宫啊。"更让卡桑德拉不解的是,这一路上,不管是吃饭间隙还是在火车上,威廉和罗德尼一直都在好脾气地争论不停;要么讨论政治,要么讲故事,要么在旧信封背面算算数,想要证明点什么。她总觉得凯瑟琳心不在焉,但又不好判断。有些时候,她会觉得自己太过年轻,缺乏人生经验,一心想着要回到斯托格登大宅和蚕桑待在一起,别管这些令人困惑的复杂事情了。

不过话说回来,这些感到无助的时刻的存在,正是为了衬托出她的幸福啊,这丝毫不会影响照射在四人身上的温暖光芒呢。春日的清新空气,蓝天无云,倾洒暖意,似乎都是上帝对她精神洗礼的馈赠。这种精神,在懒洋洋晒太阳的鹿群中,在河流中静静躺着的鱼儿身上,都寻摸到几丝痕迹,因为大家都在静默不语中受洗,无需任何语言解释。那日是周日下午时分,他们四人漫步在铺着碎石的小径上,看着眼前干净整洁的绿草地,卡桑德拉此刻找不到合适的言语来表达它那种静谧、明亮和期待的感觉。阳光静静躺在树木的影子上,她的心里被沉默包裹着。看那停留在半开花朵上的蝴蝶微微颤抖着呀,看那阳光照耀下安静吃草的鹿群啊,眼前的这幅景象令她顿感欢喜,整个人开心得颤抖起来。

一下午的时光匆匆逝去,是时候离开花园了。正当大

第三十二章

家从沃特卢大道前往切尔西大道时,凯瑟琳开始对父亲感到些许内疚,到了周一威廉和拉尔夫便要上班,难以再安排出游。出于父亲对孩子们的宠爱,希尔伯里先生到目前为止一直在容忍他们几个天天出去玩的事情,但着实无法继续毫无限度地玩下去了。确实如此,他们都不知道,希尔伯里先生因为他们几个的缺席遭了不少罪,一直盼着他们回去。

他并不讨厌孤独,尤其在周日,那是多么适合写信、打电话、去俱乐部的日子啊。正当希尔伯里先生准备出门去喝下午茶,却发现米尔文夫人,他的妹妹就站在家门口。她本该在听闻无人在家后就乖乖离开的,却接受了希尔伯里先生半敷衍的邀请,于是希尔伯里先生顿时很郁闷,不得不坐在客厅里给她倒茶、陪她喝茶。于是米尔文夫人很快表明了来意,她之所以有这样吃力不讨好的举动,是因为有要事相商。而希尔伯里先生对她口中所谓的要事一点都不开心。

"凯瑟琳下午出去了。"他说。"要不你晚点再过来,跟她说吧——当着我俩的面再讨论。如何?"

"我亲爱的特雷弗呀,正因此事非同小可,我才要和你单独商量呀……凯瑟琳去哪儿了呢?"

"当然是和她的未婚夫出去了呀。卡桑德拉这个女伴也很不错呢。她还真是位魅力十足的年轻姑娘——甚得我心啊。"他手里把玩着石头,设想着各种办法让西莉亚别再搞出这些疯疯癫癫的举动,她这样定是又和西里尔的家事有关。

"和卡桑德拉一起啊,"米尔文夫人意味深长地重复道,"卡桑德拉一起去了啊。"

"是的,和卡桑德拉一起去的。"希尔伯里先生很高兴她转移了注意力,于是礼貌回答道。"我记得他们说要去汉普顿宫玩,哎,希愿他们听了我的意见,把拉尔夫也叫着去了,逗逗卡桑德拉开心。他可是个不错的小伙子。这样安排,还真不错呢。"希尔伯里先生准备就这个安全话题多聊会儿,相信凯瑟琳定会在他们讨论完之前就能到家。

"汉普顿宫倒是个不错的适合情侣约会的地方。那儿有迷宫,还有喝茶的好去处——我忘了叫什么来着——要是年轻人懂点事,还可以带女伴过河去玩。那儿好玩的地

第三十二章

儿多着呢——到处都是。要吃点蛋糕吗，西莉亚？"希尔伯里先生继续说着。"我得留着肚子吃晚饭呢，不过你不一样，我记得你晚餐吃不多，你不怎么吃晚餐。"

哥哥这一副和蔼可亲的模样并没能骗得了她，这着实让她有些沮丧，她也很清楚整件事的起因是什么。还是和往常一样盲目糊涂啊！

"那位德纳姆先生是谁啊？"她问。

"拉尔夫·德纳姆？"看到她脑子转过弯来，希尔伯里先生松了口气说。"他是位很风趣幽默的年轻小伙子。我对他抱有很大信心。他在中世纪机构方面可是个权威呀。要不是为生计所迫，他肯定会写出一本好书来。"

"也就是说，他不是那么有钱呗？"米尔文夫人插了一句。

"我猜是没什么钱吧，好像一整个家庭都得靠他养活呢。"

"养活他母亲和姐妹们吗？——他父亲……去世了？"

"是啊，他父亲多年前就已经过世。"希尔伯里先生说道，打算让米尔文夫人把注意力都集中在拉尔夫的私人情况上，即使要用想象力编造点什么出来都行，不知道为何，她对这个话题一副饶有兴致的样子。

"他父亲去世多年,这位年轻人自然是要顶替父亲担当家中顶梁柱啊——"

"他父亲从事法律那一行吗?"米尔文夫人问。"我好像记得在哪儿见过这个名字。"

希尔伯里先生摇摇头。"我也不太确定是不是他们家都做那一行。"他思索着说。"我记得好像德纳姆之前告诉我说他父亲是玉米商人。可能说的是股票经纪人吧。后来他事业不顺,毕竟做股票经纪人也是有各种门道呀。我非常尊敬德纳姆。"他补充说。这句话听起来好像这个话题要不幸地结束了,更担心接下来关于德纳姆的话题没什么可说的。于是他低头认真研究者自己的手指头。"卡桑德拉长成大姑娘了,年轻有魅力。"接着他又开始一个新话题。"虽说她历史懂得不太多,不过依然是个魅力十足的女性呢。要再来一杯茶吗?"

米尔文夫人把杯子往前推了点,好像在表示自己的不快。但她不想再喝茶了。

"我这次前来,就是因为卡桑德拉。"她开口。"我

第三十二章

想说的是,卡桑德拉并不完全是你以为的那样子,对此我很抱歉,特雷弗。她利用了你和玛姬的善良。但她的行为简直无法理解——就在这儿,你家——但这还不止,还有更难以理解的事儿呢。"

希尔伯里先生看起来很吃惊,沉默了一会。

"听起来事情很严重。"他礼貌地回答说,然后接着拨弄着手指甲。"不过我现在一头雾水。"

米尔文夫人变得有些僵硬,用最简短的语句表达了她要说的意思。

"卡桑德拉和谁出去了?威廉·罗德尼。凯瑟琳跟谁?拉尔夫·德纳姆。他们为什么总约在街角见面,然后一起去音乐厅,一起在夜里坐出租车?之前我问的时候凯瑟琳为什么不告诉我真相呢?我现在是明白了。凯瑟琳现在是和那位不知名的律师纠缠在一起,而且看样子已经原谅了卡桑德拉的行为。"

又是片刻的沉默停顿。

"额,好吧,如此的话,凯瑟琳的确要好好给我解释一番了。"希尔伯里先生平静地回答道。"我承认,这整件事对我来说有些复杂——那个,西莉亚,希望你不会觉得我太过粗鲁,因为我现在想一个人去骑士桥①走走。"

米尔文夫人立即起身。

"她已经原谅了卡桑德拉,还和那个拉尔夫·德纳姆鬼混在一起。"她重复说着。只见她站得笔直,一副无畏的神气模样,仿佛无论结果如何,也要证明真相。根据以往讨论事情的经验,她很清楚,要对付她哥哥一贯的懒散和冷漠态度,唯一的办法就是在离开之前把事情言简意赅地说明白。于是说完这两句,她忍着不再多说一个字,带着一种好像受伟大理想感召似的尊严走出了大门。

这番话肯定经过思虑,使她哥哥听后无心前往骑士桥。希尔伯里先生倒不怎么担心凯瑟琳,但疑虑卡桑德拉是否因为没有长辈照料,不知不觉地干了什么蠢事儿。他的妻子对传统的态度就令人捉摸不透;他自己呢,一向懒惰;

---

① 骑士桥(Knightsbridge):伦敦市中心西部的一个住宅和商业区域。它位于海德公园(Hyde Park)的南部,跨威斯敏斯特市(City of Westminster)和肯辛顿-切尔西区(Royal Borough of Kensington and Chelsea)。

第三十二章

而凯瑟琳自然沉浸于这种环境中——便养成了纯粹的性格，这是他绞尽脑汁根据回忆得出的结论。"她原谅了卡桑德拉的所作所为，还和拉尔夫·德纳姆混在了一起。"这么看来，凯瑟琳并没有沉浸于与威廉的恋情之中，那到底是凯瑟琳还是卡桑德拉和拉尔夫在一起呢？希尔伯里先生陷入这个迷局百思不得其解，除非凯瑟琳亲自向他求助。于是他转移注意力到一本书上，开始了阅读。

没过多久，他就听到了几个年轻人进门上楼的声音，于是他喊了个女佣带话过去，说他想和凯瑟琳在书房谈一谈。当时凯瑟琳正在客厅的壁炉前，她把皮草外套随意脱下放在地上。大家都在一起待着，不太愿意离开。女佣的话让凯瑟琳颇为惊讶，正当她转身准备过去时，其他人也从她的表情里发现了点什么，恍惚中大家都感到有些害怕。

希尔伯里先生在看到凯瑟琳的那一刻就放下了心。他暗自庆幸着，为自己拥有一个有责任心、远比真实年龄成熟，对生活有着深刻理解的女儿而感到骄傲。不过，她今天看起来有些不一样，希尔伯里先生一向是看惯了凯瑟琳的美貌的；而今日看来，又不禁为之赞叹。他本能地认为自己打断了女儿和罗德尼相处的美好时光,于是他道了歉。

"亲爱的,真不好意思打扰你们了。我听到你们进门了,就想着做坏人干脆就做吧——毕竟这就是不幸的事实啊,为人父的总是要扮演唱红脸的角色。现在是这样,你的西莉亚姑妈来找过我;显然这种想法已经深入她脑子里,说你和卡桑德拉——这说起来有点扯。就是说呢——你们最近常常一起聚会游玩什么的——可能让她有些误会了。我跟她讲了,我没看到什么不好的事情,但我觉得还是应该听听你怎么说。卡桑德拉是否与德纳姆先生相处时间太长了?"

凯瑟琳没有立即回话,只见希尔伯里先生用火棍捅了捅壁炉,让火烧得更旺些。接着凯瑟琳开口了,丝毫没有羞愧或歉意的意思:

"我不明白,为什么我要回答西莉亚姑妈的问题。我早跟她说过,我是不会搭理她的。"

听了这话,希尔伯里先生如释重负,想了想凯瑟琳和西莉亚的会面,还暗自窃笑。不过表面上他不能赞许这种对长辈不敬的行为。

第三十二章

"很好。那你让我来跟她说吧,她大错特错了,这不过是个逗趣的传闻,没什么实质性意义。凯瑟琳,你对此也毫无异议吧?卡桑德拉现在住在咱们家,一切归咱们负责,我可不想有外人讨论她的八卦。以后你们还是小心点吧,下次再出去玩可以邀请我一起。"

然而凯瑟琳并没有像希尔伯里先生期待的那样,高高兴兴、语带幽默地回应。她冥想着,思索些什么,而希尔伯里先生才发现,在对待任何事都顺其自然这方面,即使是凯瑟琳也和其他女性毫无二致。或者,她是有事要说?

"你是心虚了吗?"他轻声问道。"凯瑟琳,跟我说说。"被凯瑟琳的眼神打动,他语气愈发严肃了起来。

"我之前就一直想告诉您,"她说,"我是不会和威廉结婚的。"

"你不会——!"他大声嚷嚷着,震惊不已,随手把火棍扔到了一旁。

"嗯,有些日子了——有一周了吧,或许再早些时候。"凯瑟琳语气匆忙又毫不掺杂感情地说道,仿佛这件事无关他人。

"但我总该问问——你怎么不早告诉我——你说这话到底什么意思?"

"我和他都不想结婚——就是这样。"

"你和威廉都是这样想的吗?"

"是的,没错。我们两个达成了共识。"

希尔伯里先生一时不知所措。他不懂凯瑟琳为何一幅事不关己的态度,似乎完全不知道自己这番话的严重性,希尔伯里先生现在是一头雾水。但他想顺利解决这件事。不消说他俩肯定是吵架了,肯定是威廉一时冲动,虽说他是个不错的小伙子,不过有些时候为人比较苛刻——但这都是女人可以帮助他改掉的东西。尽管他不想干涉太多,但他对女儿的关爱使他无法置之不理。

"好吧,我没能太明白你的意思。我应该听听威廉对这事怎么说。"他语气暴躁。"我认为,他应该在一开始就告诉我真相。"

"是我不让他说的。"凯瑟琳说。"我知道,您觉得这事很奇怪,"她补充道,"但我向您保证,父亲,希望您再多等候些日子——等母亲回来再讨论。"

第三十二章

这样的拖延战术很对希尔伯里先生的胃口。但他的良心不允许他这样做。外面的人都在闲言碎语。他绝不能容忍有人说他女儿行为不端。他在想,面对如此情况,如果电邮妻子,派人去请姐妹来,再禁止威廉出入自己家里,最后把卡桑德拉送回乡下,是否为上策——因为他隐约觉得,自己要为女儿的行为负责。希尔伯里先生心急如焚,眉头紧皱,极其希望凯瑟琳能为他解忧排难。这时威廉·罗德尼推门而进。这下子谈话的态度和立场都得彻底转变了。

"是威廉啊。"凯瑟琳大声说着,松了口气。"我刚告诉父亲我们解除婚约了,"她说着,"我还说是我不想让你来跟他讲这件事的。"

威廉站在那里,拘谨不安。他朝着希尔伯里先生的方向微微鞠躬后,挺直了身体,一只手紧张地捏着外套的翻领,盯着火炉中心的火苗看。他在等希尔伯里先生开口。

希尔伯里先生表现出一副令人生畏的庄重。他站起身来,上半身微微向前倾着。

"罗德尼,我想听听你的解释——如果凯瑟琳不再拦着你说话的话。"

威廉沉默了两秒,最终表态了。

"我们的婚约已经解除了。"他很不自然地说着。

"这是你俩共同的决定吗?"

威廉好一会儿没有答话,只是低下了头,接着凯瑟琳好像突然想到什么似的说:

"没错,是我和他共同决定的。"

希尔伯里先生身子微微晃了晃,嘴唇不断蠕动,仿佛有话要说,又说不出口。

"我只希望,你们晚点再做这种决定,等到谣言都散去了再说吧。你们俩彼此也认识——"他继续说道。

"这件事没有误会。"凯瑟琳打断了父亲的话。"真没有。"说着话的她在房间了走了好几步,一副要离开他俩的架势。凯瑟琳表情镇定,若有所思,与父亲那傲慢的模样和威廉生硬的表情对比鲜明。威廉一直没抬眼看人。而凯瑟琳的视线越过他们两人,沿着书,穿过书桌,向门口望去。她似乎对眼前的一切漠不关心。希尔伯里先生突然满脸愁绪地望向女儿,不敢肯定她是否真的个性平稳、冷静理智。方才他随随便便地教训了她一顿,现在是真的

第三十二章

不敢由着她的性子来了。他觉得,这是多年来,自己第一次要对她的行为负责。

"你们看,我们必须把事情搞明白。"他放松了口吻,对罗德尼说着,仿佛凯瑟琳不在场一样。"你们俩一时意见不合,对吧?相信我,大多数人订婚后都会这样。我也发现了,比起其他愚蠢的举动,长期约会只会带来更多麻烦。听我的,你俩把这些乱七八糟的事情都忘了。我命令你俩现在把一切繁杂情绪都忘掉,一起出去玩玩,去有意思的海滨度假胜地吧,罗德尼。"

威廉的出现让他大为感动,在他看来,这分明是对凯瑟琳的一份深情表示啊。希尔伯里先生想着,是的,这段时间凯瑟琳脾气不大好,她自己可能没察觉,那坏脾气呀,使得威廉不由自主地做了些坏决定。希尔伯里先生当然没有高估威廉的痛苦。他有生以来从未像此时一般痛苦难耐呀。如今他要面对自己任性妄为的后果,他必须扭转希尔伯里先生的看法,完完全全、彻彻底底地坦白。可情况实在令他为难。即便是周口的夜晚、壁炉的炉火和宁静的图书馆,也未能使情况改善。希尔伯里先生希望他承担起世故成熟男士的责任,这使他极度为难。他再精通世故,也无法使希尔伯里先生欢喜。但背后似乎是有一股力量在逼迫他,迫使他下楼,迫使他现在站在这里,独自一人,无人相助,没有回报。他琢磨了各种说辞,最终蹦出一句:

"我爱卡桑德拉。"

希尔伯里先生的脸瞬间涨成了猪肝色。他看着女儿,点点头,仿佛在命令她离开书房;但凯瑟琳纹丝不动,要么是没注意到父亲的暗示,要么就是不服从管教。

"你怎么胆敢如此无礼——"希尔伯里先生开了口,用沉闷的低声问道,这声音连他自己也从未听过。而此时楼下客厅里传来了窸窸窣窣的脚步声和大喊大叫声,卡桑德拉似乎是在顽强抵抗另一个人的阻挠,一下子冲进了书房。

"特雷弗舅舅,"她大声嚷嚷着,"我一定要告诉您真相!"她嗖的一下站到了罗德尼和舅舅之间,仿佛要阻止他们打架似的。但看到叔叔始终站着不动,整个人看起来高大威猛的样子,也没人说话,于是她往后缩了缩,先看了看凯瑟琳,又望向罗德尼。"您必须知道真相,"她有些胆怯地说。

第三十二章

"凯瑟琳还在这儿呢,你就这么厚颜无耻地要告诉我吗?"希尔伯里先生继续说着话,完全不理会卡桑德拉的插话。

"我知道,我很清楚——"罗德尼的话说得断断续续的,要表达的意思都不连贯了,接着他停顿了下,看着地板,却表现出了惊人的决心。"我很清楚,您是怎么看待我的。"他第一次直视了希尔伯里先生的眼睛,鼓足勇气说着。

"如果您愿意单独和我谈谈,我就能更全面地说出我的想法。"于是希尔伯里先生打算继续刚才的话题。

"你怎么把我忘了呢?"凯瑟琳说着。她朝着罗德尼那儿挪了几步,似乎在表明自己对罗德尼的尊重,以及两人的统一战线。"我觉得威廉没有做错,毕竟,这件事牵扯到的人是谁——是我和卡桑德拉。"

卡桑德拉也微微挪动了脚步,似乎要组成一个三人联盟。凯瑟琳说话的语气和目光让希尔伯里先生再次感到了失落,还有让他愤怒和痛苦的是,他感觉自己就是个过时的老古董;但尽管内心一片虚无,他表面上仍保持着镇静。

"卡桑德拉和威廉完全有权利根据自己的意愿来解决

他们俩之间的问题,但我认为他们不应该在我的房间里,不应该在我家里这样做……不过,我希望我理解正确:你和罗德尼的婚约已经解除。"

他顿了顿,似乎在表明,他为女儿能摆脱这么一桩婚事深感欣慰。

卡桑德拉转向凯瑟琳,深吸一口气,好像有话要说却又及时打住了一样;罗德尼看起来也在等她有所行动;希尔伯里先生瞥了一眼凯瑟琳,好像在期盼着她的下一步举动。可凯瑟琳一言未发。寂静中,几个人听到了下楼的脚步声,接着凯瑟琳直接走向了书房的门。

"等下,"希尔伯里先生开口,"我希望你能和我谈谈——单独谈。"他接着说。

凯瑟琳停下了脚步,用手抓着门把手。

"我还回来呢。"她一边说一边走了出去。大家听得到她和门外的人说话的声音,但听不太清楚。

希尔伯里先生现在面对着这一对满心内疚的情侣,他俩就那么站着,似乎不愿就此离去,而且凯瑟琳的离开使眼前的情况发生了变化。希尔伯里先生心里面暗暗希望如此，他还没琢磨透女儿的行为决定呢。

"特雷弗舅舅,"卡桑德拉冲动地喊道,"请您不要生气。是我没控制住自己。我请求您能原谅我啊。"

但她舅舅仍然不肯理她,还是不管她直接跟罗德尼对话,忽略了她的存在一般,继续讲着话。

"我猜你应该是奥特韦谈过了吧。"他严厉地对罗德尼说。

"特雷弗叔叔,我们一直想告诉您的。"卡桑德拉接过他的话茬。"我们在等——"她一副可怜巴巴的样子望向罗德尼,只见他微微摇了摇头。

"哦,是吗?那你们在等什么?"她叔叔最终看向她厉声问道。

她没能回答上来。显然她竖起了耳朵,好像在捕捉书房外的声音,盼着凯瑟琳能进来帮帮她。没听到回答的希尔伯里先生也在听着屋外的声音。

"这事对大家来说都不是什么好事。"他最终说道,紧接着坐进椅子里,耸着肩膀看着炉子里的火苗。他似乎是在自言自语,而罗德尼和卡桑德拉一同默默看着他。

"你们怎么不坐呢?"他又突然开口道。他的语气很粗暴,但显然怒气已经消减了大半,或是他的心思已经转移到了其他事情上。卡桑德拉听从建议坐了下来,而罗德尼仍然站着不动。

"我想,如果我离开的话,卡桑德拉能给您更好的解释。"他说完话就离开了书房,希尔伯里先生点点头,默许了他的离开。

这个时候,凯瑟琳和德纳姆又坐在了隔壁客厅的红木桌旁。他们俩似乎在接着聊之前被打断的话题,好像两个人都清楚记得自己之前是在说到了哪儿被打断的,都想尽快继续聊下去。凯瑟琳简单交代了与父亲的对话,德纳姆没有发表任何意见,只是说:

"不管怎么说,我们没什么理由就此不见面。"

"除了结婚是不可能的,我们也没有不能在一起的理由。"凯瑟琳说。

"那如果我们在一起以后,我想要的越来越多呢?"

"如果我们的缺点都逐渐暴露了呢?"

他不耐烦地叹了口气,一句话没说。

第三十二章

"但至少",他继续说道,"你我都得承认,我的失神总因你而起,而你的则与我毫无干系。凯瑟琳,"出于焦躁,他一时断了思路,而后继续说道,"我肯定我俩相互爱慕——我们的感情就是世人所说的爱情。还记得那晚吗?当时我们毫无疑虑,整整一个小时都快乐无比。自那天起你一次都没走神,而我直至昨天早上还正正常常。要不是我一时不清醒,我们整天都挺快乐的,你看见我那模样,自然就厌烦了。"

"喂,"她抬高了声音,好像这些话激怒了她,"你怎么就不懂呢。不是厌倦——我从没厌倦过你。是现实——现实,"她突然嚷嚷着,手指在桌子上使劲敲着,仿佛是在强调"现实"这个单独的词。"我对你来说不再真实,成了狂风中模糊的面孔,暴风里迷糊的幻象。我们相互结合,随即又分离。这都是我的错。我跟你一样难以分辨真实虚幻——也许情况比你还要糟糕。"

他俩疲乏地打着手势,聊着聊着时常打断对方,两人已多次尝试弄清楚他们频繁提到的"走神"到底指什么;过去几天里,这种走神一直困扰着两人,这也是为何凯瑟琳焦急地张耳聆听,一听见拉尔夫要走便赶出来阻止,要和他聊个明白。这些走神的源头是什么呢?不过就是凯瑟琳穿了不一样的衣服,说了不一样的话,看上去尤其容光焕发或是不同寻常,拉尔夫对她的浪漫之情便顿时漫溢,一时沉默不语,一时前言不搭后话,见他如此,凯瑟琳总难以抑制要故意打断他的沉默,或是以严厉的话语、平淡无聊的事实去反驳他。接着幻想破灭了,拉尔夫强烈表达了自己的信念:他只爱想象中的凯瑟琳,并不关心现实中的她。而当凯瑟琳"失神"时,她会逐渐抽离,直至完全沉浸在自己的思绪当中,她全神贯注,丝毫不愿意想起身边的同伴。尽管她失神的起始总是因为拉尔夫,但逐渐她的幻象便与他无甚关系。既然如此,他们又怎能相爱呢?这种感情关系的残缺本质是十分明显的。

于是两个人就沉默不语地坐在餐桌旁,对周围的一切忽视不理,而罗德尼正在楼上的客厅来回踱步,心情前所未有的焦躁不安。而卡桑德拉正和舅舅单独留在了书房里谈话。最后拉尔夫站起身来,沮丧地走到窗边,紧靠着窗玻璃上。外面是浩瀚的真理和自由,只有真正孤独的人才能切身理解,这种感觉是无法与他人交流的。还有什么比试图违背他想要表达的东西更悖理的呢?身后传来声响,他想着,要是凯瑟琳愿意,她可以成为他心之所愿的模样。拉尔夫转过身来请求她帮助,但看见她疏离的表情,专注于不为他所知的事物的模样,心又冷了下来。好像注意到了拉尔夫凝视自己的目光,凯瑟琳起身走到了他身边,和他并肩站着,一起看向窗外的朦胧夜色。虽然两个人站得很近,但实际上心与心的距离却是咫尺天涯,这让拉尔夫痛苦不堪。可凯瑟琳虽然距离他很远,但她就这样静静站在拉尔夫身旁,改变了他的整个世界。在他的幻想中,他有诸多英勇事迹。他救人于溺水,助人于苦难。烦腻了这些自负的想象,他还是愿意相信,只要凯瑟琳陪伴身旁,人生便美好浪漫,富有意义。他不期待凯瑟琳能开口说点什么,也没有看她或触碰到她,身旁的凯瑟琳完全沉浸在了自己思想的世界里,忘记了拉尔夫的存在。

这时书房的门开了,希尔伯里先生从书房出来,但两人都没听到开门的声音。希尔伯里先生环顾屋内,一时半会才发现窗边的两个身影。一开始看到那两人,他很不愉快,敏锐观察了好一会,好像才下定决心要说点什么。最终他挪了挪身体,好让他们知道他进来了;于是他们立即转过身来。希尔伯里先生一言未发,示意凯瑟琳过来他的身边,他尽量不看德纳姆,跟在凯瑟琳身后,走进书房里。等凯瑟琳进来屋里后,希尔伯里先生小心翼翼地关上房门,仿佛要隔离什么讨厌的东西似的。

"好了,凯瑟琳,"希尔伯里先生站在火炉前说着,"你现在,总可以告诉我了吧——"凯瑟琳默不作声。"你要我怎么想?"他问得很犀利……"你说你和罗德尼解除婚约了,但我看你显然跟另一个男人——拉尔夫·德纳姆,倒是亲密得很。我要怎么想?你是不是,"但凯瑟琳仍不开口,于是他接着问,"你是不是和拉尔夫·德纳姆订婚了?"

"我没有。"她说。

希尔伯里先生如释重负。他很确定,凯瑟琳的回答会证实他的疑虑,但这疑虑打消后,凯瑟琳的行为让他更为恼怒。

"那我只能说,你对所谓正确行为的理解很让人不解……人们是爱在背后嚼舌根,我没什么好惊讶的……但我越想越难以理解。"他怒火大增,继续说道。"为什么我对自己家里发生的事情一无所知?为什么我要从自己妹妹那里听到这种事?简直过分,气死我了。我要怎么跟你弗朗西斯叔叔交代——哎,我不想再管这事了。卡桑德拉明天就得走。罗德尼也不允许再进咱们的家门。至于另一位,他最好赶紧离开。凯瑟琳,我给了你全部的信任——"他突然停了下来,身边传来不详的沉默,让他深感不安,于是他满心疑虑地看着女儿,想知道她心里到底怎么想的,毕竟这是今晚他头一次有这样心神不宁的感觉。他发现女儿心不在焉,正聆听房间外的情况,他不禁也跟着听了起来。他确定德纳姆和凯瑟琳的关系不同寻常,又猜想其中是否有悖常理。在他看来,几个年轻人的这番状况实在极不妥当。

"我要跟德纳姆谈谈。"顶着这股怀疑的冲动,他边说着边往那边走去。

"我和你一起去。"凯瑟琳立即跟着前去。

"你就待在这儿。"希尔伯里先生说。

"您要跟他谈什么呢?"她问。

"这是我家,我爱说什么就说什么。"他答。

"那，我也要去。"凯瑟琳又开口。

这话似乎表明了她坚决要跟着前去的决心，希尔伯里先生听了后又走回到壁炉前，身子微微摇摆着，沉默不语。

"你说你没和他订婚。"他最后开口，注视着女儿说道。

"我们就是没有订婚。"她说。

"不管他来不来咱家，这事对你都无关紧要——但我不允许你在我跟你讲话的时候还分心去听别的！"他怒气冲冲地说了一半，察觉到凯瑟琳整个人微微往一旁挪了挪。"坦白回答我，你和德纳姆到底什么关系？"

"我没法解释。"她的态度很顽固。

"我可不接受你这推诿搪塞的说辞。"他说。

"我不要解释。"正说着，只听前门砰的一声。"你满意了吧！"她嚷嚷道。"他走了！"凯瑟琳那满眼的怒火让希尔伯里先生失去了自控力。

"天啊，凯瑟琳，注意点你的行为！"他怒斥。

凯瑟琳四处张望了一会，那模样好似一个被圈进在现代文明住宅里的抓狂野兽。她先是扫了一眼墙上的书，仿佛有一秒钟她忘记了门的位置。接着就是一副要走的样子，

第三十二章

但父亲用手按住了她肩膀,强迫她坐了下来。

"你现在的情绪很失落、很沮丧,这是自然。"他说。这会他的言谈举止又变得温文尔雅,语气轻柔,又分明带着父亲的威严。"我从卡桑德拉那儿了解,你现在的处境十分困难。我们就各让一步吧;咱们暂时先不讨论这些烦心事。然后,咱们都心平气和点。来一起读读沃尔特·司各特爵士吧。你觉得《古董商》这本书怎么样?或者《惊婚记》呢?"

于是希尔伯里先生选了一本,凯瑟琳还没来得及抗议或者想逃走,就发现自己已然沉浸在沃尔特·司各特爵士的书中,回归成了一个文明人。

希尔伯里先生读着书,却又愁绪难平,怀疑此刻的平静仅仅流于表面。这天夜里,文明礼仪被彻底推翻,损失之惨重仍有待估量;他发起了脾气,火气之大过去十年从未得见,此时他急需经典文学给予安慰。他家宅子正闹着革命,他猜测大家在楼道碰面时必然相当尴尬,进餐时气氛也是极其压抑;不晓得文学作品能否抵抗如此不快?这会他念着书,声音透着几分空洞和虚无。

第三十三章

希尔伯里先生的宅子相当气派,门牌按序排号,他又一向奉公守法,填好各种表格,定时交租,租期还剩七年。因此,他大有理由为房中住客制定戒律规章。尽管这理由不大充分,但面对此时家里的混乱状态,还是颇为有用。罗德尼遵照戒律离开了;卡桑德拉即将乘坐周一中午 11 点 30 分的火车被迫离开;德纳姆也不见了踪影;只有凯瑟琳——这个房子里楼上房间的合法主人留下了,希尔伯里先生自认为能监管她,不让她做出更出格的事来。第二天一早,他向凯瑟琳问候早安时,意识到自己对她的想法一无所知,但当他回想起这整件事的苦涩过程,相较于前一日被蒙在鼓里的情况,着实算是有进步了。他走进书房,写好了信,又撕掉,接着另写一封给自己的妻子要求她立即回家;在一开始的信上他详细解释了家里的情况,但后来经过审慎思考,信里他没有完全点破。他想,即便希尔伯里夫人收到信后立即动身,也要等到周二晚上才能到家;于是他闷闷不乐地数了数时间,在妻子回来之前,自己还得保持这种可憎的权威形象和女儿单独相处。

希尔伯里先生给妻子写信的时候还在想着,凯瑟琳在做些什么呢。他无法监控电话,无法把自己搞成间谍似的去窥探女儿的行踪。她可能会做出任何选择。然而不像前一天晚上和那几个年轻人在一起时的那种诡异、不愉快、偷偷摸摸的氛围,令他心烦意乱。他只是感到了身体上的不适。

他可不知道,凯瑟琳无论身心都与电话相距甚远。凯瑟琳在卧室里,她坐在书桌面前,桌上摊开了好几本大字典,多年来无人翻阅的厚厚纸页堆满了一桌。她故意回避不快的想法,专注于眼前的工作。成功消化了不被人接受的想法后,她的脑子又重新活络了起来;她拿出一张纸,坚定地写下了许多数字和符号,标志着整个过程的不同进展阶段。不过,现在还是白天;门外传来敲打声、扫把声,说明卧室外有人在打扫,而这扇能轻易打开的门,是她对抗世界的唯一保护伞。她成了自己王国的女王,下意识要

第三十三章

捍卫主权。

门外的脚步声无声无息向她靠近。这脚步声,在门外来回徘徊,晃悠,听似一位年过六十的老者,经过了深思熟虑才来到门口,而他的手臂,就如同大树的枝干,开满了一树的花和叶;这脚步声,稳稳扎扎地向她走来,很快,传来了仿佛一树月桂枝轻敲了房门般的声音,正写东西的凯瑟琳顿了顿,停下了笔。然而她坐在书桌旁纹丝不动,眼神空洞,好像在等待那扰人的声音停止。但是,门开了。起初,凯瑟琳没太在意那团移动的绿色物体——看起来好像是不受人类控制就径直进了房间。接着,在一大簇黄花和天鹅绒般柔软的棕榈树花蕾后,她认出来那人竟是她妈妈,希尔伯里夫人。

"这可是从莎士比亚的坟墓附近采摘的呢!"希尔伯里夫人高声嚷嚷着,把手上的花束丢到地上,似在向凯瑟琳献花。然后她猛地张开双臂抱住了女儿。

"谢天谢地啊,凯瑟琳!"她喊叫。"幸亏啊!"

"您这是回来了?"凯瑟琳问道,一脸茫然地站起来迎接母亲的拥抱。

虽然凯瑟琳知道母亲就在身边,但她似乎又飘离在外,不过母亲能回来真好,感谢上帝赐予我们未知的祝福,感谢上帝让母亲有机会在地板上铺满了莎士比亚墓旁的鲜花和树叶。

"你是世界上对我而言最重要的啊!"希尔伯里夫人接着说道。"名字都不重要,你的内心感受才是一切啊。我才不要看什么蠢蠢的干扰性信件。我不想你父亲来跟我讲这些。这事我从一开始就知晓了,也祈祷过事情朝这个方向发展。"

"您竟然知道?"凯瑟琳轻声默默地重复着母亲的话,直直望着她。"您是怎么知道的?"她开始像个小孩子似的,玩弄着母亲斗篷上的流苏。

"是你第一天晚上就表现很明显了,凯瑟琳。噢,还表现了无数次——在晚宴上、谈论书的时候,还有他走进房间的样子、你对他说话的声调。"

凯瑟琳似乎在默默思考母亲的解释。然后严肃地说道:

"我是不会和威廉结婚的。还有卡桑德拉她——"

"嗯,我知道她也搅和这事了。"希尔伯里夫人说。

"我承认,一开始我挺生气的,但毕竟,她钢琴弹得那么美。凯瑟琳,你告诉我,"她突然问道,"那晚卡桑德拉弹奏莫扎特的时候,你去哪儿了?是不是以为我那会儿已经睡着了?"

凯瑟琳一脸为难地回忆着。

"我去找玛丽·达切特了。"她想起来了。

"哎呀!"希尔伯里夫人略带失望地说。"我还猜想着有什么浪漫的事情呢。"她看向女儿。凯瑟琳在母亲天真又敏锐的目光注视下踌躇不决;她脸一红,扭过头去,然后眨巴着亮晶晶的眼睛抬起头。

"我没有和拉尔夫·德纳姆相爱。"她说。

"只有真爱才可以结婚!"希尔伯里夫人很快撂下这句话。"但是,"她瞬间扫了一眼女儿,补充道,"也许有不同的相处方式呢,凯瑟琳——不同的——?"

"我们只想随心所欲地见面,不过要保证我们都是自由身。"凯瑟琳接着说。

"在咱们家,在他家,还有在街上见面,都可以呀。"希尔伯里夫人将几个选择喃喃吐出,仿佛在调试音色。显然,她有自己的消息渠道来源，而且事实上，她包里塞满了那些所谓"善意的信"，全部出自她小姑之手。

"是。或者我们到乡间去吧。"凯瑟琳最后说道。

希尔伯里夫人顿了顿，面露不悦之色，望向窗外，思考对策。

"他出现在那家商店里对我来说是多大的安慰啊——他带着我立即就找到了那片废墟——他给了我安全感——"

"安全感？噢，不是的，他就是个莽汉——总是在冒险。虽然他穷得一清二白，家里还有许多弟弟妹妹依靠他过活，但他还是想放弃工作，去乡下的茅草屋里住着,然后写写书。"

"啊，他母亲还健在吗？"希尔伯里夫人问。

"嗯，还在世。是个样貌秀丽的老太太呢。"凯瑟琳讲述了自己去拉尔夫家里拜访的事情，不一会儿希尔伯里夫人就引诱着凯瑟琳说出了真相，拉尔夫家里的房子丑陋至极，而他对此却毫无怨言；但很明显，全家人都指着他生活，他在房子顶层有一间属于自己的小屋，能够俯瞰伦敦的美景。他还养了一只白鸦。

"一只可怜的老鸟儿，拖着掉了一半羽毛的残躯，蜷

第三十三章

缩在角落里。"她温柔地说着,似乎在同情人类的苦难,同时又放心拉尔夫·德纳姆有能力减轻他们的痛苦。至此希尔伯里夫人忍不住大叫:

"但是啊,凯瑟琳,你和他相爱了呀!"凯瑟琳两颊绯红,看上去吓坏了的样子,好像她说了不该说的话,摇了摇头。

希尔伯里夫人接着又着急忙慌地要听凯瑟琳仔细讲讲拉尔夫家的房子,还对济慈①和柯勒律治②在小巷子里的几次会面猜测一番,舒缓了凯瑟琳的不适感,得以让她继续说下去。说心里话,能和母亲这样聪慧的良友自由地交谈,让凯瑟琳感到莫大的欢喜,这可是她孩提时代的母亲啊,她的沉默似乎回答了好些从未被问出口的问题。希尔伯里夫人默默听了好久,一言未发。比起女儿的话语,她似乎更留神她的表情。要是有人问起,除却他身无分文,父亲

---

① 约翰·济慈(John Keats, 1795—1821):杰出的英国诗人,浪漫派的主要成员。济慈才华横溢,与雪莱、拜伦齐名。他的诗被认为先美体现了西方浪漫主义诗歌特色。
② 塞缪尔·泰勒·柯勒律治(Samuel Taylor Coleridge, 1772—1834),英国诗人、评论家,英国浪漫主义文学的奠基人之一。

早逝,一家人住在海格特——这些事实令他特别讨喜,其他事情她都记不大清楚。她偷偷瞥着女儿,确信凯瑟琳此时的状态令她无比愉悦,但又心生警觉。

最后她终于忍不住嚷嚷出来:

"如今结婚这种事,如果你觉得教堂过于华丽,虽说里面的东西还挺华贵的,但也的确如此,那么在户籍登记处五分钟就能搞定。"

"但我们不想结婚呀,"凯瑟琳断然回答,继续道,"毕竟,为什么不结婚就不能在一起生活呢?"

然而希尔伯里夫人一脸镇定地拿起桌子上的纸张,一边翻过页看着,一边自言自语地嘀咕着:

"A+B-C='x y z'。凯瑟琳,数学真是毫无美感。我就是这种感觉——简直丑得惨不忍睹。"

凯瑟琳从母亲手里接过纸张,心不在焉地把它们整理好,她那凝视的目光似乎表明她的心思在别的事情上。

"好吧,我不懂得鉴别美丑。"她最后开口。

"那他不会问你吗?"希尔伯里夫人大声说道。"那对棕色双眸,一脸严肃的年轻人,他不会问你吗?"

第三十三章

"他什么没问——我俩都不需要问的。"

"凯瑟琳,要是我的感受能帮得上你——","那你说,你是什么感受。"

希尔伯里夫人眼神茫然,凝视着尽头那漫长的走廊,在那儿,她和她丈夫的身影显得异常的苍白,黄昏时分,两个人在月光照耀下的海滩上紧握着彼此的双手,身旁还有摇曳生姿的玫瑰。

"那是个夜晚,我们俩乘坐着一艘朝着轮船划去的小艇。"她说。"夕阳西下,明月升起。海面上泛着温柔的银光,在海湾中央靠近轮船的地方还有三盏绿灯。你父亲的头靠在桅杆上,显得如此气宇轩昂。那场景,让人看透了生死。四周都是海水,仿佛那是一场永无止境的航行。"

凯瑟琳一字不落、凝神屏气地听完了这个童话般的老故事。是,那儿有一望无际的大海,有装着三盏绿灯的轮船,还有披着斗篷的人爬上了甲板。因此,在绿紫色的海水中航行,越过悬崖和沙池,穿过挤满了船只桅杆的水湾和众多有着尖塔的教堂——母亲和父亲来到了这里,变成了如今这副模样。这条河似乎把他们带来,然后精准无误地存放在了这里。她羡慕地看着母亲——那个古老的航海者。

"谁能料到今日啊,"希尔伯里夫人感叹道,接着幻想,"我们要去到哪里,为什么要去,谁又是我们的送行者,或者我们又将找到什么——谁人能知,除了爱是我们的信仰——爱情啊——"她低声哼哼道,而正当她在幻想中庄严肃穆地凝视着广阔的海岸和一波又一波被打破了的波浪,凯瑟琳从那微弱的话语中捕捉到了一丝柔软。她会因她的母亲几乎无限地重复这个词而感到些许满足—— 一个多么宽慰人心的词啊,从另一个世界上满心已经支离破碎的人口中说出。但希尔伯里夫人非但没有重复"爱"这个词,反而说:

"你不会再想那些丑陋的东西了吧,凯瑟琳?"听到这话的同时,凯瑟琳一直挂在心上的幻想中的船似乎已经进港,完成了航行。然而,她却急需某种形式的建议,而不是同情,或者至少有机会在他人面前讨论自己的问题,好产生些新思路。

"不过,"凯瑟琳故意不提那难以解释的"丑陋"的问题,"你当时是知道你恋爱的,但我们不同。似乎吧,"她皱着眉头继续说着,试图把这种困扰解释明白,"就好

第三十三章

像某件事戛然而止了——全然释放了——消失了。那是一种幻觉,当我们以为自己相爱时所编造的幻象——一切都是我们的想象。这就是我们为什么不可能结婚的原因。一次又一次,我们发现对方不过是幻象,可过了不一会又忘了,永远无法确定我是否在乎他,也无法得知他所关怀的到底是否真实的我。那种一惊一乍的恐惧,一时快乐无比,下一刻又痛苦不堪——那就是我俩为何不能结婚的原因。可同时啊,"她继续说,"我们没了对方就活不下去,因为……"希尔伯里夫人耐心等着她把句子说完,可凯瑟琳沉默下来,手里玩弄着那张写满数学公式的纸条。

"我们要对这样的愿景信心十足,"希尔伯里夫人接过话茬,瞄了瞄纸条上的数字,那隐隐约约让她不快,使她想起了各项家庭支出,"否则,就像你说的——"她闪电般迅速瞥了一眼深渊处的幻灭,也许这对她来说并不完全陌生。

"相信我,凯瑟琳,这对每个人来说都一样——对我——对你父亲,都是如此,"她恳切地说着,叹了口气。她们俩一起望向那无底洞般的婚姻,希尔伯里夫人先清醒过来,问道:

"可拉尔夫去哪儿了呢?他怎么不来这儿见我?"凯瑟琳唰的一下子变了脸色。

"因为爸爸不允许他来。"凯瑟琳一肚子心酸。

但希尔伯里夫人对此毫不在意。

"他还来得及在午宴开始前过来吗?"希尔伯里夫人问。

凯瑟琳怔怔地望着她,仿佛母亲就是一个魔术师。她再次感觉自己不再是那个善于出谋划策、发号施令的成年女子,而变回了小时候的模样,比起纤长的绿草、小巧的花朵只高上一两尺,小小的手被握着,完全依仗于身边那仰望天空的高大身影。"他来了我才会开心。"凯瑟琳简单地说。

希尔伯里夫人点点头表示理解,并立刻开始设想这事下一步的计划。她把鲜花卷了起来,呼吸着香甜的花香,哼着一曲关于磨坊主女儿的歌,走了出去。

那日下午,拉尔夫·德纳姆显然没有把全部心思都放在眼前的法律案子上,然而,都柏林已故的约翰·列克的法律事务十分混乱,寡妇莱克和那五个年幼的孩子若想得到一点微薄的补偿,就必定需要律师的帮助。拉尔夫的仁慈心今日却被他置之不顾,他也不再是众人眼中做事专注

第三十三章

的典范了。过往,他费尽心思令生活的各个部分各安其位,如今一切都乱了套。尽管他双眼紧紧盯着手中的遗言和遗嘱,目光却透过纸张遥望切恩道那边的客厅。

在能够体面地脱身回家之前,他尝试了之前使用过的各种有效方法令大脑一心多用;但他发现自己心神难定,仿佛凯瑟琳一直在旁骚扰,他不得不在脑海里与她展开对话。她一下子便令一个装满法律报告的书柜消失无踪,房间的角落与整体线条都带上奇怪的柔和感,就像人刚刚睡醒时,模糊间看到的房间的模样。他脑中有一脉搏规律地跃动着,愈跳愈激动。他思绪如泉涌,尽皆化为文字,不知不觉便拿起草稿纸写了起来;那写的是一首诗,每一行都缺了几个词。可还没写上几行,他把笔一扔,仿佛所有错处都是那笔的责任,接着又把纸撕得很碎。这说明凯瑟琳依然在坚持己见,给了他答案,虽然这答案并非诗情画意般美好。她的话完全是对诗歌的破坏,因为诗歌与她从来都扯不上半点关系;她说她那些朋友整日都在遣词造句;他所有的感觉都是一种幻觉,而下一刻,仿佛是在用他的无能来嘲讽他,她陷入了一种梦幻般的状态,丝毫不考虑他的存在。幻想中的拉尔夫满腔热情,试图吸引凯瑟琳的注意,却突然清醒过来,发现自己正站在林肯客栈广场的小房间里,离切尔西很远。想到自己和凯瑟琳相隔遥远,他便更加绝望。他开始在屋子里来回踱步,直到这个过程使他感到恶心,然后又拿起一张纸来写信,写之前他就发誓一定要在当天晚上寄出。

这问题难以言表,也许诗歌能表达得更为精确,但他必须戒绝诗歌。他在纸上写写画画,尝试向她表达,尽管人类不善沟通,那仍是我们所知晓的最为有效的交流方式;它使人类得以进入个人事务以外的世界,投身法律的世界、哲学的世界,甚至进入那天晚上他得以一瞥的世界,当时他们两人仿佛心灵相通,共同构建一个远优于真实情况的理想。如果金色光辉熄灭了,如果生命不再被幻想包围,(但这是一种幻觉吗?)那这将会是一件太过悲惨所以无法完成的事情;因此,他写下一段突然在脑海中迸发的念头,为想象空间的存在提出了明确的方法,并且至少留下了一个完整的句子。为了满足其他的欲望,这一结论对他来说似乎证明了他们之间的关系。但这神秘的结论使他陷入了沉思。

第三十三章

光是写下这些内容,他便费了九牛二虎之力。他自知词不达意,也深知无论如何添补查漏,结果也难尽如人意,于是尽管未能称心,也只能就此作罢,知晓这般胡言乱语定然不能寄予凯瑟琳。他感觉与她相距万里。百无聊赖、已然词穷之下,他在空白处画起了小人画,小小的脸蛋模仿着她的模样,墨渍四周画上火焰则代表了整个宇宙。正当他自娱自乐的消遣时,忽然传来一个女人呼唤他的声音,他从幻想中清醒过来。他还没来得及整理仪容,尽可能呈现一名律师的仪态,也没来得及把那草稿放进口袋,免得别人看见,他忽然意识到这些举动尽皆徒劳。来者是希尔伯里夫人。

"我希望你可没匆匆忙忙就把别人的财产给处理了,"她看着桌子上摊开的文件说道,"也别因为我现在需要你帮我个忙,就断绝别人的继承权。安德森说他的马可不等人。(安德森真是个暴君,不过当年可是他把亲爱的父亲送到威斯敏斯特寺下葬的呢。)德纳姆先生,我壮着胆子来到你这里,不是为了寻求法律援助(虽然我也不知当我有麻烦时更愿去哪儿寻求帮助),而是为了请求你帮我解决在我离家时出现的一些麻烦家务事。前些日子我去了埃文河畔的斯特拉特福镇（这些你得听我事无巨细地道来），在那儿我收到了我小姑寄来的一封信，她是个心地善良的笨蛋，她自己没有孩子，便总插手别人家孩子的事。（我们非常害怕她其中一只眼睛会失明，我啊，总觉得身体的毛病迟早会演变成精神的毛病。我记得马修·阿诺德好像这么说过拜伦勋爵呢。）不过那都是些不相干的事。"

括号里的内容，无论是要切实传达所表达的内容，还是希尔伯里夫人出自本能修饰她直白的对话，都给了拉尔夫思考的时间，让他明白，希尔伯里夫人对整件事的来龙去脉已经了然于心，还以大使的身份出现在了这里。

"我在这儿，不是要和你讨论拜伦勋爵，"希尔伯里夫人笑嘻嘻地继续说道，"虽然我知道你和凯瑟琳，都不像你们这一代的年轻人，仍然觉得拜伦勋爵的书值得一读。"她顿了顿。"德纳姆先生，我真是太高兴了，你竟然让凯瑟琳开始阅读诗歌了！"她大声说着，"让她感受诗歌的魅力，品味个中滋味！虽然她现在不说，但她总会说的——噢，她肯定会的！"

拉尔夫的手被希尔伯里夫人握在手里，他舌头紧绷，几

第三十三章

乎说不出话来,但不知怎的还是断断续续地向希尔伯里夫人倾诉,有时候他感到了无希望,完完全全没有希望,却没有给出解释。"不过你很在乎她吗?"希尔伯里夫人问道。

"上帝啊!"他语气激动得大叫道,却没有正面回答。

"你们两个都反对英国圣公会的结婚仪式吗?"希尔伯里夫人天真地问。

"我压根不在乎什么仪式。"拉尔夫说。

"如果真出现最糟糕的情况,你会在威斯敏斯特教堂跟她结婚吗?"希尔伯里夫人追问。

"我会在圣保罗大教堂①里娶她的。"拉尔夫说。关于这一点的考虑,之前总是因为凯瑟琳在场所以他看不清自己的心意,但现在一切疑虑已经打消;现在他强烈希望同凯瑟琳立即就在一起,因为没有凯瑟琳在身边的日子,他就会想象她离自己越来越远,直到自己在她心中完全消失。

---

① 圣保罗大教堂(St. Paul's Cathedral):世界著名的宗教圣地,英国第二大教堂。圣保罗大教堂最早在604年建立,后经多次毁坏、重建,由英国著名设计大师和建筑家克托弗·雷恩爵士(Sir Christopher Wren)在十七世纪末完成这座伦敦最伟大的教堂设计。

他想要拥有她，占有她。

"谢天谢地！"希尔伯里夫人惊呼。她感谢上帝为她带来种种幸福：拉尔夫对婚事毫不犹豫；她脑里浮现女儿婚礼的美好愿景，贵宾齐聚一堂，大家站在她父亲与其他英国诗人共同的安息之地，而庄严的奏乐、肃穆的乐段，还有婚礼上古老动人的誓词，皆回响耳旁。想到这画面，希尔伯里夫人泪眼婆娑；但她想起门外还有马车在候着，于是便模糊着双眼走了出去。德纳姆跟着她一起下了楼。

这趟出行真别扭。对德纳姆而言，这大概是他最不愉快的一次出行经历了。所以他一心盼着这马车别绕路，快些赶到切恩道；但似乎看起来，希尔伯里夫人或者是忽视了德纳姆的意愿，或者认为自己一路上走走停停办点私事也无可厚非。这一路，她在驿站、咖啡馆和神秘高贵的店铺那儿都下车办了好一会儿的事，还把年老的侍从们当作老朋友似的，向他们打招呼；接着她又看到了圣保罗教堂的圆顶，上面是卢德盖特山的不规则塔尖，于是她冲动之下拉住了绳子，让安德森驾车过去看看。但是，安德森坚持不鼓励人们在下午礼拜，还固执地把马鼻子保持着朝西的方向。不一会儿,希尔伯里夫人意识到了些什么,便善意地开玩笑般接受了建议,还因此怕拉尔夫失望,同他说了声抱歉。

"没关系,"她说,"我们可以改天去,当然了,这个我没法保证,要是安德森能带我们路过威斯敏斯特教堂,岂不更好。"

希尔伯里夫人后来说了哪些话,拉尔夫是一脸懵懂。他的头脑和身体似乎神游进了另一个区域,那里流云奔涌,一切都笼罩在雾气缭绕的朦胧中。与此同时,拉尔夫仍然清醒地意识到,面对自己成倍的欲望,他实属无能为力,便愈发焦躁不安了起来。

突然希尔伯里夫人拉下车绳,从窗口探出身去对安德森发号施令。马车猛一下子停在了白厅街道中央,面前是一座宏大的政府大楼。希尔伯里夫人很快朝楼梯走去,一想到这一耽搁又是许久,拉尔夫大为恼火,甚至猜测到底有何要事需要现在就去教育委员会办理。正当他准备跳下马车打出租车走时,希尔伯里夫人突然又出现了,和一位一直躲在她身后的一个人亲切地交谈着。

"车上空间大着呢,"她说着,"够坐了。威廉,肯定够咱们四个人坐的。"她边说边打开车门,拉尔夫发现那个人是罗德尼。两个人相互对视了一番。拉尔夫那位不幸的同伴脸上明明白白呈现出痛苦难耐、羞愧难当、尴尬不快。但希尔伯里夫人或是对此视而不见,或是故意为之。她似乎在与两位年轻人聊天,又似在与上帝交流。她谈到了莎士比亚,谈到对人类的颂扬,还宣扬了神圣诗歌的美德,甚至开始背诵那些在中间分小节的诗歌。她滔滔不绝,自说自话,完全不需要别人搭理,她就这么絮絮叨叨,说个不停,最后终于回到了切恩道。

"好了,"她说着,步伐轻快地朝大门走去,"我们到啦!"

当她走上门阶转过身来看着他们时,她轻松的声音里带着一丝讽刺的意味。拉尔夫和罗德尼满心疑虑,不知是否该把自己的命运交到这样一位"代表大使"的手上。走到门槛处时,罗德尼犹豫半分,压低声音对德纳姆说:

"你进去吧,德纳姆。我……"他刚准备躲开,但大门突然开了,眼前这熟悉的房子彰显着魅力;他躲在其他人身后，大门嘭的一声关上，断了他的逃跑之路。希尔伯里夫人领着他们两个上楼进了客厅。火炉像以往一样燃烧着。桌上摆放着瓷器和银器。客厅里空无一人。

"啊，"她说，"凯瑟琳不在这儿啊。那她肯定在楼上的卧室里。德纳姆先生，我知道你有话要对她讲。你能自己上去找她吧？"希尔伯里夫人抬手微微指了指天花板。她突然变得严肃镇静起来，俨然一副女主人的模样。那副庄严气派的姿态，拉尔夫铭心刻骨。她似乎轻轻挥了挥手便让他自由行动了。于是拉尔夫走出客厅。

希尔伯里家房子高大，上下分为好几层，过道也多，都关着门；刚走出客厅门，拉尔夫就迷路了。他尽可能爬上最高一层，然后敲响了眼前的第一扇门。

"我能进去吗？"他问。

屋里一个声音传来，"进来吧。"

他进了门，注意到屋里有一扇大窗户，洒满了阳光，还有一张空桌子和一张全身镜。凯瑟琳手捧着几张纸站起身来，看到来客是拉尔夫后，一惊，便松了手，信纸慢慢飘落到了地上。对于自己的突然到访，拉尔夫没过多解释。

他激动得有些说不出话来,这其中含义也只有他和凯瑟琳可以明白。两人紧紧挨着坐下,四手紧握,仿佛全世界要合力使他俩分开;即便是时光那不怀好意的眼睛瞥见了,都会相信他们紧紧结合、不容分离。

"你别动,别走。"当拉尔夫弯腰去捡起她掉落地上的信纸时,凯瑟琳恳求道。但拉尔夫手里握着她写的信,冲动之下给了凯瑟琳自己未写完的情信,两个人默默读完了彼此手中的信件。

凯瑟琳读完了拉尔夫的信,拉尔夫默默算着时间,想着她也差不多该读完了。于是两个人近乎同一时间读完了信,许久都没有人说话。

"这就是你落在裘园的信啊,"拉尔夫最终开口,"当时你三两下就折了起来,我都没看到里面写了什么。"

凯瑟琳面晕浅春;但她并没有要扭过脸去或遮住的意思,似乎已卸下了全部防备;她就像是一只野生的小鸟,在拉尔夫伸手可及之处,微微颤抖着翅膀想要把自己包裹起来。把自己完完全全呈现在拉尔夫面前,着实不易——那阳光令人炫目。从今开始,她得学着习惯会有人一起帮她分

第三十三章

担孤独。这样的困惑半羞半掩,更似那狂喜来临前的序曲。她也丝毫未能意识到,这整件事从表面上来看是何其荒谬。她想抬头看看拉尔夫是否笑了,却看到他庄重的目光紧盯着自己,她相信自己并未悖理逆天,反倒是变得更充实丰富,也许,这转变无可估量、永无休止。她几乎不敢沉浸在这样无限美好的幸福中。但拉尔夫的目光似乎在向她寻求一个事关他切身利益的保证。拉尔夫默默恳求她,求她告诉自己,那封充满了困惑的信上的内容,是否对她有任何意义。只见凯瑟琳扭头看向自己折起来的那封信。

"我喜欢你画的带火焰的小圆点。"她沉思着说道。

当拉尔夫看到她竟然真的在思考那些代表自己困惑而又愚蠢的情感符号时,几乎要半羞愧半绝望地从她手里抢过信纸撕掉。

他确信这封信对别人而言毫无意义,尽管对他自己来说它不仅传达了凯瑟琳的形象,还描写了自他初次见她倾身倒茶后,脑海里关于她的点点滴滴。正如他在那一点墨水四周画上的火焰,这封信代表了生活中各种事物带上的炫亮光彩,一切由此变得柔和,他得见条条街道、本本书籍、各式场景都披上了淡淡的光晕。她笑了吗？她是否会因为它表达不适和言辞虚伪，厌倦似的把这信搁置一旁吗？她会不会再次反驳，说自己爱的只是幻想中的她呢？但凯瑟琳并未能联想到，这张纸和自己有什么关系。她用同样的语调简单说道：

"没错，世界对我来说也是如此。"

于是拉尔夫欣喜若狂地吃下了凯瑟琳给的这颗定心丸。她相信自己并未悖理逆天，反倒是变得更充实丰富，也许，这转变无可估量、永无休止，安静而缓缓地升起了温柔的火苗，给周围的环境添了一抹红色，将眼下情景笼罩于幽深暗影当中，吸引着人们想要更进一步朝深远处、更远处去摸索、去探索。他们的前景是否互有联系，暂时不得而知，但两人都觉得前路广阔神秘，眼前两个未来相互影响，尚未成型；此时此刻，这番景象已足以让他俩满心欢喜，静静思索。正当他们准备进一步深入交谈时，传来了一阵敲门声；女仆走了进来，说有一位女士等着见希尔伯里小姐，却拒绝透露那位女士的姓名。

凯瑟琳站起身，深叹一口气，打算下楼去见见这位访客，

第三十三章

拉尔夫也跟着一道往楼下走去,但两人都没能猜出来这位神秘女士到底是何许人。也许她是一位弯腰驼背的小妇人,偷摸藏着一把小钢刀,准备要插进凯瑟琳的心脏里——这种念头占据了拉尔夫的大脑,于是他率先一步跨入客厅,想要避免悲剧的发生。接着当他看到卡桑德拉坐在客厅的桌子旁时,便热情洋溢地喊了一声"卡桑德拉!";只见卡桑德拉伸出手指放在嘴前做出一个"嘘"的动作,恳求他保持安静。

"不能让人知道我在这儿,"她压低了嗓音说道,"我误了火车,只能在伦敦市区里晃悠一整天。但我实在受不了了,凯瑟琳,我到底要怎么办?"

凯瑟琳把椅子往前推了推,拉尔夫急忙找出葡萄酒倒了一杯给她。就算她此刻没晕倒,估计也快了。

"威廉就在楼上,"看着卡桑德拉恢复了一点神志,他说道,"我去喊他下来找你吧。"拉尔夫此刻洋溢着幸福的心情让他不由自主地认为,其他人也应该得到幸福。但在卡桑德拉看来,希尔伯里先生起初怒气冲冲对她下逐客令的画面依然历历在目,她不敢违抗,神情激动地说她必须得马上离开。就算他们知道该把她送去哪儿,此刻心烦意乱的她也不适合出门。过去一两周内凯瑟琳一直没恢复情理常识,只能追问,"那你的行李去哪儿了?"抱着微弱的信念想问问她有多少行李,好帮她找个地方留宿。卡桑德拉回答说,"行李被我弄丢了。"这话对眼下状况没什么帮助。

"你把行李丢了。"她重复。紧接着凯瑟琳的视线落在拉尔夫身上,脸上的表情更适合言辞诚恳地感谢他陪伴在旁,或是在婚礼上立下永恒的婚姻誓言,而非此时询问行李的画面。卡桑德拉领会了凯瑟琳这幅表情的意思,不觉眼角噙满了泪水,说起话来也结结巴巴的。她又开始壮着胆子讨论寄宿的问题,此时凯瑟琳和拉尔夫默默交流眼神后,得到了拉尔夫的允许,便从手上取下那枚红宝石戒指,递到卡桑德拉手上说道:"这枚戒指你也不用拿去改尺寸了,你戴着大小应该合适。"

要不是拉尔夫握起她的手问道:"你怎么不祝福我俩呢?"卡桑德拉还不敢相信自己满心期盼的事情已然发生。

卡桑德拉喜极而泣。确认凯瑟琳订婚后,她不再胡思

第三十三章

乱想,不再自责自怨,之前她对凯瑟琳心生挑剔,对凯瑟琳产生怀疑,此时终于释然。以往对表姐的信念回归,她对凯瑟琳的感情如先前般炽烈。凯瑟琳就像是天外之物,人生在她照耀之下更为精彩璀璨;她照亮世人,令周遭世界熠熠生辉。她对比了自己与他们的状况,把戒指还了回去。

"除非威廉亲自给我,不然我不会接受的。"她说。"先替我保存着吧,凯瑟琳。"

"我向你保证,一切都没有问题。"拉尔夫说。"让我去跟威廉说——"

正当他不顾卡桑德拉的抗议走到门口时,不知是女仆的通风报信还是她自己意识到了有事需要干预,希尔伯里夫人推门进来,微笑地看着大家。

"噢,我亲爱的卡桑德拉!"她大叫。"看到你回来我真高兴!真巧呢!"她寒暄着。"威廉在楼上。锅好像开了,哎,凯瑟琳呢?我过去看看啊,哎呀,竟然被我发现了卡桑德拉!"虽然大家都一头雾水,但希尔伯里夫人似乎对自己此番窥探的结果很是满意。

"我找到了卡桑德拉。"她又说了一遍。

"她误了火车。"看到卡桑德拉如鲠在喉般地说不出话来,凯瑟琳赶忙插了一句。

"生活啊,"希尔伯里夫人看着墙上的画像汲取灵感道,"生活就在于误了的火车,在于不断地寻觅啊——"随后她站起身说水肯定烧开了,要洒得到处都是。

凯瑟琳心情激动,脑海里那水壶变得无比巨大,洒下的水代表了这些天来她所忽视的家庭责任,都要将房子淹没了。她立马跑上客厅,其他人跟着她,希尔伯里夫人搂着卡桑德拉,把她带上楼去。他们看见罗德尼正失神地盯着水壶,凯瑟琳的担忧仿佛要成真了。她没打招呼便赶紧冲水沏茶,而罗德尼和卡桑德拉故意离对方远些,两人极其局促不安。不知道希尔伯里夫人对他俩的焦急无措是熟视无睹还是无动于衷,抑或是她觉得是时候换个话题了,便自顾自地谈起了莎士比亚的坟冢。

"坟冢四周青山绿水环绕,莎士比亚那伟大的灵魂绝不孤单。" 希尔伯里夫人陷入沉思,唱起了难以言传、如梦似幻的歌谣,歌颂黎明与夕阳,盛赞伟大的诗人与他们传颂的矢志不渝的伟大爱情。世事经久不变,年年岁岁相连。

第三十三章

无人真正逝去,灵魂定然相逢。她沉迷其中,全然忘了房里光景。可先前一秒她还沉浸于人人快乐飞升之境,突然却又回过神来谈起了眼前的事务。

"凯瑟琳和拉尔夫,"她试音似的说道,"威廉和卡桑德拉。"

"我觉得自己完全处在了一个错误的位置,"威廉绝望地插话,打断了她的沉思,"我不应该在这里。希尔伯里先生昨天命令我离开这个家。我无意违抗,我现在应该——"

"我有同感。"卡桑德拉插了一句。"昨晚特雷弗叔叔跟我谈话后——"

"是我让你如此委屈。" 罗德尼从椅子上起身的同时,卡桑德拉也站了起来。"除非征得你父亲同意,不然我没有资格同你讲话——更不用说到你家里来,这样做实属——"他望着凯瑟琳结结巴巴地说着,又陷入沉默——"面对眼前的情况,我的行为着实应该备受谴责,我不配得到你们的原谅,"他强迫自己继续说下去。"我已经问希尔伯里夫人说明了一切。她如此宽宏大量,让我相信我并没有伤害你——是你说服了她——尽管我的行为明明如此自私，如此软弱……如此自私，如此软弱……"他重复了一遍，仿佛是丢了稿子的发言人。

此时似乎有两个小人儿在凯瑟琳心里争吵；一个想要嘲笑站在桌前威廉那一本正经的滑稽模样；另一个眼见威廉的天真诚实，感动得说不出话来，不禁想要放声大哭。只见她出乎所有人意料般地站起来说道：

"你无需责备自己——你总是——"话到此处，她哽咽了，泪水顺着脸颊流了下来；威廉感动万分，抓住她的手放在自己唇边亲吻着。此时，没人注意到客厅的门已经大开，甚至能看到希尔伯里先生的身影站在门外，他注视着茶桌旁的这一幕，一脸的嫌恶和不满。他悄然走开。站在楼梯口的他试图恢复些自我理智，思考如何能体面尊严地处理眼前的烦心事。显然，希尔伯里夫人完全没明白他的意思。这下子令眼下情形更混乱。他在门外静静等了会儿，使劲儿扭了扭门把手，第二次打开了客厅大门。他看到大家已经坐回到自己的位置上；不知有何荒唐事，所有人大笑了起来，一同看向桌子下面，所以他的推门而入并无人

第三十三章

发觉。凯瑟琳脸红了,抬起头说道:

"好吧,以后我可不敢这样乱来了。"

"这东西滚得可真远呢。"拉尔夫弯下腰来,把炉边角落里的东西翻了个底。

"别忙了——不用这么麻烦。我们肯定能找到——"希尔伯里夫人开口,转眼看到了她丈夫,于是抬高声音说:"嘿,特雷弗,我们在找卡桑德拉的订婚戒指呢!"

希尔伯里先生本能低头看了看地毯,结果戒指刚好滚到了他脚边。他看到那枚红宝石戒指就躺在自己的靴子旁。习惯的力量让他无法克制自己,这弯腰帮人捡东西的举动竟带来一种荒谬的快感;随后他拿起戒指,摆出一副威严的架势对卡桑德拉鞠一躬,把戒指递了过去。不论鞠躬是否会自动让人变得彬彬有礼和脾气柔和,他一弯腰又直起身来,对卡桑德拉那种厌烦顿时消失无踪。卡桑德拉鼓起勇气扬起脸接受了他的拥抱。接着他对罗德尼和德纳姆颇为僵硬地点了点头,那两人看到他瞬间站了起来,不过这会子大家就都坐下了。希尔伯里夫人似乎在等她丈夫的到来,从她热情的表现就看得出来,从刚才到现在,她一直在等待着有机会问她丈夫一个问题。

"噢,特雷弗,告诉我吧,哈姆雷特的首演是在哪天?"

要回答这问题,希尔伯里先生不得不去求助博学多识的威廉·罗德尼;罗德尼尚未开口显露卓越学识,便感觉自己再次回归文明社会的怀抱,仿佛受到了莎士比亚本人的认可。文学的力量方才舍弃了希尔伯里先生,使他一时语塞,如今又回归他身上,予复杂难堪之人际事务以抚慰。而尽管之前一夜他翻来覆去,备受折磨,此时却语气平静,话语圆润,毫无咄咄逼人之势。希尔伯里先生对自身的语言能力十分自信,最后他看了一眼凯瑟琳,然后又扫过了德纳姆。这一切关于莎士比亚的对话对凯瑟琳来说如同催眠曲,甚至像是在念咒。她靠在茶桌首座的椅子上一言不发,眼神越过在场众人,眼前的面庞在背景的肖像画,在泛黄的墙壁,在猩红的窗帘映衬下尽是模糊一片。他的目光转而投向德纳姆,德纳姆也是一动不动。但在他克制和冷静的外表下,你会发现他的决心、意志和不可改变的坚韧,让希尔伯里先生此刻的言论显得无关紧要。无论如何,希尔伯里先生不曾对此有过微词。他尊敬德纳姆,深知他

第三十三章

是个出类拔萃的年轻人,将来定会有他自己的发展。看着德纳姆那沉静威严的轮廓,希尔伯里先生理解凯瑟琳为何选择了他。这么一想,希尔伯里先生意识到自己竟有了拈酸吃醋之心;要是凯瑟琳嫁给了罗德尼,他倒是无所谓。这可是凯瑟琳爱的男人啊。那他们俩现在是个什么情况呢?突然他心头涌上一股混乱的情绪,这时希尔伯里夫人突然意识到大家的谈话中断了,于是她若有所思地看了凯瑟琳一两眼,说道:

"凯瑟琳,你要是想走就走吧,不用在这儿待着。这房间确实不够大。也许你和拉尔夫可以——"

"我们订婚了。"凯瑟琳如梦初醒,直直盯着父亲说道。她猛不丁地宣布婚讯,把希尔伯里先生吓了一跳,他不禁轻喊一声。他深爱的女儿啊,他如何能眼看她被洪流卷走,如何能任由无从抵抗之力量将她带走,而他无能为力,无可奈何,无人搭理?噢,他深爱的女儿啊!他向德纳姆轻轻点了点头,说道:

"我昨晚就猜出一二了。希望你配得起我们家凯瑟琳。"话毕没看女儿便大步走出了房间,在场的女士们眼看希尔伯里先生表现放肆、毫不体贴、不顾礼貌,都半是好笑,半是敬畏,而希尔伯里先生一股怒气无处发泄,回到卧室便大吼一声。这吼声至今仍在精致豪华的客厅聚会里为人津津乐道。凯瑟琳望着那扇紧闭的门,低下头默默垂泪。

第三十四章

晚餐时分,餐厅亮起了灯;闪闪发亮的灯光反射在抛光的木制家具上;餐桌上一片觥筹交错的场景;餐桌上一片文明快乐的光景,希尔伯里先生主持盛宴,眼看一切明朗、庄重,前景一片光明。凯瑟琳的眼神透露希望——但他控制心情,不让自己过于激动。他给大家倒了酒,让德纳姆不要客气。

晚饭过后,大伙往楼上走去,希尔伯里先生看见凯瑟琳和德纳姆抽身离开。卡桑德拉询问,不知她可否为大家弹奏一曲莫扎特,或者贝多芬的曲子?于是她走到钢琴旁坐下,门轻轻地被合上了。希尔伯里先生的眼睛在紧闭的门上停留了几秒钟,但他猜测凯瑟琳一时不会回来,期待的眼神逐渐黯淡,接着他叹了口气,欣赏起音乐。

凯瑟琳和拉尔夫对彼此眼下的打算几乎没讨论过,不一会儿他们俩就穿着便衣走进了客厅。寂静的夜晚月光如水，正好适合散步，尽管无论哪个晚上，在他们看来都适合，但今夜他们尤其渴望走动走动，不受他人打扰，好好享受室外的宁静。

"终于出来了！"大门刚合上，凯瑟琳深呼一口气说道。她告诉他，她是怎样一边坐立不安地等候着，以为他永远不会来，一边侧耳听着门的声音，期待着能在灯柱下再见到他。两个人转过身，注视着眼前镶了金边的窗户，于他而言，这是让人敬畏的一座神殿啊。尽管凯瑟琳嘲笑了他，还把手搭在他胳膊上让他感到压力倍增，他也绝不会放弃自己的信念；但看着凯瑟琳放在自己胳膊上的手，她语速加快，声调在他耳中回旋，他没有时间了——毕竟他和凯瑟琳没有共同的爱好——有其他事情吸引了他的注意力。

此刻两个人正沿着街边散步，每个街口的拐角处都屹立着几盏路灯，散发出橘黄的灯光，马路上还有川流不息的机动车辆，他们俩怎么会散步到了这儿呢？两人都不知晓答案，他俩也不知为何一时冲动便走上其中一辆双层巴士，坐到最前面的座位上。两个人在黑暗的小路上穿梭前行，由于路窄难行，两旁住宅的窗帘几乎就要和他们贴面而过

第三十四章

了,后来他们来到一个开阔的地方,那里在举行各种活动,缤纷的灯光向中心聚拢,接着又四散开来,好不绚丽壮观。两个人就这样在车上旅行,直到天空露出鱼肚白,他们看到城市教堂的尖顶在天空中显得笔直而苍白。

"你冷吗?"他们走到坦普尔酒吧附近,停下脚步后,拉尔夫问。

"嗯,有点。"她答道,意识到她乘坐着那双层巴士在城里东弯西拐,游离浪荡,看尽夜里灯光,如今旅程终究是到了终点。而两人的思绪也随着旅程延展,仿佛作为凯旋豪车的前座乘客,城市美景为他们尽情盛放,两人真真成了人生的主宰。但当两人站在人行道上时,这种兴奋感就消失得无影无踪,他们很高兴有机会单独相处。拉尔夫在路灯下静静站了会儿,点燃一根烟。

凯瑟琳看着他的脸在灯光的映照下,仿佛被孤立在小光圈里。

"噢,那个村舍,"她说,"我们一定要买下过去住。"

"然后抛下所有吗?"拉尔夫询问。

"只要你愿意。"凯瑟琳说。她一边思索一边望着赞善里小路上方的天空,那儿的屋顶看起来都大同小异;那些象征尊贵的蓝色和固定不变的灯光对她而言意味着什么?它们代表了事实嘛?抑或是数字、爱情,或真相?

"我有个想法。"拉尔夫突然开口。"我在想玛丽·达切特。我们现在离她家很近,要不咱们过去找她?"

凯瑟琳转过身去方回答。今晚她谁都不想见;在她看来,最大的谜题已有了答案;问题也都解决了;此时此刻,她手握凡人终其一生试图塑造的完善的世界,它圆满完整,不惊不乱。要是去见玛丽,这世界则有可能轰然坍塌。

"你没好好待她吧?"她边往前走,边机械似的问道。

"我要为自己辩护几句。"他倔强地回答。"即使她感觉到了什么,又有何用?我不会待太久的,"他说。"我要告诉她——"

"当然,你必须告诉她。"凯瑟琳应答,她急切希望他去做必做之事,好让他愿景中的世界得享片刻圆满完整。

"我想——我想——"凯瑟琳叹了口气,阴郁笼罩了她,模糊了她的视线。整个世界在她眼前浮来游去,仿佛被泪水淹没了一般。

"我不曾有过任何后悔。"拉尔夫一脸坚定。凯瑟琳慢慢向他靠过去,仿佛这样就能看到他所看到的世界。凯瑟琳想着,她依旧没能完全看透拉尔夫,但他表现得越来越像那旺盛燃烧的火焰,那代表了生命的源泉啊。

"你继续说,"她说,"你不曾后悔——"

"不后悔任何事——任何事。"他重复。

"好热烈的火焰啊!"她暗自思忖。她想象着拉尔夫在夜里闪耀着灿烂的光芒,却又如此模糊不清,所以她想要抓住他的胳膊,但仅仅只是触摸到了向上蹿腾着的火焰周围的不透明物质。

"为什么说不后悔呢?"凯瑟琳急忙问出口,想让他能多说些,期盼那深红和暗黑的缕缕黑烟与熊熊火焰交织在一起。

"凯瑟琳,你在想什么?"拉尔夫满心疑虑地问道,因为他注意到了凯瑟琳恍惚的语调和不恰当的措辞。

"我是在想你——嗯,我发誓。我想的都是你,但你在我脑子里总以各种奇怪的形象出现。你摧毁了我的孤独。要我告诉你我是怎么看你的吗?不,你告诉我——你把事情从头到尾一五一十地都告诉我。"

刚开始他说得断断续续,后来说得愈发流利和热情起来,接着他感觉到凯瑟琳慢慢向他靠近,像个孩子一样地听着,像个女人一样对他满怀感激之情。中间凯瑟琳还会时不时打断他的话。

"不过话说,站在我家门口望着窗户,那可真傻。要是威廉没看到你,你会回家去睡觉吗?"

面对凯瑟琳的嗔怪,拉尔夫连忙回应,一个像她这般年龄的女士居然失魂落魄地站在京士威道看着车水马龙,也是够奇怪的。"但那是我第一次明白我爱的人是你!"凯瑟琳嚷嚷。

"从头告诉我吧。"他恳求。

"不要,我讲不清楚的。"凯瑟琳称。"我肯定会说些蠢话——什么火焰啦——火。啊,我不能说。"

但拉尔夫说服了她,她只好支支吾吾地开始描述,那模样拉尔夫看着极为可爱。当提到暗红色的火焰时,她变得极度兴奋,在拉尔夫眼里真是一幅美妙绝伦的画面啊;还有那周身缭绕的烟雾,让他觉得他已经跨过门槛进入了

第三十四章

另一个人的朦胧思想世界里,那是另一片宽广的天地,如此黯淡,在一闪而过的光芒中闪现,然后又陷入黑暗,被它吞噬。这时,他们走到了玛丽家的街道上,但由于两个人都沉浸在所见所想中,所以在路过玛丽家时都没能抬头看一眼。此时的夜里,没有来往的车辆,街上没有几人,所以他们可以一直手牵着手向前漫步,不时举起手来,在深蓝色的夜幕上空点点画画。

通过这些亲昵的举动,两个人表现出一种深切的幸福、一种清晰明了的状态———一方稍微动动一根指头另一方就能明白彼此的意思,而且一个简单的词比一句话更能说明问题。最后他们慢慢陷入了沉默,沿着思想的黑暗道路,朝着远处走去,感觉像着了魔似的。凯瑟琳和拉尔夫是最后的胜利者,是生活的主人,但同时也沉浸在火焰中,献出自己的生命来增加光明,以此证明他们的信仰。因此,他们在玛丽·达切特家的街道上来回走了两三次,直到看见一个模糊的黄色窗子里亮起了灯,他们也不知为何便突然停下了脚步。那微微亮光在两个人的脑海里燃烧起来。

"那是玛丽家的灯光,"拉尔夫说,"她肯定在家。"

他指了指街对面,凯瑟琳的目光也随之望了过去。

"这么晚了,她是自己一个人在工作吗?是在忙些什么?"凯瑟琳问。"我们不要去打扰她了吧?"凯瑟琳加强语调说。"我们能给她什么呢?她也很幸福啊,"凯瑟琳接着说,"她有自己的事业。"她的声音微微地颤抖着,紧接着就扑簌簌地掉了眼泪,窗子里透出来的光芒好似一片金色的海洋。

"你不想我过去找她吗?"拉尔夫问。

"你要是想去,就去吧。告诉她你真正的想法。"她回答。

于是,拉尔夫很快穿过马路,走到了玛丽家的楼梯上。凯瑟琳站在他离开的地方,望着那扇窗子,期待着一会儿就能看到有人影走过;但她什么也没看见,百叶窗那儿什么都看不出来,灯也没有被挪动过。在黑暗的街道上,这扇窗向她发出了信号;这是一种胜利的象征,它将永远闪烁着,而不是终将在死亡的坟头熄灭。她努力向这黑夜宣告自己的幸福,仿佛是对她的一种致敬,她毕恭毕敬地将它捧出。"看看啊,它在燃烧!"凯瑟琳心想,而这整个伦敦似乎都燃烧成了熊熊火焰,火气冲天;但凯瑟琳的视

第三十四章

线又回到了玛丽的窗前,心满意足地注视着。她等了一会儿,只见一个人影从门口出来,慢慢地、不情愿地走到她站的地方。

"我没进去——我没法这样做。"拉尔夫突然住口。他站在玛丽家的门外,克制自己不去敲门;如果玛丽出来了,就会在门口找到他,这时眼泪顺着他的脸颊流下,他哽咽着说不出话。

两个人就这样站了一会儿,看着那被照亮的百叶窗;那是玛丽对他们的一种表达,那是女人内心深处一种既不带有个人情感色彩的表达,同时又代表了内心的宁静;她在深夜里做计划——是为了一个他们俩永远都不会知晓的世界的美好。接着两个人的脑海里闪现出其他人影,在莎莉·希尔——拉尔夫以为——的带领下一个接一个经过。

"你还记得莎莉·希尔吗?"拉尔夫问。凯瑟琳听闻低下了头。

"你妈妈和玛丽呢?"他接着问。"罗德尼和卡桑德拉?海格特区的姐姐琼?" 他数着数着便停了下来,他感到这些人之间有着难以名状的联系,但嘴里念着他们的名字,却又无法解释这种联结。在他看来,她们不仅仅是散落的个体,而由连贯凝聚的事物构成,一个井然有序的世界在他眼前呈现。

"一切都如此轻松自如——如此简单。"凯瑟琳引用了莎莉的话,希望拉尔夫明白她是在顺着他的思路走的。她觉得拉尔夫在努力拼凑出一套艰苦而基础的信仰,既不统一,又不独立,没有受老信徒们的影响形成统一用语。于是拉尔夫和凯瑟琳共同在这困境中摸索前行,那些未完成的、未实现的、天马行空的、无回报的愿望,都如同幽灵般地走到了一起,一切都变得如此完整和令人满意。就现状来看,未来定会更加精彩辉煌。拉尔夫很快就要写书了,既然写书肯定要在屋子里,所以屋内定要有壁挂,窗外定要有一片土地,从土地望过去要看得到地平线,或许是成片的树林和山丘;在斯特兰德大道上的大办公室附近,他们给自己规划了一处好住宅,现在是时候坐车回切尔西,对未来有个交代了;尽管如此,在他们俩眼中,不可思议的是,未来在一盏大灯投射的金色灯光下游泳翻腾。

夜色已深,公共大巴上层的座位空空如也,座位随他

第三十四章

们俩挑选；路上除却几对到了午夜时分依然小心翼翼聊着悄悄话的情侣，便空无一人了。不再会有人影对着钢琴的样子引吭高歌了。车子路过之处灯火渐灭，沿路只剩寥寥几盏灯依然闪烁。

后来两个人下了车，来到了河边。凯瑟琳拉着拉尔夫，感觉到他的手臂一点点变得僵硬，心知这意味着他们走到了一处迷人地。凯瑟琳可能正要开口跟他讲话，却发现拉尔夫的声音微微颤抖，眼神里透出盲目的崇拜，他在回应谁？他看见的到底是她，还是她的幻象？而她自己又走向何方？她的同伴是何人？那些记忆中的片刻、碎片、瞬间的幻象、流水和渐渐消散、消失的风，还有那段混沌的回忆，回归的安全感，地球大地，一切在阳光下都显得那么华丽和璀璨。从他被蒙蔽的心中，拉尔夫说出了他的感恩；而凯瑟琳，站在远处的隐匿的地方，给了他答案。那是六月的一个夜晚，夜莺在鸣啭对话；那美妙的歌声，从花园的树丛中传来，穿过窗子，传到了人们的耳朵里。凯瑟琳和拉尔夫停了下来，往下看了看那片河，一股黑潮汹涌的河水不停地向前翻腾着。接着两个人转过身，发现他们正背对着房子。他俩安静地审视这熟悉的地方,屋里灯火未灭,要么是等着他们回来,要么是罗德尼与卡桑德拉还在谈天说地。凯瑟琳慢慢推开门,站在门栏处。灯光洒在金色的木地板上,屋子里一片寂静。他们等了一会儿,然后松开了手。"晚安。"他松了一口气。"晚安。"她喃喃低语道。